박인환 시 연구

최라영(崔羅英, Choi Ra-young)

부산대학 사범대학 국어교육과를 졸업하고 서울대학교 인문대학 국문학과에서 석사학위(서정주론)와 박사학위(김춘수론)를 받았다. 2002년『서울신문』신춘문예평론으로 등단하였으며 현재 서울대, 충북대에 출강해오고 있다.
연구서로는『김억의 창작적 역시와 근대시 형성』(소명출판, 2014; 제5회 김준오시학상 수상, 2015),『김춘수 시 연구』(푸른사상, 2014; 대한민국학술원 우수학술도서, 2015),『현대시 동인의 시세계』(예옥출판, 2006; 대한민국문화부 우수학술도서, 2007),『김춘수 무의미시 연구』(새미, 2004; 대한민국학술원 우수학술도서, 2005),『한국현대시인론』(새미, 2007) 등이 있다. 이론번역서로는『서술이론』I(소명출판, 2015),『서술이론』II(소명출판, 2016)이 있으며 그 외 많은 논문과 평론이 있다.

박인환 시 연구

초판 1쇄 인쇄 2023년 03월 10일
초판 1쇄 발행 2023년 03월 20일

지은이 | 최라영

펴낸곳 | 예옥
펴낸이 | 방준식
등록 | 2005년 12월 20일 제2021-000021호

주소 | 서울시 은평구 불광로 122-10, 3403동 1102호
전화 | 02)325-4805
팩스 | 02)325-4806
이메일 | yeokpub@hanmail.net

ISBN 978-89-93241-79-2 (93810)

박인환 시 연구

최라영

예옥

박인환에 관한 첫 글은 「박인환 시에서 '경사(傾斜)'의 의미」였다. 박인환 시의 바닥은 평평하지 않고 비스듬히 기울어지거나 위태롭게 움직이는 것이었다. '모든 물체가 회전하는' 그 위에서 시인은 비틀거리면서 간신히 균형을 잡고 있었다. 이내 그는 빙글빙글 돌면서 '고막을 깨뜨릴 듯이' 쓰러지려 하였다. 시인은 6.25 전후(戰後) 연대의 균열된 저 아래, '죽음'을 향한 충동과 그것을 딛고 일어나 '삶'을 향해 솟구치려는 충동 그 사이를 끊임없이 오가는 '의혹(疑惑)의 기(旗)'였다. 박인환은 때로는 자신이 딛고 겨우 선 '불안의 연대'를 잊어버리고 '견고한 바닥'을 딛고 있는 자가 꿈꿀 법한 '거대한 자아'를 설계하였다. '고독한 아킬레스'를 향한 꿈은 '불안의 깃발'을 날리며 그의 발 아래 끝없는 암흑의 나락을 잠시 잊도록 하였다. 시인은 '불안의 연대'에서 겨우 균형을 잡는 자가 꿈꾸기 어려운 '일곱 층계'를 그의 '불행한 신'과 함께 올랐다.

박인환은 동시대 문인에게 '경박한 모더니스트'라는 속명을 얻고 있었으나, 그는 그 시대 그 누구도 범접하기 어려운 '지식인의 고뇌'와 '강렬한 시적 에스프리'의 소유자였다. 그 원천은 그의 '불안'의 심연이기도 하였으며 그의 '욕망'과 '이상'의 솟구침이기도 하였다. 특히 '미국'의 '디셉션패스' 다리 아래, '파란 피'의 물결은 시인의 '불안'을 전연 다른 국면으로 나아가도록 하였다. 그에게서 '불안'은 '불안한 연대'의 깊은 틈에서 피어오르는 것이었으나 그가 자신의 모든 것을 잊어버리고 '불행한 신'과 '귀에 울려오는 폭풍'을 기록하도록 하는 '광장의 전주(電柱)'였다. '욕망'과 함께 가동하는 시인의 '불안'은 '위태로운 자아' 너머에서 '거대한 자아'와 '새 시대의 이상'을 이리저리 움직이며 '생과 사의 눈부신 외접선(外接線)'을 떠받치는 공기의 부력(浮力)이었다. 박인환은 '불안의 연대'에서 세계와 그 세계의 현실적 이면들을 직시하는 '분열된 정신'이고자 하였고, 과거와 미래의 '십자로'에서 현재의 '거울'이자 '선지자(先知者)'이고자 하였다. 한편, 시인은 '낡은 잡지의 표지처럼 통속적' 세계에서 상처입은 전후(戰後) 시대인들에게 '페시미즘의 미래'를 꿈꾸도록 하는 '목마의 종소리'였다. 박인환은 1950년대를 대표하는 '전위적 모더니스트'이자 '인간주의'에 기저한 '리얼리스트'이며 당대 누구도 범접하기 어려운 '시적 에스프리'를 지닌 시인이다. 그는 현대의 어떠한 관점에서 비춘다 하더라도 언제나 새롭게 그 곁을 열어주는 단연, 현대적, 입체적 작가이다.

나는 책상 앞에서 글에 집중할 때 늘 마음이 편안하고 살짝 설렘도 느낀다. 이 작은 마음이 지금까지 연구를 진행하도록 하였다. 이 책을 내기까지 학문의 길로 잘 인도해주신 김용직 선생님, 오세영 선생님, 그리고 양왕용 선생님께 깊은 감사의 말씀을 올린다. 그리고 지금까지 연구활동에 큰 도움을 주신, 김유중 선배님, 방민호 선배님, 그리고 이미순 선배님께 깊은

감사의 말씀을 올린다. 또한 사랑하는 남편과 착한 아들에게 고마움을
전한다.

2023년 2월 28일 저자

차례

제1장

박인환의 시와 W.H. 오든의
『불안의 연대』의 비교문학적 연구

― '로제타'의 변용과 '불행한 신'의 의미를 중심으로

1. 서론

박인환에 관한 본격적 연구는 최근에 논의가 활발하게 이루어졌다. 연구 초반기에는, 후기시에서의 페시미즘 혹은 감상주의에 그 초점이 맞추어져서 그의 문학 및 시정신에 관한 부정적 평가로 기울어지기도 하였다. 그 근거가 된 것은 박인환 시세계의 다양한 스펙트럼 가운데 일부가 지나치게 부각된 때문이다. 연구사에서, 박인환의 초기시에 관해서는, '후반기' 동인활동을 중심으로 한 '모더니즘적 관점'연구가 있으며[1] 민족문학론과 전쟁체험과 관련한 '현실주의적 관점'의 연구[2]가 있다. 그리고 '미국여행'이후, 후기시에 관해서는, 아메리카니즘의 관점과 문명비판적 관점을 조명한 연구[3]가 있다. 박인환에 관한 각각의 연구들은 초점이 맞추어진 시기에 따라

---

1) 오세영, 「후반기 동인의 시사적 위치」, 『박인환』, 이동하 편, 『한국현대시인연구12』, 문학세계사, 1993, 김재홍, 「모더니즘의 공과」, 이동하 편, 앞의 책, 이승훈, 「1950년대 한국 모더니즘 시의 전개」, 『한국모더니즘 시사』, 문예출판, 2000, 박몽구, 「박인환의 도시시와 1950년대 모더니즘」, 『한중인문학연구』 22, 2007.

2) 박현수, 「전후 비극적 전망의 시적 성취-박인환론」, 『국제어문』 37, 2006, 맹문재, 「폐허의 시대를 품은 지식인 시인」, 『박인환 깊이 읽기』, 서정시학, 2006, 정영진, 「박인환 싱의 탈식민주의 연구」, 『상허학보』 15, 2005, 조영복, 「근대문학의 '도서관 환상'과 '책'의 숭배 -박인환의 「서적과 풍경」을 중심으로」, 『한국시학연구』 23, 한국시학회, 2008, 곽명숙, 「1950년대 모더니즘의 묵시록적 우울-박인환의 시를 중심으로」, 『정신문화연구』 32, 2009, 김은영, 『박인환 시와 현실인식』, 글벗, 2010, 김종윤, 「전쟁체험과 실존적 불안의식-박인환론」, 『현대문학의 연구』 7, 1996.

3) 한명희, 「박인환 시 『아메리카 시초』에 대하여」, 『어문학』 85, 2004, 방민호, 「박인환 산문에 나타

서 그리고 같은 시기일지라도 보는 관점에 따라 다양할 뿐만 아니라 상반된 가치평가가 공존하는 특수성을 보여준다.

박인환 연구사에서 보충논의가 요청되는 부분으로 전후(戰後) '불안의식'[4]과 '시론적 지향'과 관련한 비교문학적 관점의 연구를 들 수 있다. 박인환은 광범위하며 상충적이기까지 한 시의 스펙트럼을 보여주지만 그럼에도 그의 시세계를 관류하는 것은 '시론적 지향'과 결합된 그의 독특한 '불안의식'이다.[5] 그의 '불안의식'은 세계대전 무렵의 세기말 의식, 전위모더니즘적 지향 그리고 실존주의적 의식 등을 복합적으로 관류하고 있다. 필자는 박인환 시의 '불안의식'을 구명하기 위한 연구들을 진행해왔다. 즉 그의 시에 관하여 '민족적 자의식', 라캉의 정신분석적 관점, 실존주의적 관점 등의 논의를 전개해왔다.

이 글은 '불안의식'과 관련하여 비교문학적 관점에서 접근하여 박인환

난 미국」,『한국현대문학연구』 19, 2006, 박연희, 「박인환의 미국 서부 기행과 아메리카니즘」,『한국어문학연구』 59, 2012, 정영진, 「박인환 시의 탈식민주의 연구」,『상허학보』 15, 2005, 이기성, 「제국의 시선을 횡단하는 시 쓰기: 박인환 시의 탈식민주의」,『현대문학의 연구』 34, 2008, 이은주, 「1950년대 문학비평의 세계주의와 미국적 가치지향의 상관성」,『상허학보』 18, 2006, 장석원, 「아메리카 여행 후의 회념」,『박인환 깊이 읽기』, 서정시학, 2006, 오문석, 「박인환의 산문정신」,『박인환 깊이 읽기』 서정시학, 2006, 강계숙, 「'불안'의 정동, 진리, 시대성: 박인환 시의 새로운 이해」,『현대문학의 연구』 51, 2013.10, 라기주, 「박인환 시에 나타난 불안의식 연구」,『한국문예비평연구』 46, 2015, 최라영, 「박인환 시에서 '미국여행'과 '기묘한 의식' 연구-'자의식'의 문제를 중심으로」,『현대문학연구』 45, 2015.4.

4) 박인환의 '불안의식'에 관한 심리학적 연구로는, 김승희, 「전후 시의 언술 특성: 애도의 언어와 우울증의 언어-박인환·고은의 초기시를 중심으로」,『한국시학연구』 23, 2012.7, 125-149쪽, 강계숙, 「'불안'의 정동, 진리, 시대성: 박인환 시의 새로운 이해」,『현대문학의 연구』 51, 2013.10, 라기주, 「박인환 시에 나타난 불안의식 연구」,『한국문예비평연구』 46, 2015, 최라영, 「박인환 시에서 '십자로의 거울'과 '새로운 불안'의 관련성 연구 -라캉의 '정동affect' 이론을 중심으로」,『현대문학연구』 51집, 2017.4.

5) 박인환의 시세계 전반에서 '불안의식'이 형상화되고 있는데 특히 시적 유의성을 지니고 '불안'이 표면적으로 언급되는 작품들은 다음과 같다. 「奇蹟인 現代」,「西部戰線에서」,「다리 위의 사람」,「살아 있는 것이 있다면」,「舞蹈會」「太平洋에서」,「最後의 會話」,「밤의 노래」,「終末」,「回想의 긴 溪谷」,「落下」,「다리 위의 사람」,「살아 있는 것이 있다면」,「太平洋에서」 등.

시론의 고유성을 구명해 보고자 한다. 박인환의 시세계는 전쟁기의 불안의 식을 주조로 하여 자본주의, 문명 비판, 탈식민주의 의식 등을 특징적으로 보여주고 있다. 박인환은 「현대시의 불행한 단면」에서 오든그룹 일원들의 작품과 견해를 인용, 제시하면서 자신의 시론을 간접적으로 표명하였다. 박인환은 작품들에서도 오든, 스펜더, 루이스의 시구를 인용하기도 하였으며 제재, 형상화, 주제 등의 측면에서 그들과 유사성을 보여준다.[6] 그런데 시의 제재와 형상화 방식보다도 시의 주제의식 나아가 시론적 관점에서 볼 때 박인환과의 비교문학적 영향관계를 논의할 수 있는 오든그룹의 일원[7]은 '오든'이라고 할 수 있다.[8] 특히, 박인환의 시세계는 '미국여행'을 기점으로 실존적 불안의식과 페시미즘으로 전향하는 양상을 보여준다.[9] 그런데 이 같은 그의 시적 전환은 오든의 시적 전환을 상기시킨다. 오든역시 박인환의 초기시세계와 유사한 특성을 보여주다가 '미국'으로 귀화하여 기독교로 전향하였다.[10] 그 전환점이 되는 시집이 『불안의 연대The Age of

---

6) 오든그룹과의 영향관계를 드러내는 단적 사례를 들어보면, 박인환의 「일곱개의 層階」와 오든의 「불행한 연대」의 주요모티브, 시론 「현대시의 불행한 단면」의 서두문과 C. D. 루이스의 산문, 「열차」의 서두글과 스펜더의 「THE EXPRESS」의 시구 등이 있다.

7) 오든과 함께 'S. 스펜더' 역시, 박인환의 시세계와 관련하여 유의성있는 비교문학적 대상에 속한다. 관련연구로는, 최라영, 「박인환과 S. 스펜더의 비교문학적 연구 - '열차'와 '항구'를 중심으로」(『한국시학연구』 2017. 8), 공현진, 이경수, 「해방기 박인환 시의 모더니즘 특성 연구」(『우리문학연구』 52권, 2016) 등을 들 수 있다.

8) 단적으로, 박인환은 『시작』에서 김현승, 김규동, 박화목 등의 작품들에 관하여 오든, 스펜더 등의 전위시인의 사례를 들어서 통렬하게 비평하는 면모를 보여준다(박인환, 「1954년의 한국시」, 『시작』, 1954.11.20). 그리고 그는 「현대시의 불행한 단면」의 결미에서 자신의 시론적 지향을 다음과 같이 요약하고 있다. "그러므로 우리의 그룹 '후반기'의 대부분의 멤버는 T. S. 엘리엇 이후의 제 경향과 문제를 어떻게 정리하느냐는 것이 오늘의 과제가 될 것이며 나의 표제 '현대시의 불행한 단면'도 엘리엇의 영향을 입은 두 사람의 현대시의 개척자 오든과 스펜더의 단편을 소개하는 데 조그마한 가치가 있는 것이다", 「현대시의 불행한 단면」 부분.

9) 이에 관해서는 박인환에 관한 연구사를 조명해보면 뚜렷해지는데, 그에 관한 연구는 전위적 모더니즘에 관한 것, 현실주의 및 문명비판에 관한 것, 그리고 미국여행과 관련한 의식세계를 논한 것으로 대별되고 있다.

10) 오든의 후기시는 미국으로 이민하여 종교시를 창작하게 되는 시기로서 논의된다. "불안의 연

Anxiety』[11]이다.[12]

박인환은 자신의 시론에서 오든 그룹의 시와 시론을 중점적으로 소개하는 가운데 오든의 『불안의 연대』에 가치를 부여하고 있다. 그는 동시대의 문학경향을 '불안의 계통'으로서 지적하면서 세계대전 전후의 현대인의 '불안'과 '고통'에 초점을 맞추어 현대시의 흐름을 논의하고 있다.[13] 『불안의 연대』의 주요 모티브들, '죽어가는 연인,' '일곱 단계,' '술집에서의 회화,' '신을 향한 독백' 등은, 박인환의 작품들에서도 구체적인 제재와 주제로서 형상화되고 있다. 특히 『불안의 연대』의 주요인물인 '로제타'와 주요제재인 '일곱 단계'와 '신'에 관한 오든의 상념들은, '로제타' 및 '일곱 단계'의 변용을 중심으로 한 박인환의 '신'에 관한 문제들과 견주어 볼 필요가 있다. 박인환은 시와 산문에서 '불행'과 혼용하여 '불안'이라는 말을 빈번하게 사용하면서[14] '불안의식'을 형상화하는데 그 와중에서 끊임없이 '신'을 지향하고 있다. 그리고 박인환은 『불안의 연대』의 네 사람의 주인공 중에

대"는 키에르케고르의 영향과 관련한 작품으로서 논의되며 「새해편지」, 「당분간」 등의 종교시와도 밀접한 관련성을 지닌다, 박연성, 「오든 시에 나타난 종교 사상-후기시를 중심으로」, 범대순, 박연성, 『W. H. 오든』, 전남대출판부, 2005.7, 45-55쪽.

11) 이 글에서 인용되는 W.H. 오든의 원문텍스트는 *The Age of ANXIETY* (Princeton Univ, 2011)이다.

12) 오든은 1939년 1월 미국으로 건너가서 Chester Kallman과 연인이 되었으며 기독교Anglican Christianity에 귀의하였다. 그는 1942년부터 미시간 대학과 펜실바니아 대학에서 문학을 가르쳤으며 "불안의 연대"는 1944년 7월, 뉴욕의 맨하탄 아파트에서 친구들과 생활하면서 창작한 것이다. 즉 그가 세계대전이 발발한 이후 미국으로 건너가서 미국에 귀화하고 기독교로 개종한 일은 연속적인 일이면서 긴밀한 관련을 지니고 있다. "불안의 연대"의 작품배경역시 뉴욕 맨하탄이며 주요인물인 '로제타'의 거주지도 맨하탄의 아파트로서 당시 오든의 실제생활과 조응관계를 지닌다, *The Age of ANXIETY*, Introduction, xii.

13) "황폐와 광신과 절망과 불신의 현실이 가로놓인 오늘의 세계에 있어서는 『황무지』적인 것이나 『불안의 연대』나 그 사상과 의식에는 정확한 하나의 통일된 불안의 계통이 세워져 있다고 해도 과언은 아닐 것이다", 「현대시의 불행한 단면」 부분.

14) 단적으로, 그는 「현대시의 불행한 단면」에서 오든의 "*The Age of ANXIETY*"를 '불안의 연대'로 번역하였다. 한편, "*The Age of ANXIETY*"의 2장과 3장의 "Seven Stages"와 관련을 지닌 박인환의 「일곱개의 층계」에서는 "불행한 연대"라는 표현을 쓰고 있다.

서도 특히 '로제타'라는 여성을 중심에 두고 그녀의 사랑과 연인의 죽음을 초점화하고 있다. 이 같은 초점화방식은 그의 작품들에서 반복적으로 형상화되는 '신' 혹은 '불행한 신'과 긴밀한 관련성을 보여준다.

구체적으로, 박인환의 '불행한 신'은 오든의 '로제타'의 '신'과 대비적 특징을 보여준다. 박인환의 '불행한 신'은 나의 마음 속에서 늘 함께 하며 나의 불행과 불안과 함께하는 무력한 신의 형상을 보여준다. 그러나 그러한 존재가 있다는 사실 그것만으로도 그는 위로와 안정을 찾고 있는데 그것은 '신'의 뜻이라기보다는 오히려 시인의 '인간주의'와 '의지'에 의한 것으로 비추어진다. 이에 비해 '로제타'가 형상화하고 있는 '신'은 '나'와 '인간들'의 마음 속에 있는 것이 아니라 그 외부에 있는 강력한 존재로서 구체화된다. 즉 '로제타'의 '신'은 인간들의 외부, 로제타를 비롯한 다른 인물들이 끊임없이 구했으나 찾지 못한 머나먼 '에덴'에 존재한다. 박인환에게 '불행한'과 '신'이 결합되어 존재하는 것은 '불행한 나'의 '신' 즉 '불행한 나의 마음에 존재하는 신이다.

박인환이 오든의 시와 견해에 영향을 입은 것은 그의 시론에서나 작품에서 볼 때 구체적인 사실들로서 드러난다. 즉 박인환은 1, 2차 세계대전 전후시기에 오든을 비롯한 동시대 지식인 및 문학인의 문학적 행보와 관련성을 보여주고 있다. 그러나 박인환은 동시대의 '불안의 계보' 하에서 오든의 시정신과 유사성을 지니면서도 그만의 차별적인 고유한 흐름을 보여주고 있다. 즉 박인환의 시는 오든의 작품을 직접적으로 모방하거나 추수하는 경향을 나타내지 않는다. 그리고 박인환은 전쟁기의 '불안'과 관련된 시론적 지향을 보여주지만 그가 영향받은 서구전위시인들과는 차별화된 깊이있는 '비극성'의 독자적 세계를 보여준다.

이 글은 박인환의 작품에서 『불안의 연대』의 '로제타'의 변용과 관련하여 시인의 시적 지향을 조명하고 '일곱 단계'와 관련하여 오든의 '신'과 대비적 관점에서 박인환의 '불행한 신'의 의미를 살펴보고자 한다.

2. '로제타'의 변용과 '호흡이 끊긴 天使'

㉮

　전황 뉴스는 네 사람의 생각을 전쟁으로 끌고 간다. 그리하여 그들은 서로 이런저런 이야기를 하기 시작한다. 네 사람은 심리적으로 접근되었다. 주장의 문을 닫을 시간이 되어 로제타는 자기의 아파트에 세 사람의 남자를 초청한다. 로제타와 앰블은 이미 사랑의 매력을 느끼고 있다. 나머지 두 사람은 술의 힘을 얻어 양인의 연애를 축복하며 돌아간다. ……그러나 로제타가 퀸트와 마린을 전송해 주고 방에 돌아와보니…… 애인인 앰블은 침대 위에서 차갑게 잠이 들었다. ……그는 죽었다.

㉯

　신부의 베드 위에서

　그대는 사랑을 넘고 장님이 되어 코를 골고 계십니다

　내가 진실로 그대 것이 아니었으므로

　그대는 너무 겁내며 마음을 흐리었습니까

　내가 만족할 때까지 힘 있게 춤추었던 그대여

　그대는 언제까지나 그와 같은 유쾌한 황제가 될 수 있겠습니까

　아마 그렇지는 못할 것입니다

　허나 그대는 훌륭합니다. 네 그러하지요?

아직도 왕후의 시체와도 같으시니까

그대가 또 다시 지배할 때까지

그대를 관에 눕히기로 합니다

그리고 사랑하는 그대여

우리들 두 사람을 위해서 잠을 이룹시다 꿈을 꿉시다

그대가 눈을 떠서 커피를 마실 때

나는 옷을 입고 있을 것입니다.

㉐

마린은 돌아왔으며 퀸트는 술을 테이블로 가져왔다. 그리고는 그는 술잔을 들어 로제타에게 권했다. 퀸트는 말했다.

오너라, 페러그린 요정이여, 그대의 따스함을 보여주어요.

찬란한 영예에 충만하여 행복감에 젖은 어깨죽지

자유로운 생명이여, 감미로운 편지를 지닌

무선의 글귀들을 부드럽게 노래하며

변함없는 우주와 젊음과 돈

술 그리고 사랑, 그대의 양치기들을 기쁘게 하라,

우리가 나타났다 사라짐에 의해 그들은 기쁨에 날뛰다가 거칠어진다.

우리가 비틀거리며 가는 길

거기에는 새하얀 침묵

마주보는 벽 양쪽에는 방부제와 기구들

그곳을 메우는 왁자지껄한 소리들

그리고는 명백한 수치심. 오, 우리에게 보여주어요,

희망과 건강을 찾는 길을, 모두의 요구를 들어 주어요

고위 집정관들을 달래어주어요

우리의 훌륭한 안내인이 되어요

이에 로제타는 답한다.

MALIN returned and QUANT brought back drinks to the table.

Then raising his glass to ROSETTA, QUANT said:

Come, peregrine nymph, display your warm

Euphoric flanks in their full glory

Of liberal life; with luscious note

Smoothly sing the softer data of an

Unyielding universe, youth, money

Liquor and love; delight your shepherds

For crazed we come and coarsened we go

Our wobbling way: there's a white silence

Of antiseptics and instruments

At both ends, but a babble between

And a shame surely. O show us the route

Into hope and health; give each the required

Pass to appease the superior archons;

Be our good guide.

To which ROSETTA answered:[15]

㉣

…우리들을 괴롭히는 것은 주검이 아니라 葬禮式이다…

---

15) ibid., PART TWO, pp. 44-45, * 이 글에서 인용한 원시 번역은 모두 필자의 것.

당신과 來日부터는 만나지 맙시다.

나는 다음에 오는 時間부터는

人間의 家族이 아닙니다.

왜 그러할 것인지 모르나

지금 처럼 幸福해서는

조금전 처럼 錯覺이 생겨서는

다음부터는 피가 마르고 눈은 감길 것입니다.

사랑하는 당신의 寢台위에서

내가 바랄 것이란 나의 悲慘이 연속 되었던

수 없는 陰影의 年月이

이 幸福의 瞬間처럼 속히 끝나줄 것입니다

…… 雷雨속의 天使

그가 피를 토하며 알려주는 나의 위치는

曠漠한 荒地에 세워진 궁전보담도 더욱 꿈같고

나의 遍歷처럼 애처럽다는 것입니다.

사랑하는 당신의 부드러운 젓과 가슴을 내품안에 안고

나는 당신이 죽는 곳에서 당신의 出發이 시작된다고……

황홀히 생각합니다

그리고 저기 무지개 처럼 허공에 그려진

감초고가 좁기 짙었던 靑春의 날을 바라봅니다.

당신은 나의 품속에서 神秘와 아름다운 肉體를

숨김없이 보이며 잠이 들었습니다.

不滅의 生命과 나의 사랑을 代置하셨습니다.

호흡이 끊긴 不幸한 天使……

당신은 氷花처럼 차거우면서도

아름답게 幸福의 어두움속으로 떠나셨습니다.

孤獨과 함께 남아있는 나와

희미한 感應의 시간과는 이젠 헤어집니다

葬送曲을 연주하는 管樂器모양

最終列車의 기적이 精神을 두드립니다.

屍体인 당신과

벌거벗은 나와의 사실을

不安한 地區에 남기고

모든것은 물과 같이 사라집니다.

사랑하는 純粹한 不幸이여 悲惨이여 錯覺이여

결코 그대만은

언제까지나 나와함께 있어주시오

「밤의 未埋葬」 부분

㉮와 ㉯는 박인환의 시론, 「현대시의 불행한 단면」에서 오든의 "불안의
연대"를 소개하고 장시의 일부를 번역한 부분이다. 박인환은 "불안의 연
대"에 등장하는 네 사람을 소개하고 있으며 그들의 서사를 정리하였다.[16]

---

16) 박인환은 인물들을 다음과 같이 소개하고 있다, "등장하는 사람은 사회적으로 성공하려는 꿈
을 버린 선박회사의 퀀트, 캐나다 공군의 젊은 군의(軍醫) 마린, 영국 출신이며 백화점 사입계
(仕入係)에 근무하고 있는 로제타, 대학 도중에서 해군장교를 지망한 호남아 앰블……", 「현대
시의 불행한 단면」 부분, 이에 덧붙이자면, 퀀트Quant는 홀아비에 관심을 지닌 남성으로서 여
섯 살때 그의 아버지가 아일랜드에서 지주를 저격한 혐의로 도주하여 미국으로 건너오게 된 인
물이다. 그는 의식의 주요한 일부일 정도로 신화학Mythology에 관한 책을 많이 읽었다. 그는
"불안의 연대"에서 노동자계층의 불행한 유년기를 드러내고 있지만 유년시절 숲속에서 친구들
과 놀던 체험은 그를 포함한 네 사람이 구하는 '낙원'의 이미지를 구체화하고 있다. 마린Malin
은 캐나다 공군the Canadian이 되기 전에 의무정보장교Medical Intelligence를 지낸 이력이 있
는 엘리트이다. 그의 시간, 공간 여행은 다른 인물들에 비하여 세속적으로 혜택을 누리는 체험

㉑는 '로제타'[17)]를 서사의 중심에 두었으며 그녀의 사랑 그리고 연인인 앰블의 죽음에 초점을 두고 있다. 즉 그가 요약한 시집의 내용은 4장 끝부분과 5장의 전반부를 초점화한 것이다. 그런데 이 시집 1-6장까지의 주요내용은 인물들이 과거와 미래 그리고 현실과 환상을 오가면서 파멸되고 있는 세계의 곳곳을 계속해서 확인하면서 깊은 절망에 빠진다는 것이다. 인물들의 기나긴 여정에는 그들의 불행한 성장과정, 세계대전의 전황, 인류의 부패의 현장 등이 자동기술적인 방식으로 형상화되고 있다. 그런데 박인환은 술집에서 상이한 상황에 놓인 인물들의 조우[18)]와 로제타의 사랑과

까지 드러낸다는 차별성이 있다. 그는 각 부에서 처음 발화하는 경우가 많으며 그가 끔찍한 환상여행으로부터 다른 방식으로 끔찍한 현실세계로 돌아오는 장면에서 작품이 종결된다. 앰블 Amble은 대학Mid-Eastern Univ 2학년 때 해군에 입대한 젊은 청년으로서 자신에 대한 불안감과 미래에 대한 공포감을 지니고 있다. 그는 네 사람의 시,공간 여행을 통해 로제타에게 사랑의 감정을 느끼지만 그녀의 침대에서 갑자기 죽게 된다. 그리고 로제타에 관해서는 다음 각주의 오든의 소개글과 이 글의 본론논의를 참고할 것.

17) '로제타'에 관한 오든의 소개글은 다음과 같다. "담배에 불을 붙이면서 로제타는 또한 쉽게는 아니지만 자신이 처한 환경을 무시해버렸다. 그렇다, 그녀는 돈을 꽤 벌었었다- 그녀는 대형 백화점의 바이어였으며 그것도 아주 유능하였다- 그리고 그것은 아주 큰 돈이 되었다. 그러하였던 것은 그렇게 되어본 적이 있는 여느 사람처럼 그녀역시 가난해지는 것에 대해 예민한 공포감을 지니고 있었다. 그렇다, 미국은 삶을 영위할 돈을 벌고자 한다면 이주할 만한 지구상의 최적의 장소였다. 그러나 그곳은 그렇게 크고 텅비고 시끄럽고 엉망이었어야 했던가? 그녀는 왜 부자로 있었을 수가 없었을까? 그렇다, 그녀는 보이는 것만큼 젊지 않았음에도, 젊다고 속았던 많은 남자들 혹은 연륜이 있는 여자를 좋아하는 많은 남자들이 정말로 있었던 것이다. 그러나 그 남자들은 좋아하면서도 청혼하는 부류가 아니거나 혹은 청혼은 했지만 좋아할 만한 부류는 아니었다. 그래서 그녀는 지금 자신이 좋아하는 대낮의 몽상에 젖어 있다. 그녀는 점점 더- 그리고 상당히 자주- 몽상에 탐닉하였다. 그리고 영국 탐정 스토리의 모든 독자들에게 친숙한 그러한 풍경들 중의 하나를 매우 상세하게 떠올렸다. 그 장면이란 매력적인 괴짜들이 사는 사랑스럽고 순수한 시골외곽이었다. 그 괴짜들은 테니스장 혹은 온실에 끔찍한 시체가 갑자기 나타날 때에야 자신들의 독자적 수단이나 놀라움을 주는 취향을 드러냈다. 일과 법과 죄는 문학의 전용물이었다."W. H. Auden, The Age of ANXIETY, Princeton Univ, 2011, pp. 4-5.

18) 오든과 박인환의 제재, 배경상의 공통점으로는 '술집에서의 회화' 혹은 '숙취'모티브를 들 수 있다. 오든은 2부 마지막 페이지에서, 유사중독상태인 '숙취'가 인물들의 의식, 무의식적 교감에 있어 주요한 역할을 한다고 밝힌다.
"모든 이가 알고 있듯이, 다수의 사람들이 유사중독상태에서는 그 자신들이 깨어있을 때의 상태를 훌쩍 넘어서는 능력을 드러낸다. 숫기 없던 이들이 낯선 사람들에게도 서슴없이 능숙하게 말을 건넨다. 말을 더듬던 이들이 복합적인 문장도 거침없이 술술 구사하게 된다. 운동을 못하던

애도에 관심을 보여준다.

그리고 박인환은 『불안의 연대』의 소개글에 이어 ㉯에서 '로제타'의 독백을 번역하였다.[19] 인용문 원시의 1-2행을 직역하면, "신부의 침대 위에서 눈먼 신랑은 코를 골고 있다./ 너무 서먹하여 사랑도 못한 채"이다.[20] 박인환은 "신부의 베드 위에서/ 그대는 사랑을 넘고 장님이 되어 코를 골고 계십니다"로 의역하였다. 이어 그는 "Too aloof to love"의 의미도 다소 변용

이들도 역도선수나 단거리주자로 변신한다. 평범한 이들이 신화와 상징에 관한 직관적 안목을 드러낸다. 그중에서 주목받을 만한 중요한 현상은, 보통 때에는 그렇지 못한데, 다른 사람들의 자아를 향한 우리의 신뢰가 안정적이고 아주 견고해진다는 사실이다. 그러한 상태는 의심을 완전히 걷어버리도록 하는 아주 놀랄 만한 정당화가 이루어진 것이다. 게다가 주변여건도 괜찮았다면 그곳에 모인 사람들은 친밀한 관계를 맺게 되는데 그때 그들이 공유하는 사유와 감정이란 아주 즉흥적이며 정확한 것이다. 마침내 그들은 단일한 조직체처럼 기능하는 것처럼 여겨진다./ 그들은 선사시대에 찾았던 인류의 행복과 유사한 상태에 놓여 있다. 그것은 인간의 몸에 따라 유사하게 변화하는 상징적 풍경으로서 상상될 수 있다. 즉 주변환경이 아주 잊혀질수록 그리고 시간감각이 아주 상실될수록, 그들 네 사람은 서로에 관해 아주 섬세하게 지각하게 되며 그리고 각자의 꿈속에서도 서로 교감하는 경지에 이른다. 이 경지는, 이 같은 방식이 아니었다면, 반대로, 극도로 각성된 상태에서나 겨우 얻어질 수 있는 아주 드문 공동체의 상태이다. 그리고 이것은 결코 갑작스럽게 일어날 수 있는 일이 아니다", ibid., p. 46.

19) 박인환이 역한 오든의 원시는 다음과 같다, "Blind on the bride-bed, the bridgegroom snores,/ Too aloof to love. Did you lose your nerve/ And cloud your conscience because I wasn't/ Your dish really? You danced so bravely/ Till I wished I were. Will you remain/ Such a pleasant prince? Probably not./ But you're handsome, aren't you? even now/ A kingly corpse. I'll coffin you up till/ You rule again. Rest for us both and/ Dream, dear one. I'll be dressed when you wake/ To get coffee," W. H. Auden, ibid., p. 98. 몇몇 번역의 오류는 있으나 자연스러운 표현을 위해 원시의 한행 반 혹은 두 행을 넘나들며 행을 새롭게 구성하였다. 역시의 행 구성은 박인환 시의 특징적 방식과 유사하다. 그는 "pleasant prince"를 "유쾌한 황제"로서 역하였는데, '황제'라는 말은 「무도회」, 「최후의 회화」 등에서 시인 자신을 가리키는 독특한 표현으로 나타난다.

20) 오든의 작품에는 신부와 신랑의 모티브로서 결말을 맺는 부분들이 나타나고 있다. 오든의 "poem"(October 1929)은 신부와 유령이 된 희생자(신랑)의 형상화로서 결말을 맺고 있다("But upon the ninth shall be/ Bride and victim to a ghost,/ And in the pit of terror thrown/ Shall bear the wrath alone"). 그리고 연작시 "1929"는 호수의 지면에 누워있는 '신랑'의 모습이 나타나며 그 장면에서 끝을 맺고 있다. 특기할 것은 오든이 사랑의 의미를 이야기한 다음의 자리에서 '호수' 속 깊이, '딱딱한 지면'에 (죽어있는) '신랑'은 '아름답다'는 수식어와 함께 나타난다는 점이다("The hard bitch and the riding-master,/ Stiff underground; deep in clear lake/ The lolling bridegroom, beautiful, there").

하였다. 즉 원시는, '신부의 침대 위에서 사랑도 못한 채 잠이 들었다'는 뜻에 가까우나 그의 의역은 '사랑을 넘고 장님이 되어 코를 골다,' 즉 '사랑을 하고 코를 골며 잠들었다'는 뜻에 가깝다. 이로 해서 로제타와 앰블은 사랑을 나눈 연인의 관계 쪽으로 바뀌어진다. 변용관계는, "너무 서먹하여 사랑도 못한 채Too aloof to love"에 이어 "Did you lose your nerve당신은 주눅이 들었었나요"가 바로 이어지는 것으로 명백해진다. 또한 박인환은 죽은 앰블을 가리키는 "dear one"을 "사랑하는 그대여"로서 역하였다. 'dear'는 다정하게 말을 건네는 이라면 붙일 수 있는 형용어이나 그 중에서 '사랑하는 그대여'를 취한 것은 둘의 관계를 '연인'으로 해석하는 박인환의 '의향'이 작용한 것이다.

앰블의 죽음을 발견한 로제타의 애도, 즉 ㉯ 이후 그녀의 독백을 보면, 앰블의 죽음을 향한 애도는 곧 사라지고, '바빌론의 강둑 위에서 연인과 함께하는 장면On Babylon's banks. You'll build here, be/Satisfied soon, while I sit waiting,' '수많은 경찰과 사람들 무리의 끔찍한 장면Lots of police, and a little group/ In terrible trouble, don't try to help,' '림몬 신의 파티에서의 소동 장면The rowdy cries at Rimmon's party,' '비극시인과 함께 죽어간다고 말하는 로마황제의 모습Caesar is sitting in solemn thought,/ Do not disturb. I'm dying tonight with/ The tragic poets-' 등, 향락과 악덕의 역사적인 장면들이 자동기술적으로 전개된다.[21] 즉 『불안의 연대』의 중심주제, 곧 다양한 계층을 대변하는 네 사람이 각자의 삶 속에서 그리고 인류의 역사적 부조리의 현장에서 인간들의 죄의 실상을 확인하는 것으로 이어지고 있다.[22]

---

21) ibid., pp. 98-99.

22) 전체 6부로 구성된 "불안의 연대"의 1부를 정리하면 다음과 같다. 1부는 작품의 시대적 상황에 관하여 "역사적 과정이 무너지고 군대들이 편성되고 있다. 관련논쟁들은 공허감을 안겨줄 뿐 신성하게 여길 만한 것이 없었다. 공포와 자유와 따분함이 불가피하게 뒤따를 뿐이다. 그러한 때

즉 오든은 세기말적 장면들 속에서 구원의 가능성을 회의하게 되는 인물들의 여정을 주제화하고 있다. 한편 박인환은 이러한 주제보다는 '로제타'라는 여성의 사랑과 애도를 초점화하는 방식을 취한다. 박인환이 부각시킨 '로제타'와 견줄 수 있는 그의 작품으로는 ㉤의 「밤의 未埋葬」을 들수 있다. 이 작품은 '로제타'의 상황과 유사하게, 사랑하는 연인의 죽음과 그것을 애도하는 모티브와 정조를 보여준다.[23] 특히, 두 작품에 나타난 여성상은 오든과 박인환 각각의 인간과 신에 관한 관점을 구체화한다. 먼저, '로제타'는 오든의 『불안의 연대』에 등장하는 네 사람 중에서 유일한 여성이자 인간애와 감성이 충만한 인물이다. 구체적으로, ㉤는 네 인물이 술집에서 만나고 각자의 꿈의 세계로 진입하는 장면으로서(2부) '퀀트'가 '로제타'를 소개하는 부분이다. '로제타'는 '페러그린' 혹은 '바다매 요정'으

술집의 경기는 좋아 보인다When the historical process breaks down and armies organize with their embossed debates the ensuing void which they can never consecrate, when necessity is associated with horror and freedom with boredom, then it looks good to the bar business"로서 시작한다. 특기할 것은, 오든은 전쟁이 일어나기 이전에 도시인들의 평범한 삶을 설명할 때 경영주와 건물주가 그들로부터 소득을 얻는 자본주의의 기제를 구체적으로 이야기하는 점이다("수많은 사람들은 결과적으로 경영주의 시장거래 손실분으로 인해 평가절하되었음에 틀림이 없다. 경영주는 근심할 필요가 없었다. 그 시절에는, 그가 제공해야 하는 것들을, 절박하게 필요로 하는 아주 고독한 사람들과 또한 아주 실패한 사람들이 항상 존재하였다. 즉, 그가 제공하는 것들은, 어떤 것도 특별히 일어날 일이 없는 침해되지 않는 공간, 그리고 공상을 위해 취할 수 있는 생리적 보조시설이었다."). 이어 인물들은 '술집'에서 조우하는데, 라디오 뉴스와 기계음향은 세계대전의 파괴상황을 들려주고 있다("자, 뉴스입니다. 한밤에 다섯 개 도시가/ 공습받았습니다. 불꽃이 치솟습니다./ 양면공격작전으로 압박하고 있습니다./ 위협적인 추동력을 지닌 삼 차 분할공격은/ 해안 교두보를 확장시키고 있습니다. 행운의 마스코트가/ 저격수를 구합니다. 철강공장을 파괴하려는/ 사보타주의 조짐이 있습니다./ 미치광이 나찌가 중요거점을 확보하였습니다").

23) 박인환의 시편에서 사랑하는 여인과 관련한 죽음의식은 특징적 주제일 뿐 아니라 그의 영화평에서도 특히 주목되는 부분이다. "절망 속에 혼자 남은 로베르는 마농의 시체를 생전 그가 사랑했던 오아시스까지 옮겨주려고 쳐들어 올린다./빛으로 줄은 만든 사구, 그 절정에서 시체를 끌어내리고 두 발을 잡고 거꾸로 끌고 나간다. 그 동요에 또다시 뜬 흰 눈동자의 무서움…… 피로와 환상에 기진맥진한 로베르는 하는 수 없이 시체를 버리고 쓰러지고 만다. 최후로 있는 힘을 다하여 마농을 모래 속에 묻고 이별의 입을 맞추자 뺨은 댄 채로 움직여지지 않았다", 「회상의 명화선」(아리랑 1956.7).

로 비유된다.[24] 그 요정은 양치기를 북돋우며 무선의 편지를 나르며 행복과 건강함의 세계를 향하고 있다. '퀀트'는 '로제타'를 '우리의 훌륭한 안내자'로서 일컬으며 이어 '로제타'의 독백이 진행된다.

『불안의 연대』에서 '로제타'라는 여성은 '에덴'의 세계로 견인하는 '안내자'이자 인간적 감성을 지닌 존재로 부각된다. 그리고 로제타와의 육체적 사랑을 꿈꾸었던 앰블은 갑작스럽게 죽어버린 존재로 나타난다. 즉 오든은 로제타의 사랑을 초점에 두기보다는, 파멸되어가는 인간세계들을 확인하고 신의 에덴을 향하지만 끝내 절망하는 모습을 초점화하고 있다.[25] 한편, ㉓에서 박인환의 화자는 "호흡이 끊긴 不幸한 天使"의 연인으로서 "사랑하는 純粹한 不幸이여 悲慘이여 錯覺이여 결코 그대만은 언제까지나 나와함께 있어주시오"라고 되뇌인다. 즉 '호흡이 끊긴' 연인에 대해 '인간적 애도'를 보여주면서도 '불행한 천사'라는 신성한 의미를 투영한다.

즉 오든이 초점화하는 것은 인물들의 신의 세계를 향한 모색이라고 할 수 있으며 '로제타'와 '앰블'의 사랑과 '앰블'의 죽음은 인간계를 돌아보고 신을 추구하는 주제의식에 비해 큰 비중을 지니지는 않는다. 그런데 박인환은 오든의 인물들 중에서 '인간애'를 충만하게 보여주는 '로제타'라는 여성의 인간적인 사랑과 애도를 부각시키고 있다. 박인환의 '로제타'의 변

---

24) '페러그린'는 '요정'과 '새'의 결합적 존재로서 오든의 「30년대의 신부A BRIDE IN THE 30'S」의 결미에서는 '신부'의 '비둘기'와 관련하여 '신이 선사하는 사랑의 언어'의 대상으로서 나타난다("Yours is the choice, to whom the gods awarded/ The Language of learning and the language of love,/ Crooked to move as a moneybug or a cancer/ Or straight as a dove").

25) "불안의 연대"의 4장의 제목은 "The dirge" 즉 장례식의 '만가'로서 작품 전반의 주제를 암시한다. 이 장은 2장과 3장에서 시간상의 과거와 미래, 그리고 세계의 이곳과 저곳을 돌아다녔지만 결국 연옥의 풍경만을 발견하게 되는 인물들의 철저한 절망을 나타낸다. 그리고 이 장은 5장에서 일어날 앰블의 죽음에 관한 전조를 보여준다. 이 장의 말미는 인물들이 로제타의 아파트로 택시를 타고 오는 동안에 거리에서 울부짖는 세탁부와 점원들, 문둥이들, 입법가들 등의 환각적 장면을 체험하는 것으로 종결된다.

용과 관련하여 연인의 죽음을 주제화한 '호흡이 끊긴 천사'를 살펴보면 그의 시론적 지향은 좀 더 뚜렷해진다. 즉 '호흡이 끊긴 천사'는 시인이 지켜주어야 하는 대상이었으나 그렇지 못하고 죽어버린 여성이다. 즉 사랑하는 이를 향한 애도가 초점화되며 애도하는 이의 '불행한' 마음 속에 있는 '호흡이 끊긴' 사랑하는 이에게서 '천사' 곧 '신의 세계'에 속한 형상을 발견한다.

오든의 '로제타'는 에덴의 세계를 모색하는 안내자이지만 박인환의 '호흡이 끊긴 천사'는 현실에서는 죽어버린 존재이다. '로제타'는 신을 부르면서도 끝내 신의 구원을 얻지 못하였으나 '호흡이 끊긴 천사'는 '에덴의 세계'에 속한 존재로서 화자를 끊임없이 인도한다. 작품 서두에서 "…우리들을 괴롭히는 것은 주검이 아니라 葬禮式이다…"에서, 박인환은 죽은 연인을 향한 인간적인 애도를 반복적으로 나타내며, "결코 그대만은 언제까지나 함께있어 주시오"에서 연인을 향한 영원한 사랑을 다짐한다. 즉 오든은 인간의 속성들에서 파멸적 요소를 초점화하며 그것에서 처벌하는 신의 흔적을 발견하고 있다면, 박인환은 (그것이 어떠한 죽음이라도) 여인의 죽음을 애도하는 인간적인 가치에서 신성한 의미를 부여하고 있다("香氣짙은 젖가슴을 銃알로 구멍내고/ 暗黑의地圖 孤節된 치마끝을/ 피와 눈물과 最後의生命을 이끌며/ 오 그대 未來의娼婦여", 「未來의 娼婦 −새로운 神에게」 부분).

즉 박인환의 '호흡이 끊긴 천사'는 사랑과 죽음과 애도와 같은 '인간적 가치'에 의미를 부여하며 '인간애' 속에서 '신성한' 의미를 발견하는 '현세주의적 경향'을 보여준다. 이것은 인간세계의 추악한 면들을 확인하고 그것을 처벌하는 신을 끊임없이 부르고 있는 오든의 '관념주의적' 경향과 대비된다. 이런 의미에서 『불안의 연대』에서 '사람들 사이에 좋은 쪽으로 진전되는 감정' 속에서 '아주 절망적으로 곤궁에 빠진 세계의 곳곳에 평화와 용서를 기원하는 고귀한 상징'을 발견하는 다음 구절은 박인환의 인간주의적 관점에 부합된다. 즉 "음악에 맞추어 움직이면서 로제타와 앰블은 서로에게 확실히 매료되고 있었다. 전쟁의 시기에는, 사람들 사이에 좋은 쪽으로 진전되는 감정은 그것이 어떠한 형태의 것이라고 해도, 과도하게 아름다운 것처럼 여겨진다. 그것은 아주 절망적으로 곤궁에 빠진 세계의 곳곳에 평화와 용서를 기원하는 고귀한 상징이다. 그래서 춤추는 사람들과 구경꾼들 모두에게, 평온한 일상에서 볼 수 있는 이 같은 매혹은 엄청나게 중요한 것처럼 여겨졌으며 실지로도 그러한 것이었다(Moving well together to the music, ROSETTA and EMBLE were becoming obviously attracted to each other. In times of war even the crudest kind of positive affection between persons seems extraordinarily beautiful, a noble symbol of the peace and forgiveness of which the whole world stands so desperately in need)."

3. '일곱 層階'와 '不幸한 神'의 의미

박인환의 시세계에서 '로제타'의 변용과 함께 유의성을 지닌 제재 혹은 모티브로서 '일곱 단계'를 들 수 있다. '일곱 단계'는 "불안의 연대"의 2장과 3장의 제목이면서 각 장의 구성원리이다. '일곱 단계' 역시 '신'과 '인간세계'에 관한 두 시인의 고유한 관점을 드러내고 있다.

마린이 독백을 시작했다
저 아이를 보아라, 요람 속에서 무력하게
의당히 잠잠하게 있는, 그러나 벌써부터

아이는 꿈 속에서 그날의 일로 두려움에 떨고 있었다.

아이는 할 수 있다는 것 말고는 아무것도 알 수 없었다.

아이의 앞에는 저 너머의 죄책감으로 채워진 아득한 심연이 있을 뿐이었다.

　무슨 일로, 도대체 무엇 때문에

아이의 모든 반경들을 침범하고 금지하였단 말인가, 오히려 그 금지의 명령이
아이를 유혹하도록 하는 데도 말이다.

아이는 두 발로 뛰는 것으로 어른들의 평가를 받는다, 그것은 인류의 구성원
이 되는 방식이었다.

아이의 가족은 해체되었으며 아이의 자유는 상실되었다.

사랑은 법이 되었다. 지금 아이는 어른들을 바라본다,

어른들은 아이를 의식적으로 보살폈으며

찡그릴까 미소지을까, 아이의 표정을 추적하였다.

어른들은 기침소리로 야단치면서 그것을 연민이라고 주장하였다.

아이는 상처 난 무릎으로써 교묘하게 복수하였다.

그리고 연약한 벌레들에게 고통과 처벌을 가하기도 하였다,

자신이 당하는 방식을 벌레들에게 하면서 아이는 소리없이 크게 웃었던 것이다.

그것은 아이의 애절함을 담고 있는 작은 비밀이었다.

바로 그 순간, 아이는 공허감 속에서 발견하였다,

그것은 패거리 내에서의 즐거움이었다,

또한 다른 아이들과 두려워하면서 어떠한 죄를 어슬프게 공모하는 일이었다.

아이는 무리들이 내는 경고의 메아리를 쫓아서 움직이는 눈먼 박쥐들과도 같
았다,

그것은 지그재그를 그리는 눈먼 박쥐의 기이한 춤이었던가,

사건들과 좌절들로 적층된 아이의 감정적 형상이었던가.

수줍음과 부끄러움이 있을 뿐이었다, 그늘을 드리우는 한 공중곡예사에게는.

MALIN began:

Behold the infant, helpless in cradle and

Righteous still, yet already there is

Dread in his dreams at the deed of which

He knows nothing but knows he can do,

The gulf before him with guilt beyond,

Whatever that is, Whatever why

Forbids his bound; till that ban tempts him;

He jumps and is judged; he joins mankind,

The fallen families, freedom lost,

Love become Law. Now he looks at grown-ups

With conscious care, and calculates on

The effect of a frown or filial smile,

Accuses with a cough, claims pity

With scratched knees, skillfully avenges

Pains and punishments on puny insects,

Grows into a grin, and gladly shares his

Small secret with the supplicating

Instant present. His emptiness finds

Its joy in a gang and is joined to others

By crimes in common. Clumsy and alarmed,

As the blind bat obeys the warnings

Of its own echoes, his inner life

Is a zig-zag, a bizarre dance of
Feelings through facts, a foiled one learning
Shyness and shame, a shadowed flier"[26]

가만이 눈을 감고 생각하니
지난 하루 하루가 무서웠다.
무엇이나 꺼리낌 없이 말 했고
아무에게도 協議해 본 일이 없던
不幸한 年代였다.

비가 줄 줄 내리는 새벽
바로 그때이다
죽어 간 靑春이
땅 속에서 솟아 나오는 것이……
그러나 나는 뛰어 들어
서슴 없이 어깨를 거느리고
握手한 채 피 묻은 손목으로
우리는 暗憺한 일곱개의 層階를 내려갔다.

「人間의 條件」의 앙드레·마르로우
「아름다운 地區」의 아라공
모두들 나와 허물 없던 友人
黃昏이면 疲困한 肉體로

---

26) ibid., PART TWO, *The Seven Ages*, pp. 23-24.

우리의 槪念이 즐거이 이름불렀던

〈精神과 聯關의 호텔〉에서

마르로우는 이 빠진 情婦와

아라공은 절룸발이 思想과

나는 이들을 凝視하면서……

이러한 바람의 낮과 愛慾의 밤이

回想의 寫眞처럼

부질하게 내 눈 앞에 오고 간다.

또 다른 그날

街路樹 그늘에서 울던 아이는

옛날 江가에 내가 버린 嬰兒

쓰러지는 建物 아래

슬픔에 죽어 가던 少女도

오늘 幻影처럼 살았다

이름이 무엇인지

나라를 애태우는지

分別할 意識조차 내게는 없다

시달림과 憎惡의 陸地

敗北의 暴風을 뚫고

나의 永遠한 作別의 노래가

안개 속에 울리고

지낸 날의 무거운 回想을 더듬으며

壁에 귀를 기대면

머나 먼

運命의都市 한복판

희미한 달을 바라

울며 울며 일곱 개의 層階를 오르는

그 아이의 方向은

어데인가

「일곱개의 層階」

『불안의 연대』의 2장의 '일곱 단계The Seven Stages'는 아이에서 소년, 청년, 장년, 노년을 단계화한 것이다.[27] 특징적인 것은 오든의 인물들은 과거에서든 현재에서든, 유년기의 불행이 그들의 현재의 불행과 의식, 무의식적으로 관련된다는 것이다. 구체적으로, 오든의 '아이'는 주로, 성장과정 중에 강력한 권한을 지닌 부모의 엄격한 훈육에 기인하여 공포와 고통을 겪는 모습을 보여준다. 엄격한 처벌은 인간세계에 엄정한 처벌을 내리는 '신의 형상'으로 종종 전이되어 나타난다("The fallen families, freedom lost,/ Love become Law").[28] 박인환 역시 「일곱개의 層階」에서 세계대전과 6.25전쟁을

---

27) 일곱 단계에 상응하는 연령대를 암시하는 어구에 관해서, 각 단계에서 첫 번째로 발화하는 '마린'과 비중이 있는 '로제타'에 주목하여 보면 다음과 같다. 즉 1단계는 "the infant," 2단계는 "With shaving comes," "In my sixteenth year," 3단계는 "learning to love," "through our naked nights," 4단계는 "adults fear," 5단계는 "Married or single," 6단계는 "The jawing genius of a jackass age," 7단계는 "His last chapter," "The end comes" 등이다.

28) 유년기의 훈육과 관련한 불행의 모티브는 오든의 작고(作故) 직전까지 형상화되고 있다 ("Certain it became while we were still incomplete/ There were certain prizes for which we would never complete;/ A choice was killed by every childish illness,/ The boiling tears among the hothouse plants,/ The rigid promise fractured in the garden,/ And the long aunts", "A BRIDE IN THE 30'S" 부분, "But to create it and to guard/ Shall be his whole reward./ He shall watch and he shall weep,/ All his father's love deny,/ To his

겪어온 시대를 '不幸한 年代'로 일컬으며 '일곱층계'를 내려가는 구도를 형상화하였다. 박인환의 '아이'는 청년기인 현재로부터 과거로 거슬러가는 가운데 울고 있는 형상으로 나타난다. 그의 '아이'는 극심한 불안과 불행에 빠져 있는 형상을 보여주는데, 이에 비하면 오든의 '아이'는 그다지 큰 불행에 빠져있지 않는 것으로 보일 정도이다.

2장의 '일곱 단계' 다음의 3장의 '일곱 단계'는, 오든의 인물들이 지상 곳곳을 탐험하는 '공간여행'의 의미를 지닌다. 그럼에도 2장의 일곱 단계와 마찬가지로 과거와 환영을 오가는 방식도 지속적으로 이어진다. 3장의 일곱 단계의 각 단계 끝에는 표지가 있는데, 그것은 "나무가 없는 분수령a treeless watershed," "항구rival ports," "도시the city," "강가의 큰 집the big house," "잊혀진 묘지the forgotten graveyard," "은밀한 정원the hermetic gardens," "숲의 가장자리the forest's edge"이다. 1단계부터 3단계까지는 주로, 인적이 드문 황폐한 자연풍경이 두드러지며 4단계에는 경박한 문화와 범죄에 취약한 마을풍경이, 5단계에는 악당인 늙은 학자의 집안풍경이, 모래에 묻힌 바벨탑 도시, 살인자들의 언덕, 난잡한 성행위 장면 등이, 6단계에는 죽어가는 신랑을 실은 보트를 기다리는 신부의 형상이, 7단계에는 고통스런 환청과 환각을 보게 되는 미로 같은 숲길이 이어진다.[29]

---

mother's womb be lost," "POEM October 1972").

29) 구체적으로, 3장에서 1단계부터 3단계까지는 소금호수와 산골짜기와 같이 주로 인적이 드문 황폐한 자연풍경이 나타난다. 4단계에서는 마을풍경을 나타나는데, 그것은 경박한 문화, 범죄에 취약한 가정, 불행과 궁핍 속의 창백한 아이들, 슬럼가와 정신병원 등으로 형상화된다. 퀀트는 '신의 혁명적 이미지' 즉 서리나 홍수로서 그 사악한 세계가 결국 처벌받을 것이라고 말한다. 5단계에는 사람들의 어리석음에 근거하여 부를 축재한 노학자의 저택 즉 텅 빈 거대한 무도장, 이상한 결정이 취해지는 비밀회합의 서재, 그리고 숲속에서 흐느껴우는 하녀들 등이 나타난다. 장면은, 모래 위에 묻힌 바벨탑의 도시, 살인자들의 언덕, 난잡한 성행위 등으로 이어진다. 6단계는 "주체가 없는 이곳에 출입할 수 없다No Entrance Here Without a Subject"고 씌인 묘지를 지나며 시작하여 강가에서 죽어가는 신랑을 실은 보트를 기다리는 신부의 형상화로서 끝맺는다. 7단계에는 인물들이 신체적 고통을 호소하며 미로같은 숲길에서 서로의 목소리만을

일곱 단계의 여정을 거친 이후에 인물들의 의식을 요약하는 것은 그 여정을 마친 다음의 해설에서이다. 즉"심지어 그녀가 이야기를 이어가는 동안에도, 그들의 공포는 견고해지고 그들의 희망은 부정되었다. 그것은, 매복해 기다리던 시간들로 인해 영속적인 근엄한 분노 속에서 시간의 도망자들이 다시 최악의 순간을 맞게 되는 것처럼, 기나긴 비행이기도 하였던 여행길의 세계들이 지금 그들 바로 앞에서 떠오르기 때문이었다(Even while she is still speaking, their fears are confirmed, their hopes denied. For the world from which their journey has been one long flight rises up before them now as if the whole time it had been hiding in ambush, only waiting for the worst moment to reappear to its fugitives in all the majesty of its perpetual fury)."[30] 즉 시간과 공간을 아우르는 '일곱 단계'의 여정을 통해서 궁극적 오든이 나타내는 것은 인물들의 험난한 여정에도 불구하고 '영속적인 근엄한 분노 속'에서 '다시 최악의 순간을 맞게'된다는 것이다.

먼저, '일곱 단계'의 여정을 통해 오든과 박인환이 공통적인 지점에 주목할 수 있다. '일곱 단계'는 1, 2차 세계대전과 6.25전쟁체험과 관련한 당대의 종말의식을 보여준다. 1947년에 발간된 『불안의 연대』의 창작은 1939년 세계대전 발발이후 5년여에 걸친 전쟁의 공포 속에서 이루어졌다. 오든은 그러한 상황을 인류에게 내리는 '신의 처벌'로서 사유하고 있다. 이런 의미에서 '일곱 단계'는 요한계시록의 '일곱'의 의미와 관련된다. 즉 그것은 인간세계의 환난의 극단 혹은 신의 재림에의 희망이라는 상반되면서 양립적인 의미를 나타낸다.

들으며 걸어간다. 그들은 사자가 당나귀로 변하거나 숲속 멀리서 엄격한 아버지의 시선을 느끼거나 어머니의 울음소리를 듣게 된다.

30) ibid., p. 78.

단적인 사례로, "사상자수와 악몽이 보도되고 있다Numbers and nightmares have news value"는 로제타의 말에 이어, "모든 사람들을 기소해야 할 범죄가 일어나고 있다A crime has occurred, accusing all"는 마린의 말이 이어지며, 다음에 "세상은 씻어내서 일주일의 휴식을 취할 필요가 있다The world needs a wash and a week's rest"는 퀀트의 말이 이어지는 장면을 들 수 있다.[31] 특히 '씻어내서 일주일의 휴식'과 관련한 진술은 성경에서 '일곱'이라는 상징적 환난을 의미한다.[32] 즉 전쟁과 폭력과 범죄로 점철된 세계가 신의 처벌을 필요로 한다는 오든의 의향을 간접적으로 전한다. 이것은 마린의 주장, "도대체 이 세상에서 신도 존재하지 않고 선도 존재하지 않아, 해결할 수 없는 이러한 죄만이What in his world but why he is neither/ God nor good, this guilt the insoluble"에서 고조된다.[33]

박인환 역시 「回想의 긴 溪谷」의 '죽엄의 빗탈을 지나는/ 서럽고 또한 幻影에 속은/ 어리석은 永遠한 순敎者/ 우리들'에서, '回想의 긴 溪谷'이라는 험난한 시간적 여정을 드러내며 '우리들'을 종교적 신앙을 지닌 '순교자'로서 형상화하고 있다. 그리고 「살아 있는 것이 있다면」에서는 '靜寞과 硝煙의 都市 그 暗黑속' 즉 전쟁의 포화를 입은 도시의 공간을 보여주고 있다. 이 작품 또한 '最後로 이聖者의 세계에 살아있는 것'으로서 '贖罪의 繪畫 속의 裸女'를 언급함으로써 전쟁기 종말의식과 기독교적 속죄의식을 나타내고 있다.

다음, '일곱 단계'의 여정에서 박인환과 오든의 차이점에 주목할 수 있

---

31) ibid., p. 15.

32) 성경에서 '일곱'은 특별한 양가적 의미를 지닌다. 특히, 요한 계시록에는 '교회', '별', '봉인', '천사', '재앙' 등이 모두 '일곱'으로 나타난다. 즉 '일곱'은 신성하고 복된 의미를 지니는 동시에 신의 처벌과 같은 재앙의 의미를 내포한다.

33) ibid., p. 20.

다. 구체적으로 '일곱 단계'의 유년기 회상에서 떠오른 '아이'를 들 수 있다. 박인환의 '아이'가 겪는 '불행'은 '아르공,' '마르로우,' '슬픔에 죽어 가던 少女' 등과 같이 성인기의 다양한 체험들로부터 소급적으로 드러난다. 한편 오든의 '아이'는 '엄격한 부모의 훈육'의 과거와 '신'의 처벌을 받는 현재를 오가며 형상화된다. 즉 박인환의 「전원」에서 그의 어머니는 자신을 훈육하는 대상이 아니라 화자가 연민을 갖는 대상이다. 그는 '지난 시인의 걸어온 길'을 회상하면서 '내 가슴보다도 더욱 쓰라린 늙은 농촌의 황혼'과 '삭풍에 쓰러지는 고목 옆에서 나를 부르는' '절름발이 내 어머니'를 부른다("절름발이 내 어머니는/ 삭풍에 쓰러진 고목 옆에서 나를/ 불렀다. 얼마 지나/ 부서진 추억을 안고/ 염소처럼 나는 울었다"). 즉 박인환의 '절름발이 내 어머니'는 불행한 현재의 '나'의 분신의 의미를 지닌다.

당대세계에 대하여, 오든은 '일곱 단계'의 구성을 경유하여 인간세계에는 어떠한 희망도 부재하며 강력한 '신'의 처벌만이 있을 뿐이라는 철저한 절망을 형상화한다. 그리고 그 절망의 여정에는 유년기의 '엄격한 부모'의 형상이 자리잡고 있다. 박인환도 '일곱 단계'와 같은 과거회상 속에서 유년기 자아와 현재의 자아를 오가면서 불행한 자아 혹은 불안한 자아를 드러내고는 있다. 그러나 오든의 '일곱 단계'와 연결고리가 되는 박인환의 구절, "울며 울며 일곱 개의 層階를 오르는 그 아이의 方向은 어데인가"는 복합적 지점이 있다. 이 구절은 시의 마지막 어구로서 의문형식으로 '그 아이'의 '향방' 혹은 '미래'를 열어두고 있다. 즉 '일곱 단계'와 같은 가혹한 시련들을 형상화하면서도, 세계와 인간 그리고 시인에 대한 긍정을 견지하는 것이다. 구체적으로, 그는 "最後로 이聖者의 세계에 살아있는 것"에 관해 "分明코 그것은 贖罪의 繪畫 속의 裸女와/ 回想도 苦惱도 이제는 亡靈에게 賣却한 철없는 詩人……/ 나의 눈감지 못한 單純한 狀態의 屍體"(「살아 있는 것이 있다면」 부분)라고 말하고 있다.

'일곱 단계'의 시공간 여행 속에서 부상되는 박인환과 오든, 각각의 '아이'와 '유년기의 부모'의 형상은, 이어지는 발화들에서 '신'을 향한 두 사람의 고유한 관점을 구체화한다.

날아보아라. 그것을 바라보자, 지금 우리를 지키고자 한다면

우리가 상처입고 다툴 때 우리 육신은 쫓겨나게 된다

패총 위의 금간 항아리들처럼

그가 취한 시간 속에서, 우리는 믿을 것이다, 그는 살해할 것이다

그가 지혜롭다면 그는 바꾸지 않을 것이다

거짓이 아닌 하나의 사실. 나는 훌쩍 날아간다, 월스트리트로

혹은 출판 거리로 혹은 술에 취하거나

음악에 열중하든지 혹은 결혼해서 잘 살든지

부자에게 발목이 잡혀있든지. 바로 거기에 그가 있을 것이다

그의 신성한 눈은 나를 향한다. 어찌 내가 멀리 숨겠는가

진찰실에서의 내 비밀스런 죄

그 앞에서 나는 두려움에 떨고 있다. 그는 모든 것을 발견할 것이다

아무것도 아닌 일은 지나쳐버려. 그는 결코 나를 놔두지 않을 것이다

Fly, let's face it, to defend us now

When we bruised or broiled our bodies are chucked

Like cracked crocks onto kitchen middens

In the time He takes. We'll trust, He'll slay

If His Wisdom will, He won't alter

Nor fake one fact. Through I fly to Wall Street

Or Publisher's Row, or pass out, or

Submerge in music, or marry well,

Marooned on riches, He'll be right there

With His Eye upon me. Should I hide away

My secret sins in consulting rooms,

My fears are before Him; He'll find all, Ignore nothing. He'll never let

me [34)]

오늘 나는 모든 慾望과

事物에 作別하였습니다.

그래서 더욱 親한 죽음과 가까워집니다.

過去는 無數한 來日에

잠이 들었습니다.

不幸한 神

어데서나 나와 함께 사는

不幸한 神

당신은 나와 단 둘이서

얼굴을 비벼 대고 秘密을 터놓고

誤解나

人間의 體驗이나

孤絶된 意識에

後悔ㅎ지 않을 것입니다.

또 다시 우리는 結束되었습니다.

---

34) ibid., p.100.

皇帝의 臣下처럼 우리는 죽음을 約束합니다.

지금 저 廣場의 電柱처럼 우리는 存在됩니다.

쉴 새 없이 내 귀에 울려오는 것은

不幸한 神 당신이 부르시는

暴風입니다.

그러나 虛妄한 天地사이를

내가 있고 嚴然히 주검이 가로 놓이고

不幸한 당신이 있으므로

나는 最後의 安定을 즐깁니다.

「不幸한 神」

"불안의 연대"에서 '신'과 관련한 사색과 상상은 '로제타'에 의해 구체적으로 드러난다. 그녀는 사악한 학자의 서재를 지나면서(3장의 5단계) 신에 도전한 '모래 속에 묻힌 바벨탑의 도시들Babel's urbanities buried in sand'을 연상한다. 그리고 그녀는 미로의 숲길에서 고통스런 환청과 환각을 헤매는 세계에서는(7단계) 분노에 휩싸여서 '당신의 아이들'을 돌보지 않는 '신'을 부르고 있다("Dear God, regard thy child/ Repugn or pacify/ All furry forms and fangs that lurk"). 그리고 일곱 단계의 세계를 지나간 다음의 인물들의 체험은 공고해진 공포their fears are confirmed'와 '영속적인 근엄한 분노all the majesty of its perpetual fury'로서 요약된다.

첫 번째 시에서 '로제타'에게 '신'은 '그'라는 형상으로 모습을 드러낸다. 즉 '그'에 관한 진술에서 '사람들'이란 '그의 사람들'이며 '그의 강력한 팔,' '나를 향하는 그의 눈Eye,' 그리고 '모든 것을 발견하는' 존재 등이 그것이다. 한편으로, 그녀는 '우리,' '사람들,' 그리고 '그들'이 다양한 삶의 선택들 속에서 상처입고 위협받는 형상들을 구체화하고 있다. 주목할 것은 '로제타'의 독백 속에서 '나'는 '그'를 두려워하며 '그'는 나의 모든 '죄'를 발견하는 존재라는 것이다. 그리고 '나'의 상황은 '우리,' '그들' 즉 인류 일반의 문제로 확장된다.[35] 즉 비도덕, 살해, 전쟁 등의 상황은 '그'로 암시된 '신'이 처벌해야 할 것들이며 '신'은 강력하고 무자비한 형상으로 변주된다. 즉 "그는 나를 결코 내버려두지 않을 것이다He'll never let me." 그리고 마지막 6장은 '신의 세계'를 꿈꾸었던 인물들이 결국 그들이 여행한 곳들과 다를 바 없는 현실세계로 돌아오는 것으로 귀결된다.

로제타는 앰블의 죽음에 대한 애도에 곧 이어 '그He'라는 지칭어로서 엄격한 신의 형상에 관해 이야기한다. 특기할 것은 로제타는 '신'을 의미하는 '그'에 관한 상념으로부터 유년시절의 '불쌍하고 뚱뚱한 아버지My poor fat father'와 관련한 고통스런 기억의 상념으로 나아간다는 것이다.[36] 그리고 나서 '폭도는 정신이 나가고 경찰서가 불타고 공항이 감시되며 모든 것들이 무너지고 불타는 장면[37]'이 이어진다. 즉 '로제타'는 그녀의 '유년시절'

---

35) "우리들 육신은 맹목적이면서 아주 지겨운 것이어서 도무지 진찰할 수조차 없다./ 우리들을 흥분시키도록 하는 모든 종류들은 사라져버렸단 말인가,/ 어느덧 우리들은 아이들의 신음소리를 내고 있었다, 또한 우리들은 어떻게든 많이,/ 어떻게든 깊이 사랑할 것을 선택하고 있었다, 우리의 지성이 주장하고 있는 것이다./ 자체적으로 처벌받는 우리의 무질서함에 관하여,/ 그의 물음은 우리의 예리한 감각들을 무력화시키고 있다./ 그의 진리는 우리의 이론들을 역사적인 죄로 만들어버리고 있다./ 그는 우리가 상처입은 곳을 가리키며 그리고 우리 생명체의 절규를 말해주고 있다.Though our bodies too blind or too bored to examine/ What sort excite them are slain interjecting/ Their childish Ows and, in choosing how many/ And how much they will love, our minds insist on/ Their own disorder as their own punishment,/ his Question disqualifies our quick senses,/ His Question disqualifies our quick senses,/ His Truth makes our theories historical sins,/ It is where we are wounded that is when He speaks/ Our creaturely cry,", ibid., pp. 107-8.

36) "I shan't find shelter, I shan't be at peace/ Till I really take your restless hands,/ My poor fat father. How appalling was."

37) "Though mobs run amok and markets fall,/ Though lights burn late at police stations,/ Though passports expire and ports are watched,/ Though thousands tumble. Must their

---

의 '아버지'와 '연옥의 세계'의 '신'을 의식, 무의식적으로 관련지어 사유한
다. 이것은 도무지 찾을 길 없는 신의 온정 혹은 이상세계의 부재를 의미한
다.[38]

그럼에도, 5장의 로제타의 마지막 독백은 유대어로 '신'을 부르며 끝맺
고 있다("듣거라, 이스라엘이여, 우리의 하느님 여호와는 오직 한 사람 여호와이시다Shema
'Yisra'el: 'adonai 'elohenu, adonai 'echad").[39] '신'을 간절히 부르고 있음에도 로
제타를 비롯한 인물들의 절박한 여행은 왜 비극적 결말을 확인하는 것에
그치게 되었는가. 이에 관해서는 인물들의 여정의 막바지에 등장하는 수수
께끼와 같은 구절 즉 3장의 6단계의 묘비명을 상기할 필요가 있다. 그것
은, "자아가 없이는 이곳에 출입할 수 없다No Entrance Here Without a Subject"
라는 구절이다. 이 부분은 오든의 인물들이 일곱 단계의 기나긴 여정에도
불구하고 인간과 함께하는 자비의 신을 끝끝내 왜 발견할 수 없었는가에
관해 암시해준다.[40]

구체적으로, "자아가 없이는 이곳에 출입할 수 없다"가 씌인 나무표지판
을 지나가면서 인물들의 6단계 여정이 시작된다. 그들은 이 표지판 아래에
겨우 알아볼 수 있을 정도로 작게 씌인 글씨들을 읽어나간다. 그것은 나무
표지판의 '이곳here'에 관해 다음과 같이 설명한다. 즉 "이곳은 성스러운 장

---

blue glare/ Outlast the lions? Who'll be left to see it/ Disconcerted? I'll be dumb before/
The barracks burn-."

38) 이것은 6장의 에필로그에서 John Milton의 "실락원paradise lost"의 구절 즉 "Some natural
tears they drop'd, but wip'ed them soon; The world was all before them, where to
choose…"를 통해서도 구체화된다.

39) 또한 5장의 서두인용에서 Ronald Firbank의 "Oh, Heaven help me," she prayed, to be
decorative and to do right"을 주목할 수 있다.

40) 송인갑은 『불안의 연대』의 인물들이 "어떠한 심리적 치유" 혹은 "종교적 비약"을 허용하지 않는
다고 지적한다. 그리고 인물들이 불행과 절망에 시달리면서도 "불행과 절망과 공포의 실체에 직
면"하려는 의지가 결여되어 있음을 논의하고 있다. 송인갑, 「오든의 『불안의 연대』에 나타난 불
안의 개념」, 『인문연구』(인하대학 인문과학연구소) 31집, 2000.12, p.104.

소이다/ 드디어 이곳에/ 침묵의 대리석에/ 지배자는 봉인하였다./ 화려했던 그의 시대를/ 염소얼굴을 한 베짱이들과/ 키가 크고 여윈 조롱당한 소년들이/ 출몰하곤 하는 곳,/ 이곳은 그들의 육체가 느낄 수 있는/ 그 이상의 것들을 말해준다./ 이곳에서 충동은 그 추동력을 상실한다, 그리하여/ 소년들의 다리, 결단력, 그리고 갈망은/ 더 이상 나아가지 못한다,/ 그것들이 가져오는/ 큰 야심, 아름다움, 그 모든 것들이/ 걸어가는 도중에 멈추는 것이다./ 제멋대로 된 경계선으로 인하여/ 거기서 야생화는 피어나며 풍요로움은 끝이 난다."[41]

　여기서 '성스러운 장소Here it is holy'는 '신의 온정'으로 이루어진 낙원을 뜻한다.[42] 그런데 그 세계는 오래되고 황폐한 묘지가 되어 봉인되어 있다

---

41)　"Here it is holy,/ Here at last/ In mute marble/ The Master closed/ His splendid period;/ A spot haunted/ By goat-faced grasshoppers/ And gangling boys/ Taunted by talents/ Which tell them more/ Than their flesh can feel./ Here impulse loses/ Its impetus: thus/ Far and no farther/ Their legs, resolutions/ And longings carried/ The big, the ambitious,/ The beautiful; all/ Stopped in mid-stride/ At this straggling border/ Where wildflowers begin/ And wealth ends."

42)　"불안의 연대"와 유사한 구도와 주제를 담은 오든의 장시로 '중일전쟁' 체험을 담은 "전시에In Time of War"가 있다. 전 27편의 이 작품은 낙원에 살던 인간이 선악과로 인해 쫓겨나는 장면으로부터 신의 말씀을 전하는 시인이 세속적 삶 속에서 순수성을 잃어가는 것, 그리고 자유를 누리지만 과거의 낙원을 그리워하는 사람들을 형상화하고 있다. 이 작품은 "불안의 연대"에서 봉쇄된 흔적으로만 존재하는 신의 낙원을 구체적으로 형상화하고 있다. 즉 "그리하여 그러한 시절로부터 소나비처럼 재능이 부여되었다, 모든 생명체들은/ 자기의 재능을 가지고 곧장 달아나서는 제각각의 삶을 살았다./ 벌은 벌집을 만드는 지혜를 취하였다./ 물고기는 물고기답게 헤엄치게 되었으며, 복숭아는 복숭아로 자리잡았다.// 그리고 그들의 최초의 노력들은 성공적이었다./ 그들의 탄생의 시간은 그들의 유일한 대학시절이었다./ 그들은 조숙한 지식에 만족하였다./ 그리고 그들은 자기의 분수를 알고 있었으며 영원히 훌륭하였다So from the years the gift were showered; each/ Ran off with his at once into his life;/ Bee took the politics that make a hive,/ Fish swam as fish, peach settled into peach.// And were successful at the first endeavour;/ The hour of birth their only time at college,/ They were content with their precocious knowledge,/ And knew their station and were good for ever"("In Time of War", 1연 첫부분), "그들은 떠났으며 곧장 기억은 희미해졌다./ 그들이 배웠던 모든 것들을, 그들은 항상 도움을 주었던 개들의 말을 이제는 이해할 수 없게 되었다./ 그들과 늘 계획을 함께 짰던 강물은 벙어리가 되어버렸다They left: immediately the memory faded/ Of all they'd learnt; they could not understand/ The dogs now who, before, had always aided;/

In mute marble The Master closed. 그런데 '성스러운 장소'는 인물들이 유년시절에 즐겁게 놀았던 곳이자 '추동력'과 '큰 야심과 아름다움'을 품고 있었던 추억의 장소로 형상화된다. 표지판의 작은 글씨들은, '야심과 추동력을 상실하게 되는 소년들의 절망'이 그들의 유년기의 '엄격한 훈육'과 연관성이 있음을 나타낸다. 즉 '그 모든 것들이 도중에 멈추는'것은 '제멋대로인 경계선' 때문인 것이다("The big, the ambitious,/ The beautiful; all/ Stopped in mid-stride/ At this straggling border/ Where wildflowers begin/ And wealth ends"). 이것은 '신의 온정'의 세계를 향하는 길이 결핍 혹은 상처를 입은 인물들의 유년기 자아의 문제와 관련되어 있음을 나타낸다. 즉 이 비유는 '일곱 단계'의 의식, 무의식의 여정 속에서 '(부모에 의해) 모든 반경을 침범하고 금지당하는Whatever that is, Whatever why/ Forbids his bound' '마린'의 '아이'를 상기하도록 한다.

봉인된 낙원의 표지판의 "자아가 없이는 이곳에 출입할 수 없다"는, 인물들의 '결핍'의 근원적 지점이 '이곳'에 출입할 수 있는 열쇠와 관련이 있음을 말해준다. 유사한 주제가 "불안의 연대" 시작부의 마린의 첫 발화에서도 나타난다. 그는, 자신들의 시간여행의 의미를 '자아의 탐색'과 관련지어, "시간을 통과하는 여행자의 영속적 현재'가 '종적을 감춘 고유한 그의 자아를 탐색하여 얻어내려는 희망을 지니고서, 그의 육체가 존재한다고 과장해야만 하기 때문이다. 그는 태어나서 죽을 때까지 갈팡질팡하게 된다"[43]고 말한다.

그러나 마린은 뒤이어 그들의 시공간적 여행의 결말에 관해서 '추락한

The stream was dumb with whom they'd always planned"("In Time of War"2연 부분).

43) "THe traveler through time, his tired mind/ Biased towards bigness since his body must/ Exaggerate to exist, possessed by hope,/ Acquisive, in quest of his own/ Absconded self yet scared to find it/ As he bumbles by from birth to death."

영혼'과 '죄의식'과 '두려움'으로 귀결된다고 말하고 있다("그것은 추락한 영혼./ 공간을 장악하고서, 자신의 세계 속의 모든 것을 설명하고자 하지만 자신이 신도 아니며 결코 선도 아닌 까닭을 알지 못한다. 이러한 죄의식은 해결할 수 없는/ 궁극의 사실이다. 이것은 그가 사적으로 결합한 요구들, 혹은 주시한 그의 목표들에, 이해할 수 없기도 하고 이해할 수 있기도 한 포괄적 두려움을 주입하고 있다./ 그 두려움은, 그가 알고 있는 무엇 혹은 이 세계 앞에서 자신의 의지로 될 수 있는 그러한 것이 아니다"[44]). 즉 인물들은 시공간적 여행에 의해 과거의 기억속에 매몰된 채 미성숙한 자아의 상처를 반복적으로 상기해내는 것에 머무르고 있다. 그것은 그들의 '부모의 형상'이 '아이'의 관점에 한정되어 엄격하고 부정적인 것으로만 나타나는 것과 관련이 있다. 그것은 그들이 자신들을 포함한 인간들의 결점과 죄, 폭력과 전쟁의 사태를 일일이 들추어내는 여정을 취하는 것으로 이어진다. 그 결과, 그들은 다만 두려움 속에 허우적거리며 인류를 처벌하는 신의 흔적만을 발견한다. 그럼에도 그들은 자신들과 동떨어진 세계의 '신'이 자아의 고통을 비약적으로 구원해 주기를 소망한다.[45] 그들의 긴 여정에 관해, 이 작품의 마지막 문장에서

---

44) "--a fallen soul/ With power to place, to explain every/ What in his world but why he is neither/ God nor good, this guilt the insoluble/ Final fact, infusing his private/ Nexus of needs, his noted aims with/ Incomprehensible comprehensible dread/ At not being what he knows that before/ This world was he was willed to become".

45) "In Time of War" 연작시는, "불안의 연대"에서 낙원을 향한 시공간의 탐험과 유사한 방식으로, 낙원으로부터의 추방과 타락한 인간의 현실세계 그리고 낙원에의 향수를 형상화하고 있다. 그런데 이 작품의 마지막 27연에서 오든은 신의 낙원에의 향수를 나타내지만 '자유'를 지닌 인간의 삶을 선택하는 듯이 보인다. 유의할 것은 오든의 이 작품역시 "불안의 연대"와 마찬가지로 인간의 삶이 '커다란 문' 안의 세계 곧 신의 세계와는 단절되어 있을 뿐임을 확인한다는 점이다 ("우리는 변함없는 냇물과 견고한 집을 부러워한다./ 그러나 우리는 실수투성이의 견습공과 같다, 우리는/ 커다란 문처럼 결코, 알몸으로 있을 수도 침착할 수도 없었다.// 그리고 우리는 결코 분수처럼 완벽할 수 없을 것이다./ 우리는 필연적으로 자유 속에서 살고 있다,/ 산더미처럼 많은 사람들이 산속에서 살고 있는 것이다We envy streams and houses that are sure:/ But we are articled to error; we/ Were never nude and calm like a great door,// And never will be perfect like the fountains:/ We live in freedom by necessity,/ A mountain people dwelling among mountains." "In Time of War"27연 끝부분).

'자아를 해체하는 일self-destruction, its adoption'로서 표현한 것은 적합한 표현이다.[46]

이런 의미에서, 박인환이 전쟁의 공포 속에서도 함께한다고 의식하는 신의 형상은 중요한 의미를 지닌다. 즉 그는 고통스런 현실에 처한 자아의 내면 속에서 '인간적인 가치들'을 읽어내며 그것들에 내재된 '신적인 것'을 발견한다. 구체적으로, 그는 위 작품에서 자아의 내부를 적나라하게 들여다보는 가운데서 '고통'과 '불안'과 '절망'을 함께하는 신의 존재를 인식하게 된다. 이러한 인식은, 「잠 못 이루는 밤」이나 「새벽 한 시의 시」 등에서 보듯이, 자기자신에 대한 철저한 응시를 경유해서 나타나는 것이다.

박인환은 기독교인은 아니지만 작품들에서 '신' 혹은 그와 관련된 자연물을 환기하거나 '신의 시선'을 의식하는 특성을 보여준다. 그런데 오든의 인물들의 '신'이 엄중한 처벌을 가하는 형상이라면, 박인환의 '신'은 그 자신과 '불안'을 함께 하며 안정감을 주는 형상으로 나타난다. 그러한 연유로 박인환의 '신'은 (자아의 불행을 함께하는) '불행한 신'이 된다. 즉 "나와 단 둘이서 얼굴을 비벼 대고 비밀을 터놓"는 존재이다. 박인환은 자신의 '불안' 혹은 '불행'을 토로하고 의지할 수 있는 인간과 함께 하는 초월성 속에서 안정감을 찾고 있다. 즉 그는 "不幸한 당신이 있으므로/ 나는 最後의 安定을 즐기"는 것이다.

이것은 앞서 '일곱층계'의 회상 속에서 그의 유년기 자아와 함께 자리잡고 있는 그의 '절름발이 내 어머니'와 관련을 지닌다. 유년기의 불행이 형상화된다는 점에서 박인환과 오든은 유사성을 지니지만, '유년기 관점'에서 고정화된 오든의 '엄격한 부모의 상'과 대비적으로, 박인환은 '연민을 자아내며' '내(나의)'라는 수식어가 붙는 '연민의 대상이자 분신으로서의 부모의

---

46) ibid., p. 108.

상'을 보여준다. 물론, 당대 자신들이 속한 세계를 전운이 감도는 '불안의 연대'로서 인식하는 것에서 두 사람은 공통점을 보여준다. 그런데 오든은 (적어도 "불안의 연대"에서는) 인간세계의 추악한 면모를 확인하고 그것을 인간세계와 멀어져버린 '강력한 신'의 처벌로서 인식한다. 그리고 박인환역시 전쟁으로 인한 공포와 불안 속에서 '달'로 표상된 자연물을 통해 현 세계와 무관한 듯한 '신의 형상'을 발견한다("神이란 이름으로서/ 우리는 저 달 속에/ 暗澹한 검은 江이 흐르는 것을 보았다." 「검은 江」 부분). 그러나 박인환은 '친우'와 '가족'을 염려하는 자리에서 자아의 내면을 철저히 응시하고 '신'을 부르며 안정감을 찾고 있다. 그때 그의 '신'은 '불행한 신'이지만 '절름발이 내 어머니'와 마찬가지로 자신의 내면에 자리잡은 신성한 분신이 된다.

특기할 것은, 박인환역시, 자신의 바깥 혹은 타인들과의 소통 속에서 신의 의미를 발견하는 일에 실패하고 있다는 것이다. 단적으로, 「영원한 일요일」은 '일요일'에 '교회에 모인 사람들'이 '예절처럼 떠나버리는 태양' 아래서 '복음도 축수도 없이 떠나가는' 장면을 형상화한다. 박인환은 교회 사람들의 회합에서 '영원한 일요일'의 '傷風된 사람들' 즉 다만 영원히 멀리 동떨어져 있는 신을 절감할 뿐인 장면을 보여주고 있다("囚人이여/ 지금은 희미한 凸形의 시간/ 오늘은 일요일/ 너희들은 다행하게도/ 다음날에의/ 비밀을 갖지 못했다./ 절름거리며 교회에 모인 사람과/ 수족이 완전함에도 불구하고/ 복음도 축수도 없이/ 떠나가는 사람과// 傷風된 사람들이여/ 영원한 일요일이여"). 즉 그가 『불안의 연대』의 주제에 관해, '현대인들이 소통을 시도하지만 각자가 떠안은 '불안'으로 인해 '허무함'으로 귀결되어버린다'[47]고 한 것은 바로 그 자신이 처한 이 같은 상황을 나타내고 있다.

---

47) "시인은 불안의 연대의 주제에 관해서 현대인들이 소통을 시도하지만 각자의 불안으로 인해 그 것은 허무함으로 귀결되어버린다." 「현대시의 불행한 단면」 부분

즉, 오든이 절대적인 신과 유한한 인간을 구별짓고서 인간세계와는 동떨어진 신을 찾고 있다면, 박인환은 인간들의 세계 속에서 신을 찾으며 현재의 '불행'과 '불안' 속에서 '불행한 신'이 선사하는 역설적 안식처를 체험한다. 즉 박인환의 '신'은 '나'의 마음 속에서 늘 함께 하며 '나'의 '불행'과 '불안'과도 함께하는 무력하지만 인간적인 존재이다. 그는 그러한 '신'을 내면에 품고 있는 그 자체로 위로와 안정을 되찾는다. 그러한 장면은 '신'을 향한 그의 믿음에서 기인한다기보다는 '인간'의 '신성' 혹은 '인간성'에 대한 '믿음'에서 기인하는 것으로 비추어진다.

오든의 '로제타'의 '신'은 '나'와 '인간들'의 마음 속에 있다기보다는, 인간들 세계의 외부에 있는 '강력한' 존재로서 구체화된다. 그는 전쟁과 같은 최악의 상황을 초래한 인간들을 처벌하는 신의 흔적들을 발견하며 낙원으로부터 쫓겨나 막막한 인류의 상황을 확인한다. 한편, 박인환은 사랑과 애도와 같은 '인간적 가치'에 의미를 부여하며 그것에서 '신성한'의미를 찾는 '현세주의적 경향'을 보여준다. 이것은 인간세계의 추악한 면과 신의 처벌상을 확인하고서 자신들을 구제할 신을 부르는 오든의 '관념주의적 경향'과 대비된다. 박인환에게 '불행한'과 '신'이 결합적으로 존재하는 것은 '불행한 나'의 '신' 즉 '불행한 인간들의 마음에 존재하는 신'이기 때문이다. 그의 '불행한 신'은 '1950년대 사절단'으로서 전쟁현실을 보고하고 친우들의 비참한 주검들을 목도하면서 불렀던 절박한 토로처이기도 하였다. 이것은 '현대시의 의의'를 "전후적인 황무지 현상과 광신"에서 "더욱 인간의 영속적 가치를 발견하는"[48] 것 즉 '인간의 가치'에 대한 그의 신념과 관련된다.

---

48) 「현대시의 불행한 단면」 부분

4. 결론

이 글은 『불안의 연대』의 '로제타'의 발화와 관련하여 박인환의 시에서 초점화되는 '인간적 가치'를 조명하고 '일곱 단계'의 의미와 관련하여 오든이 형상화한 '신'과 대비하여 박인환의 '불행한 신'의 의미를 살펴보았다. 오든은 '로제타'의 사랑을 초점에 두기보다는, 파멸되어가는 인간세계들을 확인하고 신의 에덴을 향하지만 끝내 절망하는 모습을 초점화하고 있다. 그런데 박인환은 오든의 인물들 중에서 '인간애'를 충만하게 보여주는 '로제타'라는 여성의 인간적인 사랑과 애도를 부각시켰다. '로제타'의 변용과 대비되는 박인환의 '호흡이 끊긴 천사'는 시인이 지켜주어야 하는 대상이었으나 그렇지 못하고 죽어버린 여성이다. 그는 사랑하는 이를 향한 애도를 초점화되며 애도하는 이의 '불행한'마음 속에 있는 '호흡이 끊긴' 사랑하는 이에게서 '천사' 곧 '신의 속성'을 발견한다. 즉 그는 여인과의 사랑과 애도와 같은 '인간적인 가치들'에 의미를 부여하며 그것들 속에서 '신적인 것'을 찾고 있다.

'로제타'의 변용과 함께 유의성을 지닌 재제는 '일곱 단계'를 들 수 있다. '일곱 단계'는 "불안의 연대"의 2장과 3장의 제목이자 각 장의 구성원리이다. '일곱 단계'의 의미는 1, 2차 세계대전 및 6.25전쟁이라는 역사의 비극적 단계를 나타내면서 성경에서의 '일곱', 즉 인간세계의 환난의 극단 혹은 신의 재림에의 희망이라는 상반되면서 양립적인 뜻을 나타낸다. 오든은 '일곱 단계'의 구성을 경유하여 인간세계에는 어떠한 희망도 부재하며 강력한 '신'의 처벌만이 있을 뿐이라는 철저한 절망을 형상화한다. 그 절망의 여정에는 유년기의 '엄격한 부모'의 형상이 자리잡고 있다. 유년기의 불행이 형상화된다는 점에서 오든과 박인환은 유사성을 지니지만, 오든의 '엄격한 부모의 상'과 대비적으로 박인환은 '연민의 대상이자 분신으로서의 부모의 상'을 보여준다.

두 시인에게서 '신의 온정'의 세계를 향하는 길은 결핍 혹은 상처를 입은 인물들의 유년기 자아의 문제 즉 '일곱 단계'의 여정 속에서 의식, 무의식적으로 떠올랐던 '부모의 형상'과 밀접한 관련을 지닌다. 즉 오든의 인물들은 시공간적 여행 속에서 심층적 이해가 결핍된 유년기 자아의 관점에서 과거의 상처만을 기억해내는 일에서 더 나아가지 못하고 있다. 그들은 인간들의 결점과 죄, 폭력과 전쟁의 사태를 일일이 들추어내면서 '엄격한 훈육'과 환치되는 인류를 처벌하는 신의 자취들을 발견하면서 다만 두려움 속에 허우적거리게 된다. 이런 의미에서 박인환이 전쟁의 공포 속에서도 함께한다고 의식하는 신의 형상은 중요한 의미를 지닌다. 그는 '친우'와 '가족'을 염려하는 자리에서 자아의 내면을 응시하고 '신'을 부르며 '불안'으로부터 안정감을 찾는다. 즉 그의 '신'은 '불안한 신'이자 '불행한 신'이다 (그의 작품들에서 '불안'과 '불행'이라는 말은 혼용되며 그 둘은 유사한 의미로 사용된다). 그것은 '절름발이 내 어머니'와 유사하게 그 자신의 내면에 자리잡은 분신으로서 나타난다. 그의 '신'은 고통스런 현실에 처함에도 자아에 내재된 '인간적인 가치들'을 인식하고자 하는 절박함 속에서 부상한다.

오든의 '로제타'의 '신'은 '나'와 '인간들'의 마음 속에 있다기보다는, 인간들 세계의 외부에 있는 '강력한' 존재로서 구체화된다. 그는 전쟁과 같은 최악의 상황을 초래한 인간들을 처벌하는 신의 흔적들을 발견하며 낙원으로부터 쫓겨나 막막한 인류의 상황을 확인한다. 한편, 박인환은 사랑과 애도와 같은 '인간적 가치'에 의미를 부여하며 그것에서 '신성한' 의미를 찾는 '현세주의적 경향'을 보여준다. 이것은 인간세계의 추악한 면과 신의 처벌상을 확인하고서 자신들을 구제할 신을 부르는 오든의 '관념주의적 경향'과 대비된다. 박인환에게 '불행한'(혹은 '불안한')과 '신'이 결합적으로 존재하는 것은 '불행한 나'의 '신' 즉 '불행한 인간들의 마음에 존재하는 신'이기 때문이다. 그의 '불행한 신'은 '1950년대 사절단'으로서 전쟁현실을 보고하고 친우들의 비참한 주검들을 목도하면서 불렀던 절박한 토로처이기도 하였다. 이것은 '현대시의 의의'를 "전후적인 황무지 현상과 광신"에서 "더욱 인간의 영속적 가치를 발견하는" 것 즉 '인간의 가치'에 대한 그의 신념과 관련된다.

제2장

박인환 시에서 '십자로의 거울'과 '새로운 불안'의 관련성 연구

−라캉의 '정동affect' 이론을 중심으로

1. 서론[1]

박인환의 연구사에서 초기시에 초점을 둔 논의는 모더니즘적 해석과 현실주의적 해석이 있으며[2] 중기시에 초점을 둔 논의는 민족문학론 및 전쟁의 비극성을 조명한 연구가 있다.[3] 미국여행 이후 후기시에 초점을 둔 논의는 시를 주텍스트로 한 아메리카니즘 주제와 산문을 주텍스트로 한 문명비판적 주제가 있다.[4] 즉 그의 연구는 초점이 맞추어진 시기에 따라서 그리

1) 라캉의 불안논의를 참조한 이 글은 부산대 영문과 김혜영 선생님의 조언으로부터 씌어지는 계기를 얻게 되었다. 이 자리에서 감사의 말씀을 올린다. 그리고 필자의 글을 자세히 읽고 고견을 주신 서울대 국문과 김유중 선생님께 감사의 말씀을 올린다.

2) 오세영, 「후반기 동인의 시사적 위치」, 『박인환』, 이동하 편, 『한국현대시인연구12』, 문학세계사, 1993, 김재홍, 「모더니즘의 공과」, 이동하 편, 앞의 책, 이승훈, 「1950년대 한국 모더니즘 시의 전개」, 『한국모더니즘 시사』, 문예출판, 2000, 박몽구, 「박인환의 도시시와 1950년대 모더니즘」, 『한중인문학연구』 22, 2007.

3) 박현수, 「전후 비극적 전망의 시적 성취-박인환론」, 『국제어문』 37, 2006, 맹문재, 「폐허의 시대를 품은 지식인 시인」, 『박인환 깊이 읽기』, 서정시학, 2006 정영진, 「박인환 시의 탈식민주의 연구」, 『상허학보』 15, 2005, 조영복, 「근대문학의 '도서관 환상'과 '책'의 숭배 -박인환의 「서적과 풍경」을 중심으로」, 『한국시학연구』 23, 한국시학회, 2008, 곽명숙, 「1950년대 모더니즘의 묵시록적 우울-박인환의 시를 중심으로」, 『정신문화연구』 32, 2009, 김은영, 『박인환 시와 현실인식』, 글벗, 2010, 김종윤, 「전쟁체험과 실존적 불안의식-박인환론」, 『현대문학의 연구』 7, 1996, 최라영, 「박인환 시에 나타난 '청각적 이미지' 연구-'소리풍경soundscape를 중심으로」, 『비교문학』 64, 한국비교문학회, 2014.

4) 한명희, 「박인환 시 『아메리카 시초』에 대하여」, 『어문학』 85, 2004, 방민호, 「박인환 산문에 나타난 미국」, 『한국현대문학연구』 19, 2006, 박연희, 「박인환의 미국 서부 기행과 아메리카니즘」, 『한국어문학연구』 59, 2012, 정영진, 「박인환 시의 탈식민주의 연구」, 『상허학보』 15, 2005, 이기성,

고 같은 시기임에도 상반된 가치평가가 공존하는 특수성을 지닌다. 그의 문학세계는 스펙트럼이 광대할 뿐만 아니라 각각의 시기에는 모순적 특성들을 거느린다. 그것은 단적으로 그의 작품 한 편 속에서도 특징적으로 드러나는데 그의 시는 의식의 밑바닥으로부터 근원한 상반된 가치들 사이에서 끝없는 동요와 불안을 보여준다.

박인환의 시편들은 '불행의 연대'에 처한 인간이 수용할 수 있는 정서적 한계치를 보여준다. 그 감정의 진폭은 다양하고 상충된 의식, 무의식적 지점들을 나타내는 동시에 그의 시세계의 특성을 구명할 수 있는 방식을 암시한다. 그 방식을 핵심적으로 나타내는 시인의 시어는 '불안' 혹은 '불행'으로서 그는 '불안'을 거의 모든 작품과 산문에서 표출하고 있다.[5] 이 사실은 동시대 김수영과 김춘수가 특징적 정서로서 각각, '설움'과 '슬픔'을 쓰는 것과 대비된다.

그는 왜 '불안'이라는 말을 달고 있는가. 그것도 죽음에 임박한 순간에까지도. 같은 시기의 그의 작품들을 연구한 성과들의 상반된 지점들이 말해주듯이, 그는 모더니즘과 현실주의 그리고 탈식민주의를 넘나들며 혹은 문명주의와 문명비판과 페시미즘이라는 상충된 자리를 넘나든다. 이같이 독특한 시세계는 그의 내면의 자리 구체적으로는 그의 '불안'과 깊은 관련을 맺는다. 모순된 지향들 사이를 횡단하는 그의 일관된 정서가 바로 그

「제국의 시선을 횡단하는 시 쓰기: 박인환 시의 탈식민주의」, 『현대문학의 연구』 34, 2008, 이은주, 「1950년대 문학비평의 세계주의와 미국적 가치지향의 상관성」, 『상허학보』 18, 2006, 장석원, 「아메리카 여행 후의 회념」, 『박인환 깊이 읽기』, 서정시학, 2006, 오문석, 「박인환의 산문정신」, 『박인환 깊이 읽기』 서정시학, 2006, 강계숙, 「'불안'의 정동, 진리, 시대성: 박인환 시의 새로운 이해」, 『현대문학의 연구』 51, 2013.10, 라기주, 「박인환 시에 나타난 불안의식 연구」, 『한국문예비평연구』 46, 2015, 최라영, 「박인환 시에서 '미국여행'과 '기묘한 의식' 연구-'자의식'의 문제를 중심으로」, 『현대문학연구』 45, 2015.4.

5) 그는 시편과 산문에서 가령 '불안한 연대', '불행한 시대'와 같이 '불안'과 '불행'이라는 말을 유사한 의미로 혼용하는 경향을 지닌다.

의 '불안의식'이다. 즉 그의 문학세계는 '주검'과 '관념' 혹은 '사랑'과 '죽음' 등과 같이 상충적 극단을 오르내리는 '불안'의 진폭과 관련된다.

그에 관한 심리학적 연구는 김승희, 강계숙, 라기주, 최라영의 것이 있다. 김승희는 고은과의 비교연구로서 프로이트의 '애도'와 '우울'을 중심으로 시대상황의 관련 하에서 시인들의 시편을 분석하였다.[6] 강계숙은 라캉의 '불안'을 중심으로 미국여행이후 시인의 의식세계를 조명하였다.[7] 라기주는 '현실적 불안,' '신경증적 불안,' '도덕적 불안'이라는 프로이트의 논의에 따라 그의 시편들을 분석하였다.[8] 그리고 최라영은 민족적 자의식과 결합된 '자의식'에 유의하여 미국문명 체험이 후기시에 미친 영향을 논의하였다.[9]

연구들은 심리학적 관점에서 박인환 시세계의 근원적 지점을 구명하고자 한 의의를 지닌다. 그리고 논의들은 공통적으로, 시인의 광범위한 스펙트럼에서, 프로이트, 라캉 등의 이론적 정합성이 통용되는 특성을 조명하는 지점을 넘어서야 하는 과제가 있음을 보여준다. 즉 공시적 측면에서 동시에 통시적 측면에서, 다양하고 상충된 지향들이 근거해 있는 시인의 근원적 의식에 접근할 필요가 있다. 그리고 그의 '불안anxiety'의 동인들과 변모양상을 통해서 그의 문학전반을 관류하는 박인환만의 고유한 불안이 무엇인지가 구명되어야 할 것이다.

프로이트는 1925년까지는 주로, 방출되지 못한 성적 리비도가 억압, 변

<hr />

6) 김승희, 「전후 시의 언술 특성: 애도의 언어와 우울증의 언어-박인환·고은의 초기시를 중심으로」, 『한국시학연구』 23, 2012.7, pp. 125-149.

7) 강계숙, 「'불안'의 정동, 진리, 시대성: 박인환 시의 새로운 이해」, 『현대문학의 연구』 51, 2013.10,

8) 라기주, 「박인환 시에 나타난 불안의식 연구」, 『한국문예비평연구』 46, 2015,

9) 최라영, 「박인환 시에서 '미국여행'과 '기묘한 의식' 연구-'자의식'의 문제를 중심으로」, 『현대문학연구』 45, 2015.4.

형되어 나타나는 '신경증적 불안'을 논의하였다. 이후 그는 1926년 「억압, 증상, 그리고 불안」에서, 불안이 어머니로부터의 분리체험과 관련한 '외상적 상황'에서 자아에게서 생겨나며 리비도적 충동의 억압을 발생시킨다고 논의하였다. 상황 불안은 '출생의 분리체험'에서 연원하여 반복적 외상으로 완화되기도 하는 '자동적 불안'이 있으며 그리고 '어머니의 부재'에서 연원하여 대상상실, 거세 등, 현실적, 내부적 위험을 미리 알려주는 '신호적 불안'이 있다.[10] 즉 프로이트는 초기에는 리비도적 충동의 억압, 변형과 관련한 '신경증적 불안'을 초점화하였으며 후기에는 '외상적 상황'과 관련하여 자아에게서 억압과 초자아를 발생시키는 '상황적 불안'을 초점화하였다. 그는 심리적 '외상'과 관련하여 '경악fright'을 논의하였는데 '불안'이 알려지지 않았더라도 위협을 예기하는 상태라면 '경악'은 준비되지 않은 채 감당하기 어려운 자극을 처음 받아들이는 '의식'의 심리적 충격을 의미한다.[11]

'불안'을 인간의 근원적 특성으로서 규정짓고 그것이 철학적 사유에서 간과되어왔음을 지적한 논자는 키에르케고르가 있다. 그는 인간의 이중적 특성 즉 환경과 제약에 매인 '필연성'의 존재이지만 이상과 신성(神性)을 지향하는 '가능성'의 존재임을 논의한다. 그는 아담이 신의 말씀을 어기고 '선악과'를 따면서 낙원으로부터 추방될 것이라는 두려움에 휩싸이는 순간에 주목한다. 그것은 두려워하는 것을 향한 욕망을 실현하는 자유의 순간이자 동시에 불길한 미지의 미래를 향한 불안의 순간이다.[12] 즉 키에르케

---

10) 프로이트, '무의식에 관하여,'『정신병리학의 근본개념』, 열린책들, 2004.
------, '억압, 증상, 그리고 불안,'『정신병리학의 문제들』, 열린책들, 2010, pp. 292-301.

11) 프로이트,『쾌락원칙을 넘어서』, 열린책들, 1997, pp. 16-17.

12) 쇠렌 키에르케고르, 임규정 역,『불안의 개념』, 한길사, 1999, pp. 159-182, 샤를르 블랑, 이창실 역,『키에르케고르』, 동문선, 2004, pp. 146-149.

고르는 인간이 육체를 지니면서도 영성을 지향하는 이중적 존재이며 그로
부터 파생된 필연성들과 가능성들로부터 '불안'이 태어난다고 설명한다.

라캉은 키에르케고르가 태초의 인간이 불안을 겪는 순간을 적시하였다
고 간주한다. 라캉은, 선악과를 따는 아담의 불안에 관한 키에르케고르
의 논의에 관해서, 인간의 발달단계에서 거울계로부터 상징계의 진입에 관
한 자신의 논의와 연관짓는다.[13] 라캉은 아이가 거울단계에서 상징계에 진
입하면서 실재계를 경험하며 욕망의 주체가 형성되며 이 욕망의 주체가 곧
불안의 주체임을 주장한다. 불안의 변증법에 관한 그의 그래프는 앞서 그
가 논의한 욕망의 그래프를 단순화한 측면이 있다.[14] 불안의 그래프에 의
하면, 상상계의 자아가 상상계와 작용할 때 혹은 자아가 실재계 속에 빠
져들 때, 불안은 수평적 측면에서 작용한다.[15] 또한 상상계, 상징계, 그리고
실재계 속에서, 욕망과 기표와 결여에 의하여 '주체'와 '대타자' 자리 그 사
이에서, 불안은 수직적으로 작용한다. 라캉은 '억제, 증상, 그리고 불안'에
관한 프로이트의 논의를 구체화하였는데, 그것은, '난이도'와 '운동성'의
측면에서, 증상이 감정의 동요를 겪으며 행동화되거나 불안을 겪는 과정

---

13) 라캉은 헤겔의 주체가 지닌 타자의 인정에의 욕망을 지적하면서 그것에는 자신의 주체논의가
지닌 타자와의 매개적 관계mediation가 결핍되어 있다고 지적한다. 즉 대타자의 욕망이 주체
를 구성하며 그것은 대타자의 기표를 향한 욕망이자 그 대타자는 결여로서 특징지위지므로 빗
금친 대타자 $가 되는 것이다. 그는 헤겔의 주체가 상상계에 기저한 것임을 지적하면서 키에르
케고르가 헤겔공식의 그같은 진실을 전한 철학자였음을 주장한다. 라캉은 헤겔의 주체의 욕
망이나 자신이 논의한 주체의 욕망 모두가 그 욕망의 자리는 곧 불안의 자리이자 무zero의 자
리라고 논의한다, Jacques Lacan, Edited by Jacques-Alain Miller, Anxiety : The Seminar of
Jacques Lacan l Book X, pp. 23-25, 라캉에게 '대타자'는 먼저, 언어가 구성되도록 하는 중심점
이자 그 결과로서 고려되는 또하나의 주체이다. 라캉이 개념화한 다음의 '대타자'는 각각의 주
체에게 특수화된 상징계적 질서로서 다른 주체와의 관계를 매개하는 것이다. 전자는 후자에 비
해서는 이차적인 것으로서 간주된다.

14) 불안의 그래프에 관한 구체적 논의는 이 글 4장의 도표를 참고할 것.

15) Jacques Lacan, Edited by Jacques-Alain Miller, Anxiety : The Seminar of Jacques Lacan l
Book X, pp. 160-165, pp. 26-28 참고,

을 기표들의 망으로서 조직한 것이다. 그 논의에서 '불안'은 쾌, 불쾌가 극도로 요동치며 신체적으로 표면화되는 매우 역동적이며 위협적인 것, 즉 행동으로 전이되기 직전의 '정동affect'으로서 규정된다.[16] 라캉이 불안의 그래프 논의에서는 욕망과 함께하는 포괄적 의미의 것을 논의하였다면 '정동'의 논의에서는 다른 감정의 개념들과 차별성을 지닌 충격적이고 격렬한 의미의 것을 논의하였다.

논자들에게서 공통적인 지점을 찾아보면 '불안'은 영성과 육체를 지닌 인간의 양립적 특성으로부터 근원하며 어머니와의 충족관계에 있는 자아가 상징계의 현실원칙에 마주하는 자리로부터 생성된다고 하는 것이다. 즉 불안은 인간이 필연과 자유의 선택의 기로에 놓이는 순간, 본능 및 욕망과 현실원칙의 기로에 놓이는 순간, 나아가 상상계와 상징계와 실재계의 순환 속에서 욕망과 함께 작용하는 것이다. 프로이트는 불안이 외상적 상황의 반복을 통해 완화되기도 하고 때로는 강렬한 형태로 체험된다고 설명하였다. 라캉은 욕망과 거의 짝개념으로서 불안을 논의하는데 그것은 '불안'이 대타자의 기표를 지향하는 주체의 욕망과 결여라는 실재계를 순환하도록 하는 동인이기 때문이다.

박인환의 시는 주로 리비도적 욕망과 전쟁의 현실과 관련한 감정의 동요 혹은 혼란상태를 드러내며 시인은 그것에 관해 반복적으로 '불안'이라고 명명한다. 그의 불안은 전후 지식인이 처한 현실상황과 그가 지향하는 자유와 가능성 그 사이에서 불쾌와 쾌 그 사이를 치열하게 오가고 있다. 그의 불안은 점차, 선택받은 '선지자적(先知者的) 시인'[17]이라는 지향과 관련

---

16) Jacques Lacan, Edited by Jacques-Alain Miller, Anxiety : The Seminar of Jacques Lacan | Book X, pp. 4-15.

17) '선지자적 시인'은 박인환이 오든그룹을 비롯한 서구 전위 시인들의 시론적 지향과 관련하여 의식, 무의식적으로 추구해온 주요한 내적 형상이라고 할 수 있다. 이것은 그가 전후 현실에 처한

하여 완화되는 양상을 드러낸다. 그는 자신이 처한 외상적 상황과 불안에 관해 반복적으로 토로하며 그것을 관조적으로 응시하기도 하면서 그가 속한 절박한 상황으로부터 벗어나고자 한다.

그런데 그의 미국여행은 과거 지향해온 대상과 가치에 관한 회의를 불러일으켰으며 심각한 자의식에 빠지도록 하였다. 그는 스스로 이것에 관해 체험해본 적이 없는 '새로운 불안' 혹은 '기묘한 불안'이라고 명명한다. 새로운 세계의 타자의 기표들을 계기로 하여 시인이 추구해온 자신의 주체의 자리에 의문을 지니게 되면서 격렬한 불안에 휩싸이게 된다. 이러한 불안에 관해 키에르케고르는 인간이 누구나 느끼는 보편적 객관적 불안과 구별지어 개인이 자유와 죄의 결과로서 느끼는 주관적 불안으로서 명명하였다. 실지로 미국여행이후 시인이 자신의 텅빈 대타자를 마주하게 되는 그러한 불안은 삶의 치명적 파국을 향하도록 하였다.

이 글은 박인환의 '불안'의 고유한 특성에 주목하여 그의 문학세계가 보여주는 다양하면서도 상충적인 지점들의 근원에 관해 고찰하고자 한다. 그것은 구체적으로, 선택받은 '선지자적 시인'을 나타내는 표지, 곧 '정신의 황제'(「最後의 會話」)로서의 확장된 자아 그리고 페시미즘과 죽음충동에 사로잡혀있음을 나타내는 표지, 곧 '미생물'(「새벽한時의詩」)로서의 축소된 자아, 그 간극의 심연을 오가는 시인의 존재론적 내면의 형상을 입체화하는 일이 될 것이다.

불안을 응시하고 극복하는 데 있어서 일종의 상징계적 대타자로서 작용하고 있다. '선지자적 시인'의 형상과 관련하여 구성된 시인으로서의 정체성은, 미국여행을 전후로 하여, '소멸되어가는 자아'와 '새로운 불안' 즉 자아의 정체를 극도로 위협하는 '정동'으로서의 불안의 내적 동인으로서 작용하고 있다.

2. '中間의 面積'에서 '떨리는 旗ㅅ발'과 '不幸한 神'

얇은 孤獨처럼 퍼덕이는 旗
그것은 주검과 觀念의 距離를 알린다.

虛妄한 時間
또는 줄기찬 幸運의 瞬時
우리는 倒立된 石膏처럼
不吉을 바라 볼 수 있었다.

落葉처럼 싸움과 靑年은 흩어지고
오늘과 그 未來는 確立된 思念이 없다.

바람 속의 內省
허나 우리는 죽음을 願ㅎ지 않는다.
疲弊한 土地에선
한줄기 煙氣가 오르고
우리는 아무 말도 없이 눈을 감았다.

最後처럼 印象은 외롭다.
眼球처럼 意慾은 숨길 수가 없다.
이러한 中間의 面積에
우리는 떨고 있으며
떨리는 旗ㅅ발 속에

모든 印象과 意慾은 그 모습을 찾는다.

一九五…… 年의 여름과 가을에 걸쳐서
愛情의 뱀은 어드움에서 暗黑으로
歲月과 함께 成熟하여 갔다.
그리하여 나는 비틀거리며
뱀이 걸어간 길을 피했다.

잊을 수 없는 疑惑의 旗
잊을 수 없는 幻想의 旗
이러한 混亂된 意識아래서
〈아포롱〉은 危機의 병을 껴안고
枯渴된 世界에 가랁아 간다.

「疑惑의 旗」[18]

오늘 나는 모든 慾望과
事物에 作別하였습니다.
그래서 더욱 親한 죽음과 가까워집니다.
過去는 無數한 來日에
잠이 들었습니다.
不幸한 神
어데서나 나와 함께 사는

---

18) 이하 작품들은, 엄동섭, 염철 편, 『박인환 문학전집』(소명출판, 2015)에서 앞선 게재지 원본(판본
이 여러 개인 경우) 인용함.

不幸한 神

당신은 나와 단 둘이서

얼굴을 비벼 대고 秘密을 터놓고

誤解나

人間의 體驗이나

孤絕된 意識에

後悔ㅎ지 않을 것입니다.

또 다시 우리는 結束되었습니다.

皇帝의 臣下처럼 우리는 죽음을 約束합니다.

지금 저 廣場의 電柱처럼 우리는 存在됩니다.

쉴 새 없이 내 귀에 울려오는 것은

不幸한 神 당신이 부르시는

暴風입니다.

그러나 虛妄한 天地사이를

내가 있고 嚴然히 주검이 가로 놓이고

不幸한 당신이 있으므로

나는 最後의 安定을 즐깁니다.

「不幸한 神」

시인은 폐허 속에 깃발들이 꽂힌 풍경을 모티브로 하여 자신의 내면에서 그같은 기를 상상하고 있다. 그는 그것이 주검과 관념 그 사이에 놓인 '의혹의 기' 혹은 '환상의 기'라고 일컫는다. 바람에 펄럭이는 깃발은 정체를 알기 어려운 무형의 것들로 인해 끊임없이 떨고 있는 시인의 내적 동요를 반영한다. 바람의 형세에 따라 허공을 날아갈듯 하면서도 '위기의 병' 속에서 가라앉는 모습은 시인이 꿈꾸는 환상과 그것에 대한 의혹을 나타낸다. 이것은 '관념'과 '주검'을 오가는 정서의 동요를 나타낸다. 시인의 내면의 상을 나타내는 '깃발'이 만개할 때면 그는 꿈꾸는 자아의 상에 이를 듯하기도 하고 한편으로 그것이 폐허에 묻힌 주검을 향해 가라앉을 때면 소멸하는 자아의 상에 이르기도 한다.[19]

미세한 바람에도 환상과 주검 사이를 펄럭이는 '의혹의 기'는 규정짓기 어려운 불안정성의 지대를 가리킨다. 그는 그것에 관해 '우리가 떨고 있'는 '中間의 面積'으로서 표현하며 깃발의 '떨림'은 막연하고 알려지지 않은 내, 외적 위험과 관련된 시인의 '불안'을 암시한다. 동시에 그것은 날아가고 가라앉음을 무한반복하는 '욕망'의 자리를 암시한다("이러한 中間의 面積에/ 우리는 떨고 있으며/ 떨리는 旗ㅅ발 속에/ 모든 印象과 意慾은 그 모습을 찾는다"). 즉 시인은 끊임없는 떨림 가운데서 일어서며 갈망하며 그리고는 좌절에 빠진다. 불안의 '떨림' 속에서의 '의욕'이라는 것으로 명명되는 시인의 욕망은 '애정의 뱀'을 향하는 것과 그것이 알려주는 '길'을 피해 '관념'을 향하는 것으로 구체화되고 있다. 주목할 것은, 시인은 궁극적으로 "危機의 병을 껴안고 枯渴된 世界에 가랁아 가"면서도 "비틀거리며 뱀이 걸어간 길을 피하"고자 한다는 것이다.

이러한 '떨림' 혹은 내적 동요를 드러내면서, 시인은 '불안' 혹은 '불행'이

19) 이에 관해 이드 속에 존재하는 자아이상과 관련한 프로이트의 논의로서 설명하면 다음과 같다. 즉 프로이트는 무의식에 관하여 이드id와 자아ego 그리고 초자아superego의 구성으로서 설명한다. 자아는 자신의 욕망에 충실하려는 원초적 욕구를 지니며 초자아는 현실법칙으로 인해 자기를 보호하려는 욕구라고 할 수 있다. 이후에 프로이트는 자아이상ego-ideal을 논의하는데 그것은 이드 속에 존재하는 자아로서 현실의 원칙보다는 기쁨을 추구하려는 무의식적 욕구를 지닌 자아이며 자아이상은 현실원칙에 맞추어 억제하고자 하는 초자아와 대비를 이룬다. 그는 우울과 조증(躁症)을 오가는 동요의 진폭에 관해서 자아이상이 자아를 지배하는 정도의 차이와 관련하여 논의한다. 프로이트, 이상률 역, 「XI 자아 속의 한 단계」, 『집단심리학과 자아분석』, 이책, 2015, p. 95.

라는 말을 빠뜨리지 않는다. 그것은 그가 그만큼 자신의 무의식을 예민하게 지각한다는 뜻일 것이다. '주검'과 '관념' 사이에서 떨고 있는 존재는 두 번째 시편에서는 '죽음'과 '신' 사이에서 '불안'과 함께하는 시적 자아로 바뀌어 있다. 그런데 '죽음'과 '신' 그 사이에서 떨고 있는 자신에게는 '불행한 신'이 그림자처럼 따라다닌다. 주로 '불안'과 '불행'이라는 말을 혼용하기도 하는 그의 어법으로 볼 때[20] 여기서 '불행한'은 '불안한'과 유사한 수식어이다. 시인의 주체를 따라다니는 것은 '불행한(불안한)'과 '신'이 결합된 '불안한(불행한) 신'이다. '신'은 시인의 무의식상의 대타자의 기표라고 할 수 있는데 그 '신'에는 '불안한'이 꼭 붙어 따라다니는 온전치 못한 결핍의 형상으로 나타난다.[21]

---

20) 그는 동시대의 상황을 나타낼 때 '불행한 연대'(「일곱개의 層階」) 혹은 '불안의 연대'(「현대시의 불행한 단면」)로서 혼용하고 있다. 단적으로, 위 작품에서 화자는 '불안'에 떨고 있는 내면을 나타내면서 불안을 극복하기 위해 끊임없이 내면 속에서의 '신'을 부른다. 즉 그는 '불안한'(나의) '신'으로서 명명될 법한데도 '불행한 신'으로서 일컫고 있다.

21) A ｜S   x
    ──────┼───
    a ｜Å   anxiety
    $ ｜   desire   〈x와 욕망 사이의 불안〉

그래프는 라캉의 욕망의 그래프를 단순한 방식으로 나타낸 것이라고 할 수 있다. 선으로 그린 부분이 실재계에 상응하는 것으로서 라캉은 불안이 실재계를 나타내는 속일 수 없는 표지라고 논의한다. 라캉에 의하면, 주체는 앞서 존재하는 기표들의 토대위에서 그것들과의 구성적 관계 속에서 존재한다. 주체가 요청하는 대타자와 실제로 그에게 응하는 대타자의 차이를 a라고 지칭하며 이것의 존재라기보다는 이것의 기능에 의해 빗금친 주체가 탄생된다. 즉 빗금친 주체의 탄생은 일종의 타자 상실감과 관련되며 그것에 의해 한편에는 욕망이 다른 한편에는 불안이 생성된다. 즉 그래프는 주체의 형성과정을 상징적으로 나타내며 그것에는 불안과 욕망이 맞물리며 작용하고 있음을 나타낸다. 욕망의 빗금친 주체는 곧 불안의 빗금친 주체인 것이다. 라캉은 대타자의 기표들에 의존하는 무의식의 주체의 형성을 논의하면서 불안은 욕망과 함께 실재계에서 작용하는 주요요소로서 설명한다. 여기서의 설명은 불안을 포괄적 의미로서 사용하고 있다. 한편, 그가 불안을 기표들의 조직망 속에서 불안을 논의할 때는 프로이트가 말한 격렬한 불안 즉 그 개념의 모서리edge를 깎아낸 좁은 의미의 것으로 설명한다. 그것은 빗금친 주체임을 자각하는 정체성의 위기의 순간에 상응한다, Jacques Lacan, Edited by Jacques-Alain Miller, Anxiety : The Seminar of Jacques Lacan | Book X, pp. 160-165, pp. 26-28 참고.
* 위 그래프의 수직, 수평적 구조를 구체화하면, 맨위층이 상상계 곧 근친상간/절대쾌, 향유의 장이며 두번째 층이 실재계 곧 법이 작용하는 불안의 장이며 마지막 층이 상징계 곧 욕망의 장

앞서 '의혹의 기'의 '떨림'과 마찬가지로 이 시에서도 시인은 '광장의 전주'처럼 '떨고' 있으며 '불행한 신'은 시인의 '불안'한 일상을 그림자처럼 따라다니고 있다. 그는 '욕망'과 '죽음'과 '비밀'과 '고절'과 '허망' 속에서 자신의 '귀'에 울려오는 '불행한 신 당신이 부르시는 폭풍'을 말하고 있다. 그럼에도 그는 비록 '불행한(불안한) 신'이지만 그 대상을 끊임없이 불러내면서 '최후의 안정'을 찾고 있다. 이것은 불안의 외상적 반복에 의한 결과이기도 할 것이다. 자아의 '안정'을 되찾게도 하는 '불행한 신'은 시인의 작품들에서 일종의 '억압'을 연상시키는 '벽' 혹은 '문제되는 것'의 형상으로 반복적으로 나타나기도 한다.[22]

시인은 '불행한 신'과 같이 대타자의 어떤 기표를 지향하는 가운데서 안정을 찾곤 한다. '불행한 신'은 시인에게 또 어떠한 기표들로서 나타나는가.

인간의 이지理智를 위한 서적 그것은 잿더미가 되고

지난날의 영광도 날아가 버렸다.

그렇게 다정했던 친우도 서로 갈라지고

간혹 이름을 불러도 울림조차 없다.

에 해당된다. 그리고 도표의 좌측이 대타자 쪽(Côté de l'Autre)이며 우측이 내 쪽(Mon Côté)에 해당된다, 강응섭, 「9장. 세미나 10 읽기」, 『자크 라캉의 『세미나』 읽기』, 세창미디어, 2015, p. 293.

＊ 불안의 상위적 개념으로서 '감정Emotion'의 순환 활동의 지각적(知覺的) 요인들에 관해서는 호간(Hogan)의 글 참고, Patric Hogan, "What Emotions Are", What Literature Teaches Us About Emotion, Cambridge Univ, 2011, pp. 40~48.

22) 프로이트는 자아의 불안 속에서 억압과 초자아가 생성되는 것으로 논의하고 있다. 박인환의 위 두 번째 시편에서 불안 속에서 끊임없이 그를 따라다니는 '불행한 신'의 형상은 「벽」, 「문제되는 것」 등과 같은 작품에서는 불안 속에서 끊임없이 부딪치는 억압의 형상과 관련되어 구체화된다 ("그것은 분명히 어제의 것이다/ 나와는 關聯이 없는 것이다/ 우리들이 헤어질 때에/ 그것은 너무도 無情하였다.// 하루 종일 나는 그것과 만난다/ 避하면 避할수록/ 더욱 接近하는 것/ 그것은 너무도 不吉을 象徵하고 있다," 「벽」 부분).

오늘도 비행기의 폭음의 귀에 잠겨

잠이 오지 않는다.

잠을 이루지 못하는 밤을 위해 시를 읽으면

공백한 종이 위에

그의 부드럽고 원만하던 얼굴이 환상처럼 어린다.

미래에의 기약도 없이 흩어진 친우는

공산주의자에게 납치되었다.

그는 사자死者만이 갖는 속도로

고뇌의 세계에서 탈주하였으리라.

(중략)

나의 재산……이것은 부스러기

나의 생명……이것도 부스러기

아 파멸한다는 것이 얼마나 위대한 일이냐.

마음은 옛과는 다르다. 그러나

내게 달린 가족을 위해 나는 참으로 비겁하다.

그에게 나는 왜 머리를 숙이며 왜 떠드는 것일까.

나는 나의 말로를 바라본다.

그리하여 나는 혼자서 운다.

「잠을 이루지 못하는 밤」 부분

신부의 베드 위에서

그대는 사랑을 넘고 장님이 되어 코를 골고 계십니다

내가 진실로 그대 것이 아니었으므로

그대는 너무 겁내며 마음을 흐리었었습니까

내가 만족할 때까지 힘 있게 춤추었던 그대여

그대는 언제까지나 그와 같은 유쾌한 황제가 될 수 있겠습니까

아마 그렇지는 못할 것입니다

허나 그대는 훌륭합니다. 네 그러하지요?

아직도 왕후의 시체와도 같으시니까

그대가 또 다시 지배할 때까지

그대를 관에 눕히기로 합니다

그리고 사랑하는 그대여

우리들 두 사람을 위해서 잠을 이룹시다 꿈을 꿉시다

그대가 눈을 떠서 커피를 마실 때

나는 옷을 입고 있을 것입니다[23]

첫 번째 시에서 비행기의 폭음에 떨면서 죽어간 친우들을 생각하며 파멸
을 생각하는 장면은 전쟁으로 인한 시인의 내면을 생생하게 그리고 있다.

---

23) 이 시의 영어원문에 해당되는 부분은 다음과 같다, "Blind on the bride-bed, the
bridgegroom snores,/ Too aloof to love. Did you lose your nerve/ And cloud your
conscience because I wasn't/ Your dish really? You danced so bravely/ Till I wished
I were. Will you remain/ Such a pleasant prince? Probably not./But you're handsome,
aren't you? even now/ A kingly corpse. I'll coffin you up till/ You rule again. Rest for
us both and/ Dream, dear one. I'll be dressed when you wake/ To get coffee," W. H.
Auden, The Age of ANXIETY, Princeton Univ, 2011, p. 98, 역시와 원시를 비교해보면 일부
번역상의 오류(일례로 "Too aloof to love"의 해석)는 있으나 자연스러운 우리말 표현을 위해
원시의 행 구분을 그대로 따르지 않고 원시의 한행 반 혹은 두 행을 넘나들며 역시의 행을 새롭
게 구성하고 있다. 이같은 행의 구성방식은 박인환의 시편들에서 특징적인 행의 형식과 유사하
다. 한편, 원시의 "pleasant prince"는 '즐거운 왕자' 정도로 번역가능한데 그는 이것을 "유쾌한
황제"로서 역하였다. '황제'라는 시어는 박인환의 시편들(「무도회」, 「최후의 회화」 등)에서 시적
화자를 지칭하는 독특한 표현으로 나타난다.

그는 죽음을 초월하고자 하다가도 혹은 위대한 파멸을 생각하다가도 어느덧 가족을 생각하고 두려움에 울고 있다. 이러한 정서는 친우들이 죽고 가족의 생명의 위협을 느끼는 순간으로서 극도의 불안과 공포를 보여준다. 그런데 시인은 "잠을 이루지 못하는 밤" 그러한 순간에 무엇을 하고 있는가. 그는 "공백한 종이"를 앞에 두고 "시를 읽"고 있다. 전쟁의 불안과 공포 속에서 시를 쓰거나 책을 읽는 장면은 그의 작품 속에서 흔히 볼 수 있는 장면이다. 이것은 그가 자신의 불안을 응시하고 그것을 잠재우는 방식을 나타낸다. 동시에 이것은 지독한 불안 속에서 그를 지탱하고 있는 욕망의 기표를 나타내고 있다. 즉 앞서 자신을 따라다니던 '불행한 신'은 '공백한 종이' 위에서 '시를 쓰는' 행위로서 구체화되고 있다.

두 번째 시는 박인환이 그의 시론에서 중심적으로 인용, 논의한 오든의 『불안의 연대』에서 그가 유일하게 번역한 발췌구절이다. 『불안의 연대』는 세계대전을 경험한 세기말 의식을 반영하는 작품으로서 당대 키에르케고르의 불안사상과 직접적 영향 하에서 논의된다. 이 작품은 실제 현실을 반영하는 배경에 삶의 욕망을 상실한 네 사람이 술집에서 만나 이야기하며 절망의식에서 끝끝내 헤어나오지 못하는 결말을 보여준다. 즉 박인환은 자신의 시론을 논의하는 자리에서 오든, 스펜더, 데이 루이스 등 오든그룹의 지향을 설명, 인용하는 방식을 취하고 있으며 위의 번역시편도 그같은 맥락에서 소개된 것이다. 이와 같이 그가 시론을 밝히는 방식은 자신이 지향하는 당대 모더니즘 전위시인들의 지향과 시를 경유하여 자신의 것과 일체화하는 방식을 취하고 있다.

박인환은 오든의 장시집에서 로제타라는 여성과 그를 흠모하는 남성과의 관계에 초점을 맞춘 이 부분을 유일하게 발췌역하였다. 즉 그는 남성의 죽음과 로제타의 슬픔 혹은 두 남녀의 정사를 환기시키는 정황에 초점을 맞추고 있다. 불안의 시대에 여성과의 정사와 죽음의식과 관련된 내적 불안은 실지로 박인환의 주요한 모티브를 이루고 있다. 그는 초기시에서 주로 리비도적 충동과 현실적인 상황과 관련하여 감정의 극단을 오가는 불안의식을 드러내고 있다. 그리고 그와 같은 리비도적 충동과 현실적 상황과 관련된 불안과 욕망의 혼란스런 격동들은 자신의 시론을 대체하여 인용하는 서구 전위시인들의 주제와 관련을 지닌 것이다. 시인은 자신의 불안과 욕망의 움직임을 간접적으로 드러내면서 한편으로는 자신이 추구하는 어떠한 지향을 향해가고 있다. 그것은 '환상', '관념', '불행한 신', '시를 쓰는 행위' 등으로 암시되고 있다.

3. '십자로의 거울'이 비추는 '暗黑의 地坪'과 '自由에의 境界'

시인은 시인인 동시에 다른 사람들과 같은 것을 먹고 동일한 무기로 傷害를 입는 인간인 것이다. 大氣에 희망이 있으면 그것을 듣고 고통이 생기면 그것을 느낀다. 인간으로서 두 개의 세계에 처함으로서 그는 시인으로서 두 개의 불(火) 사이에 서 있는 것이다. 그러나 시인은 민감한 도구이지 지도자는 아니다. 관념이라는 것은 그것이 실제적인 정신에 있어서 상식으로 되지 않는 한 시인의 재료로는 되지 않는다. 십자로에 있는 거울(鏡)처럼 시인은 서서 교통을, 위험을, 제군들이 온 길과 제군들이 갈 길—즉 제군들 자신의 분열된 정신—을 나타내는 것이다.

「현대시의 불행한 단면」 부분

靜寞한 가운데
燐光처럼 비치는 무수한 눈

暗黑의 地平은

自由에의 境界를 만든다.

사랑은 주검은 斜面으로 달리고

脆弱하게 組織된

나의 內面은

지금은 孤獨한 술瓶.

밤은 이 어두운 밤은

안테나로 形成되었다

구름과 感情의 經緯度에서

나는 永遠히 約束될

未來에의 絕望에 關하여 이야기도 하였다.

또한 끝없이 들려 오는 不安한 波長

내가 아는 單語와

나의 平凡한 意識은

밝아올 날의 領域으로

危殆롭게 隣接되어 간다.

가느다란 노래도 없이

길목에선 갈대가 죽고

욱어진 異神의 날개들이

깊은 밤

저 飢餓의 별을 向하여 作別한다.

鼓膜을 깨뜨릴 듯이

달려오는 電波

그것이 가끔 敎會의 鍾소리에 합쳐

線을 그리며

내 가슴의 隕石에 가랁아버린다.　　　　　　「밤의 노래」

  첫 번째 글은 오든 그룹의 일원 C. D. 루이스의 글로서 박인환은 이것을
자신의 시론,「현대시의 불행한 단면」문두에 특별히 인용하고 있다. 이 글
의 내용과 유사한 주제는 박인환의 시 작품의 서두 혹은 시의 내재적 구도
에서 반복적으로 나타나고 있다. 즉 데이스의 말을 빌어서, 박인환은 당대
를 '불행의 연대'로 규정지으면서 시인을 '십자로에 선 거울'로서 견주고 있
다. '십자로'는 여러 갈래의 가능성들의 중심에 놓인 상황을, '거울'은 그것
을 비추어내는 '시인'을 의미하고 있다. 그는 시인이 혼란한 당대사회를 비
추어내는 동시에 그것을 견인하는 임무를 지니고 있으며 그러한 시인의 태
도를 '인간주의'로서 파악한다.
  '십자로의 거울'로서의 시인은 절박한 상황 속에서 현실을 헤쳐나가는
그 무엇을 추구하는 지난한 일이기에 '분열된 정신'으로서 명명되고 있다.
'분열된 정신'은 '불안의 연대'에 처한 사람들의 불안과 고통을 고스란히
담아내는 인간적인 정신을 추구하는 경지이다. 이같은 시인의 지향은 그가
인용한 전위시인들의 시론과 작품을 경유하기도 하면서 그의 시편들에서
불안의 정서로서 구체화되고 있다. 즉 그는 전위적 모더니즘 시인들을 매
개항으로 하여 '선지자적 시인'의 형상을 지향하면서 그 자신을 그러한 기
표들과 동일시하고자 한다.
  박인환은 오든의『불안의 연대』와 사르트르의『구토』에 경도된 흔적을

보여준다. 그가 쓴 대표 시론들에서 내용·전반을 소개, 인용까지 하면서 중점화한 것이 이 두 작품이다.[24] 이 작품들은 당시, 실존주의적 불안사상의 직·간접적 영향 하에서 논의되는 것이다. 박인환이 전후(戰後) 세계의 불안을 의식하고 이상화된 자아의 형상으로서 현실에 대처하는 방식은 당대 키에르케고르가 인간의 불안을 응시하는 시선과 유사한 특성이 있다. 키에르케고르는 선악과와 아담의 원죄와 관련하여 인간의 불안의 근원적 특성을 논의하였다. 그것은 필연과 가능성, 선택과 자유, 현실과 이상이라는 인간이 지닌 상반된 요소에 주목하는 것이다. 특기할 것은 그가 그것들의 관계항들 속에서 생성되는 '불안'을 '자유'와 '가능성'과 등가의 의미로서 파악한다는 것이다. 그의 사유는 '불안'의 생성을 인류의 기원으로부터 다루고 그것의 지양, 극복을 염두에 두고 있다.

박인환역시 그와 유사한 관점에서 자신과 세계를 가득 채우고 있는 '불안'의 특성과 그것의 이면을 응시하고자 한다. 위 시에서 그것은 '암흑'이 거느린 무수한 가능성과 선택에 미지의 희망을 부여하는 것으로 나타난다. 즉 그는 '불안'을 끊임없이 경험하는 가운데서 미지의 가능성과 미래의 불운 혹은 두려운 것을 향한 '욕망'을 드러내고 있다.[25] 이것은 그가 처한

---

24) 박인환의 시론격 글로는 「현대시의 불행한 단면」과 「사르트르의 실존주의」가 있다. 각각에는 오든의 「불안의 연대」와 사르트르의 「구토」가 유일하게 발췌, 인용 논의되고 있다. 오든의 「불안의 연대」는 키에르케고르와 직접적 영향 하에서 논의되며 사르트르의 「구토」 역시 실존주의적 불안의식을 주제로 삼고 있다. 사르트르는 '불안'에 관한 한 하이데거보다도 키에르케고르의 논의를 근본적이며 독창적인 것으로서 간주한다, 허현숙, 『오든』, 건국대출판부, 1995, p. 54, 사르트르, 『존재와 무』 정소성 역, 동서문화사, 2009, pp. 84-85.

25) 미지의 가능성 앞에서 느끼는 불편한 감정이 '불안'이다. 각각의 결정에는 한 개인 전체가 걸려 있는데, 이것이 바로 가능성인 존재가 지니는 엄청난 힘의 비밀이다. 존재가 가능성이라면 개인의 존재는 바로 불안이다. 개인성이야말로 존재에 직면한 인간의 본질적인 양상이라면 그 주된 측면은 '불안'이다. 키에르케고르는 불안이 세상과 가능성 혹은 가능성의 결과적 자유에 직면하는 것이 인간의 근본적인 조건이라고 본다, 샤를 르 블랑, 이창실 역, 『키에르케고르』, 동문선, 2004, pp. 52-56.

전쟁의 시대상황과 유추적 맥락을 지니는데 '암흑의 지평'을 나아가는 순간은 '불안의 파장' 속에 놓인 가능성들과 위험들을 헤쳐나가는 것이며 그 것은 어쩌면 불운의 세계를 향해가는 것이다.

그는 짙어가는 '암흑의 지평' 만큼이나 확장될 수 있는 '자유의 경계'를 바라보고자 한다. 시인의 불안은 암흑 속에서 반짝이는 '안테나들의 파장'으로부터 흘러나오고 있으며 '불안의 파장'이 '암흑의 지평'을 넘어 '자유'의 '경계'에 이르기까지에는 시인의 '고막을 찢을 듯'한 위태로운 형태가 되기도 한다. 즉 시인은 그러한 상념의 궤도에 그 자신의 존재론적 정신을 온통 투신하고 있다. '불안한 파장' 속에서의 '자유에의 경계'는 '불안의 연대'에 그가 자신의 불안의식을 어떻게 적극적으로 응시하고자 하였는지 그리고 그것을 어떻게 극복하고자 하였는지를 암시하고 있다.

神이란 이름으로서
우리는 最終의 路程을 찾아보았다.

어느날 驛前에서 들려오는
軍隊의 合唱을 귀에 받으며
우리는 죽으러 가는 者와는
反對 方向의 列車에 앉아
情慾처럼 疲弊한 小說에 눈을 흘겼다.

지금 바람처럼 交叉하는 地帶
거기엔 一切의 不純한 慾望이 反射되고
農夫의 아들은 表情도 없이

爆音과 硝煙이 가득찬

生과 死의 境地에 떠난다.

달은 精蔞보다도 더욱 처량하다

멀리 우리의 視線을 集中한

人間의 피로 이루운

自由의 城砦

그것은 우리와 같이 退却하는 자와는 關聯이 없었다.

神이란 이름으로서

우리는 저 달 속에

暗澹한 검은 江이 흐르는 것을 보았다.

「검은江」

아무 雜음도 없이 滅亡하는

都市의 그림자

無수한 인상과

轉換하는 年代의 그늘에서

아 永원히 흘러가는 것

新聞지의 傾사에 얼켜진

그러한 不안의 格투

함부로 開催되는 酒場의 謝肉祭

흑인의 트람볕

歐羅파 神부의 비명

精神의 皇帝!

내 秘密을 누가 압니까?

体験만이 늘고

室內는 잠잔한 이러한 幻影의 寢台에서.

回想의 起源

오욕의 都市

황혼의 亡명客

검은 外套에 목을 굽히면

들려 오는 것

아 永원히 듣기 싫은 것

쉬어빠진 鎭魂歌

오늘의 폐허에서

우리는 또다시 만날수 있을까

一九五O年의 사節단

病든 背경의 바다에

국화가 피었다

閉쇄된 大학의 庭園은 지금은 묘地

會話와 理性의 뒤에오는

술취한 水夫의 팔목에끼어

波도처럼 밀려드는

불안한 最後의 會話   「最後의 會話」

첫 번째 시는 미래를 간파하는 선택받은 자로서 시를 쓰는 방식을 구체적으로 보여준다. 이 시는 자신을 '십자로에 선 거울'로서 규정짓고 자신이 그러한 거울의 역할을 담당하고 있음을 나타내고 있다. 자신이 탄 열차와 반대선로에 앉은 사람들을 바라보며 그는 교차로의 지점에서 자신이 가는 방향과는 반대 즉 전쟁터로 향하는 그들의 불운의 미래를 예감한다. 또한 그들이 지식인이 아닌 농부의 아들인 부조리한 현실에 관해서도 지각한다. 그는 반대방향을 향하는 열차들의 십자로에서 사람들의 선택과 가능성과 운명을 가늠하고 있다. 그는 '정욕처럼 피폐한 소설에 눈을 흘기'는 자신에게 자괴감을 느끼면서 신도 구제할 수 없는 세계의 비극성을 시인의 거울로서 형상화하고 있다. 그럼에도 이같은 시는 세계에 처한 자신의 불안과 동시대인들의 불안을 떠안고 그것을 응시하는 진정성있는 시인의 고뇌를 보여준다.

즉 이 장면은 시인이 지켜나가고자 하는 인간적 고뇌 혹은 '분열된 정신'을 구현하고 있다. 그는 불안과 고통에 처한 사람들 그리고 우리와 같은 탈식민국가의 상황에 관한 시편들을 창작하면서 그러한 작품들을 통해서 '선지자적 시인'으로서의 '관념'을 꿈꾸고 있다. 이같은 시편들에서 특기할 점은 시인 특유의 불안이 두드러지지 않거나 극복되는 양상을 드러낸다는 것이다. 그리고 그 자신은 당대 사람들의 고난을 바라보는 관조자 혹은 그들보다는 우월한 처지의 지식인으로서 암시된다. 이러한 의식은 그가 자신의 자아를 '정신의 황제' 혹은 그에 상응하는 대상으로서 구체화한다는 점에서 뚜렷해진다. 시인이 자신의 이상 혹은 선지자적 시인으로서의 역할과 일치한다고 여길수록 그의 불안은 상쇄되고 있다.

그럼에도 그의 불안은 그렇게 단순히 해소되는 성질의 것이 아니다. 두 번째 시편은 전쟁의 '사절단'으로서 도시의 주점에서 술을 마시는 장면을 배경으로 삼고 있다. 시인은 주점에서 들려오는 시국에 관한 회화 속에서 불안을 느끼는데 그것은 시편 마지막의 '불안한 최후의 회화'라는 세기말 적 의식으로 구체화된다. 시인의 혼란스러운 내면은 파편적 정황들의 열거 로서 명확하게 드러나고 있다. 전쟁통의 주점에서 들려오는 사람들의 회 화의 기표들에 의해 시인의 불안이 가중화되며 그것은 정리되지 못한 진술 과 표현으로서 표면화된다. 즉 시인은 "精神의皇帝!/ 내 秘密을누가 압니 까?"라고 되뇌이지만 그의 불안은 좀처럼 가라앉지 못하고 있다. 즉 전쟁 상황으로 인한 '현실적 불안'과 시인의 체질과 관련한 '신경증적 불안'은 '삶의 충동'과 '죽음의 충동'이라는 양극을 거느리는 '중간의 면적' 사이에 서 여전히 혼란스럽게 오가고 있는 것이다.

4. '새로운 불안': '정신의 황제'와 '미생물'의 거리

유리로 맨든 人間의 墓地와
벽돌과 콩크리트 속에 있는
都市의 溪谷에서
흐느껴 울었다는것 외에는-

天使처럼
나를 魅惑시키는 虛榮의 네온.
너에게는 眼球가 없고 情緖가 없다.
여기선 人間이 生命을 노래하지않고
沈鬱한 想念만이 나를 救한다.

바람에 날려온 몬지와 같이

이異國의땅에선나는하나의微生物이다.

아니 나는 바람에 날려와

새벽한時 奇妙한 意識으로

그래도 좋았던

腐蝕된 過去로 돌아가는 것이다.

(포-트랜드에서)   「새벽한時의詩」 부분

나는 나도 모르는 사히에 먼나라로

旅行의 길을 떠났다.

수중엔 돈도 없이

집엔 쌀도 없는 詩人이

누구의 속임인가

나의 幻想인가

(중략)

이지러진 回想

不滅의 孤獨

구두에 남은 韓國의 진흙과

商標도없는 〈孔雀〉의 연기

그것은 나의 자랑이다

나의 외로움이다.

또 밤거리

거리의 飮料水를 마시는

포-트랜드의 異邦人

저기

가는 사람은 나를 무엇으로 보고 있는가.

(포-트랜드에서)　　　　　　　　　　　　　　　　　　　　「旅行」 부분

다리 위의 사람은

애증과 부채를 자기 나라에 남기고

암벽에 부딪히는 파도 소리에 놀라

바늘과 같은 손가락은

난간을 쥐었다.

차디찬 철의 고체固體

쓰디쓴 눈물을 마시며

혼란된 의식에 가라앉아버리는

다리 위의 사람은

긴 항로 끝에 이르른 정막한 토지에서

신의 이름을 부른다.

그가 살아오는 동안

풍파와 고절은 그칠 줄 몰랐고

오랜 세월을 두고

DECEPTION PASS에도

비와 눈이 내렸다.

또다시 헤어질 숙명이기에

만나야만 되는 것과 같이

지금 다리 위의 사람은

로사리오 해협에서 불어오는

처량한 바람을 잊으려고 한다.

잊으려고 할 때 두 눈을 가로막는

새로운 불안

화끈거리는 머리

절벽 밑으로 그의 의식은 떨어진다.

태양이 레몬과 같이 물결에 흔들거리고

주립공원 하늘에는

에메랄드처럼 빤짝거리는 기계가 간다.

변함없이 다리 아래 물이 흐른다

절망된 사람의 피와도 같이

파란 물이 흐른다

다리 위의 사람은

흔들리는 발걸음을 걷잡을 수가 없었다.

(아나코테스에서)   「다리 위의 사람」 부분

　그는 미국여행을 기점으로 하여 작품들 속에서 '디셉션패스'와 '네온사인'으로 표상된 거대한 물질문명의 기의들에 압도된 심리를 생생하게 보여준다. 뿐만 아니라 그는 그것들로부터 자신이 그려왔던 미래 사회의 기표들과의 괴리감을 체험하게 된다. 또한 그는 50년대 초반의 시애틀 문명으로부터 우리의 전후 현실과의 깊은 간극에 충격받는 모습을 보여준다. 불안의식은 미국여행기 시편들에서도 내적 동요로서 구체화되며 박인환 특유의 현저한 특징을 보여준다. 그런데 이 시기부터의 불안의식은 과거 그

의 작품에서의 것과는 상이한 지점이 있다. 그것은 반복적으로 토로해온 그 자신에게 익숙한 그러한 종류의 불안이 아니다. 이러한 사실에 관해서는 시인 스스로가 자각적이었는데 그것은 그가 이러한 심적 상태를 '새로운 불안' 혹은 '기묘한 의식'으로서 명명하고 있기 때문이다.

'새로운 불안'의 실마리가 되는 것은 시편들에 나타나는 시적 자아의 특징적 형상과 관련한 것이다. 첫 번째 시에서 시인은 자신을 '미생물'로서 표현하며 세 번째 시에서는 '바늘같은 손가락'을 지닌 '소인(小人)'으로서 표현하고 있다. 또한 두 번째 시에서는 시인 자신을 '포틀랜드의 이방인'으로 나타내면서 '저기 가는 사람은 나를 무엇으로 보는가'라는 자의식적 질문을 던진다. 즉 시인은 단적으로 '미생물'이라는 점멸되는 자아의 형상으로서 구체화된다. 또한 시의 말미에는 주로, 새로운 문명세계의 타자들이 자신을 어떻게 바라보는가와 관련하여 극심한 자의식이 나타난다.

이것은 시인의 이전 시편에서 특징적이었던 시적 자아와는 이질적일 뿐만 아니라 그와 대조적인 것이다. 극과 극을 오가는 감정의 동요를 동반하는 내면은 겉보기에 유사하다. 그러나 그러한 내적 동요에 휩싸인 자아의 형상을 살펴보면 과거의 그는 리비도적 충동 혹은 현실적 요인들에 의해 혼란된 내면을 드러내는 것에도 불구하고 '정신의 황제' 혹은 불안과 고통에 처한 현실을 관조할 수 있는 자아의 형상을 드러내었다. 나아가 그는 불안과 고통에 휩싸인 사람들의 과거와 미래를 예지하는, 그 스스로가 그들의 선지자적 시인이 되기도 하였다. 그와 같은 형상은 시적 자아의 내면에서 소용돌이치는 불안을 완화, 극복시킬 수 있는 대타자의 기표였다.

과거시편들에서는 다른 사람들이 시인 자신을 어떻게 보는가에 관해서는 한 구절도 보이지 않는다. 즉 그것들은 시인이 바라보고자 하는 세계와 사람들에 관한 상념들로 귀결된다. 그런데 미국여행이후 시편들에서 그의 자아상은 새로운 문명세계의 타자들의 시선에 의해 그것이 시인의 것으로서 격하, 치환되는 특성을 보여준다. "시선에 의해 나에게 현전하는 타자는, 한편으로 나를 바라봄으로써 나에게 객체성을 부여하고 나의 세계를 훔쳐가는 자라는 의미에서 나의 지옥으로 규정된다."[26] 이같은 자의식에서 연원하여 소용돌이치며 죽음충동까지 치닫는 정서가 시인이 '기묘하'다고 여긴 '새로운 불안'이다.

박인환의 '새로운 불안'을 라캉의 논의와 관련지어 보면 다음과 같다.

상상계: A 대타자-선지자적 시인	S 주체	x
실재계: a 욕망의 대상 -선지자적 시인의 시(예술)	Ⱥ 빗금친 대타자: -도달할 수 없는 선지자적 시인	불안anxiety
상징계: $ 기표로서의 주체		욕망desire

〈x와 욕망 사이의 불안〉[27]

도표는 라캉의 불안과 욕망의 그래프에 박인환의 그것을 치환한 것이다. x는 주체의 정위에 필요한 대타자에의 잠식을 가리키며 '불안'은 욕망의 대상 a가 기능하도록 하는 구성요소이다.[28] 선으로 그어진 부분은 실재계the real에 상응하며 '불안'은 실재계를 움직이는 '욕망'의 신호이다. 선

---

26) 변광배, 『장폴 사르트르 시선과 타자』, 살림, 2004, p. 48.

27) Jacques Lacan, Edited by Jacques-Alain Miller, *Anxiety : The Seminar of Jacques Lacan / Book X*, pp. 160-161 참고.

28) "there is an x that we can only name retroactively, which is properly speaking the inroad to the Other, the essential target at which the subject has to place himself. Here we have the level of anxiety, constitutive of the appearance of the a function," Jacques Lacan, ibid., p. 161.

으로 표시된 실재계는 "촘촘한 그물과도 같이 '언어처럼 구조화된 무의식'
인 대타자의 침투를 막아내는 충실한 바리케이트 기능을 수행하며 불안을
막는 역할을 한다. 그럼에도 'a'가 욕망의 신호를 보내기 때문에 불안이 생
기게 된다."[29] 불안은 상상계와 실재계와 상징계를 중심으로 수평적으로
작용하는 동시에 대타자와 주체를 중심으로 수직적으로 작용하고 있다.
즉 불안은 선으로 그려진 실재계의 순환고리로서 욕망과 함께 작용한다.

그렇다면 박인환이 미국여행 이후에 '미생물'이라는 축소된 자아를 중심
으로 나타나는 '새로운 불안'과 '정신의 황제'라는 확장된 자아를 중심으
로 완화될 수 있었던 과거 그의 '불안'은 어떠한 관련을 지니는가. 이것은
포괄적인 맥락의 불안과 치명적 결과를 초래할 수 있는 불안의 관계를 조
명하는 일이 될 것이다. 프로이트는 전자를 불안으로서 후자를 격렬한 불
안 혹은 '경악fright'으로서 논의하였다. 그는 후자가 감당하기 어려운 자극
을 처음 받아들이는 '의식'이 떠안게 되는 심리적 '외상'과 관련지어 논의한
다. '불안'은 그것이 알려지지 않은 것이더라도 위험을 예비하는 상태라고
할 수 있다. '불안' 속에서 '의식'은 '경악'의 경험에 준비하게 되고 최초의 심
리적 외상은 반복에 의해 '의식' 속에서 수용할 수 있는 것으로 된다.[30]

라캉의 '정동affect'[31]은 프로이트가 논의한 '경악'과 대비될 수 있는 내

---

29) 강응섭, 「9장. 세미나 10 읽기」, 『자크 라캉의 『세미나 읽기』, 세창미디어, 2015, p. 290.

30) 프로이트, 『쾌락원칙을 넘어서』, 열린책들, 1997, pp. 16-17.

31) 라캉은 '정동'으로서의 불안을, 프로이트가 논의한 '억압, 증상, 불안'의 과정을 자신이 개념화한
기표들의 조직망 내에서 설명하고 있다.

난이도Difficult------------------

운동성	억압Inhibition	방해Impediment	위기Embarrassment
Movement	동요Emotion	증상Symtom	행동 조짐Passage of acting-out
|	혼란Turmoil	행동화Acting-out	불안Anxiety

(* 번역은 필자의 것)

적 상태라고 할 수 있다. 라캉은 '정동'으로서의 '불안'을, 감정의 기표들의 조직망에서 차별적 지점을 지향하여 규정한다. 라캉의 기표들의 조직망에 의하면, '정동'은 '운동성'의 측면에서 '위기Embarrassment'와 '행동 조짐passage of acting-out'보다도 심화된 것이며 '난이도'의 측면에서 '혼란turmoil,' 'acting-out행동화'에 비해 심화된 것이다. 즉 '정동'은 '주체S'가 '빗금친 주체$'로 자각되는 주체의 결정적인 상태 곧 '위기' 보다도 심화된 상태이며 그리고 '행동화acting-out'보다 어려우며 행동하기 직전의 상태보다도 내적 운동성을 갖는다. 라캉은 이것에 관해 오이디푸스가 자신의 비극적 운명을 깨닫는 순간의 '행동 가능the possibility of that action'의 상태와 견주어 논의한다. 이것은 키에르케고르가 아담과 같은 순진한 존재가 선악과를 선택할 때의 '불안'과 파국에의 예감과 상응하는 것으로서 볼 수 있다.

위의 그래프로서 설명하자면, 포괄적 불안은 '선'으로 그려진 실재계를 따라 움직이는 것이라고 한다면 '정동'의 불안은 '빗금친 주체$'와 '빗금친 대타자A'를 중신으로 한 실재계에서 작용한다고 볼 수 있다. 이에 따라 박인환의 과거 시편과 미국여행 이후 시편에서의 불안의식을 살펴보면, 전쟁의 현실적 상황과 리비도적 충동과 연관된 '불안'은 그의 시에서는 익숙한 불안이었으며 그것은 일정한 외상으로서 반복되면서 예견되는 것이었다.

여기서 흔히 감정으로서 칭하는 'Emotion'을 '외부로 향'한 '감정적 동요'라는 협의의 의미로서 규정한다. 마찬가지로 이 기표들의 조직망에서의 정서의 다른 개념들도 비교적 그 의미망이 좁혀진 것으로서 다른 개념들과의 관계망 속에서의 차별성을 지향하며 설명된다. 유의할 것은 '위기Embarrassment'로서 이것은 '주체S'가 '빗금친 주체$'로 자각되는 주체의 결정적 내적 상태를 가리킨다. 이것이 행동화되기 직전에 나타나는 것이 '정동Affect'으로서 라캉은 이것을 '불안'으로서 명명한다. 라캉은 '정동'이 직접적으로 주어지지 않으며 방출되어서는 전환, 전도, 도착, 대사작용을 일으킨다고 설명한다. 그가 '정동'이 '억압되는 것이 아니'라고 보충설명하는 것은 (신경증적) '불안'이 '억압된 것'이라고 논의한 프로이트의 초기 논의를 의식한 것으로 볼 수 있다. 그것은 타자들의 기표에 의해 주체가 어쩔 바 몰라 사라지고자 하는, 즉 위기에 놓인Embarrass 빗금친 주체임을 깨닫는 순간이다. Jacques Lacan, Edited by Jacques-Alain Miller, Anxiety : *The Seminar of Jacques Lacan / Book X*, pp. 3-15, pp. 162-163.

'떨림'으로 나타나는 그의 불안이 완화되는 계기를 갖도록 한 것은 확장된 자아 혹은 시인으로서의 그의 욕망과 결합된 전위시인이라는 '대타자'의 형상이었다.

단적으로, 『시작』의 비평을 보면 그는 비평준거를, 스펜더, 오든 등과 같은 서구 전위시인과 관련하여 신랄하고 거침없이 행하고 있다.[32] 그것은 김수영의 회고록에서 보듯이 당대 서구문인들의 신조어에도 민감하게 반응한 박인환의 '전위 콤플렉스'와도 관련될 것이다.[33] 즉 그는 초기시부터 오든, 스펜더, 사르트르 등, 서구 지식인들 및 문학자들과 세계대전 이후 전쟁 현실의 고뇌를 떠안고 있던 지식인이라는 공감대를 나타냈으며 선지자적 시인이라는 의식을 지니고 세계주의적 시운동을 동조, 지향해왔던 것이다. 즉 박인환은 전위 모더니즘 예술가의 상을 지향해왔고 그러한 자아의 상(象)에 자부심을 지녀왔다.

---

32) 그는 1954년에 『시작』 1, 2집에 실린 시편들을 신랄하게 평하는 글을 썼다. 당시 이 시집의 시편들은 "한국에서 활약하고 작품활동을 지속하고 있는 전 시인의 반수에 가까운 26명이며, 이는 즉금년도에 잇어서의 한국시의 경향과 수준을 제시하고 있는 것이다." 그는 이 자리에서 고압적인 비평가 입장에서 각각의 시인을 비판하고 있다. 이때, 간접적 비평의 준거는 '스펜더의 시'를 비롯한 현대시인의 절망과 시와 관련을 지닌다. 그의 거침없는 비판은 그의 사후에 김현승, 김수영 등의 당대 문인들이 그의 시를 폄하하게 된 맥락과 관련을 지닐 것이다("김현승/「러시 아워」는 시대풍자를 위한 시가 아닐까? 그렇지 않으면 이 시인의 언어를 위한 새타이어의 세계인가? 오래 시를 쓰면 확실히 매너리즘이 생긴다. 멋쟁이 말과 재미잇는 수식사로 이루어진 이 시는 영화의 해설문같다," "김규동 (중략) 현대시는 왜 난해하냐 하면 그것은 현대의 제상이 복잡하고 난해하기 때문이라고 생각한다. 그는 자기의 환상과 현실을······ 신념과 망각을······ 과거와 미래를······ 그리려고 노력했다. 하지만 그의 자동기술법이 트리스탄 차라 류의 다다이즘으로 변한 것은 유감된 일이며 이런 방식 때문에 그의 작품이 실패할 때가 있다," "박화목/그는 너무 시를 쉽게 생각하고 있다. 단지 하나의 반항정신이나 실존의식이 뚜렷하면 시가 되는 줄 생각하고 있는 모양이다(중략) 시에 있어서의 시인의 희망은 감상에 지배되는 것이며 이미 그러한 시대는 지났다. 나는 여기서 S. 스펜더의 말을 빌리고 싶지는 않으나 왜 많은 자기의 말을 다 쓰려고 하는지 모르겠다," 박인환, 「1954년의 한국시」, 『시작』(1954.11.20) 부분).

33) 박인환, 김수영을 비롯한 당대 문인들의 '전위 콤플렉스'는 모더니스트로서 전위에 서야 하며 남보다 먼저 그리고 더 훌륭하게 초현실주의나 다다이즘 같은 전위문학을 이해하고 창작으로 보여주어야 한다는 강박관념을 근저에 두고 있다. 박현수, 「김수영 시론에 있어서 전위성의 성격과 기원」, 『어문논총』 60호, 한국문학언어학회, 2014.6, pp. 301-302.

그런데 미국체험은 그로 하여금 자신이 지향해온 대타자의 상이 자신의 것이 아닐 뿐더러 애초에 도달할 수 없었던 '환상'으로서 자각하도록 하였다. 그러한 아득한 거리감은 가령 바다와 육지를 잇는 거대한 '디셉션패스[34]'에서 바다의 깊은 소용돌이를 주시하는 가운데 비약적으로 경험되고 있다. 구체적으로, 그는 미국여행을 주제로 한 산문에서는 '인간주의'를 지향하는 '선지자적 시인'의 입장이 되어서 미국의 물질주의를 비판, 지양하고 있다. 그러나 그는 진심을 토로하는 시편들에서는 선택받은 시인으로서의 정신적 자부심이 미국의 자본주의와 물질문명에 압도되어버리는 내적 동요를 보여준다. 혹은 그는 선지자적 의식으로서 자본주의와 물질주의와 비인간주의가 팽배할 다가올 미래세계를 예지적으로 실감하였던 것이다. 그러한 장면은 작아져서 사라져버리는 존재의 회복될 수 어려운 '불안'의 '정동'으로 나타나고 있다.

'새로운 불안'은 그로 하여금 '인간주의'와 '정신주의'로서 견지해온 시인으로서의 '사명감'이 자신의 교양주의와 세계주의가 구성한 한갓 기표들의 망 혹은 '빗금친 대타자'임을 깨닫도록 하였다. 그리고 그러한 대타자에 기대어온 그 자신역시 '빗금친 주체' 혹은 아무것도 아닌 '무(無)'였다고 회의하도록 하였다. 그것은 한 개인이 자신이 의식, 무의식적으로 추구해온 정신적 핵심 혹은 정체성에 균열이 가해진 것이다. 이러한 내면을, 키에르케고르는 타자와 나 혹은 객관적 자아와 주관적 자아의 회복할 수 없는 거리 혹은 불안을 넘어선 '절망'이라고 하였다. 그것은, 자신이 추구해온 삶을

---

34) '디셉션 패스Deception Pass'는 Whidbey Island와 Fidalgo Island 사이의 소용돌이치는 깊은 해협을 말한다. 박인환은 육지와 섬을 연결하는 이 해협의 다리, 디셉션 패스 브릿지Bridge를 바라보며 절망의 시를 썼다. 그것은 1934-35년도에 완공된 길이 1487ft 높이 180ft의 강철로 된 다리로서 높이와 규모 면에서 거대한 위용을 드러내며 당대 미국문명의 발달상을 집약적으로 보여준다, Deception Pass Park Foundation webpage 참고.

송두리째 회의하면서 자신의 존재 그 자체를 부정하도록 하는 '개인적 자유와 죄의 결과'로서의 '주관적 불안'의 특성을 지닌다.[35] 그때 그가 의지할 수 있던 마지막의 것은 술이었으며 절망의 폭음이었다. 귀국 후 1년이 채 되지 않아 지속된 폭음으로 요절하게 된 것에는 이같은 그의 불안의 정동과 절망이 자리잡고 있었다.

> 人生은 외롭지도 않고/ 그저 雜誌의 表紙처럼 通俗하거늘/ 한탄한 그무엇이 무서워서 우리는 떠나는 것일가/ 木馬는 하늘에 있고/ 방울 소리는 귀전에 철렁거리는데/ 가을 바람소리는/ 내 쓰러진 술병속에서 목메여 우는데
>
> 「木馬와 淑女」 부분

5. 결론

박인환이 미국여행 이후에 '미생물'이라는 축소된 자아를 중심으로 나타나는 '새로운 불안'과 '정신의 황제'라는 확장된 자아를 중심으로 한 미국여행 이전에, 그의 '불안'은 어떠한 관련성을 지니는가. 그것은 포괄적인 맥락의 '불안'과 치명적 결과를 초래할 수 있는 '정동'으로서의 '불안'의 관계를 조명하는 일이 된다.

극과 극을 오가는 감정의 동요를 동반하는 내면은 겉보기에 유사하다. 그러나 그러한 내적 동요에 휩싸인 자아의 형상을 살펴보면 과거의 그는 리비도적 충동 혹은 현실적 요인들에 의해 혼란된 내면을 드러내는 것에도

---

35) 키에르케고르는 불안을 '주관적 불안'과 '객관적 불안'으로서 구별지었는데 후자가 인간이라면 누구나 느끼는 것이라면 전자는 자신의 가능성에 뛰어들어 행위와 죄를 통해 자유의 현기증을 체험하는 것이다.

불구하고 '정신의 황제' 혹은 불안과 고통에 처한 현실을 관조할 수 있는 자아의 형상을 드러내었다. 나아가 그는 불안과 고통에 휩싸인 사람들의 과거와 미래를 예지하는, 그 스스로가 그들의 '십자로의 거울' 곧 선지자적 시인이 되기도 하였다. 그와 같은 형상은 시적 자아의 내면에서 소용돌이 치는 불안을 완화, 극복시킬 수 있는 대타자의 기표였다.

그런데 미국에서 그가 자신의 내적 상태를 명명한 '기묘한 불안' 혹은 '새로운 불안'은 그로 하여금 '인간주의'와 '정신주의'로서 견지해온 '선지자적 시인의식'이 자신의 교양주의와 세계주의가 구성한 한갓 기표들의 망 혹은 '빗금친 대타자Å'임을 깨닫도록 하였다. 그리고 그러한 대타자에 기대어온 그 자신역시 '빗금친 주체$' 혹은 아무것도 아닌 '무(無)'였다고 회의하도록 하였다. 그것은 한 개인이 자신이 의식, 무의식적으로 추구해온 정신적 핵심 혹은 정체성에 균열이 가해진 것이다. 그것은, 자신이 추구해온 삶을 송두리째 회의하면서 자신의 존재 그 자체를 부정하도록 하는 '개인적 자유와 죄의 결과'로서의 '주관적 불안'이었다. 그때 그가 의지할 수 있던 마지막의 것은 술이었으며 절망의 폭음이었다. 귀국 후 1년이 채 되지 않아 지속된 폭음으로 요절하게 된 것에는 이같은 그의 '불안'의 '정동'과 '절망'이 자리잡고 있었다.

제3장

박인환 시에 나타난 '청각적 이미지' 연구

— '소리풍경soundscape'을 중심으로

1. 서론

1-1. 연구사 및 문제제기

최근 박인환에 관한 주요한 연구들을 소개하면, 박인환의 해방공간의 시가 민족문학론과 친연성이 있으며 해방공간의 전망의 상실과 전쟁 체험으로 형성된 비극성을 형상화하였다는 박현수의 논의,[1] 그의 시에서 전쟁체험으로 인한 환멸과 역사 의식을 묵시록적 상상력에서 배태된 우울과 알레고리의 관점에서 고찰한 곽명숙의 논의,[2] 동아시아 국가들의 민족적 인식과 관련하여 그의 시를 조명한 맹문재의 논의,[3] 신시론의 결성과정과 관련하여 그의 문학적 변모를 실증적으로 고찰한 엄동섭의 논의,[4] 문명어와 관념어의 은유중첩을 통하여 센티멘털리즘의 상실감을 드러낸다고 본 김용희의 논의,[5] 「아메리카 시초」의 분석을 통해 한국인의 정체성문제 제기

---

1) 박현수(2006), 「전후 비극적 전망의 시적 성취-박인환론」, 『국제어문』 37권, pp. 127-161.

2) 곽명숙(2009), 「1950년대 모더니즘의 묵시록적 우울-박인환의 시를 중심으로」, 『정신문화연구』 32권, pp. 59-79.

3) 맹문재(2008), 「박인환의 전기 시작품에 나타난 동아시아 인식 고찰」, 『한국문학이론과 비평』 38집, pp. 243-267.

4) 엄동섭(2007), 「해방기 박인환의 문학적 변모 양상」, 『어문논집』 36집, pp. 217-245.

5) 김용희(2009), 「전후 센티멘터리즘의 전위와 미적 모더니티 -박인환의 경우」, 『우리어문연구』 35집, pp. 301-328.

의 중요성에 주목한 한명희의 논의,[6] 그의 미국여행 산문을 통하여 문명비
평론의 관점에서 그의 시의 계보를 파악한 방민호의 논의,[7] 근대문인들의
'책' 숭배열을 통해 '책'의 연금술적 상상력과 시대정신을 조명한 조영복의
논의,[8] 박인환의 시에 주요한 '경사' 이미지의 양방향적 상상력과 관련, 그
의 '문명'과 '전쟁' 체험의식을 고찰한 최라영의 논의[9] 등이 있다.

이와 같이 박인환에 관한 연구와 그에 관한 조명들은 2000년대에 이르
러 집중적으로 이루어진 것으로서 이것은 그가 그간 문학사에서 저평가되
어왔던 사실과 관련을 지닌다. 그렇기 때문에 위의 연구들은 박인환 시가
1950년대의 삶과 문학에 그 고유의 의미를 부여하고자 하는 가운데서 그
의 시편들의 다양한 스펙트럼의 어느 한 쪽에 관한 집중조명을 중심으로
이루어져온 편이다. 그리고 이와 같은 논의의 중심에는 그의 '전쟁'과 '문
명' 체험에 관한 것이 놓여 있다. 즉 박인환 연구들에서 핵심적으로 다루어
지는 것은, '전쟁체험', '문명', '우울', '센티멘털리즘', '비극적 전망' 등으로
서, '문명비평'과 '전쟁체험'과 관련한 '비극적 정서'는 그의 특성을 말해준
다. 그럼에도 박인환문학의 연구에 있어서 그의 시세계 전반을 관류하는
그의 작품들에 관한 시의 기초적 관점에서의 분석이나 그것을 통하여 그의
의식, 세계관을 규명하는 작업이 좀더 요구된다.

그는 1950년을 전후한 10여 년의 시기동안, 전방위문학활동을 전개하
였으며, 전쟁 발발 전에는 '마리서사'라는 근대적 서점을 열어서 당대 문인
들이 선진문명과 당대의 서구사상에 접할 수 있는 주요한 매개역할을 하

---

6) 한명희(2004), 「박인환 시 『아메리카 시초』에 대하여」, 『어문학』 85집, pp. 469-493.

7) 방민호(2006), 「박인환 산문에 나타난 미국」, 『한국현대문학연구』 19집, pp. 413-448.

8) 조영복(2008), 「근대문학의 '도서관 환상'과 '책'의 숭배 -박인환의 「서적과 풍경」을 중심으로」,
    『한국시학연구』 23집, pp. 345-375.

9) 최라영(2007), 「박인환 시에서 '경사(傾斜)'의 의미」, 『한국현대문학연구』 21집, pp. 197-223.

였다. 그리고 그는 6.25전쟁 종군작가단으로서 참전하여 그 현황을 기록하였다. 또한 그는 당시 서구의 무성, 유성영화를 소개하고 논평하는 당대 일급의 영화평론가였으며, 전쟁 이후에 미국여행을 통하여 그가 보고 들은 선진문명사회의 이모저모를 기록하고 시편으로 창작하였다. 즉 30여 년의 짧은 생애를 치열하게 살다간 박인환에게서 '전쟁'과 '문명'이란 두 항은 그의 실제적 삶뿐만 아니라 그의 문학적 삶을 구성하는 핵심적인 것이다.

'문명'과 '전쟁'이라는 두 가지 항 사이에서 당대 문인들의 삶과 문학이 이루어졌으며 박인환은 1950년대의 이러한 장면을 그 누구보다도 치열하게 담아낸 문인 중의 한 사람이다. 뿐만 아니라 당시 문명이기의 소리들은 전세계적으로도, 1, 2차 세계대전을 통한 참혹한 장면으로서 그 모습을 보여주었다("'확성기가 없었으면 우리들은 독일을 정복할 수 없었을 것이다'라고 히틀러는 1938년에 쓰고 있다", "나치는 전체주의를 위해서 라디오를 이용한 최초의 예이다. 그러나 그들이 마지막이 아니었다. 동쪽에서도 서쪽에서도 조금씩 보다 무자비하게 들려오는 라디오는……"[10]). 우리의 경우는 6.25전쟁 당시의 신문과 문학작품에서 이러한 소리들을 흔히 접할 수 있는데, 비행기 공습폭음, 전쟁현황을 알리는 확성기와 라디오방송, 기관포 총격 등이 그것이다. 박인환은 당시 전쟁의 공습폭음에 관하여, "정든 서울에의 향수는 이들의 전 생명인 같기도 하다. 멀리선 아군의 공습의 폭음이 울리고 간혹 분산된 적의 직사포가 터진다. 그러나 이들 피난민은 충혈된 눈과 피곤에 빠진 발을 화열에 덮인 서울로 돌리고 그대로 기아의 행진을 계속한다……흘러나오는 멜로디, 싸늘하게 얼어붙은 대지에 꿇어앉아 마이크를 조절하는 대적 대공방송반의 검은 그림자

---

10) 인용문은 각각, 머레이 쉐이퍼 저, 한명호, 오양기 역, 세계의 조율, 2008, 『사운드 스케이프』, p.154, p.156.

가 손톱 달빛에 어릿거린다"[11]고 기록하고 있다. 즉 우리의 1950년대는 서구문명의 시청각적 이기들이 본격적으로 유입되는 시기인 동시에 이러한 문명이기를 악용한 전쟁으로 인해 삶의 토대가 초토화되었던 시기였다.

박인환의 시와 산문에서 특징적인 부분은 '전쟁'을 비롯한 당시의 신문물들, '열차', '전주', '영화' 등에 관하여 그가 '듣고' '보고' '감각하는' 다양한 국면들을 복합적으로 그리고 있다는 점이다. 그리고 좀더 독특한 부분은 그는 '전주', '파장', '(전쟁의) 폭음' 등과 같이 문명, 전쟁의 속성과 관련한 '청각적 감각들'을 중심으로 그가 당면한 전쟁의 공포와 불안과 문명의 미래에 대한 양가적 감정 등을 그려내고 있다는 점이다. 이를 테면 그의 시에서 '불안한 파장'(「밤의 노래」), '내귀의 폭풍'(「불행한 신」), '비행기의 폭음' (「잠을 이루지 못하는 밤」) 등은 그의 시편에서 유의성을 지니면서 반복적으로 나타나는 청각적 형상들이다. 그는 이러한 문명,전쟁의 청각적 속성과 관련한 형상화를 통하여 당대 그가 겪었던 내,외적 삶을 특징적으로 드러내고 있다. 또한 그는 그의 시나 산문들에서 '듣고 보다' 즉 '듣다'에 이어 '보다'를 쓰는 경향을 지니며 당대에 신문물과 6.25전쟁으로 인한 의식세계를 주로 '귀'와 관련한 감각들을 통하여 표현하고 있다.

이 글은 박인환의 시편들에서 '문명', '전쟁'과 관련하여 유의성을 지니는 그의 '청각적 이미지들'을 고찰하면서 '청각적' 관점에서 그의 시세계의 특성 및 세계관을 조명해 보고자 한다. 이러한 작업은 '청각적 이미지'를 구성하는 몇몇 하위개념들, 즉 청각관련의 계열 용어들을 활용하면서 이루어질 것이다.

---

11) 박인환, 「서울 탈환 명령을 고대 6185부대 한강 연안 대기」, 『경향신문』, 1951.2.18.

1-2. 청각관련 용어 · 이론에 관하여

오늘날 우리의 일상생활에서 텔레비전음향, mp3음악, 스마트폰벨소리, 차량의 엔진소리, 카드기의 접촉음 등의 문명의 발달로 인한 사운드들은 '귀뚜라미 소리'나 '풀벌레' 등의 자연의 소리보다 친숙하고 일상적인 것들이다. 그런데 현대의 문명을 살아가는 오늘날의 우리에게 친숙한 음향, 사운드와 관련한 소리의 명명어들에 관한 논의는 미흡한 편이다. 즉 소리와 관련한 명명 및 계열화에의 노력은, 우리의 발끝부터 머리까지 그리고 우리가 활동하는 모든 곳곳까지 문명, 기기의 파장 속에서 살아가는 오늘날 우리의 삶을 또다른 세계로서 비추어내는 이론적 창 구실을 할 수 있을 것이다.

문명의 청각과 관련한 획기적 발전이 이루어진 것은 1876년 벨에 의하여 전화가 발명되고 1877년 에디슨에 의해 축음기가 발명되며, 그리고 전파를 활용한 라디오, 텔레비전 방송, 영화 등이 만들어진 문명사에서의 일련의 획기적 사건들과 깊은 관련을 지닌다. 즉 이것들과 관련한 문명의 소리들은 우리의 일상에서는 너무나 친숙한 것이지만 그 연원은 인류사에서 보면 최근의 일로서 산업혁명을 전후한 시기이며 이것은 인류가 이러한 기계문명을 극단적으로 악용한 일련의 1, 2차 세계대전과 맞물려 있다("그것은 미래파 루이지 루솔로가 그의 선언 『소음의 예술』(1713)에서 처음으로 지적한 하나의 사실인 것이다. 이것은 1차 세계대전 전날 밤에 쓰여졌는데, 소음이 자기표현을 할 수 있는 최대의 기회를 기계화된 전쟁이 제공한 것이라고 흥분하며 선언했던 것이다"[12]).

최근, 청각과 관련한 용어들의 체계화된 접근의 측면에서 유의성을 지니는 학자로는 R. Murray Schafer와 Cuddy-Keane을 들 수 있다. R. Murray Schafer는 '소리sound'와 관련하여 사람들이 체험하는 환경에 관하

---

12) 『사운드 스케이프』, p.129.

여 '소리풍경soundscape'이라는 말로 처음 명명하였다. 그는 '소리풍경'이 "전문적으로는 연구의 분야로써 보여지는 소리환경an environment of sound의 일부, 현실의 환경을 가리키는 경우도 있고 음악작품같은 추상적 구조물을 가리키는 경우도 있다"[13]고 정의한다. 그리고 그는 '소리풍경' 뿐만 아니라 소리가 인간에게 미치는 관계를 고려한 다양한 용어들을 고안하였다.

즉 그는 특수한 풍경 속에서 뚜렷하면서 잘 알려진 대상의 입지를 뜻하는 '표지landmark'에서 유추하여, 어떤 공동체 사람들에게 특히 존중되고 주의시되는 특질을 갖는 소리인 '소리표지soundmark'를 규정하였다. 그리고 그는 '형상figure'으로부터 사람이 특히 주의를 기울이는 모든 소리로서 경보음, 종소리 등과 같은 '소리신호sound signal'를 고안하였다. 그리고 '토대ground'와 대비하여, 바닷가마을의 파도소리나 도시의 교통소리와 같이 특정사회에서 끊임없이 들리고 있는 소리 혹은 다른 소리의 배경을 형성하는데 충분할 정도로 자주 들리는 소리를 의미하는 '주조음keynote sound'을 만들었다. '소리신호'는 '주조음'과 대비되는데 이것들은 시각적으로는 그림과 배경과 같은 관계이다. 이와 같은 Schafer의 조어들은 자연의 소리, 혹은 문명의 사운드에 관한 체계적인 접근법에 있어서 주요한 출발점을 형성하고 있다.[14]

그럼에도 이것들은 일정한 한계를 지니고 있었는데, Schafer의 소리 신조어들은 소리에 관한 '명사' 용어들만으로서 구성되어 있기 때문이다. 이

---

13) Schafer의 '소리풍경 관련용어' 설명에 관해서는, 머레이 쉐이퍼, 『사운드 스케이프』, 오양기, 한명호 역, 그물코, 2008, R. Murray Schafer, *Glossary of soundscape terms*, The Soundscape: Our Sonic Environment and the Turning of the World, Destiny Books, Rochester, Vermont, 1993.

14) 오양기, 한명호는 'soundscape'는 원어그대로 '사운드스케이프', 'soundmark'는 '표식음', 'sound signal'은 '신호음', 'keynote sound'는 '기조음'으로 간결하게 번역하였다. 이 글에서는 '소리'의 의미가 용어 자체에서 직접적으로 나타나는 방식을 취하여, 이것들에 대해 각각, '소리풍경', '소리표지', '소리신호', '주조음'으로서 다루었다.

러한 점을 지적하면서, Melba Cuddy-Keane은 버지니아 울프의 작품에서 소리의 의미에 관한 접근과정에서 그것에 필요한 소리관련 '술어들'을 고안하였다.[15] 그는 기존의 용어인 '청진하다auscultate'와 대비하여 '청진화하다auscultize'라는 동사를 만들었다. 그는 이 동사에 소리를 중점적으로 듣는다는 의미를 부각시키면서 이것으로부터 조어 '청진화auscultation'[16]를 만들다.[17] 그는 '청진화auscultation'를, '초점화'(누가 지각하는가who is perceiving?)의 하위개념subspecies으로서 상정하였으며 이것은 '초점화'가 '보는 것sight(누가 보는가)'을 구체적으로 언급하는데 사용되는 것과 대비하기도 한다."[18]

즉 '초점화'가 '초점화하다focalize'라는 동사와 초점화하는 대상이나 사

---

15) Cuddy-Keane, M. (2000). "Virginia Woolf, Sound Technologies, and the New Aurality." In P. Caughie (ed.), *Virginia Woolf in the Age of Mechanical Reproduction: Music, Cinema, Photography, and Popular Culture* (pp. 69-96). New York: Garland, pp.69-71. Cuddy-Keane, M. "Modernist Soundscapes and the Intelligent Ear: An Approach to Narrative Through Auditory Perception", Narrative Theory, Blackwell, 2008, pp. 382-398.

16) '청진화auscultation'의 기존동사로는 '청진하다auscultate'가 있다. 그런데 '청진하다auscultate'는 '일반적으로 청진기를 가지고 몸 내부의 소리를 듣는 것'을 뜻한다. Melba Cuddy-Keane은 신체 내부의 물리적 소리를 정밀히 듣는 것을 넘어서 듣는 주체를 강조한 '청진화auscultation'의 동사 '청진화하다auscultize'를 만들었다. '청진화하다'의 의미와 대비할 수 있는 것으로, '듣다listen'와 '청취하다hear'가 있다. 'listen'는 '목적을 지니고 듣다hear with intention', '들으면서 주의를 기울이다listen and pay attention', '아주 주의를 기울이다pay close attention to'의 뜻을 지닌다. 그리고 'hear'은 '청각에 의해 소리를 인지하다perceive (sound) via the auditory sense', '알게 되다. 혹은 일반적으로는 우연히 알고 있게 되다get to know or become aware of, usually accidentally'의 뜻을 지닌다. 주로, 'listen'은 '주의를 기울이다', 'hear'은 '소리를 인지하다'의 의미를 뜻하므로, 'hear'이 '청진하다'와 의미상으로 유사하다고 볼 수 있다. 그런데 Cuddy-Keane은 수동적으로 혹은 단순히 물리적 소리를 듣는 것을 넘어서서 '누가 듣는가' 즉 듣는 주체의 입장을 초점에 두고서 '청진화'에 토대를 둔 신조어 동사 '청진화하다'를 고안한 것이라고 할 수 있다.

17) Cuddy-Keane, M. (2000). "Virginia Woolf, Sound Technologies, and the New Aurality." In P. Caughie (ed.), *Virginia Woolf in the Age of Mechanical Reproduction: Music, Cinema, Photography, and Popular Culture* (pp. 69-96). New York: Garland.

18) Cuddy-Keane, M. "Modernist Soundscapes and the Intelligent Ear: An Approach to Narrative Through Auditory Perception," *NARRATIVE*, Blackwell, 2008, p.543 참고.

람을 지칭하는 '초점자focalizer'라는 계열용어를 지니는 것과 같은 방식으로, Cuddy-Keane은 듣는 것을 강조하는 의미를 갖는 명사, '청진화', 이것의 술어인 동사, '청진화하다auscultize' 그리고 듣고 있는 청취자를 지칭하는 '청진자auscultator' 등을 고안하였다. 이밖에 그가 유의성을 지니고 소개한 소리용어들로는 소리가 퍼지는 과정을 의미하는 '소리확산diffusion', 소리가 발생하는 대상, 장소를 의미하는 '소리원천source' 등을 들 수 있다.

소리 관련의 용어들로서 Schafer의 '소리풍경'과 Cuddy-Keane의 '청진화하다' 등은 우리가 청각적 장면이 유의성을 지니는 문학예술작품의 분석에 있어서 유용하다. '소리풍경'은 우리가 다양한 방식으로 된 소리를 듣는 현실적 환경을 포괄하여 나타낸다. '청진화하다'는, 이 새로운 술어가 만들어짐으로 해서, 그것의 명사형 '청진화' 그리고 청진화하는 사람인 '청진자'에서 보듯이, 술어를 행하는 주체와 주체의 행위에 걸친 조어들을 생산함으로써 소리를 중점화하는 논의에 있어서 필요한 소리관련 개념용어들의 계열관계를 조직하는 구실을 한다.

소리의 역사와 소리관련용어에 관한 조명은 최근에, 주로 건축, 음향, 음악 등의 분야에서 현실의 실제소리와 인간의 소리환경과 관련한 연구를 중심으로 이루어져왔다. 이 관점에서는 '소리풍경'은 주로 연구의 한 분야로서의 '소리환경sound environment'을 의미하고 있다. 그런데 문학작품에서 형상화된 '소리풍경'은 현실의 소리들이 인물을 자극하고 자각시키거나 혹은 그것이 인물에게 내면화되는 방식이 좀더 유의성을 지닌다. 다시 말해 문학적 관점에서 '소리풍경'의 의미를 고찰해보는 일이 필요하다. 즉 '소리풍경'이 "청각적 측면에서의 '풍경landscape'의 등가물the sonic equivalent of landscape이라고 할 때, '풍경'이 단일한 한 시각에서 보여질 수 있는 장면반경an scenery that can be seen in a single view을 뜻한다면, '소리풍경'은 청진자들에 의해 지각되고 이해되는 의식, 무의식까지를 포괄할 수 있는 소리환경으로 확장시켜 볼 필요가 있다. 이러한 관점은 Cuddy-Keane이 버지니아 울프의 작품에 관한 '소리풍경'을 접근할 때 그가 '초점화'와 대비하여 '듣는 주체'를 강조하며 고찰한 것과 관련선 상에 있다.

소리 관련 용어들의 범주들 가운데서 "차폐masking"가 있다. 이것은 주로 건축물에서 청각적인 공간의 경계 혹은 청감완화기능으로서의 의미를 가지지만 실제로 일상생활이나 문학작품에서 소리의 의미분석에 있어서 유용성을 지닌다. '차폐'는 시각적으로는, 보여져서는 안되는 무대의 일부를 차단하는데 사용되는 차폐물의 의미로 쓰인다. 그러나 이것은 청각적으로, '귀마개auditory masking'의 용례에서 보듯이, 진동수의 차와 강도가 크게 다른 또하나의 소리가 들림으로써 이전 소리에 대한 감각의 인지장애 the blocking one sensation resulting from the persence of another sensation, 즉 '소리망각sound-masking'을 의미한다. 이와 함께 우리가 일상생활에서나 문학작품에서, 어떠한 청각적 소리가 어떤 (시각적, 청각적 혹은 정신적) 장면에 의하여 어떤 소리감각을 지각하지 못하는 것을 체험할 수 있다. 이런 측면에서 '소리망각'은 문학작품에서 유의성을 지닌 감각관련한 심리적 상황을 논의하는 데에 있어서 일정한 역할을 할 것이다.[19]

19) Cuddy-Keane의 논의에서 보듯이 문학작품의 청각적 장면분석에 있어서 건축,음향분야의 용어들이 원용되는 것은 청각적 관점에서의 문학연구분야에서 일정한 의미를 지닌다. 우리가 시작품에 나타난, '이미지(심상心象)'를 분류할 때 '청각', '시각', '촉각', '미각', '근육감각' 등으로 나누는 것은 우리의 신체가 지닌 다양한 감각들에 준거한 것이다. 즉 시편에서의 '청각적 이미지'는 '청각'과 관련한 어구, '청각'에 의한 형상화 등을 포괄적으로 가리킨다. 시학에서의 '청각' 내지 '청각적 이미지'가 포괄적인 의미망을 지니는 반면, 건축, 음향 분야에서 최근 논의된 '청각관련용어들'은 그 각각이 서로 관련되어 계열, 체계를 이루는 구성요소로서 작용하여 청각적 장면분석에서 유효성을 지니는 측면이 있다. 즉 이들 청각관련용어들은 시학의 '청각', '청각적 이미지'를 구성하여 계열, 체계를 이루는 일종의 하위개념들이라고 할 수 있다. 예를 들면 우리가 '푸르다'라고 하는 포괄적 개념이 '청색, 녹색, 연두색 등'의 일체를 가리키는 것에 비견할 수 있을 것이다.

2. 문명의 '안테나'로서의 '불안한 파장'

녹슬은
은행과 영화관과 전기세탁기
럭키 스트라이크
VANCE 호텔 BINGO 게임.
영사관 로비에서
눈부신 백화점에서
부활제의 카드가
RAINER 맥주가.

나는 옛날을 생각하면서
텔레비전의 LATE NIHGHT NEWS를 본다.
캐나다CBC방송국의
광란한 음악
입 맞추는 신사와 창부.
조준은 젖가슴
아메리카 워싱턴주.

비에 젖은 소년과 담배
고절된 도서관
오늘 올드미스는 월경이다.

희극여우喜劇女優처럼 눈살을 피면서

최현배 박사의 『우리말본』을
핸드백 옆에 놓는다.

타이프라이터의 신경질
기계 속에서 나무는 자라고
엔진으로부터 탄생된 사람들.

신문과 숙녀의 옷자락이 길을 막는다.
여송연을 물은 전前 수상首相은
아메리카의 여자를 사랑하는지?

식민지의 오후처럼
회사의 깃발이 퍼덕거리고
페리 코모의「파파 러브스 맘보」

찢어진 트럼펫
꾸겨진 애욕.

데모크라시의 옷 벗은 여신과
칼로리가 없는 맥주와 유행과
유행에서 정신을 희열하는
디자이너와
표정이 경련하는 나와.

트렁크 위의 장미는 시들고
문명은 은근한 곡선을 긋는다. …… 혼란과 질서의 반복이
물결치는 거리에
고백의 시간은 간다.

집요하게 태양은 내려 쪼이고
MT. HOOT의 눈은 변함이 없다.

연필처럼 가느다란 내 목구멍에서
내일이면 가치가 없는 비애로운 소리가 난다.

빈약한 사념

아메리카 모나리자
필립 모리스 모리스 브리지

비정한 행복이라도 좋다.

4월10일의 부활제가 오기 전에
굿바이
굿 엔드 굿바이   「투명한 버라이어티」

구원의 별조차 없는 어두움 속에서 우리는 있다 그 속에서 우리들은 듣는다
우리들이 지불한 것을

우리들이 만든 세계가 또 다시 찾아가는 것을

화폐, 철, 불, 묘석

이들은 몸에서 살을 뜯어가는 것이다

벌떡벌떡 움직이는 공포의 혓바닥으로 귀를 괴롭히는 것이다

「현대시의 불행한 단면」 부분

    첫번째 시는 해방 후 유입되는 새로운 서구 문물들의 특징을 중심으로 열거하는 식으로 시상 구성이 이루어지고 있다. 화자에게 비추어지는 이러한 다양한 문물들의 특성은 소란스러운 소리와 현란한 장면으로 표현되고 있다. 즉 이 시는 먼저, '전기세탁기', '빙고게임', '텔레비젼의 나이트뉴스', '캐나다방송국의 광란한 음악' 등의 문명의 새로운 소리들에 관하여 주목하면서 출발한다. 그리고 그 다음, 시각적 영상들과 화자를 둘러싼 주변의 것들이 뒤섞여 나타난다. 박인환의 시의 감각적 형상화에서 특징적인 국면은 그가 '귀'로써 '듣는 것'에 민감하게 반응하는 장면들이 주요하다는 점이다. 특히 일반적으로 '보고 듣다' 혹은 '보다, 듣다'의 순서로 표현되기 마련인데, 박인환의 시편들에서는 항상, '보다'에 앞서 '듣다'가 나타난다.[20] 그는 위 시에서처럼 동시적으로 혹은 찰나적으로 나타나는 서양의 문명기기들과 관련하여 다양한 청각, 시각적 장면 구성을 보여주고 있다.

---

20) 다음의 시편들은 박인환 시의 '자연'의 '소리풍경'에 관한 것이다. 이 시편들에서 시인은 자신의 지나온 삶에 대한 회고적 감회를 자연물과 관련한 청각적인 방식으로 내면화하고 있다. "홀로 새우는 밤이었다./ 지난 시인의 걸어온 길을/ 나의 꿈길에서 부딪혀본다./ 적막한 곳엔 살 수 없고/ 겨울이면 눈이 쌓일 것이/ 걱정이다./ 시간이 갈수록/ 바람은 모여들고/ 한 간 방은 잘 자리도 없이/ 좁아진다./밤에는 우수수/ 낙엽 소리에/ 나의 몸은/ 점점 무거워진다." 「전원 I」 전문, "찾아든 고독 속에서/ 가까이 들리는/ 바람 소리를 사랑하다./ 창을 부수는 듯/ 별들이 보였다./ 7월의/ 저무는 전원/ 시인이 죽고/ 괴로운 세월은/ 어드론지 떠났다./ 비 나리면/ 떠난 친구의 목소리가/ 강물보다도/ 내 귀에/ 서늘하게 들리고/ 여름의 호흡이/ 쉴 새 없이/눈앞으로 지난다." 「전원 III」 전문.

문명의 이러한 시,청각적 유입diffusion에 대하여 화자는 양가적 반응을 보여준다. 그것은 '문명은 은근한 곡선을 긋는다'라는 것과 '혼란과 질서의 반복이 …… 내일이면 가치가 없는 비애로운 소리가 난다'라는 것으로 표현된다. 그는 이러한 것들에 관하여 '투명한 버라이어티'라고 명명하는데 '버라이어티variety'라는 말은 신문물, 문화와 관련한 다양한 소리들과 영상들을 아울러 칭한 것이며 '투명한'이라는 말은 이것들이 텔레비젼의 소리와 방송국의 광란한 소리표지들sound signals에서 알 수 있듯이, 인공적 '전파'가 만들어낸, 실제적 부피감이 없이 서로 차단하며masking 명멸하는 소리영상들이라는 의미를 담고 있다. 시인은 '전기'와 '전파'가 만들어내는 다양한 현대문명기기의 향연들에 대한 기대감을 "문명은 은근한 곡선을 긋는다"로서 표출하기도 하면서, 한편으로 이러한 인위적 소리들에 압도되어서 "연필처럼 가느다란 내 목구멍에서" "비애로운 소리"를 내기도 한다.

'파파 러브스 맘보'는 이 시에서는 표면적으로 등장할 뿐이지만 이후에 그가 문명과 서구세계에 대한 체험을 통해 구체화되는 제재이다. 리드미컬하고 경쾌한 음률을 지녔으며 춤곡으로서도 적합한 이 노래는 당시에 대유행한 미국의 대중가요였다. 이 곡은 1950년대 초, 박인환이 미국체류시기에 5센트를 뮤직박스에 넣고서 틀었던 노래이기도 하다.[21] 그리고 '파파 러브스 맘보'는 그의 시편들과 산문에서 여러 차례 나타나는 서양소녀 '돈나 캠벨'과 관련을 지닌다. 그의 산문에는 그녀와 영화를 함께 보았다는 것이 진술되어 있으며,[22] 그의 「이국 항구」에는, "사랑이여 불행한 날이여/이

---

21) "날은 어두워지고 내가 탄 시보레는 포틀랜드에 들어왔다. 나는 메이박과 그의 남동생을 데리고 어느 카페로 들어가 그들에게는 맥주를 사주고 나는 위스키를 마셨다. 모두 아메리카의 여자들처럼 담배를 피우는 메이는 역시 미국 여성임이 틀림없는 것이 5센트짜리를 뮤직박스에 집어넣고 「파파 러브스 맘보」라는 음악을 듣는다." 「미국에 사는 한국이민」 부분, 『아리랑』(1955.12.1)

22) "그래서 무척 친해진 줄만 알고 나는 그에게 영화 구경을 함께 가자고 했더니 먼저 혼자 가서

넓은 바다에서/돈나 캠벨! 불러도 대답은 없다"라는 구절, 즉 그가 미국을 떠나는 바다위에서 그녀를 그리워하는 마음을 드러낸 것이 있다. 또한 「에버렛의 일요일」에는 호숫가에서 '돈나 캠벨'이 '파파 러브스 맘보'에 맞추어 춤을 추는 풍경이 나온다("……파파 러브스 맘보……/춤을 추는 도나/개와 함께 어울려 호숫가를 걷는다"[23]). "문명은 은근한 곡선을 긋는다"라는 풍요로운 미래세계에 대한 기대와 낭만이 박인환에게 구체화된 청각적 방식으로 체감되는 주요한 '소리원천sound source'이 '파파 러브스 맘보' 곡라고 할 수 있다.

두번째 글은 박인환의 시론인 「현대시의 불행한 단면」에서 그가 인용한 스펜더의 시편이다. 이 시는 사실상 박인환의 시세계의 핵심적인 요소를 반영하고 있다. '별'과 '어둠'이라는 비유항을 중심으로, 인간세계와 미래문명의 도래에 관한 상념을 전개시키는 이 주제는 박인환 시에서 주요한 시적 구도를 형성한다.[24] 그의 시에서 '보다'에 앞서 '듣다'가 나오는 것처럼 이 시에서도 '현상과 그 너머의 것을 듣다' 곧 '청진화하다auscultize'를 중심으로 시상전개가 이루어지고 있다. 첫번째 시에서 시,청각적 문명이기에 대한 시인의 반응이, 이 시에서는 '몸에서 살을 뜯어가는 것' 혹은 '벌떡벌떡 움직이는 공포의 혓바닥'이라는 폭력적인 묘사로서 나타나고 있다. 당대의 현실을 '구원의 별조차 없는 어두움 속'으로서 비유한 것은 박인환 시의 주

기다리라는 것이다./"당신은 내일이면 떠날 사람이고 나는 이 거리에 오래 살 사람이니 함께 다니는 것을 사람들이 보면 자기에게 좋지 않다"고 돈나는 말하는 것이다./「아메리카 잡기」, 『월간 희망』(1955.7.1) 부분

23) "芬蘭人 미스터 몬은/자동차를 타고 나를 데리러 왔다./에버렛의 일요일// 와이셔츠도 없이 나는 한국 노래를 했다./거저 쓸쓸하게 가냘프게/노래를 부르면 된다/……파파 러브스 맘보…… /춤을 추는 도나/개와 함께 어울려 호숫가를 걷는다.// 텔레비전도 처음 보고/칼로리가 없는 맥주도 처음 마시는/마음만의 신사/즐거운 일인지 또는 슬픈 일인지/여기서 말해 주는 사람은 없다.// 석양/낭만을 연상케 하는 시간./미칠 듯이 고향 생각이 난다./ 그래서 몬과 나는/이야기할 것이 없었다. 이젠/헤져야 된다." 「에버렛의 일요일」

24) 이에 관해서는 이 글의 「밤의 노래」와 「검은 강」분석 참고.

요 배경이자 모티브가 되고 있다. 이 시의 화자는 현대문명, '우리들이 만든 세계'를 '듣고' 있으며 그것은 '공포의 혓바닥으로 귀를 괴롭히는 것'으로서 감각적으로 표현된다.

　박인환의 초기시에서는 '전기'와 '전파'로 이루어진 물질문명의 자극적 청각들과 시각들이 화자에게 미치는 혼란과 두려움이 중점적으로 부각되고 있다. 그런데 문명세계의 어떤 특징적인 대상으로서 '열차'와 관련한 형상화에 있어서는 화자의 '소리풍경'이 좀더 낙관적인 전망을 보여주는 것으로서 형상화된다.

　　　폭풍이 머문 정거장 거기가 출발점
　　　정력과 새로운 의욕 아래
　　　열차는 움직인다
　　　격동의 시간
　　　꽃의 질서를 버리고
　　　空閥한 나의 운명처럼
　　　열차는 떠난다
　　　검은 기억은 전원에 흘러가고
　　　속력은 서슴없이 죽음의 경사를 지난다

　　　청춘의 복받침을
　　　나의 시야에 던진 채
　　　미래에의 外接線을 눈부시게 그으며
　　　배경은 핑크빛 향기로운 대화
　　　깨진 유리창 밖 황폐한 도시의 잡음을 차고

율동하는 풍경으로

활주하는 열차

가난한 사람들의 슬픈 관습과

봉건의 터널 특권의 장막을 뚫고

핏비린 언덕 너머 곧

광선의 진로를 따른다

다음 헐벗은 수목의 집단 바람의 호흡을 안고

눈이 타오르는 처음의 녹지대

거기엔 우리들의 황홀한 영원의 거리가 있고

밤이면 열차가 지나온

커다란 고난과 노동의 불이 빛난다

혜성보다도

아름다운 새날보다도 밝게   「열차」

　박인환의 시에서 '열차'는 주요한 제재로서 나타나는데, 특히, 이 시는 '열차'를 주된 대상으로 하여 미래 사회에 대한 시인의 상념들이 전개된다. 즉 '열차'의 '죽음'의 '속력'과 '경사'를 중심으로 그것에 관한 화자의 연상 장면들이 펼쳐진다. 앞 시와 연속적인 국면을 지니는 것은 시적 화자가 문명의 상징적 대상에 대하여 보여주는 양가적 반응이라고 할 수 있으나, 이 시는 미래를 향한 기대와 낙관적 전망이 좀더 두드러진다. 이 시의 '청진자 auscultator'인 화자가 '깨진 유리창 밖 황폐한 도시의 잡음'을 이야기하는 것으로 보아서, 그는 달리는 '열차' 안에 있는 것으로 보인다. 그는 열차 안에서 '율동하는 풍경'을 바라보며 '바람의 호흡'을 느끼며 열차의 '속력'이 '죽음의 경사'를 지니는 것처럼 여긴다. 화자는 '열차'의 속력과 전진을 통하여 명멸하는 장면들 속에 미래사회에 대한 희망을 투영한다. 그것은 '미래에의 외접선을 눈부시게 그으며' '핑크빛 향기로운 대화', '우리들의 황홀한 영원의 거리', '혜성보다도 아름다운 새날' 등의 형상으로서 구체화된다.

이에 비해 '열차'가 지나쳐버리고 극복해야 할 것들은 이것들과 대조적인 형용어구들로서 나타난다. 그것은 '검은 기억은 전원에 흘러가고', '깨진 유리창 밖 황폐한 도시의 잡음을 차고', '가난한 사람들의 슬픈 관습과 봉건의 터널 특권의 장막을 뚫고' 등이다. 이와 같이 이 시는 문명의 미래에 대한 부푼 기대와 꿈을 '열차의 속력'과 창밖에서 명멸하는 소리와 장면을 통하여 나타내고 있다. 그럼에도 이 시의 주요한 정서를 견지하는 것은 '열차'와 같은 문명의 이기에 대한 양가적 감정임을 알 수 있는데, 그것은 화자가 미래문명사회에 대한 기대와 동시에 그것에 관한 불안감과 두려움을 보여주기 때문이다. 이것은 시에서 열차가 출발하는 장소가 '폭풍이 머문 정거장'이라는 것, 그리고 '속력은 서슴없이 죽음의 경사를 지난다' 등의 표현에서 나타난다. 그리고 '검은 기억'과 '황폐한 도시의 잡음', '슬픈 관습과 봉건의 터널' 등처럼 열차가 지나가면서 통과해버려야 할 것들과 그리고 '핑크빛 향기로운 대화', '황홀한 영원의 거리', '혜성보다도 아름다운 새날' 등처럼 열차가 앞으로 도달해야 할 지점의 형상들이 서로 대비, 대조를 이룬다. 이러한 대비는 실제적 장면이 아니라 화자의 상상과 진술 속에서만 존재하는 실재감이 없는 형상들이라는 점에서 화자가 그리는 문명의 미래에 대한 구상에 관한 불확실성을 드러내고 있다.[25]

---

25) 박인환의 시에서 '열차'가 출발하는 소리와 열차의 속력과 함께 '선박'이 출항하는 '소리표지'인 '기적 소리'는 그에게 앞으로 펼쳐질 일들과 세계에 대한 '기대'와 '불안'을 동시에 보여주는 '소리풍경'으로서 작용한다("원래는 4일 밤 부산을 떠날 것인데 배의 전기사가 개인적인 사정으로 출항시까지 승선하지 못했기 때문에 5일 정오에 기선은 기적을 울렸다./기적 소리는 언제 들어도 처량한 것이다. 해방 후 처음으로 고국을 떠나는 나로서, 더 말하자면 심리적으로 무척 고통을 당하고 있던 나는 이 기적 소리가 귀에 들리자 무한한 정막에 사로잡혔다. 그 전까지 혼란한

정막한 가운데

인광처럼 비치는 무수한 눈

암흑의 지평은

자유에의 경계境界를 만든다.

사랑은 주검은 사면斜面으로 달리고

취약하게 조직된

나의 내면은

지금은 고독한 술병.

밤은 이 어두운 밤은

안테나로 형성되었다

구름과 감정의 경위도經緯度에서

나는 영원히 약속될

미래에의 절망에 관하여 이야기도 하였다.

또한 끝없이 들려오는 불안한 파장

내가 아는 단어와

나의 평범한 의식은

밝아올 날의 영역으로

위태롭게 인접되어 간다.

이 나라를 탈출해 봤으면 속이 시원해지겠다고 늘 생각했으나 막상 떠나게 되니깐 마음이 서운
해지는 것이었다. 허나 마음 한구석으로는 즐거운 기분도 있었다", 「아메리카 잡기」 부분).

가느다란 노래도 없이

길목에선 갈대가 죽고

욱어진 이신異神의 날개들이

깊은 밤

저 기아飢餓의 별을 향하여 작별한다.

고막을 깨뜨릴 듯이

달려오는 전파

그것이 가끔 교회의 종소리에 합쳐

선을 그리며

내 가슴의 운석에 가라앉아버린다.　　　　　　　　　「밤의 노래」

　시인은 시인인 동시에 다른 사람들과 같은 것을 먹고 동일한 무기로 상해傷
害를 입는 인간인 것이다. 대기大氣에 희망이 있으며 그것을 듣고 고통이 생기면
그것을 느낀다. 인간으로서 두 개의 세계에 처함으로서 그는 시인으로 두 개의
불[火] 사이에 서 있는 것이다. 그러나 시인은 민감한 도구이지 지도자는 아니다.
관념이라는 것은 그것이 실제적인 정신에 있어서 상식으로 되지 않는 한 시인의
재료로는 되지 않는다. 십자로에 있는 거울[鏡]처럼 시인은 서서 교통을, 위험을,
제군들이 온 길과 제군들의 갈 길-즉 제군들 자신의 분열된 정신-을 나타내는
것이다.　　　　　　　　　　　　　　　　　「현대시의 불행한 단면」 부분

　첫번째 시는 문명의 미래에 관한 그의 예지를 개성적 '소리풍경'의 형
상으로 나타내고 있다. 인상적인 것은 시적 화자인 '청진자'가 시종일관,
'끝없이 들려오는 불안한 파장' 즉 도시의 밤을 특징짓는 '주조음keynote

sound'을 들으며 공명하고 있다는 점이다. 화자에게 들려오는 '불안한 파장'의 '소리원천sound source'은 '어두운 밤'의 '안테나'이며, 이것은 '정막한 가운데 인광처럼 비치는 무수한 눈'으로서 형상화되고 있다. 화자는 '암흑의 지평' 속에서 '취약하게 조직된 나의 내면'을 투영시킨다. 즉 물리적인 '암흑의 지평'은 화자의 '내면의 지평'으로 치환된다. 화자는 어두운 밤 속에서 자신에게 들려오는 '불안한 파장'을 내고 있는 '안테나로 형성'된 '어둠'을 응시한다. 그는 현세계와 도래할 미래문명사회에 관한 상념들 속에서 혼란의 극에 달한 심경을 '고막을 깨뜨릴 듯이 달려오는 전파'라는 '소리풍경'으로서 표현하고 있다.

화자는 '안테나'와 '파장'으로 형성된 현대문명의 세계가 인류에게 필연적이며 운명적인 것임을 직관한다. 그것은 '異神의 날개들이 깊은 밤 저 飢餓의 별을 향하여 작별하'는 것, 그리고 이 시의 특징적 '소리표지sound signal'인 '고막을 깨뜨릴 듯이 달려오는 전파'가 '교회의 종소리에 합쳐 선을 그리며' '내 가슴의 운석에 가라앉아버리'는 '소리풍경'으로서 구체화된다. 즉 '전파'는 다른 세계의 신의 날개들을 거쳐서 암흑 저 너머의 '별'을 오가며 그리고 그것은 '교회의 종소리'와 합쳐져 '내 가슴의 운석' 곧 저 먼 별의 조각으로서 가라앉는 것이다. 화자는 문명이 전파되는 주요 경유물인 '안테나들'을 통하여 들려오는 '불안한 파장'이 암흑의 우주 저 너머의 다른 세계의 별들로부터의 소리신호sound signal와 같은 것이며 그리고 이 것이 인류에게 가져올 비극적 운명에 관하여 직관하고 있다. 이러한 문명이 인류에게 가져올 무정형적인 힘의 향방 혹은 문명의 이기가 초래할 것들에 관하여 구체화하기 어려운 극도의 불안의식을 '고막을 깨뜨릴 듯이 달려오는' '전파'라는 청각적 풍경으로 나타내고 있다.

박인환의 시에서 특징적인 의식의 측면은 현재의 세계를 관찰하면서 그 속에서 '과거'를 생각하고 그 연속선 상에서 '미래세계'의 형상을 구현해보는 상상력을 보여준다는 점이다. 인류의 역사에 관한 그의 상상은 두번째 글 즉 박인환 시론의 첫 문두에서 따로 직접인용하고 있는 C. D. 루이스의 문구이자 박인환 자신이 그의 시에서 금언격인 문구로서 쓰고 있는 글귀에서 상징적으로 드러나고 있다. 즉 그의 시 「살아 있는 것이 있다면」의 문두에서도 "현재의 시간과 과거의 시간은 거의 모두가 미래의 시간 속에 나타난다(「살아 있는 것이 있다면」 부분)"라는 엘리엇의 진술을 빌어 시의 문두에 쓰고 있다. 뿐만 아니라 「정신의 행방을 찾아서」에서는 우리민족의 기원지로 논의되어온 '투르기스탄'을 모티브로 하여 '근대정신'의 전개를 형상화하고 있다("선량한 우리의 조상은/ 투르키스탄 광막한 평지에서/ 근대정신을 발생시켰다./ 그러므로 폭풍 속의 인류들이여/ 홍적세기洪績世紀의 자유롭던 수륙분포를/ 오늘의 문명 불모의 지구와 평가할 때/ 우리가 보유하여 온 순수한 객관성은 가치가 없다). 즉 그의 시편에서는 인류문명의 역사라는 거시적 전망 속에서 현 세계의 상황을 진단하고 그것이 안고 있는 문제의 지점들에 대한 응시를 다양한 상념들과 이미지로서 보여주고 있다. 그것은 주로 그가 당면했던 급격한 변화와 속력을 지닌 문명과 그 토대로서의 자본주의의 이면과 모순에 관한 것이기도 하다.

이러한 의식은 위 글에서 "'대기大氣에 희망이 있으면 그것을 '듣고' 고통이 생기면 그것을 '느낀다'"는 구절로서 구체화된다. 그리고 그가 '듣는' '고통' 즉 내면적 동요, 혼란은 그의 시편들에서 분열적인 형상으로 나타난다. 그가 고통스럽게 '듣게 되는 것'은 그 자신이 '두개의 불' 사이에 있기 때문이다. 그는 '두 개의 불'을 다시 '십자로의 거울'로서 비유하고 있다. '십자로의 거울'이란 과거와 미래를 축으로 한 길과 현재 세계의 양 극을 축으로 한 길의 교차로에서 각각의 길을 비추어내는 거울들을 바라보는 지점을 의미한다. 이것은 박인환이 지향하는 시인으로서의 길을 비유적인 방식으로 보여준다. 그것은 현 세계에서 '대기의 희망과 고통을 듣고 느끼는 존재'이자 이러한 현재의 문명세계를 통하여 과거의 삶과 미래 세계를 가늠해보는 존재로서 시인의 소명에 관한 것이다. 중요한 것은 이러한 십자로의 지점에 있는 '거울'의 의미이다. 그 '거울'에는 다방향의 길들이 지닌 실상을 적나라하게 비추며 그리고 서로의 거울을 통해 반사되고 굴절되는 지점들을 보여준다. 그리고 그 속에는 그 '거울'을 비추어내는 시인의 모습도 나타나는데 그리하여 그는 이러한 십자로의 거울들 속에서 감각하는 의식들을 '분열된 정신'이라고 명명한다. 앞서 그의 시에서 고요한 암흑의 지평 속에서 그가 듣는 '고막을 깨뜨릴 듯한 전파'를 타고 들어온 '내 가슴의 운석'이란 이러한 지점에 선 시인의 '분열된 정신'의 자리이자 당대 지식인으로서의 '치열한 의식'의 자리를 보여주는 것이다. 이러한 의식은 '두 개의 불' 사이에서 긴장감을 지닌 것이며 그는 그 속에서 자신이 처한 문명이기의 이면과 그것이 가져올 위기, 나아가 인류가 이것을 악용한 전쟁을 예감하고 있다.

3. 전쟁의 폭음과 '내귀에 울려오는 폭풍'

신이란 이름으로서
우리는 최종의 노정을 찾아보았다.

어느 날 역전에서 들려오는
군대의 합창을 귀에 받으며
우리는 죽으러 가는 자와는
반대 방향의 열차에 앉아

정욕처럼 피폐한 소설에 눈을 흘겼다.

지금 바람처럼 교차하는 지대

거기엔 일체의 불순한 욕망이 반사되고

농부의 아들은 표정도 없이

폭음과 초연이 가득 찬

생과 사의 경지에 떠난다.

달은 정막보다도 더욱 처량하다.

멀리 우리의 시선을 집중한

인간의 피로 이루운

자유의 성채

그것은 우리와 같이 퇴각하는 자와는 관련이 없었다.

신이란 이름으로서

우리는 저 달 속에

암담한 검은 강이 흐르는 것을 보았다.   「검은 강」

위기와 영광을 고할 때

신호탄은 터진다.

바람과 함께 살던 유년幼年도

떠나간 행복의 시간도

무거운 복잡에서

더욱 단순으로 순화醇化하여 버린다.

옛날 식민지의 아들로

검은 땅덩어리를 밟고

그는 주검을 피해

태양 없는 처마 끝을 걸었다.

어두운 밤이여

마지막 작별의 노래를

그 무엇으로 표현하였는가.

슬픈 인간의 유형類型을 벗어나

참다운 해방을

그는 무엇으로 신호하였는가. ······

생과 사의 눈부신 외접선을 그으며

하늘에 구멍을 뚫은 신호탄

그가 침묵한 후

구멍으로 끊임없이 비가 내렸다.

단순에서 더욱 주검으로

그는 나와 자유의 그늘에서 산다.　　　　　　　　　　　「신호탄」 부분

산과 강물은 어느 날의 회화繪畵

피 묻은 전신주 위에

태극기 또는 작업모가 걸렸다.

학교도 군청도 내 집도

무수한 포탄의 작렬과 함께

세상엔 없다.

인간이 사라진 고독한 신의 토지
거기 나는 동상처럼 서 있었다.
내 귓전엔 싸늘한 바람이 설레이고
그림자는 망령과도 같이 무섭다.

어려서 그땐 확실히 평화로웠다.
운동장을 뛰다니며
미래와 살던 나와 내 동무들은
지금은 없고
연기 한 줄기 나지 않는다.

황혼 속으로
감상 속으로
차는 달린다.
가슴속에 흐느끼는 갈대의 소리
그것은 비창悲愴한 합창과도 같다.

밝은 달빛
은하수와 토끼
고향은 어려서 노래 부르던
그것뿐이다.

「고향에 가서」 부분

첫번째 시는 화자가 열차를 타고 가면서 상념에 잠기는 모습을 형상화하고 있다. 그는 '역전에서 들려오는 군대의 합창'을 '귀에 받'으며 기차역을 출발하고 있다. '군대의 합창'은 당시 전쟁에 참전하는 군인들을 나타내는 '소리신호'로서 이것은 이들이 탄 열차와는 반대방향의 자리에 앉아 소설을 읽고 있는 지식인, 화자가 그 스스로를 반성적으로 사유하는 계기가 된다. 시인은 '군대의 합창'을 들으면서 자신과 반대방향의 열차를 탄 그들이 '죽으러 가는 자' 곧 전쟁터로 가서 죽게 될 것임을 예견한다. 그리고 그는 그들이 '농부의 아들'들임을 생각하고 '정욕처럼 피폐한 소설에 눈을 흘기'는 '우리' 곧 지식인으로서의 자괴감을 느낀다. 이 장면은 반대방향의 열차를 탄 사람들의 과거와 미래를 통해 모순된 현실을 응시하고 그리고 또 그러한 지점을 만들어낸 전쟁의 상황에 관한 상념을 보여준다. 이러한 장면은 앞서의 '두 개의 불' 혹은 '십자로의 거울'이라는 추상화된 표현을 구체적인 현실의 모습으로 보여주는 것이다. 즉 그는 '지금'이 '바람처럼 교차하는 지대'임을 실감하며 '죽으러 가는 자들' 즉 '농부의 아들'이 '표정도 없이 '생과 사의 경지에 떠나'는 모습을 바라보며 '고통' 속에 있을 수밖에 없다.

이와 같이 박인환의 시편에서 특징적인 측면은 현재의 일상 속에서 과거와 미래의 모습을 끊임없이 떠올리면서 현세계가 처한 상황에 관하여 인식하려고 하는 점이다. 이와 함께 그의 시편에서 또하나 특징적인 측면은 그가 속한 당대 현실 속에 내재하는 모순과 부조리한 지점을 들추어내어보는 점이다. 위 시에서는 시인과 같은 지식인들, 혹은 당대의 특혜받은 사람들과는 달리, '죽음'의 전쟁터로 향하는 '농부의 아들들'이 부르는 '군대의 합창'을 들으며 자괴감을 느끼는 장면으로 표현되고 있다. 이러한 장면은 그의 시 「무도회」에서 전란의 와중에 펼쳐진 무도장에 참석한 '은행지

배인이 동반한 꽃파는 소녀'를 바라보는 그의 냉철한 시선에서도 나타난
다("은행 지배인이 동반한 꽃 파는 소녀// 그는 일찍이 자기의 몸값보다/ 꽃값이 비쌌다는 것
을 안다.// 육전대陸戰隊의 연주회를 듣고 오던 주민은/ 적개심으로 식민지의 애가를 불렀다.//
삼각주의 달빛/ 백주白晝의 유혈을 밟으며 찬 해풍이 나의 얼굴을/ 적신다", 「식민항의 밤」 부
분). 그것은 구체적으로 '은행지배인이 동반한 소녀의 몸값보다 꽃값이 비
싸다'라는 현실비판적인 표현으로 나타나기도 한다.

시인은 그 자신과 함께 살아가는 주변사람들이 처한 부조리한 입지들
과 불합리하고 폭력적인 역사적 국면, 혹은 현실의 표면과 미래세계의 이
모저모를 끊임없이 반추해내는 다중적 시선을 객관적인 방식으로 보여준
다. 그리고 이러한 형상화에 있어서 그 자신도 냉정하게 객관화되어 표현
되고 있다. 박인환의 시에서 빈번하게 나타나는 '폭음'은 전쟁의 특성을 나
타내는 '소리표지'이자 전쟁터의 '주조음'이다. 그런데 이것은 그의 의식, 무
의식상에서도 변함없이 들리는 '내귀의 폭풍'이라는 특징적인 '소리풍경'으
로 형상화된다. 이 시에서 '폭음'과 '초연'이 '가득찬 생과 사의 경지'는 6.25
전쟁을 겪고 있는 당대 우리민족의 비극상을 드러낸다. 시인은 이러한 암
담한 현실을 주로 그의 시에서 '어둠', '밤'의 풍경으로서 나타내고 있으며
그럼에도 그러한 어둠의 풍경에서 '별'이나 '달' 그리고 '신'의 형상은 늘 함
께 나타난다. 위 시에서 그것은 화자가 '폭음과 초연' 속에서 '신'의 이름
을 부르는 것으로 표현된다. 화자가 부르는 '신'은 '달'의 형상으로 시각화
되는데, 그 '달'은 '우리'와 '관련이 없'으며 '달 속에 암담한 검은 강이 흐르
는' 것으로서 그려지고 있다.

두번째 시편에서는 화자와 반대편의 열차를 타고 전쟁터로 향한 '농부
의 아들'이 맞게 되는 최후의 장면을 형상화하고 있다. 이 장면은 병사가
쏘아올리는 '소리신호sound signal'인 '신호탄'으로써 표현되었다. 이 병사는

적군들에 둘러싸여 총알받이가 되기 직전에 그 자신이 처한 상황과 적군들의 위치를 알리기 위해 '신호탄'을 쏘아올렸다. 그는 신호탄을 쏘아올림과 동시에 적군들의 총격에 즉사하였을 것이다. 시인은 그 장면을 상상하면서 그것은 '무거운 복잡에서 단순으로 순화'되는 것이며 병사의 '마지막 작별의 노래'이며 그리고 '생과 사의 눈부신 외접선'임을 말하고 있다. 실제로, 종군작가단으로서 전쟁에 참전한 시인으로서는 이러한 장면들은 빈번한 것이었으며 그의 전쟁시편들은 자고 나면 친우들의 죽음을 알게 되는 공포스러운 현실을 형상화하고 있다.

세번째 시편은 시인이 피난을 갔다 돌아와서 보게 된 자신의 고향의 참혹함을 그리고 있다. 그는 '피 묻은 전신주'만 남은 폐허 속에서 그곳에서 행해졌을 '무수한 포탄의 작렬'을 그려보면서 '학교'와 '군청'과 '내 집'을 생각하며 '동상처럼 서 있었다.' 그는 '피묻은 전신주'만 남은 폐허화된 고향 앞에서 무수한 포탄이 작렬했던 청각적 장면을 떠올리면서 자신의 주위가 갑자기 고요해지는 적막감을 체험한다. 이것은 어떤 충격적인 시각적 장면으로 인해서 갑작스런 고요, 즉 청각적 감각을 일시적으로 상실하는 일종의 소리망각sound-masking을 나타낸다. 이어서 그는 그 자신의 충격적 감회를 '내 귓전에 싸늘한 바람'으로서 구체화하고 있으며 그것은 '망령과도 같이 무섭다'라는 직설적 표현으로 나타낸다. 또한 그는 자신의 심회를 '가슴 속에 흐느끼는 갈대의 소리'로서 나타내기도 한다.[26] 이와 같이 시인은 전쟁으로 폐허가 된 고향에 관하여 '무수한 포탄의 작렬', '내 귓전에 싸늘한 바람', '가슴 속에 흐느끼는 갈대의 소리', '비창한 합창' 그리고 '반달의 노래' 속에서만 존재하게 된 고향 등의 '소리풍경'으로서 구체화하고 있다.

---

26) 시인은 그 자신의 '고향'이 '어려서 노래 부르던' '은하수와 토끼'의 동요 속에서만 존재하게 되었음을 체감한다. 당시에 은하수와 토끼가 나오는 동요이면서 박인환이 어렸을 때 불렀던 노래는 1920년대에 작곡되어 배우 '이정숙'에 의해 불렸던 동요 '반달'이라고 할 수 있다.

넓고 개체 많은 토지에서
나는 더욱 고독하였다.
힘없이 집에 돌아오면 세 사람의 가족이
나를 쳐다보았다. 그러나
나는 차디찬 벽에 붙어 회상에 잠긴다.

전쟁 때문에 나의 재산과 친우가 떠났다.
인간의 이지理智를 위한 서적 그것은 잿더미가 되고
지난날의 영광도 날아가 버렸다.
그렇게 다정했던 친우도 서로 갈라지고
간혹 이름을 불러도 울림조차 없다.
오늘도 비행기의 폭음의 귀에 잠겨
잠이 오지 않는다.

잠을 이루지 못하는 밤을 위해 시를 읽으면
공백한 종이 위에
그의 부드럽고 원만하던 얼굴이 환상처럼 어린다.
미래에의 기약도 없이 흩어진 친우는
공산주의자에게 납치되었다.
그는 사자死者만이 갖는 속도로
고뇌의 세계에서 탈주하였으리라.

정의의 전쟁은 나로 하여금 잠을 깨운다.
오래도록 나는 망각의 피안에서 술을 마셨다.

하루하루가 나에게 있어서는
비참한 축제였다.

그러나 부단한 자유의 이름으로서
우리의 뜰 앞에서 벌어진 싸움을 통찰할 때
나는 내 출발이 늦은 것을 고한다.

나의 재산……이것은 부스러지
나의 생명……이것도 부스러지
아 파멸한다는 것이 얼마나 위대한 일이냐.

마음은 옛과는 다르다. 그러나
내게 달린 가족을 위해 나는 참으로 비겁하다.
그에게 나는 왜 머리를 숙이며 왜 떠드는 것일까.
나는 나의 말로를 바라본다.
그리하여 나는 혼자서 운다.

이 넓고 개체 많은 토지에서
나만이 지각이다.
언제 죽을지도 모르는 나는
생에 한없는 애착을 갖는다.   「잠을 이루지 못하는 밤」

오늘 나는 모든 욕망과
사물에 작별하였습니다.

그래서 더욱 친한 죽음과 가까워집니다.

과거는 무수한 내일에

잠이 들었습니다.

불행한 신

어데서나 나와 함께 사는

불행한 신

당신은 나와 단 둘이서

얼굴을 비벼대고 비밀을 터놓고

오해나

인간의 체험이나

고절孤絶된 의식에

후회치 않을 것입니다.

또 다시 우리는 결속되었습니다.

황제의 신하처럼 우리는 죽음을 약속합니다.

지금 저 광장의 전주電柱처럼 우리는 존재됩니다.

쉴 새 없이 내 귀에 울려오는 것은

불행한 신 당신이 부르시는

폭풍입니다.

그러나 허망한 천지 사이를

내가 있고 엄연히 주검이 가로놓이고

불행한 당신이 있으므로

나는 최후의 안정을 즐깁니다.　　　　　　　　　　「불행한 신」

　　첫번째 시는 전쟁의 와중에서 자신의 집에서 불안과 공포에 떠는 시인의 모습이 형상화되고 있다. 그는 '전쟁 때문에 나의 재산과 친우가 떠났다'고 단언하면서 회상에 잠긴다. 그는 '오늘도' '비행기의 폭음'에 '귀에 잠겨' '잠이 오지 않는다' 그는 '비행기의 폭음'으로 불면하는 그 와중에 '시를 읽고' 있다. 그는 전쟁으로 인해 잃게 된 친우의 죽음과 불안한 하루하루에 관한 상념에 잠긴다. 그리고 그는 하나의 깨달음을 얻는데, 그것은 '나의 재산'과 '나의 생명'이 '부스러기'임을 깨닫고 '파멸한다는 것'이 '위대한 일'이라고 되뇌이는 것에서 구체화된다. 즉 전쟁의 극한 상황 속에서 '재산'과 '생명'과 '파멸한다는 것'의 의미에 관한 초월적 사유를 보여준다. 그러나 동시에 그는 '내게 달린 가족을 위해' '참으로 비겁'한 자신을 발견하며 '나의 말로를 바라보'며 '혼자서 운다.' 그리고는 마침내 '언제 죽을 지도 모르는' 상황 속에서 '생에 한없는 애착을 갖'는 그 자신을 발견하는 것이다.

즉 이 시는 전쟁의 폭음으로 인해 불면하는 속에서 '파멸한다는 것'과 '생에 한없는 애착을 갖는 것', 즉 죽음에의 충동과 생에의 충동이라는 극한적 감정이 교차하는 자신의 모습에 대한 응시가 드러나 있다. 박인환의 전쟁시편에서는 '비행기의 폭음'이 배경이나 계기로서 빈번하게 나타나고 있다. 그의 시속에서 전쟁은 '폭음'과 '정적'이라는 상반된 것으로 표현되곤 하는데, 앞에서 병사의 죽음을 형상화한 '신호탄'이나 피묻은 전신주만 남은 고향의 모습을 형상화한 '고향에 와서'를 보면 신호탄, 총격, 전쟁의 폭음과 동시에 곧 이어지는 적막감이 나타나고 있다. '비행기의 폭음'과 함께 박인환의 전쟁에 관한 글에서 빈번하게 나타나는 것은 전쟁의 현황을 알리는 '방송라디오'에 관한 것이다("이때 적이 쏘는 직사포만이 방송차의 주변에 우박같이 퍼부어지나 최전선 첨병밖에 늘어서 있지 않은 이곳 다만 지형과 적의 집결지를 찾아 방송효과를 좀 터뜨리려는 대원의 투지에……"[27])

---

27) 「서울 탈환 명령을 고대 6185부대 한강 연안 대기」, 『경향신문』(1951.2.18) 부분

두번째 시편에서 시인은 '모든 욕망과 사물에 작별'을 고하고 '죽음'과 '친해'진 자신의 주변을 그리고 있다. 그리고 '과거는 무수한 내일에 잠이 들었'다는 표현을 하는데 이것은 전란의 하루하루가 과거가 되는 지점에서 그 과거를 통해 미래를 그리는 일이 지닌 암담함에 관한 비유적 표현이다. 그는 이러한 극한의 공포와 고통 속에서 '신'의 이름을 불러본다.그에게서 '신'은 '불행한'이란 말이 붙어서 나타난다. '불행한'이란 형용사는 그가 자신이 살아온 '연대'를 표현하는 것에서도 나타나고 있다. 이것은 '신'이 '불행한' 것이 아니라 '신'이 '인간'을 '불행하게' 버려두었다라는 의미가 내포된 것이다.

그리고 시인은 그 '불행한 신'이 '어데서나 나와 함께 살'고 있는 것으로 여긴다. 이것의 의미는 그만큼 시인이 처한 상황이 '신'을 늘 부를 만큼 절박하다는 것을 나타낸다. 그는 그러한 신이 자신을 부르는 소리를 지각하며 그것이 '쉴 새 없이 내 귀에 울려온'다고 표현한다. 그리고 자신의 절박한 상황에서 들려오는 '불행한 신'은 '저 광장의 전주처럼' 존재하여 들리는 '당신이 부르시는 폭풍'으로서 형상화되고 있다. 그는 전쟁의 절박한 상황 속에서 '불행한 신'을 부름으로써 혹은 그 신이 부르시는 폭풍을 들음으로써 '최후의 안정'을 도모하고 있다.

4. 페시미즘적 환청과 '목마의 방울소리'

살아 있는 것이 있다면
그것은 나와 우리들의 죽음보다도
더한 냉혹하고 절실한
회상과 체험일지도 모른다.

살아 있는 것이 있다면

여러 차례의 살육에 복종한 생명보다도

더한 복수와 고독을 아는

고뇌와 저항일지도 모른다

살아 있는 것이 있다면

한 걸음 한 걸음 나는 허물어지는

정적과 초연硝煙의 도시 그 암흑 속으로……

명상과 또다시 오지 않을 영원한 내일로……

살아 있는 것이 있다면

유형流刑의 애인처럼 손잡기 위하여

이미 소멸된 청춘의 반역을 회상하면서

회의와 불안만이 다정스러운

모멸의 오늘을 살아 나간다.

……아 최후로 이 성자의 세계에

살아 있는 것이 있다면 분명히

그것은 속죄의 회화繪畵 속의 나녀裸女와

회상도 고뇌도 이제는 망령에게 팔은

철없는 시인

나의 눈 감지 못한

단순한 상태의 시체일 것이다……　　　　　「살아 있는 것이 있다면」

　　　－현재의 시간과 과거의 시간은 거의 모두가 미래의 시간 속에 나타난다－T.S. 엘리엇

대낮보다도 눈부신
포틀랜드의 밤거리에
단조로운 글렌 밀러의 랩소디가 들린다.
쇼윈도에서 울고 있는 마네킹.

앞으로 남지 않은 나의 잠시를 위하여
기념이라고 진피즈를 마시면
녹슬은 가슴과 뇌수에 차디찬 비가 내린다.

나는 돌아가도 친구들에게 얘기할 것이 없고나
유리로 만든 인간이 묘지와
벽돌과 콘크리트 속에 있던
도시의 계곡에서
흐느껴 울었다는 것 외에는…….

천사처럼
나를 매혹시키는 허영의 네온.
너에게는 안구眼球가 없고 정서가 없다.
여기선 인간이 생명을 노래하지 않고
침울한 상념만이 나를 구한다.

바람에 날려온 먼지와 같이
이 이국의 땅에선 나는 하나의 미생물이다.
아니 나는 바람에 날려와

새벽 한 시 기묘한 의식意識으로

그래도 좋았던

부식된 과거로

돌아가는 것이다.　　　　　　　　　　　　　　　「새벽 한 시의 시」

　첫번째 시의 부제인 '현재의 시간과 과거의 시간은 거의 모두가 미래의 시간 속에 나타난다'는 박인환의 초기시에서부터의 화두였다. 그런데 이 시의 내용을 보면 이러한 화두가 상당히 비관적인 방향으로 진전되어 있다. 그는 끊임없이 과거의 시간과 현재의 시간을 고찰하며 미래의 시간을 구상해보는 내적 방향성을 보여준다. 그런데 전쟁의 공포와 상처는 그로 하여금 과거의 시간과 현재의 시간 속의 끝없는 고통을 통하여 미래의 시간에 대한 절망 내지 회의의 시선을 갖도록 바꾸었다. 이러한 구체적 내용항이 이 시편에서 형상화되고 있는데, 그것은 '살아 있는 것이 있다면'이라는 반복되는 가정에 대한 답변의 형식으로 나타난다.

　즉 미래에 살아있는 것이 있다면 그것은 '우리들의 죽음'이 아니라 '더욱 냉혹하고 절실한 회상과 체험'이며, '살육에 복종한 생명'이 아니라 '더한 복수와 고독을 아는 고뇌와 저항'이다. 시인은 이러한 자각을 통하여 '정적과 초연硝燃의 도시 그 암흑 속으로' '한 걸음 한 걸음 나는 허물어진'다. 그리하여 시인은 '최후에 살아있는 것이 있다면' 그것은 '속죄의 회화繪畵 속의 나녀裸女'와 '회상도 고뇌도 이제는 망령에게 팔은 철없는 시인'이자 '나의 눈 감지 못한 단순한 상태의 시체'일 것이라고 말한다. 여기서 '속죄하는 나녀'와 '철없는 시인'이란 시인이 궁극적으로 의미를 부여한 '최후'의 것이다. 그것은 그가 과거와 현재의 시간에 대한 고찰과 사색과 체험을 통하여 미래의 세계를 끊임없이 구상해보는 일이 덧없음을 깨닫는 장면을 나타낸다. 그럼에도 불구하고 그가 마지막에 쓴 '철없는 시인'이자 '눈 감지 못한 시체'란 공포와 고통과 혼란의 시기에도 놓지 말아야 할 인간다움의 가치에 관하여 시사해준다.

6.25전쟁 이후에 그의 미국여행체험은 시인의 이와 같은 비관적 전망을 더욱 심화시킨 것으로 볼 수 있다. 두번째 시편은 그가 1950년대 초 포틀랜드의 밤거리에서 '단조로운 글렌 밀러의 랩소디'를 들으며 문명에 관한 침울한 상념을 그린 장면이다. 그는 당시로서는 우리보다 몇 십년은 앞선 문명세계의 것들, '마네킹'과 '진피즈'와 '네온'과 '유리와 콘크리트의 도시' 등을 접하지만 이것들에는 '울다', '차디찬 비가 내린다', '흐느껴 울다', '안구가 없고 정서가 없다' 등의 술어들이 붙는다. 그는 '대낮보다도 눈부신 포틀랜드의 밤거리'에서 '인간이 생명을 노래하지 않고 침울한 상념만'을 읽어내는 것이다. 그리하여 그는 '그래도 좋았던 부식된 과거로 돌아가는 것'에 관한 향수를 느낀다.

박인환은 전쟁의 폐허가 된 우리나라로부터 떠난 미국여행을 통하여 미래 문명도시가 지닌 표면적 화려함보다는 그것이 가져올 인간성 상실의 국면을 읽어내고 있다. 이러한 체험을 그가 늘 사유하는 과거와 현재와 미래의 연속적 상념에 견주어 표현하자면 미래의 문명세계에 대한 회의, 절망이라고 말할 수 있다.

　깨끗한 시트 위에서
　나는 몸부림을 쳐도 소용이 없다.
　공간에 들려오는 공포의 소리
　좁은 방에서 나비들이 날은다.
　그것을 들어야 하고

그것을 보아야 하는

의식意識

오늘은 어제와 분별이 없건만

내가 애태우는 사람은 날로 멀건만

죽음을 기다리는 수인과 같이

권태로운 하품을 하여야 한다.

창밖에 나리는 미립자

거짓말이 많은 사전

할 수 없이 나는 그것을 본다.

변화가 없는 바다와 하늘 아래서

욕할 수 있는 사람도 없고

알래스카에서 달려온 갈매기처럼

나의 환상의 세계를 휘돌아야 한다.

위스키 한 병 담배 열갑

아니 내 정신이 소모되어 간다. 시간은

15일 간을 태평양에서는 의미가 없다.

하지만

고립과 콤플렉스의 향기는

내 얼굴과 금 간 육체에 젖어버렸다.

바다는 노하고 나는 잠들려고 한다.

누만년의 자연 속에서 나는 자아를 꿈꾼다.

그것은 기묘한 욕망과

회상의 파편을 다듬는

음참陰慘한 망집妄執이기도 하다.

밤이 지나고 고뇌의 날이 온다.

척도尺度를 위하여 커피를 마신다.

사변四邊은 철鐵과 거대한 비애에 잠긴

하늘과 바다.

그래서 나는 어제 외롭지 않았다.　　　　　　　　　「15일간」

　　첫번째 시는 그가 미국여행으로부터 돌아오는 태평양 위의 선상에서 쓴 시편들 중 한 편이다. 그는 서구 선진문명세계도 전쟁으로 폐허가 된 우리나라도 아닌 중간의 어느 태평양 바다의 지점에서 '공간에 들려오는 공포의 소리'를 듣는다. 그것은 '몸부림을 쳐도 소용이 없'으며 '나비들이 날으'는 환각을 체험하는 것이다. 그는 이것에 대하여 '그것을 들어야 하고 그것을 보아야 하는 의식'이라고 명명한다. '공포의 소리'가 들리는 극도의 환청과 환각의 상태는 그가 겪은 6.25전쟁 전후 시대에서 끊임없이 깨어있으려 했고 미래사회의 원대한 기획을 꿈꾸었던 당대 지식인이 느끼는 극도의 피로감과 고통을 나타낸다. 그것은 '내 얼굴과 금 간 육체에 젖어버렸다'라는 표현으로 요약된다. 즉 그는 '자아를 꿈꾸는 일'이 '기묘한 회상의 파편을 다듬는 음참한 망집'에 지나지 않는 일임을 자각하는 것이다.

　　그에게는 단지 시인으로서 꿈꾸는 일만이 남아있는데, 그것은 그가 자신을 '철없는 시인'이라고 명명한 데서 알 수 있듯이 현실로부터 도피한 '판타지' 혹은 '환상'의 구현과 관련을 지닌다. 「태평양에서」에서 그는 태평양의 선상에서 갈매기들을 바라보며 '남아있는 것과 잃어버린 것과의 비례'

감을 상실하였음을 고백하며 '환상'이라는 말을 되뇌인다("태평양에서 안개가 끼고 비가 내릴 때/검은 날개에 검은 입술을 가진/갈매기들이 나의 가까운 시야에서 나를 조롱한다./'환상'/나는 남아 있는 것과/잃어버린 것과의 비례를 모른다,「태평양에서」부분").

그에게서 환상은 전쟁으로 점철된 그가 살아온 과거와 현재세계에 대한 절망감의 결과이자 미래문명세계가 지닌 비인간적인 것에 관한 회의감의 결과로서의 '페시미즘적인 것'이라고 할 수 있다. 실지로 그가 살았던 시대는 산업혁명으로 자본주의가 발전하고 세계 1, 2차대전이 발발한 때였으며 그는 6.25전쟁의 공포와 참담함을 체험하였다. 그가 쓴 시론의 제목이 '불행한 연대' 곧 오든의 시집과 동일한 명명에서도 알 수 있듯이 그는 그 자신이 살았던 당대의 문명비판적 세계적 문인들인 오든, 스펜더, C. D. 루이스 등의 시대의식을 공유하였다. 또한 그가 살았던 시대는 '전후 페시미즘' 철학을 논의한 쇼펜하우어의 사상이 풍미하였다. 그리고 영국여류작가인 버지니아 울프의 비정한 최후담은 그가 인류의 현상황과 앞으로의 미래를 절망적인 것으로 사유하여 시로 형상화하는 정신적 토대가 되었다.

한 잔의 술을 마시고
우리는 버지니아 울프의 生涯와
木馬를 타고 떠난 淑女의 옷자락을 이야기한다
木馬는 주인을 버리고 거저 방울소리만 울리며
가을 속으로 떠났다 술병에서 별이 떨어진다
傷心한 별은 내 가슴에 가벼웁게 부숴진다

그러한 잠시 내가 알던 少女는
庭園의 草木 옆에서 자라고

文學이 죽고 人生이 죽고
사랑의 진리마저 愛憎의 그림자를 버릴 때
木馬를 탄 사랑의 사람은 보이지 않는다

세월은 가고 오는 것
한때는 孤立을 피하여 시들어가고
이제 우리는 作別하여야 한다
술병이 바람에 쓰러지는 소리를 들으며
늙은 여류작가의 눈을 바라다보아야 한다

燈臺에
불이 보이지 않아도
거저 간직한 페시미즘의 未來를 위하여
우리는 처량한 木馬소리를 記憶하여야 한다
모든 것이 떠나든 죽든
거저 가슴에 남은 희미한 의식을 붙잡고
우리는 버지니아 울프의 서러운 이야기를 들어야 한다
두 개의 바위 틈을 지나 靑春을 찾은 뱀과 같이
눈을 뜨고 한 잔의 술을 마셔야 한다

인생은 외롭지도 않고
거저 낡은 雜誌의 表紙처럼 通俗하거늘
한탄할 그 무엇이 무서워서 우리는 떠나는 것일까
木馬는 하늘에 있고
방울 소리는 귓전에 철렁거리는데

가을 바람소리는

내 쓰러진 술병 속에서 목메어 우는데　　　　　　　「목마와 숙녀」 부분

　첫번째 시편에서 특징적인 것은 '목마의 방울소리'에 관한 것이다. 그런데 이 방울소리는 실제로 들리는 소리가 아니라 시인의 내면에서 듣는 환청이다. 이 환청의 원천source는 버지니아 울프, 목마를 탄 숙녀 혹은 목마와 방울소리를 남기고 떠난 숙녀이다. 박인환의 '목마의 방울소리'는 이와 같은 소리원천들과 관련한 사연으로부터 그려지게 된다. 당시에 혁신적이었던 복잡다기한 '의식의 흐름'을 주조로 작품을 쓰던 영국여류작가 버지니아 울프가 1941년 돌멩이를 매달고 못 속에 뛰어들어 자살한 것은 당대의 문인들에게 깊은 반향을 일으켰다. 그러한 최후를 맞은 버지니아의 작품들은 지금까지도 독자들의 내면에 공명을 일으키며 명작으로 읽힌다. 박인환이 들었던 그녀의 방울소리란 아마도 그녀가 남긴 작품들을 관류하는 그녀의 인간애와 꿈과 희망과 같은 것이었을 것이다. 전쟁의 암담한 기운이 전세계를 뒤덮었던 당시에 팽배한 페시미즘적 사유는 박인환이 그녀와 공유한 세계의식과 상통하였다고 본다.

　박인환은 언제나 과거와 현재를 통하여 미래의 세계를 비추어보며 또 현상세계와 저 너머의 것의 틈을 비추어보며 문명세계의 표면과 이면을 들추어보는, 그의 표현대로라면 '분열적 심리'의 상태를 추구하였다("여하튼 나는 우리가 걸어온 기로가 갈 길 그리고 우리들 자신의 분열한 정신을 우리가 사는 현실사회에서 어떻게 나타내 보이며 순수한 본능과 체험을 통해 불안과 희망의 두 세계에서 어떠한 것을 써야 하는가", 『선시집』 후기). 이러한 그의 시작방식은 '의식의 흐름'의 기법과 유사한데 그것은 그가 듣고 보고 느끼는 통합되지 않는 모순적 국면들에 대한 시선들을 고스란히 담아내려 하기 때문이다. 이러한 시편의 경향은 차

츰 페시미즘적 성향을 강하게 띤다. 그것은 그가 과거와 현재에 대한 사색, 현세계를 살아가는 사람들의 삶의 모습에 관한 관찰, 혹은 전쟁의 참혹함과 문명세계의 비인간성에 관한 체험과 관련을 지닌다.

그는 자신이 감상한 영화 중에서 가장 감명깊은 영화 중의 한 편으로서 '공포의 보수'를 들고 있는데, 그는 이 영화에서 더이상 갈 데가 없이 황폐한 세계에 도달한 절박한 인간들이 그럼에도 불구하고 품는 '희망'을 고평하고 있다("앞으로 내가 보고 싶은 것은 「공포의 보수」이다…… 모두 등장하는 인물은 다른 세상에서 버림받고, 인간의 마지막 토지를 찾아온 사람들이며, 그들은 그곳에서 또다시 떠나기 위하여 갖은 최선을 노력했으나, 끝끝내 그 절박된 것을 뛰어넘지 못하고 죽고 마는 것이다. 이런 인물의 등장은 내가 지금까지 기다리고 바라던 영화의 세계인 것이다"[28]).

또한 박인환은 버지니아 울프의 작가적 삶과 미래에의 페시미즘과 페이소스를 공감하고 있다. 그에게 버지니아 울프의 '방울소리'는 그녀의 작품 속, 문명화된 공간에서 상처입은 인간들과 그들이 속한 런던도시 전체를 부드럽게 감싸던 '빅벤의 종소리'와 같은 것이다.[29] 그 '종소리'는 작가가 전쟁으로 고통받고 상처입은 동시대 사람들의 마음을 어루만지며 잠시의 내적 평안을 갖도록 하는 하나의 '소리풍경'이다. 그 소리에는 꿈을 꿀 수조차 없는 절박한 세계에 속한 사람들이 그럼에도 한 줌의 꿈과 환상을 갖도록 만드는 힘을 지닌다. 이러한 '공명'이 인간이 인간다울 수 있도록 만들 수 있으며 그 공명을 내는 방식이란 시인 박인환에게는 바로 '시'를 쓰는 것이었다. 이에 대해서, 그는 "인생은 외롭지도 않고/ 거저 낡은 雜誌

---

28) 박현수 편,「절박한 인간의 매력」부분,『박인환 전집』, 예옥, 2006, pp.422-426.

29) "유사한 소리 지형도에서, Woolf는 의미 있게 확장된 지리적 영역을 지닌 런던을 다시 끌어오는 데에 빅벤의 타종을 사용한다. 빅벤의 단일한 소리원천이 다양한 지역들에 위치한 청취자들의 복합성을 일시적인 조화로 가져가기 때문이다."Cuddy-Keane, M. "Modernist Soundscapes and the Intelligent Ear: An Approach to Narrative Through Auditory Perception", p. 387.

의 表紙처럼 通俗하거늘"이라고 되뇌이지만, "燈臺에/불이 보이지 않아도/거저 간직한 페시미즘의 未來를 위하여" "우리는 처량한 木馬소리를 記憶하여야 한다"고 말하고 있다.

5. 결론

소리의 역사와 소리관련용어에 관한 조명은 최근에, 주로 건축, 음향, 음악 등의 분야에서 현실의 실제소리와 인간의 소리환경과 관련한 소리들에 관한 조명이 이루어져왔다. 이 관점에서는 '소리풍경soundscape'은 주로 연구의 한 분야로서의 '소리환경sound environment'을 의미하고 있다. 그런데 문학작품에서 형상화된 '소리풍경'은 현실의 소리들이 인물을 자극하고 자각시키거나 혹은 그것이 인물에게 내면화되는 방식이 좀더 유의성을 지닌다. 다시 말해 문학적 관점에서 '소리풍경'의 의미를 고찰해보는 일이 필요하다. 즉 '소리풍경'이 "청각적 측면에서의 '풍경landscape'의 등가물the sonic equivalent of landscape이라고 할 때, '풍경'이 단일한 한 시각에서 보여질 수 있는 장면반경an scenery that can be seen in a single view을 뜻한다면, '소리풍경'은 청진자들에 의해 지각되고 이해되는 의식, 무의식까지를 포괄할 수 있는 소리환경으로 확장시켜 볼 필요가 있다.

이 글은 '소리sound'와 관련한 관점에서 박인환의 시편들에서 유의성을 지니는 '청각적 이미지'들을 고찰해 보면서 그의 삶과 작품에서 '문명'과 '전쟁'을 중심으로 그의 시적 상상력과 사유에 관하여 살펴보았다. 박인환 시에서는, 문명이 인류에게 가져올 무정형적인 힘의 향방 혹은 문명의 이기가 초래할 것에 관한 불안의식이 '고막을 깨뜨릴 듯이 달려오는' '전파'라는 소리풍경으로 형상화되었다. 특징적인 측면은 그는 현재의 일상 속에서 과거와 미래의 모습을 끊임없이 떠올리면서 현세계가 처한 상황에 관하여 인식하려고 하는 점이다. 이와 함께 또하나의 측면은 그가 속한 당대 현실 속에 내재하는 모순과 부조리한 지점을 들추어내어보는 점이다. 이것은 시인과 같은 지식인들, 혹은 당대의 특혜받은 사람들과는 달리, '죽음'의 전쟁터로 향하는 '농부의 아들들'이 부르는 '군대의 합창'을 들으며 자괴감을 느끼는 장면으로 표현되고 있다.

그의 시에서 빈번하게 나타나는 '폭음'은 전쟁의 특성을 나타내는 '소리표지soundmark'이자 전쟁터의 '주조음keynote sound'이다. 그런데 이것은 그의 의식, 무의식상에서도 변함없이 들리는 '내귀의 폭풍'이라는 특징적 '소리풍경'으로 나타난다. 그의 시에는 전쟁의 폭음으로 인해 불면하는 속에서 '파멸한다는 것'과 '생에 한없는 애착을 갖는 것', 즉 죽음에의 충동과 생에의 충동이라는 극한적 감정이 교차하는 자신의 모습에 대한 응시가 드러나 있다. 박인환은 언제나 과거와 현재를 통하여 미래의 세계를 비추어보며 또 현상세계와 저 너머의 것의 틈을 비추어보며 문명세계의 표면과 이면을 들추어보는, 그의 표현대로라면 '분열적 정신'의 상태를 추구하였다. 이러한 그의 시작방식은 '의식의 흐름'의 기법과 유사한데 그것은 그가 듣고 보고 느끼는 통합되지 않는 모순적 국면들에 대한 시선들을 고스란히 담아내려 하기 때문이다. 그에게 '목마의 방울소리'는 작가가 전쟁으로 고통받고 상처입은 동시대 사람들의 마음을 어루만지며 잠시의 내적 평안을 갖도록 하는 하나의 '소리풍경'이다. 그 소리에는 꿈을 꿀 수조차 없는 절박한 세계에 속한 사람들이 그럼에도 한 줌의 꿈과 환상을 갖도록 만드는 힘을 지닌다. 이러한 '공명'이 인간이 인간다울 수 있도록 만들 수 있으며 그 공명을 내는 방식이란 시인 박인환에게는 바로 '시'를 쓰는 것이었다.

제4장

박인환과 오장환과 S. 스펜더에 관한 비교문학적 연구

— 『새로운 도시와 시민들의 합창』과 『전쟁』과 『Vienna』를 중심으로

1. 서론

박인환과 오장환에 관한 연구는 개별작품론과 시인론에 관한 다양한 관점의 연구가 적층적으로 전개되었으며 최근에는 연구동향이 세계문학과의 비교연구로 심화, 확장되고 있다. 비교문학 연구의 초창기에는 서구 문인과 우리문인과의 영향관계를 밝히는 논의가 전개되었으며 최근에는 우리문인의 고유한 특성과 그들의 세계문학사적 지형을 고찰하는 방향으로 전개되고 있다. 당대 서구문학과의 비교관점에서 볼 때, 먼저 박인환에 관해서는 당대 모더니즘과의 관련선상에서 '오든그룹', '오든', '스펜더' 등과의 비교연구가 전개되어왔다.[1] 다음, 오장환에 관해서는 '엘리엇', '니체', '예세닌' 등과의 비교연구가 전개되어왔다.[2] 이 연구의 연장선상에서,

---

[1] 곽명숙, 「1950년대 모더니즘의 묵시록적 우울-박인환의 시를 중심으로」, 『정신문화연구』 32, 한국학중앙연구원, 2009; 공현진·이경수, 「해방기 박인환 시의 모더니즘 특성 연구」, 『우리문학연구』 52, 우리문학회, 2016; 최라영, 「박인환과 S. 스펜더의 문명 의식 연구-'열차'와 '항구'를 중심으로」, 『한국시학연구』 51, 한국시학회, 2017; 최라영, 「박인환의 시와 W.H.오든의 『불안의 연대 The Age of Anxiety』의 비교문학적 연구」, 『한국문학논총』 78, 한국문학회, 2018.

[2] 김구슬, 「엘리엇이 한국 현대시에 끼친 영향-오장환의 「황무지」」, 『동서비교문학저널』 22, 한국동서비교문학학회, 2010; 민미숙, 「오장환의 시세계에 나타난 니체 사상의 영향」, 『반교어문연구』 24, 반교어문학회, 2008; 에비하라 유타카, 「오장환이 예세닌론-당대 일본의 예세닌론과 비교를 통하여」, 『비교문학』 49, 한국비교문학회, 2009; 장석원, 「교지 『徽文』의 오장환」, 『Journal of Korean Culture』 23, 한국어문학국제학술포럼, 2013; 한세정, 「해방기 오장환 시에 나타난 예세닌 시의 수용 양상 연구」, 『한국시학연구』 44, 한국시학회, 2015.

30-40년대 박인환, 오장환을 비롯한 당대 문인들에게 실제 작품창작에서 긴밀한 영향을 논할 수 있는 시인으로는 'S. 스펜더'를 들 수 있다.[3] 스펜더는 1930-40년대에 '오든그룹'의 일원으로서 당대 우리문인들의 창작 및 사화집 활동에 많은 영향을 끼쳤다.[4]

박인환과 오장환과 스펜더는 모두 당시 T.S 엘리엇의 현대시의 전위적 방식과 관련을 지니면서 공통된 사회이념을 지향한 작품들을 창작하였다. 박인환은 그의 「열차」에서 스펜더의 시구를 서두에서 인용하였으며[5] 그가 주축이 된 1949년의 사화집에는 스펜더의 「Never Being-」의 번역이 실려 있다. 그는, 스펜더가 반파시즘적 저항의식을 지니고 각국의 내전 상황에 관심을 보여준 것과 마찬가지로, 그의 사화집에서 우리와 같은 식민지국가들의 해방투쟁을 고무하는 작품을 실었다. 그는 스펜더의 「The Express」를 즐겨 암송하였으며 시론의 비평준거로서 주로 '스펜더'를 거론하였다.[6] 스펜더가 「Vienna」로서 엘리엇의 「The Deserted Land」의 현대시 형식과 기조를 계승하였듯이, 오장환역시 장시 「황무지」에서 엘리엇과의 기법, 형식적 영향관계를 보여준다. 오장환은 엘리엇의 「황무지」과 유사한 형식을 갖추고 '물'과 '불'의 재생이미지를 주조로 한 장시 「황무

---

3) 당대 이념적 창작활동을 적극적으로 전개한 '스펜더'를 중심으로 '오든그룹'이 아닌 '스펜더 그룹'으로 써야 한다는 주장도 있다, 김창욱, 「스펜더 그룹: 오든 그룹 호칭의 타당성과 그 대안」, 전남대학교 석사학위논문, 2014, 5~15면.

4) 우리시사에서 '오든그룹'에 관한 논의는 주로 30-40년대 '모더니즘'과 김기림의 비평과의 관련을 중심으로 논의되었다. 대표논의로, 김유중, 『한국모더니즘 문학의 세계관과 역사인식』, 태학사, 1996; 문혜원, 「오든 그룹의 시 해석-특히 스티븐 스펜더를 중심으로」, 『모더니즘 연구』, 자유세계, 1993 참조.

5) 그는 「THE EXPRESS」의 "Retreats the elate metre of wheels./ Streaming through metal landscapes on her lines,/ She plunges new eras of white happinesss"를, "궤도 위에 철의 풍경을 질주하면서/ 그는 야생한 신시대의 행복을 전개한다"로 번역, 인용하였다.

6) 박인환이 그의 시론에서 유의성 있게 인용한 「구원의 별조차 없는 어두움 속에서-」는 문명비판 관점을 강조, 의역한, 스펜더의 「In darkness where we are/ With no saving star-」이다. Stephen Spender, *THE EDGE OF BEING*, Random House, 1949, pp.32~33.

지」를 썼으며[7] 「전쟁」에서는 정신분열적 화자를 중심으로 일제의 전쟁준비의 현황을 사실적으로 보고하고 있다.[8] 이것은 스펜더가 엘리엇을 향한 헌사가 씌인 그의 장시 「Vienna」에서 오스트리아 독재세력의 노동자 진압 현황을 보고한 창작활동과 비견된다.[9] 두 사람은 제국주의와 파시즘으로 고통받는 이들을 옹호한다는 공통지향을 보여주었으나 오장환의 「전쟁」은 1935년 검열로 출판금지되었고 스펜더의 「Vienna」는 1937년 출간, 세계적 명성을 얻었다.[10]

이 글은 1930-40년대 제국주의와 파시즘에 저항적 창작활동을 전개한 서구 오든그룹의 '스펜더'와 우리의 '박인환'과 '오장환'에 관하여 비교문학적 관점에서 각각의 고유한 특성을 구체화하고 세계문학사의 관점에서 박인환과 오장환의 고유한 의의를 조명하고자 한다. 세 사람은 엘리엇의 현대시의 기법과 방식을 계승진전시키고 역사적 격동기의 부조리한 사건들에 저항한 전위적 현대시인이라는 공통점을 지닌다. 그들의 작품 전개에서 의식의 흐름과 공간의 병치 등의 현대적 기법은 특징적인데, 특히 오장환의 경우는 일제의 검열을 통과하는 장치의 기능으로 이를 활용하였다. 그리고 세 사람은 일련의 세계대전과 사회주의혁명이라는 역동적 전환기의 사회적 부조리에 저항하고 사회적 약자, 즉 제국주의의 희생국가, 자본

---

7) 「황무지」에 관한 유의성 있는 논의로는 곽명숙, 「오장환의 장시 「황무지」 연구」, 『한국현대문학연구』 53, 한국현대문학회, 2017 참조.

8) 오장환의 「황무지」와 엘리엇의 「The Deserted Land」는 공통적으로, 당대를 '황무지'로서 상징화하고 고통받고 헤매는 '고행자' 그리고 황무지 기근을 해소하는 '희망의 물'의 구도를 보여준다.

9) 오스트리아 내전의 『Vienna』의 창작은 나찌후원을 받은 스페인 내전에 참전하여 「보우 항구 PORT BOU」, 「카스텔론에서AT CASTELLON」 등을 창작한 반파시즘운동의 일환으로 이루어졌다.

10) 『전쟁』을 검열한 이는 1938년 '촉탁' '김성균'이다. 정진석, 『조선총독부의 언론검열과 탄압』, 커뮤니케이션북스, 2007, 6면, 57면.

주의의 노동자를 옹호하는 창작활동을 전개하였다.

즉 스펜더의『Vienna』는 오스트리아 노동자 해방운동을 체험한 보고 형식의 장시이며 박인환의『새로운 도시와 시민들의 합창』의 시편들은 인도네시아를 비롯한 우리와 같은 피식민지 국가들의 해방운동을 지지하는 작품이다. 오장환의『전쟁』은『Vienna』와 유사한 장시형식으로 일제의 태평양전쟁야욕을 사실적으로 고발하는 작품이다. 스펜더의 '시적 퍼소나'가 '폭탄에 이어진 가지'를 쥐고 있던 희생된 노동투쟁자를 경외하는 태도를 보여준다면, 박인환의 시적 퍼소나는 '인도네시아 인민의 습성'을 객관적으로 직시하고 제국주의에서 해방되는 운동을 고무하는 지도자가 취하는 태도를 보여준다. 그리고 오장환의 시적 퍼소나는 총격을 입은 소년병의 죽음을 현장에서 목격하는 병사의 관점에서 체험자가 취하는 태도를 보여준다. 특히, 세 사람의 '시적 퍼소나'[11]는 각각의 다양한 작품들에서 '관찰자', '선구자(선지자)', '실천자'라는 특징적 면모를 보여준다. 구체적으로, 스펜더는「He will watch the hawk with an indifferenet eye」에서 '태양'과의 전쟁에서 거의 승리할 뻔한 '이카로스'를 바라보는 관찰적 인물로서, 박인환은「낙하」에서 추락을 예기하면서도 '낙하하는 비극'을 계속 반복하는 '아킬레스' 즉 신화적 인물로서, 오장환은「나 사는 곳」에서 "내일을 또 떠나겠는가"라고 묻는 벗을 두고 먼길을 가는 '실천자'로서 나타난다.

나아가, 스펜더는 정신적 매개자를 쫓아서 새로운 미래사회를 건설하기

---

11) 이 글의 '시적 퍼소나'는 Booth의 '암시된 저자The Implied Author'에 상응한다. Booth는 논의 초기에는 '암시된 저자'를 저자의 '공적 자아', 객관과 공정을 유지하는 자아로 사용하였고 '소설'을 들어 화자의 신뢰성을 판단할 때 텍스트너머로 들려오는 저자의 목소리 정도로 논하였다. 이 개념에 관한 오랜 논쟁 후, 그는 '암시된 저자'를 '실제저자'와의 연속성을 강화하였으며 '시'를 들어 실제저자의 분신격 자아임을 명시하였다. 논쟁 전후로, 강조점의 차이는 있으나 공통된 것은 '암시된 저자'가 실제저자의 연속선상의 자아라는 점이다. 최라영,「'암시된 저자 The implied author' 연구」,『비교문학』58, 한국비교문학회, 2012, 425~455면.

위해 창작에 임하는 시적 자아로서 모든 의혹을 떨구어버리는 '意圖'가 실현된 세계에의 신념을 보여준다("Flag of our purpose which the wind engraves,/ No spirit seek here spend equally./ Our goal which we compel: Man shall be man, XL"). 그리고 박인환은 선구적 지식인이라는 임무를 자각하는 시인의 시적 자아로서 일제식민지 혹은 해방정국에서도 피제국주의국가가 맞게 될 '위기의 병'을 직시하고는 '미래의 향방'에 대한 '疑惑'을 나타낸다("잊을 수 없는 疑惑의 旗/ 잊을 수 없는 幻想의 旗/ 이러한 混亂된 意識아래서/ 〈아포롱〉은 危機의 병을 껴안고/ 枯渴된 世界에 가랁아 간다"[12]). 한편, 오장환은 실천적 시적 자아로서 가족과의 사적인 행복을 포기하고 조국의 해방과 새로운 세계를 위해 어떠한 희생도 감수하며 '바른 뜻'을 관철시키고자 한다("이가슴에 넘치는 바른뜻이 이가슴에서 저가슴으로/ 모−든이의 가슴에 부을길이 서툴어 사실은/ 그때문에 病이 들었습니다"[13]).

미래를 향한 태도의 차이에도 불구하고, 세 시인은 공통적으로, 제국주의와 초기자본주의로 인해 희생당하고 침해받는 나라와 민족과 사회적 약자들을 보호하고 모두가 인간적인 삶을 살 수 있는 세계를 모색하는 노력을 보여준다. 각각의 '암시된 저자'가 당대현실을 고유하게 초점화하는 각각의 방식은, '실제 시인'이, 자신의 정체성을 어떻게 파악하였는지, 당대의 문제를 어떻게 극복하였는지 그리고 인격화한 '암시된 저자'와 어떻게 조응하였는지를 조명해준다.[14]

이 글은 세 시인이 초점화한 당대 사건과 장면을 조명하면서 '시적 퍼소

---

12) 박인환, 「疑惑의 旗」 부분.

13) 오장환, 「어머니 서울에 오시다」 부분, 오장환, 『병든 서울』, 정음사, 1946.

14) '시적 퍼소나(암시된 저자)'의 논쟁을 종합적으로 정리한 James Phelan에 의하면, '시적 퍼소나' 즉 '암시된 저자'에 의한 독해는 텍스트를 통해 실제저자의 가치, 신념, 태도, 정체성 등을 구체적으로 이해하게 해 주며, 실제저자가 다른 누군가로 통합될 수 있도록 그 자신의 암시된 버전을 만들어내는 현상을 설명하게 해주며, 수사학적 분석에 의한 전기의 가능성을 명확하게 해준다고 논의한다. James Phelan, Living to tell about it, Cornell University Press, 2005, pp.46~49.

나(암시된 저자)'의 개성적 형상들을 살펴보고 '있는 세계'를 고발하고 '있어야 할 세계'를 구현한 30-40년대 동서양의 대표 전위시인의 정신적 지형도를 구명하고자 한다.

2. '월계수 가지'의 '경외자'와 '가메란 반주곡'의 '고무자'와 '독와사 냄새'의 '고발자'

나는 진짜 위대한 이들을 계속해서 생각해왔다.

그들은 태양의 시절, 굽이쳐 타는 빛나는 복도를 지나

영혼의 역사를 기억하는 자궁에서 왔다.

여전히 불에 닿은 그들의 입술은

사랑스러운 야망을 끊임없이 노래한다.

그들의 입술은 말해야 한다, 머리부터 발까지 노래로 옷 입은 정신을

(……)

그들의 심장은 불의 중심부에 있다.

태양에서 태어난 그들은, 다시 태양을 향한 짧은 여행을 하고 있다,

S. 스펜더, 28 부분[15]

평범한 풍경 속으로

손을 뻗치면

---

15) I think continually of those who were truly great (…) Who were at their hearts the fire's centre./ Born of the sun they travelled a short while towards the sun, XXVIII. Stephen Spender, Gowrie, Alexander Patrick Greysteil Ruthven, *Stephen Spender selected poems*, London: Faber and Faber, 2009. *인용된 원시번역은 필자.

거기서 길게 설레이는

문제되는 것을 발견하였다.

죽는 즐거움보다도

나는 살아나가는 괴로움에

그 문제되는 것이

틀림없이 실재되어 있고 또한 그것은

나와 내 그림자 속에

넘쳐흐르고 있는 것을 알았다.

이 암흑의 세상에 허다한 그것들이

산재되어 있고

(……)

문제되는 것

평범한 죽음 옆에서

한없이 우리를 괴롭히는 것

나는 내 젊음의 절망과

이 처참이 이어주는 생명과 함께

문제되는 것만이 군집되어 있는 것을 알았다.　　　박인환, 「문제되는 것」 부분[16]

8월 15일

그 울음이 내처 따라왔다.

빛나야 할 앞날을 위하여

16)　문승묵 편, 『박인환 전집』, 예옥, 2006.

모든 것은

나에게 지난 일을 돌이키게 한다.

그러나 나에게는 울음뿐이다.

몇 사람 귀기울이는 데에 팔리어

나는 울음을 일삼아왔다.

그리하여 나는 또 늦었다.

나의 갈 길,

우리들의 가는 길,

그것이 무엇인 줄도 안다.

그러나 어떻게? 하는 물음에 나의 대답은 또 늦었다.

아 나에게 조금만치의 성실이 있다면

내 등에 마소와 같이 길마를 지우라.　　　　　　오장환, 「나의 길」 부분[17]

　　박인환과 오장환은 30년대 오든그룹, 스펜더와의 영향관계를 보여준
다. 구체적으로, 박인환은『새로운 도시와 시민들의 합창』의 작품들 그리
고 오장환은『전쟁』과『황무지』등의 작품들에서, 스펜더의『Vienna』와의
연결관계를 보여준다. 먼저, 세 사람은 엘리엇의 의식의 흐름의 현대시의
전위적 기법을 계승발전시킨 후학 전위시인이라는 공통점을 지닌다. 그들
의 작품 전개에서 의식의 흐름과 공간의 병치 등의 현대적 기법은 특징적인
데, 특히 오장환의 경우는 일제의 검열을 통과하는 장치의 기능으로 이를
활용하였다. 다음, 세 사람은 일련의 세계대전과 사회주의혁명이라는 역

---

17)　세르게이 예세닌 저, 오장환 역,『예세-닌 시집』, 동향사, 1946. * 위 시는 예세닌역시집에서 예세
　　닌 시제목을 붙인 오장환의 시이다.

동적 전환기를 체험하였으며 사회적 약자, 즉 제국주의의 희생국가들, 자본주의의 노동자들을 옹호하는 문학활동을 전개하였다. 스펜더의 '비엔나'는 오스트리아 노동자 해방운동을 직접 보고들은 보고형식의 장시로서 이는 박인환이 '새로운 도시와 시민들의 합창'이라는 동인지 운동에서 우리와 같은 피제국주의 국가 인도네시아의 해방운동을 지지하는 작품을 쓴 계기로 작용하였다. 그리고 오장환은 '비엔나'와 유사한 장시형식으로서 일제의 태평양전쟁의 야욕의 현장을 낱낱이 고발하는 작품을 썼다. 마지막으로 세 사람은 당시 사회주의 운동의 순수한 정신을 계승하고 시인이 사회에 미치는 역할과 책임에 자각적이었다.

인용문들은 각각, 스펜더, 박인환, 오장환의 시창작과 관련한 삶의 자세를 보여준다. 즉 첫 번째 시에서 '진짜 위대한 이들을 계속 생각해왔다'는 스펜더의 시창작의 동기를 알려준다. 그는 이들을 '태양에서 태어난 그들'로서 비유하는데 그것은 실지로는 당대의 사회적 약자, 노동자들을 위한 새 사회를 위한 개척자이자 자기희생적 혁명가를 의미한다. 이 시는 그러한 실천적 혁명가를 따라 창작을 실천하고 그들의 이념에 동참하고자 하는 삶의 자세를 보여준다. 두 번째 시에서 '틀림없이 실재되어 있고' '나와 내 그림자 속에 넘쳐흐르고 있는 것'은 박인환의 시창작의 동기를 알려준다. 이 시는 이것을 '평범한 풍경 속'에서도 '설레이며 괴롭히는 문제되는 것'을 발견하는 것으로 구체화한다. 그리고 이 시는 '암흑의 세상'에서 시인으로서 창작에 임하면서도 당대 지식인으로서 외면하지 않아야 할 현실에 대한 태도를 알려준다. 박인환의 시는 특정한 매개자를 따르기보다는 자신이 새롭게 발견하는 문제들을 선구자적으로 인식하고 그것을 고민하는 삶의 자세를 보여준다. 그리고 세 번째 시에서, '붉은 동무와 나날이 싸우면서도' '그 친구 말리는 붉은 시를 썼다'는 구절은 오장환의 시창작에 관해 알려준다. 즉 이 시는 '붉은 시' 혹은 '울음'이라는 것으로써, 화자가 일본유학시절 조국해방을 위한 이념적 투쟁자로서 활동하면서 일제에 반하는 저항시를 썼음을 고백한다. 특히, 오장환의 시는 '나의 갈길'과 '우리들의 갈길'을 위하여 '내 등에 마소와 같이 길마를 지우라'고 말하면서 신념에 찬 시인의 삶의 태도를 보여주었다.

세 사람의 작품의 시적 퍼소나는 공통적으로 제국주의와 자본주의의 문제점을 응시하고 피식민지인과 노동자의 권익을 위한 당시 사회주의의 이념을 믿고 있었으며 그러한 신념을 창작으로 실천하고자 하는 공통점을 보여준다. 구체적으로는, 스펜더는 혁명가들에 동참하며 실천하는 시적 퍼소나를, 박인환은 당대현실에서 문제되는 것을 발견하고 전망을 모색하는 시적 퍼소나를, 오장환은 혁명가이자 실천적 시적 퍼소나를 보여준다. 세 사람의 시적 퍼소나를 볼 때 스펜더의 작품이 '매개자'가 존재하는 사회에서 그를 따라 창작의 실천에 임하는 모습이라면 박인환의 작품은 '매개자'가 존재하지 않는 사회에서 그 자신이 직접 그러한 '정신적 선지자'를 취하는 모습을 취하고 있다. 한편 오장환의 작품은 '동무들'과 뜻을 함께 하면서 그 자신을 희생하는 활동과 창작에 모두 참여하고 있는 모습을 보여준다.

왈리쉬는 표식없는 땅에 묻힌 채 하나의 말로서 존재하였다.
그러나 귀와 입이 있는 벽이 그의 무덤을 우리에게 말해주었다.
밤이면 우리는 모든 그들의 무덤을 위해
평범한 꽃들로 얼기설기 엮은 화환을 사갔다,
데이지꽃, 금련화, 수레국화, 민들레꽃.
아파서 일어서지도 못한 채

목 매달린 한 남성을 위하여,

사람들이 병원으로 데려간 그 사람을 위하여,

'침상이 없다'는 의사의 말은 암시하였다,

퉁퉁부어 발견된 인식불명의 시체들 때문이었음을.

그 시체들은 강에 던져진 것이었으나 익사로 죽은 것이 아니었다.

그들은 자신의 여인들에게 배신당하고 숨어 있던 사람들이었다.

난해한 질투 때문이었다, 양귀비꽃, 제라늄, 꽃무,

위선적이고 고상한 난초와 백합이 아니었다.

그 꽃들은 그들 자신이 지치게 된 무엇을 상기시켰다.

우리는 지상에 새로운 세계의 물결을 일으켰다,

꽃들은 매일 아침 빛을 밝혔다.

볏처럼 선명하게, 경찰은 데이지꽃을 두려워하였다.

밟혀진 데이지꽃들.

월계수가지는 쓸쓸하게도 우리의 것이었다, 폭탄을 감쌌던

월계수 가지는 쥐고 있던 두 손을 날렸으리라.

꽃들은 미소짓는 페이와 돌푸스에게 보고되는 우리의 작은 메시지였다,

'오늘은 세상에서 가장 슬픈 날이다',

또한 우리를 맞이하는 주황빛 추기경을 향하여.

폭탄, 폭탄, 폭탄, 트럼펫들, 드럼들, 플롯들!　　　　S. 스펜더, 『비엔나』 부분[18]

---

18)　"… A bitter laurel branch: this one grabbed a bomb/ - Blew off both hands. They were
　　our little message/ To grinning Fey, and Follfuss being reported / 'This is the saddest day
　　in all my life'/ To the cardinal cheering us with a spot of scarlet/ Bomb, bomb, bomb,
　　trumpets, drums, flutes!". Stephen Spender, *Vienna*, Random House, NewYork, 1935.

이제는 植民地의孤兒가되면 못쓴다

全人民은 一致團結하여 스콜처럼 부서저라

國家防禦와 人民戰線을위해 피를뿌려라

三百年동안 받어온

눈물겨운 迫害의反應으로

너의祖上이 남겨놓은

椰子나무의노래를 부르며

홀랜드軍의 機關銃陣地에 뛰여드러라

帝國主義의 野蠻的制裁는

너이뿐만아니라 우리의 恥辱

힘있는데로 英雄되여 싸워라

自由와 自己保存을 위해서만이 아니고

野慾과 暴壓과 非民主的인

植民政策을

地球에서 부서내기위해

反抗하는 인도네시야人民이여

最後의 한사람까지 싸워라

慘酷한 몇달이 지나면

피흘린 자바섬(島)에는

붉은 간나의꽃이 피려니

죽엄의보람이 南海의太陽처럼

朝鮮에사는 우리에게도 빛이러니

*海流*가 부디치는 모든 *陸地*에선

거룩한 인도네시야*人民*의

*來日*을 *祝福*하리라

사랑하는 인도네시야*人民*이여

*古代文化*의 *大遺蹟* 보로·보도울의밤

*平和*를 울리는 *鐘*소리와함께

가메란에 맞추어 스림피로

새로운 나라를 마지하여라.　　　　　　박인환, 「인도네시아 *人民*에게 주는 *詩*」

나는 어느 *詩人*이 석냥에 *毒瓦斯* 냄새를 풍기여 *日常*의 *常識*으로 그것을 *區別*하여 *適當*하게 *防備*한다는 이야기를 들엇다.

　*戀愛*를 할터 먹는 *詩人*.

　窒息性毒物= 호스겐. 지호스겐.

　糜爛性毒物= 로스트(佛名 이페릿트). 루이 싸이드.

　催涙性. 재채기를 하도록 하는 *性質*의 *毒物*.= *臭化*벤질. O化삐크린. O化아세도페논.

　(요따위 *敍情詩*들은, *彈丸*의 *炸裂*과 함께, *不完全*한 *防毒面*을 O過게 하야 재채기와 눈물을 흘니도록 만드러, *防毒面*을 벗지 안이치 못하게 하야, 이때를 타서 *致死的*인 *激烈*한 *毒瓦斯*를 *配達*하는 것이다.) 지페니엘 *靑化砒素*. OO化砒素.

　一 *分間*의 *致死*. 아듬싸이드.

'아저씨의 번쩍어리는 턱을, 어느 *化學者*가 *探照燈*으로 *製本*하엿다.'

들것. 들것. 들것. 들것. 들것. 들것.

赤十字旗.

催名判官의 榮職을 어든 軍醫.

喪제가 된 看護婦.

발목이 썩어 드는 兵丁 (중략) 떠러저 나간 구두, 구두 콧배기. 긔관총 꼬다리.

고향을 잃은 단추. 코가 말너부튼 휴지.

寫眞.

사진,

女子의 사진

게집의 사진

어머니의 寫眞.

(죽어 넘어진 兵丁의 저고리엔 몃 군대에 傷處가 市街圖를 鳥瞰하고 잇다)[19]

　

스펜더의 첫 번째 시는 34년 비엔나에서 독재자 세력의 행렬과 그들에게 희생된 노동자들을, '폭탄'과 '데이지꽃'으로 나타내고 있다. 스펜더의 시적 퍼소나는 오스트리아 노동자들의 쟁의와 그들의 희생현장에 직접 가서 보고들은 것을 전하면서 혁명가들의 운동에 동참하는 시인으로서 역할을 하고 있다. 박인환의 두 번째 시는 '우리와같은 식민지의 인도네시아'의 혁명운동으로부터 인도네시아 인민의 의지와 힘을 '붉은 칸나의 꽃'과 '가메란 반주곡'으로 상징화하고 있다. 오장환의 세 번째 시는 '석냥에 독와사 냄새'로부터 30년대 일제가 식민지인들을 억압하기 위해 사용한 독가스의 종류들을 열거하고 있다. '호스겐, 지호스겐, 루이싸이드' 등은 실지로 당시 일제가 계발, 사용하던 독가스류였다. 또한 '캠풀'을 쓰지 못해 죽은 어

---

19)　오장환, 「전쟁」, 김재용, 『오장환전집』, 실천문학사, 2002.

린 병사의 죽음과 관련한 전쟁터의 비참한 현황을 고발한다.[20]

스펜더의 시가 관찰자적 퍼소나를 취하여 직접 체험한 것을 투쟁 노동자가 죽어가며 쥐고 있던 '폭탄에 이어진 월계수가지'로서 나타낸다면, 박인환의 시는 조언자적 퍼소나를 취하여 간접 체험한 것을 인도네시아 인민들의 희생적 투쟁으로 피어올린 '붉은 칸나의 꽃'으로서 나타낸다. 한편 오장환의 시는 체험자적 퍼소나를 취하여 직접 겪은 것 혹은 함께 한 전장의 '병사'의 관점에서 다중시점으로 일제가 전쟁을 위해 개발중인 '독와사'를 초점화한다. 즉 스펜더의 시적 퍼소나가 '폭탄에 이어진 가지'를 쥐고 있던 희생된 노동투쟁자를 경외하는 태도를 보여준다면, 오장환의 시적 퍼소나는 '인도네시아 인민의 습성'을 객관적으로 직시하고 제국주의에서 해방되는 운동을 고무하는 지도자가 취하는 태도를 보여준다. 그리고 오장환의 시적 퍼소나는 총격을 입은 소년병의 죽음을 현장에서 목격하는 병사의 관점에서 체험자가 취하는 태도를 보여준다. 즉 세 시인의 시적 퍼소나가 초점화하는 대상들을 향한 태도와 관점을 볼 때 스펜더의 퍼소나가 투쟁 노동자라는 매개자를 경외하는 모습이라면 박인환의 퍼소나는 선구적 지도자를 자처하는 모습, 그리고 오장환의 퍼소나는 마소와 같이 등짐을 기꺼이 지는 실천적인 투쟁자의 모습을 보여준다.

세 사람의 '시적 퍼소나' 혹은 '암시된 저자'는 각각의 다양한 작품들에서 '관찰자', '선구자(선지자)', '실천자'라는 특징적 면모를 보여준다. 단적으로, 즉 스펜더는 「He will watch the hawk with an indifferenet eye」에서 '태양'과의 전쟁에서 거의 승리할 뻔한 '이카로스'를 바라보는 관찰적 인

---

20) 일본은 1930년~1941년말까지 약 840회 독가스를 사용하였으며, 오장환의 '전쟁'의 자동기술적 어구에는, 전대의 염소, 머스터드 가스, 포스겐 등 뿐만 아니라 살충제와 제초제를 이용한 독가스 개발의 1930년대의 실제현황이 언급된다. 로저 포드, 김홍래 역, 『2차대전 독일의 비밀무기』, 도서출판 플래닛미디어, 2015, 208면.

물로서, 박인환은 「낙하」에서 추락을 예기하면서도 '낙하하는 비극'을 계속 반복하는 '아킬레스' 즉 신화적 인물로서, 오장환은 「나 사는 곳」에서 "내일을 또 떠나겠는가"라고 묻는 벗을 두고 먼길을 가는 '실천자'로서 나타난다. 이 같은 시적 퍼소나의 연속선상에서 실제시인 세 사람 모두는, 당대의 사회적 약자들의 편에 서서 제국주의와 독재세력의 폭압성을 고발하고 피식민지인들과 투쟁노동자들의 희생을 고발하는 사회적 연대의식을 지니고 창작에 임한 공통점을 보여준다.

즉 스펜더는 30년대 노동자투쟁현장인 '오스트리아'의 '비엔나'에 관하여, 박인환은 우리와 같은 식민지국가인 '인도네시아'의 '족자카르타', '스라바야' 등에 관하여, 오장환은 일제의 독가스 및 전장무기들이 있는 '태평양'의 주변나라들에 관하여 희생자와 사회적 약자를 옹호하는 실천적 창작을 전개하였다. 30-40년대는 제국주의의 횡포로 인한 약소국들의 피해, 자본주의의 시장지배로 인한 노동자와 자본가의 빈부격차, 1, 2차 세계대전과 파시즘으로 인한 인간주의의 말살이 횡행하던 세계사의 기록적 역동기였다. 인간과 국가의 이기심이 극한에 이르러 전쟁과 폭력과 죽음이 횡행하던 시대에, 동서양의 시인들은 텍스트 속에서 각각 고유한 시적 퍼소나를 취하여 파시즘과 제국주의의 부조리와 비인간성을 고발하였다.

3. '화병'의 '의도'와 '향항'의 '의혹'과 '살인광선'의 '뜻'

궁전이나 당대의 왕좌가 아니다,
황금의 이파리, 꽃들의 건축물,
그곳에는 정신이 거주하고 도모하며 휴식을 취한다.

사람들로부터 주어진 꽃들은 단일한 정신으로서 명하였다.

나는 내가 뜻하는 유일한 무엇을 만들어간다.

그것은 아주 느리고 또한 드물게 쌓여가는 것이다,

먼지 너머의 아름다움 혹은 가족의 영예와 같이,

나는 이러한 흔적으로 그 무엇을 형체화할 뿐이다.

이곳의 에너지, 그 유일한 에너지를 들이켜라,

전기를 충전하는 밧데리와 같이.

그리고는 이 시대의 변혁을 결의하라.

눈, 작은 영양, 섬세한 방랑자와 같이,

수평선의 유액을 들이키는 자는

하나의 현에 머물러 귀를 기울이며

그 정신은 영원함을 들이킬 것이다.

손길과 사랑, 그 모든 감각은

그대의 정원에 향연의 노래와 태양의 꿈을 남겨두리라.

그대의 태양의 꿈은 이 세계 너머의 천국을 향한 우리의 태양 앞에서 선회할
것이다.

그리고 손길과 사랑, 그 모든 감각은 번쩍이는 청동의 형상들을 지켜보리라.

청동의 형상들은 바깥을 향한 감각들을 일깨워 강철의 의지를 단련시킬 것이
다.

이것이 바람이 아로새긴 우리의 '意圖의 旗'이다.

이곳에는 어떠한 정신도 공평하게 소비하지 못하고 있다.

감행할 우리의 목표는 이것이다,

인간은 인간이어야 한다.   S. 스펜더, 40 부분[21]

---

21) Not palaces, an era's crown (…) Your dreams of suns circling before our sun,/ Of heaven

얇은 孤獨 처럼 퍼덕이는 旗

그것은 주검과 觀念의 距離를 알린다.

虛妄한 時間

또는 줄기찬 幸運의 瞬時

우리는 倒立된 石膏처럼

不吉을 바라 볼 수 있었다.

落葉처럼 싸움과 靑年은 흩어지고

오늘과 그 未來는 確立된 思念이 없다.

바람 속의 內省

허나 우리는 죽음을 願ㅎ지 않는다.

疲弊한 土地에선

한줄기 煙氣가 오르고

우리는 아무 말도 없이 눈을 감았다.

最後처럼 印象은 외롭다.

眼球처럼 意慾은 숨길 수가 없다.

이러한 中間의 面積에

우리는 떨고 있으며

떨리는 旗ㅅ발 속에

---

after our world./ Instead, watch images of flashing brass/ That strike the outward sense, the polished will/ Flag of our purpose which the wind engraves./ No spirit seek here spend equally./ Our goal which we compel: Man shall be man, XL

모든 印象과 意慾은 그 모습을 찾는다.

一九五······年의 여름과 가을에 걸쳐서
愛情의 뱀은 어드움에서 暗黑으로
歲月과 함께 成熟하여 갔다.
그리하여 나는 비틀거리며
뱀이 걸어간 길을 피했다.

잊을 수 없는 疑惑의 旗
잊을 수 없는 幻想의 旗
이러한 混亂된 意識아래서
〈아포롱〉은 危機의 병을 껴안고
枯渴된 世界에 가랁아 간다.   박인환, 「疑惑의 旗」

-이것아, 어서 돌아가자
병든 것은 너뿐이 아니다. 온 서울이 병이 들었다.
생각만 하여도 무섭지않으냐
대궐 안의 윤비는 어듸로 가시라고
글세 그게 가로채었다는구나.

시굴에서 땅이나 파는 어머니
이제는 자식까지 의심스런 눈초리로 바라보신다.
아니올시다. 아니올시다.
나는 그런 사람과는 아무런 관계도 없습니다.

내가 생각하는 것은

이가슴에 넘치는 사랑이 이가슴에서 저가슴으로

이가슴에 넘치는 바른뜻이 이가슴에서 저가슴으로

모-든이의 가슴에 부을길이 서툴어 사실은

그때문에 病이 들었습니다.

어머니 서울에 오시다.

蕩兒 돌아가는게

아니라

늙으신 어머니 病든 子息을 찾어오시다.   오장환, 「어머니 서울에 오시다」 부분[22]

첫 번째 시에서 스펜더의 '관찰자'적 자아는 '꽃들'이 명하는 '단일한 정신'을 따라 '태양의 꿈'을 향해 '바깥을 향한 감각들을 일깨워 강철의 의지를 단련시킬 것'이라고 말한다. 이것의 구체적 메시지는 '이 세계 너머의 천국'을 건설하기 위해 '감행할 우리의 목표'에 관해 '인간은 인간이어야 한다'는 것이다. 즉 그에게 시창작의 목표는 착취받는 노동자들이 인간답게 사는 미래를 위해 투쟁하는 것이다. '바람이 아로새긴' 스펜더의 '의도의 기'와 대비하여, 두 번째 시는 박인환의 '선지자'적 자아는 '의혹의 기'를 구체화하고 있다. 그의 '의혹의 기'는 '확립된 사념'이 없는 '오늘과 그 미래'의 '중간의 면적'에서 '얇은 고독처럼 퍼덕이'고 있다. 그는 '고갈된 세계'에서 '위기의 병을 껴안'고 있는 미래를 향하여' '잊을 수 없는 의혹'과 동시에, '잊을 수 없는 환상'을 지닌다. 세 번째 시에서 오장환의 '실천자'적 자아는 유학생으로서 해방과 이념의 시를 쓰는 자신을 병들었다고 말하는 어머니의 말씀

---

22)   오장환, 『病든서울』 정음사, 1946.

에 순응하면서도 '이가슴에 넘치는 바른 뜻'을 '모든이의 가슴에 부을' 길을 찾는다는 자신의 믿음으로써 어머니를 설득하는 모습을 보여준다.

세 사람의 시적 퍼소나가 그들의 '기' 혹은 '가슴'에 새긴 것을 단적으로 요약하면, 스펜더는 '의도', 박인환은 '의혹', 오장환은 '뜻'이라고 요약할 수 있다. 스펜더의 퍼소나는 '의도의 기'에 '인간은 인간이어야 한다'를 아로새기고 있다. 박인환의 퍼소나는 '의혹의 기'에서 '잊을 수 없는 환상을 지니고' '얇은 고독처럼 퍼덕이'는 인간적인 고뇌를 표현한다. 한편, 오장환의 퍼소나는 사회주의에 근거한 해방운동을 하는 아들을 '병든' 상태로 인식하고 염려하는 어머니의 처지를 이해하면서도 '이 가슴에 넘치는 바른 뜻'으로서 희생적 실천을 감행해야 하는 자신의 의지를 관철하려는 인간적 갈등과 의지를 보여준다. 즉 세 사람의 시적 퍼소나는 공통적으로 인간주의 혹은 인간적인 방식에 근거하여 각각이 처한 상황에서 각자 다른 방식으로 '의도'와 '의혹'과 '바른 뜻'을 지향하고 있었다.

스펜더의 '의도', 박인환의 '의혹', 그리고 오장환의 '바른 뜻'은 세 사람의 시적 퍼소나의 형상의 구체적 특성을 드러내는 것이다. 즉 스펜더는 정신적 매개자를 쫓아서 새로운 미래사회를 건설하기 위해 창작에 임하는 시적 자아로서 모든 의혹을 떨구어버리는 '의도'가 실현된 세계에의 신념을 보여준다. 그리고 박인환은 선구적 지식인이라는 임무를 자각하는 시인의 시적 자아로서 일제식민지 혹은 해방정국에서도 피제국주의국가가 맞이할 미래의 향방에서 '위기의 병'을 직시하고 '의혹'을 품고 있다. 한편 오장환은 실천적 시적 자아로서 가족과의 사적인 행복을 포기하고 조국의 해방과 새로운 세계를 위해 어떠한 희생도 감수하며 '바른 뜻'을 관철시키고자 한다(그는 자신을 '시대성과 현실성'을 위해 '잘 썩어 비료'가 될 '갈매기 같은 시인'(「전쟁」)이라고 표현한다).

돌푸스, 돌푸스는 말했다. '그를 낮은 곳에 매달아'

왈리쉬는 제단에 섰다. 죽기 전에

그는 말했다, '살아있으라 사회주의여, 맞이하라 자유-'

'자유'라는 말은 목줄로 인해 질식되었다.

왈리쉬는 표식없는 땅에 묻힌 채 하나의 말로서 존재하였다.

그러나 귀와 입이 있는 벽이 그의 무덤을 말해주었다.

밤이면 우리는 흔한 꽃들로 얼기설기 엮은 화환을 사서 그들의 무덤에 갔다,

데이지꽃, 금련화, 수레국화, 민들레꽃.

(중략)

그 악몽은 마지막 전쟁으로 신생 연합국

우리 수장들의 머리가 베이고 상대편 수장들이 안락의자에서 안도의 한숨을

쉬는 것이었다.

그것은 사악한 자들이 자기네 무역로를 보며 미소짓는 것이었다.

그들의 무역로는 근대 조각의 확산로처럼

연약한 눈물 위에 반죽되어 퍼져있는 세계곳곳의 설화 시멘트와 같았다.

그것은 우리의 운명을 위로하지도 축복하지도 않는다.

그들의 성인은 사랑의 법칙이라도 되는 듯이

사랑의 결핍을 광고하는 세탁법에 매여 있다.

그들은 확연한 실패로 비판받지만 그들의 눈은 여전히 결백하다.

사람들은 현실의 실망을 고백하며 외딴 섬을 향할 것이다.

보존된 섬의 행복이 그 친구들을 맞을 것이다.

그들은 농담처럼 모든 것을 팔아버리고

처음으로 매춘을 하거나 번쩍이는

레이싱카나 경비행기를 살 것이다. 경멸의 보석을 다는 것이다.

그들은 눈에 안 띄는 안전한 방식으로 온갖 죄를 되풀이할 것이다.

지옥을 살고 있는 로마인은 일기를 쓴다. 특별한 영예를 지닌 그들은

달리아를 떠올리며 절망 속에 일하고 있다.

그들의 유일한 일은 익사하여 죽은 이들을 조용히 건져올리는 것이다.

확신이나 웃음을 찾을 수는 없다.

바다의 무덤에는 박해받은 이들과 애도의 花瓶들이 있다,

또한 세기의 어두운 아래층에는 거짓을 고한 이나 벌레같은 이도 있다.

아니, 아니, 아니다, 그럼에도

그는 그리스의 아테네처럼 확장된 유럽 전역을 목격하고 있다.

그들의 삶은 죽은 이들이 추구한 내적 세계의 바깥에 있었다.

그들의 삶의 빛은 현실 속에서 사라졌으며 죽음의 빛만 커져갔던 것이다.

베를린, 파리, 런던, 이곳 비엔나는 부상하고 있다.

그는 꿈 속에서 두려운 망령들을 맞이하고 있다.

도시연맹이 없는 미래의 역사를 맞이하고 있다.[23]

寫眞雜誌에서 본 香港夜景을 記憶하고 있다

그리고 中日戰爭때 上海埠頭를 슬퍼했다

서울에서 三十키로-를 떨어진 땅에 모든 海岸線과 共通된 仁川港이있다

---

23) Dollfuss, Dollfuss said 'Hang him low'(…) Witnessing whole Europe as large as Greece
   to Athens,/ Outside their stalking inner worlds, the dead man's life,/ The real life a fading
   light the real death a light growing:/ Berlin, Paris, London, this Vienna, emerging upon/
   Further terrible ghosts from dreams. He greets the/ Historians of the future, the allies of
   no city, IV. Analysis and Statement.

가난한 朝鮮의印象을 如實이 말하든 仁川港口에는 商館도없고 領事館도없
다

따뜻한 黃海의 바람이
生活의 도움이되고저
나푸킨같은 灣內로 뛰여들었다

海外에서 同胞들이 古國을 찾아들 때
그들이 처음 上陸한 곳이
仁川港이다

그러나 날이 갈수록
銀酒와阿片과 호콩이 密船에 실려오고 太平洋을 건너 貿易風을탄 七面鳥가
仁川港으로 羅針을 돌린다

서울에서 모여든 謀利輩는 中國서온 헐벗은 同胞의 보따리 같이
貨幣의 큰 뭉치를 등지고 埠頭를 彷徨했다

웬사람이 이같이 많이 걸어다니는 것이냐 船夫들인가 아니 담배를 살라고 軍
服과 담요와 또는 캔디를 살라고- 그렇지만 食料品만은 七面鳥와함께 配給을
한다

밤이 가까울수록 星條旗가 퍼덕이는 宿舍와 駐屯所의 네온·싸인은 붉고 짠
크의 불빛은 푸르며 마치 유니언·짝크가 날리는 植民地 香港의 夜景을 닮어간

다 朝鮮의海港仁川의 埠頭가 中日戰爭때 日本이 支配했든 上海의밤을 소리 없이 닮어간다.

박인환, 「인천항」

手榴彈이 싸 가지고 온 毒瓦斯.

燒夷彈에 뒤미처 드러오는 瓦斯彈.

아…

루…

까…

리…

아루까리性의 大大的 必要!

化學者가 양잿물을 잔뜩 처먹는다. 바람을 타고 온 毒瓦斯가 함쏙 안긴다.

배암은 개고리를 넣고도 군소리를 하는 놈이야!

그렇타! 戰爭이 滿足한 적은 없다.

注文을 따루는 化學者의 創作.

'殺人 光線法. 全集' 全5冊.

– 목차

第一券. 光線의 應用.

第二券. 電波의 應用.

第三券. 紫外線의 應用

第四券. 現下學界에서 알지 못하는 放射線의 必要와 應用.(一)

第五券. 現下學界에서 알지 못하는 放射線의 應用.(二)

'尾言' 戰爭은 불가살이다.–

大提學 '殺人光線' 氏는 戰爭을 키우기 爲하야 戰爭의 乳母 노릇도 한다.

- 大砲를 달쿼라!

- 軍艦을 달쿼라!

'우리 애기 자장 잘두 잔다.

뒷집 개두 콜콜 잘두 잔구

우리 애기 자장 잘두 잔다.'

怪力線(디스·레이)의 活躍 報告書.

第一次-

人馬 各 動物 外엔 生物을 모조리 녹혓다.

第二次-

飛行機와 自動車의 運轉을 停止식혓다. 〈이는 惑시 交通 巡查로 轉向치나 안
나 하는 疑心이 잇다.〉

　第三次-

遠距離에서 火0을 爆發식혓다.

四次-

電信, 電話, 電燈, 其他 一切의 電氣 施設을 破壞식혓다.

第五次-

一切의 可燃體엔 火災를 뿌려 주엇다.

第六次-

電氣 輸送 時에 金屬線을 代書業을 하엿다.

　　　　　eTC

地圖의 破瓜.

桃色 姦通.

새싹은 滿朔이 되엿으니, 너는 전날, 당기꼬리가 잔등이에 박이여 좀이나 不便하엿겟느냐!

벌서 너는 午前브터 비르는구나.

處女야!

처녀야!

産婆를 불너다 주련?

-흥, 産婆.

-흥, 産婆.

産婆 가고 掌匣을 넣어 애기를 잡어 빼기에는 너의 純潔性이 넘으도 부끄러우냐?

危테롭진 안니?

애기는 다시 戰爭을 하기 前까지는 幸福될 것이다. 저녀노을이 스기 전은 幸福이다.

새아츰.

輕氣球를 높이 空中에 꼬지라.

微少는 歷史를 모르고,

눈물은 고인 적이 없다.

戰爭이란 動物은 反芻하는 재조를 가젓다.

첫 번째 시에서 스펜더의 시적 퍼소나는 오스트리아 내전에서 참수당한 투쟁노동자 '왈리쉬'의 비극보다도 그를 애도하는 사람들의 모습에 초점을 맞춘다. 그리고 이후 정국의 불길한 결과를 예상하면서도 '도시연맹이 없는 미래의 역사'를 꿈꾸며 '비엔나'의 결말을 맺고 있다.[24] 두 번째 시에서 박인환의 시적 퍼소나는 인천항을 바라보며 '식민지 향항' 홍콩의 야경을 떠올린다. 그는 일제의 식민지 해방을 기뻐하기보다는 붉은 '네온싸인'과 '유니언 짝크' 즉 강대국의 새로운 영향 하에 놓인 약소국의 처지를 사실적으로 형상화하고 있다. 세 번째 시에서 오장환의 시적 퍼소나는 '낙하산'과 '탐조등'과 '음향신호기'와 '참호 자동차' 그리고 '독와사탄'의 전장의 풍경을 나타내면서 30년대 일제가 개발하던 '살인광선'과 '애기'를 낳는 '처녀' 즉 '위안부'의 모습을 형상화하고 있다.[25]

스펜더의 퍼소나가 '화병'의 추모로써 애써 희망적 미래를 '의도적으로' 형상화한다면 박인환의 퍼소나는 '인천항'에서 식민지 홍콩 '향항'의 풍경을 겹쳐봄으로써 '유니언 잭'이 걸린 해방된 정국의 미래를 '의혹을 품고' 형상화한다. 한편 오장환의 퍼소나는 일제의 '살인광선'의 계발이 실린 서지의 목차와 그 내용의 치명적 위험을 '바른 뜻'으로 낱낱이 고발함으로써 곧 다가올 태평양 전쟁과 같은 미래의 불운을 사람들에게 알리고자 한다. 즉 스펜더의 퍼소나가 '현실의 사건들'과 '미래의 일'을 응시하면서도 '있어야 할 세계'를 의지적으로 보여주고 있다면 박인환의 퍼소나는 '현실의 사건들'의 관련선 상에서 '미래의 일'을 조망하며 사실적으로 보여주고 있다. 한편, 오장환의 퍼소나는 '현실의 사건들'의 관련선 상에서 '미래의 일'를 응시하면서 '있는 세계'의 위험성을 사실적으로 고발하고 있다. 각각의 작

---

24) 스펜더는 '스페인 내전'의 반나찌당의 승리에의 의지는 당시에 쓴 "To a Spanish Poet"에서 밤 하늘의 별이 찬란하게 빛나는 것으로 표현된다("… In the centre of its night, As, buried in this night,/ The stars burn with their brilliant light").

25) 노보리토연구소는 천여 명이 넘는 연구원과 일반직원을 두고 특수무기, 전파무기, 괴력전파, 살인광선, 인공번개, 풍선폭탄 등을 계발하였다. 메이지대학교 평화교육 노보리토연구소자료관, '관보 제1호 2016년 3월'.

품들에서, 스펜더의 시적 퍼소나의 '의도'는 지도자의 '뜻'과 정의를 끝까지 하는 믿음의 방식으로 구현된다면 박인환의 시적 퍼소나의 '의혹'은 통시적 전망 속에서 불운을 감지하면서도 민족의 지도자로서 가져야 하는 인간적 고뇌로 구현된다. 한편 오장환의 시적 퍼소나의 '뜻'은 자기확신에 차서 희생을 감수하는 실천자의 헌신적 희생으로 구현된다.

세 사람의 '시적 퍼소나'와 각각이 비추어내는 미래세계의 형상과 전망의 차이에도 불구하고 그들은 공통적 이념과 신념을 지향하였다. 즉 '의도'(스펜더)와 '의혹'(박인환)과 '뜻'(오장환)은 공통적으로, 제국주의와 초기자본주의로 인해 희생당하고 침해받는 나라와 민족과 사회적 약자들을 보호하고 모두가 인간적인 삶을 살 수 있는 세계를 모색하는 노력의 자취를 보여준다. 세 사람은 모두, 사회적 약자가 아닌 지식인 계층에 속에 있었음에도 제국주의에 의해 희생당하는 나라, 민족에 대한 시인으로서의 강한 책임과 윤리의식을 지니고 있었다. 그리고 그들 모두는 '있는 세계'의 불행을 구체적으로 인식하고 '있어야 할 세계'를 향한 지향과 인간주의에의 의지를 보여주었다. 이러한 지향과 의지는, 각자의 인격화된 분신 혹은 '시적 퍼소나'에 의해, 즉 노동투쟁자를 경외하고 그를 쫓아 미래의지를 확고히 하거나(스펜더), 선지자를 자처하고 '문제되는 것'을 발견하고 미래의 문제에 대한 우려를 드러내거나(박인환), 혹은 투쟁실천자의 처지가 되어 전쟁의 발발상황을 사람들에게 고발하여 미래의 불행을 막으려 하는(오장환) 방식으로 구현되고 있다.

세 시인의 '시적 퍼소나'는 '실제 시인'이 지향한 이념과 환경을 드러내면서 그들의 내밀한 정체성에 맞닿아 있는 '암시된 저자'이다. 스펜더는 '의도'를 지향한 '암시된 저자'와 마찬가지로, 파시즘, 제국주의에 반대하는 사회운동가로서 독재자와 자본가들의 노동자 탄압의 현장을 직접 찾아서 실황을 보도하며 사람들의 경각심을 일깨웠다. 특히, 선봉에 선 노동투쟁자의 '경외자'적 퍼소나는 오든그룹의 일원으로 활동하고 공산당원으로서 사회주의운동에 투신한 동력이 당시로서는 사회정의를 위해 헌신한 투쟁자들에 대한 인간적 신뢰에 근거하고 있음을 알려준다.

박인환은 '의혹'을 품은 '암시된 저자'와 마찬가지로, 현실주의와 모더니즘. 실천주의와 비관주의라는 상반된 영역을 오가며 다양한 문화분야에서 '인간주의'를 실천하였다. 특히, 미래세계를 의혹에 차서 바라보는 '선지자'적 퍼소나는 리얼리즘의 극단에도, 모더니즘의 극단에도 회의감을 드러내며 극적인 변모를 보여주는 실제저자의 내적 메커니즘을 이해하는 데에 시사점을 준다. 그리고 오장환은 '살상무기'의 증거들로서 일제의 태평양전쟁의 야욕을 고발한 '암시된 저자'와 마찬가지로, 중국대륙을 건너가 당시로서 해방운동에 상응하는 사회주의운동으로서 해방의 '바른 뜻'을 실천하였다. '항일 투쟁자'적 퍼소나는 시인이 실제로, 친일세력을 규합한 남한의 해방정국에 반하여 월북하게 된 주요계기들 중의 하나로 작용하였다.

박인환의 '선지자'적 퍼소나는, 현실주의 운동에 임한 실제시인의 활동에 비해, 상당히 확장된, 사회참여의 적극적 지도자 형상과 상상적 조응관계를 보여준다. 한편, 스펜더와 오장환의 퍼소나는, 당대 반파시즘 사회주의 운동에 적극 참여한 창작활동에 임한 두 시인의 실제의 삶과 일치된 사실적 조응관계를 보여준다.

4. 결론

세 사람의 '시적 퍼소나'와 각각이 비추어내는 미래세계의 형상과 전망의 차이에도 불구하고 그들은 공통적 이념과 신념을 지향하였다. 즉 '의도'(스펜더)와 '의혹'(박인환)과 '뜻'(오장환)은 공통적으로, 제국주의와 초기자본주의로 인해 희생당하고 침해받는 나라와 민족과 사회적 약자들을 보호하고 모두가 인간적인 삶을 살 수 있는 세계를 모색하는 노력의 자취를 보여준다. 세 사람은 모두, 사회적 약자가 아닌 지식인 계층에 속해 있었음에도 제국주의에 의해 희생당하는 나라, 민족에 대한 시인으로서의 강한 책임과 윤리의식을 지니고 있었다. 그리고 그들 모두는 '있는 세계'의 불행을 구체적으로 인식하고 '있어야 할 세계'를 향한 지향과 인간주의에의 의지를 보여주었다. 이러한 지향과 의지는, 각자의 인격화된 분신 혹은 '시적 퍼소나'에 의해, 즉 노동투쟁자를 경외하고 그를 좇아 미래의지를 확고히 하거나(스펜더), 선지자를 자처하고 '문제되는 것'을 발견하고 미래의 문제에 대한 우려를 드러내거나(박인환), 혹은 투쟁실천자의 처지가 되어 전쟁의 발발상황을 사람들에게 고발하여 미래의 불행을 막으려 하는(오장환) 방식으로 구현되고 있다.

세 시인의 시적 퍼소나는 '실제 시인'이 지향한 이념과 사회와 환경을 드러내면서 그들 각각의 내밀한 정체성을 드러내는 '암시된 저자'이다. 스펜더에게서, 선봉에 선 노동투쟁자의 '경외자'적 퍼소나는 오든그룹의 일원으로 활동하고 공산당원으로서 사회주의운동에 투신한 동력이 당시로서는 사회정의를 위해 헌신한 투쟁자들에 대한 인간적 신뢰에 근거하고 있음을 보여준다. 박인환에게서, 미래세계를 의혹에 차서 바라보는 '선지자'적 퍼소나는 리얼리즘의 극단에도 혹은 모더니즘의 극단에도 회의감을 드러내며 극적인 변모를 보여주는 실제저자의 내적 메커니즘을 이해하는 데에 시사점을 준다. 그리고 오장환은 '살상무기'의 증거들로서 일제의 태평양전쟁의 야욕을 고발한 '암시된 저자'와 마찬가지로, 중국대륙을 건너가 당시로서 해방운동에 상응하는 사회주의운동으로서 해방의 '바른 뜻'을 실천하였다. '항일 투쟁자'적 퍼소나는 실제시인이 친일세력을 규합한 남한의 해방정국에 반하여 월북하게 된 주요계기 중 하나로 작용하였다.

제5장

박인환과 S. 스펜더의 시론에 관한 비교문학적 연구

1. 서론

박인환 시문학에 관한 연구는 다방면에서 심층적으로 전개되어왔다. 그에 관한 연구는 현실주의적 관점[1], 모더니즘적 관점[2], 그리고 미국여행에 초점을 둔 관점[3] 등으로 대별된다. 연구의 초기에는 박인환 시의 감상주

---

1) 박현수, 「전후 비극적 전망의 시적 성취-박인환론」, 『국제어문』 37, 2006, 맹문재, 「폐허의 시대를 품은 지식인 시인」, 『박인환 깊이 읽기』, 서정시학, 2006 정영진, 「박인환 싱의 탈식민주의 연구」, 『상허학보』 15, 2005, 조영복, 「근대문학의 '도서관 환상'과 '책'의 숭배 -박인환의 「서적과 풍경」을 중심으로」, 『한국시학연구』 23, 한국시학회, 2008, 곽명숙, 「1950년대 모더니즘의 묵시록적 우울-박인환의 시를 중심으로」, 『정신문화연구』 32, 2009, 김은영, 『박인환 시와 현실인식』, 글벗, 2010, 김종윤, 「전쟁체험과 실존적 불안의식-박인환론」, 『현대문학의 연구』 7, 1996, 공현진, 이경수, 「해방기 박인환 시의 모더니즘 특성 연구」, 『우리문학연구』 52권, 2016.

2) 오세영, 「후반기 동인의 시사적 위치」, 『박인환』, 이동하 편, 『한국현대시인연구12』, 문학세계사, 1993, 김재홍, 「모더니즘의 공과」, 이동하 편, 앞의 책, 이승훈, 「1950년대 한국 모더니즘 시의 전개」, 『한국모더니즘 시사』, 문예출판, 2000, 박몽구, 「박인환의 도시시와 1950년대 모더니즘」, 『한중인문학연구』 22, 2007.

3) 한명희, 「박인환 시 『아메리카 시초』에 대하여」, 『어문학』 85, 2004, 방민호, 「박인환 산문에 나타난 미국」, 『한국현대문학연구』 19, 2006, 박연희, 「박인환의 미국 서부 기행과 아메리카니즘」, 『한국어문학연구』 59, 2012, 정영진, 「박인환 시의 탈식민주의 연구」, 『상허학보』 15, 2005, 이기성, 「제국의 시선을 횡단하는 시 쓰기: 박인환 시의 탈식민주의」, 『현대문학의 연구』 34, 2008, 이은주, 「1950년대 문학비평의 세계주의와 미국적 가치지향의 상관성」, 『상허학보』 18, 2006, 장석원, 「아메리카 여행 후의 회념」, 『박인환 깊이 읽기』, 서정시학, 2006, 오문석, 「박인환의 산문정신」, 『박인환 깊이 읽기』 서정시학, 2006, 강계숙, 「'불안'의 정동, 진리, 시대성: 박인환 시의 새로운 이해」, 『현대문학의 연구』 51, 2013.10, 라기주, 「박인환 시에 나타난 불안의식 연구」, 『한국문예비평연구』 46, 2015, 최라영, 「박인환 시에서 '미국여행'과 '기묘한 의식' 연구-'자의식'의 문제를 중심으로」, 『현대문학연구』 45, 2015.4.

의적 면모를 부각한 부정적 평가가 중심적이었으나 연구가 진행됨에 따라 모더니즘과 현실주의를 오가는 입체적 특성 그리고 영화, 연극 등을 포괄한 전방위적 문화활동이 부각되고 있으며 또한 '미국여행'을 전후로 한 심리주의적 경향이 주목받았다. 최근 박인환 전집이 활발히 간행되는 사실역시 그의 연구사에서 고무적인 일이다.

박인환의 개인사적 관점보다도 문학사적 관점에서 중요한 입지를 갖는 그의 창작활동으로는 「새로운 도시와 시민들의 합창」의 작품들을 들 수 있다. 이 무렵, 박인환의 작품과 시평은, 오든그룹, 즉 W.H. 오든, S. 스펜더, C. D. 루이스 등의 사상과 창작에 경도된 자취를 뚜렷이 드러낸다. 즉 박인환 시론의 형성을 논의하는 데에는 오든그룹과의 관련성에 관한 연구가 필수적이다.[4] 그럼에도 선행연구에서 박인환과 오든그룹의 비교문학적 연구, 그중에서도 박인환과 S. 스펜더의 비교문학적 연구는 미흡한 실정이다.[5] 본인은 박인환과 오든그룹에 관한 비교문학적 연구를 진행해왔으며 박인환과 W.H. 오든의 비교문학적 연구의 심화단계로서 박인환과 스펜더의 시론에 관한 비교문학적 연구를 진행하고자 한다. 본인은 박인환의 시와 시론과 스펜더의 시와 시론을 비교문학적 관점에서 살펴보면서 당대 세계사적 흐름을 계승하면서도 창조적인 시정신과 시활동을 보여준 박인환의 문학의 독창성을 구명하고자 한다.

박인환은 「현대시의 불행한 단면」에서 자신의 시론을 '오든그룹'의 시

---

4) 최근, 오든과의 비교문학연구로 최라영의 논의가 있다. 최라영, 「박인환의 시와 W.H.오든의 『불안의 연대The Age of Anxiety』의 비교문학적 연구」, 『한국문학논총』 78집, 2018.4, pp. 167-210.

5) 홍성식은 "(박인환의) 스펜더의 수용을 하나의 '멋'으로 받아들였을 가능성이 짙다"고 평가하였다 (홍성식, 「한국 모더니즘 시의 스티븐 스펜더 수용」, 『동서비교문학저널』, 2005, pp. 265-287). 한편 공현진과 이경수는 '바다'의 의미를 중심으로 『신시론』의 모더니즘을 논의하고 문명자본과 제국주의에 대한 박인환의 의식을 적극적으로 조명하였다(공현진, 이경수, 「해방기 박인환 시의 모더니즘 특성 연구」, 『우리문학연구』 52권, 2016, pp. 307-343).

와 시론을 대체해서 논의할 정도로 오든그룹에 경도되어 있었다. '자본가에게', '고리키의 달밤' 등, 그의 초기작들은 오든그룹의 사회주의적 경향과 연관성을 보여준다. 특히 박인환의 '열차'의 서두는 스펜더의 시구로서 시작되는데, 그는 'The Express'를 암송하고 다닐 정도로 스펜더의 시를 좋아하였다. 그리고 박인환이 1949년에 공동창간한 「새로운 도시와 시민들의 합창」에는 '스펜더'의 시, '결코 존재하지 않지만Never Being--'이 번역되어 있다. 그는 이 사화집의 '인도네시아 인민에게 주는 시', '남풍' 등을 통해 주변 피식민지상황과 탈식민주의에 관한 관심을 보여준다. 그런데 이것은, 스펜더가 '보우항구', '비엔나' 등을 통해 '스페인', '오스트리아' 등의 내전상황 및 반파시즘에 관심을 가졌던 사실과 일정한 조응관계를 지닌다. 특히, '새로운 도시와 시민들의 합창'이라는 사화집의 제목은, '스펜더'의 장시 '비엔나Vienna'의 1, 2장의 제목 및 내용과 상응관계를 이룬다. 무엇보다, 박인환은 시창작 모티브에 있어서 '스펜더'와의 관련성을 보여주며, 그것은 그가 이후에 시인들의 작품을 평하는 주요 비평준거로서 '스펜더'를 언급하는 것으로 이어진다.

박인환과 S.스펜더의 '태양'과 '장미'는 그들이 지향하는 세계 혹은 그 세계를 구현하기 위한 시민들의 노력과 관련을 지닌다. 구체적으로, 박인환의 '붉은 간나의 꽃'과 스펜더의 '밟혀진 데이지꽃'의 세계는 시민들의 합창이 들리는 새로운 도시를 실현하고자 하는 시민들의 희생과 노력을 뜻한다. 박인환의 '붉은 간나'는 우리나라를 비롯한 인도네시아, 말레이시아 등, 제국주의국가에 의해 오랜세월 핍박받아온 피식민민족의 해방을 향한 노력을 독려하고 새로운 나라 건설을 향한 의지를 고무하는 의미를 지닌다. 한편, 스펜더의 '데이지꽃'은 세계공황과 세계대전을 전후하여 도시노동자들의 헐벗은 삶과 빈부격차의 부조리한 현실을 개혁하고자 한 노동자들의 투쟁의 의지를 기리는 의미를 지닌다.

스펜더는 '꽃들의 명'을 아로새긴 '의도의 기'를 통해 의지를 강철처럼 단련시키는 혁명가의 정신을 경외하고 따른다. 한편, 박인환은 떨고 있는 '의혹의 기'를 통해 전쟁의 폐허 속에서 새로운 세계를 모색하는 '선구자' 혹은 '선지자(先知者)'의 고뇌를 보여준다. 즉 스펜더는 '로마제국의 서기'가 되어 노동해방의 선두자들을 '우리의 조상'으로서 경외한다. 한편 박인환은 '우리의 조상'의 근원과 관련하여 '근대정신', '자유정신'을 추적하면서 '자유정신의 행방'을 찾는 '순교자'의 입장을 취한다. 두 사람의 시론은 둘다의 대표제재인 '항구'의 형상에서 각각의 지향을 구체적으로 보여준다. 스펜더의 '보우항구'는 전쟁이 개인에게 어떠한 고통을 주는가에 초점이 맞추어진다면, 박인환의 '인천항'은 민족이 처한 역사적 상황과 미래의 향방이 어떠할 것인가에 초점이 맞추어진다. 스펜더는 도시의 빈부격차를 고발하고 평등한 사회주의사회를 확고하게 지향한다면, 박인환은 제국주의국가를 비롯한 새로운 강대국들의 영향을 직시하면서 여전히 존속되는 우리의 부조리한 현실과 그 미래를 고심하고 있다.

이 글은 '태양과 장미'의 의미를 중심으로 스펜더의 시와 시론과 대비적 관점에서 두 사람이 추구한 '자유정신'이 무엇인지 그리고 그들이 각각, 어떠한 정신적 입지와 지향을 보여주었는지를 구체화하고자 한다. 그리고 박인환이 서구 오든그룹의 시정신과 시론을 우리의 현실에 맞게 변용하였을 뿐만 아니라 그들의 시각을 뛰어넘은 선구적 정신의 시인이었음을 구체화하고자 한다.

2. '왈리쉬의 데이지꽃'과 '붉은 간나의 꽃'의 의미[6]

㉮

결코 존재하지 않지만 늘 존재의 가장자리에서

내 머리는 죽음의 마스크처럼 태양을 향한다.

그림자의 손가락이 내 뺨을 스치고 있다.

입술을 움직여 맛보려 하고 손을 뻗쳐서 만지려 한다.

그러나 결코 만져지지 않는다,

그럼에도 정신은 바깥쪽을 기대고 있다.

장미, 황금, 두 눈, 감탄스러운 풍경을 바라보는 것이다.

감각들은 소망의 몸짓을 기록하고 있다,

장미, 황금, 풍경, 혹은 또다른 것이 있기를 소망한다.

나는 사랑하고 있다는 것에서 성취를 주장하고 있다.

S. 스펜더, 10 부분[7]

㉯

황금의 이파리의 꽃들의 건축물,

그곳에 정신이 거주하고 도모하며 휴식을 취한다.

사람들로부터 주어진 꽃들은 단일한 정신으로서 명하였다

---

6) * 이 글에서 인용된 영시와 영문의 번역은 모두 필자의 것.

7) Never being, but always at the edge of Being/ My head, like Death-mask, is brought into the sun./ The shadow pointing finger across cheek,/ I move lips for tasting, I move hands for touching,/ But never am nearer than touching/ Though the spirit lean outward for seeing./ Observing rose, gold, eyes, an admired landscape,/ My senses record the act of wishing/ Wishing to be/ Rose, gold, landscape or another./ I claim fulfilment in the fact of loving.   X

(……)

이곳의 에너지, 그 유일한 에너지를 들이켜라,

전기를 충전하는 밧데리처럼

이 시대의 변혁을 결의하라.

눈, 작은 영양, 세심한 방랑자.

수평선의 유액을 들이키는 자는

하나의 현에 머물러 귀기울인다.

정신은 영원함을 들이키고 있다.

S. 스펜더, 40 부분[8]

㉯

나는 진짜 위대한 이들을 계속해서 생각해왔다.

그들은 태양의 시절, 굽이쳐 타는 빛나는 복도를 지나

영혼의 역사를 기억하는 자궁에서 왔다.

여전히 불에 닿은 그들의 입술은

사랑스러운 야망을 끊임없이 노래한다.

그들의 입술은 말해야 한다, 머리부터 발까지 노래로 옷 입은 정신을,

그리고 봄 나뭇가지로부터 비축해온 정신을.

그들의 욕망은 육신의 가지로부터 꽃처럼 떨어진다.

(……)

---

8) Where the mind dwells, intrigues, rests:/ The architectural gold-leaved flower/ From people ordered like a single mind(……) Drink from here energy and only energy,/ As from the electric charge of a battery,/ To will this Time's change./ Eye, gazelle, delicate wanderer,/ Drinker of horizon's fluid line:/ Ear that suspends on a chord/ The spirit drinking timelessness', XL

그들의 심장은 불의 중심부에 있다.

태양에서 태어난 그들은, 다시 태양을 향한 짧은 여행을 하고 있다.

S. 스펜더, 28 부분[9]

㉣

평범한 풍경 속으로

손을 뻗치면

거기서 길게 설레이는

문제되는 것을 발견하였다.

죽는 즐거움보다도

나는 살아나가는 괴로움에

그 문제되는 것이

틀림없이 실재되어 있고 또한 그것은

나와 내 그림자 속에

넘쳐흐르고 있는 것을 알았다.

이 암흑의 세상에 허다한 그것들이

산재되어 있고

나는 또한 어두움을 찾아 걸어갔다.

아침이면

---

9) I think continually of those who were truly great./ Who, from the womb, remembered the soul's history/ Through corridors og light where the hours are suns/ Endless and singing. Whose lovely ambition/ Was that their lips, still touched with fire,/ Should tell of the Spirit clothed from head to foot in song./ And who hoarded from the Spring branches/ The desires falling across their bodies like blossoms.(……) Who were at their hearts the fire's centre./ Born of the sun they travelled a short while towards the sun, XXVIII.

누구도 알지 못하는 나만이 비밀이

내 피곤한 발걸음을 최촉催促하였고

(……)

문제되는 것

평범한 죽음 옆에서

한없이 우리를 괴롭히는 것

나는 내 젊음의 절망과

이 처참이 이어주는 생명과 함께

문제되는 것만이 군집되어 있는 것을 알았다.

박인환, 「문제되는 것」

㉯

裸身과 같은 흰 구름이 흐르는 밤

실험실 창밖

과실의 생명은

화폐모양 권태하고 있다.

밤은 깊어가고

나의 찢어진 애욕은

수목이 방탕하는 鋪道에 질주한다.

나팔 소리도 폭풍의 俯瞰도

花瓣의 모습을 찾으며

武裝한 거리를 헤맸다.

태양이 추억을 품고

岸壁을 지나던 아침

요리의 위대한 평범을

Close-up한 원시림의

장미의 온도.

박인환, 「장미의 온도」

㉕

　나는 불모의 문명 자본과 사상의 불균정한 싸움 속에서 시민정신에 이반된 언어작용만의 어리석음을 깨달았었다.

　자본의 군대가 진주한 시가지는 지금은 증오와 안개 낀 현실이 있을 뿐……더욱 멀리 지난날 노래하였던 식민지의 애가이며 토속의 노래는 이러한 지구地區에 가라앉아간다.

　그러나 영원의 일요일이 내 가슴속에 찾아든다. 그러할 때에는 사랑하던 사람과 시의 산책의 발을 옮겼던 교외의 원시림으로 간다. 풍토와 개성과 사고의 자유를 즐겼던 시의 원시림으로 간다.

　아, 거기서 나를 괴롭히는 무수한 장미들의 뜨거운 온도.

박인환, 「새로운 도시와 시민들의 합창」 부분

　박인환은 오든, 스펜더, 데이 루이스 등의 오든그룹의 사상에 공감하였는데 그는 그들이 지향한 노동자해방과 사회주의운동의 뜻에 동참하는 작품들을 발표하였다. 특히, 그는 자신의 시론을 밝히는 자리에서 오든그룹의 사상과 작품경향에 동조한다는 것을 구체적으로 나타내었다. 그런데 박인환은 스펜더의 '특급열차The Express'를 암송할 정도로 그를 좋아하였으며 박인환이 주축이 된 사화집『새로운 도시와 시민들의 합창』에는 오든그룹의 대표작으로서 스펜더의 '존재하지 않지만Never Being-'이 소개되어 있다. 사화집에 실린 박인환의 작품은 '인도네시아 인민에게 주는 시', '남풍', '인천항' 등이다. 시편들은 '장미의 온도'라는 제목을 공통적으로 달고 있다. 박인환에게서 '장미'는 특별한 의미를 지닌다. 그것은 '태양'과 '식물'과 '원시림', 혹은 '여성'의 이미지와 결합하여 안식처 혹은 지향세계의 의미항을 만들어낸다.

박인환의 '장미'의 세계는 그가 경도한 오든그룹 특히, S. 스펜더의 시적 지향과 관련을 지니고 있다. 단적으로, 그의 '장미의 온도'는 사화집에 실린 스펜더 시의 '장미'와 '태양'의 메타포와 밀접한 관련을 지닌다. 위의 인용문은 두 사람의 작품에서 특히, '장미', '태양', '원시림', '식물' 등이 초점화된 것이다. 스펜더와 박인환 둘 다에게 '장미'와 '태양'은 각각이 바라보고자 하고 갈망하는 세계를 나타낸다. ㉮는『새로운 도시와 시민들의 합창』에 소개된 작품으로서, 스펜더는 '결코 만져지지 않는' '바깥쪽'을 향해 정신을 기울이며 '장미'와 '황금'을 통하여 자신이 소망하는 세계를 보고자 한다. 그에게서 '바깥쪽'을 향한 응시는 '꽃'과 '태양'의 세계를 향하는 것이다. 그 세계는 ㉯와 ㉰에서처럼 '꽃의 단일한 정신' 혹은 '태양에서 온 진짜 위대한 이들' 곧 '매개자'에 의해 연결된다.

박인환역시 ㉱에서 '평범한 풍경 속으로 손을 뻗치며' '바깥쪽'을 응시하는 장면을 보여준다. 그런데 그는 그 풍경 속에서 '살아나가는 괴로움'과 '한없이 우리를 괴롭히는 것' 즉 '문제되는 것'만을 발견한다. 결국, 그가 바라보는 것은 '거기서 길게 설레이는' '문제되는 것' 곧 이상을 향한 의지와 열정의 무형적 궤적이다. 그역시 ㉲에서처럼, '花瓣의 모습을 찾으며 무장한 거리를 헤매'다가 '원시림의 장미의 온도'를 찾아가는 모습을 보여준다.

그런데 스펜더에게서 '바깥쪽'을 향한 집중이 꿈꾸는 세계와 연결되는 미래를 보여주는 것인데 비해, 박인환에게서 '바깥풍경'을 향한 집중은 '문제되는 것'만을 발견할 뿐이며 그는 결국 그 세계와는 동떨어진 '원시림' 혹은 '교외의 장미'를 찾게 된다. 즉 그가 꿈꾸는 '태양'과 '장미'의 세계는, 스펜더처럼 그 세계로 인도하는 '꽃의 단일한 정신'을 따르기보다는, '있어야 할 세계'를 꿈꾸는 비약적 장면으로 나타나는 것이다.

☝

폭탄, 폭탄, 폭탄, 트럼펫들, 드럼들, 플룻들

오 신의 양은 우리에게 비행기, 탱크, 가스, 전투함을 주셨다.

폭발의 물결들, 오 신의 양은

우리를 연민하고 있다.

이곳, 현대의 비엔나는 영원의 태양이 목격한 청렴한 아테네가 아니다.

비엔나는 사고와 조정으로 갱생되었으며

오랫동안 지켜본 탐조등의 빛으로 채색되었다.

그에 따라 그에 따라 역사의 전개는 진실에 거는 것이 되었다.

살인은 필연적인 것이다.

메스는 사마귀 같은 반역자들을 탁월하게 제거하였다.

심지어 우리의 적이던, 모순된 관료들의 얼굴과 그들이 이식한 목소리를 제거하는 기적도 행해졌다.

그들은 두려움없는 사랑처럼 세력을 얻었다가 사라졌으며

지금은 기기에서 흘러나오는 죽은 목소리로 유효하다.

그들이 자행한 고문의 고백들은 인쇄되고 수많은 신문지면에서 재생산되었다.

그 소식들은 사람들의 생각을 바꾸게 하였다.

사람들은 기차시간을 바꾸었으며 강화철로도 의심하였다.

우리는 지금 뉴욕의 외관을 한 비엔나를 말하고 있다

(중략)

왈리쉬는 표식없는 땅에 묻힌 채 하나의 말로서 존재하였다.

그러나 귀와 입이 있는 벽이 그의 무덤을 우리에게 말해주었다.

밤이면 우리는 모든 그들의 무덤을 위해

평범한 꽃들로 얼기설기 엮은 화환을 사갔다,

데이지꽃, 금련화, 수레국화, 민들레꽃.

아파서 일어서지도 못한 채

목 매달린 한 남성을 위하여,

사람들이 병원으로 데려간 그 사람을 위하여,

'침상이 없다'는 의사의 말은 암시하였다,

퉁퉁부어 발견된 인식불명의 시체들 때문이었음을.

그 시체들은 강에 던져진 것이었으나 익사로 죽은 것이 아니었다.

그들은 자신의 여인들에게 배신당하고 숨어 있던 사람들이었다.

난해한 질투 때문이었다, 양귀비꽃, 제라늄, 꽃무,

위선적이고 고상한 난초와 백합이 아니었다.

그 꽃들은 그들 자신이 지치게 된 무엇을 상기시켰다.

우리는 지상에 새로운 세계의 물결을 일으켰다,

꽃들은 매일 아침 빛을 밝혔다.

볏처럼 선명하게, 경찰은 데이지꽃을 두려워하였다.

밟혀진 데이지꽃들.

월계수가지는 씁쓸하게도 우리의 것이었다, 폭탄을 감쌌던

월계수 가지는 쥐고 있던 두 손을 날렸으리라.

꽃들은 미소짓는 페이와 돌푸스에게 보고되는 우리의 작은 메시지였다,

'오늘은 세상에서 가장 슬픈 날이다',

또한 우리를 맞이하는 주황빛 추기경을 향하여.

폭탄, 폭탄, 폭탄, 트럼펫들, 드럼들, 플룻들!

곧장 살해된 사람들은 운이 좋은 쪽이었다. 운이 나쁜 사람들은

영웅의 역할은커녕 생존자들을 파묻고

감옥을 지었으며 자신들의 지도자를 조롱하는 역할이 주어졌다.

그들은 죽음의 영예를 삶의 분자와 맞바꾸어야 했던 것이다.

S. 스펜더, 「비엔나」 부분[10]

---

10) Bomb bomb bomb trumpets drums flutes/ Oh lamb of God spare us/ Aeroplanes tanks gas battleships/ Bursting waves oh lamb of God/ Pity us/ 'This modern Vienna/ Is not incorruptible Athens witnessed by ageless suns,/ But has survival controlled by thought/ Is coloured by the long look of a searchlight/ Therefore therefore the moulding of History/ Invests truth./ Murder is necessary/ A Scalpel excellently reduces Warts, rebels./ Even miracles/ Have been performed, as the elimination of voices/ That contradict official faces/ Or voices have been transplanted, and who/ Once was our enemy, ripe and unseen,/ Fearless as love, is now as true/ As a dead voice played through on a machine./ Confession by torture./ Also reproduced printed words/ Of million newspapers, can change the idea of houses/ As they alter the time of trains, doubt carbon manganese girders/ In seeming New York./ We say Vienna(중략) After, Wallisch was a word buried/ In unmarked ground: but walls have ears and mouths/ That uttered us his grave. At night for all their graves/ We brought easy flowers in crude wreaths/ Dasiesm nasturtium, cornflower, sorrell, dandelion./ For the sick man hanged when he was too ill to stand up/ For the one they brought to the hospital but the doctor said/ 'We have no beds unoccupied', and they took the hint/ For unrecognizable swollen corpses found/ Thrown in the river, not dead because they were drowned,/ For those in hiding whom their women betrayed/ By a difficult jealousy; poppy, geranium, wall-flower/ Not involved orchid hypocrite politic lily/ To remind them of what they were weary. We built/ Upon their earth the wave of a new world/ From flowers: each morning when light spelled/ Its crested certainty, the police, afraid of daisies/ Trampled the flowers.

㉯

東洋의 오-케스트라

가메란의 伴奏樂이 들려온다

오 弱小民族

우리와같은 植民地의 인도네시야

三百年동안 너의資源은

歐美資本主義國家에 빼앗기고

反面 悲慘한犧牲을 받지않으면

歐羅巴의 半이나되는 넓은땅에서

살수없게 되었다 그러는사히

가메란은 미칠듯이 우렀다

홀랜드의 五十八倍나되는 面積에

홀랜드人은 조금도 갖이않은 슬픔을

密林처럼 지니고

六千七十三萬人中 한사람도

빛나는 南十字星은 처다보지도못하며 살어왔다

There was our who found/ A bitter laurel branch: this one grabbed a bomb/ – Blew off both hands. They were our little message/ To grinning Fey, and Follfuss being reported/ 'This is the saddest day in all my life'/ To the cardinal cheering us with a spot of scarlet/ Bomb, bomb, bomb, trumpets, drums, flutes!// Lucky, those who were killed outright: unlucky those/ Burrowing survivors without 'tasks fit for heroes':/ Constructing cells, ignorant of their leaders, assuming roles;/ They change death's signal honor for a life of moles.

首都 족자카로타

商業港 스라바야

高原盆地의中心地 반돈의 市民이어

너의들의 惰性이 용서하지않는

남을 때리지못하는 것은

回教精神에서 온것만이아니라

東印度會社가 崩壞한다음

오란다의 植民政策밑에

모든 힘까지도 빼앗긴 것이다

사나히는 일할곳이 없었다 그러므로

弱한여자들은 白人아래 눈물흘렸다

數萬의混血兒는

살길을잊어 애비를 찾었스나

스라바야를 떠나는上船은

벌서汽笛을 울렸다

홀랜드人은 폴도갈이나 스페인처럼

寺院을 만들지는 않었다

英國人처럼 銀行도 세우지않었다

土人은 貯蓄心이 없을뿐만아니라

貯蓄할 餘裕란 도모지없었다

홀랜드人은 옛말처럼 道路를닦고

亞細亞의倉庫에서 임자없는사히

資源을 本國으로 끌고만갔다

住居와衣食은 最低度
奴隷的地位는 더욱甚하고
옛과같은 創造的血液은 完全히 腐敗하였스나
인도네시야人民이어
生의榮光은 그놈들의所有만이 아니다

마땅히 要求할수있는 人民의解放
세워야할 늬들의나라
인도네시야共和國은 成立하였다 그런데
聯立臨時政府란 또다시 迫害다
支配權을 恢復할랴는謀略을 부셔라
이제는 植民地의孤兒가되면 못쓴다
全人民은 一致團結하여 스콜처럼 부서저라
國家防禦와 人民戰線을위해 피를뿌려라
三百年동안 받어온
눈물겨운 迫害의反應으로
너의祖上이 남겨놓은
椰子·나무의노래를 부르며
홀랜드軍의 機關銃陣地에 뛰여드러라

帝國主義의 野蠻的制裁는
너이뿐만아니라 우리의 恥辱

힘있는데로 英雄되여 싸워라

自由와 自己保存을 위해서만이 아니고

野慾과 暴壓과 非民主的인

植民政策을

地球에서 부서내기위해

反抗하는 인도네시야人民이여

最後의 한사람까지 싸워라

慘酷한 몇달이 지나면

피흘린 자바섬(島)에는

붉은 간나의꽃이 피려니

죽엄의보람이 南海의太陽처럼

朝鮮에사는 우리에게도 빛이려니

海流가 부디치는 모든 陸地에선

거룩한 인도네시야人民의

來日을 祝福하리라

사랑하는 인도네시야人民이여

古代文化의 大遺蹟 보로·보도울의밤

平和를 올리는 鐘소리와함께

가메란에 맞추어 스림피로

새로운 나라를 마지하여라.

박인환, 「인도네시아 人民에게 주는 詩」

두 사람의 '태양'과 '장미'는 그들 각각이 지향하는 세계 혹은 그 세계를 구현하기 위한 '시민들의 노고와 희생'으로 구체화되고 있다. 사례로 들 수 있는 것이 '비엔나Vienna'와 '인도네시아 인민에게 주는 시'이다. ㉮는 'I. 도시도착Arrival at the City', 'II. 권력자의 행렬Parade of Executive', 'III. 영웅의 죽음The Death of Heroes', 그리고 'IV. 분석과 진술Analysis and Statement'로 구성된다.[11] 장들의 내용은 박인환이 주도한 사화집의 제목인 '새로운 도시와 시민들의 합창'으로 요약될 수 있다. 즉 이 시는 오스트리아의 보수당 수상인 '돌푸스'가 사회주의당 수장인 '왈리쉬'를 비롯한 수백 명의 노동자들을 핍박한 1934년의 '비엔나'의 장면을 형상화하고 있다. 초점이 되는 것은 스펜더가 '낯선 자stranger'로서 새로운 도시, '비엔나'에 도착하여, 수상내각의 행렬 및 왈리쉬를 비롯한 수많은 노동자들의 박해현장, 그리고 '데이지꽃'을 든 시민들의 추모장면을 관찰하는 것이다. 노동자의 투쟁은 경찰이 두려워하는 '밟혀진 데이지꽃'과 '폭탄을 터뜨리던 이가 쥐었던' '월계수 가지'로 구체화된다. 그리고 그것은 권력자들의 행렬과 군악대의 음악과 뒤섞여 "폭탄, 폭탄, 트럼펫들, 드럼들, 플룻들!"로서 역설적으로 강조된다.

㉯는 홀랜드의 지배하에 핍박받아온 인도네시아 민중의 고통을 형상화하고 '野慾과 暴壓과 非民主的인/ 植民政策을/ 地球에서 부서내기위해/ 反抗하는 인도네시야人民이여/ 最後의 한사람까지 싸우라'고 주장한다. '붉은 간나의 꽃'은 인민들의 투쟁과 고통의 결실로서 '새로운 나라의 건

---

11) '비엔나'는 스펜더가 1934년 오스트리아의 비엔나에 도착해서 돌푸스 수상의 행렬과 그들의 노동자 탄압을 지켜보는 것을 형상화하였다. 권력자의 행렬에 동원되는 다양한 악기연주는 그들이 진압하는 폭탄소리와 오버랩된다. II장과 III장은 수상과 시장의 행렬과 폭동진압 장면, 그리고 노동자 수장, 왈리쉬의 최후와 꽃을 바치는 시민들의 장면이 전개된다. 한편, I장과 IV장은 '비엔나'를 보고 듣는 작자분신인 '낯선 자'의 '의식의 흐름' 중심으로 전개된다.

설'을 의미한다. 이것은 박인환이 주축이 된 사화집, '새로운 도시와 시민들의 합창'의 '새로운 도시'의 의미와 상통한다. 그것은 '가메란에 맞추어 스림피로' '시민들의 합창'이 들리는 세계이다. 그가 인도네시아, 말레이시아 등을 형상화하는 방식은 우리와 같은 피식민국가를 향한 공감과 연민을 주조로 하는 것이다. 한편, 그는 우리의 '인천항'에 관한 것에서는 그 같은, 자신에 찬 결의와 미래에 대한 희망을 그려내지 못하고 있다. 즉 그는 '장미의 온도' 혹은 '태양과 꽃'이라는 '있어야 할 세계'를 향한 간절한 열망을 보여주면서도 그가 관찰하는 실제현실에서는 그 세계와는 끊어진 연결고리를 발견하였던 것이다.

스펜더의 '밟혀진 데이지꽃'과 박인환의 '붉은 간나의 꽃'은 시민들의 합창이 들리는 새로운 도시를 세우고자 하는 시민들의 희생과 노력을 뜻한다. '데이지꽃'이 스펜더가 실지로 바라보는 현실적인 세계 속에서 밟히었지만 고귀하게 경외받는 구체적인 것이라면, '붉은 간나의 꽃'은 박인환이 염원하는 이상적인 세계를 향한 의지가 투영된 다소 추상적인 것이다. 두 꽃의 의미를 좀 더 확장하면, 스펜더의 '밟혀진 데이지꽃'은 세계공황 전후로 헐벗은 도시노동자들의 삶과 빈부격차의 부조리한 현실을 개선하고자 하는 실패했으나 고귀한 노동자들의 투쟁의지를 기리는 것이다. 한편, 박인환의 '붉은 간나'는 인도네시아, 말레이시아, 우리나라 등과 같이 제국주의국가들에 의해 오랜 세월 핍박받고 착취되어온 피식민 민족의 해방을 향한 노력을 독려하고 새로운 나라 건설에의 당위적 의지를 고무하는 것이다. '노동자의 세계'와 '탈식민주의'를 지향하는 두 사람의 '태양과 장미'의 세계는 서로 같은 뿌리를 지닌다. 구체적으로, 스펜더를 비롯한 오든그룹의 사회주의사상과 관련된 박인환의 '고리키의 달밤', '자본가에게' 등에는 그 특징적 면모가 드러난다. 두 사람 모두, 현상의 세계를 투시하고자 하며 '시민들의 새로운 도시'를 꿈꾸고 있다. 그런데 박인환의 시는 구체적인 주변현실로부터 '문제되는 것'만을 발견할 뿐이며 꿈꾸는 도시를 향한 '설렘'만이 그 정조로 남아 있다. 그가 형상화하는 새로운 도시는 '원시림의 장미' 혹은 '인도네시아의 자바섬'과 같이 자신이 속한 세계로부터 동떨어져 있거나 상상의 공간 속에 존재한다. 한편, 스펜더가 꿈꾸는 세계는 '왈리쉬'와 같은 '황금의 꽃들의 단일한 정신'을 매개로 하여 '태양의 세계'를 향해 연속적으로 이어진다.[12]

3. '의도(意圖)의 기(旗)'와 '의혹(疑惑)의 기(旗)'의 의미

㉮

궁전이나 당대의 왕좌가 아니다,

황금의 이파리, 꽃들의 건축물,

그곳에는 정신이 거주하고 도모하며 휴식을 취한다.

사람들로부터 주어진 꽃들은 단일한 정신으로서 명하였다.

나는 내가 뜻하는 유일한 무엇을 만들어간다.

---

12) 박인환과 스펜더의 작품에서 '태양과 꽃'은 노동자와 시민들이 쟁취한 새로운 세계의 의미를 지닌다. 박인환의 '장미의 온도' 혹은 '원시림의 장미'은 그곳을 향한 매개자들을 찾지 못한 채 이상적이고 상상적인 세계로 형상화되고 있다. 한편 스펜더에게서 '태양과 꽃'은 개혁하는 선구자들을 매개로 하여 곧 임박할 이상적 세계로 형상화되고 있다("태양은 모든 식물에게 인사한다./ 식물은 이십사 시간 행복하였다./ 식물 위에 여자가 앉았고/ 여자는 반역한 幻影을 생각했다./ 향기로운 식물의 바람이 도시에 분다./ 모두들 窓을 열고 태양에게 인사한다./ 식물은 이십사 시간 잠들지 못했다", 박인환, 「식물」 전문, "나는 진짜 위대한 이들을 계속해서 생각해왔다./ 그들은 태양의 시절, 굽이쳐 타는 빛나는 복도를 지나// 영혼의 역사를 기억하는 자궁에서 왔다. 여전히 불에 닿은 그들의 입술은I think continually of those who were truly great./ Who, from the womb, remembered the soul's history/ Through corridors og light where the hours are suns/ Endless and singing. Whose lovely ambition/ Was that their lips, still touched with fire.", S. Spender, XXVIII).

그것은 아주 느리고 또한 드물게 쌓여가는 것이다,

먼지 너머의 아름다움 혹은 가족의 영예와 같이,

나는 이러한 흔적으로 그 무엇을 형체화할 뿐이다.

이곳의 에너지, 그 유일한 에너지를 들이켜라,

전기를 충전하는 밧데리와 같이.

그리고는 이 시대의 변혁을 결의하라.

눈, 작은 영양, 섬세한 방랑자와 같이,

수평선의 유액을 들이키는 자는

하나의 현에 머물러 귀를 기울이며

그 정신은 영원함을 들이킬 것이다.

손길과 사랑, 그 모든 감각은

그대의 정원에 향연의 노래와 태양의 꿈을 남겨두리라.

그대의 태양의 꿈은 이 세계 너머의 천국을 향한 우리의 태양 앞에서 선회할

것이다.

그리고 손길과 사랑, 그 모든 감각은 번쩍이는 청동의 형상들을 지켜보리라.

청동의 형상들은 바깥을 향한 감각들을 일깨워 강철의 의지를 단련시킬 것이

다.

이것이 바람이 아로새긴 우리의 '意圖의 旗'이다.

이곳에는 어떠한 정신도 공평하게 소비하지 못하고 있다.

감행할 우리의 목표는 이것이다,

인간은 인간이어야 한다.

S. 스펜더, 40 부분[13]

---

13) Not palaces, an era's crown/ Where the mind dwells, intrigues, rests:/ The architectural
    gold-leaved flower/ From people ordered like a single mind,/ I build. This only what I
    tell:/ It is too late for rare accumulation/ For family pride, for beauty's filtered dusts:/ I

㉯

얇은 孤獨처럼 퍼덕이는 旗

그것은 주검과 觀念의 距離를 알린다.

虛妄한 時間

또는 줄기찬 幸運의 瞬時

우리는 倒立된 石膏처럼

不吉을 바라 볼 수 있었다.

落葉처럼 싸움과 靑年은 흩어지고

오늘과 그 未來는 確立된 思念이 없다.

바람 속의 內省

허나 우리는 죽음을 願하지 않는다.

疲弊한 土地에선

한줄기 煙氣가 오르고

우리는 아무 말도 없이 눈을 감았다.

最後처럼 印象은 외롭다.

---

say, stamping the words with emphasis,/ Drink from here energy and only energy,/ As from the electric charge of a battery,/ To will this Time's change./ Eye, gazelle, delicate wanderer,/ Drinker of horizon's fluid line;/ Ear that suspends on a chord/ The spirit drinking timelessness;/ Touch, love, all senses;/ Leave your gardens, your singing feasts,/ Your dreams of suns circling before our sun,/ Of heaven after our world./ Instead, watch images of flashing brass/ Theat strike the outward sense, the polished will/ Flag of our purpose which the wind engraves./ No spirit seek here spend equally./ Our goal which we compel: Man shall be man, XL

眼球처럼 意慾은 숨길 수가 없다.

이러한 中間의 面積에

우리는 떨고 있으며

떨리는 旗ㅅ발 속에

모든 印象과 意慾은 그 모습을 찾는다.

一九五…… 年의 여름과 가을에 걸처서

愛情의 뱀은 어드움에서 暗黑으로

歲月과 함께 成熟하여 갔다.

그리하여 나는 비틀거리며

뱀이 걸어간 길을 피했다.

잊을 수 없는 疑惑의 旗

잊을 수 없는 幻想의 旗

이러한 混亂된 意識아래서

〈아포롱〉은 危機의 병을 껴안고

枯渴된 世界에 가랁아 간다.

박인환, 「疑惑의 旗」

　스펜더는 그가 경외하는 노동해방운동가를 기리는 '꽃들의 명'으로부터 '바깥을 향한 감각들을 일깨워서 의지를 강철처럼 단련시킨다.' 그것은 장미와 황금의 잎을 지닌 꽃들의 '단일한 정신'을 아로새긴 '의도의 기'로 구체화된다. '의도의 기'를 통한 '우리의 목표'는 '어떤 사람도 공평하게 소비해야 한다' 혹은 '인간은 인간이어야 한다'는 것이다. 스펜더의 '意圖의 旗'

는 '오랜세월의 착취자들을 파멸시키'는 계획을 명시하는 사회주의적 이념의 실천을 의미한다. 한편, 박인환의 '기'는 '얇은 고독처럼 퍼덕이'고 있다. 그것은 '주검과 관념의 거리를 알리'며 '중간의 면적에'서 '떨고 있는' '疑惑의 旗'로 구체화된다. 그것은 '피폐한 한줄기 연기가 오르'는 폐허에서 '우리는 아무 말도 없이 눈을 감았'을 때 떨고 있는 깃발이다. 박인환의 '의혹의 기'는 어떠한 것이 아로새겨질 수가 없을 정도로 떨고 있는데, 그럼에도 그것은 '비틀거리며 뱀이 걸어간 길을 피'하여 '잊을 수 없는' '환상'을 품고 있다. 즉 '의혹의 기'는 그 자체로 '인간은 인간적이어야 한다'는 의미를 암시해준다.

왜 스펜더의 '기'는 확신에 차 있고 흔들림이 없는 세계를 드러내며 박인환의 '기'는 혼란의 세계에서 끊임없이 떨고 있는가. 두 사람의 '기'는 모두 '시민들'의 '새로운 나라'를 꿈꾸고 있다는 공통점을 지닌다. 스펜더는 나찌에 반대하고 노동자의 권익이 실현되는 공평한 사회를 꿈꾸었으며 박인환은 제국주의의 횡포로부터 벗어난 시민들의 새로운 도시를 꿈꾸었다. 즉 '의도의 기'가 흔들림없이 있으며 '의혹의 기'가 쉴새없이 떨고 있는 것은 스펜더와 박인환의 정신적 입지의 차이에서 설명할 수 있다. 스펜더의 '의도의 기'는 '흠모받는 그들의 욕망' 곧 세상을 위해 죽는 '가장 뛰어난 사람들' 혹은 '꽃들의 단일한 정신'을 경외하며 따르는 것이다. 그것은 '엷고도 가는 불꽃' 혹은 '그러한 식물'로서 표현된다.[14] 스펜더의 '의도의 기' 너

---

14) "멀리서 우리는 우리 중에 가장 뛰어난 사람들을 지켜본다--/ 흠모받는 그들의 욕망은 세상을 위해 죽는다는 것이다.// 그러한 야망은 죽음을 거는 것이다. 그러나 나에게 그것은 엷고도 가는 불꽃과 같은 것이었다./ 나는 내 그림자로써 그러한 식물을 연명시킨다. 그 엷은 불꽃은 진짜 사랑을 방해하였으며/ 받거나 주는 그러한 사랑만 가능하게 하였다./ 그것은 우스운 자기 망각적 만취였다From afar, we watch the best of us--/ Whose adored desire was to die for the world.// Ambition is my death. That flat thin flame/ I feed, that plants my shadow. This prevents love/ And offers love of being loved or loving./ The humorous self-forgetful drunkenness", XIX.

머에는 '혁명의 꿈'을 꾸지만 '우스운 자기 망각적 만취'에 놓인 자아가 있다. 그는 '왈리쉬'와 같이 노동투쟁의 선봉에서 명예롭게 죽음을 맞이한 이들을 경외하고 추모하는 '데이지꽃'을 기리는 자의 입장에 서 있는 것이다. 한편, 박인환의 '의혹의 기'는 '비행기의 폭음에 귀가 잠기'고 '친우들의 죽음'을 목도하는 상황에서도 '부단한 자유의 이름'을 통찰하며 '파멸한다는 것은 얼마나 위대한 것이냐'고 자문하는 모습으로 구체화된다.[15] 즉 스펜더가 혁명가의 모습을 구체화하고 그를 따르는 '경외자(敬畏者)'의 형상을 한다면 박인환은 전쟁의 폐허에서 고통을 토로하는 '범인(凡人)들'에 공감하고 그들의 새로운 세계를 개척하고자 하는 '지도자(指導者)'의 형상을 하고 있다.[16]

㉮

그는 매를 무심하게 바라볼 것이다.

또는 연민에 차서 바라볼 것이다.

---

15) "그렇게 다정했던 친우도 서로 갈라지고/ 간혹 이름을 불러도 울림조차 없다./ 오늘도 비행기의 폭음의 귀에 잠겨/ 잠이 오지 않는다.// 잠을 이루지 못하는 밤을 위해 시를 읽으면…… 아 파멸한다는 것이 얼마나 위대한 일이냐", 「잠을 이루지 못하는 밤」 부분

16) "'나'는 위대한 사람일 수가 없다./ 위대하다고 알려진 이 사람은 약점을 지니고 있다./ 식사 때 그의 나쁜 기질은 반박당하는 것을 싫어하는 것이다./ 유일한 진짜 즐거움은 연못에서 낚시하는 것이다./ 또한 유일한 그의 진짜 욕망은 망각이다.// '위대한 나'는 불행한 침입자인 것이다./ 그는 '피곤한 나'와 '잠자는 나'와 싸우고 있다./ 이 모든 '나'는 '죽어가는 우리'를 갈망하고 있다 'I can never be great man./ This known great one has weakness/ His ill-temper at meals, his dislike of being contradicted,/ His only real pleasure fishing in ponds,/ His only real desire-forgetting (……) The 'great I' is an unfortunate intruder/ Quarrelling with 'I tiring' and 'I sleeping'/ And all these other 'I's who long for 'We dying". 스펜더, Ⅷ, "아무雜音도 없이 滅亡하는/ 都市의 그림자/ 無數한 인상과/ 轉換하는 年代의 그늘에서/ 아 永遠히 흘러가는것/ 新聞지의 傾斜에 얼켜진/ 그러한 불안의 格鬪.// 함부로 開催되는 酒場의 謝肉祭/ 흑인의 트람벹/ 歐羅와 神부의 비명/ 精神의皇帝!/ 내 秘密을누가 압니까?(……) 病든 背경의 바다에/ 국화가 피었다/ 閉鎖된 大學의 庭園은 지금은묘地/ 會話와 理性의 뒤에오는/ 술취한 水夫의 팔목에끼어/ 波濤처럼 밀려드는/ 불안한 最後의 會話.", 박인환, 「最後의 會話」.

공포스러운 저 독수리를 향하여

지금은, 얼굴을 찡그리며 돌과 새총과 팽팽한 활을 겨누지 않을 것이다.

그는 알지 못할 것이다.

본능과 욕망에 충실한 이 귀족이

죽음 가까이 나아가

거대한 구름을 밟았음을,

그리고 무모하게 태양과 전쟁하여 승리하려 하였음을,

결국에는, 바다 한가운데 익사한 이카루스처럼

손과 날개만이 발견될 운명이라는 것을.

스펜더, 1.[17]

　

㉯

미끄럼판에서

나는 고독한 아킬레스처럼

불안의 깃발 날리는

땅 위에 떨어졌다

머리 위의 별을 헤아리면서

그 후 20년

---

17) "He will watch the hawk with an indifferenet eye/ Or pitifully;/ Nor on those eagles that so feared him, now/ Will strain his brow;/ Weapons men use, stone, sling and strong-thewed bow/ He will not know./ This aristocrat, superbof all intinct,/ With death close linked/ Had paced the enormous cloud, almost had won/ War on the sun;/ Till now, like Icarus mid-ocean-drowned,/ Hands, wings, are found", I.

나는 운명의 공원 뒷담 밑으로
영속된 죄의 그림자를 따랐다.

아 영원히 반복되는
미끄럼판의 승강昇降
친근에의 증오와 또한
불행과 비참과 굴욕에의 반항도 잊고
연기 흐르는 쪽으로 달려가면
오욕의 지난날이 나를 더욱 괴롭힐 뿐.

멀리선 회색 斜面과
불안한 밤의 전쟁
인류의 상흔과 고뇌만이 늘고
아무도 인식치 못할
망각의 이 지상에서
더욱 더욱 가라앉아 간다.

처음 미끄럼판에서
내려 달린 쾌감도
미지의 숲속을
나의 청춘과 도주하던 시간도
나의 낙하하는
비극의 그늘에 있다.

박인환, 「낙하」

㉐

지옥을 사는 로마인은 일기를 쓴다. 그들은 특별한 영예로써

달리아를 떠올리며 절망적 상황에서 일을 수행한다.

그들의 유일한 일은 익사한 이들을 소리없이 건져올리는 것이다

(……)

그들은 무시무시한 폐허의 껍데기 아래서

무리의 형태를 바꾸어가며 마침내,

껍데기에 저항한 정의의 성취로 결집하였다.

그들이 세운 벽은 이미 죽은 이들에 의지하고 있었다, 바로 왈리쉬 위에, 그는 산에서 포획되었다. 또한 바로 엔지니어 웰리치 위에, 그는 거짓자백으로 동료들을 구하였다, '내가 권총으로 내몰았다'. 그들이 세운 벽은 죽은 모든 영웅들에 의지하고 있었다, 그들이 바로 우리의 조상이다.[18]

스펜더, VIENNA 끝부분

㉑

선량한 우리의 조상은

투르키스탄 廣漠한 평지에서

근대정신을 발생시켰다.

그러므로 폭풍 속의 인류들이여

---

18) "Roman damnation: write diaries. Those with special grace/ To prop up dahlias, to create tasks for the hopeless/ Theirs the singular climbing gaze of one calm when drowning./ Assurance and laughter are rare, they are dredged from the sea,(……) Beneath the monstrous shell of ruins; altering/ The conformation of masses, that at last conjoin/ Accomplished in justice to reject a husk./ Their walls already rest upon their dead, on Wallisch/ Trapped in the mountains, on Weissel the engineer/ Who lied to save his followers 'I forced them after/ With my revolver'. On all the others, these are Our ancestors".

洪績世紀의 자유롭던 水陸의 분포를

오늘의 문명 불모의 지구와 평가할 때

우리가 보유하여 온 순수한 객관성은 가치가 없다.

자바(피테칸트로푸스)를 가리켜

전란과 망각의 토지라 함이

인류의 고뇌를 지적할 수 있는 것이다.

미래에의 수목처럼 기억에 의지되어 세월을 등지고

육체와 노예--

어제도 오늘도 전지戰地에서 사라진 사고思考의 비극

영원의 바다로 밀려간 반란의 눈물

화산처럼 열을 토하는 지구의 시민

냉혹한 자본의 권한에 시달려

또다시 자유 정신의 행방을 찾아

추방, 기아

오한없이 이동하는 운명의 순교자.

박인환, 「정신의 행방을 찾아서」 부분

㉙

사격이 시작된다.

항구의 입구를 가로질러 곳에서 곳까지

사격으로 바다포말이 하얗게 일어난다.

메아리는 둘러싼 언덕들을 후려치는 쇠채찍처럼 퍼져나간다.

나는 신문을 맞잡고 있다.

마음은 먼지와 잉크가 떨어지는 종잇장과도 같다.

사격은 연습일 뿐이라고 되뇌인다.

그러나 몸은 기관총이 쏘아대는 천조각이 되고 있다.

재봉틀의 실패로부터 단정히 감겨 나가는 흰 실처럼, 가느다랗고 간헐적인

한 가닥, 카빈총의 '흰 연기'는

긴 바늘로 배꼽을 꿰뚫어가는 흰 실과 같다.

S. 스펜더, 「보우 항구」 부분[19]

㉕

寫眞雜誌에서본 香港夜景을 記憶하고 있다

그리고 中日戰爭때 上海埠頭를 슬퍼했다

서울에서 三十키로-를 떨어진 땅에 모든 海岸線과 共通된 仁川港이있다

가난한 朝鮮의印象을 如實이 말하든 仁川港口에는 商館도없고 領事館도없다

따뜻한 黃海의 바람이

---

19) "and the firing begins,/ Across the harbour mouth from headland to headland,/ White
flecks of foam gashed by lead in the sea:/ And the echo trails over its iron lash/
Whipping the flanks of the surrounding hills./ My circling arms rest onthe newspaper,/
My mind seems paper where dust and ink fall,/ I tell myself the shooting is only for
practice,/ And my body seems a cloth which the machine-gun stiches/ Like a sewing
machine, neatly, with cotton from a reel; And the solitary, irregular, thin 'paffs' from the
carbines/ Draw on long needles white threads through my navel", BOU PORT

生活의 도움이되고저
나푸킨같은 灣內로 뛰여들었다

海外에서 同胞들이 古國을 찾아들 때
그들이 처음上陸한 곳이
仁川港이다

그러나 날이 갈수록
銀酒와阿片과 호콩이 密船에 실려오고 太平洋을 건너 貿易風을탄 七面鳥가
仁川港으로 羅針을 돌린다

서울에서 모여든 謀利輩는 中國서온 헐벗은 同胞의 보따리 같이
貨幣의 큰 뭉치를 등지고 埠頭를 彷徨했다

웬사람이 이같이 많이 걸어다니는 것이냐 船夫들인가 아니 담배를 살라고 軍
服과 담요와 또는 캔디를 살라고- 그렇지만 食料品만은 七面鳥와함께 配給을
한다

밤이 가까울수록 星條旗가 퍼덕이는 宿舍와 駐屯所의 네온·싸인은 붉고 짠
크의 불빛은 푸르며 마치 유니언·짝크가 날리는 植民地 香港의 夜景을 닮어간
다朝鮮의海港仁川의 埠頭가 中日戰爭때 日本이 支配했든 上海의밤을 소리 없
이 닮어간다.

박인환, 「인천항」

㉠ ㉡는 두 시인의 시적 자아의 형상을 단적으로 보여준다. ㉠는 밀랍날개를 달고 태양에 맞서다 떨어지는 '이카로스'를 형상화하고 있는데, 스펜더는 '이카로스'의 숭배자 혹은 관찰자의 형상을 하고 있다. 한편, ㉡는 '아킬레스'가 불안의 깃발 날리는 땅 위에 떨어지는 일을 반복하는 장면을 형상화하고 있는데, 박인환은 '아킬레스'와 일체화된 형상을 하고 있다. 특이하게, '아킬레스'는 추락을 예기하면서도 '낙하하는 비극'을 반복하는 형상으로써 '아킬레스'보다는 '이카로스'에 가까운 모습을 하고 있다. 즉 스펜더는 '태양'과의 전쟁에서 거의 승리할 뻔한 '이카로스'를 바라보고 관찰하는 모습을, 박인환은 '영원히 반복되는 미끄럼판'에서 낙하하는 '이카로스'(혹은 '아킬레스') 그 자신의 모습을 취하고 있다. 즉 스펜더와 박인환의 시적 자아는, 각각, '태양'에 도전하여 추락하는 자를 바라보는 자 그리고 '태양'에 도전하여 추락하며 세계를 바라보는 자로서 나타낼 수 있다.

시인으로서 두 사람이 취한 관점은 ㉢와 ㉣에서 그들의 '조상'을 가리키는 것에서 구체적인 모습이 드러난다. 즉 ㉢에서 스펜더는 세계대전의 당대를 '로마의 오욕'에 빗대고 자신을 그것을 기록하는 '로마서기'로 표현한다. 즉 '비엔나'의 강에서 익사한 투쟁자들을 건져올리는(추모하는) 일은 '익사한 누군가를 건져올리는' 로마서기의 일과 겹쳐진다. 그럼에도 그는 '폐허의 껍데기 아래서' '정의의 성취에 결집한' 희생자들이 '정의의 벽'을 축조하였음에 주목하며, 그 벽체를 지탱하는 이들이 '왈리쉬', '웰리치' 등과 같은 노동해방투쟁자이며 '그들이 바로 우리의 조상이다'고 맺는다. 즉 스펜더는 '전쟁과 고문의 소식'을 듣고 '이렇게 쓰는 일만이 유일한 나의 날개짓이다'는 관찰자의 관점을 취하고 있다.[20] 한편, ㉣에서 박인환역시 당대

---

20) "어두운 안개 너머로 전쟁과 고문의 소식이 들려온다./ 매장된 인간의 삶에는 어떠한 빛도 스미지 못한다./ 구불구불한 골목을 걷고 있는 나를 보아라./ 거리의 비와 안개가 모든 절규를 삼키고 있다./ 대낮의 구석에는/ 도로의 드릴소리는 새로운 고통을 열어보인다./ 여름도 빛도 그

를 '戰地에서 사라진 思考의 비극', '반란의 눈물', '냉혹한 자본의 권한에
시달'리는 '시끄러운 시대'로 파악한다. 그가 형상화하는 당대의 향방은 스
펜더에 비해 비극적인데, 그는 '선량한 우리의 조상'의 '근대정신'과 '자유정
신의 행방'이 그 자취를 찾기 어려우며 '모든 시민'이 '생명의 존속'을 지켜
야 하는 상황을 그리기 때문이다.[21] 그럼에도 그는 '선량한 우리의 조상'의
'자유정신의 행방'을 찾아 '이동하는 순교자'의 입장을 취한다. 즉 그는 '죽
엄의 거리에서 헤매'면서도 '파멜들의 함마'가 '눈을 가로막은 안개를 부시'
는 '선지자(先知者)'의 관점을 취하고 있다.[22]

'이카로스의 추종자'와 '이카로스 그 자신'의 관점은 두 사람의 '항구'에
관한 상념 속에서 뚜렷한 윤곽을 보여준다. 즉 ㉱는 스펜더가 나찌가 후
원하는 당에 반대하여 1937년의 '스페인 내전'에 참전했을 때 바라본 '보
우항구'의 정경에 관한 것이다. 그는 주민들을 내보내고 '기관총'이 쏘아대

어떤 것도 지하의 이곳에는 이르지 못한다./ 도시는 나의 뇌리에 공포를 심어준다./ 이렇게 쓰
는 일만이 유일한 나의 날개깃이다And tortures and war, in dark and smoky rumour,/ But
on men's buried lives there falls no light./ Watch me who walk through coiling streets
where rain/ And fog drown every cry: at corners of day/ Road drills explore new areas
of pain,/ Nor summer nor light may reach down here to play./ The city builds its horror
in my brain,/ This writing is my only wings away", XXV 부분.

21) 스펜더는 '우리의 조상을 괴롭힌 문제들을 해결하는 정당한 답변'으로서 '사회민주당'이 옳
다고 확신하였으며 '역사'는 '조상들이 겪어온 가난과 불평등이 해소되는 방향'으로 진전되
어왔다고 파악한다("History seemed to have been fulfilled and finished by the static
respectability, idealism and material properity of the end of the nineteenth century. This
highly satisfactory, if banal, conclusion was largely due to the Liberal Party having found
the correct answer to most of the problems which troubled our ancestors. There were
still poor people in the world, but they were not nearly so poor as their forefathers had
been", Spender, *World Within World, The Autobiography od Stephrn Spender,* University
of California Press, Berkerley and Los Angeles, 1966, p. 1.

22) "起復하던/ 靑春의山脈은/ 파도소리처럼 멀어졌다// 바다를 헤처나온 北西風/ 죽엄의 거리에
서 헤매는/ 내 性格을 또다시 차디차게 한다// 이러한 時間이라도/ 山間에서 남모르게 소사나
온/ 샘물은/ 왼쪽바다/ 黃海로만 기우러진다// 소낙비가 音響처럼 흘러간다음/ 지금은 조용
한/ 골키-의 달밤// 오막사리를 뛰어나온/ 파멜들의 함마는/ 눈을 가로막은 안개를 부신다",
「골키-의달밤」 부분.

는 '사격'소리를 들으면서 '카빈통의 흰 연기'를 긴 바늘로 내 배꼽을 꿰뚫어가는 재봉틀의 흰 실에 빗댄다.[23] 즉 스펜더의 '보우항구'는 '전쟁이 개인에게 얼마만한 고통을 주고 있는가'에 초점이 맞추어져 있다. 한편, ㉴는 박인환이 해방직후 '인천항'에 도착하는 사람들의 모습을 보면서 당대를 스케치한 것이다. 그는 해외에서 고국을 찾아든 동포들, 서울에서 모여든 모리배, 선원들 등을 포착하면서 '인천항'을 역사적 관점에서 바라본다. '인천항'은 일본이 지배한 '홍콩항'과 닮은 모습을 지니며 '네온싸인'과 '유니언 짝크'가 날리는 새로운 식민항 형상을 하고 있다. 즉 박인환의 '인천항'은 '개인과 민족이 처한 역사적 정황과 미래의 향방은 어떠한 것인가'에 초점이 맞추어져 있다.

또 다른 '항구' 시편에서, 스펜더는 '백합같이 창백한 소년들'과 '돈을 구하는' '늙은 창녀들'의 공간과, '눈부시게 밝은 빛' 과 '아주 말 잘하는 사람들'의 공간을 대조적으로 형상화하고 있다.[24] 즉 그는 '항구'에서 도시노동자와 빈민층의 고통과 가난 그리고 그것을 초래하는 부의 불평등을 초

---

23) 스펜더는 '스페인 내전'에 참여했을 때 자신이 지원한 반나찌당의 승리를 확신한 것으로 보인다. 단적으로, 참전당시에 쓴 "To a Spanish Poet"은 밤하늘에 숨어있던 별들이 찬란하게 빛나는 결미로 끝나고 있다("Oh let the violent time/ Cut eyes into my limbs/ As the sky is pierced with stars that look upon/ The map of pain,/ For only when the terrible river/ Of grief and indignation/ A world of happiness,/ And another constellation,/ With your voice that still rejoices/ In the centre of its night, As, buried in this night,/ The stars burn with their brilliant light", To a Spanish Poet (for Manuel Altolaguirre)).

24) "이곳에는 백합같이 창백한 소년들이 밝은 입술을 자랑한다./ 돈을 구하는 이쁜 컵들 그리고 늙은 창녀들/ 창녀들은 들쥐같은 이빨을 드러내며 어두운 바깥 쪽에 난잡하게 있다.// 북쪽의 바다는 엄청난 세력을 행사한다./ 바다의 경비원, 서 있는 촛불, 화덕의 불빛,/ 깜박이는 등대, 그리고 멀리 울리는 사이렌./ 남쪽의 살찐 정원에는 상인들이 살고 있다./ 눈부시게 밝은 빛과 아주 말 잘하는 사람들이 그곳에 있다Here the pale lily boys flaunt their bright lips,/Such pretty cups for money, and oler whores/Skuttle rat-toothed into the dark outdoors.// Northwards the sea exerts his huge mandate./ His guardians, candles stand, the furnace beam,/ Blinking pharos, and ringing from the yards./ In their fat gardens the merchants dwell, southwards./ Well[fed, well-lit, well-spoken men are these," THE PORT XV 부분

점화하였다. 한편, 또 다른 '항구' 시편에서 박인환은 '영사부인'과 '은행지배인'과 '그가 동반한 꽃 파는 소녀', '육전대의 연주회를 듣고 오던 주민' 등, '향연의 밤'의 인물들의 대조적 구도를 초점화하고 있다.[25] '나의 얼굴을 적시'는 '백주의 유혈'과 '찬 해풍'은 일제치하와 해방 후에도 같은 구도로 핍박받는 우리민족의 상황을 강조한다. 즉 스펜더의 주요한 관심은 노동자 해방과 빈부격차 고발 그리고 사회주의 사회지향에 놓여 있다면 박인환의 주요한 관심은 스펜더에 비해 포괄적이고 입체적이다. 즉 그는 제국주의를 반대하고 해방 후 새로운 강대국의 영향을 염려하면서 여전히 존속되는 부조리한 민족의 삶의 문제를 초점화하고 있다. 스펜더가 '이카로스'와 같은 투쟁노동자를 경외하고 그들이 구축할 미래를 낙관하는 '추종자'의 입장을 취한다면, 박인환은 그 자신이 '이카로스'와 같은 지도자가 되어 당대를 입체적으로 조망하며 미래를 염려하는 '선구자'의 입장을 취하고 있다.

4. 결론

박인환은 「현대시의 불행한 단면」에서 '오든그룹'의 시론을 논의하는 것으로 자신의 시론을 대체할 정도로 오든그룹에 경도되었다. 박인환의 초기작들, '자본가에게', '골키의 달밤' 등에 나타난 사회주의적 경향또한

---

25) "향연의 밤/ 영사부인領事婦人에게 아시아의 전설을 말했다.// 자동차도 인력거도 정차되었으므로/ 신성한 땅 위를 나는 걸었다.// 은행 지배인이 동반한 꽃 파는 소녀// 그는 일찍이 자기의 몸값보다/ 꽃값이 비쌌다는 것을 안다.// 육전대陸戰隊의 연주회를 듣고 오던 주민은/ 적개심으로 식민지의 애가를 불렀다.// 삼각주의 달빛/ 백주白晝의 유혈을 밟으며 찬 해풍이 나의 얼굴을 적신다", 「식민항의 밤」 부분.

오든그룹의 영향과 관련이 깊다. 박인환은 스펜더의 'Express'를 암송할 정도로 그를 좋아하였는데, 단적으로 그의 '열차'는 스펜더의 시구를 부제로 지닌다. 1949년 박인환의 사화집 「새로운 도시와 시민들의 합창」에는 '스펜더'의 '결코 존재하지 않지만Never Being but--'이 소개되어 있다. 사화집에서 '인도네시아 인민에게 주는 시', '남풍', '인천항' 등의 그의 작품은 피식민국가상태로부터 진정한 해방을 찾는 시인의 노력을 보여준다. 그리고 이것은, '보우항구', '비엔나' 등에서 '스페인', '오스트리아' 등의 반파시즘적 내전상황에 관한 스펜더의 관심과 일정한 조응관계를 이룬다. 사화집의 제목인 '새로운 도시와 시민들의 합창'또한 '스펜더'의 'VIENNA'의 1, 2장 제목 및 주제와 상응한다. '스펜더'와 관련을 지닌 정황은, 박인환이 이후 시인들의 작품을 평하는 비평준거로서 주로 '스펜더'를 언급하는 데서도 드러난다.

박인환의 '장미의 온도'는 스펜더의 '태양'의 '장미'와 대비함으로써 구체적인 특성이 드러난다. 단적으로,『새로운 도시와 시민들의 합창』에서, '장미의 온도'를 공통제목으로 한 박인환의 시편과, '태양'의 '장미'를 지향하는 스펜더의 역시를 들 수 있다. 그런데 스펜더의 '태양'과 '장미'는 현실로부터 꿈꾸는 세계를 향해 '매개'를 통해 연속적으로 이어지지만, 박인환의 '태양'과 '장미'는 있어야 할 세계 혹은 그 속의 존재일 뿐, 그가 처한 현실과는 연속적으로 이어지지 못하고 있다. 그럼에도 두 사람의 '태양'과 '장미'는 그들이 지향하는 세계 혹은 그것을 구현하려는 시민들의 노력을 의미한다는 공통점을 지닌다. 구체적으로, 박인환의 '붉은 간나의 꽃'과 스펜더의 '밟혀진 데이지꽃'은 모두, 시민들의 합창이 들리는 새로운 도시를 꿈꾸는 시민들의 희생과 노고를 뜻한다. 즉 박인환의 '붉은 간나'는 우리나라를 비롯한 인도네시아, 말레이시아 등, 제국주의국가에 의해 오랜 세월 핍박받아온 피식민민족의 해방을 향한 노력을 독려하고 새로운 나라 건설을 향한 의지를 고무하는 역할을 한다. 한편, 스펜더의 '데이지꽃'은 세계공황과 세계대전을 전후하여 도시노동자들의 헐벗은 삶을 고발하고 빈부차가 심한 부조리한 현실을 개혁하고자 한 노동자들의 투쟁의 의지를 기리는 역할을 한다.

스펜더의 '태양과 장미'는 '꽃들의 명' 즉 당대 사회주의 노동운동가들의 '단일한 정신'을 아로새긴 '의도의 기'로 형체화된다. '의도의 기'는 '어떤 사람도 공평하게 소비해야 한다'는 것과 '인간은 인간이어야 한다'를 새기고 있다. 한편, 박인환의 '의혹의 기'는 '장미의 온도'의 세계로부터 떨어져 있다. '의혹의 기'는 '주검과 관념의 거리를 알리'고 있으며 '중간의 면적에'서 '떨고 있다'. 스펜더의 '의도의 기'는 '흠모받는 그들의 욕망' 혹은 세상을 위해 죽는 '가장 뛰어난 사람들' 즉 '꽃들의 단일한 정신'을 경외하는 모습으로 나타난다. 박인환의 '의혹의 기'는 '비행기의 폭음에 귀가 잠기'고 '친우들의 죽음'을 목도하는 상황에서 '부단한 자유의 이름'으로 '파멸한다는 것은 얼마나 위대한 것이냐'하고 고뇌하는 모습으로 나타난다. 즉 스펜더가 '혁명가'를 관찰하고 찬탄하는 '경외자(敬畏者)'의 형상이라면 박인환은 전쟁의 폐허에서 고통을 토로하는 범인(凡人)들을 관찰하고 그들의 새로운 향방을 모색하는 '선구자(先驅者)'의 형상을 하고 있다.

두 사람의 시적 자아는 '우리의 조상'의 형상에서 더욱 명확해진다. 즉 스펜더는 '로마제국의 서기'가 되어 전란의 형국을 관찰하면서 '왈리쉬'와 같은 노동해방 선두자들을 '우리의 조상'으로서 경외하는 태도를 보여준다. 한편, 박인환은 '우리의 조상'의 근거를 '근대정신' 혹은 '자유정신'으로 일컬으며 그 자신이 '자유정신의 행방'을 찾아 '이동하는 순교자'라는 태도를 취한다. 이것은 '태양'과의 전쟁에서 거의 승리할 뻔한 '이카로스'를 경외하는 스펜더로서, 그리고 '영원히 반복되는 미끄럼판'에서 낙하하는 '아킬레스' 혹은 '이카로스' 그 자신이 되는 박인환으로서 변주되고 있다. 두 사람이 취한 가치와 관점은 둘다의 대표제재인 '항구' 시편들에서 그 특징적 범주가 명확해진다. 즉 스펜더가 '전쟁이 개인에게 얼마만한 고통을 주고 있는가'에 단일하게 초점을 맞춘다면, 박인환은 '제국주의적 구도가 우리민족의 삶에 어떻게 존속되고 있는가'에 복합적으로 초점을 맞추고 있다. 스펜더의 관심영역이 노동자 해방과 빈부격차고발과 사회주의 사회건설에 놓여 있다면, 박인환의 관심영역은 제국주의에 반대하고 해방 후에도 부조리 속에 놓인 우리민족의 현실과 그 향방에 관한 것이다.

제6장

박인환 시에 나타난
'시적 무의미'의 범주들과 그 특성

I. 서론

박인환 연구는 전기시와 관련된 모더니즘 관점[1]과 현실주의 관점,[2] 미국 여행 이후 후기시와 관련된 정신분석 관점,[3] 오든그룹과의 비교관점[4] 등으

1) 오세영,「후반기 동인의 시사적 위치」,『박인환』, 이동하 편,『한국현대시인연구12』, 문학세계사, 1993, 김재홍,「모더니즘의 공과」, 이동하 편, 앞의 책, 이승훈,「1950년대 한국 모더니즘 시의 전개」,『한국모더니즘 시사』, 문예출판, 2000, 박몽구,「박인환의 도시시와 1950년대 모더니즘」,『한중인문학연구』22, 2007.

2) 박현수,「전후 비극적 전망의 시적 성취-박인환론」,『국제어문』37, 2006, 맹문재,「폐허의 시대를 품은 지식인 시인」,『박인환 깊이 읽기』, 서정시학, 2006 정영진,「박인환 시의 탈식민주의 연구」,『상허학보』15, 2005, 조영복,「근대문학의 '도서관 환상'과 '책'의 숭배 -박인환의「서적과 풍경」을 중심으로」,『한국시학연구』23, 한국시학회, 2008, 곽명숙,「1950년대 모더니즘의 묵시록적 우울-박인환의 시를 중심으로」,『정신문화연구』32, 2009, 김은영,『박인환 시와 현실인식』, 글벗, 2010, 김종윤,「전쟁체험과 실존적 불안의식-박인환론」,『현대문학의 연구』7, 1996.

3) 한명희,「박인환 시『아메리카 시초』에 대하여」,『어문학』85, 2004, 방민호,「박인환 산문에 나타난 미국」,『한국현대문학연구』19, 2006, 박연희,「박인환의 미국 서부 기행과 아메리카니즘」,『한국어문학연구』59, 2012, 정영진,「박인환 시의 탈식민주의 연구」,『상허학보』15, 2005, 이기성,「제국의 시선을 횡단하는 시 쓰기: 박인환 시의 탈식민주의」,『현대문학의 연구』34, 2008, 이은주,「1950년대 문학비평의 세계주의와 미국적 가치지향의 상관성」,『상허학보』18, 2006, 장석원,「아메리카 여행 후의 회념」,『박인환 깊이 읽기』, 서정시학, 2006, 오문석,「박인환의 산문정신」,『박인환 깊이 읽기』서정시학, 2006, 강계숙,「'불안'의 정동, 진리, 시대성: 박인환 시의 새로운 이해」,『현대문학의 연구』51, 2013.10, 라기주,「박인환 시에 나타난 불안의식 연구」,『한국문예비평연구』46, 2015, 최라영,「박인환 시에서 '미국여행'과 '기묘한 의식' 연구-'자의식'의 문제를 중심으로」,『현대문학연구』45, 2015.4, 최라영,「박인환 시에서 '십자로의 거울'과 '새로운 불안'의 관련성 연구 -라캉의 '정동' 이론을 중심으로」,『현대문학연구』, 2017.4.

4) 공현진, 이경수,「해방기 박인환 시의 모더니즘 특성 연구」,『우리문학연구』52권, 2016, 최라영,「박인환과 S. 스펜더의 비교문학적 연구 -'열차'와 '항구'를 중심으로」,『한국시학연구』2017. 8,

로 대별된다. 현실주의와 모더니즘의 관점은 시세계의 양극성을 드러낸다면 정신분석의 관점은 그 특성을 관류하는 지점을 논의한다. 최근에는 연구사에서 미흡한 영역, 즉 시론적 영향관계가 있는 오든 및 오든그룹과의 비교연구가 이루어지고 있다.

연구가 주로 사조적 관점에서 논의되었으므로 보충적 관점에서 작품을 중심으로 한 시론상의 접근이 요구된다. 그런데 원론적 관점, 즉 비유, 역설, 상징 등에 관한 그의 연구가 미흡한 것은, 그의 시창작이 전쟁기에 이루어진 특수성 때문이기도 하지만 작품들이 지닌 복합적, 관념적 특성 때문이기도 하다. 그의 작품들은 전통적 장치, 즉 비유, 상징, 역설 등으로 접근하기에 그 표현층위가 아주 복합적이며 상당수의 관념어를 사용한다.[5]

이 관점에서 '시적 무의미의 범주론'에 의해 그의 시세계를 조명하는 일은 유효하다.[6] 이 접근법은 일상적 표현으로부터 유의성을 갖는 복합적인 시적 표현들을 체계적으로 접근하는 데에 유효하기 때문이다. 이 접근법은 복잡다양한 시적 표현들이 일정한 언어규칙 즉 어휘론, 범주론, 구문론, 의미론, 그리고 시의 형식 등에 의하여 시적 의미를 창조하는 지점에 관해 밝히고 그에 따라 그 표현들을 변별적으로 범주화하는 장점을 지니고 있다.

비유, 역설, 상징 등이 각각의 독자원리와 개별용어에 의해 시적 표현에

최라영, 「박인환과 W.H 오든의 『불안의 연대The age of anxiety』의 비교문학적 연구」, 『한국문학논총』, 2018. 4.

5) 박현수는 비유법, 변화법, 강조법이 전통수사학의 무늬분류방식과 그 변형인 뮤 그룹의 방식이 설득력있는 분류법이 될 것이라 주장한다. 뮤 그룹의 분류법 즉 기존수사법들을 '형태론', '통사론', '의미론', '논리학'으로 나누는 방식을 원용하여, 은유, 직유, 환유, 열거, 병렬, 생략, 반복, 과장, 대조, 반어, 역설 등을 분류하는 일정 규칙과 준거로서 삼는다는 것이다. 즉 언어규칙의 층위들이 수많은 수사법들을 타당성 있게 구별짓는 근본요소임을 알 수 있다. 박현수, 「문장론 관련 수사학 3분법의 수용과 그 한계」, 『한국현대문학연구』 34집, 2011.8, pp. 33-60, Jaques Dubois, 『일반수사학』, 용경식 역, 한길사, 1989.

6) 최라영, 「문학적 무의미의 개념과 유형」, 『어문학』, 한국어문학회, 2004. 12.

서 상응하는 영역을 논의한다면, 시적 범주론은 일정한 원리와 용어에 의하여 시적 표현들의 차별적 지점을 중심으로 시적 의미의 창조과정을 논의한다. 그것은 무의미에서 의미로 변화하는 지점, 즉 정상구문에서 벗어나서 일상의미로부터 변화하는 지점에 주목한다. 그것은 '상황의 무의미 Nonse of situation,' '언어의 무의미Nonsense of words,' '범주적 이탈Category mistake,' '수수께끼enigma'로 범주화된다.[7]

중요한 전제는 '시적 의미'와 '무의미'의 관계에 관한 것으로서 '무의미'는 '의미의 없음'이나 '어리석음'이 아니라 전후맥락상 '고도의 일원화'에 의하여 '의미'가 창조되는 가능성의 지점을 의미한다. 무의미와 의미의 관계에 주목한 시론적 접근법은, 김춘수의 무의미시, 2000년대의 미래파 시 등, 해체적 환상시 분석에 유효한 특성을 보여준다. 즉 이 접근법은 박인환의 작품세계와 같이 복합적, 파격적인 언어구조를 드러내는 오늘날의 현대시를 체계적으로 조명하는 데에 유효하다.

구체적으로, 박인환의 작품들에서 시적 무의미 어구는 매우 다양하고 복합적인 양상을 보여준다. 즉, '눈을 뜨고도 볼 수 없는/ 얼마나 무서운 치욕이냐'(「눈을 뜨고도」 부분), '공간에서 들려오는 공포의 소리/ 좁은 방에서 나비가 날은다'(「15일간」 부분.), '럭키 스트라이크/ VANCE 호텔 BINGO 게임.// 영사관 로비에서/ 눈부신 백화점에서/ 부활제의 카드가/ RAINER 맥주가……'(「투명한 버라이어티」 부분), '내일이 온다면/ 이 정막(靜寞)의 거리에 폭풍이 분다'(「세 사람의 가족」 부분), '아 파멸한다는 것이 얼마나 위대한 일이냐'(「잠을 이루지 못하는 밤」 부분), '달은 정막보다도 더욱 처량하다'(「검은 강」 부분), '하루 종일 나는 그것과 만난다/ 피하면 피할수록/ 더욱 접근하는 것'(「벽」 부분) 등을 들 수 있다.

---

7) 구체적인 논의는 이 글 2장 참고.

이 표현들을 기존의 수사법의 관점에서 논의한다면 다수가 '역설'에 속하며 일부가 '비유' 혹은 '의인' 범주로 속하게 된다. 즉 '눈을 뜨고도 볼 수 없는'을 비롯한 인용된 어구들 거의 대다수가 '시적 역설'로서 논의될 것이다. 그리고 '달은 정막보다도 더욱 처량하다'는 '달'을 사람으로 견준 '의인법'으로서, '공포의 혓바닥'은 '주지'인 '공포'를 매체인 '혓바닥'에 견준 '비유법'으로서 논의될 것이다. 그런데 이들 논의는 각각 독자적 준거에 의한 것이지 일정한 공통된 관계항에 의해 범주화되는 특성을 지니고 있지 않다. 즉 '역설'은 이치에 맞지 않으나 시적인 의미를 지니는 다수의 사례들을 포괄하여 지칭하며 '의인'은 사물을 사람처럼 빗댄 경우를 지칭하며 '비유'는 '주지'와 '매체'가 일상적인 관계를 벗어난 경우를 지칭한다.[8] 이 같은 논의는 인용된 시구들에 관하여 각각의 독자적 준거에 부합하는 표현들을 지칭하는 방식이라고 할 수 있다. 최근 시론 연구에서 시적 장치들 간의 변별적 관계를 부각시켜 '짝패' 개념, 즉 '비유'와 '환유,' '상징'과 '우의,' 그리고 '역설'과 '반어' 등으로서 논의한 기획도, 수사법들 각각의 독자적 특성과 한계를 극복하고자 한 것이다.[9]

그런데 '시적 무의미의 범주론'의 관점에서 논의하면 인용한 시구들은 일정한 준거에 의해 변별적으로 논의될 수 있으며 범주화된 항들의 독자적 특성을 구명하는 것이 가능해진다. 즉, '눈을 뜨고도 볼 수 없는 상태', '좁은 방에서 나비가 날은다', '럭키 스트라이크/ VANCE 호텔 BINGO 게임(……) 부활제의 카드가/ RAINER 맥주가', '내일이 온다면 이 정막의 거리에 폭풍이 분다', '아 파멸한다는 것이 얼마나 위대한 일이냐', '피하면 피할

---

8) '비유'와 '역설'에 관한 논의는 김용직, 「비유의 이해」, 「역설의 길」, 『현대시원론』, 학연사, 1990 참고.

9) 박현수, 『시론』, 예옥, 2011, pp. 367-396.

수록 접근하는 것' 등에 관해, 기존 수사적 관점에서는 모두가 '역설' 혹은 '시적 허용'에 속하지만 이것들이 일정한 준거에 의해 구별되지는 않는다.

박인환의 작품에 나타난 위의 표현들에 관하여, '시적 무의미의 범주론'의 관점에서 살펴보면, '눈을 뜨고도 볼 수 없는 상태' 그리고 '좁은 방에서 나비가 날은다'는 기대된 상황이나 사실에 맞지 않는 것 즉 '상황의 무의미'로서 논의될 수 있다.[10] 그리고 '럭키 스트라이크/ VANCE 호텔 BINGO 게임(……) 부활제의 카드가/ RAINER 맥주가'와 '내일이 온다면 이 정막의 거리에 폭풍이 분다'는 구문론적 질서에 맞지 않게 어휘들이 연결되는 '언어의 무의미'로서 논의된다.[11] 또한 '아 파멸한다는 것이 얼마나 위대한 일이냐'는 주어와 술어의 의미상의 범주가 맞지 않는 '범주적 이탈'로서[12] 그리고 '피하면 피할수록 접근하는 것'은 '시 제목'인 '벽'과의 의미상의 관련성에 의해 수수께끼가 풀리는 '수수께끼'의 범주로서 논의된다.[13] 즉 복합적이고 다층적인 시구들이 지닌 변별적 논의지점을 찾을 수 있으며 그것은

---

10) '상황의 무의미'와 관련한 박인환의 시구로, '눈을 뜨니 운하는 흘렀다/ 술보다 더욱 진한 피가 흘렀다'(「무도회」 부분), '어데서나 나와 함께 사는/ 불행한 신'(「불행한 신」 부분) 등을 들 수 있다.

11) '언어의 무의미'와 관련한 박인환의 시구로, '아무 잠음도 없이 멸망하는/ 도시의 그림자/ 무수한 인상과/ 전환하는 연대年代의 그늘에서/ 아 영원히 흘러가는 것/ 신문지의 경사傾斜에 얽혀진/ 그러한 불안의 격투'(「최후의 會話」 부분), '내일이 온다면/ 이 정막靜寞의 거리에 폭풍이 분다(「세 사람의 가족」 부분), 벽에 귀를 기대면 (……) 울며 울며 일곱 개의 층계를 오르는/ 그 아이의 방향은/ 어딘가'(「일곱 개의 층계」 부분) 등을 들 수 있다.

12) '범주적 이탈'와 관련한 박인환의 시구로, '불안한 언덕에서/ 나는 음영처럼 쓰러져간다'(「1950년대의 만가」 부분), '달은 정막보다도 더욱 처량하다'(「검은 강」 부분), '병든 배경의 바다에/ 국화가 피었다'(「최후의 會話」 부분) 등을 들 수 있다.

13) '수수께끼'의 무의미와 관련한 박인환의 시구로, '이름 없는 영화배우/ ……공포의 보수報酬……/ ……니트로글리세린……/ ……과테말라 공화국의 선인장……'(「주말」 부분), '평범한 풍경 속으로/ 손을 뻗치면/ 거기서 길게 설레이는/ 문제되는 것을 발견하였다./ 죽는 즐거움보다도/ 나는 살아나가는 괴로움에/ 그 문제되는 것이/ 틀림없이 실재되어 있고 또한 그것은/ 나와 내 그림자 속에/ 넘쳐흐르고 있는 것을 알았다'(「문제되는 것」 부분), '은행 지배인이 동반한 꽃 파는 소녀// 그는 일찍이 자기의 몸값보다/ 꽃값이 비쌌다는 것을 안다'(「식민항의 밤」 부분) 등을 들 수 있다.

곧 시구들이 형성하는 시인의 독특한 심층적 언어에 관하여 체계적으로 접근할 수 있다는 것을 의미한다. 무의미어구들은 표층적 언어질서에서는 모순을 보여주지만 심층적 의미범주에서는 '고도의 일원화'를 보여주고 있다. 즉 언어적 준거들 즉 문장성분의 범주론, 구문론, 의미론 등의 측면에서 일상적 어법과는 차별적 방식으로 인간의 내면을 복합적으로 드러내는 것이다.

이 글은 박인환의 작품들이 지닌 복합적, 관념적 언어의 특성을 체계적으로 구명하고자 하는 목적을 지니고 있다. 구체적으로, 이 글은 '시적 무의미의 범주론'의 특성과 의미에 관하여 고찰하고 박인환의 시편들에 나타난 다양한 시적 무의미어구들을 유형화하면서 시인의 개성적 어법 및 심층적 의미를 살펴보고자 한다.

II. '시적 무의미의 범주론'에 관하여

우리는 실시간, 소통가능한 세계 속에서 시뮬라크르들로 넘치는 시공간을 보고 들으며 살고 있다. 즉 우리는 스마트폰, 노트북 등에 의해 시공간의 제약을 뛰어넘으며 특정한 가치와 삶의 양식에 매여 있지 않은 현대의 유목민nomads으로서 살아가고 있다. 미래 우리사회는 구조화된 접근법이 정형화되어 있지 않은 여러 문제들을 해결할 것을 요구할 것이며 기존언어와 지식들을 새로운 맥락 속에서 적용할 수 있는 구조를 재조직, 창조할 것을 요구할 것이다. 이 같은 재조직, 융합형 사고는 '현대시' 연구에서도 요청되고 있다. "이상한 나라의 앨리스"와 같은 환상세계는 시청각적 디지털에 익숙한 현대인들에게는 낯선 것이 아니다. 이것은 복잡, 다양해지고 심층적 국면을 더해가는 오늘날 현대시의 경향과 조응관계를 이룬다. 즉 전통적 시의 장치들로서 포괄되기 어려운 표현들을 학문적 관점에서 포괄할 수 있는 '시론(詩論)'의 모색이 요청된다.

이런 의미에서, 교육현장에서 적용되는 수많은 수사법들을 포괄하는 문제들과 관련하여 "이 3분법의 가장 큰 문제는 강조법의 명칭이 모호하다는 것이다. …… 서술에 강함을 주고, 표현을 눈에 띄게 하는 기교는 비유법이나 변화법에도 적용될 수 있다. 학생들이 학습 시에 헷갈리는 것도 이런 용어 때문이다"는 박현수의 진술을 음미해 볼 만하다.[14] 그는 '교육현장에서 통용되는 비유법, 변화법, 강조법이 기존의 전통수사학의 무늬분류방식과 이의 변형인 뮤 그룹의 분류방식을 참조하면 설득력있는 분류법이 될 수 있다'고 주장한다.[15] 뮤 그룹은 기존의 수사법들에 관해서 '형태론적인 것', '통사론적인 것', '의미론적인 것,' 그리고 '논리학적인 것'으로, 네 유형으로서 분류하였다. 즉 이들의 논의를 원용한다면 기존의 많은 수사법들, 즉 은유, 직유, 환유, 열거, 병렬, 생략, 반복, 과장, 대조, 반어, 역설 등을 분류하는 데에 있어서 일정한 언어규칙들과 준거들이 타당한 근거로서 뒷받침될 수 있다는 것이다. 즉 언어규칙의 다양한 층위가 시에서의 수많은 수사법들을 타당성 있는 방식으로 구별짓는 데에 근본적이라는 사실을 알 수 있다.[16]

많은 기존의 수사법들을 분류하는 준거의 방식으로서가 아니라, 일상적 표현방식으로부터 벗어나는 지점을 준거로 하여 시적 장치의 형성원리에 주목한 논자로는 로만 야콥슨을 들 수 있다. 야콥슨은 실어증에 착안하여

---

14) 박현수, 『시론』, p. 367

15) 박현수, 「문장론 관련 수사학 3분법의 수용과 그 한계」, 『한국현대문학연구』 34집, 2011.8, pp. 33-60.

16) Jaques Dubois, 『일반수사학』, 용경식 역, 한길사, 1989.

일상적 언어구사의 이탈지점으로부터 '은유'와 '환유'의 축을 논의하였다. 그는 의미론적으로 문장성분의 범주에 맞지 않는 어휘를 선택하는 경우를 '은유'로서, 의미론적으로 적절하지 않게 어휘들이 연결되는 경우를 '환유'로서 논의하였다.[17] 중요한 것은, 그의 논의가 '통합축'과 '계열축'이라는 언어구성의 원리로부터 시적 장치의 생성방식을 발견하였다는 사실이다.

즉 언어구성의 가로축과 세로축을 중심으로 한 이분법적 구성원리로부터 시적 언어를 논의하는 것에서 나아가, 언어표현에 관한 세부적 준거에 근거하여 시의 언어가 심층적 의미를 얻는 방식을 논의하는 일이 요청된다. 최라영의「문학적 무의미의 개념과 유형」[18]은 수사법의 주요한 두 축을 논의하는 근간이 되어온 야콥슨의 접근방식과 유사한 특성을 보여준다. 즉 야콥슨이 문장의 가로, 세로축에서 일상어법을 이탈하는 '실어증'에서 시적 원리에 접근한 것과 유사한 방식으로, '시적 범주론'은 어휘론, 구문론, 통사론 등, 언어표현의 일정준거로부터 이탈하여 시적 의미를 형성하는 '무의미 어구들'의 특성에 주목하여 '시적 무의미'의 개념과 범주들을 논의하고 있다.

'시적 무의미의 범주론'은 '무의미'에 관한 여러 개념들 가운데서 문학에서 유의성을 지니는 철학적 관점의 '무의미'의 개념에 주목하고 있다. 즉 '무의미nonsense'는 첫째, 일반논의에서는 '의미sense'의 반대나 부정 즉 의미없음이나 '어리석음absurdity'과 연관된다.[19] 둘째, '뜻meaning'을 지니며 위트와 재능의 산물임을 인정하는 관점이지만 '순수한 무의미pure nonsense'가 전혀 다른 우주법칙을 따르며 논리, 정상의 반대편에 선 것으로 파악한

---

17) Roman Jacobson,「언어의 두 양상과 실어증의 두 유형」,『문학 속의 언어학』, 문학과 지성, 1989,

18) 최라영, 앞의 논문.

19) *The Oxford English Dictionary*, Simpson, J. A., Clarendon Press, 1991 참고.

다.[20] 셋째, 철학적 관점에서 단지 허무의 표출이나 의미없음으로서 간주하지 않고, 오히려 무의미가 의미와 관련성을 지니며 의미의 다양한 생산을 내포하는 것으로 간주한다.[21]

'시적 무의미의 범주론'은 위의 세 번째 철학적 관점의 무의미에 근거하여 '시적 유의성'을 지니는 '무의미'를 다음과 같이 논의한다. 즉 "시적 '유의성'을 지니는 '무의미'는 작품의 심층 구조를 통하여 얻어지는 고도의 문학적 '일원화unification'를 전제로 한 것이다. '일원화'란 프로이트의 개념으로서 '표상들 상호간의 관계나 그것들에 대한 공통된 정의 혹은 공통된 제3의 요소에 대한 언급을 통해 예기치 않았던 새로운 통일성이 만들어지는 과정'이다.[22] '무의미'는 '의미'의 맥락을 와해하지만 결코 '의미'로부터 완전히 떠나지는 않는다. 오히려 시의 의미적 차원에서 볼 때는 새로운 '의미'의 창조와 연관되어 있음을 알 수 있다"[23]

그리고 '시적 무의미의 범주론'은 철학적 관점의 '무의미'의 개념을 '시의 언어'에 적용하여 '의미'와의 관련성 하에서 '문학적 무의미'의 유형을 네 가지로 범주화하고 있다. 그것은 '상황의 무의미the nonsense of situation', '언어의 무의미the nonsense of words', '범주적 이탈the category mistake,' '수수께끼enigma'로 대별된다.

---

20) *The Encyclopedia of Poetry and Poetics*, Princeton Univ Press, 1965, pp. 839-840 참고.

21) *The Encyclopedia of Philosophy*, Paul Edwards, the Macmillan company, 1967, pp. 520-522 참고.

22) 프로이트는 '재치있는 농담'에 관하여 '무의미 속의 의미'라는 관점에서 접근한다. 즉 '재치있는 농담'은 '의미없음'이나 '어리석음'을 뜻하는 단순한 무의미가 아니며 심층적 의미를 함의하고 있는 무의미어구이다. 그는 그러한 농담으로 웃게 되는 기제가 예기치 않은 새로운 통일성 즉 고도의 일원화로 인한 것이라고 설명한다, S. Freud, 『농담과 무의식의 관계』, pp. 86-90.

23) 최라영, 앞의 논문.

〈'시적 무의미'의 범주론〉

　　1. 상황의 무의미(Nonse of situation)
　　: '사실'에 맞지 않는 표현이나 '기대된 상황'에 맞지 않는 표현
　　2. 언어의 무의미(Nonsense of words)
　　: 친숙한 어휘들이나 구문론적으로 맞지 않거나,
　　구문론적으로 옳으나 알아볼 수 없거나 번역되기 어려운 표현
　　3. 범주적 이탈(Category mistake)
　　: 문장성분의 범주와 관련하여 구문론적으로 옳으나 의미론적 법칙에 위배
　　된 경우
　　4. 수수께끼의 무의미(enigma)
　　: '제목' 혹은 '특정어구'가 '본문'과 의미론적으로 맞지 않는 경우'

　첫 번째부터 세 번째 항에 관한 논의는 철학대사전The Encyclopedia of Philosophy의 여섯 가지 '무의미 유형'논의[24]와 이것들을 세 가지로 유형화한 Alison Rieke의 논의[25]를 현대시의 표현들에 적용하여 범주화한 것이다. 즉 철학대사전은 '무의미의 유형'에 관해 첫째 사실에 맞지 않는 표현, 둘째 예기된 상황으로부터 벗어난 표현, 셋째 구문론적 법칙보다는 의미론적 법칙에 어긋난 표현, 넷째 구문론적 구조를 결여한 표현, 다섯째 알아볼 수 없거나 번역할 수 없거나 낯선 표현, 여섯째 완전히 알아 볼 수 없는 표현 등으로 분류하고 있다. 그리고 Alison Rieke는 이 여섯 유형들의 근접성에 근거하여 이것들을 세 가지 범주로서 논의하였다. 즉 첫 번째와 두

---

24)　*The Encyclopedia of Philosophy*, pp. 520-522 참고.
25)　Alison rieke, The Senses of Nonsense, Unversity of Iowa Press, 1992, pp. 5-9 참고.

번째 유형은 '상황 혹은 문맥의 무의미'로서, 네 번째부터 여섯 번째까지 유형은 '언어의 무의미'로서, 그리고 '무의미'의 세 번째 유형은 '범주적 이탈'로서 논의하고 있다.

'범주적 이탈'은 계획된 어구의 오용에 의해 놀라운 의미를 창조하는 주요한 무의미 범주에 해당된다. '시적 무의미의 범주론'은 논의된 '철학적'유형들에 포괄되지 않는 '문학적(시적)' 무의미로서 '수수께끼의 무의미'를 포괄하여 '시적 무의미의 범주'로서 네 가지를 논의하고 있다. '수수께끼'의 범주는 '제목'을 갖춘 시작품의 특수성을 고려한 관점으로서 실제 시작품에서 엉뚱하게 이어지는 무의미어구들이 '시제목'과의 관련하에서 새로운 의미를 창조하는 경우는 종종 찾아볼 수 있는 '시적 무의미'의 범주이다.

현대인의 복합적 심리를 섬세하게 나타내는 오늘날 현대시의 심리적 경향을 고려할 때에 주목할 수 있는 '시적 무의미'의 범주가 '수수께끼'의 무의미라고 할 수 있다. 시적 무의미의 다른 범주들이 어휘, 어구, 구문 차원에서 일상적 어법과 차별적인 시적 특성을 논의하는 것에 비해, '수수께끼'의 무의미는 행, 연, 그리고 시작품 전반에 걸친 복합적 특성을 접근하는데에 유효하다. 이를테면, 이 범주는 '제목' 혹은 '특정어구'가, 내,외적 텍스트와의 관련성에 의해, '본문'의 맥락을 이치에 닿는 놀라운 의미로 계열화하는 방식과 관련을 지닌다.

철학적 관점과 접목된 문학적 관점에서 무의미의 범주에 접근한 논의로는 환상텍스트에 관한 들뢰즈의 '무의미' 분석을 들 수 있다. 그역시 철학적 관점에서 '의미'와의 관련성을 지닌 것으로서 '무의미'의 양면성과 의미작용을 논의하였다. 그는 루이스캐럴의 문학작품에서 '신조어'와 '빈 기표'의 의미작용, 즉 수수께끼와 같은 무의미어구들을 계열화하는 방식을 논의하면서 이것을 '소급적 합성'의 무의미와 '선언적 합성'의 무의미로서 명

명하였다.[26] 이 두 가지 무의미 유형은 '시적 무의미의 범주론'의 '수수께끼'
의 무의미 범주에 포괄된다.

그리고 전통적인 시적 장치들과 '시적 무의미의 범주론'의 비교적 관점에
서 다음의 어구들에 주목할 수 있다. 즉 "시적 장치인 '역설,' '비유,' '상징'
등을 보면, '무의미' 양상과 밀접하게 관련된다. 즉 '죽어도 아니 눈물 흘
리우리다,' '내마음은 호수요,' '매화 향기 홀로 아득하니' 등, '역설,' '비유,'
'상징'의 시적 사례도 '구문론,' '의미론,' '범주론' 등과 결부된 시적 무의미
형태를 취한다."[27]

'전통적 시적 장치'의 관점에서 보면, '나보기가 역겨워 가실 때에는 죽어
도 아니 눈물 흘리우리다'(김소월, 「진달래꽃」)는 '표현 자체에 상반된 두 요소
의 공존이라는 이중성을 지니'는 '역설'이다.[28] 'ㅎㅏㄴ__ㄹㅅㅜㅂㅏㄱ__ㄴ한
여름이다 ㅂㅏㅂㅗㄴㅑ'(김춘수, 「처용단장」)역시 '역설' 혹은 '시적 허용'이다. 한편,
'내 마음은 호수요'(김동명, 「내 마음」)는 '주지(主旨)'인 '내 마음'을 '매체(媒體)'
인 '호수'에 빗댄 '비유'이다. 그리고 '나의 가장 나중 지닌 것도 오직 이뿐!'
(김현승, 「눈물」)은 '역설'로 논의된다.

즉 '역설'은 모순된 의미관계를 포괄하며 '비유'는 '주지'와 '매체'의 관계
로서 논의된다. '역설'은 형식상, 내용상의 '모순' 일체와 관련하여 아주 광
범위하게 범주화된다. '비유'는 고유의 독자원리로서 해당되는 표현들을

---

26) 그는 '무의미'로서의 '새로운 조어'가 '전후(前後)맥락'에서 '의미'를 계열화하는 방식을 설명한
다. 그는 '신조어,' '스나크Snark'에 의해 '-것thing'이라는 '빈 기표'로 텍스트에서 지칭되던 텅 빈
기의가 '의미의 중심'을 찾는 방식에 주목하였다. 그는 '신조어'에 의해 '빈 기표'의 의미들이 소급
적으로 계열화되는 것을 '소급적 합성regressive synthesis'이라 명명하였다. 그리고 그는 '캐럴'
의 또 다른 '신조어,' '제버워크Jabberwocer'가 '제버Jabber'와 '워크wocer', 즉 '수다'기의들과
'새싹'기의들을 계열화하는 것을 '선언적 합성disjunctive synthesis'이라 명명하였다, Deleuze,
Gilles, Eleventh Series of Nonsense, The Logic of Sense.

27) 최라영, 앞의 논문.

28) 박현수, 「반어와 역설」, 『시론』, p.387.

아우른다. 즉 전통적 시적 장치들은 그것들 간의 관계성으로서 논의되기보다는 그것들 각각의 '독자성'으로서 논의되는 특성을 지닌다.

한편, '시적 무의미의 범주론'은 공통된 일정한 언어준거들에 의해 다양한 시적 표현들을 변별하는 '관계성'을 지니는 특성이 있다. 즉 앞의 표현들에 관하여, '죽어도 아니 눈물 흘리우리다'는 '사실'에 맞지 않는 '상황의 무의미', 'ㅎㅏㄴ_ㄹㅅㅜㅂㅏㄱ_ㄴ한여름이다 ㅂㅏㅂㄴㅑ'는 알아볼 수 없거나 구문론적으로 맞지 않는 '어휘의 무의미', '내 마음은 호수요'는 구문론적으로는 옳으나 의미론적 범주에서 이탈함으로써 시적 의미를 얻는 '범주적 이탈의 무의미', 그리고 '나의 가장 나중 지닌 것도 오직 이뿐!'은 그 자체로 무슨 말인지 이해하기 어려우나 시 제목인 '눈물'과 관련하여 시적 의미를 창조하는 '수수께끼의 무의미'로 변별할 수 있다.

즉 '시적 무의미의 범주론'은, 전통적 시적 장치들의 개별적 특성의 한계를 보완하여, 언어적, 시적 준거로써 일상적 어법과 대비되는 무의미의 의미작용을 논의하고 있다.

III. 박인환 시에 나타난 '시적 무의미'의 범주들과 그 특성

1. 상황의 무의미

박인환의 작품들에서 시적 무의미어구들은 어구의 층위에서 보면 '범주적 이탈' 혹은 '언어의 무의미'가 주요하게 나타난다. 그런데 문장 혹은 문단의 층위에서 보면 '상황의 무의미' 혹은 '수수께끼'가 특징적으로 나타난다. 이것은 그의 시에서 많은 표현들이 다양한 무의미의 범주들을 복합적으로 포괄하기 때문이다. 그 무의미어구들은 상당부분 추상어와 관념어로서 구성되는 것도 특징적인 점이다.

㉮

　　황제는 불안한 샹들레에와 함께 있었고

　　모든 물체는 회전하였다.

　　눈을 뜨니 운하는 흘렀다.

　　술보다 더욱 진한 피가 흘렀다.　　　　　　　　　　「무도회」 부분[29]

㉯

　　깨끗한 시트 위에서

　　나는 몸부림을 쳐도 소용이 없다.

　　공간에 들려오는 공포의 소리

　　좁은 방에서 나비들이 날은다.　　　　　　　　　　「15일간」 부분

㉰

　　참으로 조소嘲笑로운 인간의 주검과

　　눈을 뜨고도

　　볼 수 없는 상태

　　얼마나 무서운 치욕이냐.

　　단지 존재와 부재의 사이에서.　　　　　　　　　　「눈을 뜨고도」 부분

---

29)　이하, 사례의 부분 인용은 '부분'이라는 말을 생략함.

㉣

불행한 신

어데서나 나와 함께 사는

불행한 신.　　　　　　　　　　　　　　　「불행한 신」 부분

㉮에서 '황제는 불안한 샹들레에와 함께 있는' 장면은 현대인의 일상에서
는 보기 어려운 장면이다. 그리고 모든 물체는 회전하'는 공간으로부터 '운
하'에 '술보다 더욱 진한 피'가 흐르는 공간으로 바뀐다. 이러한 장면은 사
실이나 기대에 맞지 않는 '상황의 무의미'를 형성한다. 그런데 이 어구들은
인간의 몸상태에 따라 다르게 인식되는 주변의 변화, 즉 물체가 회전하거나
운하가 진한 피로 보이는 몽환적 장면을 나타나는 데에는 효과적이다.

㉯에서 화자는 '깨끗한 시트 위에서' '좁은 방에서 나비들이 날으'는 장
면을 목격한다. ('15일간'이 시인이 미국으로 가는 선상에서 보내는 기간이며 배경이 선박
안이라고 볼 때, 혹은 이 같은 상황을 상정하지 않더라도) '좁은 방에서 나비들이 날으'
는' 모습은 일상적인 상황에 해당되지 않는 장면이다. 즉 실제로 있지 않는
방안의 '나비들'은 흐릿한 의식이나 절박한 상황에 놓인 시인의 환각 혹은
환상을 나타낸다.

㉰에서 '눈을 뜨고도 볼 수 없다'는 것은 기대된 상황에 어긋나는 '상황
의 무의미'이다. 이 같은 표현은 화자의 '무서운 치욕'을 구체화한다. 그리
고 '존재와 부재의 사이' 즉 존재하는 것과 존재하지 않는 것의 사이에 있
다는 것도 이치에 맞지 않는 '상황의 무의미'이다. 이 표현들은 두려움과
치욕에 사로잡힌 화자의 의식을 나타나는 데에는 효과적으로 작용한다.

㉣에서 '불행한 신'이 '어데서나 나와 함께 산'다는 것은 범인의 일상에서
는 기대하기 어려운 장면이다. 이 같은 상황의 무의미는 화자가 불행이 이

어지는 가운데서도 신을 찾고 있다는 의미를 복합적으로 강조한다.

사례들은 주로 사실이나 기대된 상황에 부합되기 어려운 장면을 표현한다. '상황의 무의미'의 표현들은 주로 환각이나 환상의 장면을 형상화하는 데에 효과적으로 작용한다. 박인환의 작품에서 '상황의 무의미'는 주로 전쟁의 참혹함이나 극심한 공포 혹은 절망과 관련한 환각이나 환상의 장면을 드러낸다. 이를테면 '불안한 샹들레에와 함께 회전하는' 어구로써 전쟁통에 벌어진 무도회에서 술과 춤으로써 고통을 잊고자 하는 군인들의 심경을 구체화한다.

특기할 것은 박인환이 '상황의 무의미'의 어구들에서 그 자신을 드러낼 때에는 상반된 두 세계의 '경계선'에서 위태롭게 균형을 취하려는 모습으로 나타난다는 점이다. 즉 ㉮에서 '존재와 부재의 사이'와 같이, 두 세계의 사이에 놓인 화자의 형상은, 「밤의 노래」에서는 '어둠속에서 밝아오는 영역으로 위태롭게 인접되어 가'며, 「현대시의 불행한 단면」에서는 '거울로 된 십자로' 혹은 '두 개의 불(火) 사이'에 서 있다. 그것은 박인환이 지향하는 당대의 '시인의 역할' 즉 '세계의 이곳과 저곳, 현재의 상황과 그 너머를 투시하는 시인의 몫'을 상징적으로 나타낸다. 그것은 전쟁의 현실, 그 너머의 세계를 꿈꾸는 것이며 미래를 향한 기대를 잃지 않는 의지적 상상이기도 하다.

2. 범주적 이탈

'범주적 이탈'은 주요 표현방식으로서 박인환 시 전반에 걸쳐 나타난다.

㉮

불안한 언덕에서
나는 음영처럼 쓰러져간다. 「1950년대의 만가」 부분

Ⓝ

달은 정막보다도 더욱 처량하다. 「검은 강」 부분

Ⓓ

병든 배경의 바다에

국화가 피었다. 「최후의 會話」 부분

Ⓡ

나의 생명……이것도 부스러기

아 파멸한다는 것이 얼마나 위대한 일이냐. 「잠을 이루지 못하는 밤」 부분

Ⓜ

끝없이 들려오는 불안한 파장

내가 아는 단어와

나의 평범한 의식은

밝아올 날의 영역으로

위태롭게 인접되어 간다. 「밤의 노래」 부분

Ⓑ

살아 있는 것이 있다면 분명히

그것은 속죄의 繪畫 속의 裸女와

회상도 고뇌도 이제는 망령에게 팔은

철없는 시인

나의 눈감지 못한

단순한 상태의 시체일 것이다…….　　　　　　　　　　「살아 있는 것이 있다면」 부분

㉮에서 사물인 '언덕'에 '불안한'이라는 정서반응의 수식어는 의미상의 범주로 적합하지 않다. 그런데 이 같은 표현은 화자의 불안한 내면을 사물에 전이시켜서 좀 더 강렬한 정서를 드러내는 데에 효과적이다. ㉯에서 대상어인 '달'과 정서적 상태를 나타내는 '처량하다'라는 술어역시 의미상 어울리지 않는 '범주적 이탈'의 무의미이다. 또한 대상어인 '달'과 추상어인 '정막'을 비교하는 것도 범주적으로 맞지 않다. 이 표현역시 일상적 어법에 맞지 않는 어휘범주들을 결합함으로써 화자의 처량한 심정을 부각하는 효과를 지닌다.

㉰에서 '배경'이라는 말은 사람이나 동물에게 쓰는 '병든'이라는 수식어가 맞지 않다. '국화'가 '바다에' '피었다'는 표현또한 주어와 의미상 적합하지 않는 부사어를 취한 '범주적 이탈'이다. ㉱에서 '나의 생명'과 '부스럭지'라는 주어-술어 관계도 일상 의미범주로는 맞지 않다. 또한 '파멸한다는 것'이란 주어와 '얼마나 위대한 일'이라는 술어는 의미상으로 상충하는 '범주적 이탈'에 해당된다. 즉 제시한 어구들은 수식어와 피수식어, 주어와 술어, 부사어와 술어 등에서 그 의미가 서로 어울리지 않거나 상충되기까지 하는 문장성분들을 결합하고 있다. 이 표현들은 적합한 일상적 표현에 비해서 화자의 심리와 정서를 간접적이고 복합적으로 상상하도록 유도한다.

㉲는 '내가 아는 단어'와 '나의 평범한 의식'이라는 주어부에, '밝아올 날의 영역으로 위태롭게 인접되어 간다'는 술어부가 연결된다. '단어'와 '의식' 같은 추상어가 운동성을 갖는 '인접되어 가다'라는 술어를 취하는 것은 범주적으로 이탈된 것이다. 게다가 그 술어는 '위태롭게'라는 수식어를 취하였다. 즉 관념적 '추상어'로 된 '주어'와 운동력과 의식을 지닌 주체가 취하는

'술어'를 연결함으로써 화자의 내면을 상당히 복합적으로 전치하고 있다.

㉺에서 주어가 '살아있는 것'이라면 술어부는 '속죄의 회화 속의 나녀'와 '나의 눈감지 못한 단순한 상태의 시체'이다. '살아있는 것'이 '죽어있는' '나의 시체'라는 것은 의미상 모순을 일으킨다. 또한 '살아있는 것'이 '속죄의 그림 속의 나녀'라는 것도 유사한 이탈적 표현이다. 그런데 이것은 '살아있는 것'을, '속죄의 회화 속의 나녀' 혹은 '나의 눈감지 못한 시체'로, 즉 서로 공존할 수 없고 상충되는 의미항들을 연결함으로써, '살아있는 것' 그 자체가 '죽어있는 것' 즉 철저히 절망적 상황임을 강조한다.

위에서 살펴본 '범주적 이탈'의 표현들은, '불안한'이란 수식어와 사물인 '언덕'을 피수식어로 취하는 것, '불안한'이라는 수식어와 '최후의 회화'라는 추상어를 결합하는 것, 그리고 '살아 있는 것'과 '나의 눈감지 못한 단순한 상태의 시체'를 결합하는 것 등으로 나타난다. 즉 박인환의 작품에서 '범주적 이탈'은 주로 화자의 내적 정서를 복합적으로 전치, 강조하는 방식을 취한다. 특징적인 것은, 주로 '불안한', '부스러지', '파멸한다는 것', '시체' 등의 관련범주를 취한다는 것이다. 특히, '불안한' 혹은 '불행한'의 형용어구는 그의 '범주적 이탈'의 주요 내용항을 구성한다.[30]

또한 특징적인 것은 '한자'로 된 '관념어'가 많이 나타난다는 점이다. 일례로, 「밤의 未埋葬」만 보아도, '陰影의 年月', '희미한 感應의 시간', '사랑하는 純粹한 不幸이여 悲慘이여 錯覺이여', '永遠한 밤의 未埋葬', '渺茫한 暗黑속으로' 등, '한자어'로 된 관념어들이 상당수이다. 범주적으로 이탈된

---

30) 구체적 사례로, "그러한 不安의格투……波도처럼 밀려드는 불안한 最後의 會話"(「最後의 會話」), "끝없이 들려 오는 不安한 波長"(「밤의 노래」), "不安한 샨데리아 아래서 나는 웃고 있었다,"「終末」, "不安한발거름에 마추어 어데로인가"(「回想의 긴 溪谷」), "不安의 旗ㅅ발 날리는 땅 위에 떨어졌다……不安한 밤의 戰爭"(「落下」), "懷疑와 不安만이 多情스러운"(「살아 있는 것이 있다면」), "재빠른 不安한 速力은 어데서 오나,"「奇蹟인 現代」, "悔恨과 不安에 억매인 우리에게"「西部戰線에서」, "두 눈을 가로막는 새로운 不安"(「다리 위의 사람」) 등이 있다.

관념어들로 구성된 어구들은 화자의 심리를 매우 간접적이고 복합적으로 전치하고 있다. 이것들의 궁극적 의미역은 그의 작품에서 '나'의 수식어로서 유의성 있게 반복되는 '불행한' 혹은 '불안한'의 범주이다.

3. 언어의 무의미

㉮

럭키 스트라이크
VANCE 호텔 BINGO 게임.

영사관 로비에서
눈부신 백화점에서
부활제의 카드가
RAINER 맥주가…… 혼란과 질서의 반복이
물결치는 거리에
고백의 시간은 간다.

집요하게 태양은 내려 쪼이고
MT. HOOT의 눈은 변함이 없다.

연필처럼 가느다란 내 목구멍에서
내일이면 가치가 없는 비애로운 소리가 난다.

빈약한 사념

아메리카 모나리자

필립 모리스 모리스 브리지.　　　　　　　　　　　「투명한 버라이어티」 부분

㉯

아무 잡음도 없이 멸망하는

도시의 그림자

무수한 인상과

전환하는 연대年代의 그늘에서

아 영원히 흘러가는 것

신문지의 경사傾斜에 얽혀진

그러한 불안의 격투.　　　　　　　　　　　　　　「최후의 會話」 부분

㉰

고통과 구토가 동결된 밤의 쇼윈도

그 곁에는

절망과 기아의 행렬이 밤을 세우고

내일이 온다면

이 정막靜寞의 거리에 폭풍이 분다.　　　　　　　　「세 사람의 가족」 부분

㉱

지난 날의 무거운 회상을 더듬으며

벽에 귀를 기대면

머나먼

운명의 도시 한복판

희미한 달을 바라

울며 울며 일곱 개의 층계를 오르는

그 아이의 방향은

어디인가.   「일곱 개의 층계」 부분

⑦는 '럭키 스트라이크,', 'VANCE 호텔', 'RAINER 맥주', 'MT. HOOT의
눈' '필립 모리스' 등, 낯선 어휘들이 구문론적 법칙과 상관없이 열거된다.
즉 '부활제의 카드가'와 'RAINER 맥주가'의 주어는 '……'로 이어지고, '혼
란과 질서의 반복'이라는 주어부에 이어 '고백의 시간은 간다'라는 엉뚱한
술어부가 이어진다. 이것은 구문론적 법칙을 결여한 채 낯선 어휘들이 열거
되는 '언어의 무의미'이다. 이 표현들은 (인용구에 이어지는) '연필처럼 가느다란
내 목구멍'에서 나는 '비애로운 소리' 즉 50년대 시애틀을 체험하는 '화자'
의 내적 충격을 구체화한다.[31]

⑭는 어구 층위에서 '범주적 이탈'이 많이 나타난다. 그런데 주어와 술어
를 중심으로 문장 층위에서는 '언어의 무의미'를 표현하고 있다. 즉 '멸망
하는 도시의 그림자', '아 영원히 흘러가는 것', '그러한 불안의 격투' 등, 관
련성이 결여된 명사구들이 열거되는 것이다. 이것은 구문론적 질서를 갖추
지 못한 채 어휘들이 연결되는 '언어의 무의미'에 해당된다. 이 표현들은 '신
문지의 경사에 얽혀진 그러한 불안의 격투' 즉 전쟁기 전황뉴스가 들리는
술집에서 불안에 떠는 화자의 내적 상태를 구체화한다. 박인환의 시에서
'언어의 무의미'의 어구들은 주로, 전쟁현장 혹은 시애틀 문명을 목도하면
서 체험하는 극적인 충격과 관련된다.

---

31) 이 부분의 어휘들은 주로 시인이 1950년대 시애틀에서 보고 들은 것들과 관련된다. 즉
    'RAINER'는 미국맥주회사를, '럭키 스트라이크'와 '필립 모리스'는 미국담배를, 그리고 'MT.
    HOOT'은 그가 머무른 시애틀에 있는 산을 가리킨다.

㉱에서 '내일이 온다면'이라는 가정은 '-할 것이다'라는 미래형과 호응하는 것이 자연스러운데도 그 술어로서 '분다'라는 현재형이 사용되었다. 이것은 어휘상으로 적합하나 구문론의 이치에 맞지 않는 '언어의 무의미'이다. 그리고 ㉲에서 '지난 날의 무거운 회상을 더듬으며 벽에 귀를 기대면'과 '울며 울며 일곱 개의 층계를 오르는 그 아이의 방향은 어디인가'는 형식상 호응관계를 이룬다. 전자는 '나'를 주어로 한 부사절인데 주절에서 '나'가 아닌 '그 아이의 방향'을 주어로 '어디인가'라는 의문형을 취하였다. 이 표현은 부사절의 주어와 주절의 주어가 의미상으로 맞지 않을 뿐만 아니라 '-하면'과 어울리는 '-일 것이다'가 아닌 '-인가'를 취한 '언어의 무의미'를 보여준다.

㉲에서의 맥락상 '그 아이'는 화자인 '나'의 유년을 지칭하는데도 술어부는 과거형이 아닌 현재의 의문형을 취하였다. 이것은 ㉱에서 미래의 가정과 상충하는 현재의 술어를 취한 것과 유사하다. 그런데 이 같은 표현은 "내일이면 가치가 없는 비애로운 소리가 난다", '그(소녀)는 일찍이 자기의 몸값보다 꽃값이 비쌌다는 것을 안다' 등, 시인의 다른 작품들에서도 나타난다. 즉 부사절과 주절의 시제가 구문론적으로 일치하지 않는 '언어의 무의미' 양상은 박인환의 독특한 표현방식이다. 그런데 이것은 그의 독특한 시간의식과 관련이 있다.

그는 시론과 작품에서 '시인으로서의 임무'란 거시적 시간대에서 '과거'와 '현재'와 '미래'를 동시에 사유하고 현실의 전망을 형상화하는 일이라고 밝히고 있다("인간으로서 두 개의 세계에 처함으로서 그는 시인으로서 두 개의 불(火) 사이에 서 있는 것이다", 「현대시의 불행한 단면」, "현재의 시간과 과거의 시간은/ 거의 모두가 미래의 시간 속에 나타난다", 「살아 있는 것이 있다면」서두문). 즉 시제가 구문론적으로 맞지 않는 무의미어구들은 '과거와 현재와 미래'를 동시에 사유하고자 하는 시인의 의식, 무의식적 지향과 관련된다고 할 수 있다.

4. 수수께끼

㉮

하루 종일 나는 그것과 만난다

피하면 피할수록

더욱 접근하는 것   「벽」 부분

㉯

이름 없는 영화배우

······공포의 보수報酬······

······니트로글리세린······

······과테말라 공화국의 선인장······.   「주말」 부분

㉰

향연의 밤

영사부인領事婦人에게 아시아의 전설을 말했다.

자동차도 인력거도 정차되었으므로

신성한 땅 위를 나는 걸었다.

은행 지배인이 동반한 꽃 파는 소녀

그는 일찍이 자기의 몸값보다

꽃값이 비쌌다는 것을 안다.　　　　　　　　　　　「식민항의 밤」 부분

㉣

「人間의 條件」의 앙드레·마르로우

「아름다운 地區」의 아라공

모두들 나와 허물 없던 友人

黃昏이면 疲困한 肉體로

우리의 槪念이 즐거이 이름불렀던

〈精神과 聯關의 호텔〉에서

마르로우는 이 빠진 情婦와

아라공은 절룸발이 思想과

나는 이들을 凝視하면서……

이러한 바람의 낮과 愛慾의 밤이

回想의 寫眞처럼

부질하게 내 눈 앞에 오고 간다

(중략)

시달림과 憎惡의 陸地

敗北의 暴風을 뚫고

나의 永遠한 作別의 노래가

안개 속에 울리고

지낸 날의 무거운 回想을 더듬으며

壁에 귀를 기대면

머나 먼

運命의都市 한복판

희미한 달을 바라

울며 울며 일곱 개의 層階를 오르는

그 아이의 方向은

어데인가.   「일곱개의 層階」부분

㉮

평범한 풍경 속으로

손을 뻗치면

거기서 길게 설레이는

문제되는 것을 발견하였다.

죽는 즐거움보다도

나는 살아나가는 괴로움에

그 문제되는 것이

틀림없이 실재되어 있고 또한 그것은

나와 내 그림자 속에

넘쳐흐르고 있는 것을 알았다.

이 암흑의 세상에 허다한 그것들이

산재되어 있고

나는 또한 어두움을 찾아 걸어갔다

아침이면

누구도 알지 못하는 나만이 비밀이

내 피곤한 발걸음을 최촉催促하였고
세계의 낙원이었던
대학의 정문은
지금 총칼로 무장되었다.

목수꾼 정치가여
너의 얼굴은 황혼처럼 고읍다.
옛날 그 이름 모르는 토지에 태어나
굴욕과 권태로운 영상에 속아가며
네가 바란 것은 무엇이었더냐.

문제되는 것
평범한 죽음 옆에서
한없이 우리를 괴롭히는 것

나는 내 젊음의 절망과
이 처참이 이어주는 생명과 함께
문제되는 것만이
군집되어 있는 것을 알았다.   「문제되는 것」 전문

    ㉮는 제목, '벽'에 의해 본문내용이 이치에 닿는 '수수께끼'의 무의미이다.
㉯는 본문과 제목을 고려해도 이치에 닿지 않는 자동기술적 기술이다. 그
러나 '공포의 보수'라는 '특정어구'가 시인이 감명깊게 본 영화제목임을 알
게 될 때 '이름 없는 영화배우'와 영화 속 제재인 '니트로글리세린'이 의미

있는 계열관계를 이루게 된다.[32] 「현대시의 불행한 단면」에서도 이와 유사한 무의미가 인용되고 있다.[33]

㉣는 '향연의 밤'에 모이는 사람들, '영사부인', '은행 지배인', '꽃 파는 소녀', 그리고 '육전대의 연주회'를 듣고 오는 '주민'이 등장한다. 이 작품은 향연의 밤의 풍경을 담담히 형상화하는 듯하지만 실지로는 그 상황에 내재된 문제적 지점을 나타내고 있다. 즉 '식민항의 밤'이라는 제목은 '본문'의 현상적 장면들을 특정의미로서 계열화하는 '수수께끼'를 푸는 열쇠의 역할을 한다. 그것은 해방 후임에도 권력관계와 주변상황은 식민지일 때와 다름없다는 시인의 뼈아픈 인식을 나타낸다.

㉤에서는 '앙드레 마르로우', '아라공', '슬픔에 죽어 가던 少女', '울며 울며 일곱 개의 층계를 오르는 그 아이' 등이 자동기술적 서술로서 나타난다. 그런데 '일곱개의 층계'라는 표현에 유의하면 두서없는 수수께끼의 장면들이 풀리게 된다. 즉 박인환은 시론에서 오든의 '불안의 연대'를 번역, 소개하였는데, 그 책의 2장과 3장 제목이 '일곱 단계/층계The Seven Stages'이다.[34]

오든의 '일곱층계'는 인류의 종말과 세기말적 시대를 암시하면서 그것으

---

32) "……앞으로 내가 보고 싶은 것은 「공포의 보수」이다. 그 시나리오를 읽은 후 나는 오랫동안 정신이 없었다. 모두 등장하는 인물은 다른 세상에서 버림받고, 인간의 마지막 토지를 찾아온 사람들이며, 그들은 그곳에서 또다시 떠나기 위하여 갖은 최선을 노력했으나, 끝끝내 그 절박된 것을 뛰어넘지 못하고 죽고 마는 것이다" 박인환, 「절박한 인간의 매력」 부분.

33) "구원의 별조차 없는 어두움 속에서 우리는 있다 그 속에서 우리들은 듣는다/ 우리들이 지불한 것을/ 우리들이 만든 세계가 또 다시 찾아가는 것을/ 화폐, 철, 불, 묘석/ 이들은 몸에서 살을 뜯어가는 것이다/ 벌떡펄떡 움직이는 공포의 혓바닥으로 귀를 괴롭히는 것이다", 즉 수수께끼와 같은 본문은, '화폐, 철, 불, 묘석'와 같은 '특정어구'에 의해, 우리의 '몸'과 '귀'를 괴롭히는 도시문명 곧 자본주의의 폐해라는 의미망으로 계열화된다.

34) 2장과 3장은 "불안의 연대"의 핵심부분에 해당된다. 2장에서 인물들은 시간상의 과거와 미래를 여행하며 3장에서는 공간상의 이곳과 저곳을 여행한다. 그럼에도 그들은 연옥의 시공간만을 발견하며 철저한 절망에 빠진다, W.H. Oden, *The Age of ANXIETY*, PART TWO, PART THREE, Princeton Univ, 2011.

로부터 벗어나고자 하는 인물들의 시간여행이자 공간여행의 단계를 나타낸다. 위 작품도 성인기 화자가 최근의 체험으로부터 점차 시간을 거슬러가는 회상방식을 취하고 있다. 즉 '울며 울며 일곱층계를 오르는 그 아이'는 시인의 유년기 자아를 나타내는데, 그러한 자아를 찾아가는 방식은 '불안의 연대'의 '일곱 단계'의 시공간적 회상방식과 조응관계를 이룬다.

⑭에서 화자는 '문제되는 것'에 관하여, '평범한 풍경 속으로 손을 뻗치면 길게 설레이는 것', '틀림없이 실제되어 있고' '나와 내 그림자 속에 넘쳐 흐르고 있는 것' '이 암흑의 세상에 허다한 것', '평범한 죽음 옆에서 한없이 우리를 괴롭히는 것' '내 젊음의 절망과 이 처참이 이어주는 생명과 함께 군집되어 있는 것' 등으로 나타낸다. 즉 '문제되는 것'의 정체는 밝혀지지 않고 그것이 화자 자신과 화자의 주변에 실재한다는 사실을 형상화한다.

화자는 그렇게 실재하는 무엇에 관해 '문제되는 것'이라는 일종의 '빈 기표'로서 나타내었다. 제목역시 '문제되는 것'이라 하여 수수께끼의 어구들이 의미하는 바를 직접적으로 답하지 않았다. 즉 '-것'은 특정한 의미의 고정점을 찾지 못하고 그것이 의미하는 내용항을 미끄러뜨리거나 혹은 그것을 바꾸어가면서 그 기표가 의미하는 바를 계속 추정하도록 하게 한다. 이것은 루이스 캐럴이 'it,' 'thing' 등에 의해 끊임없이 순환하던 '기의'를, '새로운 조어'이자 '환상적 동물'인 '스나크'라는 것으로서 표현한 '소급적 합성'의 방식과 유사하다.[35] 즉 '문제되는' '것thing'은 '열정', '고통', '탐욕', '애

---

35) 들뢰즈가 '소급적 합성'과 대별하여 논의한 '선언적 합성'의 사례는 「처용단장」제 2부 40를 들수 있다. "모난 것으로 할까 둥근 것으로 할까/ 쭈뼛하니 귀가 선 서양 것으로 할까, 하고/ 내가 들어갈 괄호의 맵시를/ 생각했다. 그것이 곧/ 내 몫의 자유다./ 괄호 안은 어두웠다./ 불을 켜면/ 그 언저리만 흰하고 조금은/ 따뜻했다./ 서기 1945년 5월./ 나에게도 뿔이 있어/ 세워 보고 또 세워 보고 했지만/ 부러지지 않았다. 내 뿔에는/ 뼈가 없었다./ 괄호 안에서 나서 괄호 안에서/ 자랐기 때문일까 달팽이처럼", 여기서 '서기 1945년 5월'은 시인의 '세다가와서' 감옥체험과 관련하여 새로운 의미작용을 일으킨다. 즉 '감옥체험'의 '특정어구'는 괄호가 '감옥 안'을 의미하도록 한다. 한편, (), 〈 〉, { } 등, 괄호의 도상에 근거한 '뿔'과 '뼈'는 시인의 '새로운 조어'로서 역할

도'/'불안', '생의 의지' 등으로 변화하는데, 형용하는 어구에 따라 이전의 어구가 암시하던 기의를 변형시키고 그것의 일부를 미끄러뜨리고 있다.

박인환의 작품에서 '수수께끼'의 무의미는 주로 시 제목과 본문과 관련하여 구성된다. 즉 시 '본문'에서는 복합적, 다층적으로 상황을 형상화하지만 '제목'에 의해 그것을 투시한 거시적 관점을 보여준다. '식민항의 밤,' '인천항', '일곱 개의 층계' 등은 해방 후에도 식민지때와 다를 바 없는 권력구도와 환경, 세기말적 의식을 암시한다. 특히, 그의 '수수께끼'의 무의미는, 좀처럼 풀리지 않는, 시국에 관한 시인의 고민을 나타낸다. 그것은 주로 '벽,' '문제되는 것' 등, '빈 기표'의 형식을 취한다.

IV. 결론

비유, 역설, 상징 등이 각각 독자적 원리와 용어에 의하여 시편에서 해당되는 지점을 중심으로 강조, 논의하는 방식이라면, 시적 범주론은 일정한 언어표현과 규칙에 의하여 시편의 다양한 시구들을 구별 짓고 그 차별적 지점을 중심으로 시적 의미의 창조지점을 논의하는 방식을 취하고 있다. '시적 무의미의 범주론'은 어휘론, 구문론, 의미론, 시의 형식 등의 준거에 의하여 무의미에서 의미로 변화하는 지점, 즉 정상적인 구문으로부터 벗어나거나 일상적인 의미로부터 시적 의미로 변화하는 범주들을 논의하였다. 그것은 '상황의 무의미', '언어의 무의미', '범주적 이탈', '수수께끼'로 범주

한다. 즉 ('뿔'을 세워보고자 했으나 내 '뿔'에는 '뼈'가 없었다고 하는 구절에서 볼 때) '뿔'은 '내적 방어기제'라는 의미계열을, '뼈'는 '강한 의지' 혹은 신념'이라는 의미계열로 분화된다. 이 같이 '괄호'가 '뿔'과 '뼈'의 기의로 가지치는 방식은 들뢰즈의 '선언적 합성' 즉 '새로운 조어'에 의한 기의계열 형성과 상응한다.

화된다.

중요한 전제는 '시적 의미'와 '무의미'의 관계에 관한 것으로서 이때의 '무의미'는 '의미의 없음'이나 '어리석음'이 아니라 전후맥락상 '고도의 일원화'에 의하여 '의미'가 창조되는 가능성의 지점을 의미한다. 무의미와 의미의 관계에 주목한 접근법은 특히 해체적 환상시 분석에 유효한 특성을 보여준다. 즉 박인환의 작품세계와 같이 복합적, 파격적으로 심층적 표현을 형상화하는 오늘날 현대시를 체계적으로 조명하는 데에 유효하다고 할 수 있다.

박인환의 작품에서 무의미어구들은 어구 층위에서 '범주적 이탈' 혹은 '언어의 무의미'가 주요하다. 한편, 문장이나 문단 층위에서는 '상황의 무의미' 혹은 '수수께끼'가 특징적이다. 그의 작품들에서는 시적 표현들이 다양한 무의미의 범주들을 복합적으로 포괄하기 때문이다. 또한 그의 무의미어구들이 상당부분, 추상어와 관념어로 구성되는 것도 특징적인 점이다.

박인환의 작품에서 '상황의 무의미'는 주로 환각이나 환상의 장면을 나타내는데 그것은 전쟁의 참혹한 주검을 앞둔 극심한 공포 혹은 절망의 상태와 깊은 관련을 지닌다. 화자의 형상은 주로 '존재와 부재,' '어둠과 밝음,' '두 개의 불' 등, 이질적 두 세계의 경계선 상에 있는 것이 특징적이다. '경계선상의 화자'는 환상과 현실의 경계에서 현재를 조망하는 시인의 시적 지향을 나타낸다.

박인환의 작품에서 '범주적 이탈'은 주로 화자인 '나'의 심리를 간접적, 복합적으로 표출하는 방식과 관련을 지닌다. 주요한 '형용어구'는 '불안한', '불행한', '죽음과 관련된' 등이다. 그것은 전쟁기에 처한 시인의 내적 상태를 가리키며, 이 표현은 '신' 혹은 '달'을 수식하는 것에도 나타난다. 특징적인 것은 '범주적 이탈'의 상당부분이 한자어로 구성되며 구체적으로는 불안과 불행의 '관념적 표현'으로 나타난다는 점이다.

박인환의 작품에서 '언어의 무의미'는 전쟁현장과 시애틀 문명의 충격적 체험과 관련된다. 그의 '언어의 무의미'는 구문론적 어법에 맞지 않는 낯선 어휘들의 연결방식을 취하며 공통적으로 불안과 공포를 나타낸다. 그리고 그의 '언어의 무의미'는 호응관계가 결여된 구문론적 표현이 특징적이다. 그것은 주로, '과거'와 '현재'와 '미래'의 시제가 구문론적으로 불일치하는 양상으로 나타난다. 이러한 이탈은 '과거'와 '현재'와 '미래'를 동시적으로 사유하려는 시인의 의식, 무의식적 지향과 관련이 있다.

박인환의 작품에서 '수수께끼'의 무의미는 주로 시 제목과 본문과 관련하여 구성된다. 즉 시 '본문'에서는 복합적, 다층적으로 상황을 형상화하지만 '제목'에 의해 그것을 투시한 거시적 관점을 보여준다. '식민항의 밤,' '인천항', '일곱 개의 층계' 등은 해방 후에도 식민지때와 다를 바 없는 권력구도와 환경, 세기말적 의식을 암시한다. 특히, 그의 '수수께끼'의 무의미는, 좀처럼 풀리지 않는, 시국에 관한 시인의 고민을 나타낸다. 그것은 주로 '벽,' '문제되는 것' 등, '빈 기표'의 형식을 취한다.

제7장

박인환과 W.H. 오든의
시론에 관한 비교문학적 연구

I. 서론

박인환의 시와 산문에 관한 연구는 최근 들어 다양한 관점에서 조명되어 왔다. '초기시'에 초점을 둔 모더니즘적 관점¹⁾으로부터 현실주의적 관점²⁾, 그리고 '미국여행'에 초점을 둔 허무주의적 관점³⁾에 이르기까지 그의 연구사의 스펙트럼은 그의 시세계의 다양성과 입체성을 증명하고 있다. 그리고 2000년대에 들어서면서 그의 미확인 작품들을 발굴한 박인환 전집들이 출간되

---

1) 오세영, 「후반기 동인의 시사적 위치」, 『박인환』, 이동하 편, 『한국현대시인연구12』, 문학세계사, 1993, 김재홍, 「모더니즘의 공과」, 이동하 편, 앞의 책, 이승훈, 「1950년대 한국 모더니즘 시의 전개」, 『한국모더니즘 시사』, 문예출판, 2000, 박몽구, 「박인환의 도시시와 1950년대 모더니즘」, 『한중인문학연구』 22, 2007.

2) 박현수, 「전후 비극적 전망의 시적 성취-박인환론」, 『국제어문』 37, 2006, 맹문재, 「폐허의 시대를 품은 지식인 시인」, 『박인환 깊이 읽기』, 서정시학, 2006 정영진, 「박인환 싱의 탈식민주의 연구」, 『상허학보』 15, 2005, 조영복, 「근대문학의 '도서관 환상'과 '책'의 숭배 -박인환의 「서적과 풍경」을 중심으로」, 『한국시학연구』 23, 한국시학회, 2008, 곽명숙, 「1950년대 모더니즘의 묵시록적 우울-박인환의 시를 중심으로」, 『정신문화연구』 32, 2009, 김은영, 『박인환 시와 현실인식』, 글벗, 2010, 김종윤, 「전쟁체험과 실존적 불안의식-박인환론」, 『현대문학의 연구』 7, 1996.

3) 한명희, 「박인환 시 『아메리카 시초』에 대하여」, 『어문학』 85, 2004, 방민호, 「박인환 산문에 나타난 미국」, 『한국현대문학연구』 19, 2006, 박연희, 「박인환의 미국 서부 기행과 아메리카니즘」, 『한국어문학연구』 59, 2012, 정영진, 「박인환 시의 탈식민주의 연구」, 『상허학보』 15, 2005, 이기성, 「제국의 시선을 횡단하는 시 쓰기: 박인환 시의 탈식민주의」, 『현대문학의 연구』 34, 2008, 이은주, 「1950년대 문학비평의 세계주의와 미국적 가치지향의 상관성」, 『상허학보』 18, 2006, 장석원, 「아메리카 여행 후의 회념」, 『박인환 깊이 읽기』, 서정시학, 2006, 오문석, 「박인환의 산문정신」, 『박인환 깊이 읽기』 서정시학, 2006, 「박인환 시에서 '미국여행'과 '기묘한 의식' 연구-'자의식'의 문제를 중심으로」, 『현대문학연구』 45, 2015.4.

고 있는 사실도 박인환의 본격적 연구에 고무적인 사실이다.[4] 주목할 만한 논의로는, 박인환의 시세계가 지닌 특수성, 즉 상반되기까지 하는 시세계의 다양성을 심층적으로 논의하고자 한 정신분석학적 연구들[5]을 들 수 있다.

특기할 부분은 연구사에서 미흡한 영역이었던 오든그룹과의 비교문학적 연구가 최근 주목받고 있다는 것이다.[6] 박인환의 시경향과 시론을 논의하는 것에 있어서는 오든그룹 특히 오든과의 비교연구가 핵심적이라고 할 수 있다. 박인환은 자신의 시론, 「현대시의 불행한 단면」에서 오든을 중심으로 오든그룹 일원들의 작품경향과 시론을 논의하고 있다. 오든과 박인환의 시인으로서의 행보는 상당부분 유사성을 지닌다. 그들은 모두 초기에 사회참여적이며 전위적인 시인이었으며 전쟁과 현실에 대해 적극적인 태도를 취하였다. 그럼에도 그들은 정치가가 아닌 시인으로서의 입장에 자각적이었다. 그리고 세계대전 종식이후에 오든이 미국으로 귀화하고 기독교에 귀의하였듯이 박인환 역시 1950년대 당시 미국여행을 체험하였으며 이후 친미적 성향을 취하였다. 오든을 향한 박인환의 공감적 관점은 '시집', '선시집'으로서 명명한 그의 시집제목에서 단적으로 드러난다.[7]

---

4) 문승묵 편, 『박인환 전집』, 예옥, 2006, 맹문재 편, 『박인환 전집』, 실천문학, 2008, 엄동섭, 염철 편, 『박인환 문학전집』, 소명출판, 2015.

5) 김승희, 「전후 시의 언술 특성: 애도의 언어와 우울증의 언어-박인환·고은의 초기시를 중심으로」, 『한국시학연구』 23, 2012.7, 강계숙, 「'불안'의 정동, 진리, 시대성: 박인환 시의 새로운 이해」, 『현대문학의 연구』 51, 2013.10, 라기주, 「박인환 시에 나타난 불안의식 연구」, 『한국문예비평연구』 46, 2015, 최라영, 「박인환 시에서 '십자로의 거울'과 '새로운 불안'의 관련성 연구 -라캉의 '정동affect' 이론을 중심으로」, 『현대문학연구』 51집, 2017.4.

6) 문혜원, 「오든 그룹의 시 해석-특히 스티븐 스펜더를 중심으로」, 『모더니즘 연구』, 1993. 공현진, 이경수, 「해방기 박인환 시의 모더니즘 특성 연구」, 『우리문학연구』 52권, 2016, 최라영, 「박인환과 S. 스펜더의 비교문학적 연구 -'열차'와 '항구'를 중심으로」, 『한국시학연구』 51호, 2017. 8, 최라영, 「박인환의 시와 W.H. 오든의 『불안의 연대 The Age of Anxiety』의 비교문학적 연구- '로제타'의 변용과 '불행한 신'의 의미를 중심으로」, 『한국문학논총』 78집, 2018. 4.

7) 오든은 첫 시집, "Poems"(1928년)을 출간, 이후, "Selected Poetry"(1938), "The Collected Poetry of W.H. Oden"(1945), "Collected Shorter Poems"(1950) 등의 표제를 단 '선시집'을 출

한편, 크게 보아 유사한 행보를 보여주는 박인환과 오든은 실제 작품 창작이나 시론적 지향의 측면에서 상당한 차별성을 보여준다. 두 시인은 작품상의 주제, 구도 등의 측면에서 '불안의 시대'를 주제화하는 유사성을 갖지만 당대의 역사, 전쟁, 사건 등에 반응하고 그것을 내면화하는 방식 면에서 상당히 상이한 특성을 나타낸다. 마찬가지로, 미국에 대한 박인환의 태도는 겉으로는 오든과 유사하지만, 실지로는 상당히 복합적, 이중적인 특성을 드러낸다. 박인환이 오든과 유사한 시론적 입장에서 출발하였으면서도 그만의 고유한 맥락으로 나아가는 지점을 조명하기 위해서는, 오든의 시론을 경유하여 주장한 박인환의 시론 즉 '시인으로서의 역할', '본질적인 시에 대한 정조와 신념'에 관한 비교문학적 고찰이 필요하다.

오든그룹의 일원 스펜더가 '열차', '비행기', '항구' 등, 문명의 이기와 관련하여 현상적이고 감각적인 형상화를 특징적으로 보여준다면, 오든은 세계의 현상 너머에서 일어나는 본질적인 것을 파악하고 그것에 주목하는 이념적, 역사적 형상화를 특징적으로 보여주는 특성이 있다. 즉 오든은 오든그룹의 시론적 방향성을 제시하는 중추적 인물이었으며, 박인환의 시론과 작품에서 주제의 방향성역시 오든의 영향을 받았다. 단적으로, 오든은 자신의 작품 속에서 '키에르케고르', '테네시 윌리암스', 그리고 'C. D. 루이스'의 영향을 받았다고 직접적으로 고백한다.[8] 박인환의 작품들을 관류하는 '불안의식'역시 '신'과 관련한 키에르케고르적 의식과 상통하는 측면이 있다.[9] 그리고 박인환은 시론 「현대시의 불행한 단면」에서 그 서두에

간하였다. 이것은 박인환의 첫 시집이 "選詩集"의 표제를 지닌 것과 관련을 지닌다.

8) "떠들썩한 키에르케고르, 윌리암스, 그리고 루이스는/ 나로 하여금 다시 믿음으로 인도하였다 Wild *Kierkegaard, Williams* and *Lewis*/ guided me back to belief," "감사A Thanksgiving" 부분.

9) 이에 관해서는 최라영, 「박인환의 '불안'과 '시론'의 관련성 -키에르케고르의 '불안'을 중심으로」, 『한국문학논총』 75집, 2017.4, pp. 133-163.

C. D. 루이스의 글을 인용할 뿐만 아니라 오든그룹개개의 시론에 관해 구체적으로 다루었다. 또한 테네시 윌리암스에 경도되어 이후 극장르에 관심을 갖게 된 오든과 유사하게, 박인환역시 미국여행 이후, 테네시 윌리암스(Tennessee Williams)의 「욕망이라는 이름의 전차A Streetcar Named Desire」(1947)를 번역하여 극단 '신협'의 공연무대에 올리는 것을 시작으로 연극, 영화 평론가로서 활발히 활동하였다.[10]

오든과 박인환은 세계대전의 전후(前後)세대로서 역사 속에서 당대를 객관적으로 조망하면서도 전쟁과 관련한 세기말적 '불안'의 시학을 전개하였다는 공통점을 지닌다. 즉 오든이 The Age of ANXIETY를 통해 전후(戰後) 혼돈에 처한 세계 속에서 '신'의 구원을 모색하는 '불안'의 시학을 전개하였다면, 박인환은 작품 전반에 걸쳐서 전쟁기 인간의 절박한 실감을 구체화한 '불안'의 시학을 전개하였다.[11] 두 사람은 전쟁기를 응시하고 그것을 대처하는 방향에 있어서 차별적인 시론을 보여준다. 오든이 '불안'의 전쟁기를 '초월적 신'의 처벌의 현장으로서 바라보고 '악의 응징'의 목소리를 내는 것으로서 시인으로서의 역할을 추구하였다면, 박인환은 전쟁기의 불안 속에서 '인간적 신'을 불러내면서 당대인들의 고통을 위안하는 것으로서 시인으로서의 역할을 추구하였다.

구체적으로, 오든은 산업혁명으로 인한 자본주의의 병폐, 도시노동자의 문제 그리고 세계대전을 일으킨 나찌즘 등을 '악(惡)'의 축으로 간주하였다. 그리고 그는 '신의 대리자'로서 시인의 관점에서 '선(善)'의 진영의 승리를 확신하면서 '역사'에 대한 믿음과 '선악'에 대한 분별을 강조하였다.[12]

---

10) 이봉구, 『그리운 이름 따라 -명동 20년』, 지식을 만드는 지식, 2014, p. 142.
11) 이에 관해서는, 최라영, 「박인환의 시와 W.H. 오든의 『불안의 연대 The Age of Anxiety』의 비교 문학적 연구」, 『한국문학논총』 78집, 2018.4, pp. 167-210.
12) "poetry is not concerned with telling people what to do, but with extending our

한편, 박인환은 '자본주의'의 병폐와 제국주의국가들을 중심으로 한 부조리한 '역사'에 대해 비판하였다. 그리고 그는 '인간의 대리자'에 선 시인의 관점에서 '선악'에 대한 확신보다는 갈등에 찬 세계들 그 사이에서 희생되는 약소국과 당대인들을 공감적으로 응시하였다.[13]

오든이 나찌를 향한 분노와 당국을 향한 비판을 거침없이 형상화한다면 박인환은 불안과 절망에 싸인 전쟁상황과 자기의 내면을 복합적으로 형상화하였다. 박인환은 전쟁에 처한 주변인들과 자신의 모습을 응시하면서 연민과 수치와 불안으로 점철된 복합적인 '분열된 정신'을 형상화하였다. 그역시, 오든과 마찬가지로, 자본주의의 병폐문제에 관한 비판의식을 구체화하였다. 그런데 박인환은, 오든이 간과한, 제국주의국가들의 횡포를 비판하고 식민지지식인으로서의 자의식과 저항의식을 드러내고 있다.

박인환의 시론상의 고유한 지점을 규명하기 위해서는, '선악 인식의 분별력의 확장'이라는 오든의 시론과의 비교문학적 고찰이 필요하다. 이것은 박인환이 자신의 시론으로서 주장한, '시인으로서의 역할', '본질적인 시에 대한 정조와 신념'을 명확히 드러내는 일이 된다. 그리고 이 글은 박인환과 오든의 작품들을 대상으로 두 사람의 시론적 지향을 대비적으로 고찰하면서 박인환 시론의 고유성과 세계성을 조명하고자 한다.

---

knowledge of good and evil, perhaps making the necessity for action more urgent and its nature more clear, but only leading us to the point--", W. H. Oden and John Garrett, The Poet's Tongue: An Anthology of verse, London, G Bell & Sons Ltd, 1935, p. 22.

13) "시를 쓴다는 것은 내가 사회를 살아가는 데 있어서 가장 의지할 수 있는 마지막 것이었다. 나는 지도자도 아니며 정치가도 아닌 것을 잘 알면서 사회와 싸웠다…… 여하튼 나는 우리가 걸어온 기로가 갈 길 그리고 우리들 자신의 분열한 정신을 우리가 사는 현실사회에서 어떻게 나타내 보이며 순수한 본능과 체험을 통해 불안과 희망의 두 세계에서 어떠한 것을 써야 하는가를 항상 생각하면서 여기에 실은 작품들을 발표했었다", 『선시집』 후기 부분

II. '무심한 별의 숭배자'와 '선을 그리는 내 가슴의 운석'

㉮

별들을 가만히 바라보면 나는 깨닫게 된다,

저 별들이 지켜보더라도, 내가 지옥으로 떨어질 수 있다는 것을.

그러나 지구상에서 무관심은 적어도 필요한 것이다, 비록 그것이 사람이나 짐승으로부터 두려워해야 하는 것이지만.

우리와 꼭같이, 별들이 돌이킬 수 없는 열정으로 불탄다면, 어떻게 별들을 좋아할 수 있겠는가?

서로 꼭 같이 사랑할 수 없다면, 더 사랑하는 이는 내가 되리라.

무심한 별의 숭배자로서, 지금 저 별들을 보고 있으니, 어떠한 별을 내가 내내 열렬히 그리워했다고 말할 수가 없구나.

별들이 모두 사라지거나 죽는다면, 나는 텅 빈 하늘을 바라보는 일을 배워야 할 것이다.

그리고 암흑의 지평이 주는 숭고함을 배워야 할 것이다,

시간은 걸리겠지만.

오든, 「더 사랑하는 이The More Loving One」¹⁴⁾

Looking up the stars, I know quite well

That, for all they care, I can go to hell,

But on earth indifference is the least

---

14)   이 글에 인용된 오든의 시와 글은 모두 필자의 번역임.

We have to dread from man or beast.

How should we like it were stars to burn
With a passion for us we could not return?
If equal affection cannot be,
Let the more loving one be me.

Admirer as I think I am
Of stars that do not give a damn,
I cannot, now I see them, say
I missed one terribly all day.

Were all stars to disappear or die,
I should learn to look at an empty sky
And feel its total darkness sublime,
Though this might take me a little time.

㉔

靜寞한 가운데
燐光처럼 비치는 무수한 눈
暗黑의 地平은
自由에의 境界를 만든다.

사랑은 주검은 斜面으로 달리고

脆弱하게 組織된

나의 內面은

지금은 孤獨한 술瓶.

밤은 이 어두운 밤은

안테나로 形成되었다

구름과 感情의 經緯度에서

나는 永遠히 約束될

未來에의 絕望에 關하여 이야기도 하였다.

또한 끝없이 들려 오는 不安한 波長

내가 아는 單語와

나의 平凡한 意識은

밝아올 날의 領域으로

危殆롭게 隣接되어 간다.

가느다란 노래도 없이

길목에선 갈대가 죽고

욱어진 異神의 날개들이

깊은 밤

저 飢餓의 별을 向하여 作別한다.

鼓膜을 깨뜨릴 듯이

달려오는 電波

그것이 가끔 敎會의 鍾소리에 합쳐

線을 그리며

내 가슴의 隕石에 가랁아버린다.

박인환, 「밤의 노래」

㉮에서 오든은 숭배하는 반짝이는 별들이 무심할 뿐이지만 '더 사랑하는 이'가 될 것임을 자처한다. 그는 별들이 모두 죽는다면 '암흑의 지평이 주는 숭고함을 배울 것I should learn to look at an empty sky/ And feel its total darkness sublime'을 다짐한다. 오든에게서 '별'의 의미는 '진리Truth'이자 '신'의 뜻을 가리키는 상징물로서 나타난다. 그는 '별'을 바라보며 예언하고 '진리'를 깨닫는 존재를 '시인'으로서 간주하였다("그는 별들을 유심히 관찰하였으며 날아가는 새들을 주시하였다./ 홍수로 강은 범람하였으며 제국은 붕괴되었다./ 그는 예언하였으며 그의 말은 때때로 옳았다./ 그의 예언은 운이 따랐으며 충분한 보상도 얻었다.// 그리고 그는 진리를 깨닫기도 전에 진리와 사랑에 빠지게 되었다"[15]). 즉 그는 '법' 혹은 '진리'를 헤아리는 '시인' 곧 "노래하는 이는 곧 신(신의 대리자)이다It is a God that sings"[16]라는 확신을 보여준다. 그런데 그에게서 '시인'의 형상은, "손으로써 섬기는 사람들" 곧 당대의 사람들보다는, 시인 그 자신이 깨달음을 얻는 '별' 혹은 (신의) '진리'를 중시하는 존재로 부각되는 측면이 있다("그는 상상의 땅을 향해 말을 달렸다./ 그는 고독과 단식으로써 진리를 간절히 구하였다./ 그는 자신들의 손으로써 섬기는 사람들을 비웃었다"[17]).

---

15) "He watched the stars and noted birds in flight;/ The rivers flooded or the Empire fell:/ He made predictions and was sometimes right;/ His lucky guesses were rewarded well.// And fell in love with Truth before he knew her", "In Time of War" 6연 부분.

16) "In Time of War" 7연 부분.

17) "And rode into imaginary lands,/ With solitude and fasting hoped to woo her./ And mocked at those who served with their hands", "In Time of War" 6연 부분.

㉲에서 박인환은 '암흑의 지평'의 무수한 '안테나'의 '파장'으로부터 끝없는 '불안함'을 체험한다. 대영제국 시인 오든이 '암흑의 지평'에서 '눈부신 별들'을 향한 '숭고함'을 초점화한다면, 일제식민지 시인 박인환은 '암흑의 지평'에서 '안테나'와 '인광들'을 향한 '불안함'을 초점화하는 것이다. 박인환이 절감하는 '암흑의 지평'과 '불안의 파장'은 '가정'의 상황이 아니라 전운(戰運)이 감도는 당대의 '실제(實際)'를 유추적으로 나타낸다(물론, 오든도 '별들'이 사라진 '암흑의 지평'에서도 '숭고함'을 배우려고 '한참을 노력할 것'이라고 다짐한다. 그런데 그것은 어디까지나 '가정'을 상정한 각오이다). 그럼에도 그는 '암흑의 지평' 속에서 '밝아올 날의 영역' 즉 '자유에의 경계'를 보고자 하는 의지를 그려내고 있다.

'불안한 파장'은 '인광의 안테나들'과 '기아의 별'과 '교회의 종소리'와 오버랩되면서 시적 화자에게 '고막을 터질 듯한 고통'을 주고 있다. 오든이 세계의 형상을 '무수한 별'과 '암흑의 지평'이라는 이원적인 것으로 파악하는 경향이 있다면, 박인환은 세계의 형상을 '인광들'과 '안테나들'과 '기아의 별'을 품은 '암흑의 지평' 즉 복합적인 단일한 것으로 파악하는 경향이 있다. 즉 박인환에게서 지상의 '인광들의 무수한 눈'은 '끝없이 들려오는 불안한 파장'에 의해 '미래에의 절망'을 체험하도록 하며, 그것은 '내 가슴의 별조각(운석)'으로서 결정화된다. 한편, 밤하늘의 '별'은 '기아의 별'로서 인식되며 '교회의 종소리'역시 배경음으로서 작용한다. 박인환역시 오든과 유사하게, '별' 혹은 '달'로서 '신'의 상징물을 나타내기는 하지만, 그는 주로 자신이 속한 현실세계와는 동떨어진 '별' 혹은 무정한 '달'의 모습을 읽어내고 있다("陸戰隊의 演奏會를 듣고 오던 住民은/ 敵愾心으로 植民地의 哀歌를 불렀다./ 三角洲의 달빛/ 白晝의 流血을 밟으며 찬 海風이 나의 얼굴을 적신다", 「植民港의 밤」 부분, "달은 精霙보다도 더욱 처량하다/ 멀리 우리의 視線을 集中한/ 人間의 피로 이루운/ 自由의 城砦/

그것은 우리와 같이 退却하는 자와는 關聯이 없었다.// 神이란 이름으로서/ 우리는 저 달 속에/ 暗澹한 검은 江이 흐르는 것을 보았다.「검은江」 부분).

박인환은 당대를 살아가는 주변인들과는 깊은 공감대를 형성하지만 '신의 상징물'과는 유대감을 얻지 못하는 장면을 주로 형상화하였다. 이것은 앞서 '별'과 '지상'에 관한 오든의 형상화와는 대비되는 것이다. 즉 천체의 상징물로서 내면을 비추어내는 두 시인의 내적 형상을 살펴볼 때, 오든의 것이 인간보다는 신의 세계를 향한 지향을 강하게 나타낸다. 또한 오든이 세계를 반영하고 해석하는 방식은 이원적(이분법적)이며 관념적인 특성을 보여준다. 한편, 박인환의 방식은 신보다는 당대 사람들을 향한 연민을 강하게 드러내며, 그가 세계를 반영하고 해석하는 방식은 복합적이며 현실적인 특성을 보여준다.

내일, 젊은이들을 위해 시인들은 폭탄처럼 폭발할 것이다.

완전한 소통의 겨울에 호숫가를 산책할 것이다-

내일, 여름의 어느 저녁, 교외를 가로지르는 자전거경주가 있을 것이다.

그러나 오늘은 투쟁이다.

오늘은, 피할 수 없는 죽음의 가능성이 커지고 있다-

그 죄를 알면서도 살인을 불가피하게 받아들이는 것이다-

오늘, 우리는 얇은 팜플렛과 지루한 회합에 자신의 힘을 덧없이 쏟고 있다.

오늘, 잠깐의 위안이 있다- 나누어 피는 담배,

양초로 밝힌 곳간의 카드놀이, 그리고 음악회의 불협화음,

사내다운 농담들- 오늘, 전쟁터의 부상을 목전에 둔, 더듬거리는 불만족스러운 포옹이 있다.

별들은 죽어 있다- 동물들은 쳐다보지 않으려 한다.

우리는 우리의 시대에 홀로 남겨져 있다, 시간은 짧다, 그리고

역사는 패배한 자들에게

유감이라고 말한다, 그러나 그들을 도울 수도, 그들에게 용서를 구할 수도

없다.

W.H. Auden, 「Spain 1937」 끝부분

To-morrow for the young the poets exploding like bombs,

The walks by the lake, the winter of perfect communication;

To-morrow the bicycle races

Through the suburbs on summer evenings:

But to-day the struggle.

To-day the inevitable increase in the chances of death;

The conscious acceptance of guilt in the necessary murder;

To-day the expending of powers

On the flat ephemeral pamphlet and boring meeting.

To-day the makeshift consolations: the shared cigarette;

The cards in the candle-lit barn, and scraping concert,

The masculine jokes; today the

Fumbled and unsatisfactory embrace before hurting.

The stars are dead; the animals will not look:

We are left alone with our day, and the time is short and

History to the defeated

May say Alas but cannot help nor pardon.

住居와衣食은 最低度

奴隷的地位는 더욱 甚하고

옛과같은 創造的血液은 完全히 腐敗하였스나

인도네시야人民이어

生의榮光은 그놈들의所有만이 아니다

마땅히 要求할수있는 人民의解放

세워야할 늬들의나라

인도네시야共和國은 成立하였다 그런데

聯立臨時政府란 또다시 迫害다

支配權을 恢復할랴는謀略을 부셔라

이제는 植民地의孤兒가되면 못쓴다

全人民은 一致團結하여 스콜처럼 부서저라

國家防禦와 人民戰線을위해 피를뿌려라

三百年동안 받어온

눈물겨운 迫害의反應으로

너의祖上이 남겨놓은

椰子나무의노래를 부르며

홀랜드軍의 機關銃陣地에 뛰여드러라

帝國主義의 野蠻的制裁는

너이뿐만아니라 우리의 恥辱

힘있는데로 英雄되여 싸워라

自由와 自己保存을 위해서만이 아니고

野慾과 暴壓과 非民主的인

植民政策을

地球에서 부서내기위해

反抗하는 인도네시야人民이여

最後의 한사람까지 싸워라.

박인환, 「인도네시아 人民에게 주는 詩」 부분

　박인환은 이 시대를 '불안의 세계'로 간주하고 '인간의 미래에 대한 확신'을 가지고 과거로부터 구현되어온 '인도주의(人道主義)'가 현재에도 실현되어야 한다는 당위성을 보여준다. 이것은 그가 자신의 시론을 논하는 자리에서 오든의 견해를 빌어서 강조한 「현대시의 불행한 단면」의 핵심, 즉 '미래의 무한한 가능성'을 확신하고 '인간의 역사의 진전의 표상이 되는 것을 주제로 삼는다'와 상통하는 맥락을 갖는다. 즉 두 사람 모두, '시인'이란 '사회의 사람들을 계몽하여 지도하는 특별임무를 지닌 사회적인 책임있는 인간'으로서 파악하는 것이다.

　시인의 역할에 관한 두 사람의 지향은 각각, '스페인 내전'과 '인도네시아 내전'에 관한 형상화를 통하여 구체적 윤곽을 드러낸다. 즉 오든은 '스페인 내전'에 참전하고 '나찌즘'에 대항한 장시(長詩) 「Spain 1937」을 썼다. 박인환은 네델란드 식민지였다가 일제식민지가 된 '인도네시아'의 독립의지를 주제화한 「인도네시아 人民에게 주는 詩」를 썼다. 이들 작품은 모두, 과거, 현재, 그리고 미래라는 역사적 시간 하에서 각각, '스페인 내전'과 '인도네시아의 투쟁'을 거시적으로 조망하는 구조적 유사성을 지닌다.

　첫 번째 시는 오든이 '인민전선 당'을 지지하여 '스페인 내전'에 참전하고 '나찌즘'에 대항한 '장시'의 일부이다. 오든은 역사의 거시적 조망 하에서 스페인 내전과 그것에 임하는 자신의 각오를 초점화하였다. 그것은 '내일,

젊은이들을 위해 시인들은 폭탄처럼 폭발할 것이다To-morrow for the young the poets exploding like bombs'라는 구절로서 요약된다. 당시 세계의 문인들은 스페인의 내전상황을 '나찌즘'과의 대결상황의 세계적 압축판으로서 인식하였다. 오든또한 이러한 인식을 지녔으며 나찌즘의 독재와 폭력에 맞서고자 스페인 내전에 참전하였던 것이다. 그러한 그의 의지는 '그러나 오늘은 투쟁이다But to-day the struggle'라는 반복적 시구로서 강조되고 있다.

그런데 실상, 작품 속에서 정의를 향한 오든의 의지와 신념은 관념적이고 추상적인 경향을 지니며 전쟁의 상황과 그 비극적 국면에 관한 실감은 구체화되지 못하였다.[18] 그리고 이 시는 스페인 내전에서의 필승의지를 다짐하면서 '시간은 짧고 역사는 패배한 자들에게 유감이라고 말한다. 그러나 도움을 줄 수도 용서를 구할 수도 없다the time is short and/ History to the defeated/ May say Alas but cannot help nor pardon'로서 끝을 맺고 있다. 이것은 나찌즘을 향한 강한 응징의식과 대영제국시인으로서의 자기긍정에서 기인한 것이지만, 역사는 승리 아니면 패배일 뿐이라는 이분법적 시각을 반영한 것이다. 즉 오든은 세계의 정의 실현을 갈망하지만 스페인 내전의 절박한 현실에 관심을 갖는다기보다는 관념적인 투쟁의지를 강조하는 특성이 있다.

두 번째 시는 박인환이 네델란드의 식민지가 되었다가 다시 일본 제국주의의 식민지가 된 인도네시아의 독립투쟁을 고무한 작품이다. 이 시역시 오든의 작품과 마찬가지로, 과거, 현재, 미래의 역사를 조망하는 가운데서 인

---

18) "이들의 의견이 뒷받침해주듯, 전반적으로 「스페인」은 스페인의 현실정치 혹은 전쟁터의 참상으로부터 한 발자국 비켜 서 있는 듯이 보인다. 오든은 특정세력에 대한 지지 혹은 비난을 통해 자신의 시각을 드러내기보다는 "인류의 근원에 대한/ 고전적 강의"로서 유럽 역사를 회고하고 희망하는 미래의 모습을 상상하면서 스페인 내전의 의미를 이야기한다", 황준호, 「W. H 오든의 시학과 정치성」, 『영어영문학』 55권 2호, 2009, p. 323.

도네시아의 투쟁을 고무하는 구조를 취하고 있다. 그러나 우리와 같이 일제식민지였던 인도네시아를 바라보는 박인환의 시선은, 오든의 경우와는 달리, 구체적 사실들에 근거한 공감적 방식을 보여준다. 즉 그는 인도네시아의 역사와 인도네시아인의 삶을 구체적으로 감각하고 있다. 즉 '전인민은 일치단결하여 스콜처럼 부서져라'라는 구절은 공허한 구호에 그치지 않고 제국주의에 대한 저항의 실감이 실려 있다("住居와衣食은 最低度/ 奴隷的地位는 더욱甚하고/ 옛과같은 創造的血液은 完全히 腐敗하였스나/ 인도네시야人民이어/ 生의榮光은 그놈들의所有만이 아니다// 마땅히 要求할수있는 人民의解放/ 세워야할 늬들의나라/ 인도네시야共和國은 成立하였다 그런데/ 聯立臨時政府란 또다시 迫害다/ 支配權를 恢復할랴는 謀略을 부셔라/ 이제는 植民地의孤兒가되면 못쓴다/ 全人民은 一致團結하여 스콜처럼 부서져라").

과거, 현재, 미래의 조망 하에서 스페인 내전을 향한 오든의 투쟁의지는 다소 추상적이며 이념적인 차원에서 형상화되고 있다. 한편, 과거, 현재, 미래의 조망 하에서 인도네시아의 식민지상황을 향한 박인환의 시선은 구체적이며 현실적인 차원에서 복합적으로 형상화되고 있다. 그리고 오든의 경우, 제국주의 국가들에 대한 자기비판의식이 결여되어 있는 채로 독일 나찌즘에 대한 강렬한 비판의식을 드러낸다면, 박인환의 경우는, 피식민지인으로서의 자의식을 드러내면서 홀랜드, 영국, 일본 등 제국주의국가들을 향한 강한 비판을 구체화한다.

즉 오든이 자신이 속한 제국주의국가에 대한 비판의식이 결여되어 있는 채, '무심한 별'로 표상되는 관념적 '선(善)'의 의지 즉 나찌즘에의 징벌을 초점화한다면, 박인환은 제국주의국가들의 불합리한 약탈에 대한 비판의식을 드러내면서, '내 가슴의 운석'으로 표상되는 현실적 '인광들'에 대한 응시와 번민을 초점화하고 있다. 이것은 두 사람이 당대의 전쟁기를 시인으로서 대처하는 방식의 향후 향방을 암시한다. 오든이 당대를 '초월적 신'의 처벌로서 파악하고 '악'을 응징하는 목소리를 내고자 하였다면, 박인환은 전쟁기의 불안 과 절망 속에서 돋보이는 '인간적 가치'를 옹호하는 목소리를 내고자 하였다.

III. '선악의 정체에 관한 인식의 확장'과 '불안과 희망의 두 세계의 분열한 정신'

㉮

아무것도 일어나도록 할 수 없기에 시는 살아남는다,

세력자들이 결코 손대려 하지 않는 창조의 골짜기에서,

고립과 비탄에 싸인 목장들로부터 우리가 믿고 죽는 외딴 도시들에까지

남쪽을 향해 흐르며 시는 살아남는다,

그것이 나타나는 방식은 하나의 입.

대지여, 영예로운 손님을 받아들이소서.

윌리엄 예이츠는 안식을 취하게 되었도다.

아일랜드의 혈통이 시를 비우고서 누워있도록 두라.

어둠의 악몽 속에서 유럽의 모든 개들이 짖어댄다,

그리고 살아있는 나라들은 기다린다,

각자의 모자 속에 모두들 은둔한 채.

모든 인간의 얼굴들에서 지적인 수치심이 빛을 내며,

그리고 연민의 바다는 모두의 눈 속에 갇힌 채 얼어붙어 있다.

동료, 시인이여, 곧장 따르라,

밤의 밑바닥을 향해,

그대의 거리낌없는 목소리로서

우리에게 기쁨을 확신하도록 하라.

시를 경작하여 저주받은 포도원으로 하여금

고통에 중독된 인간의 실패를 노래하도록 하라,

사막과 같은 심장에서는

치유의 분수가 치솟도록 하고

시대의 감옥 속에서

자유인이 찬양하는 법을 가르치도록 하라.

「W. B. 예이츠를 추모하며」 후반부

For poetry makes nothing happen: it survives

In the valley of its making where executives

Would never want to tamper, flows on south

From ranches of isolation and the busy griefs,

Raw towns that we believe and die in; it survives,

A way of happening, a mouth.

Earth, receive an honoured guest:

William Yeats is laid to rest.

Let the Irish vessel lie

Emptied of its poetry.

In the nightmare of the dark

All the dogs of Europe bark,

And the living nations wait,

Each sequestered in its hats;

Intellectual disgrace

Stars from every human face,

And the seas of pity lie

Locked and frozen in each eye.

Follow, poet, follow right

To the bottom of the night,

With your unconstraining voice

Still persuade us to rejoice;

With the farming of a verse

Make a vineyard of the curse,

Sing of human unsuccess

In a rapture of distress;

In the deserts of the heart

Let the healing fountains start,

In the prison of his days

Teach the free man how to praise.

In Memory of W. B. Yeats.

ⓝ

선전가는, 도덕적이든 정치적이든 간에, 로마가 불에 탈 때 빈둥거리는 대신에, 말을 구사하는 자신의 능력을 활용하여 사람들로 하여금 특정한 행동방침을 취하도록 설득해야 한다. 그러나 시는 사람들이 무엇을 해야 할지를 말하는 것이 아니라, 선악의 정체에 관한 인식의 확장에 관련되어 있다. 그리하여 시는 더 긴급한 행동과 더 명확한 이치를 불가피한 것으로 만들 것이다. 그럼에도 시는 우리가 다만, 이성적이고 도덕적으로 선택가능한 지점 쪽으로 이끌어가는 것이다.

The propagandist, whether moral or political, complains that the writer should use his powers over words to persuade people to a particular course of action, instead of fiddling while Rome burns. But poetry is not concerned with telling people what to do, but with extending our knowledge of good and evil, perhaps making the necessity for action more urgent and its nature more clear, but only leading us to the point where it is possible for us to make a rational and moral choice.[19]

ⓓ

나는 10여 년 동안 시를 써왔다. 이 세대는 세계시가 그러한 것과 같이 참으

---

19) W. H. Oden and John Garrett, The Poet's Tongue: An Anthology of verse, ibid., p. 22.

로 기묘한 불안한 연대였다. 그것은 내가 이 세상에 태어나고 성장해온 그 어떠한 시대보다 혼란하였으며 정신적으로 고통을 준 것이었다.

시를 쓴다는 것은 내가 사회를 살아가는 데 있어서 가장 의지할 수 있는 마지막 것이었다. 나는 지도자도 아니며 정치가도 아닌 것을 잘 알면서 사회와 싸웠다.

신조치고 동요되지 아니한 것이 없고 공인되어 온 교리치고 마침내 결함을 노정하지 아니한 것이 없고 또 용인된 전통 치고 위태에 임하지 아니한 것이 없는 것처럼 나의 시의 모든 작용도 이 10년 동안에 여러 가지로 변하였으나 본질적인 시에 대한 정조와 신념만을 무척 지켜온 것으로 생각한다.

처음 이 시집은 '검은 준열의 시대'라고 제하려고 했던 것을 지금과 같이 고치고 4부로 나누었다. 집필연월순도 발표순도 아니며 단지 서로의 시가 가지는 관련성과 나의 구분해 보려는 습성에서 온 것인데 도저히 독자에게는 쓸데없는 일을 한 것 같다.

여하튼 나는 우리가 걸어온 기로가 갈 길 그리고 우리들 자신의 분열한 정신을 우리가 사는 현실사회에서 어떻게 나타내 보이며 순수한 본능과 체험을 통해 불안과 희망의 두 세계에서 어떠한 것을 써야 하는가를 항상 생각하면서 여기에 실은 작품들을 발표했었다.

「선시집」 후기 부분

㉣

시인은 시인인 동시에 다른 사람들과 같은 것을 먹고 동일한 무기로 傷害를 입는 인간인 것이다. 大氣에 희망이 있으면 그것을 듣고 고통이 생기면 그것을 느낀다. 인간으로서 두 개의 세계에 처함으로서 그는 시인으로서 두 개의 불(火) 사이에 서 있는 것이다. 그러나 시인은 민감한 도구이지 지도자는 아니다. 관념이라는 것은 그것이 실제적인 정신에 있어서 상식으로 되지 않는 한 시인의 재료로는 되지 않는다. 십자로에 있는 거울(鏡)처럼 시인은 서서 교통을, 위험을, 제군들이 온 길과 제군들이 갈 길-즉 제군들 자신의 분열된 정신-을 나타내는 것이다.[20]

㉮는 오든이 W. B. 예이츠의 죽음을 추모하며 쓴 작품이다. 이 작품은 오든의 시에 관한 생각과 신념을 간접적으로 드러내고 있다. 주목할 만한 부분은 '아무것도 일어나도록 할 수 없기에 시는 살아남는다'는 구절이다. 또한 주목할 부분은 이 내용과 상반되는 것으로서 '밤의 밑바닥을 향해, 그대의 거리낌없는 목소리'를 내라는 구절이다. 두 구절은 언뜻 보기에 상반되는 내용이다. 그러나 이것은 시가 사회현실에 대해 직접적인 작용을 보여주지는 않지만 그 목소리로써 당대 사람들의 마음 속에 있는 참된 정신을 일깨우는 간접적인 작용을 보여준다는 것을 의미한다.

㉯는 오든의 시론을 좀 더 구체적으로 알려준다. 그는 선전가가 특정한 행동방침을 취하도록 설득하는 일을 한다면 시인은 시로써 사람들로 하여금 선과 악에 대한 분별력과 인식을 확장시킴으로써 이성적이고 도덕적인 선택을 가능하도록 한다고 주장한다. 시가 '선과 악의 분별력'에 의한 '인식의 확장'으로써 인간세계를 움직이는 힘을 얻도록 한다는 것이다. 이것은 그가 당대의 정신적 인도자로서 시인의 역할을 확신하고 있음을 말해준다. 그가 '선과 악에 관한 분별력'을 시의 핵심으로 파악한 것은 이후에 그가 기독교에 귀의하고 관련작품들을 쓰게 된 일과 밀접한 관련을 지닌다.[21]

---

20) 「현대시의 불행한 단면」 부분
21) 오든의 「1929」의 말미에서도 '전쟁의 공포 상황'을 형상화하는 그 다음 자리에서 화자가 '선

㉓는 박인환의 첫 시집인 '선시집(選詩集)'의 발문으로서, 여기서 '선시집'이라는 제목은 오든이 자신의 첫 시집과 이후 시집들을 일컫는 명명과 동일하다.[22] 이 발문에는 시에 관한 박인환의 신념이 명확히 표현되어 있다. 그에게 '시를 쓴다는 것'은 '기묘한 불안의 시대'에 놓인 '사회와 싸우는' 방식이자 '가장 의지할 수 있는 마지막 것'이었다. 그는 시인으로서의 삶을 회고하면서 자신이 지향한 시론의 일관성을 지켜왔다는 자부심을 나타내고 있다. 즉 '나의 시의 모든 작용도 이 10년 동안에 여러 가지로 변하였으나 본질적인 시에 대한 정조와 신념만을 무척 지켜왔다'는 것이다.

박인환이 10여 년 간 지켜온 '본질적인 시에 대한 정조와 신념'은, '우리가 걸어온 기로와 갈 길 그리고 우리들 자신의 분열한 정신을 우리가 사는 현실사회에서 어떻게 나타내 보이며 순수한 본능과 체험을 통해 불안과 희망의 두 세계에서 어떠한 것을 써야 하는가'라는 것으로 요약된다. 즉 '본질적 정조와 신념'은 우리가 걸어온 기로, 갈 길, 현실사회, 순수한 본능과 체험, 불안과 희망의 두 세계를 그리는 일이며, 이 작업은 단적으로 '분열된 정신'으로서 명명된다.

'분열된 정신'의 의미는 박인환이 자신의 시론을 논하는 글의 서두문, ㉓에서 오든그룹의 일원, '데이 루이스'의 말을 빌어 구체적인 형상을 드러낸

(善)을 확신하는 이'와 함께 하며 '사랑의 의미'를 비유적으로 드러내는 장면이 나타난다("To haunt the poisoned in his shunned house,/ To destroy the efflorescence of the flesh,/ To censor the play of the mind, to enforce/ Conformity with the orthodox bone,/ With organised fear, the articulated skeleton.// You whom I gladly walk with, touch,/ Or wait for as one certain of good,/ We know it, we know that love/ Needs more than the admiring excitement of union,/ More than the abrupt self-confident farewell").

22) 오든은 첫시집을 'poems'라는 제목으로 출간하였으며 이후, 수정, 증편한 시제도 'poems' 혹은 'selected poems'로 출간하였다. 박인환은 시집제목을 '검은 준열의 시대'로서 내리려 하다가 오든과 같은 방식으로 자신이 직접 작품들을 추려내었다는 의미로 '選詩集'이라는 제목을 달았다.

다. 시인은 '두 개의 불'사이에 놓인 '대기'를 그리는 '민감한 도구'이며 그것은 '십자로의 거울'로서 비견된다. 즉 '십자로'의 한 축이 과거와 현재와 미래를 향한 시간적 축을 나타낸다면 그것의 다른 한 축은 이쪽과 저쪽의 상이한 세계들을 향한 공간적 축을 나타낸다. '십자로'의 중앙에 선 '시인'이란 당대의 현실을 예지적으로 투시하고 당대인들의 삶을 입체적으로 투영하는 존재라는 의미를 지닌다. 이때 시인의 역할을 본질적으로 드러내는 것이 그를 '거울'에 비유한 것이다. 그리고 '거울'은 시인의 정신의 산물 곧 '시'를 의미하는데 그것 일체를 '분열한 정신'으로 표현하고 있다. '분열한 정신'은 시인이 당대를 형상화하는 시를 쓰는 일이 온전한 정신으로는 어렵다는 것을 드러낸다. 박인환이 시창작과정에 이러한 명명을 취하는 것은, 그의 시론이 '검은 준열의 시대'를 살아가는 전쟁기 동포들의 고통을 향한 '연민'과 '인간애'에 그 지향점이 있음을 드러내는 것이다.

한편, 오든의 작품에서도 '시인의 역할'에 대해 '세계를 거울로 비추어내는 자'로서 형상화되고 있다. 그런데 박인환이 '시인의 거울'을 통해 당대인들이 겪었던 '과거'와 그들이 겪을 '미래'를 예기하고 당대인들의 고통에 대한 공감대를 표현하는 것을 초점화한다면, 오든은 당대인들의 모습을, '진리의 눈'과 상응하는 '거울'로 비추어봄으로써 인간들의 약점들과 그들과 다를 바 없는 자기자신을 발견하는 장면을 초점화하고 있다 ("그는 진리를 추종하였으며 진리의 눈을 바라보았다./ 거기에서 모든 인간의 약점들이 거울처럼 비추어지는 것을 보았다./ 그리고 그는 많은 사람들 중의 한 사람으로서 자기자신을 보게 되었다–followed her and looked into her eyes;/ Saw there reflected every human weakness,/ And saw himself as one of many men."[23]).

박인환의 '분열된(분열한) 정신'의 동력이 당대인들을 향한 인류애로부터

---

23) "In Time of War" 6연 부분.

기원한다면 오든의 '노래'는 '진리의 눈'으로부터 그 원천을 얻는 것으로 나타난다. 즉 박인환이 지향하는 시론은 암울한 시대의 사람들과 그들의 구석구석을 담아내는 '분열한 정신'의 것이라면, 오든이 지향하는 시론은, 물론 불행에 처한 당대의 사람들을 비추어내고 있지만, 그들이 '신'의 노래를 잃어버리고 온몸을 떨고 있게 된 연유를 조명하는 '진리의 눈'의 것이라고 할 수 있다("그는 작은 대지와도 같은 자신의 슬픔을 껴안았다.// 그리고 그는 암살자처럼 마을을 여기저기 배회하였다./ 그리고 사람들을 바라보았으며 그들을 좋아하지 않았다./ 그러나 누군가 그를 향해 눈살을 찌푸리며 지나칠 때면 그는 온몸이 떨렸다And walked like an assassin through the town,/ And looked at men and did not like them,/ But trembled if one passed him with a frown"[24]).

㉮

　　내가 가진 전부는 목소리 한 가지이다, 그것은 감춰진 거짓을 들추어내는 것.
　　거리에서 쾌락을 쫓는 남성들 뇌리의 낭만적 거짓과, 그리고 하늘을 더듬는
고층빌딩을 짓는 당국의 거짓
　　정부와 같은 어떠한 것도 없다, 그리고 어느 누구도 홀로 존재할 수는 없다.
　　배고픔은 선택의 여지를 주지 않는다, 시민에게나 경찰에게나.
　　우리는 서로서로 사랑해야 한다. 그렇지 못하다면 죽어야 할 것이다.

　　우리의 세계는 밤이면 무방비 상태이며 혼미한 거짓들에 놓여있지 않은가?
　　여전히, 그것들은 곳곳에 흩뿌려져 있다.
　　조롱의 불빛은 정의로운 자들이 소식을 나누는 곳곳을 비추어낸다.
　　애욕과 먼지투성이 그들과 다를 바 없는,

---

24)　"In Time of War" 7연 부분.

꼭 같이, 부정과 절망에 휩싸인 내가

긍정의 불길을 보여줄 수 있겠는가.

오든, 「1939년 9월 1일 SEPTEMBER 1, 1939」 후반부

All I have is a voice

To undo the folded lie,

The romantic lie in the brain

Of the sensual man-in-the-street

And the lie of Authority

Whose buildings grope the sky:

There is no such thing as the State

And no one exists alone;

Hunger allows no choice

To the citizen or the police;

We must love one another or die.

Defenseless under the night

Our world in stupor lies;? Yet, dotted everywhere,

Ironic points of light

Flash out whereever the Just

Exchange their messages:

May I, composed like them

Of Eros and of dust,

Beleaquered by the same

Negation and despair,

Show an affirming flame.

㉯

신이란 이름으로서
우리는 최종의 노정을 찾아보았다.

어느 날 역전에서 들려오는
군대의 합창을 귀에 받으며
우리는 죽으러 가는 자와는
반대 방향의 열차에 앉아
정욕처럼 피폐한 소설에 눈을 흘겼다.

지금 바람처럼 교차하는 지대
거기엔 일체의 불순한 욕망이 반사되고
농부의 아들은 표정도 없이
폭음과 초연이 가득 찬
생과 사의 경지에 떠난다.

달은 정막보다도 더욱 처량하다.
멀리 우리의 시선을 집중한
인간의 피로 이루운
자유의 성채
그것은 우리와 같이 퇴각하는 자와는 관련이 없었다

신이란 이름으로서

우리는 저 달 속에

암담한 검은 강이 흐르는 것을 보았다.

박인환, 「검은 강」 전문

　작품들은 오든과 박인환의 시론을 특징적으로 형상화하고 있다. ㉮는 히틀러가 세계대전을 일으킨 날, 1939년 9월 1일, 시민들의 어수선한 일상의 장면을 형상화하고 있다. ㉯는 6.25전쟁이 발발하여 전쟁터로 향하는 열차에 탄 농부의 아들들을 안타깝게 바라보는 장면을 형상화하고 있다. 전자가 전쟁이 일어나는 지역에서 멀리 떨어진 사람들의 일상과 그들의 불안을 형상화하고 있다면 후자는 일상으로부터 전쟁터로 향하는 농부의 아들들과 시인의 의식을 초점화하고 있다.

　그리고 ㉮는 세계대전을 일으킨 나찌에 대한, 오든의 분노의 목소리를 일관되게 보여주고 있다. 오든은 '무방비 상태'와 '혼미한 거짓들'을 초래한 당국을 비판하며 정의로운 자들이 조롱받는 현실을 고발하고 있다. 마지막 구절, "그들과 다를 바 없는,/ 꼭 같이, 부정과 절망에 휩싸인 내가/ 긍정의 불길을 보여줄 수 있겠는가May I, composed like them/ Of Eros and of dust,/ Beleaguered by the same/ Negation and despair,/ Show an affirming flame"는 나찌에 대한 극도의 분노를 역설적으로 강조한 표현이다.[25]

　한편, ㉯는 6.25전쟁의 발발로 전쟁터로 향하는 열차에 앉은 농부의 아들들을 향한 박인환의 연민의 목소리를 보여주고 있다. 동시에 박인환은

---

25)　"Hitler was not another Sauron, but he seems to have come as close to being one as is possible for a mortal. It would, however, be grossly unjust to say that all Germens and Japanese, even the majority, were wicked", W. H. Oden, "The Corruption of Innocent Neutrons," the New York Times Magazine(1 August 1965)

전쟁터를 향하는 그들과는 반대편으로 가는 열차에서 책을 보는 자신에 대한 자괴감을 표현하고 있다. 마지막 구절에서 그는 '저 달 속에 암담한 검은 강'으로써 자신을 포함한 당대인들의 전쟁의 공포와 절망을 나타내고 있다.

오든은 나찌를 향한 분노와 당국을 향한 비판을 거침없이 일관되게 고조하고 있다. 한편, 박인환은 전쟁터로 향하는 농부의 아들들을 바라보는 연민과 동시에 그들과 반대편 열차에서 책을 보는 지식인의 자의식 내지 수치심을 복합적으로 드러내고 있다. 오든의 목소리가 확신에 차 있고 세계를 향한 단일한 관점을 보여준다면 박인환의 목소리는 절망에 싸여 있으며 세계와 자아를 향한 복합적 관점을 보여준다.

두 사람의 목소리는, 그들이 지향하는 시와 시론의 특성을 보여준다. 오든은 '선과 악을 분별하는 목소리'로서 사회정의를 구현하고자 하며 이것은 독재자에 대한 강렬한 분노로서 구체화된다. 이 과정에서 오든의 이분법적(혹은 이원론적) 관점이 드러나는데 그의 주장은 다소 극단적인 방식 혹은 이분법적 표현방식을 취하기 때문이다. 위 시에서는, 단적으로, "우리는 서로서로 사랑해야 할 것이다. 그렇지 못하다면 죽어야 할 것이다We must love one another or die"라는 구절을 들 수 있다.[26]

한편, 박인환은 '분열된 정신'으로서 세계 내 인간들의 고통을 공감적으

---

26) '선악 분별의 정신'에서 나온 오든의 급진성은, 단적으로, "비너스의 몇 마디 말Venus Will Now Say A Few Words"에서 자신뿐만 아니라 '아들'도 사회개혁을 관철시킬 때까지는 큰 희생을 감내해야 한다는 주장으로 나타난다("Select another form, perhaps your son;/ Though he reject you, join opposing team/ Be late or early at another time,/ My treatment will not differ--- he will be tipped,/ Found weeping, signed for, made to answer, topped"). 이후에 미국인으로 귀화하고 기독교적 경향의 작품을 쓰면서, 오든은 위 시의 "We must love one another or die"에서 "or"을 "and"로 바꾸어 시구의 의미를 완전히 다른 것으로 만들었다. Auden, W. H. *Collected Poems*, Ed. Edward Mendelson, New York: Modern Liberary, 2007, pp. 292-293.

로 끄집어내고자 한다. 그것은 주로 다원론적 관점을 취하는데, 주로 전쟁에 처한 주변인들과 자기자신을 향한 불안과 절망으로 귀결되고 있다. 위시에서는, 단적으로, "우리는 저 달 속에 암담한 검은 강이 흐르는 것을 보았다"라는 구절을 들 수 있다. 오든이 전쟁의 직접적 체험을 형상화하기보다는, '독재자와 파시즘'을 향한 지식인으로서의 '비판과 분노'를 중심적으로 형상화한 것과는 달리,[27] 박인환은 전쟁의 공포와 불안을 체험하는 현장에 놓인 지식인으로서 '인간적인 것'을 향한 복합적 심회를 중심적으로 형상화하였다.[28]

오든의 '밤의 밑바닥을 향한 거리낌없는 목소리'는 영국 제국주의 시인으로서 독일 나찌즘과 세계대전을 일으킨 독재자들을 '악'으로 규정짓고 '선'의 편에 서는 분별력에서 나오고 있다. 그리고 '선'과 '악'을 구별짓는 그의 목소리는 사실상, 그가 산업혁명이후 도시 노동자들에 대한 자본가의 착취에 관한 '거리낌없는 목소리'의 연장선상에 있다(한편, 그는 산업혁명과 관련 문명이기들 그 자체에 관해서는 긍정적인 관점을 보여준다).[29] 즉 그는 시인이 전달해야 하는 것은 '자기 표현self-expression'이 아니라, '보편현실에 관한 관점a view

---

27) "그는 군대와 함대에 굉장한 관심을 지녔다./ 그가 웃으면 점잖은 상원의원들도 돌연 웃어댔다./ 그가 소리치면 거리의 어린애들이 죽어갔다And was greatly interested in armies and fleets:/ When he laughed, respectable senators burst with laughter/ And when he cried the little children died in the streets",「독재자의 묘비명Epitaph on a Tyrant」).

28) "산과 강물은 어느 날의 회화繪畫/ 피 묻은 전신주 위에/ 태극기 또는 작업모가 걸렸다.// 학교도 군청도 내 집도/ 무수한 포탄의 작렬과 함께/세상엔 없다.// 인간이 사라진 고독한 신의 토지/ 거기 나는 동상처럼 서 있었다./ 내 귓전엔 싸늘한 바람이 설레이고/ 그림자는 망령과도 같이 무섭다,「고향에 가서」부분).

29) 오든은 작품에서 '우리'라는 화자를 취하곤 하는데 그가 사용하는 '우리'는 읽는 이로 하여금 작자의 뜻에 동참하도록 하는 역할을 한다. 독자 혹은 관객의 인식과 실천을 유도하는 방식은 The Enemies of a Bishop의 서문에서 의식적으로 표명되며 The Dance of Death 에서는 극적 방식으로 구체화된다("from a state of indifference to a state of acute awareness"), Ryan Sheets, "We are the storm" : Audience Collaboration in W. H. Auden's The Dance of Death, Texas studies in literature and language Vol57-4, University of Texas Press, 2015, pp. 508-509.

of reality common to all'을 전달하는 것이라고 주장한다.[30]

박인환의 '불안과 희망의 두 세계의 분열한 정신'의 목소리는, 오든의 '선악의 분별력'과 '역사의 승리'에 대한 확신에 찬 목소리와 대비를 이룬다. 그역시 '자본주의의 폐해'와 '시민들의 삶'을 향한 목소리를 담은 작품들을 보여주었다. 그런데 박인환의 시와 시론은 '신의 시선' 혹은 '이념'을 향한 확신보다는, '인간의 시선' 혹은 '현실' 곧 '인간주의'를 향한 확신에 근거해 있다. 그는 이러한 확신을 일관되게 형상화하는 의지가 당대의 '정신적 지도자'이 취해야 할 시인의 역할이라고 인식하였다. 복합적이며 확신에 차 있지 못한 그의 시적 표현들은 오히려 그가 처한 당대를 적확히 반영하는 것이라고 할 수 있다. 즉 박인환은 강대국들로 인한 당대 격동기 우리민족의 복합적 정국을 형상화하면서도, 한편으로는 계층, 빈부격차의 존속에 관한 비판적 관점을 보여주고 있으며, 또한 문명의 이기가 가져올 우리의 미래사회를 염려하는 관점도 보여주고 있다.[31]

---

30) "What the poet has to convey is not "self-expression," but a view of a reality common to all, seen from a unique perspective, which it is his duty as well as his pleasure to share with others. To small truths as well as great, St Augustine's words apply", W. H Auden, "A Certain World", Prose(volume VI 1969~1973), edited by Edward Mendelson, Princeton Univ Press, 2015, p.327.

31) '미국'에 관한 다음 작품에서 두 사람의 상이한 관점이 단적으로 나타난다. 오든이 미국에 대한 전적인 친미적 관점을 보여준다면 박인환은 미국에 대한 이중적이거나 양립적인 관점을 보여주고 있다.
"또 다른 아침이 오고 있다, 나는 보고 있다./ 내가 있는 기내 저 아래로, 점점 줄어드는 지붕들과/ 늘어나는 사람들./ 나는 또다시 볼 수 없을 것이다.// 그들의 운명에 신의 가호가 있기를, 그러나 나는 어느게 어느건지 기억하지 못한다./ 미합중국에 신의 가호가 있기를, 아주 커다랗고/ 아주 다정하고 그리고 아주 부유한(Another morning comes: I see,/ Dwindling below me on the plane,/ The roofs of one more audience/ I shall not see again.// God bless the lot of them, although/ I don't remember which was which:/ God bless the U. S. A., so large,/ So friendly, and so rich)", 오든, 「순회 중에On the Circuit」.
"향연의 밤/ 영사부인領事婦人에게 아시아의 전설을 말했다.// 자동차도 인력거도 정차되었으므로/ 신성한 땅 위를 나는 걸었다.// 은행 지배인이 동반한 꽃 파는 소녀/ 그는 일찍이 자기의 몸값보다/ 꽃값이 비쌌다는 것을 안다.// 육전대陸戰隊의 연주회를 듣고 오던 주민은/ 적개심

두 사람의 이 같은 간극은 1950년대 이후의 두 사람의 행보에서 뚜렷해 지고 있다. 오든은 세계대전의 종식 이후에『불안의 연대The age of Anxiety』를 상재하면서 미국인으로 귀화하고 기독교에 귀의하였다. 한편, 박인환은 6.25전쟁의 종식이후에도 강대국의 세력 하에 있는 혼란상을 직시하였으며 오든이 지녔던 '선악에 대한 확신'을 가질 수가 없었다. 그는 '불안과 희망의 두 세계'사이에서 방황하였으며 30세로 짧은 생을 마감하였다.

대영 제국의 시인, 오든에게서 '선과 악'은 '파시즘'과 '독재자' 그리고 '자본주의의 병폐'라는 단순하면서 명확한 대상을 지닌 것이었다면, 36년의 일제치하를 겪고 다시 6.25전쟁을 겪은 폐허에서 시를 창작하는 박인환에게서 '선과 악'은 결코 단순하고 명백한 대상을 지닌 것일 수가 없었다. 그것은 대영제국주의 시인으로서 당대를 바라보는 오든의 입장과 식민지와 약소국 시인으로서 당대를 바라보는 박인환의 입장이라는 엄청난 차이로부터 근원한다. 오든이 '신'과 '인간'의 문제에서 '선과 악'의 분별력을 중시하였다면, 박인환은 '신'보다는 고통받는 '인간'의 문제에서 '분열된 정신' 혹은 '인간애'를 중시하였다. 박인환의 관점은 오든의 것에 비해, 당대 세계와 사회와 역사를 입체적으로 조망하는 적확한 관점이었다고 할 수 있다. 그것은 그가 강자의 입장이 아닌 약자의 입장에 서 있었기 때문에 가능하였던 것이기도 하다.

으로 식민지의 애가를 불렀다.// 삼각주의 달빛/ 백주白晝의 유혈을 밟으며 찬 해풍이 나의 얼굴을 적신다, 박인환,「식민항의 밤」

IV. 결론

오든과 박인환은 세계대전의 전후(前後)세대로서 역사 속에서 당대를 객관적으로 조망하면서도 전쟁과 관련한 세기말적'불안'의 시학을 전개하였다는 공통점을 지닌다. 즉 오든이 The Age of ANXIETY를 통해 전후(戰後) 혼돈에 처한 세계 속에서 '신'의 구원을 모색하는 '불안'의 시학을 전개하였다면, 박인환은 작품 전반에 걸쳐서 전쟁기 인간의 절박한 실감을 구체화한 '불안'의 시학을 전개하였다. 두 사람은 전쟁기를 응시하고 그것을 대처하는 방향에 있어서 차별적인 시론을 보여준다. 오든이 '불안'의 전쟁기를 '초월적 신'의 처벌의 현장으로서 바라보고 '악의 응징'의 목소리를 내는 것으로서 시인으로서의 역할을 추구하였다면, 박인환은 전쟁기의 불안 속에서 '인간적 신'을 불러내면서 당대인들의 고통을 위안하는 것으로서 시인으로서의 역할을 추구하였다.

박인환은, 오든과 달리, 당대를 살아가는 주변인들과는 깊은 공감대를 형성하지만 '신의 상징물'과는 유대감을 얻지 못하는 장면들을 형상화하고 있다. 천체의 상징물로서 내면을 비추어내는 두 시인의 시선을 살펴볼 때 오든의 것은 인간보다는 '신' 중심의 지향을 나타내며 이원적, 이상적, 관념적인 특성을 보여준다. 한편, 박인환의 것은 '인간' 중심의 세계에 대한 애정을 나타내며 다원적, 현실적, 사실적인 특성을 보여준다. 즉 오든이 자신이 속한 제국주의국가에 대한 비판의식보다는, '무심한 별'로 표상되는 관념적 '선'의 의지 즉 나찌즘에의 징벌의지를 초점화한다면, 박인환은 제국주의국가들의 불합리한 약탈에 대한 비판의식을 전제로 하여, '내 가슴의 운석'으로 표상되는 현실적 '인광燐光들'에 대한 응시와 번민을 초점화하고 있다.

오든이 세계를 읽어내는 방식은 산업혁명으로 인한 자본주의의 병폐, 도시노동자 문제 그리고 세계대전을 일으킨 나찌즘 등을 '악'으로 간주하고서 자신이 속한 국가들 즉 '선'이 승리한다는 '역사'에의 확신을 보여주는 것이다. 한편, 박인환이 세계를 읽어내는 방식은, '선악'을 구별짓기보다는, 제국주의국가들로 인한 피식민민족들의 비참한 삶과 부조리한 '역사'를 비판하는 것이다. 전자가 대영제국주의 지식인 시인의 관점을 반영한다면, 후자는 피식민국가 시인의 관점을 반영하고 있다. 전자가 인류 '역사'의 확신을 믿고 있으며 '선악'에 대한 구별과 확신이 뚜렷하다면 후자는 인류 '역사'의 부조리함을 비판하며 '선악'에 대한 확신보다는 갈등에 찬 세계들 그 사이에서 희생되는 인간들의 모습을 안타깝게 응시하고 있다.

대영 제국의 시인, 오든에게서 '선과 악'은 '파시즘'과 '독재자' 그리고 '자본주의의 병폐'라는 단순하면서 명확한 대상을 지닌 것이었다면, 36년의 일제치하를 겪고 다시 6.25전쟁을 겪은 폐허에서 시를 창작하는 박인환에게서 '선과 악'은 결코 단순하고 명백한 대상을 지닌 것일 수가 없었다. 그것은 대영제국주의 시인으로서 당대를 바라보는 오든의 입장과 식민지와 약소국 시인으로서 당대를 바라보는 박인환의 입장이라는 엄청난 차이로부터 근원한다. 오든이 '신'과 '인간'의 문제에서 '선과 악'의 분별력을 중시하였다면, 박인환은 '신'보다는 고통받는 '인간'의 문제에서 '분열된 정신' 혹은 '인간애'를 중시하였다. 박인환의 관점은 오든의 것에 비해, 당대 세계와 사회와 역사를 입체적으로 조망하는 적확한 관점이었다고 할 수 있다. 그것은 그가 강자의 입장이 아닌 약자의 입장에 서 있었기 때문에 가능하였던 것이기도 하다.

박인환 시에서 '미국여행'과 '기묘한 의식' 연구

– '자의식selfconsciousness'의 문제를 중심으로

1. 서론

박인환 시에 관한 연구의 주제는 크게 전쟁에 관한 주제와 문명비판에 관한 주제로 나누어 볼 수 있다. 그의 전쟁시편이 보여주는 전쟁의 참혹함에 대한 지식인의 비애에 관해서는 많은 논자들의 지적이 있어왔다. 최근의 논의를 소개하면, 박현수는 박인환의 해방공간의 시가 민족문학론과 친연성이 있으며 해방공간의 전망의 상실과 전쟁 체험으로 형성된 비극성을 형상화하였다고 논의하였다.[1] 그리고 곽명숙은 그의 시에서 전쟁체험으로 인한 환멸과 역사 의식을 묵시록적 상상력에서 배태된 우울과 알레고리의 관점에서 고찰하였다.[2] 또한 최라영은 박인환의 시에 나타난 '소리풍경', '청각적 이미지'와 관련하여 '문명'과 '전쟁' 체험을 고찰하였다.[3]

그리고 박인환의 문명비판에 관한 논의는 비교적 최근에 집중되었는데, 이 논의는 주로 박인환의 미국여행과 관련하여 이루어졌다. 박인환의 미국

---

1) 박현수, 「전후 비극적 전망의 시적 성취-박인환론」, 『국제어문』 37, 2006, 127-161면
2) 곽명숙, 「1950년대 모더니즘의 묵시록적 우울-박인환의 시를 중심으로」, 『정신문화연구』 32, 2009, 59-79면
3) 최라영, 「박인환 시에 나타난 '청각적 이미지' 연구-'소리풍경soundscape를 중심으로」, 『비교문학』 64, 2014, 243-279면

체험기록에 주목한 연구로는 한명희, 방민호, 박연희, 정영진의 연구[4]를 들 수 있다. 한명희는 미국문명에 대한 화자의 동경과 소외를 강조하였는데, 시인의 미국체험과 관련한 한국인의 정체성 문제에 관하여 처음으로 조명한 의의를 지닌다. 그리고 방민호는 "당초 반제국주의적이고 반자본주의적인 시각에서 출발한 박인환이 긴 정신적 항해를 거쳐 새로운 아메리카상이라는 하나의 종착점에 도달하게 됨을 상징적으로 보여준다"고 논의하였으며, 박인환 문학을 전후 현실의 심상지리적 측면에서 접근한 의의를 지닌다. 그리고 박연희는 "박인환의 아메리카니즘은 문화사상적 측면에서 미국을 세계의 중심으로 무리 없이 받아들인 한국 지식인의 범례에 해당하지만, 다른 한편 좌우 이념의 대립과 갈등에 경사되지 않고 세계 전후의 시적 상징을 만들었던 해방기 청년 모더니스트 특유의 코스모폴리탄적 감각에서 연유한 문학적 귀결"이라고 논의하였다. 또한 [5]정영진은 박인환이 "미국여행 경험을 통해 제국 내부의 현실사회를 묘사함으로써 탈신비화 작업을 수행하고 식민/피식민 문제를 새롭게 제기한다"[6]고 주장하였다.[7]

---

4) 한명희, 「박인환 시『아메리카 시초』에 대하여」, 『어문학』 85, 2004, 469-493면; 방민호, 「박인환 산문에 나타난 미국」, 『한국현대문학연구』 19, 2006, 413-448면; 박연희, 「박인환의 미국 서부 기행과 아메리카니즘」, 『한국어문학연구』 59, 2012, 137-182면; 정영진, 「박인환 시의 탈식민주의 연구」, 『상허학보』 15, 2005, 387-417면.

5) 박연희, 앞의 글, 178면.

6) 정영진, 앞의 글, 411면.

7) 맹문재는 박인환의 동아시아 국가들의 민족적 인식과 관련하여 조명하였으며, 엄동섭은 신시론의 결성과정과 관련하여 그의 문학적 변모를 실증적으로 고찰하였다. 그리고 김용희는 문명어와 관념어의 은유중첩을 통하여 센티멘털리즘의 상실감을 드러낸다고 논의하였으며, 조영복은 근대문인들의 '책' 숭배열을 통해 '책'의 연금술적 상상력과 시대정신을 조명하였다. 한편, 최근, 유성호는 박인환에 관한 새로운 자료를 발굴, 소개하였다. 맹문재, 「박인환의 전기 시작품에 나타난 동아시아 인식 고찰」, 『한국문학이론과 비평』 38, 2008, 243-267면; 엄동섭, 「해방기 박인환의 문학적 변모 양상」, 『어문논집』 36, 2007, 217-245면; 김용희, 「전후 센티멘털리즘의 전위와 미적 모더니티 –박인환의 경우」, 『우리어문연구』 35, 2009, 301-328면, 조영복, 「근대문학의 '도서관 환상'과 '책'의 숭배 –박인환의 「서적과 풍경」을 중심으로」, 『한국시학연구』 23, 2008, 345-375면, 유성호, 「[새 자료 새 발견] 시인 박인환의 산문 「서울

박인환의 미국체험기에 관한 연구들은 그의 아메리카니즘과 서구문명에 대한 비판 사이에서 서로 모순된 특성의 어느 한 면에 초점을 두느냐에 따라서 주제의 향방성이 상이하게 나타나고 있다. 즉 방민호의 논의처럼 박인환의 미국체험을 아메리카니즘으로의 귀결로 볼 수 있으며 혹은 정영진의 논의처럼 박인환의 미국체험을 탈식민주의 의식의 관점에서 부각할 수도 있는 것이다. 혹은 한명희의 논의처럼 박인환의 미국시편에 주목하여 문명에 대한 동경과 소외감을 초점화할 수도 있다. 이와 같은 논의의 폭넓은 스펙트럼은 박인환의 초기시가 보여준 탈식민적 의식의 향방에 관한 해석의 문제와 관련하여 미국여행 체험기를 해석하는 문제와 관련되어 있다.

그런데 이것은 근본적으로 박인환이 미국여행과 관련하여 자신의 시편과 산문에서 각각 취하는 상이한 태도와 관련이 있다. 박인환은 미국기행산문과 그 시편들을 쓰는 데 있어서 취하는 방식과 문체가 상이하며 따라서 자신의 내면을 드러내는 정도가 매우 상이하다. 박인환의 미국기행산문에는 주로 여행의 일정과 가족에게 보내는 편지, 미국사회와 문화를 알리는 글 위주이며 객관적인 어조와 논리적인 문장구조를 형식적인 특징으로 나타내며 내용상으로는 전후 우리민족이 나아가야 할 향방과 관련하여 건설적인 측면에서 선진국의 문명과 문화를 설명하고 있다.

이와 대조적으로 그의 미국시편들은 서구 문명사회에서 체감하는 시인의 혼란스럽고 분열된 내면, 우리민족으로서의 자신의 정체성 문제, 그리고 시인으로서의 자의식 등이 주요한 특성으로 나타나고 있다. 박인환의 시와 산문에서 시인이 취하는 글쓰기 태도와 방식의 차이는, 그가 미국 시애틀 올림피아항에 도착할 때의 장면을 그린 그의 산문과 시에서도 특징적으로 나타난다("21일 밤 10시 5분 정각에 케이프 프레터리의 등대가 보였다. 이것이 처음 본

재탈환」」, 『문학의오늘』, 2013.겨울, 257-265면.

아메리카의 불빛이다. 배는 캐나다 반크바섬과 아메리카 워싱턴주 사이의 해협을 달리고 있다. 나를 비롯하여 여러 사람들이 데크에 나가 담배를 피우고 있다./아메리카 상륙/ 22일 아침은 하늘이 높이 개고 우리들의 배는 내가 처음으로 보는 아름다운 풍경…… 조용한 바다와 수목이 우거진 산과 그림처럼 고운 집……들이 환히 보이는 좁은 해협을 지난 후 오전 11시 45분 정각 아메리카 최초의 항구 올림피아에 입항하였다."「아메리카 잡기」부분; "STRAIT OF JUAN DE FUGA를 어제 나는/ 지났다./ 눈동자에 바람이 휘도는/이국의 항구 올림피아/ 피를 토하며 잠자지 못하던 사람들이/ 행복이나 기다리는 듯이 거리에 나간다.// 착각이 만든 네온의 거리/ 원색과 혈관은 내 눈엔 보이지 않는다./ 거품에 넘치는 술을 마시고/정욕에 불타는 여자를 보아야 한다./ 그의 떨리는 손가락이 가리키는/ 무거운 침묵 속으로 나는/ 발버둥 치며 달아나야 한다."「충혈된 눈동자」부분).[8]

그런데 박인환의 미국시편들의 내면화 양상과 주제적 귀결은 유사한 특성을 보여준다. 그것은, 주로 시인이 우리 현실과 이질적인 서구문명에 압도된 상황 속에서 타인, 타민족이 시인자신, 혹은 그 자신을 포함한 전후 우리민족을 인지해내는 것과 관련한 복합적 내면이라고 말할 수 있다. 구체적으로, 그의 미국시편들에 특징적으로 나타나는 내면화 양상을 들어보면 다음과 같다. "당신은 일본인이지요?/ 차이니스?하고 물을 때/ 나는 불쾌하게 웃었다 (…중략…) 비가 내린다./ 내 모자 위에 중량이 없는 억압이 있다./ 그래서 뒷길을 걸으며/ 서울로 빨리 가고 싶다고/ 센티멘탈한 소리를

---

8) 인용된 산문과 시는 각각, 박인환이 캐나다와 미국 사이의 해협을 통과하여 올림피아항에 처음 들어설 때의 정경과 감회를 서술하고 있다. 전자는 여행시간과 일정, 구체적 여정을 설명하면서 객관적 서술방식을 취하고 있으며 후자는 시인이 올림피아항에 도착하면서 투사한 복합적이고도 비관적인 심경을 형상화하고 있다. 대체적으로, 미국기행을 제재로 한 박인환의 산문과 시편은, 수잔 랜서의 분류방식에 따른다면, 산문은 시인이 자신의 내면으로부터 거리를 두고 서술하는 분리텍스트detachment-text에 상응하며, 그의 시편은 시인이 자신의 내면을 감정이입적으로 서술하는 결합텍스트attachment-text에 상응한다고 할 수 있다. Lanser, S. S., "The 'I' of the Beholder: Equivocal Attachments and the Limits of Structuralist Narratology,(1986)" *Narrative Theory*, edited by James Phelan and Peter J. Rabinowitz, Blackwell, 2005.

한다."(「어느 날의 시가 되지 않는 시」 부분); "문명은 은근한 곡선을 긋는다. ……
집요하게 태양은 내려 쪼이고/ MT. HOOT의 눈은 변함이 없다.// 연필
처럼 가느다란 내 목구멍에서/ 내일이면 가치가 없는 비애로운 소리가 난
다."(「투명한 버라이어티」 부분); "이 이국의 땅에선 나는 하나의 미생물이다./ 아
니 나는 바람에 날려와/ 새벽 한 시 기묘한 의식意識으로/ 그래도 좋았던/
부식된 과거로/ 돌아가는 것이다."(「새벽 한 시의 시」 부분); "태양이 레몬과 같
이 물결에 흔들거리고/ 주립공원 하늘에는/ 에메랄드처럼 빤짝거리는 기
계가 간다./ 변함없이 다리 아래 물이 흐른다/ 절망된 사람의 피와도 같
이/ 파란 물이 흐른다/ 다리 위의 사람은/ 흔들리는 발걸음을 걷잡을 수
가 없었다."(「다리 위의 사람」 부분) 등.

　이와 같은 내면의 형상화에 관하여 박인환이 자신의 시편들의 창작태도
를 설명한 방식으로써 이야기한다면, 두 개의 세계, 혹은 희망과 불안의 세
계 사이에서 감지하는 복합미묘한 상태를 담아내는 시인의 숙명, 혹은 '분
열된 정신'이라고 일컬을 수 있을 것이다. 그가 말하는 '분열된 정신'은 자
신의 시편을 시작하는 문두에서 인용하기도 하였으며 자신의 평론과 선시
집 후기에서도 강조하기도 한 것으로써 그것은 C. D. 루이스의 문구를 빌
어서 특징적으로 표현되고 있다.[9] 그것은 시인이 어떠한 상황을 표현하는
것에 있어서 자신이 당면한 현실의 표면과 이면 그리고 그러한 사태의 과
거와 현재와 미래를 시인만의 감수성으로 읽어내면서 그 복합성을 사로잡

---

9) "시인은 시인인 동시에 다른 사람들과 같은 것을 먹고 동일한 무기로 傷害를 입는 인간인 것이
다. 大氣에 희망이 있으면 그것을 듣고 고통이 생기면 그것을 느낀다. 인간으로서 두 개의 세계에
처함으로서 그는 시인으로서 두 개의 불(火) 사이에 서 있는 것이다. 그러나 시인은 민감한 도구
이지 지도자는 아니다. 관념이라는 것은 그것이 실제적인 정신에 있어서 상식으로 되지 않는 한
시인의 재료로는 되지 않는다. 십자로에 있는 거울(鏡)처럼 시인은 서서 교통을, 위험을, 제군들
이 온 길과 제군들이 갈 길-즉 제군들 자신의 분열된 정신-을 나타내는 것이다."(박인환, 「현대시
의 불행한 단면」 부분, 문승묵 편, 『박인환 전집』, 예옥, 2006.)

아내는 것을 의미한다.

그런데 그의 미국시편들에 나타난 내면화 형상들에서 특징적인 것은 우리의 전후(戰後) 현실과는 매우 상이한 50년대 미국문명을 체험하면서, 그가 이전에 썼던 전쟁시편들의 불안과 공포 의식적 측면과는 달리, 어떤 다른 맥락에서 '분열적 정신'을 드러내고 있다는 것이다. 말하자면, 그것은 주로, 서구문명사회를 체험하는 가운데 서구인들의 시각에서 6.25전쟁, 우리민족, 그리고 시인자신을 바라보는 시선을 의식하는 가운데 복합적인 내면의 흐름을 드러내고 있다. 그러한 내면의 흐름들은 박인환의 미국시편들에서 시인의 '자의식selfconsciousness'[10) 혹은 그 자신이 속한 '민족적 자

10) '자의식selfconscious'은 철학적 맥락에서의 의미와 일반·심리학적 맥락에서의 의미로 구별된다. 첫째, 철학적 의미에서 자의식은 '헤겔이 그의 주저『정신현상학』에서 논의한 것으로서, 그는 인간의 인식주관을 감성적 대상의식과 자기의식으로 나누고 전자를 자기운동에서 후자를 필연적으로 이끌어내고 있다. 즉 대상의식이 감성적 확신, 지각, 오성의 세 단계를 거치면서 대상의 대상성은 해체되고 자기의식으로 고양된다. 이렇게 정립된 자기의식이 생과 욕구, 그리고 노동의 형식을 통해서, 다른 자기의식과 대립 또는 지배, 예속의 관계를 맺음에 따라, 전통적 인식 주관의 원리인 의식으로 인한 한계가 실천적 주체의 원리인 자기의식에 의해 돌파되는 것이다'(임석진 外,『철학사전』, 도서출판 청사, 1988, 575면). 둘째, 일반적 의미에서 자의식은 "다른 사람들에 의해 보여지는 상태를 과도하게 의식하는excessively aware of being observed by others" 그리고 "자기자신 혹은 자기의 것을 의식하는conscious of oneself or one's own being"이라는 뜻을 지닌다(The Random house Dictionary of the English Language, Random house, New York, 1986, p.1736). 이 정의는 심리학적 의미에서 규정하는 '자의식'에 근거한 것이다. 심리학적 의미의 '자의식selfconscious은 타인들 속에서 자신의 모습이나 태도 등을 과도하게 의식하는 것으로서 부끄러움이나 당혹감, 자존감의 결핍 등을 초래하기도 하는 것이다. 긍정적 맥락에서 자의식은 정체성의 발달에 영향을 끼치기도 하는데, 그것은 자기자신을 객관적으로 인식하는 데에 가장 가까워질 수 있기 때문이다. 이러한 의미의 자의식은 누구나 개별자로서 존재한다는 철학적 의미에서의 '자의식'과는 대조되는 것이며 자기자신에 관해 몰두하는 종류의 것이다. 그럼에도 일부 저자들은 두 용어를 서로 호환될 수 있거나 유사한 것으로 사용하기도 한다. '자의식'이라는 불쾌한 감정은 누군가가 관찰되거나 보여지고 있다는 것을 인지할 때 나타나는 것으로서 모든 사람들이 자신을 보고 있다는 것을 느끼는 것이다. 일부 사람들은 통상적으로 다른 사람들에 비해 좀더 자의식적이기도 하다. '자의식'이 주는 불쾌한 감정은 때때로 부끄러움shyness이나 편집증paranoia을 동반한다(John H. Mueller, W. Calvin Johnson, Alison Dandoy, and Tim Keller, "Trait Distinctiveness and Age Specificity in the Self-concept," Self-perspectives Across the Life Span, edited by Richard P. Lipka, Thomas M. Brinthaupt, State Univ of New York, 1992, pp.223-255, Margaret Kerr, "Childhood and adolescent shyness in long-term perspective: does it matter?" Shyness: Development,

의식national selfconsciousness'의 문제와 결부되어 복합적인 양상으로 나타나고 있다. 즉 그의 미국시편들의 주요한 특성은 자기가 생각했던 자신의 상(像)이 자신이 원하는 방식과 다를 때 주로 나타나는 현상 즉 '자의식' 혹은 '자의식 과잉'의 결과로서의 내적 혼란, 강박, 자아분열 등과 관련하여 설명할 수 있다.

박인환의 미국시편들에 나타난 '자의식적' 내면의 특징적 표지로서 '작은 자아' 즉 시적 자아의 형상이나 목소리가 미미하거나 왜소해지는 것 혹은 그 자신이 어디론가 도피해버리고자 하는 모티브 등을 들 수 있다("연필처럼 가느다란 내 목구멍에서/ 내일이면 가치가 없는 비애로운 소리가 난다." 「투명한 버라이어티」 부분; "바람에 날려온 먼지와 같이/ 이 이국의 땅에선 나는 하나의 미생물이다……부식된 과거로/ 돌아가는 것이다." 「새벽 한 시의 시」 부분; "내 모자 위에 중량이 없는 억압이 있다./ 그래서 뒷길을 걸으며/ 서울로 빨리 가고 싶다고." 「어느 날의 시가 되지 않는 시」 부분; "바늘과 같은 손가락은/ 난간을 쥐었다./ 차디찬 철의 고체固體/ 쓰디쓴 눈물을 마시며/ 혼란된 의식에 가라앉아버리는." 「다리 위의 사람」 부분 등). 이러한 모티브는 때로는 시적 자아가 속한 서구의 문명세계에 대한 비판적 시선과 결합되어 나타나기도 한다("나를 매혹시키는 허영의 네온./ 너에게는 안구眼球가 없고 정서가 없다./ 여기선 인간이 생명을 노래하

Consolidation, and Change, edited by W. Ray Crozier, Routledge, 2000, p.71). '자의식'은 누군가의 '관심'을 받는 '대상'이 되고 있는 자기의식의 과정이라고 볼 수 있으며 그 '관심'의 대상이란 다소 모호한 인과적 요소인 '자아'뿐만 아니라 자아의 내적 태도나 가치, 도덕, 물리적인 것 등이 될 수 있다. '자의식'은 일반적으로 개별적 자의식private self-consciousness과 대중속에서의 자의식public self-consciousness, 두 가지의 것으로 구별된다. 전자는 내향적인 것이며 자기내부의 자아와 감정들을 들여다본다면 후자는 다른 이들에 의해 보여지는 자신에 대한 인식이다. 이러한 자의식은 자기검열과 사회 내부에서의 불안감을 초래할 수 있다(*The Blackwell Encyclopedia of Social Psychology*, edited by Antony S.R. Manstead and Mileshewtone, Oxford: Blackwell, 1995, pp.501-502; Bernd Simon, "The Social Psychology of Identity: Sociological and Psychological Contributions," *Identity in Modern Society*, Oxford: Blackwell Publishing, 2004, p.30). 이 글에서 주목하는 것은 박인환의 미국여행시편들에 나타난 심리학적 의미의 '자의식' 즉 대중 속에서의 '자의식'과 개별적 '자의식'의 복합적 내면에 관한 것이며 이 '자의식'의 체험이 그의 후기시편들에 미친 영향과 관련한 부분이다.

지 않고/ 침울한 상념만이 나를 구한다." 「새벽 한 시의 시」 부분). 특히 박인환이 미국에서 돌아오는 선상에서 보낸 바다에서의 시편들은 그러한 자의식의 과잉상태가 그 정점에 달하고 있다("고립과 콤플렉스의 향기는/ 내 얼굴과 금 간 육체에 젖어버렸다./ 바다는 노하고 나는 잠들려고 한다./ 누만년의 자연 속에서 나는 자아를 꿈꾼다./ 그것은 기묘한 욕망과/ 회상의 파편을 다듬는/ 음참陰慘한 망집妄執이기도 하다." 「15일간」 부분).[11]

박인환은 미국여행 이후 채 1년이 되기 전인, 1956년 3월 20일에 타계할 때까지 미국체류시의 체험을 중심으로 하여 「투명한 버라이어티」, 「태평양에서」, 「15일간」, 「에버렛의 일요일」, 「어느날」, 「어느날의 시가 되지 않은 시」, 「다리위의 사람」, 「디셉션패스」, 「여행」 등 15편 가량의 시를 썼다. 박인환의 전체시편이 70여 편임을 감안하면 그의 미국여행시편 수가 차지하는 입지는 큰 편이다. 그가 문학 활동을 전개한 시기는 일제말기와 6.25전쟁을 전후한 10여 년간의 역사적 격동기로서 그의 후기시에서 미국여행을 근간으로 한 특성은 중요한 자리를 차지한다. 즉 박인환의 문학과 시정신을 심층적으로 이해하기 위해서는 미국체험 시편들에서 초점화된 시인의 정체성에 관한 고민과 자의식적 내면이 지닌 본질적 특성에 주목할 필요가 있다. 즉 그의 시편들에서 서구사회에서 우리의 민족적 정체성과 관련된 시인의 '자의식'이 어떻게 형상화되고 있는지 그리고 이것이 이후 그의 시정신에 어떻게 관련되는지를 조명할 필요가 있다.

---

11) 그의 산문과 서간 등을 참고하여 그의 미국여행일정을 설명하면, 그는 원외 사무장의 직함으로 선원수첩을 받아 1955년 3월 3일에 남해호의 인원이 되어 3월 5일 정오에 기선의 기적과 함께 출항하였다. 또한 현해탄에서 6시간을 걸쳐 세토나이카이에 도착하며 9일 밤에 다시 일본에서 출항하여 13일간 태평양을 건너서 시애틀 올림피아항에 도착하였다. 그는 22일 올림피아항에 도착하였으나 수속절차를 하루 거친 후 23일에 상륙하였으며 올림피아에 2일간 머물며 터코마, 시애틀, 에버렛, 아나코테스 그리고 4월 3일에 마지막 도시인 포틀랜드에 도착하였다. 그리고 부활절인 4월 10일경에 귀항선을 탔으며 4월 25-26일경에 도착하였다. 그리고 그는 다음해 1956년 3월 20일 밤 만취 심장마비로 타계하였다.

이 글은 박인환이 미국문명사회를 체험하고 서구인들을 접하면서 의식하게 된 시인의 정체성 혹은 자신이 속한 민족의 정체성과 관련하여 어떠한 '자의식적' 내면을 그려내고 있는지, 그리고 이러한 체험이 이후 그의 시작(詩作)태도에 어떠한 영향을 미치는지에 관해 살펴보고자 한다.

2. '네온의 거리'와 '기묘한 의식'[12]

녹슬은
은행과 영화관과 전기세탁기
럭키 스트라이크
VANCE 호텔 BINGO 게임.
영사관 로비에서
눈부신 백화점에서
부활제의 카드가
RAINER 맥주가.

나는 옛날을 생각하면서
텔레비전의 LATE NIHGHT NEWS를 본다.
캐나다CBC방송국의

---

12) '기묘한 의식'은 박인환의 미국여행시편인 「새벽 한 시의 시」에 나오는 어구로서 서구 문명사회에선 체험하는 시인의 복합적 '자의식'을 집약적으로 드러낸 주제어이다("바람에 날려온 먼지와 같이/ 이 이국의 땅에선 나는 하나의 미생물이다./ 아니 나는 바람에 날려와 새벽 한 시 기묘한 의식意識으로/ 그래도 좋았던/ 부식된 과거로/ 돌아가는 것이다." 「새벽 한 시의 시」 마지막 부분).

광란한 음악

입 맞추는 신사와 창부.

조준은 젖가슴

아메리카 워싱턴주.

비에 젖은 소년과 담배

고절된 도서관

오늘 올드미스는 월경이다.

희극여우喜劇女優처럼 눈살을 피면서

최현배 박사의 『우리말본』을

핸드백 옆에 놓는다.

타이프라이터의 신경질

기계 속에서 나무는 자라고

엔진으로부터 탄생된 사람들.

신문과 숙녀의 옷자락이 길을 막는다.

여송연을 물은 전前 수상首相은

아메리카의 여자를 사랑하는지?

식민지의 오후처럼

회사의 깃발이 퍼덕거리고

페리 코모의 「파파 러브스 맘보」

찢어진 트럼펫

꾸겨진 애욕.

데모크라시의 옷 벗은 여신과

칼로리가 없는 맥주와 유행과

유행에서 정신을 희열하는

디자이너와

표정이 경련하는 나와.

트렁크 위의 장미는 시들고

문명은 은근한 곡선을 긋는다. …… 혼란과 질서의 반복이

물결치는 거리에

고백의 시간은 간다.

집요하게 태양은 내려 쪼이고

MT. HOOT의 눈은 변함이 없다.

연필처럼 가느다란 내 목구멍에서

내일이면 가치가 없는 비애로운 소리가 난다.

빈약한 사념

아메리카 모나리자

필립 모리스 모리스 브리지

비정한 행복이라도 좋다.

4월10일의 부활제가 오기 전에
굿바이
굿 엔드 굿바이

― 「투명한 버라이어티」, 『현대문학』, 1955.11.

대낮보다도 눈부신
포틀랜드의 밤거리에
단조로운 글렌 밀러의 랩소디가 들린다.
쇼윈도에서 울고 있는 마네킹.

앞으로 남지 않은 나의 잠시를 위하여
기념이라고 진피즈를 마시면
녹슬은 가슴과 뇌수에 차디찬 비가 내린다.

나는 돌아가도 친구들에게 얘기할 것이 없고나
유리로 만든 인간의 묘지와
벽돌과 콘크리트 속에 있던
도시의 계곡에서
흐느껴 울었다는 것 외에는…….

천사처럼
나를 매혹시키는 허영의 네온.

너에게는 안구眼球가 없고 정서가 없다.

여기선 인간이 생명을 노래하지 않고

침울한 상념만이 나를 구한다.

바람에 날려온 먼지와 같이

이 이국의 땅에선 나는 하나의 미생물이다.

아니 나는 바람에 날려와

새벽 한 시 기묘한 의식意識으로

그래도 좋았던

부식된 과거로

돌아가는 것이다.

— 「새벽 한 시의 시」, 「한국일보」, 1955.5.14.

첫 번째 시편의 내용항을 구성하는 것들은 그가 미국에서 보고 들은 인상적인 것들이다. 여기에는 물론 그가 좋아했던 담배와 관련한 '럭키 스트라이크', '필립 모리스' 등이 있으며 술을 좋아했던 그가 미국에서 관심을 지녔던 'RAINER 맥주', '칼로리가 없는 맥주' 등도 있다. 또한 그가 다녔던 은행, 영화관, 백화점 등도 출현한다. 이와 같은 제재들은 그가 미국에서 처음 보았던 텔레비전 방송 즉, 'LATE NIHGHT NEWS'의 채널이 돌아가며 장면이 바뀌는 방식과 오버랩되고 있다. 즉 '캐나다CBC방송국의 광란한 음악'이란 실제로 그가 갔던 시애틀 캐나다 접경의 방송장면이었다. 그리고 '파파러브스 맘보'는 시인의 시와 산문에서 나타나는 당시 유행가요였다.[13] 또한 그가 지녔던 아메리카 워싱턴 주의 풍경들과 방송을 통

---

13) "날은 어두워지고 내가 탄 시보레는 포틀랜드에 들어왔다. 나는 메이박과 그의 남동생을 데

해 보는 여송연을 문 수상의 모습이 이어지며 그가 시애틀에서 바라보았던 'MT. HOOT'의 풍경도 나타난다. 또한 이 시 마지막의 '4월10일의 부활제가 오기 전에 굿바이'란 어구는 그가 미국에서 약 2주 체류하다가 다시 귀항선을 타는 날과 관련하여 실제 시인의 체험과 유의성을 갖는다.

이 시는 의식의 흐름이라는 자동기술적 장치가 체험을 외현화하는 방식으로 나타나고 있다. 즉 1950년대 전후지식인, 박인환이 처음 본 텔레비젼의 시니피앙들, 영화관, 네온의 밤거리 등에 관한 내면풍경이 나타나 있다. 이러한 인상적 장면들은 당시에 그가 처음 본 텔레비젼 방송의 채널의 전환과도 유사하게 이어지고 있다. 무엇보다도 이 시는 시인이, 우리의 전후현실과 대비되는, 1955년 3월의 미국문명을 접하면서 받는 충격과 내적 혼란을 보여주고 있다. 이러한 시인의 내면을 특징적으로 드러내는 구절은 '문명은 은근한 곡선을 긋는다'와 '연필처럼 가느다란 내 목구멍에서/ 내일이면 가치가 없는 비애로운 소리가 난다'이다. 이때 대비되는 것은 압도해오는 문명의 이기들과 왜소해지는 시적자아의 형상이며, '작은(작아지는)자아'는 시인의 문명체험 의식을 특징적으로 드러내는 표지이다.

박인환이 미래사회에 관한 상상을 보여주었던 그의 이전의 시편들에서는 이와 같은 '작은 자아'는 찾아보기가 어렵다. 오히려 그의 자아는 그가 속한 세계의 군상들 속에서 그들을 객관적인 시각에서 관찰할 수 있는 우월한 입지를 보여주는 것으로 드러나곤 한다. 그럼에도 그의 미국시편과 이전의 그의 문명시편의 유사한 특성을 찾는다면, 그것은 '문명은 은근한 곡선을 긋는다' 즉 문명, 미래사회에 대한 기대감과 동경에 관한 것이다.

리고 어느 카페로 들어가 그들에게는 맥주를 사주고 나는 위스키를 마셨다. 모두 아메리카의 여자들처럼 담배를 피우는 매이는 역시 미국 여성임이 틀림없는 것이 5센트짜리를 뮤직박스에 집어넣고 「파파 러브스 맘보」라는 음악을 듣는다."(「미국에 사는 한국이민」 부분, 『아리랑』, 1955.12.1.)

문명사회의 도래에 대한 상상은 박인환의 1940년대 시편에서 특징적인 것인데 그 한 사례로서 「열차」를 들 수 있다.[14]

「열차」 역시 의식의 흐름을 빌어서 열차가 지나가는 풍경과 그것의 도달 지점에 관한 형상을 그리고 있다. 그런데 이 시편의 내용항을 보면, '폭풍이 머문 정거장', '황폐한 도시', '가난한 사람들의 슬픈 관습과 봉건의 터널', '헐벗은 수목의 집단' 등이다. 즉 이 시는 일제치하를 벗어난 우리 현실이 문명화된 사회로 발전하며 거듭나기를 희망하고 기대하는 심경과 의지가 중심적이다. 다른 말로 하자면, 암담한 현실에 관한 형상들이나 시인이 지향하는 미래의 형상들이 구체성이 결여된 피상적인 비유로 되어 있다. 단적으로, 활주하는 '열차'는 '폭풍이 머문 정거장'을 떠나서 모든 '슬픈 관습과 봉건의 터널' 등을 지나서 '눈이 타오르는 처음의 녹지대'와 '우리들의 황홀한 영원의 거리', '아름다운 밝은 날'로 향하는 것이다("다음 헐벗은 수목의 집단 바람의 호흡을 안고/ 눈이 타오르는 처음의 녹지대/ 거기엔 우리들의 황홀한 영원의 거리가 있고/ 밤이면 열차가 지나온/ 커다란 고난과 노동의 불이 빛난다/ 혜성보다도/ 아름다운 새날보다도 밝게." 「열차」 후반부). 즉 '깨진 유리창 밖 황폐한 도시의 잡음을 차고/ 율동하는 풍경으로/ 활주하는 열차'는 문명의 이기가 가져올 세계에 관한 동경과 기대감을 다소 막연한 방식으로 표현한 것이다.

이 시편과 비교할 때 위의 미국체험 시편은 시인이 1955년 당시 미국 시애틀 도시 문명을 직접 보고 듣고 느낀 것의 기록으로서 실제로 화려하고 이질적인 문명이기들을 체험하고 그것들에 압도되는 전후지식인의 내면

---

14) "폭풍이 머문 정거장 거기가 출발점/ 정력과 새로운 의욕 아래/ 열차는 움직인다/ 격동의 시간/ 꽃의 질서를 버리고/ 空閨한 나의 운명처럼/ 열차는 떠난다/ 검은 기억은 전원에 흘러가고/ 속력은 서슴없이 죽음의 경사를 지난다// 청춘의 복받침을/ 나의 시야에 던진 채/ 미래에의 外接線을 눈부시게 그으며/ 배경은 핑크빛 향기로운 대화/ 깨진 유리창 밖 황폐한 도시의 잡음을 차고/ 율동하는 풍경으로/ 활주하는 열차/ 가난한 사람들의 슬픈 관습과/ 봉건의 터널 특권의 장막을 뚫고/ 핏비린 언덕 너머 곧/ 광선의 진로를 따른다."

을 담아내며 그것의 필연적 장치로서 '의식의 흐름'이 나타나고 있다. 그런데 그가 미리 그려보았던 미래 문명세계에 관한 의식과 실제 그가 체험한 미국 문명세계에 관한 의식은 여러모로 대비적인 특성을 보여준다. 즉 그의 미국시편들은 미래에 대한 기대와 동경이라고 단순히 이야기하기 어려운 복합적인 내면을 보여주고 있는 것이다. 그것은 한편으로는 새롭게 접하는 문명도시에 대한 놀라움이나 동경을 나타내면서도 다른 한편으로는 그것에 압도되고 있는 시인의 '작은 자아'의 복합적 의식을 드러내는 것이다. 그 복합적 의식에는 서구사회와 대비되는 고국에 대한 향수가 있으며 이 향수 역시 전후의 피폐한 현실에 관한 의식과 함께 뒤섞여서 단순하지가 않다.

이러한 특성은 위의 두 번째 시에서 좀 더 구체화된다. 시인은 대낮보다도 눈부신 포틀랜드의 밤거리에서 글렌 밀러의 랩소디를 들으며 쇼윈도의 마네킹을 바라본다. 그는 태번에 들어가서 진피즈를 마시는데 그는 그것의 느낌을 '녹슬은 가슴과 뇌수에 차디찬 비가 내린다'고 표현하고 있다. 그는 길거리를 빛내는 '네온'이 천사처럼 나를 매혹시키지만 '안구가 없고 정서가 없다'고 이야기하며 '인간이 생명을 노래하지 않'는다고 말한다. 박인환이 체험한 도시문명의 제재들 중에서 그가 가장 비판적으로 이야기하는 것은 '네온'에 관한 것이다. 주로 그가 말하는 '네온'이란 도시의 밤거리의 태번, 술집의 간판과 관련을 지니며 도시의 밤거리를 수놓는 네온들로 싸인 불빛들을 의미한다. 박인환은 멀리서는 별들처럼 반짝이지만 실상은 인위적 불빛이며 네온의 가게 안에서는 자본주의의 욕망과 돈의 교환, 거래가 이루어지는 그러한 체계 자체를 비판하고 있는 것이다. 즉 그는 밤거리를 수놓는 네온사인을 혐오하는데 그것은 네온사인이 나타내는 자본주의적 방식의 욕망 문제와 관련되기 때문이다("착각이 만든 네온의 거리/ 원색과 혈관은 내 눈엔 보이지 않는다./ 거품에 넘치는 술을 마시고/ 정욕에 불타는 여자를 보아야 한다./ 그의 떨리는 손가락이 가리키는/ 무거운 침묵 속으로 나는/ 발버둥 치며 달아나야 한다. (…중략…) 젊음과 그가 가지는 기적奇籍은/ 내 허리에 비애의 그림자를 던졌고/ 도시의 계곡 사이를 달음박질치는/ 육중한 바람을/ 충혈된 눈동자는 바라다보고 있었다." 「충혈된 눈동자」).

그런데 그의 미국시편들에서 '네온사인'과 관련한 형상을 제외한 다른 문명의 이기들에 관해서는 대체로 수용적이었다. 실제로 박인환의 미국문명 체험과 의식은 현재의 우리가 보고 듣고 느끼는 문명도시에 대한 모순된 생각과 느낌과 유사하다는 것을 발견할 수 있다. 즉 우리는 콘크리트벽과 유리진열장의 백화점, 네온이 빛나는 밤거리에서 자본주의적 병폐와 비인간적인 국면을 감지하며 그것들에 비판적이다. 그럼에도 우리는 그러한 문화를 향유하기도 하며 텔레비전과 스마트폰, 영화와 테크노 음악을 즐긴다. 또한 우리는 콘크리트와 유리로 이루어진, 난방과 안전이 갖추어진 아파트를 선호하며 노동의 시간을 면한 주말에는 잘 닦여진 도로의 드라이브를 즐기며 산책로가 개발된 호숫가 산책을 즐긴다. 박인환역시 우리가 문명사회에 관해 갖는 이중적인 체험과 의식을 보여주고 있다.

단적으로, 그는 당시로서 신문명이었던, 위 시에서 '투명한 버라이어티'로 형상화된 영상, 즉 영화와 음악을 누구보다도 즐겼으며 미국여행에서 실제 그가 제일 많이 찾아다닌 곳이 '태번(서양술집)'이었다("제일 많이 간 곳은 역시 술집이다. 태번이란 곳에선 맥주와 와인을 팔고 칵테일에 들어가면 위스키와 브랜디를 마실 수 있고……" 「아메리카 잡기」 부분). 또한 그는 서양술, 위스키와 담배를 즐겼으며 자동차의 편리함과 백화점의 질서정연함에 감탄하는 모습을 보여주고 있다. 역설적인 것은 박인환이 도시의 문명제재 중에서 비판적으로 표현하곤했던 도시의 '네온의 거리'가 주로 밤에 가게를 열고 그가 즐겨 찾던 '태번'의 간판들로 즐비하다는 점이다. 즉 박인환이 애호했던 '태번'과 그가 주로 비판적으로 표현한 '태변'의 시각적 표지인 '네온사인'은 박인환의 미국 문명도시에 대한 양립적이고 이중적인 시선을 단적으로 드러내고 있다.[15)

문명에 관한 이중적인 시선과 함께 이 시에서 중심적 정서를 이루는 것은 '네온의 거리'와 '부식된 과거' 즉 시애틀의 문명도시와 전후 우리현실에 관한 시선의 문제이다. 그는 그 둘 어느 면도 긍정할 수 없는 복합적인 내면을 보여주고 있다. 이렇게 보면 위 시에서 '안구가 없는 네온'이나 '마네킹이 흘리는 눈물'이나 '쓸쓸히 비내리는 정경' 등은 박인환이 문명에 관한 비판을 드러낸 것으로 볼 수 있지만, 근본적으로 이국도시에서 느끼는 소외감과 전후지식인으로서의 심회를 감정이입한 것으로 볼 수 있다. 즉 '부식된 과거'의 전후현실과 '네온의 거리'의 미래문명사회 그 어느 면도 공감하기 어려운 시인의 심회가 눈물을 흘리는 마네킹, 쓸쓸히 내리는 비로 표현된 것이다.

박인환의 미국시편들에서 특징적인 국면은 자신을 객관화하여 왜소하거나 한없이 축소하여 나타내곤 한다는 점이다. 구체적으로 그는 네온이 반짝이는 거리에서 술을 마시는 자신의 모습에 대해서 '바람에 날려온 먼지', '이국의 땅'의 '하나의 미생물'이라고 서슴없이 지칭한다. 이러한 특성은 미국여행 이전의 그의 시편들에서 보기 어려운 특성이다. 그는 「검은 강」에

---

15) 이후 그의 시편들은 자신의 미래, 즉 오늘날 문명사회를 사는 우리의 삶의 문제, 한편에는 화려한 백화점을 이용하는 사람들과 가난에 찌든 사람들이 공존하는 것, 그리고 현대인이 체험하는 일상의 비극성을 적실히 담아내고 있다("토르소의 그늘 밑에서/ 나의 불운한 편력인 일기책이 떨고/ 그 하나하나의 지면紙面은/ 음울한 회상의 지대로 날아갔다.// 아 창백한 세상과 나의 생애에/ 종말이 오기 전에/ 나는 고독한 피로에서/ 빙화처럼 잠든 지나간 세월을 위해/ 시를 써본다.// 그러나 창밖/ 암담한 상가/ 고통과 구토가 동결된 밤의 쇼윈도/ 그 곁에는/ 절망과 기아의 행렬이 밤을 세우고/ 내일이 온다면/ 이 정막靜寞의 거리에 폭풍이 분다." 「세 사람의 가족」 부분, 『한국일보』, 1956.3.25.). 문명화된 사회에 대한 그의 의식 그 자체는 우리가 현재 살아가는 문명도시의 일상에 관한 정서와 유사한데, 그것은 그가 체험한 문명의 토대가 오늘날의 우리의 것과 유사한 현실적인 것이라는 점과 관련된다. 그가 표현한, 1950년대에 '대낮보다도 눈부신 밤거리'와 '단조로운 글렌밀러의 랩소디와 같은 유행가'가 거리에 울려 퍼지는 장면은 오늘날 우리가 대하는 일상의 한 장면이기도 하다.

서 열차를 타고 책을 읽는 자신과 전장터로 향하는 농부의 아들들을 보며 지식인으로서의 자괴감을 느끼는 모습을 형상화하기도 하였고, 「무도회」에서는 무도회에 은행지배인과 함께 온 꽃 파는 소녀의 몸값이 꽃값보다 싸다고 형상화하기도 하였다. 즉 그는 시를 쓸 때 당면한 상황과 주관적 정서를 형상화하다가도 그 장면으로부터 거리를 두고 그 상황과 사람들을 객관화하여 나타내곤 하였으나 그 자신은 전후 현실의 상황 속에서 우월한 위치에 놓인 지식인으로서 암묵적으로 나타나곤 하였다.

미국시편들에서 한없이 작아진 '자아'의 형상들과 함께 이 시편들의 특징으로서 마지막에는, 이 시에서 단적으로 보듯이, 타국인들이 자신을 바라보는 시각, 혹은 전후 우리현실과 민족에 관한 그들의 시각이 반영된 복합적 내면을 들 수 있다. 그리고 그는 전후현실과는 너무나 다른 문명의 거리 속에서 그가 보고 듣는 것들에 압도된 나머지 비극적인 정서에 휩쓸린 자신을 발견하곤 한다.

芬蘭人 미스터 몬은
자동차를 타고 나를 데리러 왔다.
에버렛의 일요일

와이셔츠도 없이 나는 한국 노래를 했다.
거저 쓸쓸하게 가냘프게
노래를 부르면 된다
······파파 러브스 맘보······
춤을 추는 도나
개와 함께 어울려 호숫가를 걷는다

텔레비전도 처음 보고
칼로리가 없는 맥주도 처음 마시는
마음만의 신사
즐거운 일인지 또는 슬픈 일인지
여기서 말해 주는 사람은 없다.

석양.
낭만을 연상케 하는 시간.
미칠 듯이 고향 생각이 난다.

그래서 몬과 나는
이야기할 것이 없었다. 이젠
헤져야 된다.

— 「에버렛의 일요일」

당신은 일본인이지요?
차이니스? 하고 물을 때
나는 불쾌하게 웃었다.
거품이 많은 술을 마시면서
나도 물었다
당신은 아메리카 시민입니까?
나는 거짓말 같은 낡아빠진 역사와
우리 민족과 말이 단일하다는 것을
자랑스럽게 말했다.

황혼.

태번 구석에서 흑인은 구두를 닦고

거리의 소년이 즐겁게 담배를 피우고 있다.

여우女優 가르보의 전기책傳記冊이 놓여 있고

그 옆에는 디텍티브 스토리가 쌓여 있는

서점의 쇼윈도

손님이 많은 가게 안을 나는 들어가지 않았다.

비가 내린다.

내 모자 위에 중량이 없는 억압이 있다.

그래서 뒷길을 걸으며

서울로 빨리 가고 싶다고

센티멘탈한 소리를 한다.

- 「어느 날의 시가 되지 않는 시」

포도주 한 병을 산 흑인과

빌딩의 숲속을 지나

에이브러햄 링컨의 이야기를 하며

영화관의 스틸 광고를 본다.

……카르멘 존스……

미스터 몬은 트럭을 끌고

그의 아내는 쿡과 입을 맞추고

나는 지렙 회사의 텔레비젼을 본다.

한국에서 전사한 중위의 어머니는
이제 처음 보는 한국 사람이라고 내 손을 잡고
시애틀 시가를 구경시킨다.

많은 사람이 살고
많은 사람이 울어야 하는
아메리카의 하늘에 흰 구름.
그것은 무엇을 의미하는가.

나는 들었다 나는 보았다
모든 비애와 환희를.

아메리카는 휘트먼의 나라로 알았건만
아메리카는 링컨의 나라로 알았건만
쓴 눈물을 흘리며
브라보…… 코리안하고
흑인은 술을 마신다.

- 「어느날」

　첫 번째 시에서 '한국노래를 쓸쓸하고 가냘프게 부르면 된다'는 표현은
그가 인식하고 있는 한국인에 관한 서구인의 시선과 관련된 표현이다. 그
런데 이 시에서 '파파러브스 맘보'에 맞추어 춤을 추는 '돈나'는 위 시의 미
스터 몬의 딸로서 컬리지 걸이다.16) 「이국 항구」를 보면 '돈나'는 박인환이

---

16) '몬'의 딸인 '돈나'는 박인환의 산문에서 주요하게 나타난다("어느 기회에 알게 된 미스터 몬은

미국 체류시에 가장 정들었던 소녀이며 그의 산문에서도 그녀와 미국작가를 이야기하며 영화를 같이 보기도 하면서 즐거운 시간을 보냈던 것을 알 수 있다.[17] 즉 이 시의 내용은 휴일에 자동차를 타고 호숫가에서 미스터 몬과 돈나와 보낸 즐거운 한때를 말하고 있다. 그럼에도 이 시는 '한국노래를 쓸쓸하게 가냘프게 부르면 된다'라는 한국인으로서의 자의식, 그리고 '마음만의 신사'라는 전후문인으로서의 자의식, 그리고 '미칠듯이 고향생각이 난다'는 향수를 초점화하여 나타내고 있다.

두 번째 시에서 시인은 시애틀의 거리를 걸으면서 또는 그가 즐겨 찾았던 태번에서 질문 받던 감회를 쓰고 있다. 그는 우리민족의 역사와 문화에 관하여 '자랑스럽게 말했다'고 하면서도 그는 서점의 쇼윈도를 지나 걸어가면서 '내 모자 위에 중량이 없는 억압'을 느끼며 '서울로 빨리 가고 싶다'는 생각에 잠긴다. 여기서 '자랑스럽게 말했다'와 '내 모자를 누르는 억압'은 시인이 자신을 포함한 전후 우리민족에 대한 상반된 자의식을 보여주는 것이다. 즉 그가 속한 우리민족에 관한 의식과 서구인들이 객관화하여 보는 우리민족과 현실에 관한 의식 그 사이의 괴리, 그리고 그 괴리로부터 초래된 시인의 자의식을 드러내고 있다. 이 장면은 그가 미국여행을 떠나기

그의 딸 돈나 캠벨을 나에게 소개해주었으며 그의 집에도 여러 번 가보았다./ 자동차 회사의 세일즈맨인 몬은 제법 생활을 윤택하게 하고 있고 돈나는 귀여운 칼리지걸이다. 우리들은 호숫가를 산보도 했고 함께 살롱에서 음악도 듣고 리처드 라이트의 소설 얘기도 했다. 그래서 무척 친해진 줄만 알고 나는 그에게 영화 구경을 함께 가자고 했더니 먼저 혼자 가서 기다리라는 것이다./ "당신은 내일이면 떠날 사람이고 나는 이 거리에 오래 살 사람이니 함께 다니는 것을 사람들이 보면 자기에게 좋지 않다"고 돈나는 말하는 것이다.「아메리카 잡기」 부분).

17) "에버렛 이국의 항구/ 그날 봄비가 내릴 때/돈나 캠벨 잘 있거라// 바람에 펄럭이는 너의 잿빛 머리/ 열병에 걸린 사람처럼/ 내 머리는 화끈거린다// 몸부림쳐도 소용없는/ 사랑이라는 것을 서로 알면서도/ 젊음의 눈동자는 막지 못하는 것// 처량한 기적/ 데크에 기대어 담배를 피우고/ 이제 나는 육지와 작별을 한다// 눈물과 신화의 바다 태평양/ 주검처럼 어두운 노도를 헤치며/ 남해호의 우렁찬 엔진은 울린다// 사랑이여 불행한 날이여/ 이 넓은 바다에서/ 돈나 캠벨! 불러도 대답은 없다." (「이국 항구」.)

전에 했던 앙케이트에서 서구문화, 영화에 경도된 장면을 떠올린다면 참으로 역설적인 것이다. 그는 자신이 좋아하는 배우, 감독, 영화 등을 모두 서구사회의 인물들로서 답했으며 국내의 경우는 '없다'로서 일관하고 있다.[18]

세 번째 시편은 박인환이 그곳서 알게 된 자동차 세일즈 맨, 서양인 미스터 몬과 함께 시애틀 시가를 구경하는 풍경이 나온다. 그리고 박인환은 시가지에서 영화관 스틸의 카르멘 존스를 바라보며 지렐회사의 텔레비젼을 본다. 또한 그는 한국에서 전사한 중위의 어머니를 만나게 되는데 그는 그 어머니의 집을 방문하고 그들의 사연을 듣는 시간도 가졌다.[19] 그는 미국인들과 재미교포들의 우리나라에 대한 생각, 일본인에 관한 생각, 그리고 당시 미국에 거주하는 한국인들의 모습 등에 관해서 구체적으로 듣게 되기도 한다. 당시는 6.25전쟁이 끝난 지 얼마 되지 않은 시기였고 그는 미국이 우리나라와는 별개의 문명의 나라 즉 '휘트먼의 나라', '링컨의 나라'로 알았으나, '전쟁'과 관련하여 우리나라와 밀접한 관계에 있음을 절감하게 된다. 즉 박인환의 미국여행은 미국의 선진문명을 체험하는 것과 함께 우리민족이 처한 객관적 상황과 정체성의 문제를 대외적 시각에서 확인하는 계기가 되었던 것이다.

---

18) "1. 좋아하는 남우男優/ -국내: 없다./ -국외: 험프리 보가트(미), 헨리 폰다(미), 장 마레(불)./ 2. 좋아하는 여우女優/ -국내: 물론 없다./ -국외: 미셸 모건(불), 엘리자베스 테일러(미), 대니 로반(불), 존 크로프트(미)./ 3. 좋아하는 감독/ -프랭크 카프라(미), 캐롤 리드(영), 앙리 조르주 클루조(불), 존 휴스턴(미·영)./ 4. 인상에 남는 영화/ -「제3의 사나이」(영), 「젊은이의 양지」(미), 「정부 마농」(불)(…하략…)"(「앙케트」, 『신태양』, 1954.8.1.)

19) "그 부인은 나의 손을 힘 있게 쥐더니 즉시로 눈물이 글썽거린다./ "참 잘 오셨습니다. 반갑습니다."/ 떨리는 목소리로, 그러면서도 정확한 우리말로 이야기한다./ 박용현 씨의 부처는 지금으로부터 32년 전에 한국을 떠났다는 것이다. 일본 놈에게 쫓겨 망명의 길을 미국으로 택하고 처음 이른 고장은 이 오리건주의 서북면 몬태나주이며 그곳에서 19년간 갖은 노동과 고초를 겪고 겨우 얼마 안 되는 자금을 가지고 오리건으로 이주한 것이 13년째가 된다고 한다./ 박씨는 그가 생존하는 동안 한시도 한국을 잊은 적이 없으며 열렬한 동지회 회원이었던 그는 조국 광복을 이룩하기 위해 가난한 생계에서도 푼푼이 돈을 모아 혁명운동에 거출했다는 것이다." (「미국에 사는 한국이민」 부분, 『아리랑』, 1955.12.1.)

위 시편들에서 시인의 내면의 정서를 직접적으로 드러내는 표현들은 다음의 구절들을 들 수 있다. 그것은 각각의 시에서, "한국 노래를 했다./ 거저 쓸쓸하게 가냘프게/ 노래를 부르면 된다……마음만의 신사……미칠 듯이 고향 생각이 난다.", "내 모자 위에 중량이 없는 억압이 있다./ 그래서 뒷길을 걸으며/ 서울로 빨리 가고 싶다고/ 센티멘탈한 소리를 한다.", "나는 들었다 나는 보았다/ 모든 비애와 환희를.// 아메리카는 휘트먼의 나라로 알았건만/ 아메리카는 링컨의 나라로 알았건만/ 쓴 눈물을 흘리며"이다. 이 표현들은 서구문명이 화자에게 주는 압도감과 이질감을 드러내며 고국에 대한 향수와 우리민족이 처한 전후 현실에 대한 대외적 인식, 그리고 자기를 포함한 우리민족에 대한 복합적 연민이 나타나 있다. 즉 박인환은 미국인들에게 우리민족에 관해 자랑스럽게 소개하면서도 우리의 현실이 전쟁으로 피폐화된 불안한 정국이며 또한 자신이 시인임을 말하면서도 자신의 처지가 빚을 얻어 여행 와서 경비를 보내달라는 편지를 쓰는 상황임을 의식하고 있다. 그의 미국체험은 우리민족이 처한 전후 현실에 관하여 대외적인 시각에서 의식하는 계기가 되었으며 자신이 동경한 서구문명세계에 자신이 결코 동화될 수 없다는 소외감을 드러내고 있다.

박인환의 시편에 나타나는 서구문명체험과 관련한 중심적 정서를 살펴보면 문명비판적인 특성보다도 문명에 압도되거나 서구인의 시선과 내적 자의식 속에서 불편해하는 심경이 주요하게 나타나고 있다. 즉 서구인들은 주로 박인환을 전쟁으로 피폐해진 우리민족의 일원으로서 보고 있으며 그럼으로써 대외적인 시각에서 그 자신을 포함한 우리민족의 전후현실을 확인하고 있다. 한편 박인환은 그의 산문에서 미국문명사회의 특성과 장점 그리고 우리가 배워야 할 특성에 관해 건설적인 견지에서 설명하고 있다. 이것은 그의 시편들에서 주관적으로 보고 듣고 느낀 것들, 전후 지식인이자 시인으로서의 자의식, 전후 우리민족의 일원으로서의 자의식 등이 비극적으로 형상화된 것과 대조적 특성을 이룬다.

3. '태평양의 수심'과 '戰後 시인의 자의식'

나는 나도 모르는 사이에 먼 나라로
여행의 길을 떠났다.
수중엔 돈도 없이
집엔 쌀도 없는 시인이
누구의 속임인가
나의 환상인가
거저 배를 타고
많은 인간이 죽은 바다를 건너
낯설은 나라를 돌아다니게 되었다.

비가 내리는 주립공원을 바라보면서
200년 전
이 다리 아래를 흘러간 사람의 이름을
수첩에 적는다.
캡틴 ××
그 사람과 나는 관련이 없건만
우연히 온 사람과 죽은 사람은
저기 푸르게 잠든 호수의 수심을

잊을 수 없는 것일까.

거룩한 자유의 이름으로 알려진 토지
무성한 삼림이 있고
비렴계관飛廉桂館과 같은 집이
연이어 있는 아메리카의 도시
시애틀의 네온이 붉은 거리를
실신한 나는 간다
아니 나는 더욱 선명한 정신으로
태번에 들어가 향수를 본다.

이지러진 환상
불멸의 고독
구두에 남은 한국의 진흙과
상표도 없는 '공작孔雀'의 연기
그것은 나의 자랑이다
나의 외로움이다.
또 밤거리
거리의 음료수를 마시는
포틀랜드의 이방인
저기
가는 사람은 나를 무엇으로 보고 있는가.
-포틀랜드에서

-「여행」, 「희망」, 1955.7.1

다리 위의 사람은

애증과 부채를 자기 나라에 남기고

암벽에 부딪히는 파도 소리에 놀라

바늘과 같은 손가락은

난간을 쥐었다.

차디찬 철의 고체固體

쓰디쓴 눈물을 마시며

혼란된 의식에 가라앉아버리는

다리 위의 사람은

긴 항로 끝에 이르른 정막한 토지에서

신의 이름을 부른다.

그가 살아오는 동안

풍파와 고절은 그칠 줄 몰랐고

오랜 세월을 두고

DECEPTION PASS에도

비와 눈이 내렸다.

또다시 헤어질 숙명이기에

만나야만 되는 것과 같이

지금 다리 위의 사람은

로사리오 해협에서 불어오는

처량한 바람을 잊으려고 한다.

잊으려고 할 때 두 눈을 가로막는

새로운 불안

화끈거리는 머리

절벽 밑으로 그의 의식은 떨어진다.

태양이 레몬과 같이 물결에 흔들거리고

주립공원 하늘에는

에메랄드처럼 빤짝거리는 기계가 간다.

변함없이 다리 아래 물이 흐른다

절망된 사람의 피와도 같이

파란 물이 흐른다

다리 위의 사람은

흔들리는 발걸음을 걷잡을 수가 없었다.

-아나코테스에서

– 「다리 위의 사람」

　박인환의 미국시편들에서 '바다'를 주요제재로 한 시편들은 대체로 자기를 대상으로 하여 자기성찰적인 주제를 보여주고 있다. 첫 번째 시에서 '비가 내리는 주립공원'의 '다리'는 '디셉션패스'를 의미하는데, 여기서의 '호수의 수심'은 실제로는 '바다의 수심'이다. 시인은 네온이 붉은 거리의 태번에 들어가서도 이 '수심'을 떠올리며 '향수'를 느낀다. 그는 자신의 현 입장을 '공작의 연기'라고 자조적으로 칭하며 그것이 '나의 자랑'이자 '외로움'이라고 일컫는다. 그의 미국시편의 특징적인 부분이 이 시의 마지막에서도 나타나는데, 그것은 '저기/ 가는 사람은 나를 무엇으로 보고 있는가'하는 구절에서이다. 자신이 현재 속한 그 세계에서의 객관적 시각으로 자신을 표현하는 방식은 두 번째 시에서 '바늘과 같은 손가락'을 지닌 '다리 위의 사람으로 구체화되고 있다.

두 번째 시는 시인이 디셉션 패스 위에서 바다를 바라보았던 감회를 모티브로 하고 있다. 디셉션 패스는 미국 워싱턴주와 부근의 섬을 잇는 길이 200미터가 넘는 거대한 풍모를 지닌 다리이다. 이 시는 특이하게도 마치 카메라가 멀리서 다리위의 자신을 바라다보면서 전지적 시점으로 그 사람의 내면까지 이야기하는 구도를 취하고 있다. 즉 난간을 쥐는 손가락은 '바늘'과 같이 작고 무력해 보인다. 박인환은 거대한 문명의 다리 위에서 그 아래의 소용돌이치는 파도를 바라보면서 놀라움과 혼란된 의식에 사로잡힌다. 그는 인간의 문명의 상징인 거대한 다리 위에서 바다를 응시하며 '긴 항로 끝에 이르른 정막한 토지에서 신의 이름을 부른다.' 그리고 자신의 지나온 삶과 다가올 삶에 대한 불안의식에 관하여 쓰고 있다.

즉 '살아오는 동안 풍파와 고절은 그칠 줄 몰랐고' '두 눈을 가로막는 새로운 불안'과 '화끈거리는 머리'는 '절벽 밑으로 그의 의식'을 '떨어지'게 하는 것이다. 이러한 장면은 그가 '공포의 보수'를 가장 인상 깊었던 영화로 꼽으며 절박한 인간의 비장한 최후의 모습을 이야기하던 것을 떠올리게 한다("…… 이외에도 많은 감명적인 인물과 장면이 있으나, 여기에 그것을 다 적을 수도 없고 단지 몇 가지의 예만 들었으나, 앞으로 내가 보고 싶은 것은 「공포의 보수」이다. 그 시나리오를 읽은 후 나는 오랫동안 정신이 없었다. 모두 등장하는 인물은 다른 세상에서 버림받고, 인간의 마지막 토지를 찾아온 사람들이며, 그들은 그곳에서 또다시 떠나기 위하여 갖은 최선을 노력했으나, 끝끝내 그 절박된 것을 뛰어넘지 못하고 죽고 마는 것이다. 이런 인물의 등장은 내가 지금까지 기다리고 바라던 영화의 세계인 것이다, 「절박한 인간의 매력」 부분). 또한 박인환은 귀국 후 공포의 보수와 관련한 「주말」이라는 시편을 발표하기도 하였다.

그런데 그가 '공포의 보수'의 인물들의 마지막 최후가 지닌 장면에 관하여 이야기하는 것과 그가 미국여행에서 디셉션패스 위에서 내려다본 소용돌이치는 파도를 이야기하는 것은 상당한 유사성을 보여준다. '공포의 보수'의 인물들은 불안과 공포를 무릅쓰고 '글리세린'을 무사히 나르고 자신의 욕망을 성취하였을 때 그 순간을 미처 만끽하기도 전에 뜻하지 않게 절벽 밑으로 떨어져 비극적 최후를 맞게 된다. 그런데 박인환은 머나먼 타국 땅 미국에서 거대한 디셉션패스 아래의 바다의 물결을 바라다보면서 그 순간 자신의 지나온 삶과 여정의 파토스를 체험하며 또한 앞으로 맞이할 자신의 운명에 대한 불안의식에 사로잡히고 있다. 즉 소용돌이치는 바다의 심연이 자신의 내부의 심연을 끄집어내어 그것을 헤집어내고 있는 것이다.

박인환은 자신이 지나온 삶이 '공포의 보수' 속 인물들과 유사한 상황, 즉 그 인물들이 겪었던 삶의 여정보다도 더한 것들, 일제강점이후의 혼란기, 전쟁 등에서, 죽음과 공포를 체험하고 감내해왔음을 인식하게 된다. 즉 영화 속 인물들이 실제로 트럭과 함께 '절벽 밑으로 떨어질' 때의 상황이나 박인환이 '절벽 밑으로 그의 의식'이 '떨어진'다고 한 것은 동일한 비극적 내면을 지닌다. 그는 이러한 자신의 심경에 관해서 '절망된 사람의 피와도 같이 파란 물이 흐른다'고 표현하고 있으며 그의 '흔들리는 발걸음은 걷잡을 수가 없었'다고 말한다. 자신이 응시하는 소용돌이치는 물결이 마치 자신의 파란 피처럼 느끼는 심경이란 박인환이 '절박한 인간'의 비극적인 심경에 상응한다. 그는 이러한 자신의 모습에 대해서 '다리 위의 사람'이라는 객관화된 표현을 사용함으로써 한없이 작게 느껴지는 자아상을 객관화하고 있다. 박인환에게 '바다'는 그가 지내왔던 삶의 편린들을 일렁거리게 하여 끄집어내고 혼란에 빠지게 하면서 그 자신을 성찰하도록 하는 대상이다. 위의 두 번째 시편에서 그는 갈매기와 바다를 바라보며 '낭만과 정서'가 '저기 부서지는 거품 속'에 있다고 깨닫는다. 그것은 마치 '죽어간 자의 표정'과도 같은 '무겁고 침울한 파도'의 형상이다. 이러한 바다의 파도에 투영된 모습은 박인환의 내면에 자리 잡고 있었던 고통과 불안의 편린들을 거울처럼 비추어내는 것이다. 박인환의 미국 여행 글들에서 특이한 점을 들 수 있다면 그것은 그가 산문에서는 논리적이며 미래지향적인 시각과 진술을 보여주는 반면에 시편에서는 지극히 감성적이며 비극적 시각을 보여주는 것이다. 이것은 박인환이 자신의 정황과 심경을 진실하게 토로하는 탈출구로서 그의 시편들을 쓰고 있음을 말해준다.

그는 미국에서 2주 정도의 체류를 하였으며 배를 타고 왕복 한 달의 시간을 바다에서 보내었다. 그는 미국행 선박 안에서 '욕망이라는 이름의 전차'를 수차례 읽었으며 그 외 10여권의 책을 독파하였다("그 덕택으로 나는 테네시 윌리엄스의 「욕망이라는 이름의 전차」를 세 번이나 읽었고 다른 10여 권의 책을 독파할 수가 있었다. 「아메리카 잡기」 부분). 그런데 실상 그가 미국에서 체류하면서 만난 사람들은 그러한 문화와는 거리가 멀었으며 지극히 일상적이고 안정적인 토대 위에서 하루하루를 즐겁게 영위하는 생활인들이었다. 혹은 6.25전쟁으로 아들을 잃은 어머니나 참전 경험이 있는 미군 병사 등이었다. 그는 시편에서 '집에 쌀도 없는 시인이' '애증과 부채를 자기 나라에 남기고'라는 자책적인 진술을 하고 있으며 미국여행을 위해 여기저기서 돈을 빌리며 또한 여행 중에 돈을 부쳐달라는 내용의 편지를 아내에게 썼다. 이러한 자신의 모습을 가장 냉정하게 바라보고 판단하게끔 한 것이 그의 미국여행체험이었던 것이다.

갈매기와 하나의 물체
'고독'
연월年月도 없고 태양도 차갑다.
나는 아무 욕망도 갖지 않겠다.

더욱이 낭만과 정서는

저기 부서지는 거품 속에 있어라.

죽어간 자의 표정처럼

무겁고 침울한 파도 그것이 노할 때

나는 살아 있는 자라고 외칠 수 없었다.

거저 의지의 믿음만을 위하여

심유深幽한 바다 위를 흘러가는 것이다.

태평양에서 안개가 끼고 비가 내릴 때

검은 날개에 검은 입술을 가진

갈매기들이 나의 가까운 시야에서 나를 조롱한다.

'환상'

나는 남아 있는 것과

잃어버린 것과의 비례를 모른다.

옛날 불안을 이야기했었을 때

이 바다에선 포함砲艦이 가라앉고

수십만의 인간이 죽었다.

어둠침침한 조용한 바다에서 모든 것은 잠이 들었다.

그렇다. 나는 지금 무엇을 의식하고 있는가?

단지 살아 있다는 것만으로서.

― 「태평양에서」 부분

오늘은 3월 열이렛날

그래서 나는 망각의 술을 마셔야 한다

여급 '마유미'가 없어도
오후 3시 25분에는
벗들과 '제비'의 이야기를 하여야 한다.

그날 당신은
동경제국대학 부속병원에서
천당과 지옥의 접경으로 여행을 하고
허망한 서울의 하늘에는 비가 내렸다.

운명이여
얼마나 애타운 일이냐
권태와 인간의 날개
당신은 싸늘한 지하에 있으면서도
성좌를 간직하고 있다.
정신의 수렵을 위해 죽은
랭보와도 같이
당신은 나에게
환상과 흥분과
열병과 착각을 알려주고
그 빈사의 구렁텅이에서
우리 문학에
따뜻한 손을 빌려준
정신의 황제

무한한 수면睡眠

반역과 영광

임종의 눈물을 흘리며 결코

당신은 하나의 증명을 갖고 있었다

'이상'이라고.

- 「죽은 아폴론-이상李箱 그가 떠난 날에」, 「한국일보」, 1956.3.17.

나는 10여 년 동안 시를 써왔다. 이 세대는 세계시가 그러한 것과 같이 참으로 기묘한 불안한 연대였다. 그것은 내가 이 세상에 태어나고 성장해온 그 어떠한 시대보다 혼란하였으며 정신적으로 고통을 준 것이었다.

시를 쓴다는 것은 내가 사회를 살아가는 데 있어서 가장 의지할 수 있는 마지막 것이었다. 나는 지도자도 아니며 정치가도 아닌 것을 잘 알면서 사회와 싸웠다.

신조치고 동요되지 아니한 것이 없고 공인되어 온 교리치고 마침내 결함을 노정하지 아니한 것이 없고 또 용인된 전통 치고 위태에 임하지 아니한 것이 없는 것처럼 나의 시의 모든 작용도 이 10년 동안에 여러 가지로 변하였으나 본질적인 시에 대한 정조와 신념만을 무척 지켜온 것으로 생각한다.

- 「선시집」 후기 부분

첫번째 시에서 시인은 '태양도 차갑'고 '욕망도 갖지 않겠'으며 '낭만과 정서는 저기 부서지는 거품 속에'것이라고 되뇌이고 있다. 이러한 심경은 「불행한 신」에서 전쟁의 포화 속에서 어떤 욕망도 부질없는 것임을 깨닫는 불안과 공포의 장면 표현과 유사하다("오늘 나는 모든 욕망과/ 사물에 작별하였습니다./ 그래서 더욱 친한 죽음과 가까워집니다./ 과거는 무수한 내일에/ 잠이 들었습니다./ 불행

한 신/ 어데서나 나와 함께 사는/ 불행한 신." 「불행한 신」 부분). 그런데 이 시의 경우는
전쟁통에 쓴 시편에서처럼 공포를 주는 대상이 직접적으로 부재하는데도
불안과 허무감을 토로한다는 점에서 근본적인 문제적인 지점을 지닌다.
그는 자신을 '살아있는 자라고 외칠 수 없었다'고 말하며 '거저 의지의 믿
음'을 떠올린다. 이때의 '의지'란 세계대전 전후로 부상했던 페시미즘의 철
학자, 쇼펜하우어적인 의미로 사용된 것이다. 즉 시인은 인간세계의 욕망
이 덧없는 것임을 인식하고서 인간세계의 페시미즘을 생각하는 것이다.

그는 이러한 자신의 모습에 대해서 '갈매기들이 나의 가까운 시야에서
나를 조롱한다'고 말하고 있으며 나는 '남아 있는 것과 잃어버린 것과의
비례를 모른다'고 술회한다. 즉 전후 현실속에서 무력한 지식인이자 시인
이자 가장인 자신에 대하여 실용주의적인 시각에서 냉정하게 단언하는 것
이다. 또한 자신은 머나먼 타국 문명 땅에서는 피폐한 전후 현실을 맞닥뜨
린 우리 민족의 일원임을 절감할 수밖에 없으며 문명인들과 동화될 수 없
는 '미생물'과 같은 존재임을 절감하였던 것이다. 그리고 그는 자신의 당면
한 당대의 삶을 쇼펜하우어적 의지세계의 비극성과 관련지어 "거저 의지의
믿음만을 위하여/ 심유深幽한 바다 위를 흘러가는 것이다"라고 표현하고
있다.

박인환은 「15일간」에서 시인의 의식적 분열의 극에 이르는 장면을 표현
하고 있다. 이때의 15일간은 미국에서 우리나라로 돌아오는 승선기간에
해당된다. 그는 깨끗한 시트 위에서 몸부림을 치는데 그것은 공간에서 들
려오는 '공포의 소리'와 좁은 방에서 날으는 '나비들' 때문이다("깨끗한 시트
위에서/ 나는 몸부림을 쳐도 소용이 없다./ 공간에 들려오는 공포의 소리/좁은 방에서 나비들
이 날은다./ 그것을 들어야 하고/ 그것을 보아야 하는/ 의식意識."). 그는 '그것을 들어야
하고 그것을 보아야 한'다고 술회한다. 그리고 그는 "고립과 콤플렉스"가

"내 얼굴과 금 간 육체에 젖어버렸다" 그리고 "자아를 꿈꾸는 일"은 "기묘한 욕망과 회상의 파편을 다듬는 음참陰慘한 망집妄執"이라고 말한다("고립과 콤플렉스의 향기는/ 내 얼굴과 금 간 육체에 젖어버렸다./ 바다는 노하고 나는 잠들려고 한다./ 누만년의 자연 속에서 나는 자아를 꿈꾼다./ 그것은 기묘한 욕망과/ 회상의 파편을 다듬는/ 음참陰慘한 망집妄執이기도 하다.").

그는 귀국 후 1년이 채 되지 않아 만취 후 심장마비로 사망하였다. 그런데 박인환이 미국여행 이후 쓴 시편들에서는 이전에 그가 지향했던 현실에 대한 치열한 의식이나 냉철한 주지적 의식이 잘 나타나지 않는다. 이것은 그가 현실에 대한 참여 혹은 주지적 태도로부터 허무주의적인 페시미즘에 이르게 되었음을 보여주는 것이다. 구체적으로, 위의 두 번째 시편은 박인환이 사망하기 며칠 전 발표된 이상에 관한 추모 시편이다. 그런데 이 시는 박인환의 후기시에서의 시에 대한 생각을 단적으로 보여준다. 그는 이 시를 발표한 며칠 뒤에 만취 심장마비로 타계하였으며 이 시는 이상에 투영한 자신의 삶에 관한 회고록이기도 한 것이다. 그는 이상의 삶을 회고하며 '당신은 싸늘한 지하에 있으면서도 성좌를 간직하고 있다'고 이야기하며 '환상과 흥분과 열병과 착각을 알려주고' '빈사의 구렁텅이'에 있는 우리 문학에 '따뜻한 손을 빌려준 정신의 황제'라고 칭하고 있다. 특기할 것은 그가 이상에 대하여 '죽은 아폴론'이라고 명명한 점이다. '아폴론'은 그리스 신화의 인물로서 그는 불길한 미래와 운명을 예언하였으며 시와 리라에 능한 존재였다. 그런데 실상 '아폴론'의 비유는 박인환 자신의 삶을 비추어내는 것이다. 현실에는 무력한 시인이었으나 비극적 현실 속에 놓인 당대인들의 비극적 정서를 담아내고 끊임없이 과거와 현재와 미래의 삶과 운명에 대하여 고민하고 비추어내는 인물은 바로 박인환 자신이었다.

'아폴론'과 대비되는 시인의 신화적 인물로는 '아킬레스'를 들 수 있다.

그는 자신의 초기시에서 그리스 신화 인물, 아킬레스를 빌어와서 「낙하」
라는 시를 쓴 적이 있다.[20] 아킬레스는 바다의 여신의 아들이다. 그 여신
은 자신의 아들을 불사신으로 만들어주는 신비한 호수 속에 자신의 아들
을 담구었으나 이때 그녀가 잡고 있던 아들, 아킬레스의 발목에는 그 호
수의 물이 닿지 않아 그는 발목이 취약점이 되었다. 아킬레스는 자신의 발
목을 공격받아 최후를 맞았다. 이 시편에서 특이한 것은 이 아킬레스와 화
자인 '나'가 오버랩되어 미끄럼을 타는 장면이 나온다는 점이다. 그런데 그
아킬레스는 땅위에 떨어지는 운명을 알면서도 끊임없이 미끄럼판의 '승강'
을 도모하며 '낙하'하는 것으로 표현된다. 즉 이 시는 인간이 비극적인 운
명에 굴하지 않고 현실과 운명에 끊임없이 맞서 도전하는 모습이 특징적이
다. 그것은 발목을 다친 아킬레스가 그럼에도 끊임없이 높은 곳으로 올라
가서 또다시 내려오는 모습이 '영원히 반복되는' 것으로 나타난다. 이러한
박인환의 초기의 시정신은 그의 미국여행 이전의 평론에서 '이상과 김기림'
의 시편들의 경향을 지양하고 한국의 현대시는 '냉철한 주지적 태도'를 지
향해야 한다고 강조했던 진술들에서도 볼 수 있다.[21]

이와 달리, 그의 미국여행이후에 쓴 위의 두 번째 시에서는 그가 초기에

---

20) "미끄럼판에서/ 나는 고독한 아킬레스처럼/ 불안의 깃발 날리는/ 땅 위에 떨어졌다/ 머리 위
의 별을 헤아리면서// 그 후 20년/ 나는 운명의 공원 뒷담 밑으로/ 영속된 죄의 그림자를 따랐
다.// 아 영원히 반복되는/ 미끄럼판의 승강昇降/ 멀리선 회색 斜面과/ 불안한 밤의 전쟁/ 인
류의 상흔과 고뇌만이 늘고/ 아무도 인식치 못할/ 망각의 이 지상에서/ 더욱 더욱 가라앉아 간
다.// 처음 미끄럼판에서/ 내려 달린 쾌감도/ 미지의 숲속을/ 나의 청춘과 도주하던 시간도/ 나
의 낙하하는/ 비극의 그늘에 있다."(「낙하」)

21) "이상 씨에는 한국적인 오리지널리티는 있었으나 기림씨는 외국문학의 소개와 그들의 시의 스
타일을 이식한 데 지나지 않습니다. 그 무렵과 같이 고집과 보수와 횡행하던 시대에 있어서 그
들은 적은 혁명가이며 저항자라고 훌륭히 여기나 시의 가치는 오늘에서 보면 높은 것이 못됩니
다."(「현대시의 불행한 단면」, 1952.7.15. 부분) ; "여하간 대부분의 신인이 이러한 결함에 있으면
서도 감상주의에 빠지지 않고 냉철한 주지적인 작품을 목표로 하고 있다는 것은 현재의 비난이
앞으로의 찬사가 될 수 있는 일이며 한국의 현대시가 더욱 진전해 갈 수 있는 가능성을 내표하
고 있다고 나는 생각합니다."(「현대시의 변모」, 1955.2.).

강조했던 피폐한 현실에서 벗어나기 위한 끊임없는 비상의 노력의 상징인 '아킬레스'적 방식으로부터 상당히 전회하였음을 알 수 있다. 즉 그는 현실로부터 거리를 두는 '정신의 황제'이자 불길한 미래를 예지하는 '아폴론'적 방식을 보여주고 있다. 그럼에도 박인환은 초기시에서부터 일관된 자신의 시정신의 일단을 보여주고 있다. 그것은 박인환이 자신의 시편을 시작하는 문두에서 인용하기도 하였으며 그의 평론에서 인용하기도 한 C. D. 루이스의 문구로서 단적으로 나타낼 수 있다. 즉 "시인은 시인인 동시에 다른 사람들과 같은 것을 먹고 동일한 무기로 傷害를 입는 인간인 것이다. 大氣에 희망이 있으며 그것을 듣고 고통이 생기면 그것을 느낀다. 인간으로서 두 개의 세계에 처함으로서 그는 시인으로서 두 개의 불(火) 사이에 서 있는 것이다. 그러나 시인은 민감한 도구이지 지도자는 아니다. 관념이라는 것은 그것이 실제적인 정신에 있어서 상식으로 되지 않는 한 시인의 재료로는 되지 않는다. 십자로에 있는 거울(鏡)처럼 시인은 서서 교통을, 위험을, 제군들이 온 길과 제군들이 갈 길-즉 제군들 자신의 분열된 정신-을 나타내는 것이다." 다시 말해, 박인환이 생각하는 시인의 본원적 자리는 그가 처한 세계와 그 세계의 이면을 직시하고 그 세계에 속한 사람들의 고통과 희망을 감지해내며 과거와 현재와 미래를 비추어내는 하나의 거울처럼 서서 그 '분열된 정신'을 담아내는 것이다.

이런 점에서 그는 자신의 『선시집』 후기에서 자신이 지향했던 시정신을 일관되게 지켜왔다고 말하고 있다. 즉 그는 자신이 시를 쓰며 살아온 10여 년의 세월 즉 해방기 혼란과 전쟁, 전후 현실이라는 시대를 '불안한 연대'라고 지칭한다. 그리고 모든 것들이 결함을 노정하고 용인된 전통이 위태에 임하였던 그 순간에도 자신은 '본질적인 시에 대한 정조와 신념만을 무척 지켜왔'다고 술회한다. 그리하여 자신의 시집제목은 원래 '검은 준열의 시대'라고 했던 것을 밝히고 있다. 그는 우리나라의 역사적 격동기, 6.25 전쟁을 전후한 현실 속에서 당대 시인이자 지식인이 당대현실에서 "순수한 본능과 체험을 통해 불안과 희망의 두 세계에서 어떠한 것을 써야 하는가" 를 보여주었다. 즉 그는 6.25전란 시편들에서 전쟁의 '공포'와 '불안'의 비극적 정서를 보여주었으며 그리고 그의 미국문명시편들에서는 민족적 정체성과 관련한 치열한 '자의식적' 고민들을 형상화하였다. 그리고 이러한 그의 시편들은 그 자신이 '분열된 정신'으로 표현한, 시인으로서의 치열한 의식의 깊이를 당대 그 누구보다도 생생하게 드러내고 있다.

4. 결론

이 글은 박인환이 미국여행에서 서구문명을 체험하고 서구인들을 대하면서 민족적 자의식과 결부된 '자의식'적 내면의 형상들에 주목하였으며 이러한 체험이 그의 후기시에 미친 영향에 주목하였다. 그의 미국시편들에서 특징적인 것은 그가 50년대 우리의 전후(戰後) 현실과는 너무나 다른 선진문명을 체험하면서, 그가 이전에 썼던 전쟁시편들에 나타난 불안과 공포와는 다른 맥락에서 '자의식'에서 연원한 '분열된 정신'을 보여준다는 점이다. 이것은 시인이 '네온의 거리'로 표현된 문명사회를 체험하면서, 서구인들의 시각에서 6.25전쟁, 우리민족, 그리고 시인자신을 바라보는 시선을 복합적으로 의식하는 가운데 나타나고 있다.

이 내면의 양상은 시인의 '자의식selfconsciousness' 혹은 그 연속선상에서 '민족적 자의식national selfconsciousness'의 문제와 관련을 맺고 있다. 즉 박인환의 미국시편들은 자기가 생각했던 자신의 상(像)이 자신이 원하는 방식과 다를 때 주로 나타나는 현상 즉 '자의식'나아가 '자의식 과잉'의 결과로서의 내적 혼란, 강박, 자아분열 등을 특징적으로 드러낸다. 그 구체적 표지로서 시적 자아의 모습이나 목소리가 왜소해지거나 혹은 그 자신이 어디론가 도피해버리고자 하는 모티브가 나타난다. 이 모티브는 때로는 시적 자아가 속한 서구의 문명세계에 대한 비판적 시선과 결합되기도 한다. 특히 박인환이 미국에서 돌아오는 바다위 선상(船上)에서의 시편들은 자의식적 과잉이 정점에 달하고 있다. 미국여행이후 박인환의 후기시편들은, 그가 초기시에서 보여주었던, 피폐한 현실에서 벗어나기 위한 끊임없는 비상의 노력의 상징, '아킬레스적'방식으로부터 상당히 전회한 모습을 보여준다. 즉 그는 현실로부터 거리를 두는 '정신의 황제'이자 불길한 미래를 예지하는 '아폴론적'방식을 보여주고 있다. 그럼에도 박인환은 그의 초기시에서부터 일관된 시정신을 보여주는데, 그것은 그가 생각하는 시인으로서의 사명감으로서, 자신이 처한 세계와 그 세계의 이면을 직시하고 그 세계에 속한 사람들의 고통과 희망을 감지해내는 것이며 동시에 그 세계의 과거와 현재와 미래를 비추어낼 수 있는 '분열된 정신'을 담아내는 것이었다.

박인환 시에서 '경사傾斜'의 의미

1. 서론

박인환에 관한 기존의 논의는 첫째 교류 문인들의 회고록, 둘째 모더니즘과 현실주의와 관련한 논의 셋째 박인환 시에 관한 전체적 특성 연구 등을 들 수 있다. 이중 첫째와 둘째 논의는 대체로 부정적인 평가를 얻었으나 셋째의 논의는 그의 시를 현실도피가 아니라 현실적 고통 극복, 실존의 문제나 민족적 비애의 형상화로 긍정적으로 조망하였다.[1]

그런데 박인환의 시에서 나타나는 실존적 불안, 비애에 관하여 구체적인 시적 형상을 고찰하는 작업이 필요하다. 즉 그의 시에서 감지되는 깊은 고뇌와 고통의 강도를 시적 이미지로써 구체화시키는 일은 그의 시가 지니는 주요한 특성을 드러내는 실질적 작업이 될 것이다. 이런 측면에서 볼 때 박인환의 시에서 그의 실존적 고뇌와 불안의식을 구체적으로 드러내는 것으로서 '경사', '비탈'의 이미지를 들 수 있다.

그의 시에서는 '경사'와 밀접한 제재가 빈번하게 나타나며 그것은 제재

---

1) 김종윤, 「전쟁체험과 실존적 불안의식 -박인환론」, 한국문학연구회 편, 『1950년대 남북한 시인연구』, 국학자료원, 1996.
조영복, 「1950년대 모더니즘 시에 있어서 '내적 체험'의 기호화 연구」, 서울대석사, 1992.
방민호, "1960년대 이래 지속되어 온 김수영에 대한 열광 속에서 박인환의 선구적인 노력이나 문학적 가치는 충분히 조명되지 못했다", 「박인환 산문에 나타난 미국」, 『박인환전집』, 예옥, 2006, p.579.

의 차원을 넘어서서 그의 의식상의 경사, 혼란 그리고 나아가 시대의 문제까지 반영하고 있다. 구체적으로 박인환의 시에서 "붉은 지붕의 경사", "미끄럼", "미래에의 외접선", "일곱개의 층계", "신문지의 경사", "죽음의 비탈", "주검의 사면", "쓰러진 술병", "생사의 경계", "달 속의 검은 강" 등의 '경사' 이미지가 나타난다.

중요한 것은 이러한 제재들이 의식의 깊숙이 파고 들어가서 그의 실체와 시정신을 단적으로 드러내고 있다는 점이다. 이러한 '경사'를 드러내는 제재들의 변모양상과 그것의 시적 형상화를 면밀히 고찰할 때 그의 시세계가 갖는 정신적 변모양상과 시의 요체가 좀더 구체적인 형상으로 그 모습을 드러낼 것이다.

경사declination는 세 가지 의미를 지니고 있다. 첫째 (하향의) 기욺, 경사라는 의미, 둘째 쇠진, 타락의 의미, 셋째 (표준 따위에서) 벗어남, 일탈 등의 의미를 지닌다. 즉 경사declination는 물리적인 차원에서의 경사 의미 뿐만 아니라 정신적 측면에서의 쇠잔, 타락의 의미 그리고 일탈의 의미까지를 지니고 있다.[2]

그런데 경사가 수직, 수평의 의미와 구분되는 점은 무엇보다도 수직성과 수평성은 자연의 궁극적 운동이치에 가까운 것이라는 점이다. 눈과 비

---

2) 경사는 먼저 수평horizontality, 평형equilibrium, balance 상태를 전제로 한다. 그런데 경사가 가진 운동적 상태를 감안한다면 평형equilibrium이 좀더 밀접한 관계를 지닌다. 평형 equilibrium은 첫째 (물리적 힘의) 평형, 균형 : (대항 세력 따위의) 균형, 균등한 세력, 둘째 (마음의) 평형상태, 평정, 차분함, 셋째 평형상태, 자세의 안정 등을 의미한다. 이렇게 볼 때 평형 equilibrium과 경사declination는 세 가지 의미항에서 대체로 대조적 의미를 지니고 있다. 경사 declination는 (물리적 힘의) 평형, 균형을 벗어난 상태, (마음의) 평형상태를 벗어난 상태, 쇠잔, 타락의 의미를 내포한다. 그렇다면 수직perpendicularity : verticality과 경사declination와는 어떠한 관계를 지니고 있을까. 경사의 의미항이 쇠잔, 일탈, 타락의 의미까지를 내포하였다면 수직의 의미는 물리적인 차원에서 경사의 심한 각도를 넘어서서 철학적인 의미에서 인간의 한계, 죽음, 소멸, 영원성의 의미까지를 내포하고 있다.

The Random House Dictionary, Random House, Inc, 2001. p.1444, p.656, p.518 참조.
이새봄, 「유치환 시에 나타난 수직적 상상력 연구」, 서울·대석사, 2004.8, pp.6-7 참조.

가 수직으로 내리는 이치, 물이 평형상태를 찾으려는 이치, 인간의 마음이 평형, 안정상태를 이루려는 이치, 지구와 우주의 궤도가 일정하게 유지되는 이치 등은 모두 수직성, 수평성, 평형상태의 추구와 깊은 관계를 지닌다.

반면 경사의 의미는 일정한 균형상태에서의 일탈, 평형의 깨어짐, 혼돈의 상태와 관계를 지닌다. 자연상태에서 특정한 힘의 충격이나 불균형의 상태는 파괴나 변화를 가져오기도 한다. 그러나 이러한 변화, 혼돈의 상태는 새로운 차원의 상태를 초래하기 위한 긍정적인 힘, 인간의 의지와 결부될 수 있다.

경사와 관련한 이미지가 문학작품에서라면 불안정하며 혼돈 상태에 있는 인간 내면의 표상이기도 할 것이다. 우리 시대에서 이러한 불균형, 혹은 혼돈의 상태, 지속성의 파괴상태를 대다수 사회구성원에게 초래한 현상을 살펴보자면 가까이는 제 1차, 2차 세계대전, 6.25전쟁, 베트남전, 이라크전 등의 전쟁이나 고도의 산업화로 인한 환경 파괴와 인간소외현상 등을 꼽을 수 있다. 그런데 우리나라 문학작품 속에서 대부분의 사람들이 딛고 선 지축이 흔들리는 심리적 경사의 체험은 6.25전쟁을 빼놓을 수 없을 것이다. 게다가 그 시기는 미국, 일본, 유럽 등의 선진국의 문화를 간접적으로 체험할 수 있는 시대이면서 우리나라의 모든 기반이 현저한 변화와 생성을 도모하는 무렵이다.

우리나라 전후 무렵에 서구 문화의 유입과 전쟁의 공포 속에서 이를 누구보다도 적극적이고 절실하게 체험하고자 했던 문학인 중의 한 명이 박인환이라 할 수 있다. 그는 50년대 서구 문화를 선구적으로 체험할 수 있는 마리서사를 운영하기도 하였으며 영화와 연극에서 우리의 것과 서구의 것 모두에 당시로서 전문가급 평론가였다. 그리고 그가 쓴 시편들은 당시 우리나라 전후 문인들이 체험해야 했던 심리적 경사, 혼란, 불균형함의 상

태를 단적으로 반영하고 있다.[3]

이런 의미에서 이 글은 박인환의 시에서 주요한 이미지로서 빈번하게 드러나는 '경사체'의 시적 형상화 양상을 고찰함으로써 그의 의식과 시세계의 변모양상을 좀더 구체적이고 입체적으로 조망해 보는 작업을 하고자 한다.

2. '동경'과 '향수'로서의 '경사'

박인환 초기시에서 주요하게 나타나는 정조는 동경감과 향수이다. 그런데 그에게서 동경과 향수는 그 실체가 서구문화와 이국풍경과 밀접한 관계가 있다. 그리고 실제 그의 작품에서 "교회", "크리스마스", "베링해안", "아킬레스", "열차" 등 당시로서는 신문화에 속한 제재들이 빈번하게 나타난다. 그런데 이러한 제재들은 동경과 향수, 꿈 등의 정서와 긴밀히 연관된다. 또한 이들 정서에는 불안감, 비극적 정조가 그림자처럼 따라다닌다.

즉 동경과 향수 그리고 불안감과 비극성이라는 상반된 정서가 뒤얽혀서 나타나는 것은 박인환 초기시의 주요한 특징이다. 그리고 이와 같이 불균형한 정서가 시인의 의식상에서 하나의 실체적인 추상으로 등장한 것이 '경사', '비탈'의 모티브이다.

나의 시간에 스콜과 같은 슬픔이 있다

붉은 지붕 밑으로 향수鄕愁가 광선을 따라가고

한없이 아름다운 계절이

---

3) "박인환은 전쟁이라는 '검은 신' 혹은 '검은 역사의 천사'의 참혹한 얼굴을 정면으로 바라보며 얻은 통찰을 그에 맞는 수사학으로 정직하게 그려준 1950년대의 유일한 시인이었다", 문승묵 편, 『박인환 전집』, 예옥, 2006, p.577.

운하의 물결에 씻겨 갔다

아무 말도 하지 말고
지나간 날의 동화를 운율에 맞춰
거리에 화액花液을 뿌리자
따뜻한 풀잎은 젊은 너의 탄력같이
밤을 지구 밖으로 끌고 간다
지금 그곳에는 코코아의 시장이 있고
과실果實처럼 기억만을 아는 너의 음향이 들린다
소년들은 뒷골목을 지나 교회에 몸을 감춘다
아세틸렌 냄새는 내가 가는 곳마다
음영같이 따른다

거리는 매일 맥박을 닮아갔다
베링 해안 같은 나의 마을이
떨어지는 꽃을 그리워한다
황혼처럼 장식한 여인들은 언덕을 지나
바다로 가는 거리를 순백한 식장式場으로 만든다

전정戰庭의 수목 같은 나의 가슴은
베고니아를 끼어안고 기류 속을 나온다
망원경으로 보던 수만의 미소를 회색 외투에 싸아
얼은 크리스마스의 밤길로 걸어 보내자

「거리」

폭풍이 머문 정거장 거기가 출발점

정력과 새로운 의욕 아래

열차는 움직인다

격동의 시간

꽃의 질서를 버리고

공규空閨한 나의 운명처럼

열차는 떠난다

검은 기억은 전원에 흘러가고

속력은 서슴없이 죽음의 경사를 지난다

청춘의 복받침을

나의 시아에 던진 채

미래에의 외접선外接線을 눈부시게 그으며

배경은 핑크빛 향기로운 대화

깨진 유리창 밖 황폐한 도시의 잡음을 차고

율동하는 풍경으로

활주하는 열차

가난한 사람들의 슬픈 관습과

봉건의 터널 특권의 장막을 뚫고

핏비린 언덕 너머 곧

광선의 진로를 따른다

다음 헐벗은 수목의 집단 바람의 호흡을 안고

눈이 타오르는 처음의 녹지대

거기엔 우리들의 황홀한 영원의 거리가 있고

밤이면 열차가 지나온

커다란 고난과 노동의 불이 빛난다

혜성보다도

아름다운 새날보다도 밝게

-궤도 위에 철의 풍경을 질주하면서

그는 야생野生한 신시대의 행복을 전개한다-스티븐 스펜더

「열차」

　위 시에서 "붉은 지붕 밑으로"라는 하나의 경사각을 흘러내리는 것은 "향수"이며 그것은 "광선"을 따라 주위로 비스듬히 퍼진다. 그런데 붉은 지붕 밑으로 광선을 따라가는 '향수鄕愁'는 동음이의어격으로 '향수香水', "화액花液"과 관련을 지닌다. 즉 향수鄕愁는 향수香水처럼 거리로 퍼져나가는 것이다. 그리고 그 향수가 환기시키는 세계는 "코코아의 시장", "교회", "베링해안", "크리스마스의 밤길" 등이 있는 곳으로서 당시로서는 이국적인 서구풍경이다.

　즉 붉은 지붕의 경사 밑으로 흘러넘치는 향수는 광선을 따라 퍼지면서 그가 동경하는 이국적 풍경의 거리로 나아간다. 향수는 광선을 따라 퍼지기도 하지만 향수는 "화액", "과실", "꽃", "베고니아" 등의 이미지로도 전환된다. 그런데 여기서 보이는 꽃이나 과일도 우리 재래의 것이 아닌 "베고니아", "코코아"라는 것을 감안한다면 50년대 당시로서는 이 시가 지닌 서구적 풍경이 두드러진다.

　후자의 시에서 이러한 이국풍경 내지 서구적 문화에의 향수는 좀더 구체적인 실체인 "열차"로 나타난다. 이 열차는 속력을 내며 "죽음의 경사"와

"미래에의 외접선"을 그으며 "광선의 진로"를 따른다. "광선의 진로"를 따라 움직인다는 점에서 이 '열차'는 앞 시에서의 "향수"와 크게 다르지 않다. "향수"가 경사면의 "광선"을 따라 "거리"로 퍼졌듯이 이 "열차"도 "광선의 진로"를 따라서 "황홀한 영원의 거리"로 치닫는다.

여기서 '香水'와 '열차'는 "신시대의 행복감"을 반영하고 있으며 1950년 대 당시 서구 문화와 문물에 접한 지식인이 갖게 되는 선진 미래에의 꿈과도 일맥상통한 의미를 갖는다. 그런데 이 향수의 열차가 타고 흐르는 "경사면"의 의미에 주목할 필요가 있다. 즉 "붉은 지붕 밑으로" "미래에의 외접선", "죽음의 경사"면을 흐르는 것은 "광선"과 "향수鄉愁/香水"이다. 그리고 그 경사면을 흐르는 "광선"과 "향수"는 거리로 퍼지면서 확산되고 상승적 방향을 갖는다. 즉 박인환 초기시에서 이국풍물과 주로 결부되어 나타나는 경사면을 따라 흐르는 '빛'은 서구문물과 문화, 이국에의 동경과 꿈의 세계와 밀접한 관계를 지닌다.

그런데 후자의 시에서 열차가 긋는 경사면이 "죽음의 경사", "봉건의 터널", "핏비린 언덕"과 연관되는 측면에 또한 주목할 필요가 있다.

미끄럼판에서
나는 고독한 아킬레스처럼
불안의 깃발 날리는
땅 위에 떨어졌다
머리 위의 별을 헤아리면서

그 후 20년

나는 운명의 공원 뒷담 밑으로
영속된 죄의 그림자를 따랐다.

아 영원히 반복되는
미끄럼판의 승강昇降
친근에의 증오와 또한
불행과 비참과 굴욕에의 반항도 잊고
연기 흐르는 쪽으로 달려가면
오욕의 지난날이 나를 더욱 괴롭힐 뿐.

멀리선 회색 斜面과
불안한 밤의 전쟁
인류의 상흔과 고뇌만이 늘고
아무도 인식치 못할
망각의 이 지상에서
더욱 더욱 가라앉아 간다.

처음 미끄럼판에서
내려 달린 쾌감도
미지의 숲속을
나의 청춘과 도주하던 시간도
나의 낙하하는
비극의 그늘에 있다.

「낙하」

사진잡지에서 본 향항香港 야경을 기억하고 있다

그리고 중일전쟁 때

상해 부두를 슬퍼했다

서울에서 30킬로를 떨어진 곳에

모든 해안선과 공통되어 있는

인천항이 있다

가난한 조선의 프로필을

여실히 표현한 인천 항구에는

상관商館도 없고

영사관도 없다

따뜻한 황해의 바람이

생활의 도움이 되고자

냅킨 같은 만내灣內에 뛰어들었다

해외에서 동포들이 고국을 찾아들 때

그들이 처음 상륙한 곳이

인천 항구이다

그러나 날이 갈수록

은주銀酒와 아편과 호콩이 밀선에 실려오고

태평양을 건너 무역풍을 탄 칠면조가

인천항으로 나침을 돌렸다

서울에서 모여든 모리배는
중국서 온 헐벗은 동포의 보따리같이
화폐의 큰 뭉치를 등지고
황혼의 부두를 방황했다

밤이 가까울수록
성조기가 퍼덕이는 숙사와
주둔소의 네온사인은 붉고
정크의 불빛은 푸르며
마치 유니언잭이 날리던
식민지 향항의 야경을 닮아간다

조선의 해항 인천의 부두가
중일전쟁 때 일본이 지배했던
상해의 밤을 소리 없이 닮아간다

「인천항」

전자의 시에서 경사가 갖는 불균형의 속성이 단적으로 나타난다. 이것은 미끄럼판의 형상으로 나타나는데 미끄럼판 역시 50년대 우리나라의 상황을 고려한다면 다소 이국적 문물이라고 할 수 있다. 이 "미끄럼판"의 "승강"에 대해서 화자는 "쾌감"이 "낙하하는 비극의 그늘"로 바뀌었다고 이야기한다. 즉 "미끄럼"은 '아이의 시각' 혹은 그것을 처음 타는 이의 시각에 맞추어 본다면 아찔한 쾌감과 두려움, 불안을 함께 동반시키는 체험이다. 이러한 경사면을 오르내리는 이가 갖는 이중적 정서는 미끄럼판이 갖는 경사면의 속성을 반영하고 있다.

즉 경사, 비탈이란 평형상태에서 다소 일탈적 방향으로의 움직임 혹은 불안정한 상태, 불균형의 상태를 의미한다. 이것은 운동성을 지닌 것이면서 변화와 생성을 동반한다. 이 이중적 지점이 바로 박인환 시가 지닌 속성의 자리이다. 즉 미끄럼판을 내려오는 아킬레스처럼 쾌감의 자리와 불안의 자리를 동시에 갖는다. 박인환에게 있어서 미끄럼판의 한 끝이 그가 지향하는 미래에의 꿈이 실린 세계에 맞닿아 있고 그것의 실현체가 서구적 풍경으로 나타난다면 미끄럼판의 아래쪽 한 편은 "불행과 비참과 굴욕에의 반항"을 "잊고"자 하는 조선의 현실에 맞닿아 있다.

이 미끄럼판의 한 끝이 구체적인 형상으로 나타난 것이 '항구'이다. 항구는 박인환 시에서 빈번하게 나타나는 제재에 속하는데 '항구'는 평형의 속성을 지니고 있어 보이나 그것이 위 시에서 서로 다른 문화와 문물이 서로 혼합되는 지점이라는 점에서 '불균형'하고 '변화속성'을 갖는 '경사면'의 속성을 지닌다.

「인천항」에서는 그의 시에서 주요하게 등장하는 죽음, 불안, 비극성의 현실적 토대가 구체적으로 형상화되었다. 그는 인천항을 보면서 중일전쟁 때의 상해부두와 유사함을 떠올린다. 그것은 "일본이 지배했던" 식민지의 과거현실이다. 그리고 인천항을 통하는 "동포들", "은추와 아편과 호콩"이 실린 "밀선", "모리배", "중국서 온 헐벗은 동포의 보따리", "상관도 영사관도 없"는 조선현실을 직시한다.

이와 같이 박인환 초기시에서 주요하게 나타나는 경사면의 제재는 "붉은 지붕 밑", "열차의 속력", "미끄럼판", "항구" 등의 이미지와 결부되어 나타난다. 그리고 붉은 지붕 밑과 열차의 속력은 '광선'과 결부되어서 미래에의 꿈, 이국에의 동경과 향수로 형상화된다. 그리고 "미끄럼"은 쾌감과 불안의 이중적 속성을 단적으로 드러내는데 그 비극성의 실체는 조선의 현실로 실체화된다. 그리고 '항구'에서 서구와 우리나라의 교류, 변화 자리는 박인환이 지닌 '경사면'이 놓인 위치를 확인하는 의미를 지닌다.

3. '불행한 연대'로서의 '경사'

박인환 초기시에서는 '미끄럼판', '붉은 지붕 밑'의 경사와 관련하여 경사면을 따른 광선, 향수로서 의미가 부각되었다. 그런데 초기시의 이러한 '동경과 향수'로서의 경사에는 현실과 이상과의 극차감이 반영되어 있다. 이러한 괴리감이 좀더 비극적 속성을 지니고 나타나는 것이 그의 시의 중심적 부분을 이룬다. 동경과 향수로서의 경사가 빛, 광선, 향수와 관련하여 나타났다면 현실과 이상과의 극차감으로서의 경사면은 어둠, 밤 등과 연관되어 나타난다. 그리고 경사면의 구체적 실체물은 '계단 내려가기', '지하실', '계곡' 등의 형상으로 나타난다.

향연의 밤
영사부인領事婦人에게 아시아의 전설을 말했다.

자동차도 인력거도 정차되었으므로
신성한 땅 위를 나는 걸었다.

은행 지배인이 동반한 꽃 파는 소녀

그는 일찍이 자기의 몸값보다
꽃값이 비쌌다는 것을 안다.

육전대陸戰隊의 연주회를 듣고 오던 주민은
적개심으로 식민지의 애가를 불렀다.

삼각주의 달빛
백주白晝의 유혈을 밟으며 찬 해풍이 나의 얼굴을 적신다.
「식민항의 밤」

불안한 언덕 위에로
나는 바람에 날려간다
헤아릴 수 없는 참혹한 기억 속으로
나는 죽어간다
아 행복에서 차단된
지폐처럼 더럽힌 여름의 호반
석양처럼 타올랐던 나의 욕망과
예절 있는 숙녀들은 어데로 갔나
불안한 언덕에서
나는 음영처럼 쓰러져간다
무거운 고뇌에서 단순으로
나는 죽어간다

지금은 망각의 시간
서로 위기의 인식과 우애를 나누었던
아름다운 연대年代를 회상하면서
나는 하나의 모멸의 개념처럼 죽어간다

「1950년대의 만가」

가만히 눈을 감고 생각하니
지난 하루하루가 무서웠다.
무엇이나 거리낌 없이 말했고
아무에게도 협의해 본 일이 없던
불행한 연대年代였다.

비가 줄줄 내리는 새벽
바로 그때이다
죽어간 청춘이
땅속에서 솟아 나오는 것이……
그러나 나는 뛰어들어
서슴없이 어깨를 거느리고
악수한 채 피 묻은 손목으로
우리는 암담한 일곱 개의 층계를 내려갔다.

『인간의 조건』의 앙드레 말로
『아름다운 지구地區』의 아라공
모두들 나와 허물없던 우인

황혼이면 피곤한 육체로

우리의 개념이 즐거이 이름 불렀던

'정신과 관련의 호텔'에서

말로는 이 빠진 정부情婦와

아라공은 절름발이 사상과

나는 이들을 응시하면서……

이러한 바람의 낮과 애욕의 밤이

회상의 사진처럼

부질하게 내 눈앞에 오고 간다.

또 다른 그날

가로수 그늘에 울던 아이는

옛날 강가에 내가 버린 영아嬰兒

쓰러지는 건물 아래

슬픔에 죽어가던 소녀도

오늘 환영처럼 살았다

이름이 무엇인지

나라를 애태우는지

분별할 의식조차 내게는 없다.

시달림과 증오의 육지

패배의 폭풍을 뚫고

나의 영원한 작별의 노래가

안개 속에 울리고

지난 날의 무거운 회상을 더듬으며

벽에 귀를 기대면

머나먼

운명의 도시 한복판

희미한 달을 바라

울며 울며 일곱 개의 층계를 오르는

그 아이의 방향은

어디인가.

「일곱 개의 층계」

전자의 시에서 향연의 밤을 걷는 화자의 쓸쓸한 심회를 나타내고 있다. 향연, 축제, 무도회 등과 관련한 모티브는 박인환의 시에서 빈번하게 나타나는 제재들이다. 그런데 이러한 축제의 형상화에는 늘 그와 대조되는 슬픔, 비극, 상념 등이 따라다닌다. 위 시에서도 이러한 특성이 나타나고 있다. 특징적인 것이 "꽃값"과 소녀의 "몸값"과의 비교이다. 꽃값보다 싼 소녀의 몸값 서술에는 박인환 시가 특징적으로 보여주는 비극성의 실체가 단적으로 나타난 것이다.

즉 현실의 비참함과 꿈의 상징인 향연 즉 이상과의 큰 낙차감이다. 이러한 낙차감은 두번째 시에서 불안한 언덕을 오르내리는 모습으로 나타난다. 불안한 경사면을 올랐다가 내리는 운동성의 형상화는 꿈과 현실 사이를 헤매고 있는 시적 화자의 모습을 단적으로 보여준다. 즉 "행복", "여름의 호반", "아름다운 연대" 등이 "죽어가"는 것, "단순", "망각", "모멸" 등의 개념과 대조적 쌍을 형성하면서 불안한 언덕의 오르내림과 상응하여 나타난다.

세번째 시에는 불안한 언덕 오르내리기에 이어서 계단 내려가기와 관련한 경사면을 걷는 화자의 모습이 나타난다. 그리고 박인환의 시에서 계단 내려가기의 모티브는 주로 어둠, 밤, 고요함의 특성을 동반한다. 세 번째 시에서 화자가 "암담한 일곱 개의 층계"를 내려가는 것은 "가만히 눈을 감고 생각하"는 것의 외현적 형식이다. 즉 계단 내려가기는 화자의 내면으로의 침잠이며 그것은 박인환의 시에서 '회상'의 형식과 밀접하게 관련된다.

일곱 개의 층계를 내려가는 회상의 자리를 통하여 박인환은 "말로", "아라공" 등의 서구 소설작가들에 관한 상념을 떠올리기도 하고 조선의 암담한 현실과 관련하여 "슬픔에 죽어가던 소녀", "나라", "이름" 등을 떠올리기도 한다. 그리고 어느덧 화자는 "울며 울며 일곱 개의 층계를 오르는/ 그 아이"로 변화되어 있다.

즉 위 시에서 '계단 내려가기' 형태의 '경사'는 '어둠'을 동반하며 그 어둠 속 사색은 그의 지나간 시절에 대한 회상을 동반한다. 그 회상을 통하여 불안한 언덕을 오르내리던 불균형한 의식의 실체가 파편적으로 나타난다. 그것은 "앙드레 말로", "아라공" 등의 서구 문화와 우리나라의 "시달림과 증오의 육지" 사이의 간극이다.

박인환의 시에서 특이한 것은 주로 지상 위의 계단이나 경사면은 '빛'과 '바람'이 동반하는 "속력이 있고 투명한 감각(「지하실」 부분)"을 보여주며 주로 그가 꿈꾸는 서구세계, 이상세계, 선진 문화에 대한 몽상에 초점이 맞추어진 반면 지하로 내려가는 계단이나 눈을 감고 사색을 갖는 '계단의 경사'는 계단의 아래쪽과 관련하여 우리의 현실적 토대로부터 기인한 혼돈과 괴로움의 자리를 주요하게 드러내는 특성이 있다.

넓고 개체 많은 토지에서
나는 더욱 고독하였다.

힘없이 집에 돌아오면 세 사람의 가족이

나를 쳐다보았다. 그러나

나는 차디찬 벽에 붙어 회상에 잠긴다.

전쟁 때문에 나의 재산과 친우가 떠났다.

인간의 이지理智를 위한 서적 그것은 잿더미가 되고

지난날의 영광도 날아가 버렸다.

그렇게 다정했던 친우도 서로 갈라지고

간혹 이름을 불러도 울림조차 없다.

오늘도 비행기의 폭음의 귀에 잠겨

잠이 오지 않는다.

잠을 이루지 못하는 밤을 위해 시를 읽으면

공백한 종이 위에

그의 부드럽고 원만하던 얼굴이 환상처럼 어린다.

미래에의 기약도 없이 흩어진 친우는

공산주의자에게 납치되었다.

그는 사자死者만이 갖는 속도로

고뇌의 세계에서 탈주하였으리라.

정의의 전쟁은 나로 하여금 잠을 깨운다.

오래도록 나는 망각의 피안에서 술을 마셨다.

하루하루가 나에게 있어서는

비참한 축제였다.

그러나 부단한 자유의 이름으로서
우리의 뜰 앞에서 벌어진 싸움을 통찰할 때
나는 내 출발이 늦은 것을 고한다.

나의 재산⋯⋯이것은 부스럭지
나의 생명⋯⋯이것도 부스럭지
아 파멸한다는 것이 얼마나 위대한 일이냐.

마음은 옛과는 다르다. 그러나
내게 달린 가족을 위해 나는 참으로 비겁하다.
그에게 나는 왜 머리를 숙이며 왜 떠드는 것일까.
나는 나의 말로를 바라본다.
그리하여 나는 혼자서 운다.

이 넓고 개체 많은 토지에서
나만이 지각이다.
언제 죽을지도 모르는 나는
생에 한없는 애착을 갖는다.

「잠을 이루지 못하는 밤」

영화에 나오는 주인공이나 바이플레이어 중에서도 내가 좋아하는 성격은 건실한 또는 애정 문제에 얽힌 사람보다는 역시 인간의 정기적인 형태에서 벗어나 다소 부정의 길을 걷고 있는 것이 마음에 든다. 물론 이러한 상태에 있어서 영화 속의 인물들은 자신이 저지른 과거와 현재에 대하여 무척 고민고 하고, 그것을 숨기려고 애도 쓰니깐 관객인 우리들은 이들을 동정할 경우도 많은데, 그것을 동정이나 찬성의 입장을 떠나서라도 나는 지극히 좋아하는 것이다.

지금은 죽고 스크린에서 사라진 존 가필드의 영화 「사랑의 공포」를 볼 때 나는 한없이 그에게 매력을 느낀다. 영화는 별로 우수한 것이 아니었으나, 경찰관을 실수로 죽이고, 마침 숨은 집이 범죄 후 풀pool에서 만난 여자의 집이다. 그 집에서 가진 2일간에서도 그는 어떻게 하든지 도망치려고 애를 쓰는데, 여기에 어떤 절망 속에서도 희미한 생에 대한 '희망'을 그려보는 인간의 발악적인 마지막 고뇌가 나의 가슴을 찌른다. (중략) 이외에도 많은 감명적인 인물과 장면이 있으나, 여기에 그것을 다 적을 수도 없고 단지 몇 가지의 예만 들었으나 앞으로 내가 보고 싶은 것은 「공포의 보수」이다. 그 시나리오를 읽은 후 나는 오랫동안 정신이 없었다. 모두 등장하는 인물은 다른 세상에서 버림받고, 인간의 마지막 토지를 찾아온 사람들이며, 그들은 그곳에서 또다시 떠나기 위하여 갖은 최선을 노력했으나, 끝끝내 그 절박한 것을 뛰어넘지 못하고 죽고 마는 것이다. 이런 인물의 등장은 내가 지금까지 기다리고 바라던 영화의 세계인 것이다.

「절박한 인간의 매력」 부분

아름답고 사랑처럼 무한히 슬픈
회상의 긴 계곡
그랜드 쇼처럼 인간의 운명이 허물어지고
검은 연기여 올라라
검은 환영이여 살아라.

안개 내린 시야에
신부의 베일인가 가늘은 생명의 연속이

최후의 송가와

불안한 발걸음에 맞추어

어데로인가

황폐한 토지의 외부로 떠나가는데

울음으로써 죽음을 대치하는

수없는 악기들은

고요한 이 계곡에서 더욱 서럽다.

강기슭에서 기약할 것 없이 쓰러지는

하루 만의 인생

화려한 욕망

여권旅券은 산산이 찢어지고

낙엽처럼 길 위에 떨어지는

캘린더의 향수를 안고

자전거의 소녀여 나와 오늘을 살자.

군인이 피워 물던

물뿌리와 검은 연기의 인상과

위기에 가득 찬 세계의 변경邊境

이 회상의 긴 계곡 속에서도

열을 지어 죽음의 비탈을 지나는

서럽고 또한 환상에 속은

어리석은 영원한 순교자.

우리들.   「회상의 긴 계곡」

박인환의 시에서 두드러진 특징으로 또 들 수 있는 것은 강렬한 두 가지 정서의 대조적 반복으로써 자아내는 고뇌와 슬픔과 불안의 정서이다. 시적인 구조적 완결성은 미흡하나 시에서 드러나는 강렬한 비애의 정서가 있다. 이러한 정서는 주로 '어둠'을 배경으로 한 "회상"을 통하여 구체적으로 나타난다.

　위시에서도 "나"는 집에 돌아와서 친우의 납치 등을 떠올리며 자신의 하루하루가 "비참한 축제"였다고 말한다. 비참한 축제란 그의 시가 지닌 상반된 강렬한 정서라는 대조의 특성을 잘 드러낸다. 즉 현실의 비참함과 꿈의 축제가 만들어내는 내면의 심리상태라고 할 수 있다.

　박인환의 시가 보여주는 특성인 꿈과 현실의 괴리에서 기인한 정서의 혼돈 내지 절박함이 오가는 내면풍경은 도스토예프스키의 '드미트리'가 '스메르자코프'의 죄를 뒤집어쓰면서도 그것을 잊기 위해 도박과 술에 탐닉하며 미쳐가는 괴로운 심정에 비견할 수 있다. 그리하여 그는 "파멸한다는 것이 얼마나 위대한 일이냐"고 하는데 이것은 비극적 결함의 인물이 그의 고상한 기질에 의해 더욱 비극적인 최후를 맞는 순간의 정서이다.

　박인환은 당시 1950년대에 영화평론과 연극 등에 전문적 식견을 보여주었고 다수의 평들을 발표하였다. 위 두 번째 글도 그 중 하나인데 그는 자신이 좋아하는 극중 인물형이 "인간의 정기적인 형태에서 벗어나 다소 부정의 길을 걷고 있는" 인물 즉 '공포의 보수'의 주인공과 같이 "다른 세상에서 버림받고, 인간의 마지막 토지를 찾아온 사람들이며 그들은 그곳에서 또다시 떠나기 위하여 갖은 최선을 노력했으나 끝끝내 그 절박한 것을 뛰어넘지 못하고 죽고 마는 것"으로 서술한다. 즉 피폐한 현실 속에서 꿈을 향하여 끊임없이 나아가다 끝끝내 파멸하는 비극적 인물형에 매료되는데 이러한 인물이 겪는 내적 메커니즘이 바로 그의 시에서 주요하게 드러나는 정서이다.

그의 시를 특징짓고 또한 빈번하게 나타나는 불안, 욕망, 향수, 환상, 죽음 등은 바로 그의 시의 주요 정서이기도 하다. 그는 이러한 내적 상태의 불균형함을 다양한 '경사'의 방식으로 나타내곤 했는데 「최후의 회화」에서는 "신문지의 경사傾斜에 얽혀진/ 그러한 불안의 격투"라고 나온다.

위 세 번째 시에서는 "열을 지어 죽음의 비탈을 지나는/ 서럽고 또한 환상에 속은/ 어리석은 영원한 순교자"란 말로 표현되었다. 사실 1950년대 전쟁을 체험하고 서구문화와의 이질적 간극을 누구보다도 절실히 체험했던 박인환이 딛고 선 토대를 잘 드러내는 것이 "죽음의 비탈"일 것이다.

그리고 이 비탈, 경사를 "회상의 긴 계곡"이라고 표현하였는데 이 '계곡' 속에서 그는 "아름답고 사랑처럼 무한히 슬픈", "하루만의 인생, 화려한 욕망"이 교차하는 모순된 심경을 보여준다. 그런데 여기서 나타나는 주요한 정서는 이러한 현실로부터 도피하고자 하는 내적 심리이다. 그것은 "캘린더의 향수를 안고/ 자전거의 소녀여 나와 오늘을 살자", "서럽고 또한 환상에 속은/ 어리석은 영원한 순교자"란 구절이다. 즉 혼란스럽고 괴로운 정서 속에서 박인환 시가 또하나 나타내는 특성인 현실망각에의 욕망, 환상으로의 도피 등이 나타나고 있다.

3. '환상'과 '비극적 운명'으로서의 '경사'

박인환의 초기시에서 경사의 의미가 주로 지상의 빛, 바람과 결부되어 이국문명과, 이상세계에의 동경과 향수로서 나타났다면 그의 중기시 무렵으로 갈수록 그의 시에서 나타나는 서구문물의 제재, 속력감이 사라지고 지하의 어둠, 밤의 풍경이 나타난다.

그리고 그 어둠은 단적으로 '계단 내려가기'와 결부되곤 한다. 그리고 '계단 내려가기'는 시속에서 주로 회상의 형식을 이끌어내며 그의 혼란된 정서를 드러내고 있다. 이때의 '계단 내려가기'와 어둠 속 '회상'은 "신문지의 경사", "죽음의 비탈"처럼 피폐한 전쟁현실과 환상 사이를 오가는 불안감, 파멸감의 극대화로 나타난다.

그런데 그의 후기시로 갈수록 이러한 '경사', '비탈'의 모순된 현실 속에서 비극적 인물형의 종말과도 같은 "파멸에의 의지", 도피적 내면을 보여준다. 그것의 모티브는 '환상'과 '술' 등으로서 주요하게 나타나고 있다.

한 잔의 술을 마시고
우리는 버지니아 울프의 생애와
목마를 타고 떠난 숙녀의 옷자락을 이야기한다
목마는 주인을 버리고 거저 방울 소리만 울리며
가을 속으로 떠났다 술병에서 별이 떨어진다
상심한 별은 내 가슴에 가벼웁게 부서진다
그러한 잠시 내가 알던 소녀는
정원의 초목 옆에서 자라고
문학이 죽고 인생이 죽고
사랑의 진리마저 애증의 그림자를 버릴 때
목마를 탄 사랑의 사람은 보이지 않는다
세월은 가고 오는 것
한때는 고립을 피하여 시들어가고
이제 우리는 작별하여야 한다

술병이 바람에 쓰러지는 소리를 들으며

늙은 여류작가의 눈을 바라다보아야 한다

······등대에······

불이 보이지 않아도

거저 간직한 페시미즘의 미래를 위하여

우리는 처량한 목마 소리를 기억하여야 한다

모든 것이 떠나든 죽든

거저 가슴에 남은 희미한 의식을 붙잡고

우리는 버지니아 울프의 서러운 이야기를 들어야 한다

두 개의 바위 틈을 지나 청춘을 찾은 뱀과 같이

눈을 뜨고 한 잔의 술을 마셔야 한다.

인생은 외롭지도 않고

거저 잡지의 표지처럼 통속하거늘

한탄할 그 무엇이 무서워서 우리는 떠나는 것일까

목마는 하늘에 있고

방울 소리는 귓전에 철렁거리는데

가을바람소리는

내 쓰러진 술병 속에서 목 메어 우는데

「목마와 숙녀」

연기煙氣와 여자들 틈에 끼여

나는 무도회에 나갔다.

밤이 새도록 나는 광란의 춤을 추었다.

어떤 시체를 안고.

황제는 불안한 샹들레에와 함께 있었고
모든 물체는 회전하였다.

눈을 뜨니 운하는 흘렀다.
술보다 더욱 진한 피가 흘렀다.

이 시간 전쟁은 나와 관련이 없다.
광란된 의식과 불모의 육체…… 그리고
일방적인 대화로 충만된 나의 무도회.

나는 더욱 밤 속에 가라앉아간다.
석고의 여자를 힘 있게 껴안고

새벽에 돌아가는 길 나는 내 친우가
전사한 통지를 받았다.

「무도회」

정막한 가운데
인광처럼 비치는 무수한 눈
암흑의 지평은
자유에의 경계境界를 만든다.

사랑은 주검은 사면斜面으로 달리고

취약하게 조직된

나의 내면은

지금은 고독한 술병.

밤은 이 어두운 밤은

안테나로 형성되었다

구름과 감정의 경위도經緯度에서

나는 영원히 약속될

미래에의 절망에 관하여 이야기도 하였다.

또한 끝없이 들려오는 불안한 파장

내가 아는 단어와

나의 평범한 의식은

밝아올 날의 영역으로

위태롭게 인접되어 간다.

「밤의 노래」전반부

    박인환의 대표적 시로 알려진「목마와 숙녀」는 꿈과 현실 사이에서 현실을 망각하고자 하는 "페시미즘"을 보여준다. 위의 시에서도 "목마", "정원의 초목 옆에서 자라"던 "소녀", "버지니아 울프" 등 당시로서는 서구적 토대와 문화가 나타나면서 "등대에" "불이 보이지 않"은 현실을 비관하는 장면을 담고 있다.

    이러한 화자의 심경을 단적으로 드러내는 제재가 "쓰러진 술병 속에서 목 메어 우는" "가을바람소리"이다. 앞에서 논의한 '경사의 이미지'는 꿈과 현실의 대립상 내지 그것과 결부된 고뇌, 비애와 연관된 정서였다. 그런데 그의 후기시로 갈수록 그의 시에서 '쓰러진 술병'의 모티브가 빈번하게 나타난다.

그의 시에서 '쓰러진 술병' 속에서 수평을 이룬 '술'은 일시적인 평형, 안정의 추구라고 할 수 있다. 단지 '쓰러진 술병' 안에서만 이룬 내적 평안 상태이다. 두 번째 시에서는 이러한 술 모티브가 무도회에서 "광란의 춤"을 추는 모습으로 나타난다. 그런데 무도회에서 "모든 물체"가 "회전"하는 것은 혼미한 의식속에서 주위가 경사각을 이루어 이리저리 움직이는 숙취 상태와 관련이 있다. 박인환의 "광란의 춤"은 단순히 환락의 행위라기보다는 내적 고뇌의 깊이를 보여주는 치열성을 지니고 있다. 일례로 "나"는 "광란의 춤"을 추는데 "어떤 시체를 안고" 있으며 "술보다 더욱 진한 피가 흐르"고 있다. 또한 그 와중에도 "전쟁"에 대한 의식과 "내 친우가 전사한 통지" 내용도 빠지지 않는다.

이와 같이 그는 쓰러진 술병의 경사면 속에서 술로써 일시적인 수평과 평화를 얻기도 하고 "광란의 춤"으로써 전쟁과 전사한 친구를 잠시나마 잊고자 하기도 한다. 세 번째 시에서는 이러한 시인의 내면을 "고독한 술병"이라고 명명하면서 "끝없이 들려오는 불안한 파장"과 "미래에의 절망"을 토로한다. 이와 같이 그의 후기시에서 두드러진 것은 페시미즘과 절망 감인데 그것은 쓰러진 술병 모티브와 연관지어서 형상화되고 있다.

오늘 나는 모든 욕망과
사물에 작별하였습니다.
그래서 더욱 친한 죽음과 가까워집니다.

과거는 무수한 내일에

잠이 들었습니다.

불행한 신

어데서나 나와 함께 사는

불행한 신

당신은 나와 단 둘이서

얼굴을 비벼대고 비밀을 터놓고

오해나

인간의 체험이나

고절孤絶된 의식에

후회치 않을 것입니다.

또 다시 우리는 결속되었습니다.

황제의 신하처럼 우리는 죽음을 약속합니다.

지금 저 광장의 전주電柱처럼 우리는 존재됩니다.

쉴 새 없이 내 귀에 울려오는 것은

불행한 신 당신이 부르시는

폭풍입니다.

그러나 허망한 천지 사이를

내가 있고 엄연히 주검이 가로놓이고

불행한 당신이 있으므로

나는 최후의 안정을 즐깁니다.

「불행한 신」

평범한 풍경 속으로

손을 뻗치면

거기서 길게 설레이는

문제되는 것을 발견하였다.

죽는 즐거움보다도

나는 살아나가는 괴로움에

그 문제되는 것이

틀림없이 실재되어 있고 또한 그것은

나와 내 그림자 속에

넘쳐흐르고 있는 것을 알았다.

이 암흑의 세상에 허다한 그것들이

산재되어 있고

나는 또한 어두움을 찾아 걸어갔다

아침이면

누구도 알지 못하는 나만이 비밀이

내 피곤한 발걸음을 최촉催促하였고

세계의 낙원이었던

대학의 정문은

지금 총칼로 무장되었다.

목수꾼 정치가여

너의 얼굴은 황혼처럼 고웁다.

옛날 그 이름 모르는 토지에 태어나

굴욕과 권태로운 영상에 속아가며
네가 바란 것은 무엇이었더냐.

문제되는 것
평범한 죽음 옆에서
한없이 우리를 괴롭히는 것

나는 내 젊음의 절망과
이 처참이 이어주는 생명과 함께
문제되는 것만이
군집되어 있는 것을 알았다.
　-허무의 작가 김광주에게

「문제되는 것」

　위 시들은 시인의 "경사면"을 만드는 지렛대와 같은 운명의 축에 관한
형상화이다. 그런데 그 불균형한 경사면의 축에 관하여 그는 "불행한 신"
이라고 명명하였다. 박인환의 시에서는 주로 소설이나 영화 속의 비극적
운명의 주인공이 절정이나 결말 무렵에 되뇌이는 듯한 심정을 반영하고 있
다. 이것은 그가 이러한 비극적 결말의 영화를 애호했던 영화평론가로서의
체험과도 무관하지 않다. 영화속 비극적 주인공이 겪는 종말의 과정은 박
인환의 실제 현실 즉 전쟁으로 친우가 죽고 사회토대가 흔들리는 경사면
을 이루는 것과 상응관계를 가진다.
　「불행한 신」에서는 그가 접한 사회적 토대의 '경사'와 심리적 토대의 '경
사'의 근원적 이유에 관한 시라고 할 수 있다. 그는 이러한 비극적 운명의

경사를 좌우하는 것이 '불행한 신'이라고 서술한다. 그런데 그의 신은 항상 '나'와 함께 살고 있다. 그런데 기실 이 불행한 신이란 앞서 그의 시에서 나왔던 "불안의 파장"이나 "공포"의 정서를 실체화시킨 것이다.

그런데 여기서도 '미끄럼의 승강'으로 인한 "쾌감"과 "비극적 종말"의 양면적 정서가 드러나는데 그것은 "불행한 당신이 있으므로/나는 최후의 안정을 즐깁니다"란 역설적 구절에서 나타난다. 즉 그의 "불행한 신"이란 그의 '경사면'이 지닌 아찔한 쾌감과 공포라는 양면적 정서와 연관된 '미끄럼판'의 '운명축'과 같은 존재인 것이다.

후자의 시에서는 이러한 그의 "불안", "불행한 신"이 "문제되는 것"으로 변주되어 나타난다. 이 '문제되는 것' 역시 의식속 경사면의 중심축과 같은 것으로 나타난다. 그리고 이 '문제되는 것'은 앞서의 '불행한 신'이 주는 '불행'과 '안정'의 양면적 속성을 지닌다. 구체적으로 "길게 설레이는 문제되는 것"이면서 "나와 내 그림자 속에 넘쳐 흐르는 것"이며 "한없이 우리를 괴롭히는 것"이기 때문이다. 즉 "불행한 신", "문제되는 것"이란 박인환 시의 경사면을 만들어내는 비극적인 운명을 그가 실체화시킨 명명인 것이다.

> 지금 우수에 잠긴 현창舷窓에 기대어
> 살아 있는 자의 선택과
> 죽어간 놈의 침묵처럼
> 보이지는 않으나 관능과 의지의
> 믿음만을 원하며
> 목을 굽히는 우리들
> 오 인간의 가치와
> 조용한 지면地面에 파묻힌 사자死者들.

또 하나의 환상과

나의 불길한 혐오

참으로 조소嘲笑로운 인간의 주검과

눈을 뜨고도

볼 수 없는 상태

얼마나 무서운 치욕이냐.

단지 존재와 부재의 사이에서.

「눈을 뜨고도」 5, 6연

태평양에 안개가 끼고 비가 내릴 때

검은 날개에 검은 입술을 가진

갈매기들이 나의 가까운 시야에서 나를 조롱한다.

'환상'

나는 남아 있는 것과

잃어버린 것과의 비례를 모른다.

옛날 불안을 이야기했었을 때

이 바다에선 포함砲艦이 가라앉고

수십만의 인간이 죽었다.

어둠침침한 조용한 바다에서 모든 것은 잠이 들었다.

그렇다. 나는 지금 무엇을 의식하고 있는가?

단지 살아 있다는 것만으로서.

바람이 분다.

마음대로 불어라. 나는 데크에 매달려

기념이라고 담배를 피운다.
무한한 고독. 저 연기는 어디로 가나.

밤이여. 무한한 하늘과 물과 그 사이에
나를 잠들게 해라.

「태평양에서」후반부

신이란 이름으로서
우리는 최종의 노정을 찾아보았다.

어느 날 역전에서 들려오는
군대의 합창을 귀에 받으며
우리는 죽으러 가는 자와는
반대 방향의 열차에 앉아
정욕처럼 피폐한 소설에 눈을 흘겼다.

지금 바람처럼 교차하는 지대
거기엔 일체의 불순한 욕망이 반사되고
농부의 아들은 표정도 없이
폭음과 초연이 가득 찬
생과 사의 경지에 떠난다.

달은 정막보다도 더욱 처량하다.
멀리 우리의 시선을 집중한

인간의 피로 이루운

자유의 성채

그것은 우리와 같이 퇴각하는 자와는 관련이 없었다

신이란 이름으로서

우리는 저 달 속에

암담한 검은 강이 흐르는 것을 보았다.

「검은 강」

위 시편들은 박인환 시에서 비스듬한 경사면을 응시하는 화자의 균형 감각마저 소멸되는 지점을 보여준다. 첫 번째 시에서는 "존재와 부재의 사이", "살아 있는 자의 선택"과 "죽어간 놈의 침묵" 사이에서 "눈을 뜨고도 볼 수 없는 상태"로 나타난다. 두 번째 시에서는 "태평양" 바다에서 "남아 있는 것과 잃어버린 것과의 비례"를 상실하는 모습으로 나타나고 있다.

전쟁의 주검을 직면할 때 화자는 현실과 환상 간의 비례감을 상실하고서 '눈을 뜨고도 볼 수 없는 의식 상태' 내지 '비례감' 상실 상태를 체험한다. 즉 경사면을 어느정도 지탱하고 있던 중심축격인 자아의 의식이 소멸되어버리는 경지이다. 이것은 결국 그의 시에서 도피의식 혹은 죽음충동으로 나타난다.

그런데 이것은 단순한 도피의식이나 비겁한 죽음충동과는 차원이 다른 측면이 있다. 왜냐하면 드라마속 비극적 주인공의 운명적 최후처럼 박인환의 시에서도 어쩔 수 없는 상황의 파국과 딜레마의 귀로에 선 자의 심정이 형상화되고 있기 때문이다. 즉 "눈을 뜨고도 볼 수 없"고 "비례"를 상실하는 의식과 고뇌의 극한을 보여주는 측면이 있다.

세 번째 시에서는 그의 비례감 상실 내지 심리적 파국의 국면이 좀더 구체적인 형상으로 나타난다. 즉 "죽으러 가는 자", "군대의 합창"과 "반대방향의 열차에 앉아" "피폐한 소설에 눈을 흘기"는 형상이 서로 반대방향에서 자아의 의식을 잡아당기는 것이다. 현실과 꿈과의 불균형한 경사면을 불안하게 지탱하던 자아의 의지가 소멸되는 구체적 현실인 것이다.

이에 대하여 박인환은 "신이란 이름으로서/ 우리는 저 달 속에/ 암담한 검은 강이 흐르는 것을 보았다"고 서술한다. 즉 "달 속에 암담한 검은 강"의 흐름이란 박인환 시가 보여주는 경사면의 의미가 근원적으로 그가 당면한 시대현실과 결부된 비극적 운명의 경사각임을 단적으로 보여주는 것이다.

5. 결론

우리나라 전후 무렵에 서구 문화의 유입과 전쟁의 공포 속에서 이를 누구보다도 적극적이고 절실하게 체험하고자 했던 문학인 중의 한 명이 박인환이라 할 수 있다. 그의 시에서는 '경사'와 밀접한 제재가 빈번하게 나타나며 그것은 제재의 차원을 넘어서서 그의 의식상의 경사, 혼란 그리고 나아가 시대의 문제까지 반영하고 있다. 구체적으로 그의 시에서 "붉은 지붕의 경사", "미끄럼", "미래에의 외접선", "일곱개의 층계", "신문지의 경사", "죽음의 비탈", "주검의 사면", "쓰러진 술병", "생사의 경계", "달 속의 검은 강" 등의 형상으로 '경사' 이미지가 나타난다.

박인환 초기시에서는 '미끄럼판', '붉은 지붕 밑'의 경사와 관련하여 경사면을 따른 광선, 향수로서 경사의 의미가 부각되었다. 그런데 이러한 초기시의 '동경과 향수'로서의 경사에는 현실과 이상과의 극차감이 반영되어 있다. 이러한 괴리감이 좀더 비극적 속성을 지니고 나타나는 것이 그의 시에서 중심적 부분을 이룬다. 동경과 향수로서의 경사가 빛, 광선, 향수와 관련하여 나타났다면 현실과 이상과의 극차감으로서의 경사면은 어둠, 밤 등과 연관되어 나타난다. 그리고 경사면의 구체적 실체물은 '계단 내려가기', '지하실', '계곡' 등의 형상으로 나타난다.

그런데 그의 후기시로 갈수록 이러한 모순된 현실 인식과 연관된 '경사', '비탈'은, 비극적 인물형의 종말과도 같은 "파멸에의 의지", 도피적 내면과 연관된다. 그것의 모티브는 '환상'과 '술' 등으로서 주요하게 나타난다. 전쟁의 주검을 직면할 때 화자는 현실과 환상 간의 '비례'감을 상실하고서 '눈을 뜨고도 볼 수 없는 의식 상태'를 체험한다. 즉 경사면을 어느 정도 지탱하고 있던 중심축격인 자아의 의식이 소멸되어버리는 경지이다. 여기서 나아가 "달 속에 암담한 검은 강"의 흐름은, 시인의 의식체로서의 '경사'가 근원적으로 그가 딛고선 시대현실과 결부된 민족의 비극적 운명의 '경사각'에서 연원함을 보여준다.

제10장

'암시된 저자'를 경유하는
시 텍스트의 독해 고찰
─ '화자가 희미한Nonnarrated 텍스트'와 '결함이 있거나Fallible
신뢰할 수 없는Unreliable 화자의 텍스트'를 중심으로

1. 서론

독자들이 작품을 독해하면서 구상하는 작중저자에 관해서는 '함축적 시인', '내포시인', '내포저자', '암시된 저자' 등으로 일컬어져왔다.[1] 특히 채트만의 서술전달모델에서 '암시된 저자'라는 구성요소로서 소개되면서 우리에게 친숙해졌다. '암시된 저자The Implied Author'는 Wayne C. Booth가 The Rhetoric of Fiction에서 당대작가들이 작품 속에서 취하는 객관성을 지향한 '공적 자아official scribe' 혹은 저자의 '이차적 자아Second self'를 지칭한 것이다.[2]

부스는 '암시된 저자'와 '서술자' 간의 '거리의 종류kinds of distance'에 의하여 서술자가 신뢰할 수 있는지 그렇지 않은지를 설명하였다.[3] 그는 서술자, 퍼소나, 가면, 혹은 주제, 문체, 어조 등으로 논의되기에는 포괄적이며 실제

---

1) 참고로, 한용환은 '암시된 저자'를 '내포저자', '암시된 독자'를 '내포독자', 그리고 '내레이터'를 '화자'로, '내레이티'를 '수화자'로 번역하였다. S. Chataman, 한용환 역, 『이야기와 담론』, 푸른사상, 2003, p.168.

2) Booth, Wayne C. "General Rules, II: All Authors Should Be Objective." *The Rhetoric of Fiction*. Chicago: The University of Chicago Press, 1983, p. 71.

3) "For practical criticism probably the most important of these kinds of distance is that between the fallible or unreliable narrator and the implied author who carries the reader with him in judging the narrator", Booth, Wayne C. ibid., p. 158.

작가와는 구별되는 작품 고유의 작가의 상(象)을 가리키는 것이 필요하다고 보았다. 그가 '암시된 저자'를 명명한 이래, 많은 이론가들이 작품을 논의할 때 '암시된 저자'를 활용하였다. 단적으로, 서술론 사전은 부스의 설명 방식을 고스란히 따라서 '암시된 저자' 논의가 '서술자'의 신뢰성 문제와 연관하여 언급되어있으며[4] 채트먼의 서술전달 다이어그램("실제저자Real Author → [암시된 저자Implied Author → (서술자Narrator) → (서술자적 청중Narratee)-암시된 독자Implied Reader] → 실제 독자Real Reader")[5]에서도 '암시된 저자'는 '암시된 독자 The implied reader'와 함께 유효한 구성요소로서 나타났다.

그런데 '암시된 저자'는 채트먼의 다이어그램에서 명시적으로 드러나면서 논쟁의 대상에 올랐으며 최근에 이르기까지도 다양한 관점에서 치열한 쟁점이 되어왔다. 구체적으로, 암시된 저자의 개념과 그 적용을 반대하는 대표적 이론가로는 주네뜨, 뉘닝 등을 들 수 있다. 주네뜨는 채트먼의 다이어그램에서 '실제저자', '화자', '독자'와 비교할 때 '암시된 저자'가 실체성이 없으며 인격화될 수 없다고 주장하였다.[6] 리몬케넌도 주네뜨와 같은 견해를 보여주지만 그는 화자의 '신뢰성'이 문제시되는 상황에서는 '암시된 저자'가 유효하다고 주장하였다.[7] 이후, 채트먼은 이러한 견해들을 수용하여 '암시된 저자'를 '추론된 저자Inferred Author'로서 독자가 다양하게 구성할 수 있는 작품의 중심적 의향intent 개념으로 논의하였다. 그리고 뉘닝은 화

---

4) Prince, Gerald. *A Dictionary of Narratology*. Lincoln: University of Nebraska Press, 1987, p. 101.

5) Chatman, Seymour. *Story and Discourse: Narrative Structure in Fiction and Film*. NY: Cornell University Press, 1978, p. 151.

6) Genette, G. (1988). translated by Jane E. Lewin, Narrative Discourse Revisited, Cornell Univ, 130-133.

7) Rimmon-Kenan, Shlomith. (1983). Narrative Fiction: Contemporary Poetics, Methuen Co, 86-89.

자의 '(비)신뢰성'에 관한 준거와 관련하여 '암시된 저자'에 의거한 설명방식이 비논리적이라는 점을 지적하고 그것이 비평가들에 의한 이데올로기적인 준거로 활용되는 것을 비판하였다.[8]

논쟁들의 요지를 정리하자면, 암시된 저자를 실제저자의 분신으로서 파악하고 '실제저자', '화자', '독자'와 달리 실체성이 없는 '인격화된' 존재로서 사유하는 것이 타당한 것인가 하는 것이다. 굳이 그렇게 하지 않더라도 '텍스트의 표지들signs', 혹은 그것들의 총체에 의해서 텍스트에 관한 이해는 충분히 이루어질 수 있다는 것이다.[9] 세부적인 쟁점은 암시된 저자의 '실체성substanciality' 혹은 '인격화personification' 문제와 화자의 '(비)신뢰성(un)reliability'의 문제로 요약된다. 올슨은 뉘닝의 '텍스트 표지들의 총체'와 부스의 '암시된 저자'의 유사성을 지적하면서 독자들은 뉘닝의 주장처럼 텍스트의 세부적 표지들에 일일이 의존하는 축자적 이해를 넘어선다는 사실을 주장하였다.[10] 야코비는 서술자의 신뢰성 문제의 설명에서 암시된 저자와의 거리로서 논의한 부스의 방식이 미흡하다는 사실을 인정하면서도 '신뢰할 수 없는 화자'의 분석에서 실제저자의 분신 곧 인격화된 작중 저자를 경유하는 분석이 독자의 이해방식에 부합된다고 주장하였다.[11] 나아가

---

8) Nünning, A. (1997a). "'But Why *Will* You Say That I Am Mad?': On the Theory, History, and Signals of Unreliable Narration in British Fiction." *Arbeiten aus Anglistik und Amerikanistik* 22, p.101, Nünning, A. (1999). "Giessen, Unreliable, compared what? Towards a Cognitive Theory of Unreliable Narration." *Transcending Boundaries Narratology in Context*. Verlog Tübingen: Gunter Narr, Nünning, A. (2008). "Reconceptualizing Unreliable Narration." *NARRATIVE*. Blackwell.

9) 문제적인 것은 과거에 암시된 저자에 관한 부정적 입장을 취한 논자들도 최근에 들어서 그것을 인정하고서 오히려 암시된 저자가 유효한 텍스트 혹은 의미맥락을 고찰하는 글에 관심을 보여준다는 것이다.

10) Olson, Greta, "Reconsidering Unreliability." *Narrative Vol 11*.(2003) Ohio State University.

11) Yacobi, T. (1981). "Fictional Reliablity as a Communicative Problem." *Poetics Today* 2, 113-26, Yacobi, T. (2005), Authorial rhetoric, Narratorial (Un)reliability, Divergent Reading: Tolstoy's Kreutzer Sonata, NARRATIVE, Blackwell, 108-123.

부스는 소설에서 저자의 '이차적 자아', '분신'의 적용을 확장하여 시 작품에서 실제시인의 의식, 무의식과 관련된 자아 개념으로 논의함으로써 모든 문학텍스트에서 '암시된 저자'가 유효하다고 주장하였다.[12]

채트먼은 '암시된 저자'를 경유한 독해가 요청되는 텍스트를 다루는 '절'의 제목을, '화자의 존재가 희미한Nonnarrated 텍스트', '신뢰할 수 없는 Unreliable 화자'와 '오류가 있는Fallible 화자'가 있는 텍스트로서 명명하였다.[13] 올슨은 부스가 암시된 저자가 특히 요청되는 경우로서 '오류가 있는 fallible 화자'와 '신뢰할 수 없는unreliable 화자'로서 설명하였음을 강조하면서 이러한 사례를 들어서 분석하였다. 그리고 쇼는 화자의 존재가 희미한 텍스트의 분석에서 화자의 정신mind 즉 '암시된 저자'에 의한 분석을 보여주면서 텍스트의 심층적 분석에 있어 '암시된 저자'의 유효성을 주장하였다.[14] 또한 부스를 비롯한 전통수사학자들은 암시된 저자는 텍스트의 '구성적' 요소로서 작가적 맥락, 시대적 맥락과 관련한 깊이있는 이해를 위해 필수적인 범주라는 주장에 일치하고 있다.

논자들의 복잡, 다양한 주장들에 관하여, '암시된 저자'의 포괄적 범주 즉 실제저자로서의 분신으로서의 작중저자라는 의미를 인정하고서 그러한 맥락에서 사유해본다면 무엇이 관건이 되고 있는지가 구체적으로 드러난다. 즉 논쟁의 초기에는 '암시된 저자'의 유효성은 저자 중심의 논자들이 독자 중심의 논자들에 반론을 제기하는 방식으로 이루어졌다. 그런데 최근들어 텍스트에 대한 독자들의 다양한 독해방식에 초점이 놓여지면서 작

---

12) Booth, Wayne C. (2008). "Resurrection of the Implied Author: Why Bother?." *NARRATIVE*. Blackwell, 75-87.

13) Chatman, Seymour. (1980). Story and Discourse, Cornell Univ, 253-260, Chatman, Seymour. (1990). *Coming to terms*, Cornell Paper, 150-151.

14) Shaw, Herry E. (2005). Why Won't Our Terms Stay Put?: The Narrative Communication Diagram Scrutinized and Historicized, NARRATIVE, Blackwell, 299-311.

가중심이나 독자중심이냐 하는 차원을 넘어서게 되었다. 오히려 논자들이 텍스트와 그 화자에 관한 독자의 실제적 이해의 관점을 취하느냐 혹은 텍스트에 관한 일반론적인 객관적 관점을 취하느냐에 따라 암시된 저자에 대한 입장이 상이해진다는 사실을 발견할 수 있다.

단적으로, '야코비', '쇼'는 '신뢰할 수 없는 화자' 혹은 '화자의 존재가 희미한 서술'에서 '화자'와 텍스트의 의미분석에 초점을 두고 있는데 그들은 '인격화'된 '암시된 저자'를 경유하는 독자들의 다양한 독해방식들을 긍정하고 있다. 독자들이 특히, 신뢰할 수 없거나 실체가 불명확한 화자의 서술에 관하여 의인화된 작중 화자를 생각하는 일은 독해과정에서의 실제적인 사실이기 때문이다. 이에 비해, 다른 이론가들은 '암시된 저자'를 '실제저자', '서술자', '실제독자' 등과 견주어서 실체성이 결여된 존재라는 입장에서 실제저자의 분신으로서의 이 개념을 굳이 경유하기보다는 단순히 '텍스트의 표지들' 혹은 '그 표지들의 총체'라는 객관화된 지표들에 의해서 텍스트의 화자 혹은 텍스트의 특성을 파악할 것을 강조하였다.[15]

일반적으로, 화자 혹은 서술의 신뢰성에 관한 문제는 텍스트의 표지들을 인격화시키지 않고서 객관적인 지표들에 의한 판단이 가능할 것으로 추정된다. 그럼에도 실제로 독자들이 텍스트에서 화자 혹은 서술자의 목소리에 귀를 기울이게 될 때 그들은 텍스트 너머에 있는 인격화된 저자를 사유하는 과정을 거치며 그러한 과정에서 텍스트에 대한 심층적 이해가 이

---

15) 특이하게, 논의의 초기에, 펠란은 '암시된 저자'의 '인격적 특성'을 긍정하면서도 '텍스트의 표지들'과 '암시된 저자'의 연관성을 고려한 독해법을 취하지 않았다. 그럼에도 펠란은 최근의 글에서 결함이 있는defective 화자에 관한 분석에서 '암시된 저자'를 경유한 분석방식의 유효성을 입증하고 있다, Phelan, J. (ed.) (2005). *Living To Tell About It: A Rhetoric and Ethics of Character Narration*. Ithaca, NY and London: Cornell University Press, p.45, Phelan, J. (2011), "The Implied Author, Deficient Narration, and Nonfiction Narrative." *Style*, 45(1), 119-134.

루어진다는 것은 부인할 수 없는 사실에 속한다. 그에 따라 이 문제에 관한 한, 반대론자들 혹은 중립론자들도 최근에 와서는 '암시된 저자'가 독해과정에서 실제적으로 요청되는 사례 곧 '화자의 신빙성 확인이 요청되는 텍스트' 그리고 '화자의 존재가 희미한 텍스트'에 관해서는 '인격화'된 작중 저자를 경유하는 필요성을 인정하고 있다.[16]

단적으로, 제임스 펠란은 암시된 저자의 '인격화'를 강화하는 주장을 전개하면서도 화자의 (비)신뢰성 문제에 관해서는, 반대론자인 뉘닝의 주장과 같이, '텍스트의 표지들'에 의한 분석을 강조하는 체계적 '범주틀'을 고안, 논의하였다. 그럼에도 최근, 그의 글에서 '결함이 있는defective 화자'에 관한 분석에서 '암시된 저자'를 경유한 독해방식을 전면적으로 보여주고 있다. '암시된 저자'에 관한 이와 같은 변화된 관점은 시대적 맥락과 관련을 지닌다. 즉 '암시된 저자'의 논쟁의 초점이 작가 중심의 전통적 논의를 비롯하여 텍스트 중심의 수사학적 논의, 독자 중심의 기능론적 논의, 그리고 독자의 독해과정에 주목한 논의로 전개되어온 대략 60여 년 간의 문예비평사의 맥락을 반영하고 있다.

'(비)신뢰성'과 관련한 '암시된 저자'의 논쟁들을 고찰할 때 암시된 저자는 부스가 고안한 개념이지만 오랜 세월에 걸쳐 매우 다양한 논자들이 그 개념을 적용하고 비판하고 옹호하고 갱신하는 과정에서 유효성있는 의미

---

16) Phelan, J. and Martin, M.P. (1999). "'The Lessons of Weymouth': Homodiegesis, Unreliability, Ethics and *The Remains of the Day*." In D. Herman (ed.), *Narratologies: New Perspectives on Narrative Analysis* (pp. 88-109). Columbus: Ohio State University Press, Phelan, J. (2011), "The Implied Author, Deficient Narration, and Nonfiction Narrative." *Style*, 45(1), 134.
이외에 암시된 저자의 개념을 심화, 확장하는 논의를 보여주는 비교적 최근의 논의로는 Isabell Klaiber, Dan Shen 등을 들 수 있다, Isabell Klaiber. (2011), "Multiple Implied Authors: How Many Can a Single Text Have?." *Style*, 45(1), 138-147, Dan Shen, (2013). "Implied Author, Authorial Audiene, and Context: Form and History in Neo-Aristotelian Rhetorical Theory." *Narrative* 21(2), 155.

항들을 포괄해온 특성을 지니고 있음을 알 수 있다.[17] 그리고 암시된 저자가 그것의 폐지론으로부터 기나긴 상반된 논쟁들을 거쳐서 재조명된 주요한 계기는 채트먼의 다이어그램에서 독자와의 소통과정의 '행위주체'로서의 특성이 부각되면서이다. 특히, 현대사회에서 더욱 복잡해지고 다양해진 서술, 서술자의 문제를 이해하는 일에 있어서 독자들이 '인격화'된 작중 저자를 경유하는 복합적 이해과정을 거친다는 사실은 많은 이론가들에게 실제적인 설득력을 얻게 되었다.[18]

이 글은 논자들이 독자들의 텍스트 독해에 있어서 '암시된 저자'를 경유하는 방식이 유효한 것으로서 일치를 보여주는 텍스트, 구체적으로, 채트먼, 쇼 등이 주목한 '화자의 존재가 희미한 텍스트' 그리고 올슨, 펠란 등이 주목한 '결함이 있는 화자'와 '신뢰할 수 없는 화자'의 텍스트의 구체적인 사례를 들어서 실제저자의 분신으로서 '암시된 저자'를 경유하는 독해방식의 특성에 관해 살펴보고자 한다.

---

17) 부스가 논리적으로 설명하지 못한 부분은 특히 주네뜨, 뉘닝 등에 의해 신랄한 비판을 받았으며 한편으로는 여러 논자들에 의해 암시된 저자가 요청되는 텍스트의 맥락을 설명하도록 하는 계기를 마련하였다. 최근에 부스가 암시된 저자에 관한 논의에서 독자와의 '소통 Communication'을 강조한 것은 그가 애초에 작가와의 관련선 상에서 설명한 암시된 저자의 개념이 어느정도로까지 포괄적으로 확장되었는지를 단적으로 보여준다.

18) 암시된 저자를 경유한 접근법(원근법적 가설)과 전기적 접근법(발생론적 가설)의 차이에 관해서는 야코비의 진술을 참고로 할 수 있다. 그는 두 접근법의 결정적 차이는 화자 혹은 서술자의 가치관의 문제, 오류 등을, 작가의 탓(정신, 사상 등)으로 그 원인을 돌리느냐의 여부에 있다고 설명하였다. 야코비의 이러한 진술은 그가 연구한 '포즈드니예프'(톨스토이의 작중 인물)의 분석에서 구체화된다. 즉 야코비는 포즈드니예프의 문제적 이데올로기, 윤리관, 성향 등에서의 비신뢰성 문제에 관해서 '암시된 저자'와 '실제저자'라는 양 축에서 해명되는 다양한 관점에 근거하여 분석하고 있다. 일례로, 미적, 도덕적 완결성의 추구에 신물이 난 톨스토이가 당대 러시아 현실의 실제적 인물상에 근거하여 포즈드니예프와 같은 인물을 창조하였을 것이라는 관점을 들 수 있을 것이다. Yacobi, T. (1981). "Fictional Reliablity as a Communicative Problem." *Poetics Today* 2, 113-26, -------. (2005), Authorial rhetoric, Narratorial (Un)reliability, Divergent Reading: Tolstoy's Kreutzer Sonata, NARRATIVE, Blackwell, 108-123 참고.

2. '암시된 저자'를 경유하는 시 텍스트의 독해

2-1. 화자가 희미한Nonnarrated 텍스트

암시된 저자가 특히 요청되는 텍스트로서 '화자의 존재가 희미한 텍스트'를 처음 명시한 이론가는 채트먼이다. 그는 부스의 암시된 저자와 암시된 독자를 포함한 서술전달 다이어그램을 구상하면서 암시된 저자를 경유하는 텍스트의 장 제목으로서 "Nonnarrated" 즉 '화자의 존재가 희미한'이라는 표현을 썼다.[19] 이후에 쇼가 『허영시장』의 분석에서 화자의 목소리가 희미한 작품분석에서 작중화자를 인격화한 실체로서 파악함으로써 그 작품에 관해 철저하고 구체적인 방식으로 이해할 수 있다는 것을 실증적으로 주장하였다.[20]

녹슬은

은행과 영화관과 전기세탁기

럭키 스트라이크

---

19) "채트먼이 이 다이어그램을 논의하는 장의 제목은 '내레이터의 존재가 희미하게 서술된 이야기 Nonnarrated Stories'이다. 그는 내레이터에 의해 '말하기'와 '보여주기'가 이루어지는데, '보여주기'는 내레이터가 부재한 경우인 듯하지만 커뮤니케이션에 대한 청중의 감각에 의해 내레이터가 감지된다고 말한다. 즉 채트먼은 서술에서 내레이터의 존재가 다양한 스펙트럼을 지니는데, 그 중에서 내레이터의 존재가 뚜렷한 서술보다는 내레이터의 존재가 희미해서 청중이 감지만 할 수 있는 서술에 가까운 것을 '내레이터의 존재가 희미한 서술Nonnarrated'로 규정하고 이와 같은 텍스트를 독자가 독해하는 과정을 살펴보고자 한 것이다. 채트먼은 이러한 서술의 경우에 저자와 내레이터와 내레이티와 독자 이외에 암시된 저자와 암시된 독자의 존재까지 염두에 두어야 내레이터의 존재 혹은 내레이터의 목소리에 관한 논의가 체계적으로 이루어진다고 본 것이다", 최라영, 「커뮤니케이션 다이어그램 연구」, 『비교문학』 60집, 2013.6, 65쪽.

20) 부스는 실제시인의 모습과 상이한 프로스트의 시 혹은 죽음을 앞둔 실비아 플랫의 비장한 시에 관해서 암시된 저자를 경유한 분석을 취하고 있다, Booth, Wayne C. "Resurrection of the Implied Author: Why Bother?." *ibid.*, 75-87.

VANCE 호텔 BINGO 게임.

영사관 로비에서
눈부신 백화점에서
부활제의 카드가
RAINER 맥주가.

나는 옛날을 생각하면서
텔레비전의 LATE NIHGHT NEWS를 본다.
캐나다CBC방송국의
광란한 음악
입 맞추는 신사와 창부.
조준은 젖가슴
아메리카 워싱턴주.

비에 젖은 소년과 담배
고절된 도서관
오늘 올드미스는 월경이다.

희극여우喜劇女優처럼 눈살을 피면서
최현배 박사의 『우리말본』을
핸드백 옆에 놓는다.

타이프라이터의 신경질

기계 속에서 나무는 자라고
엔진으로부터 탄생된 사람들.

신문과 숙녀의 옷자락이 길을 막는다.
여송연을 물은 전前 수상首相은
아메리카의 여자를 사랑하는지?

식민지의 오후처럼
회사의 깃발이 퍼덕거리고
페리 코모의 「파파 러브스 맘보」

찢어진 트럼펫
꾸겨진 애욕.

데모크라시의 옷 벗은 여신과
칼로리가 없는 맥주와 유행과
유행에서 정신을 희열하는
디자이너와
표정이 경련하는 나와.

트렁크 위의 장미는 시들고
문명은 은근한 곡선을 긋는다.

조류는 잠들고

우리는 페인트칠 한 잔디밭을 본다

달리는 유니언 퍼시픽 안에서

상인은 쓸쓸한 혼약의 꿈을 꾼다.

반항적인 M. 먼로의

날개 돋친 의상.

교회의 일본어 선전물에서는

크레졸 냄새가 나고

옛날

루돌프 알폰스 발렌티노의 주검을

비탄으로 맞이한 나라

그때의 숙녀는 늙고

아메리카는 청춘의 음영을 잊지 못했다.

스트립쇼

담배 연기의 암흑

시력視力이 없는 네온사인.

그렇다 '성性의 10년'이 떠난 후

전장에서 청년은 다시 도망쳐 왔다.

자신自身과 영예와

구라파의 달(月)을 바라다보던 사람은……

혼란과 질서의 반복이

물결치는 거리에
고백의 시간은 간다.

집요하게 태양은 내려 쪼이고
MT. HOOT의 눈은 변함이 없다.

연필처럼 가느다란 내 목구멍에서
내일이면 가치가 없는 비애로운 소리가 난다.

빈약한 사념

아메리카 모나리자
필립 모리스 모리스 브리지

비정한 행복이라도 좋다.

4월10일의 부활제가 오기 전에
굿바이
굿 엔드 굿바이

박인환, 「투명한 버라이어티」 전문

저물어가는 원시의 단애(斷崖)에서
포효했던 끝없는 니힐,
어쩌면 생전의 내 두개골을 내려치던

이족(異族)의 무딘 돌도끼.

아니, 팔랑이는 나비,

코를 고는 장자의 선잠에 떨어진

나비가 잊고 간 유황빛 날개조각

그것은 거부할 수 없는 누구의 질긴 자력(磁力)이었다.

그 보이지 않는 손짓을 따라

짙푸른 레에테의 밤강(江)을 건너

미역잎같이 너풀거리던 원사(怨死)한 여인들의 머리숱

그 한없이 짙던 해조림(海藻林)의 기억밖에 없다.

눈먼 무의식의 무게 아래서 내 살은

음각된 점판암(粘板岩)의 아득한 연대기에 지나지 않았다.

허만하, 「지층」 전문

첫번째 시, 박인환의 「투명한 버라이어티」는 1950년대 당시로서는 새로운 문명제재들을 열거하면서 이국적인 이미지로 이루어진 어구들을 병치하고 있다. 화자의 모습은 작품 후반부에 가서 "연필처럼 가느다란 내 목구멍에서/ 내일이면 가치가 없는 비애로운 소리가 난다"로서 잠시 나타난다. 즉 이 작품 그 자체로서 이해한다면 캐나다 접경의 미국에서 인상적인 문명이기들의 특성을 나열하면서 '비애로운 소리'를 내는 화자의 모습 정도로 형상화할 수 있다.

그런데 이 시의 화자를 실제저자의 분신 즉 '암시된 저자'와 연관지어 살펴볼 수 있을 것이다. 즉 이 시는 1955년에 시인이 가까운 아내의 친척의 도움으로 미국여행을 가게 되었던 일과 연관지어 볼 수 있다. 당시 그가 여행한 곳은 올림피아 항을 경유한 미국의 시애틀로서 그곳은 캐나다와의 접경지대였다. 이렇게 보면 위 시에서 "텔레비전의 LATE NIHGHT NEWS 를 본다./ 캐나다CBC방송국의/ 광란한 음악"은 실제로 시인이 보고 들었던 문명체험에 해당된다. 그리고 시에 등장하는 "럭키 스트라이크"와 "필립 모리스"는 1950년대 당시의 미국 담배회사의 제품명이었으며 "RAINER 맥주"역시 그러한 것이었다. 시인은 미국에 관한 산문기록에서 자신이 백화점을 구경하고 칼로리가 없는 맥주를 마신 체험을 쓰고 있다. 또한 이 시에서 "페리 코모의 「파파 러브스 맘보」"는 그 당시 시인이 좋아했던 가요로서 미국에서 알게 된 컬리지 걸, '돈나'와 동전을 집어넣고 듣기도 했던 노래였다("나는 메이박과 그의 남동생을 데리고 어느 카페로 들어가 그들에게는 맥주를 사주고 나는 위스키를 마셨다. 모두 아메리카의 여자들처럼 담배를 피우는 매이는 역시 미국 여성임이 틀림없는 것이 5센트짜리를 뮤직박스에 집어넣고 「파파 러브스 맘보」라는 음악을 듣는다." 「미국에 사는 한국이민」 부분, 『아리랑』, 1955.12.1.). 그리고 '네온사인', 'MT. HOOT' 등의 풍경 등은 시인의 시편들에게 주요하게 나타나는 인상적이었던 체험물이었다. 무엇보다도 "4월10일의 부활제가 오기 전에/ 굿바이" 라는 구절은 그가 4월 10일 부활절에 고국행 귀항선을 탔던 일을 뜻하고 있는 것이다.

텍스트에서 희미하게 나타나는 작중 화자의 텍스트에 관해서 그것을 이질적 대상과 체험을 나열한 미적 장치라는 관점에서 파악하는 일도 충분히 가능할 것이다. 그럼에도 이 시의 작중화자를 다만 가공적, 상상적인 대상으로 상정하는 것을 넘어서서 실제저자의 분신으로서 독해하게 될 때 이 시의 세부적인 다수의 어구들은 시인에게 특별했던 체험의 내용항으로서 구체적으로 이해될 수 있다. 그렇게 본다면 이 시는 6.25전후 현실의 살아가던 시인이 갑작스레 미국을 방문하여 트렁크 가방을 옮기면서 보고 듣던 문명, 문화의 충격적 장면들을 문장들로 형상화한 체험적인 것이 된다.

즉 하나하나의 문구들은 시인이 실제로 미국여행지에서의 인상깊었던 경험들과 낯설었던 기억들의 몽타주이다. 거기에는 "트렁크 위의 장미는 시들고/ 문명은 은근한 곡선을 긋는다"에서처럼 시인이 1955년 당시 우리의 상황과 극적인 대비가 되는 미국문명을 향한 기대감과 긴장감이 나타나 있다. 다른 한편으로, "스트립쇼/ 담배 연기의 암흑/ 시력視力이 없는 네온사인"에서처럼 네온사인과 콘크리트로 둘러싸인 세계가 상실한 인간적인 요소들에 대한 자각이 나타나 있기도 하다.

그리고 "혼란과 질서의 반복이/ 물결치는 거리에/ 고백의 시간은 간다"에서처럼 영화를 같이 보며 친해졌던 '돈나'와의 추억이 환기되기도 한다. 무엇보다도 시 후반부에서 "연필처럼 가느다란 내 목구멍에서/ 내일이면 가치가 없는 비애로운 소리가 난다"에서처럼 거대한 문명세계에서 한없이 작아지기만 하는 전후 지식인의 '작은 자아'의 형상이 모습을 드러낸다. 이와 같이 이 시는 박인환이 1955년도의 뜻하지 않은 짧은 미국여행지에서 인상깊었던 장면들과 기억들과 감회들을 파편적 이미지 어구들의 병치, 결합으로서 표현한 일종의 여행 기록에 가까운 것이다. 만일 박인환의 이 시에 관해서 학생들에게 작품 그 자체만으로서 감상하도록 한다면 그것은 문명적 제재들이 열거되는 가운데 시적 화자의 희미한 목소리가 들리는 정도의 의미파악이 가능할 것이다. 그런데 이러한 희미한 존재의 작중 화자를 실제 저자의 분신 곧 암시된 저자를 경유하여 사유함으로써 이 시에서 이질적인 다양한 제재들이 1955년에 시인이 체험한 미국의 문물들과 체험들로 구체화된다. 그리고 시편에서 스쳐지나듯이 표현되는 화자를 상기시키는 구절들은 시인의 문명세계에서의 낯설음과 동경과 이질감과 향수 등으로서 설명될 수 있는 구체적인 맥락을 얻게 되는 것이다.

박인환의 위 시는 텍스트에서 화자의 존재가 '비애로운 목소리'라는 것으로서 흐릿하게 나타났다면 두번째 시, 허만하의 「지층」은 화자의 존재가 사람인지 대상물인지 어떤 것인지 확신할 수 없을 만큼 흐릿한 모습으로 나타나 있다. 이 시를 작품 그 자체에 충실한 방식으로 살펴보면, 그것은 아마도, 원시 절벽에서의 포효, 이족의 돌도끼, 팔랑이는 나비, 레에테의 밤강, 원사한 여인들의 머리숱, 해조림의 기억, 음각된 점판암 등의 제재로서 나열하는 방식이 되기 마련일 것이다. 물론 독자들은 이와 같은 독특한 제재들의 병치와 결합만으로도 시가 지니는 개성적이며 추상적인 미감을 체험할 수 있을 것이다. 그리고 "눈먼 무의식의 무게 아래서 내 살은/ 음각된 점판암(粘板岩)의 아득한 연대기에 지나지 않았다"라는 구절에서 허무감을 느끼는 시적 자아의 형상을 감지할 수 있을 것이다. 그럼에도 작중 화자의 존재가 아주 흐릿한 이 시편에 대해서 학생들에게 작품 그 자체로서 설명하고자 한다면 앞서 기술한 내용 그 이상의 유의성 있는 의미를 추구하기는 어려울 것이다. 물론 이 자체만으로도 작품에 대한 충족적인 독해가 될 수 있다.

그런데 이 시에서 흐릿하게 나타나는 화자에 대해서 실제 시인의 분신으로서의 작중 화자와 연관지어 독해해 본다면 이 시는 시인의 중요하고도 특수한 개인적 외상과 관련한 매우 인상깊은 체험의 장면을 향한 암시적인 지형도로 변화하게 된다. 먼저 시인의 처녀시집, 『해조』를 살펴보면, '원시인의 돌도끼 싸움'이나 '해조림의 기억'에 관한 형상화가 인상적으로 반복해서 나타나고 있다. 이것에 관해서는 시인이 6.25전쟁 발발 당시에 학생신분으로서 전쟁 종군체험을 한 사실과 관련이 깊다.[21] 그는 시와 산문

---

21) "나는 전란 때 딱 두번 울었다. 나는 군번없이 종군했다. 그 눈물은 물론 몇 방울의 소금물이다. 그러나 그 소금물에 내가 한 낱의 의미를 만들어주었을 때 그것은 역사의 새벽과 함께 있어온 모든 전쟁과 앞으로 있을 모든 전쟁 때 눈물을 흘린 사람과 또 흘리게 될 사람의 온 슬픔을 담게 되는 것이다", 허만하, 『낙타는 십리 밖 물냄새를 맡는다』, 솔 출판사, 2000, p.191.

에서 종군체험 당시에 군인의 '인식표'를 덜렁거리며 전쟁터를 향하는 무리의 학생들과 그에 속한 자신이 마치 돌도끼를 들고 이민족과 싸우러가는 네안데르탈인과 다를 바가 없다고 절감하였다고 밝히고 있다. 이러한 모티브는 「네안데르탈인」에서 좀 더 구체적으로 형상화되고 있다("아 植民의 싱 그런 氷塊에 걸터앉아/ 덜렁거리는 認識票를 목에 걸고/ 목쉰 소리로 외치고 있는/ 그 무리들 속에서 나는 외로운/ 아, 나는 한마리 네안데르탈人"(「네안데르탈人」 부분).

그리고 시인이 종군 중에 어느 바닷가의 바위층에 널부러져 있었던 체험은 바닷가에 말라붙은 해조류, '해조림의 기억'과 관련을 맺는다. '원사한 여인의 머리숱', '해조림의 기억' 등과 같은 이미지역시 시인의 시편에서 유의성 있는 모티브로서 작용하고 있다("漂着한 곳은 다시 짙은 悔恨의 바닷가였다./ 언제였던가---/不意하게沈沒한 그烙印의자리/血痰처럼추한 水深아래서/얼마나 새벽이 두려웠던가./다시突出한 각박한바위/그 시커먼 잇발에 깨물린體壁/벌써, 나의눈은强力한 햇빛에보이지않는다./물을달라!/싱싱했던 나의팔은 지금 시들어가고있다./絶望의 더운 모래바닥 위에/ 나는 목숨의毛根을 露出하고 쓰러져있다"「海藻」). 이와 같이 원시인의 돌도끼 싸움, 원사한 여인들의 머리결같은 해조림 등은 시인이 전쟁종군체험 중에 체험한 외상 혹은 깨달음과 깊은 관련을 지닌 표현임을 알 수 있다. 그리하여 시적 화자는 "눈먼 무의식의 무게 아래서 내 살은/ 음각된 점판암(粘板岩)의 아득한 연대기에 지나지 않"은 것이 되어버린 것이다. 즉 이 시는 전쟁기의 체험 속에서 아득한 연대기로 되어버릴 '음각된 점판암'과도 같은 허무감에 사로잡힌 나약한 인간의 내면을 나타내고 있는 것이다.

그리고 이 시에서 '팔랑이는 나비'와 '음각된 점판암과 아득한 연대기' 등의 구절도 실제시인의 분신으로서의 작중저자를 고려하면 유의성 있는 어구들이다. 시인은 어느 학술지에서 원시인이 장례를 치르던 장소에서 발견된 무리지은 민들레꽃 화석의 흔적에 경외감을 표현하고 있다. 그 민들레꽃은 원시인들의 세계를 형상화하는 장면에서의 '팔랑이는 나비들'과 관련되어 있다. 즉 '민들레꽃'과 '나비'는 돌도끼로 찍어 싸우는 원시인들에게도 인간적인 감성이 살아있음을 나타내고 있다. 마찬가지로 위 시의 화자역시 전쟁터로 향하는 현대인에게도 그와 같은 따뜻한 감성이 내재해 있음을 상징적으로 나타내고 있다. 또한 시인은 '지층'을 주요한 제재로 삼은 시편들을 창작하였는데 지층 속에서 무수한 생명체들이 화석이나 암석으로 존재해 있는 모습은 위 시에서 '내 살'이 '음각된 점판암(粘板岩)의 아득한 연대기'로 변화하는 상상력과 관련을 지닌다.

이와 같이 위의 시를 작품 그 자체로서 본다면 이질적인 이미지의 병치, 결합과 관련한 추상적인 형상화로서 파악될 수 있다. 그런데 이 시의 화자를 인격화하여 실제저자의 분신으로서의 자아라는 측면에서 사유해본다면 작품의 개성적이고 독특한 이미지의 형상들은 뚜렷한 구체성을 지니게 되며 작중 화자의 모습 더 나아가 그의 심층적인 근원이 밝혀지는 계기가 될 수 있는 것이다.

2-2. 결함이 있거나Fallible 신뢰할 수 없는Unreliable 화자의 텍스트

부스는 암시된 저자를 논의하면서 '결함이나 오류가 있는 화자' 혹은 '신뢰하기 어려운 화자'가 등장하는 텍스트 분석에 있어서 '암시된 저자'가 유효하게 요청된다고 주장하였다. 이후에, 랜서, 올슨 등을 비롯한 많은 이론가들이 이러한 요지를 강조하였다. 특히 쇼는, 암시된 저자에 대한 반대론자들을 의식하여, '화자의 정신mind'이라는 말로서 '암시된 저자'를 대신하면서까지 '화자의 존재가 희미한 텍스트'를 구체적으로 분석하기도 하였다. 최근에는 암시된 저자의 적용에 관해서는 미온적이었던 펠란또한 '결함이 있는 화자'의 작품분석에서 암시된 저자를 경유한 분석을 보여주고 있다. 한편, 부스는 자신이 작고하기 전에 쓴 글에서 소설작품의 분석에 한정하였던 '암시된 저자' 논의를 프로스트와 실비아 플랫 등의 시작품 분석까지 확장, 적용하였다.

'화자의 존재가 희미한 텍스트'에 관한 앞 절의 분석에 이어서 이 절에서는 '결함이 있거나' '신뢰할 수 없는' 화자의 텍스트 분석에서 '암시된 저자'를 경유하는 독해방식을 살펴보기로 한다.

> 깨끗한 시트 위에서
> 나는 몸부림을 쳐도 소용이 없다.
> 공간에 들려오는 공포의 소리
> 좁은 방에서 나비들이 날은다.
> 그것을 들어야 하고
> 그것을 보아야 하는
> 의식意識
> 오늘은 어제와 분별이 없건만
> 내가 애태우는 사람은 날로 멀건만
> 죽음을 기다리는 수인과 같이
> 권태로운 하품을 하여야 한다.
>
> 창밖에 나리는 미립자
> 거짓말이 많은 사전
> 할 수 없이 나는 그것을 본다.
> 변화가 없는 바다와 하늘 아래서
> 욕할 수 있는 사람도 없고

알래스카에서 달려온 갈매기처럼

나의 환상의 세계를 휘돌아야 한다.

위스키 한 병 담배 열갑

아니 내 정신이 소모되어 간다. 시간은

15일 간을 태평양에서는 의미가 없다.

하지만

고립과 콤플렉스의 향기는

내 얼굴과 금 간 육체에 젖어버렸다.

바다는 노하고 나는 잠들려고 한다.

누만년의 자연 속에서 나는 자아를 꿈꾼다.

그것은 기묘한 욕망과

회상의 파편을 다듬는

음참陰慘한 망집妄執이기도 하다.

박인환, 「15일간」 부분

　내가 부르면 책상이 네! 하고 고개를 숙이네 이젠 나도 책상 앞에 고개를 숙이고 살아야지 책상이 부르면 네! 하고 대답해야지

　당신이 불러도 네! 하고 고개를 숙여야지 빗발 속에 저무는 하루가 나를 불러도 네! 하고 대답해야지 어디서 왔느냐고 물어도 네! 하고 살아야지

　흥, 말은 잘한다 미친놈 나갈 수도 들어올 수도 없는 방에서 만성 떠돌이, 알콜 중독자, 엉터리 기호학자, 돌팔이 시인, 엄살꾼, 책이나 팔아먹는 교수가 나갈 궁리만 하면서!

이승훈, 「네!」 전문

첫 번째 시, 박인환의 「15일간」에 관해 작품의 내용을 중심으로 살펴보면 깨끗한 시트 위에서 몸부림치며 공포의 소리를 듣는 화자가 나타난다. 나비들이 날고 있으며 화자는 죽음을 기다리는 수인과 같이 권태로운 하품을 하고 있다. 그는 창밖에 내리는 미립자를 보며 변화가 없는 바다와 하늘 아래서 환상의 세계를 휘돌고 있다. 그리고 위스키 한 병을 마시고 담배 열갑을 태우며 정신이 소모되어간다. 이러한 상태는 고립과 콤플렉스의 향기로 인해 '내 얼굴과 금 간 육체'로서 나타나고 있다. 화자는 "누 만년의 자연 속에서 나는 자아를 꿈꾸"지만 "그것은 기묘한 욕망과/ 회상의 파편을 다듬는/ 음참陰慘한 망집妄執"임을 깨닫는다. 즉 이 시는 침대 위에서 공포를 느끼고 환청을 들으며 환상을 떠돌며 술과 담배에 찌들려 있는 분열된 의식을 나타내고 있다. 화자는 '금 간 육체'로서 표현되며 자신이 '기묘한 욕망과 회상의 파편을 다듬는 음참한 망집'에 사로잡혀 있다고 말하고 있다.

　이 시의 분열된 자아의 형상에 관해서 실제저자의 분신으로서의 자아라는 측면에서 접근해볼 수 있다. 먼저, 시 제목인 "15일간"과 "태평양에서의 15일간"이라는 구절에 유의해 보면 이 시의 화자가 겪는 분열적 상황이 시인의 중요한 체험과 연관된 것임을 알게 된다. 당시 그의 여행일정을 살펴보면, 그는 선원수첩을 얻어 1955년 3월 5일 정오에 출항하였으며 현해탄에서 6시간을 걸쳐 세토나이카이에 도착, 다시 9일 밤에 일본에서 출항, 13일간 태평양을 건너 시애틀 항에 도착하였다. 그는 22일에 올림피아항에 도착하였으나 하루동안의 수속절차를 거친 다음 23일에 상륙, 올림피아에 2일간 머물며 터코마, 시애틀, 에버렛, 아나코테스를 들었으며 4월 3일에 포틀랜드에 도착하였다. 그리고 부활절인 4월 10일에 귀항선을 탔으며 4월 25-26일경에 우리나라에 도착하였다. 즉 '15일간'은 시인이 1955년

3월에 가까운 친척의 도움으로 일본항을 경유하여 미국 시애틀에 도착할 때까지의 기간 혹은 올림피아항으로부터 귀항선을 타고 귀국하기까지의 기간을 의미한다.

이 시의 주요한 제재들인 '깨끗한 시트', '변화가 없는 바다와 하늘', '창밖에 나리는 미립자', '알래스카에서 달려온 갈매기', 그리고 (1955년 초의 국내여건을 고려할 때 일반인이 자유롭게 취하기 힘든) '위스키 한 병과 담배 열 갑'까지도 선박에서의 일정과 유관한 의미를 지니게 된다. 그렇다면 이 시의 화자의 상태는 선박에서 심한 고립감을 느끼고 배멀미를 하며 위스키와 담배에 찌들은 시인의 모습을 나타내고 있는 것인가. 그런데 이것은, 그의 산문기록에 나타난, 미국여행을 가게 된 평탄한 경위와 선박에 탄 사람들에 관한 그의 소개글 등을 고려할 때 외부적인 소인이라기보다는 시인에게 좀더 근원적인 문제들과 결부된 상황으로 간주된다. 시의 화자는 시트 위에서 '나비가 날아가는' 환각을 보며 '금간 육체', '죽음을 기다리는 수인'이라는 예사롭지 않은 비유를 쓰고 있다. 이러한 표현들은 실제로 시인이 미국여행에서 돌아온 55년 4월 말부터 1년이 채 안 되어 과음으로 인한 심장마비로 56년 3월 20일에 30대 초의 나이에 사망한 사실과 관련이 있을 수가 있다 (술을 무척 좋아했던 시인이 그가 죽기 1년여 전부터 과음과 관련한 속병 혹은 신체적 고통을 겪었을 가능성이 있다). 이런 관점에서 본다면 특히 이 시 전반부에서 극심한 고통과 환각을 겪는 화자는 배멀미와 과음과 그리고 참기 힘든 실제적 고통의 순간들을 표현하는 것으로 볼 수 있다.

그럼에도 이 시에서 형상화된 분열된 의식은 미국을 향한, 혹은 그곳으로부터 우리나라를 향한 여정길에서의 시인의 체험과 심경과 관련이 깊다. 구체적으로, 이 시는 시트 위에서의 배멀미, 환각 등과 같은 화자의 고통을 환기시키면서도 시 후반부로 갈수록 화자의 정신적인 문제 즉 "자아를 꿈꾸는 일"이 "기묘한 욕망과/ 회상의 파편을 다듬는/ 음참陰慘한 망집妄執"임을 이야기하고 있다. 시인은 1955년 당시 우리의 상황과는 너무나 대조적인 선진화된 다양한 문명이기들을 시애틀 여행에서 체험하였다. 특징적으로, 그의 미국시편들에서는 생경한 문명의 세계 속에서 한없이 작아지는 자아의 목소리 혹은 작은 형상의 자아로서 나타나고 있다.

그러한 자아의 모습은 미국해협을 잇는 '아나코테스'의 거대한 다리 위에서 소용돌이치는 바다를 내려다보면서 극심한 절망감과 허무감에 빠지는 모습으로 형상화되고 있다("태양이 레몬과 같이 물결에 흔들거리고/ 주립공원 하늘에는/ 에메랄드처럼 빤짝거리는 기계가 간다./ 변함없이 다리 아래 물이 흐른다/ 절망된 사람의 피와도 같이/ 파란 물이 흐른다/ 다리 위의 사람은/ 흔들리는 발걸음을 걷잡을 수가 없었다." 「다리 위의 사람」 부분). 즉 이 시에서의 분열적인 화자, 결함이 있을 법한 화자에 대해서 실제저자의 연속적인 분신으로서 상정하고 독해할 경우, 특수한 제재들과 이미지들은 시인의 실제적 체험과 관련하여 심층적인 의미의 가닥들을 형성하게 된다. 즉 이 시의 '15일간'은 시인의 6.25 전후현실에 대한 심회와 거대한 서구문명의 체험 등과 결부된 복합적 심리를 보여주는 것이다.[22]

다음으로, 두 번째 시, 이승훈의 「네!」에 관해 살펴보면, '내'가 부르면 책상이 '네' 하고 고개를 숙이고 '나'도 '책상'에게 '네'하고 대답한다. 그리고 '당신'이 불러도 '네'하고 대답한다. 즉 '나'와 '책상'이 서로 대답을 주고받으며 고개를 숙이고 '당신'에게도 그렇게 하고 있는 부조리하게 말하고 행

---

22) 그가 올림피아항에 입항하면서 느끼는 복합적 심경은 다음의 시편에서 구체적으로 형상화되고 있다. "STRAIT OF JUAN DE FUGA를 어제 나는/ 지났다./ 눈동자에 바람이 휘도는/이국의 항구 올림피아/ 피를 토하며 잠 자지 못하던 사람들이/ 행복이나 기다리는 듯이 거리에 나간다.// 착각이 만든 네온의 거리/ 원색과 혈관은 내 눈엔 보이지 않는다./ 거품에 넘치는 술을 마시고/ 정욕에 불타는 여자를 보아야 한다./ 그의 떨리는 손가락이 가리키는/ 무거운 침묵 속으로 나는/ 발버둥 치며 달아나야 한다." 「충혈된 눈동자」 부분.

하는 화자가 존재한다(그럼에도 이러한 묘사는 사물과 사람이 소통하는 다른 차원의 방식을 암시할 가능성도 있다). "네!"라고만 하는 반복적인 표현은 또한 화자가 비이성적이면서도 또 아주 순응적인 특성을 지녔을 것같은 인상을 준다. 그런데 바로 다음 구절에서, '말은 잘한다', '미친놈', '만성 떠돌이', '알콜 중독자', '엉터리 기호학자', '돌팔이 시인', '엄살꾼' 등, 욕설에 가까운 말이 쏟아진다. 이것은 앞에서 '네'라고만 하던 화자가 하는 말인가 혹은 또 다른 화자가 등장하여 하는 말인가. 동일인으로 해석하든 다른 사람으로 해석하든지, 이 시는 '네!'라고만 답하는 화자와는 판이한 화법이 나타남으로써 '결함이 있는 화자'와 '신뢰할 수 없는 화자' 혹은 '결함이 있는 화자'로부터 '신뢰할 수 없는 화자'가 형상화되고 있다.

이질적이며 상충적인 목소리들을 들려주는 화자 혹은 화자들에 관해서 실제시인의 '이력저자carreer author('암시된 저자'의 모음collection)'와 관련지어 고려해 볼 수 있다. 이 시를 쓴 이승훈은 '자아'의 '내면 탐구'를 시창작의 일관된 주제로서 그야말로 평생동안 써 온 시인이다. 시인의 '내면 탐구'는 주로 자아의 불안, 공포, 자의식, 타자성 등에 관한 것으로 요약될 수 있다. 위의 시편을 쓰던 시기에 그가 쓴 시편들에는 타자의 시선에 불편해하는 의식 혹은 그러한 자신의 내면을 응시하는 자의식 등에 관한 것이 특징적인 주제를 이루고 있다. 이러한 맥락 속에서 이 시 전반부에서 '책상'과 혹은 '당신'과 '네!'로서 주고 받는 화자 그리고 시 후반부에서 '미친놈', '돌팔이 시인', '엄살꾼' 등을 거침없이 말하는 화자 사이의 관계가 좀 더 구체화될 수 있다.

즉 이 시는 내면 탐구라는 실험을 일생동안 지속해온 시인 자신의 시쓰기와 그러한 작품들에 냉소적인 시선을 지니는 사람들을 예민하게 의식하는 시인의 자의식, 혹은 자신의 그러한 시편들이나 그것들의 시적 성취에 대한 시인의 자의식 등과 관련되어 있다. 다시 말해 이 시의 화자는 '내면 탐구'를 지향해온 자신의 시편들에 대한 시인으로서의 자의식을 토로하고 있는 것이다. 이 작품의 후반부에 나타나는 욕하는 화자의 시점을 중심으로 이러한 자의식의 주제를 형상화한 시편들도 있다. 단적으로, 「겨울 저녁 일곱 시의 풍경」에서는 "낯선 남자"가 나타나서 "이승훈 씨"에게 질문을 던지고는 그 답변과는 무관하게 비난하며 사라진다("낯선 남자는 의자에 앉으며 담배에 불을 붙인다 도대체 당신 시는 무슨 소린지 모르겠소 무얼 말하려는 거요? 이승훈 씨가 대답한다 내가 쓰는 시는 나를 찾아가는, 어디에 있는지 나도 모르는 나를 찾아가는, 그러니까 타자를 찾아가는…… 알아요 알아! 낯선 남자는 소리를 지르며…… 사라진다").

이와 같이 위 시에 나타나는 분열된 목소리의 결함이 있는 화자 혹은 신뢰할 수 없는 화자에 관해서 암시된 저자 혹은 이력저자를 경유하여 고려해본다면 화자의 모순된 목소리들이 세부적인 풍부한 맥락을 얻게 된다. 즉 이 시는 궁극적으로, 내면탐구에 몰두해온 시인으로서의 자의식 selfconsciousness 혹은 타자성otherness을 형상화하고 있는 것이다. 즉 부조리한 화자 혹은 신뢰할 수 없는 화자 그 자체로서 머무르기 쉬웠던 형상은 자의식적인 시인 즉 일생동안 내면탐구의 시편들을 써온 시인의 자의식을 나타내며 나아가 타인의 시선을 의식한 자의식 과잉의 모습으로 드러나게 된다.

이와 같이 이 글은 최근 들어 특수한 화자의 작품분석에 주요하게 적용되는 두 가지 유형의 텍스트를 대상으로 하여 '암시된 저자'를 경유한 독해 방식을 취해 보았다. 그 결과, '화자가 희미한 텍스트' 그리고 '오류가 있거나 신뢰하기 어려운 화자의 텍스트'에 대하여 '인격화된' 작중 저자 곧 실제 저자의 분신이라는 맥락과 관련지어 독해함으로써 표층적인 층위에 머무르기 쉬웠던 작중 화자의 심층적 의미항들이 구체화될 수 있었다.

3. 결론

　암시된 저자와 (비)신뢰성(un)reliability에 관한 논쟁들을 살펴볼 때, 암시된 저자는 부스Booth가 고안한 것이지만 매우 다양한 논자들의 그것에 관한 적용, 비판, 옹호, 갱신 등에 의한 복합적 특성을 지니게 되었음을 알 수 있다. 특히 최근에 와서 현대작품들에서의 복합적 서술자들의 특성에 관한 규명이 중요성을 지니게 되었다. 즉 특정한 화자의 텍스트를 이해하는 것에서 독자들이 '인격화'된personificated '암시된 저자'를 경유하는 독해방식의 유효성이 많은 이론가들에게 설득력을 얻게 되었다. 이 글은, 최근에 다수의 연구자들에 의하여 입증된, 암시된 저자를 경유하는 독자들의 독해방식이 유효한 텍스트의 유형 즉 '화자의 존재가 희미한 텍스트Nonnarrated Text' 그리고 '결함이 있는 화자fallible narrator'와 '신뢰할 수 없는 화자unreliable narrator'의 텍스트를 들어 분석하였다. 이 의도에 부합된 작품으로서 주로 박인환의 시를 들어서 실제저자의 분신으로서의 작중화자 곧 '암시된 저자'를 경유하는 독해방식을 취하였다. 그 결과, '화자가 희미한 텍스트' 그리고 '오류가 있거나 신뢰하기 어려운 화자의 텍스트'에 대하여 '인격화된' 작중 저자 곧 실제저자의 분신이라는 맥락과 관련지어 독해함으로써 표층적인 층위에 머무르기 쉬웠던 작중 화자의 심층적 의미항들이 구체화될 수 있었다.

제11장

박인환의 '불안'과 '시론'의 관련성

−키에르케고르의 '불안'을 중심으로

1. 서론

박인환 연구는 시기 면에서 6.25 전쟁과 미국여행을 기점으로 구분된다. 먼저 〈후반기〉 동인활동과 모더니즘 활동에 초점을 둔 연구는 오세영, 김재홍, 이승훈, 박몽구 등의 논문이 있다.[1] 시인의 민족문학론과 전쟁체험에 초점을 둔 논의는 박현수, 맹문재, 정영진, 박은영, 조영복, 곽명숙, 김종윤 등의 것이 있다.[2] 그리고 미국체험과 관련하여 그의 시의 전환과 관련한 연구는 한명희, 방민호, 박연희, 정영진, 이기성, 이은주, 오문석, 강계숙, 장석원, 라기주, 최라영 등의 것이 있다.[3] 최근, 그의 후기시 연구들이 집중된 것

---

1) 오세영, 「후반기 동인의 시사적 위치」, 『박인환』, 이동하 편, 『한국현대시인연구12』, 문학세계사, 1993, 김재홍, 「모더니즘의 공과」, 이동하 편, 앞의 책, 이승훈, 「1950년대 한국 모더니즘 시의 전개」, 『한국모더니즘 시사』, 문예출판, 2000, 박몽구, 「박인환의 도시시와 1950년대 모더니즘」, 『한중인문학연구』 22, 2007.

2) 박현수, 「전후 비극적 전망의 시적 성취-박인환론」, 『국제어문』 37, 2006, 맹문재, 「폐허의 시대를 품은 지식인 시인」, 『박인환 깊이 읽기』, 서정시학, 2006 정영진, 「박인환 싱의 탈식민주의 연구」, 『상허학보』 15, 2005, 조영복, 「근대문학의 '도서관 환상'과 '책'의 숭배 -박인환의 「서적과 풍경」을 중심으로」, 『한국시학연구』 23, 한국시학회, 2008, 곽명숙, 「1950년대 모더니즘의 묵시록적 우울-박인환의 시를 중심으로」, 『정신문화연구』 32, 2009, 김은영, 『박인환 시와 현실인식』, 글벗, 2010, 김종윤, 「전쟁체험과 실존적 불안의식-박인환론」, 『현대문학의 연구』 7, 1996.

3) 박인환의 미국체험기록에 주목한 연구로는 한명희, 방민호, 박연희, 정영진, 최라영의 연구를 들수 있다. 한명희, 「박인환 시 『아메리카 시초』에 대하여」, 『어문학』 85, 2004, 방민호, 「박인환 산문에 나타난 미국」, 『한국현대문학연구』 19, 2006, 박연희, 「박인환의 미국 서부 기행과 아메리카니즘」, 『한국어문학연구』 59, 2012, 정영진, 「박인환 시의 탈식민주의 연구」, 『상허학보』 15, 2005, 이기성, 「제국의 시선을 횡단하는 시 쓰기: 박인환 시의 탈식민주의」, 『현대문학의 연구』 34, 2008,

은 초기시와의 불연속적 특성을 해명하는 작업과 관련이 깊다.

그는 시인 지식인으로서의 자부심을 지니고 시대와 세계와 자아에 관하여 당대 누구보다도 치열하게 고민한 비극적 정서를 깊이있게 형상화하였다. 박인환의 시편들을 그림자처럼 따라다니는 특징적인 정서는 '불안anxiety'의식으로서 실지로 극도의 '불안'에 처한 화자 혹은 시인의 모습은 시와 산문 전반에서 나타난다. 예를 들면, "懷疑와 不安만이 多情스러운 侮蔑의 오늘,"「살아 있는 것이 있다면」 부분, "皇帝는 不安한「산데리아」와 함께있었고 모든 物體는 廻轉하였다."「舞蹈會」, "옛날 不安을 이야기 했었을때 이바다에선,"「太平洋에서」, "그러한 不안의格투……波도처럼 밀려드는 불안한 最後의 會話,"「最後의 會話」, "電信처럼 가벼웁고 재빠른 不安한 速力은 어데서 오나,"「奇蹟인 現代」, "또한 끝없이 들려 오는 不安한 波長"「밤의 노래」, "不安한 샨데리아 아래서 나는 웃고 있었다,"「終末」, "最後의 頌歌와 不安한발거름에 마추어 어데로인가 荒廢한 土地의外部로 떠나가는데,"「回想의 긴 溪谷」, "不安의 旗ㅅ발 날리는 땅 위에 떨어졌다……不安한 밤의 戰爭 人類의 傷痕과 苦惱만이,"「落下」, "잊으려고 할때 두 눈을 가로막는 새로운 不安,"「다리 위의 사람」 등이 있다.[4]

이은주,「1950년대 문학비평의 세계주의와 미국적 가치지향의 상관성」,『상허학보』 18, 2006, 장석원,「아메리카 여행 후의 회념」,『박인환 깊이 읽기』, 서정시학, 2006, 오문석,「박인환의 산문정신」,『박인환 깊이 읽기』서정시학, 2006, 강계숙,「'불안'의 정동, 진리, 시대성: 박인환 시의 새로운 이해」,『현대문학의 연구』 51, 2013.10, 라기주,「박인환 시에 나타난 불안의식 연구」,『한국문예비평연구』 46, 2015, 최라영,「박인환 시에서 '미국여행'과 '기묘한 의식' 연구-'자의식'의 문제를 중심으로」,『현대문학연구』 45, 2015.4.

4) 이외에도, "懷疑와 不安만이 多情스러운 侮蔑의 오늘을 살아 나간다,"「살아 있는 것이 있다면」, "옛날 不安을 이야기 했었을때 이바다에선 砲艦이 가라앉고,"「太平洋에서」, "電信처럼 가벼웁고 재빠른 不安한 速力은 어데서 오나,"「奇蹟인 現代」,"悔恨과 不安에 억매인 우리에게,"「西部戰線에서」, "잊으려고 할때 두 눈을 가로막는 새로운 不安 화끈거리는 머리,"「다리 위의 사람」 등이 있다(이하 작품들은, 엄동섭, 염철 편,『박인환 문학전집』(소명출판, 2015)에서 앞선 게재지 원본(판본이 여러 개인 경우) 인용, 이하 인용문 방점은 필자의 강조).

통상적으로, '불안'은 불확실한 결과를 지니는 임박한 사건이나 그러한 것에 관해 통상적으로 염려하고 신경쓰거나 안절부절해하는 감정emotion 이다.[5] 정신분석적 맥락에서 '불안'은 극도로 안절부절해하고 걱정하는 상태로서 특징지워지는 신경상의 혼란상태nervous disorder로서 강박행동이나 공황발작을 동반하기도 한다.[6] 프로이트는 '불안'에 관하여 리비도에서 생겨나는 억압된 본능충동에 속하는 것으로 논의하였으나 이후에 '불안'이 출생외상과 유사한, 외부와 내부의 위험이나 조짐이 있을 때 그것을 피하기 위해 '자아ego'에서 생겨났다는 논의를 보충하였다. 실존주의적 관점에서 '불안'은 인간의 유한성과 관련한 근원적 요소로서 세계에 처한 '자유의 가능성,'[7] '현기증'[8] 혹은 '세계 내부적인 것'의 '무의미성'[9] 등으로서 논의되었다. 최근 논의에서는, 현대사회의 특성과 관련하여 '적응적인 것stranger, social[10] 혹은 '수행적인 것test and performane'[11] 등이 논의되기도 하며 '사회

---

5) "a feeling of worry, nervousness, or unease, typically about an imminent event or something with an uncertain outcome,"*New Oxford American Dictionary*, Third edition, Oxford Univ Press, 2010, p.71.

6) "a nervous disorder characterized by a state of excessive uneaseness and apprehension, typically with compulsive behavior or panic attacks", ibid., p. 71.

7) 쇠렌 키에르케고르, 임규정 역, 『불안의 개념』, 한길사, 1999, p.160.

8) 쇠렌 키에르케고르, 위의 책, p.198 .

9) 마르틴 하이데거, 『존재와 시간』, 까치, 1998, p.255.

10) 사회적 상호작용과 관련된 불안은 특히 낯선 이들 사이에서 발생하며 어린 아이들 사이에서 흔한 것이다. 그것은 성인기에 접어들면서 사회적 불안 혹은 사회기피증이 될 수 있다. 그것은 사회적 불안social anxiety로서 일컬어진다. 일부 사람들은 특히, 외부집단의 일원들 혹은 다른 집단구성원인 사람들(예를 들면, 인종, 민족, 계층, 젠더, 기타)과의 상호작용에 있어서 불안감을 경험하기도 한다. Stefan G. Hofmann and Patricia M. DiBartolo, "Introduction: Toward an Understanding of Social Anxiety Disorder"*Social Anxiety* (2010). pp. 19-26.

11) '수행적인 것'과 관련된 시험 불안test anxiety은 특별히 학생들에게 관련된 것이라면 많은 노동자들은 그들의 경력 혹은 업무와 관련하여 동일한 경험을 공유한다, Teigen, Karl Halvor, "Yerkes-Dodson: A Law for all Seasons". *Theory Psychology* (November 1994), vol.4(4), pp. 525-547.

적 지위'에 의한 현대인의 '불안'[12]이 주목되기도 한다.

박인환은 자신의 시론을 논의한 「현대시의 불행한 단면」과 「사르트르의 실존주의」에서 각각, 오든의 「불안의 연대」와 사르트르의 「구토」를 중심으로 인간의 실존과 불안의식을 논의하였다. 그는 그들과 전후(戰後) 세대의식을 공유하였으며 오든 그룹 및 실존주의사조 등의 영향 아래서 우리의 현대시가 나아갈 방향을 모색하였다. 이러한 복합적 특성을 지닌 박인환의 작품에서 두드러지는 정서는 '불안의식'에 관한 것이다. 그의 '불안의식'에 관한 기존의 연구들은 주로 프로이트적 정신분석 접근에 의해 이루어져왔다. 즉 김승희는 박인환과 고은의 시에 관하여 프로이트의 '애도'와 '우울증'논의를 토대로 상실의 시대에 애도, 우울증의 언어로 정신적 공포와 충격에 대응한 전후(戰後) 시의 특성을 논의하였다.[13] 강계숙은 미국 여행 시편들에서 새로운 큰타자 아메리카를 향한 '불안'을 라캉의 '정동 affect'개념을 중심으로 논의하였다.[14] 라기주는 프로이트의 관점에서 현실적 불안, 도덕적 불안, 신경증적 불안의 범주로서 작품들에서 세계화의 불화로 인한 상처를 구명하였다.[15]

당대 사조 및 시대상황과 관련된 박인환의 '불안의식'은 복합적 특성을 보여줄 뿐만 아니라 그의 시론적 지향과도 결합되어 있다. 즉 프로이트와 라캉 계열의 성·자아발달 단계의 단일한 국면에서 그의 불안의식을 조명해 내기에는 미흡한 조건들이 있다. 그의 '불안의식'은 세계대전과 6.25전쟁을

---

12) 알랭 드 보통은 '불안'에 관해서 '사회적 적응'과 관련된 '지위'와 관련하여 현대사회의 불안의 원인과 치유법을 기술하고 있다, 알랭 드 보통, 『불안』, 은행나무, 2012.

13) 김승희, 「전후 시의 언술 특성: 애도의 언어와 우울증의 언어-박인환·고은의 초기시를 중심으로」, 『한국시학연구』 23, 2012.7, pp. 125-149.

14) 강계숙, 「'불안'의 정동, 진리, 시대성: 박인환 시의 새로운 이해」, 『현대문학의 연구』 51, 2013.10, pp. 454-463.

15) 라기주, 「박인환 시에 나타난 불안의식 연구」, 『한국문예비평연구』 46, 2015, pp.81-110.

겪으며 존재 자체의 위험을 절감하면서도 세계주의를 추구하면서 고유한 문학, 사상적 지향을 추구하였던 그의 시적 특성을 고려하여 조명될 필요가 있다. 특히 그의 작품들은 그가 '불안'에 직면하고 그것을 다스리는 과정에서 박인환의 고유한 '시론적 지향'과 관련을 맺으며 창작되었다. 즉 그의 불안의식은 창작상으로 지향된 그의 시론과 관련지어 규명할 필요가 있으며 그것의 계기로서 작용한 서구문인들과의 관련성을 고려하여야 한다.[16]

그의 '불안의식'과 '시론' 형성의 상관성에 초점을 두고 본다면, 그가 시론 논의에서 주요하게 다룬 오든과 사르트르의 불안의식을 살펴볼 필요가 있다. 박인환은 시론을 논의하는 자리에서 주로 인용의 방식으로 자신의 뜻과 일치하는 오든그룹의 특성과 실존주의 사조 등을 진술하였다. 그런데 박인환이 줄거리를 중심으로 논의하였던 오든의 「불안의 연대」는 키에르케고르의 불안사상과의 직접적 영향을 보여준다.[17] 단적으로, 오든은 그러한 영향관계를 자신의 시편에서도 명시적으로 밝히고 있다.[18] 한편, 박인환이 사르트르의 「구토」를 중심으로 논의한 실존주의 의식도 그 연원에 관해서는 키에르케고르의 불안의식의 고찰을 필요로 한다.

---

16) 박인환은 사르트르의 『구토』의 일부를 발췌형식으로 소개하면서 자신이 파악한 주제를 다음과 같이 진술하였다, 즉 "실존이란 무동기, 불합리, 추괴醜怪이며 인간은 이 실존의 일원으로서 불안, 공포의 심연에 있다는 것이다. 이 심연에서 구원을 신에게 찾는 것이 키에르케고르이나, 무신론자 사르트르는 행동에 의한 자유를 찾지 못하고서는 구원은 없다고 한다." 박인환, 「사르트르의 실존주의」, 『신천지』, 1948.10.

17) "오든의 40년대에 발표한 장시들과 그 후의 거의 모든 시들은 키에르케고르의 사상을 반영하고 있다. 1941년에 발표된 『새해편지』의 각 부분은 키에르케고르의 실존의 세 가지 단계와 긴밀하게 내적 연관성을 맺고 있다. 그리하여 결국 예술(시)이 우리 인간에게 이상적인 기독교의 질서와 조화의 형식을 조명한다는 것을 오든은 이 작품을 통해 실례로 보여주고 있다. 이러한 시도는 키에르케고르의 예술관을 그대로 따르는 것이기도 하다." 허현숙, 『오든』, 건국대출판부, 1995, p. 54.

18) 오든의 자신의 후기시편, *A Thanksgiving*에서 명시적으로 키에르케고르와의 영향관계를 밝히고 있다("Why was I sure they were wrong?/ Wild *Kierkegaard, Williams* and *Lewis*/ guided me back to belief"(*A Thanksgiving* 부분).

1, 2차 세계대전을 겪으며 지식인들은 체계에 견주어 개인의 자유를 요구하였으며 체계와 철학의 환상을 비판한 실존주의 사상이 주류를 이루었다. 키에르케고르는 헤겔의 체계중심주의를 비판하고 철학에 인간의 '불안'을 처음 도입하였는데 '불안'에 관한 그의 논의는 하이데거, 사르트르 등의 실존주의자들을 비롯하여 많은 사상가들에게 영향을 미쳤다. 전후 지식인들의 허무의식은 이론상의 진리와 정신적 체험에 의해 힘겹게 얻은 진리 사이에 큰 간극을 체험하게 하였다. 이러한 사회적 경향 하에서 인간의 불안을 체계에 앞선 근원적 요소로서 논의한 실존주의적 불안사상이 각광받았다. 특히 키에르케고르는 인간이 변증법의 필연적 움직임에 의해 결정지어진 형이상학적 존재가 아니라 구체적, 우발적 존재임을 강조하였다. 절대진리는 아무리 애써도 닿을 수 없음이 인간의 조건이며 따라서 인간은 자신의 선택이 옳은지 확실히 알지 못하면서 선택할 수밖에 없는 상황에 놓인다.[19]

　　'불안'은 개인이 세상과 맺는 관계, 즉 '자유'에 의해 결정되는 관계를 드러내는 상태이다. 불안을 야기하는 가능성은 세상 속에 처한 인간의 상황(행위, 사건, 인간 관계 등)과 연관된다.[20] 즉 불안은 대상이 분명하지 않고 그것은 실상 아무것도 아닌 것이다. 또한 '불안'은 추상적인 자유의지와는 관계가 없으며 구체적이고 유한한 자유와 관련된다.[21] 인간이 가능성을 인식하지 못하며 정신과 지성이 없다면 불안또한 모를 것이다. 불안으로부

---

19)　쇠렌 키에르케고르, 『불안의 개념』, pp. 159-182, 샤를 르 블랑, 이창실 역, 『키에르케고르』, 동문선, 2004, pp. 146-149.

20)　샤를 르 블랑, 『키에르케고르』, pp. 92-97

21)　키에르케고르가 논의하는 불안은, '공포'와 구별짓지 않은 프로이트와는 달리, 분명한 대상이 없다는 점에서 '공포'와는 구별된다. 또한 키에르케고르는 객관적 불안과 주관적 불안을 구분 짓는데, 전자는 인간이라면 누구나 느끼는 것이라면 후자는 자신의 가능성에 뛰어들어 행위와 죄를 통해 자유의 현기증을 체험하는 것이다.

터의 해방은 자기자신으로부터의 해방과 마찬가지로 불가능하다. 키에르케고르의 논의가 철학, 심리학에서 유효한 부분은 '불안'에 관해 세상과 가능성 즉 자유에 직면한 인간의 근본적 조건으로서 개념화한 사실에 있다.[22] 인간은 타락한 존재이면서도 구원의 가능성이 있으므로 현재의 상태에 만족하지 못하고 끊임없이 자신의 존재에 대해 의문을 품고 그 답을 구하는 존재이다. 이것은 "인간이 원래 관계했던 절대존재에의 갈망이며 이러한 갈망에 의해 인간은 생존할 수 있다."[23]

박인환은 오든과 사르트르의 작품들을 경유하여 키에르케고르의 불안사상을 간접적으로 접하였을 가능성이 크며 그가 형상화하는 불안의식은 그의 시론과 결합적인 특성을 지닌다. 그럼에도 실지로 박인환의 작품에서

---

22) 하이데거가 논의한 무(無)에 직면해 느끼는 '현존재'의 '불안'은 '가능'과 '자유'의 관련성에 관한 키에르케고르의 논의와 관련이 깊다. 하이데거는 '불안'에 관해 어떤 상황에 처해서 '아무것도 아님과 아무데도 없음'의 무의미성으로서 정의하였다. 그것은 세계의 부재를 의미하는 것이 아니라 세계내부적 존재자가 그 자체에서 아무런 의미가 없다는 것을 뜻한다. 이어서 그는 '불안'이 현존재 안에서 가장 고유한 존재가능으로 향한 존재를 드러내주며 자기자신을 선택하고 장악하는 자유를 드러내준다고 논의한다. 하이데거의의 '불안'은 '무'를 체험하고 그것을 '가능'으로서 인식하는 과정상의 심리에 관하여 논의하고 있다면 키에르케고르는 '자유' 앞에서의 '불안,' 즉 인간의 근원적 요소로서 '불안'의 양가적 속성을 논의한다고 볼 수 있다, 마르틴 하이데거, 『존재와 시간』, pp. 254-257.
사르트르는 하이데거의 '무의미성'으로서의 '불안'보다도 키에르케고르가 논의한 '자유' 앞에서의 불안을 긍정하고 그것을 구체적 사례로써 논의한다. 그에게 '불안'은 '자유' 앞에서의 '현기증'과 등가의 의미를 지닌다. 이를테면 전쟁이 일어났을 때 징집된 군인은 죽음의 두려움을 느낄 수 있지만 일반 사람들은 '두려움'을 느끼는 것에 두려움을 느낀다. 그는 자기자신 앞에서 불안을 느끼는 것이다. 사르트르역시 불안 속에서의 '가능'과 '자유'의 문제를 논의하고 있다. 즉 불안 속에서 우리에게 드러나는 이 자유는 동기와 행위 사이에 숨어드는 이 '아무것도 아닌 것'(없는 것)(rien)의 존재에 의해 특징지워진다. 내가 자유롭기 '때문에' 나의 행위는 여러 동기에 의한 결정에서 벗어나 있는 것이 아니라, 오히려 무효한 것인 여러 동기의 구조가 나의 자유의 조건이다, 사르트르, 정소성 역, 『존재와 무』, 동서문화사, 2009, pp. 84-85, p. 91.
샤를 르 블랑은 하이데거의 '불안'을 '무'에 직면해 느끼는 '현존재의 불안정으로서, 그리고 사르트르의 '불안'을, 우리의 행위들에 대한 '책임의식'으로서 규정짓는다. 하이데거와 사르트르의 '불안' 논의의 근원은 키에르케고르의 논의, 즉 '불안'을 인간이 세상 속에 처한 상황으로서 파악하고 인간의 근원적 요소로서 '불안'과 '가능'과 '자유'의 관련성을 논의한 것이다, 샤를 르 블랑, 『키에르케고르』, 동문선, 2004, p. 92.
23) 허현숙, 『오든』, 건국대출판부, 1995, p.54.

형상화되고 있는 '불안의식'은 키에르케고르의 존재론적 불안과 관련하여 조명함으로써 유효하게 구체화될 수 있다. 특히, '불안' 속에서 미래를 향한 가능성과 위험을 동시에 인지하고 그것을 힘겹게 헤쳐나가는 상상과 사유는 그의 시의 특징적 구도를 형성하고 있다. 그럼에도 그가 불안을 극복해가는 과정은 키에르케고르의 것과 구별된다. 키에르케고르는 그 과정이 초월적 신을 향한 신념과 관련한 것이라면 박인환은 '인간(시인)'과 '예술(시)'을 향한 신념과 관련되어 있다. 단적으로, 그는 "황폐와 광신과 절망과 불신의 현실이 가로놓인 오늘의 세계"를 강조하면서 자신이 속한 시대를 살아가는 지식인들에게는 "그 사상과 의식에는 정확한 하나의 통일된 불안의 계통"이 세워져 있다고 주장하였다. 또한 그는 "그(시인)의 사회적인 책임은 시를 쓰는 데 있고 인간에 성실하려면 이 세계풍조를 그대로 묘사하여야만 한다"고 하였다. 이어 그는 "현대시의 발전을 위하여 한국의 일각에서 손가락을 피로 적시며 시의 소재와 그 경험의 세계를 발굴하여야" 한다고 주장하였다.[24]

박인환은 6.25전쟁기라는 상황에서도 당대의 세계적 사조를 익히면서 '불안'과 관련한 창작적 시론을 전개하였다.[25] 그는 주로, 자신의 시론에 관해 간접적 인용 혹은 발췌 형식으로 진술하였다. 그의 시론의 특성을 단적으로 암시하는 것으로는 시론격 글의 서두에 인용한 데이 루이스의 다음 구절을 눈여겨 볼 필요가 있다. 즉 "시인은 시인인 동시에 다른 사람들과 같은 것을 먹고 동일한 무기로 傷害를 입는 인간인 것이다. 大氣에 희망이 있으며 그것을 듣고 고통이 생기면 그것을 느낀다. 인간으로서 두 개

---

24) 박인환, 「현대시의 불행한 단면」 부분.

25) 이것은 키에르케고르가 세계대전을 배경으로 한 개인적 체험을 바탕으로 철학적, 심리학적으로 '불안'을 천착한 것과 유사한 방식이다.

의 세계에 처함으로서 그는 시인으로서 두 개의 불(火) 사이에 서 있는 것이다. 그러나 시인은 민감한 도구이지 지도자는 아니다. 관념이라는 것은 그것이 실제적인 정신에 있어서 상식으로 되지 않는 한 시인의 재료로는 되지 않는다. 십자로에 있는 거울(鏡)처럼 시인은 서서 교통을, 위험을, 제군들이 온 길과 제군들이 갈 길-즉 제군들 자신의 분열된 정신-을 나타내는 것이다."[26]

위의 글에서 시인의 불안의식은 '분열된 정신'으로서 형상화되어 있다. 시인의 의미하는 '분열된 정신'은 개인의 '불안'과 유사하면서도 그것을 넘어서 있다. 그것은 시인의 역할을 나타내는 '십자로에 선 거울'에서 사람들을 비추어내는 '현기증'의 형상이기 때문이다. 즉 '십자로에 선 거울'은 시인이 속한 세계의 이곳과 저곳, 여기와 저기, 그리고 세계와 그 너머를 비추고 있다. 그리고 그것은 그러한 '대기'에서 감추어지거나 소외된 당대인들의 불안과 고통을 비추고 있다. 그것은 '현기증'을 일으키는 '불안'이자 '가능성' 혹은 '분열된 정신'의 형상으로 나타난다. 그는 이러한 정신의 형상화가 '시인으로서의 임무'이며 '본질적 시에 대한 정조와 신념'이라고 생각하였다. 즉 그에게 '시'란 자신의 '불안'을 직면하는 방식이면서 동시에 자신이 속한 세계의 사람들의 '불안'과 '고통'에 공감하는 것이었다.

단적으로, 「검은江」에서는 자신과 같은 지식인과, 전쟁터로 향하는 농부의 아들의 상황을 대비하면서 전운이 감도는 시대적 불안을 조명하였다. 「植民港의 밤」에서는 은행지배인과 그가 동반한 꽃파는 소녀를 향한 고통스런 시선괌 함께, 식민상황의 모순이 지속되는 사회적 불안을 형상화하였다. 나아가, 「南風」, 「인도네시아 人民에게 주는 詩」, 「仁川港」 등에서, 그는 민족과 인류의 미래를 향한 시선을 우리와 같은 탈식민 국가와

---

26) 박인환, 「현대시의 불행한 단면」 부분.

도시, 즉 말레이시아, 인도네시아, 베트남, 홍콩 등의 상황에까지 두고 있다. 그의 시편들에서 '불안'은 거의 강박적으로 따라다니는데, 그것은 "어데서나 나와 함께 사는" "不幸한 神"(「不幸한 神」), 혹은 '限없이 우리들을 괴롭히는 問題되는 것'(「問題되는 것」), "피하면 피할쑤록 더욱 接近하는 것"(「壁」) 등으로 구체화되고 있다.

이 글은 박인환의 시에서 '불안'의 특성을 살펴보면서 '본질적인 시에 대한 정조와 신념' 혹은 그의 시론적 지향과의 관련성을 살펴보고자 한다. 이것은 그의 평생을 그림자처럼 따라다닌 '불안'과 그것에 직면하고 그것을 극복하려 한 시인의 존재론적 형상을 엿보는 일이 될 것이다.[27)28)]

2. '불안한 연대'와 '自由에의 境界'

나는 10여 년 동안 시를 써왔다. 이 세대는 세계시가 그러한 것과 같이 참으로 기묘한 불안한 연대였다. 그것은 내가 이 세상에 태어나고 성장해온 그 어떠한 시대보다 혼란하였으며 정신적으로 고통을 준 것이었다.

시를 쓴다는 것은 내가 사회를 살아가는 데 있어서 가장 의지할 수 있는 마지막 것이었다. 나는 지도자도 아니며 정치가도 아닌 것을 잘 알면서 사회와 싸웠다./ 신조치고 동요되지 아니한 것이 없고 공인되어 온 교리치고 마침내 결함을 노정하지 아니한 것이 없고 또 용인된 전통 치고 위태에 임하지 아니한 것이 없는 것처럼 나의 시의 모든 작용도 이 10년 동안에 여러 가지로 변하였으나 본

---

27) 서론의 연구사에서 특징적으로 드러난 바와 같이, 이 글은 그의 시편들의 뚜렷한 변화양상에 따라서 6.25전쟁과 미국체험을 전후로 하여 단계적으로 논의를 고찰하고자 한다.

28) 학회의 발표에서 이 글을 자세히 읽어주시고 제목을 수정하도록 도움을 주신 김경복 선생님께 깊은 감사의 말씀을 올린다.

질적인 시에 대한 정조와 신념만을 무척 지켜온 것으로 생각한다.

『선시집』 후기 부분[29]

박인환은 『선시집』 후기에서 살아온 시대를 '불안한 연대'로 지칭하면서 시대의 혼란상과 정신적 고통을 토로하였다.[30] 그는 '시를 쓴다는 것'이 '사회를 살아가는 데 있어서 가장 의지할 수 있는 마지막 것'이라고 밝힌다. 그는 전쟁으로 폐허가 된 고향을 내려다본 공황 속에서(「故鄕에 가서」), 친우의 죽음 소식을 들을 때에(「舞蹈會」), 그리고 결혼식을 마치고 돌아올 때에(「세사람의 家族」) 그러한 순간을 놓치지 않고 '시'로 담아내었다. 또한 그는 전쟁의 포화가 쏟아지는 "잠을 이루지 못하는 밤"에도 "시를 읽"고 있다(「잠을 이루지 못하는 밤」).

10년 동안 지켜온 "본질적인 시에 대한 정조와 신념"의 전제는 그가 어떠한 순간에도 시를 쓰고 시에 관해서 생각하였다는 것이다. 「세사람의 家族」에서 시인은 결혼식을 마치고 신부와 도심의 거리를 걷고 있는데, 결혼식이 상기시킬 법한 행복의 감정은 읽어낼 수 없다. 다만, '종말의식'이 '적막의 황무지'에 부는 '폭풍우'의 표현으로서 나타난다("苦痛과 嘔吐가 凍結된 밤의 쇼-위인드/ 그 곁에는 絶望과 飢餓의 行列이/ 밤을 새우고/ 來日이 오며는/ 이 寂寞의 荒蕪地에 暴風(雪)이 분다"). 그런데 그는 그 와중에 "氷花처럼 곱게 잠드른 지나간 歲月을 위해 詩를 써보"는 것이다("아 蒼白한 世上과 나의 生涯에/ 終末이 오기 前에/ 나는 孤獨한 疲勞에서/ 氷花처럼 곱게 잠드른 지나간 歲月을 위해 詩를 써본다").

즉 '시를 쓰는 일'은 그가 '종말의식'을 절감하는 "불안한 연대"에 스스

---

29) 이하 박인환 산문 인용문은, 문승묵 편, 『박인환 전집』, 예옥, 2006, 방점은 필자의 강조.

30) "우리들은 대전의 음영 아래서 자라났고 우리들에게는 전전戰前의 번영과 안정된 구라파의 기억은 없다. 그 무렵의 경기 좋은 이야기는 우리들에게 있어서 역사 교과서의 자료일 뿐이다. 지금 우리에게는 아무 안정도 없다," 「현대시의 불행한 단면」 부분.

로의 '불안'을 응시하면서 또한 세계의 '가능성'을 응시하는 주요한 방식이
었다.

　　靜寞한 가운데
　　燐光처럼 비치는 무수한 눈
　　暗黑의 地平은
　　自由에의 境界를 만든다.

　　사랑은 주검은 斜面으로 달리고
　　脆弱하게 組織된
　　나의 內面은
　　지금은 孤獨한 술瓶.

　　밤은 이 어두운 밤은
　　안테나로 形成되었다
　　구름과 感情의 經緯度에서
　　나는 永遠히 約束될
　　未來에의 絶望에 關하여 이야기도 하였다.

　　또한 끝없이 들려 오는 不安한 波長
　　내가 아는 單語와
　　나의 平凡한 意識은
　　밝아올 날의 領域으로
　　危殆롭게 隣接되어 간다.

가느다란 노래도 없이

길목에선 갈대가 죽고

욱어진 異神의 날개들이

깊은 밤

저 飢餓의 별을 向하여 作別한다.

鼓膜을 깨뜨릴 듯이

달려오는 電波

그것이 가끔 敎會의 鍾소리에 합쳐

線을 그리며

내 가슴의 隕石에 가랁아버린다.

「밤의 노래」 전문

　　모든 것들이 불투명한 무지 속에 혹은 위험스러운 사건들로서 존재할
때, 하나의 선택 혹은 가능성은 개인에게 예측불가능함을 떠안는 '자유'이
자 극도의 '불안'이 된다. 시인은 그 불안에 휩싸여 있으면서 그것을 응시
하려고 한다. 그것은 자신의 내면을 '암흑' 속에서 투영해내는 상상 속에
서이며 '경위도', '파장波長' 등의 지표물로써 구체화된다. 시인이 그려내는
'구름과 감정의 경위도'는 '불안'을 응시하는 시인 내면의 지형도인 것이다.
시인은 '자아'의 '경계' 혹은 존재 그 자체를 위태롭게 하는 전운이 감도는
'암흑의 지평'을 바라보고 있다. 그것을 헤쳐나가는 상상과 사유는 '불안
의 파장'의 궤도로서 형상화된다. '암흑의 세계'는 또한 예측불가능함이기
도 한데 시인은 그러한 '암흑' 속에서 극도의 불안을 느끼면서도 "밝아올
날의 領域으로 危殆롭게 隣接"하고자 한다. 전운이 감도는 시공간에서 시

인이 절감하는 것은 창세기 아담의 '불안'과 유사한 특성을 지닌다. 선악과를 따먹지 말라는 지시에 응하는 무지하면서 결정적인 순간인 것이다. 아담은 선악과를 따먹는 자유를 누리는 동시에 그러한 선택으로 해서 낙원으로부터 추방되는 불운을 떠안게 되었다.

세계대전의 전운 속에서 6.25전쟁을 목도하는, 한 개인이 짊어지는 '불안'의 정도는 고막을 터질'듯이 커지는 무형의 '파장'으로 나타난다. '고막이 터질 듯'한 '파장'의 움직임은 자신이 처한 현실을 대면하는 시인의 불안과 고뇌와 모색을 나타내고 있다. 즉 그는 '암흑의 지평'에 자신을 내어주지만 필연적 조건과 상황에 떠밀려가지 않으려 한다. 시인은 '암흑의 세계'를 응시하는 가운데 위협적으로 커지는 '불안의 파장'에 떨면서도 동시에 바로 그 '암흑의 지평' 만큼이나 가능할 수 있는 '자유의 경계'를 바라보고자 한다. 그것은, '무수한 인상과 전환하는 연대의 그늘'에서 커지는 '불안'과 '고통'의 궤도를 따라 일어나는 '불안의 격투'의 종류인 것이다("無수한 인상과 轉換하는 年代의 그늘에서 아 永원히 흘러가는 것 …… 그러한 不안의 格투.",「最後의 會話」부분).

시인의 '불안의 파장'은 '현기증'을 일으키는 '자유'를 동반한다는 측면에서 키에르케고르가 논의한 미지의 '가능성' 앞에서 느끼는 불편한 감정 즉 불안과의 관계를 창작적으로 형상화하고 있다.[31] 그런데 박인환의 경

31) 철학에서 논리학에 속하는 '가능성'은 아리스토텔레스 이래로 비모순이라는 원칙의 지배를 받으며 필연과 우연으로 분류된다. 사물들이 필연적이라는 말은 그것이 현재 있는 그대로라는 것을 뜻한다. 한편 인간들의 경우는 구체적이고 생생한 경험을 통해 행하고 완수할 수 있는 것을 뜻한다. 키에르케고르가 의미하는 '가능성'은 사물들의 존재 혹은 상태의 도래에 대한 판단을 뜻하는 것이 아니며 그것은 구체적, 현실적인 인간 존재의 특징을 뜻한다. 인간의 삶은 존재이며 세상과 타인들과의 관계이다. 그것은 생존에 대한 걱정이며 기대와 계획이다. 키에르케고르는 무언가를 행하거나 혹은 어떤 행동을 취할 수 있는 가능성을 원래부터 갖고 있는 것, 이것이 존재하는 것이며 존재는 가능성이라고 규정한다. 즉 행동하거나 따를 수 있는 가능성은 조건지어진 것이 아니고 물질적-논리적 조건에 좌우되지도 않는다. 가능성은 존재하는 것의 형이상학적 조건이다. 이같은 미지의 가능성 앞에서 느끼는 불편한 감정이 '불안'이다. 각각의 결정에는 한

우는 초월적인 것을 향한 간절함을 보여주면서도 그것에 의지하는 믿음을 보여주지는 않는다. 그보다, 그는 인류의 문명과 미래의 가능성 그리고 인간이 추구해온 가치에 더 가까이 서 있다. 그것은 위 시편에서는 '불안의 파장'이 거쳐가는 표지물의 형상으로서 구체화된다. 즉 '구름과 감정의 경위도'에서 '불안의 파장'은 '고막을 터질' 듯이 '선을 그리며' 나아가고 있다. 그것은 '밤하늘을 수놓는 안테나들,' '기아의 별,' '욱어진 이신의 날개들,' 그리고 '교회의 종소리' 등을 '선을 그리며' 거쳐간다. 그것은 각각 '인류의 문명,' '지난한 현실의 이곳저곳,' 그리고 '초월적 세계' 등의 의미망을 형성하는 표지물이다. 그런데 시인의 '불안의 파장'은 어느 한 곳을 정착하지 못하고 그것들 사이를 떠돌다가 결국 '내 가슴의 운석'으로서 '가라앉는다,' 즉 '불안의 파장'의 진원 곧 '시인'의 내면에 가라앉는 '운석(隕石)'으로서 결정화되고 있다.

키에르케고르의 '불안'과 '자유'는 구체적이고 유한한 특성을 지니며 그것들은 박인환의 불안의 파장이 나아가는 '자유' 혹은 '의지'와는 다른 특성을 지닌다. 키에르케고르는 인간의 유한성을 전제로 하여 초월적 존재를 향한 믿음을 향해 나아가는 한편, 박인환은 '불안'을 응시하고 그것을 인간적 가치로써 극복하려는 방식을 지향하고 있다. 그것은 그의 시편들에서 '신'을 향한 지향과 동시에 신의 '무심함'을 향한 인간적 감정을 상반되게 드러내는 것으로 나타난다. 즉 박인환의 '불안'의 '파장'은 '인간' 혹은 '예술(시),' 그리고 '인류의 문명과 미래'라는 인간적 표지들 사이를 떠다니고 있

개인 전체가 걸려 있는데, 이것이 바로 가능성인 존재가 지니는 엄청난 힘의 비밀이다. 존재가 가능성이라면 개인의 존재는 바로 불안이다. 개인성이야말로 존재에 직면한 인간의 본질적인 양상이라면 그 주된 측면은 '불안'이다. 키에르케고르는 불안이 세상과 가능성 혹은 가능성의 결과적 자유에 직면하는 것이 인간의 근본적인 조건이라고 본다. 샤를 르 블랑, 이창실 역, 『키에르케고르』, 동문선, 2004, pp.52-56.

다. 그것들은 그가 '불안'과 '자유'의 양가적 측면을 응시하고 삶을 지탱해 나가는 이유가 된다. 이같은 인간적 방식은 이후에 그가 철저한 페시미스트가 되어버린 일과 관련이 깊다. 한편, 신을 향한 신념을 지녔던 키에르케고르는 당면한 불안과 절망의 문제로부터 초월적 절대성 속에 안착할 수 있었다. 박인환은 '암흑의 지평' 그 너머에 있는 '미래'의 희미한 꿈과 '인간적 가치'에 대한 믿음을 놓치지 않으려 하였다. 그는 전쟁과 학살이 자행된 시대에도 "시인으로서의 임무"에 신성한 의미를 부여하였으며, 그에게 '시를 쓰는 일'은 어떠한 순간에도 행해져야 하는 신앙과 같은 것이었다.

3. '십자로의 거울'과 '분열된 정신'

시인은 시인인 동시에 다른 사람들과 같은 것을 먹고 동일한 무기로 傷害를 입는 인간인 것이다. 大氣에 희망이 있으면 그것을 듣고 고통이 생기면 그것을 느낀다. 인간으로서 두 개의 세계에 처함으로서 그는 시인으로서 두 개의 불(火) 사이에 서 있는 것이다. 그러나 시인은 민감한 도구이지 지도자는 아니다. 관념이라는 것은 그것이 실제적인 정신에 있어서 상식으로 되지 않는 한 시인의 재료로는 되지 않는다. 십자로에 있는 거울(鏡)처럼 시인은 서서 교통을, 위험을, 제군들이 온 길과 제군들이 갈 길─즉 제군들 자신의 분열된 정신─을 나타내는 것이다.

「현대시의 불행한 단면」 부분

그가 '불안한 연대'에서 지켜왔다는 '본질적인 시에 대한 정조와 신념'은 어떻게 구체화되는가. 이것의 실마리로서 「현대시의 불행한 단면」의 위 구절을 참고할 수 있다.[32] 다른 사람들과 꼭같이 먹고 꼭같이 상해를 입을 수 있는 '인간'으로서 시인은 '대기에 희망이 있으면 그것을 듣고' '고통이 생기면 그것을 느낀다.' 이때 '대기'란 시인이 속한 '세계'를 의미하며 '인간으로서 두 개의 세계에 처'한 시인은 '시인으로서 두 개의 불 사이에 서 있는' 것이다. 시인은 '민감한 도구이지 지도자는 아니'며 시인의 재료는 '관념'이 아니다. 박인환은 데이 루이스의 이 구절을 자신의 시론을 논의하는 서두글로서 삼고 있으며 '십자로'의 '분열된 정신'과 관련한 어구는 그의 작품의 서두에서 나타나기도 하며 무엇보다도 그의 작품의 내재적 구도를 이루고 있다.

그는 세계와 그에 속한 사람들이 체험하는 '대기'를 공감적으로 그려내고자 하며 '지도자'가 아닌 '민감한 도구'로서의 '시인'의 입지를 추구하고 있다.

神이란 이름으로서
우리는 最終의路程을 찾아보았다.

어느날 驛前에서 들려오는
軍隊의 合唱을 귀에 받으며
우리는 죽으러 가는 者와는
反對 方向의 列車에 앉아

---

32) 「현대시의 불행한 단면」과 「사르트르의 실존주의」 등에서 보듯이, 그는 자신의 고유한 시론을 직접 논하기보다는 주로, 자신의 뜻과 일치하는 견해들을 인용하면서 자신의 견해를 암묵적으로 나타내는 방식을 취하고 있다. 오든 그룹의 일원, 데이 루이스가 이 구절을 논의한 맥락은 시인이 개인과 사회와의 관계에 그 중심을 두고 작품을 통해 사회 속의 인간의 상태를 드러내어 그 병적 상태를 치유해야 한다는 의도와 관련을 지닌 것이다. 이러한 지향은 오든을 비롯한 오든그룹의 공통된 것이기도 하였다. 허현숙, 『오든』, 1995, p.36.

情慾처럼 疲弊한 小說에 눈을 흘겼다.

지금 바람처럼 交叉하는 地帶

거기엔 一切의 不純한 慾望이 反射되고

農夫의 아들은 表情도 없이

爆音과 硝煙이 가득찬

生과 死의 境地에 떠난다.

달은 精霙보다도 더욱 처량하다

멀리 우리의 視線을 集中한

人間의 피로 이루운

自由의 城砦

그것은 우리와 같이 退却하는 자와는 關聯이 없었다.

神이란 이름으로서

우리는 저 달 속에

暗澹한 검은 江이 흐르는 것을 보았다.

「검은江」 전문

饗宴의 밤

領事婦人에게 아시아의 前說을 말했다.

自動車도 人力車도 停車되었으므로

神聖한 땅 위를 나는 걸었다.

銀行支配人이 同伴한 꽃 파는 少女

그는 일찌기 自己의 몸 값보다
꽃 값이 비쌌다는 것을 안다.

陸戰隊의 演奏會를 듣고 오던 住民은
敵愾心으로 植民地의 哀歌를 불렀다.
三角洲의 달빛
白晝의 流血을 밟으며 찬 海風이 나의 얼굴을 적신다.

「植民港의 밤」 전문

나는 10여 년 동안 시를 써왔다. 이 세대는 세계시가 그러한 것과 같이 참으로 기묘한 불안한 연대였다. 그것은 내가 이 세상에 태어나고 성장해온 그 어떠한 시대보다 혼란하였으며 정신적으로 고통을 준 것이었다.

시를 쓴다는 것은 내가 사회를 살아가는 데 있어서 가장 의지할 수 있는 마지막 것이었다. 나는 지도자도 아니며 정치가도 아닌 것을 잘 알면서 사회와 싸웠다./ 신조치고 동요되지 아니한 것이 없고 공인되어 온 교리치고 마침내 결함을 노정하지 아니한 것이 없고 또 용인된 전통 치고 위태에 임하지 아니한 것이 없는 것처럼 나의 시의 모든 작용도 이 10년 동안에 여러 가지로 변하였으나 본질적인 시에 대한 정조와 신념만을 무척 지켜온 것으로 생각한다…… 여하튼 나는 우리가 걸어온 기로가 갈 길 그리고 우리들 자신의 분열한 정신을 우리가 사는 현실사회에서 어떻게 나타내 보이며 순수한 본능과 체험을 통해 불안과 희망의 두 세계에서 어떠한 것을 써야 하는 가를 항상 생각하면서 여기에 실은 작품들을 발표했다.

「선시집」 후기

첫 번째 시에서 시인은 반대방향의 열차에 있는 군인들을 바라본다. 그는 그들이 자신과는 반대방향인 전쟁터로 향하는 젊은이며 그들이 '농부의 아들'일 것이라고 생각한다. 그는 그들의 과거와 미래 혹은 '죽으러 가는 자'로서의 운명을 간파하고 있다. 한편으로, 그는 '정욕처럼 피폐한 소설에 눈을 흘기'는 특혜받은 지식인으로서의 자괴감을 보여준다. 그는 상행선과 하행선이 마주하는 '십자로'의 '대기' 속에서 '삶'과 '죽음' 혹은 '두 개의 불'을 향하고 있는 인간의 '불안'과 '가능성' 혹은 '불운'을 형상화하고 있다. 그는 그 자신이 '지도자'가 아닌 '시인'임을 절감하는데 그것은 그가 모순된 두 세계에 속한 이들의 불안함과 불운한 미래를 그저 그릴 수밖에 없는 존재이기 때문이다. 그럼에도 그가 '바람처럼 교차하는' 지점에서 스스로에게 자괴감을 느끼며 '농부의 아들들'에게 연민을 느끼는 장면은 인간적인 진정성을 담고 있다.

시인은 '달은 정막보다도 더욱 처량하다,' 그 달은 '우리와 같이 퇴각하는 자와는 관련이 없다'고 되뇌인다. 현 상황은 '신'에게서도 구제될 수 없는데 그것은 '저 달 속에 암담한 검은 강이 흐르'는 것으로 구체화된다. 즉 이 시의 장면은 부조리하고 불평등한 상황에 직면하여 '죽음'의 세계를 향해 불안과 가능성으로써 나아가는 이들에 대한 시인의 연민, 그리고 '폭음과 초연이 가득 찬' 세상과는 무관한 신의 형상에 대한 시인의 원망을 보여준다. 이 복합적 장면이 시인이 의미한 '대기의 불' 사이에 있는 '분열된 정신'이라고 할 수 있다. 그것은 대립적이고 모순된 '두 개의 세계'를 볼 수 있는 '십자로에 선 거울'의 지점에서, 시인이 자신들의 불안과 가능성을 떠안고 미래의 자유 혹은 불운을 향하는 인간들의 운명을 비추어내는 복합적 형상물이라고 할 수 있다.[33]

---

33) 박인환은 시를 평가하는 것에 있어서도 현대의 복잡한 현실과 과거와 미래를 향한 시선을 열어

두 번째 시에는 '향연의 밤'에 시인의 눈에 비친 두 여인이 등장한다. 한 사람은 영사관 부인으로서 시인은 그녀에게 아시아의 전설을 말하고 있다(그녀는 물론 서양인일 것이다). 다른 한 여인은 향연의 밤에 '은행 지배인이 동반한 꽃 파는 소녀'이다. 시인은 그녀의 불안의 가능성 혹은 그녀의 과거로부터 현재까지 이어져온 불운을 읽어내는데 그것은 "그는 일찌기 自己의 몸 값보다 꽃 값이 비쌌다는 것을 안다"는 것으로서 표현된다. 즉 시인은 광복을 맞이한 현재의 시기에도 '육전대(일본해병대)'의 연주가 들리는 유사-식민지 상황을 그려내고 있다. 식민지 이후의 현재에도 부조리한 상황은 이어지고 있으며 동포들의 불안과 자유는 불운과 고통의 연속으로서 지속되는 것이다. 이 장면을 복합적으로 비추어내는 시인의 '거울'에는 그것에 연민과 불안을 느끼는 시인 자신의 내면이 겹쳐지는데, 그것은, "백주白晝의 유혈을 밟으며 찬 해풍이 나의 얼굴을 적시"는 '분열된 의식'으로 형상화된다.

이같은 장면은 시인의 작품에서 비극적 요체를 구성하고 있다. 그 사례를 들어보면, "하루하루가 나에게 있어서는 悲慘한 祝祭"(「잠을 이루지 못하는 밤」), "不安한 「샨데리아」와 함께" 하는 "狂亂의 춤"(「舞蹈會」), "달 속에 暗澹한 검은 江"(「검은 江」), "白晝의 流血을 밟"는 "나의 얼굴을 적시"는 "찬 海風"(「植民港의 밤」), "鼓膜을 깨뜨릴 듯이/ 달려오는 電波"(「밤의 노래」), "술취한 水夫의 팔목에끼어 波도처럼 밀려드는 불안한 最後의 會話"(「最後의 會話」), "不幸한 神 당신이 부르시는 暴風"(「不幸한 神」), "限없이 우리들을 괴롭히는 問題되는 것"(「問題되는 것」), "눈을 뜨고도 볼 수 없는 狀態는 어찌할 수가 없었다"(「눈을 뜨고도」), "남아있는 것과 잃어버린것과의 比例를 모른다"(「太平洋에서」), "不安한 언덕에서" "陰影처럼 쓰러져" 가는 것(「一九五〇年의 輓歌」),

---

두는 것을 중요하게 여겼다. 일례로 그는 김규동의 시 비평에서 "현대시는 왜 난해하냐 하면 그것은 현대의 제상이 복잡하고 난해하기 때문이라고 생각한다. 그는 자기의 환상과 현실을…… 신념과 망각을…… 과거와 미래를…… 그리려고 노력했다(「1954년의 한국시」 부분)"고 진술한다.

"희미한 달을 바라 울며 울며 일곱 개의 層階를 오르는 그 아이의 向方"(「일곱개의 層階」), "列을 지어 죽엄의 비탈을 지나는" "어리석은 永遠한 殉教者"(「回想의 긴 溪谷」), "녹쓸은가슴과뇌수에" 내리는 "차디찬비"(「새벽한時의詩」), "絕望된 사람의 피"(「다리 위의 사람」), "내 얼굴과 금 간 육체에 젖어버"린 "孤立과 콤프렉스의 香氣"(「十五日間」) 등을 들 수 있다.

그는 어떠한 상황에서도 사회와 세계를 객관적으로 응시하며 고통받는 이들의 내면을 들여다보는 노력을 보여준다. 그것은 고통받는 이들의 불안과 가능성, 과거와 미래에 관한 상념으로부터 시작된다. 그가 생각하는, '시인으로서의 임무'는 그 자신을 비롯한 이웃들의 '불안'과 '고통'이 투영된 '분열된 정신'을 그리는 일이며 그러한 순간에도 우리의 '가능성'과 '자유'와 '미래'를 가늠해보는 일이다. 동시에, 그것은 '인간애' 혹은 '인류애'라는 신성한 지향 하에서 시인의 개별적'불안'을 극복해가는 과정이기도 하다. 박인환은 그가 속한 당대에서 '시'는 사회를 견인하는 정신적 지형도라고 믿었다. 즉 그는 "한국의 문화적 체계에 있어 가장 진전되고 있는 것은 시의 상태"로서 판단하였다. 그리고 그는 "시인에게 있어 조리 있게 처방되어야"할 것은 "현실에의 비판, 사회적 관심, 인간적인 내성"이라고 주장하였다.[34] 즉 시인은 "황폐와 광신과 절망과 불신의 현실이 가로놓인 오늘의 세계"속에서 "그(시인)의 사회적인 책임은 시를 쓰는 데 있고 인간에 성실하려면 이 세계 풍조를 그대로 묘사하여야만 한다"고 진술하고 있다.[35]

사람들의 불안과 고통을 비추어내는 '십자로에 선 거울'이란, 곧'시인의 내면'이기에 시인의 불안과 연민과 인간애가 투영된 그것은 '현기증'나는 '불안' 혹은 '분열된 정신'의 형상일 수밖에 없다. 그의 '분열된 정신'은 오든

---

34) 「현대시의 변모」 부분.
35) 「현대시의 불행한 단면」 부분.

의 「불안의 연대」[36]가 형상화하고 이후 그가 나아간 지점 혹은 키에르케고르가 '불안의식'을 극복하는 방식과는 구별된다. 오든은 기독교가 사회에 대한 도덕적 책임과 사회참여로서의 예술을 주장하는 것으로 나아갔으며 키에르케고르는 '가능성'에 의한 '자유'와 '불안'의 관계를 인간의 근원적 요소로 파악하고 절대적인 신을 향한 믿음으로 나아갔다. 한편, 박인환은 '불안'을 직면하는 '선택'과 '자유'로서 '시인으로서의 임무'와 '인간주의적 가치'를 지향하고 있다. 그것은 초월적, 절대적 신의 영역이 아니라 인간의 '가능성'과 '자유' 그리고 '예술'과 '시'에 대한 믿음에 근거해 있다. 그는 진정한 '시'는 개인과 민족이 나아갈 방향을 암시하는 정신적 지형도라고 믿었다.[37]

나아가 그는 "끝끝내 그 절박한 것을 뛰어넘지 못하고 죽고 마는" "절박한 인간"의 모습을 담아내고자 하였다("그들은 그곳에서 또다시 떠나기 위하여 갖은 최선을 노력했으나, 끝끝내 그 절박한 것을 뛰어넘지 못하고 죽고 마는 것이다. 이런 인물의 등장은 내가 지금까지 기다리고 바라던 영화의 세계인 것이다." 「절박한 인간의 매력」 부분). 뿐만 아니라, 그의 시야는 국내를 훌쩍 넘어서 우리와 같은 피식민 국가들 곧 말레이시아, 인도네시아, 베트남 등의 상황과 현실에 관한 것들에까지 이

---

36) "오든의 『불안의 연대』의 주인공들에게는 그 어떠한 심리적 치유도 종교적 비약도 허용되고 있지 않다. 그것은 바로 그들(불안에 처한 인간들)은 리얼리티를 이해하려고 하지 않기 때문이다. 인간들은 불행과 절망에 시달리면서 불행과 절망과 공포의 실체에 직면하거나 직면하고자 하는 의지와 열의가 없다는 것이다", 송인갑, 「오든의 『불안의 연대』에 나타난 불안의 개념」, 『인문연구』(인하대학 인문과학연구소) 31집, 2000.12, p.104.

37) 특기할 것은 박인환은 자신의 시편에서 늘, '바라보는 자'의 입장에 서 있다는 사실이다. 그는 늘, 바라보는 대상들의 불안과 고통에 공감하면서도 그들과는 거리를 두는 혜택받은 존재 혹은 그의 표현에 의하면 '정신의 황제'로서 나타난다("그러한 不安의 格鬪 …… 情神의皇帝!/ 내 秘密을누가 압니까?," 「最後의 會話」 부분). '시인으로서의 역할'을 사회와 세계를 '바라보고' 견인하는 존재로서 한없이 끌어올리는 상상은, 그러한 '시'를 쓰는 시인 그 자신의 한없이 확장되는 '자아'를 동반하고 있다. 즉 "내 자신의 모습을 드러내지 않으면서 타자를 일방적으로 바라보기만 하는 위치나 상태를 선호하는 것은 신(神)의 위치에 서려는 것과 같은 의미를 담고 있는"것이다(변광배, 『장폴 사르트르 시선과 타자』, 살림, 2004, p.40). 이것은 그가 미국여행을 기점으로 자신의 시론과 창작 상의 큰 변화를 맞게 되는 사실과 밀접한 관련을 지닌다.

르고 있다("亞細亞 모든緯度/ 잠든 사람이어/ 귀를 기우려라// 눈을뜨면/ 南方의 향기가/ 가난한 가슴팩으로 슴여든다," 「南風」 부분, "피흘린 자바섬(島)에는/ 붉은 간나꽃이 피려니/ 죽엄의보람은 南海의太陽처럼/ 朝鮮에사는 우리에게도 빛이려니," 「인도네시아 人民에게 주는 詩」 부분). 특히 「仁川港」에서, 그는 우리와 같은 식민상황에 처한 국가, 민족이 겪는 '불안'과 '고통'과 '가능성'을 공감적으로 형상화하고 있다("星條旗가 퍼덕이는 宿舍와 駐屯所의 네온·싸인은 붉고 짠그의 불빛은 푸르며 마치 유니온·짝크가 날리는 植民地 香港의 夜景을 닮어간다 朝鮮의海港仁川의 埠頭가 中日戰爭때 日本이 支配했든 上海의밤을 소리없이 닮어간다." 「仁川港」 부분[38]).

박인환의 시적 사유는 '불안' 속에서 미래를 향한 가능성과 위험을 동시에 인지하고, 그것을 힘겹게 헤쳐나가는 특성을 보여준다. 이것은 키에르케고르의 존재론적 성찰과 유사한 측면을 갖는다. 그러나 키에르케고르의 방식이 초월적 '신'을 향한 신념과 관련된 반면에 박인환은 '인간(시인)'과 '예술(시)'을 향한 신념과 관련되어 있다. '불안'과 관련된 시인의 시론의 핵심은 '분열된 정신'로서 나타낼 수 있다. '분열된 정신'은 '시인으로서의 역할'을 의미하는데 그것은 '십자로에 선 거울'의 매개로서 구체화된다. '십자로에 선 거울'처럼, 시인은 여기, 저기 그리고 그 너머에 있는 사람들의 '고통'과 '불안'을 응시하고 공감해야 한다는 것이다. 그것은 '인간적 고통'을 감내해야 하는 일이기에, 그는 그것이 '본질적 시에 대한 정조와 신념'을 지키는 일이라고 믿었다(그는 시집 후기에서 10여 년의 창작활동 동안 이것을 지켜왔다고 고백한다). 그럼에도 시인의 역할은 시대적 '불안'에 잠재된 우리의 '가능성'과 '자유'와 '미래'를 예지적으로 조명하는 것이었다. 그는 이것이 선택받은

---

38) 이 시에서 시인은 인천항에서 "날이 갈수록 銀酒와 阿片과 호콩이 密船에 실려오고 太平洋을 건너 貿易風을탄 七面鳥가 仁川港으로 羅針을 돌리"는 모습을 지켜보는데, 이것은, 1950년대 인천항에서 성조기가 펄럭이는 모습이 중일전쟁때 일본이 지배했던 상해의 모습을 닮고 있음을 유추적으로 형상화한 것이다.

'선지자적(先知者的)' 시인으로서의 임무로서 여겼으며 그와 같은 선택받은 자의 역할이 그 자신에게 주어졌다고 믿었다.

박인환은 그를 초점화한 시기에 따라서 심지어 동일한 시기에 관해서도 상반된 평가를 받아온 시인이다. 그것은 그의 연구사에서 그의 후기시에서 의 '불안의식'과 '페시미즘'및 '감상주의'에 관한 부분이 부각된 원인도 있다. 그러나 박인환은 당대 누구보다도 시인으로서의 끊임없는 자기혁신과 소명의식을 광범위한 스펙트럼으로써 보여주는 시인이다. 박인환의 시에서 단연 주조를 이루는 정서는 '불안의식'이다. 그의 불안의식은 그가 어떠한 지향과 활동을 갖든지 그림자처럼 따라다니는 것이다. 이 글은 박인환의 이같은 불안의식에 관해서 특히 그의 초기시에서 두드러지는 '선지자적 시인'의 형상과 관련하여 논의하였다. 6.25전쟁 전후 그의 불안의식은 1, 2차 세계대전을 겪은 서구 실존주의 문인들의 그것과 상통된 맥락을 갖는 것이었다. 박인환은 당대 서구 전위시인들의 문명과 전쟁에 관한 동류의식을 지니고 있었다. 그가 당대의 '불안' 속에서도 미지의 '자유'와 '가능성' 그리고 '위험'을 읽어내는 방식은 키에르케고르의 '불안'에 관한 고찰과 유사한 특성을 지닌다. 그러나 키에르케고르가 불안의 이중적 속성으로부터 절대적 '신'을 향한 귀의로 나아가는 정신적 단계들을 고민하였다면, 박인환은 당대사회의 '불안'이 지닌 이중적 속성으로부터 '인간주의'에 바탕을 둔 인간의 '자유' 혹은 미래의 '가능성'을 읽어내고자 하였다. 그러한 시론적 지향의 주요한 형상은 '선지자적 시인'으로서 나타낼 수 있다. 그것은 당대사회의 구석구석을 '인간주의'와 '인류애'로서 조명해내는 지난한 작업이었다. 주목할 것은 '선지자적 시인'으로서의 소명의식은 박인환 그 자신을 줄곧 따라다닌 그의 태생적인 개인적 '불안'을 극복하는 계기로 작용하고 있었다.

4. 결론

당대 사조 및 시대상황과 관련된 박인환의 '불안의식'은 복합적 특성을 보여줄 뿐만 아니라 그의 시론적 지향과도 결합되어 있다. 이 글은 박인환의 '불안'의 특성을 그의 시론적 지향 즉 '본질적인 시에 대한 정조와 신념'과의 관련을 중심으로 살펴보았다. 그가 자신의 '불안'을 응시하고 극복해내려는 과정은 간접적 영향관계에 놓인 키에르케고르의 '불안'의 특성과 견주어 봄으로써 유효한 의미를 얻을 수 있다. 박인환의 시적 사유는 '불안' 속에서 미래를 향한 '가능성'과 '위험'을 동시에 인지하고, 그것을 힘겹게 헤쳐나가는 특성을 보여준다. 이것은 키에르케고르의 존재론적 성찰과 유사한 측면을 갖는다. 그러나 그같은 '불안'을 극복하려는 방식에 있어서 차별성을 보여준다. 즉 키에르케고르는 '가능성'에 의한 '자유'와 '불안'의 관계를 인간의 근원적 요소로 파악하고 절대적인 신을 향한 믿음으로 나아갔다. 박인환의 경우는 '불안'을 직면하는 '선택'과 '자유'로서 '시인으로서의 임무'와 '인간주의적 가치'를 지향하고 있다. 그것은 초월적, 절대적 신의 영역이 아니라 인간의 '가능성'과 '자유' 그리고 '예술'과 '시'에 대한 믿음에 근거해 있다. 즉 박인환은 시인의 역할이 전후(戰後)의 공동체적 '불안' 속에 잠재된 우리의 '가능성'과 '자유'와 '미래'를 예지적으로 조명하는 것으로 믿었다. 그는 이것이 선택받은 '선지자적(先知者的)' 시인으로서의 임무로서 여겼으며 그같은 역할이 자기자신에게 주어졌다고 믿었다. 주목할 것은, '인간주의'를 추구한 시인의식이, 그를 평생 따라다닌 그의 지독한 불안을 극복해내는 내적 계기가 되었다는 점이다.

제12장

박인환 시에 나타난
'불안한 파장波長' 연구

−'파동적波動的 이미지'를 중심으로

1. 서론

　최근 박인환에 관한 연구는 다양한 각도에서 재조명되고 있다. 박현수는 박인환의 해방공간의 시가 민족문학론과 친연성이 있으며 1950년대 그의 시가 해방공간의 낙관적 전망의 상실과 전쟁의 체험을 통해 형성된 비극적인 전망을 절실하게 문학적으로 형상화한 것이라고 하였다.[1] 곽명숙은 박인환의 시에 나타나는 전쟁체험으로 인한 환멸과 역사 의식을 묵시록적 상상력에서 배태된 우울과 알레고리라는 관점에서 고찰하였다.[2] 박인환 시의 현실주의적 경향에 주목한 논의로는, 동아시아 국가들의 민족적 인식과 관련하여 박인환의 시작품을 논의한 맹문재의 것이 있으며,[3] 신시론의 결성과정과 관련하여 그의 문학적 변모를 실증적으로 고찰한 엄동섭의 것이 있다[4] 그리고 김용희는 박인환의 시가 문명어와 관념어를 은유중첩으로 센티멘털리즘의 상실감을 드러낸다고 보았다.[5] 또한 박인환

---

1)　박현수(2006),「전후 비극적 전망의 시적 성취-박인환론」,『국제어문』 37권, 127-161쪽.
2)　곽명숙(2009),「1950년대 모더니즘의 묵시록적 우울-박인환의 시를 중심으로」,『정신문화연구』 32권, 59-79쪽.
3)　맹문재(2008),「박인환의 전기 시작품에 나타난 동아시아 인식 고찰」,『한국문학이론과 비평』 38집, 243-267쪽.
4)　엄동섭(2007),「해방기 박인환의 문학적 변모 양상」,『어문논집』 36집, 217-245쪽.
5)　김용희(2009),「전후 센티멘터리즘의 전위와 미적 모더니티 -박인환의 경우」,『우리어문연구』 35

의 「아메리카 시초」를 분석하여 한국인의 정체성문제를 정면으로 제기하는 중요성을 지닌 것에 주목한 한명희의 논의가 있으며,[6] 박인환의 미국여행체험과 관련한 것으로는 그의 산문을 중심으로 문명비평론의 관점에서 김기림문학의 계보 속에서 파악한 방민호의 것이 있다.[7] 그리고 주요연구로는, 한국 근대문인들의 '책' 숭배열과 인식론을 통해 그것이 어떻게 '책'의 연금술적 상상력과 연결되고 시대정신의 맥락에 놓이는지를 살펴본 조영복의 논의를 들 수 있다.[8]

박인환에 관한 연구와 그의 문학에 대한 가치부여는 비교적 최근의 연구들에 의해 집중적으로 이루어진 것이다. 즉 그의 문학이 지닌 문학사적인 실제적 가치가 그간 저평가되어온 것이 사실이다. 이러한 사실로 인해서 최근의 연구들은 그간 조명하지 못했던 박인환 시와 산문이 지닌 다양한 모색의 지점들에 관하여 각각 집중적인 주목이 이루어져왔다. 이것은 그의 시와 산문 그리고 이것들을 관류하는 시인의 상상력과 의식적 측면에 관한 내재적 접근이 미흡한 측면을 말해주는 것이기도 하다. 우리의 시문학사 특히 6.25전쟁을 전후로 한 시기의 기록을 살펴볼 때, 박인환은 우리사회의 미래와 과거와 현실을 거시적으로 조망하고 당대 현실의 이면까지 투시하고 그것을 치열한 의식으로써 담아낸 몇 안되는 문인이다. 그와 같은 특성은 그의 시를 관류하는, 비극적 정서, 곧 전란의 공포와 불안, 지식인으로서 깨어있으려는 안간힘 그리고 미래사회에 대한 치열한 사색 등에서 구체화된다. 즉 이러한 복합적이면서 치열한 비극적 정서는 그의 시편들을

집, 301-328쪽.

6) 한명희, 「박인환 시 『아메리카 시초』에 대하여」, 『어문학』, 2004, 469-493쪽.

7) 방민호(2006), 「박인환 산문에 나타난 미국」, 『한국현대문학연구』 19집, 413-448쪽.

8) 조영복,(2008), 「근대문학의 '도서관 환상'과 '책'의 숭배 -박인환의 「서적과 풍경」을 중심으로」, 『한국시학연구』 23집, 345-375쪽.

관류하는 공통된 의식, 무의식의 국면이자 그만의 고유한 상상력의 지점
이다.

저자는 그의 시를 관류하는 비극적 정서가 지닌 독특한 상상력을 설명
하기 위하여 그것을 구체적으로 드러내는 주요한 이미지를 찾아내는 일을
모색하였다. 「박인환 시에서의 '경사'의 의미」는 이러한 모색의 한 결과물
로서[9] 박인환의 시편들마다 나타나는 '경사' 이미지가 갖는 양방향의 상상
력과 관련하여 '문명'과 '전쟁'에 관한 그의 체험과 의식을 고찰하였다. 그
런데 이와 같은 '경사'의 속성으로부터만으로는 박인환 시에서 극과 극을
오가는 들끓는 정서 혹은 전란기 지식인의 불안과 공포에 관한 의미망이
잘 드러나지 못했다. 이 글은 이러한 점을 보완하여 그의 시편들에서 주요
하게 나타나는 문명제재 및 이와 관련한 이미지의 양상에 주목하여 이것들
을 통하여 당대현실과 미래에 관한 시인의 상상력 혹은 그의 시적 세계관
에 관하여 접근해 보고자 한다.

2. 문명제재의 속성과 관련한 '불안한 파장'

박인환에 관한 다각적인 시각에서의 논의들 가운데서 그의 시편들의 특
성에 관한 논의에서 핵심적으로 다루어지는 것은, '전쟁체험', '문명', '우울',
'센티멘털리즘', '비극적 전망' 등이다. 즉 '문명비평'과 '전쟁체험'과 관련한
'센티멘탈리즘'과 '비극적 정서'는 박인환의 시의 특성을 말해준다. 그는 서
양서적들을 판매하는 '마리서사'를 운영하였으며 '후반기' 동인을 결성하
여 모더니즘시운동의 주역으로서 활동하면서, 시와 평론을 썼으며 당시에

---

9) 최라영(2007), 「박인환 시에서 '경사(傾斜)'의 의미」, 『한국현대문학연구』 21집, 197-223쪽.

최신의 서구영화들을 소개, 비평하였다. 모더니즘적 지향을 반영한 그의 행보와 문화활동은 그의 시편들에서 주요 제재로서 나타나며, 주제의 형상화방식에 반영되고 있다.

박인환은, 「어느 날」(1955.7.1, 『희망』)과 「에버렛의 일요일」(1955.7.1, 『희망』)에서 보듯이, 당시에 미국여행을 통해서 '지렐 회사의 텔레비전'과 '영화관의 스틸광고'를 보았으며 '칼로리가 없는 맥주'를 마셔보았다. 우리나라에 최초로 TV방송이 실시된 것이 1956년 5월인 것을 감안할 때 그는 새로운 서구문명을 체험하고 수용하고 또한 기록하는 것에 있어서 당시의 누구보다도 선구적이고 적극적인 문인이었다. 그의 시편들은, 1950년대 전후, 서구 현대문물이 본격적으로 유입되는 문명사회로의 변혁기의 현실을 반영하고 있으며, 동시에 그가 접하는 문명적인 것, 즉 열차, 전주, 전파, 영화 등의 속성에 비추어서 그의 내면을 그려내고 있다.

그의 시편들은 '열차', '전주', '미끄럼', '신호탄', '영화', '네온사인' 등, 당시의 문명제재들을 주요제재로 하여 그의 심경과 지향을 표현한 것들이 다수를 이룬다. 박인환의 시에 나타나는 주요한 제재들은 당시로서는 현대적 문명의 상징물이었다. 구체적으로, 「거리」에서 '향수', '코코아', '아세틸렌', '크리스마스' 등이나, 「열차」와 「검은 강」에서의 '열차', 「낙하」의 '미끄럼판', 「투명한 버라이어티」의 '타이프라이터'와 '파파 러브스 맘보'과 '트럼펫', 「밤의 노래」와 「고향에 가서」의 '전주(전신주)', 「15일간」과 「태평양에서」의 미국행 '선상체험' 등을 들 수 있다. 그의 시에서, '이국문물'과 '열차', '미끄럼판' 등은 미래의 문명사회에 대한 기대감과 흥분 그리고 전운이 감도는 현실에 대한 불안감 등을 나타내고 있다. 그리고 그의 시편들은 문명제재들을 통하여 희망과 불안과 공포와 절망 등이 교차하는 내면을 드러내고 있다.

그의 시는, 문명제재가 지닌 속성, 주로 부풀어올랐다가 사라지고, 솟아올랐다가 떨어지고 급격하게 회전하다가 쓰러지거나 끝없이 미끄러져 내리는 이미지의 형상을 통하여, 전후 현실 속에서의, 기대와 좌절, 희망과 절망, 불안과 혼란, 그리고 공포와 절규 등을 나타내고 있다. 구체적으로, "미래에의 外接線을 눈부시게 그으며"(「열차」), "너와 나의 사랑의 포물선"(「사랑의 Parabola」), "영원히 반복되는/ 미끄럼판의 승강昇降"(「낙하」), "불안한 파장", "고막을 깨뜨릴 듯이/달려오는 전파"(「밤의 노래」), "생과 사의 눈부신 외접선을 그으며"(「신호탄」), "모든 물체는 회전하였다"(「무도회」), "전주電柱처럼 우리는 존재됩니다./ 쉴 새 없이 내 귀에 울려오는"(「불행한 신」), "공간에 들려오는 공포의 소리/ 좁은 방에서 나비들이 날은다"(「15일간」) 등을 들 수 있다.

시인은, '열차'의 선적 궤도나 그것의 '죽음의 속력', '신호탄'의 치솟아오름, 혹은 '내 귀'에 들려오는 '전주'의 '폭풍' 등을 통하여 그가 처한 격변기의 현실 혹은 전란의 국면 등이 그 자신과 당대인들에게 미치는 내면의 풍경을 그리고 있다. 즉 그는 6.25전란 전후(前後)의 현실에 관하여, 그가 당시 접한 문명제재의 속성을 빌어서, '포물선', '파장', '폭풍', '외접선', '궤도', '솟아오름과 추락', '기울어짐', '쓰러짐' 등으로써 형상화하고 있다. 이것들은, 기대와 불안, 불안과 초조, 초조와 공포, 공포와 욕망, 욕망과 절망 등이 뒤섞이는 그의 내면을 외현화한 것이다. 즉 그의 시편들에서, 부풀어 올랐다가 쓰러지거나 치솟았다가 추락하거나 혹은 비례감을 상실하여 떠돌거나 하는 역동적(力動的) 이미지는 전란의 전후(前後) 현실 속에서 생사의 길을 오가며 혼란을 겪고 부유하는 시인의 내면을 드러낸 것이라고 할 수 있다.

그의 시에서 주요한 이미지로서 나타나는 '포물선', '외접선', '승강', '달려오는 전파', '불안한 파장', '전주' 등의 형상화를 보면, 그는 주로 문명제재의 속성을 빌어서 부풀어올랐다 떨어지는 궤도를 중심으로 시인의 양립적인 정서, 기대와 불안, 내지 부유하는 심리적 상황을 보여주고 있음을 알 수 있다. 즉 그의 시에서 유의성을 지니는 제재는 당시의 문명제재들이며 그는 문명제재의 속성, 주로 열차의 움직임, 전주나 전파의 속성을 빌어서 그의 심리를 그려내고 있다. 그의 시에 나타난 제재의 이미지의 움직임은 물결의 움직임처럼 솟아올랐다가 내려앉고 다시 솟아오르곤 하는 특성을 보여준다. 시인이 자신의 내면적 동요를 표현하는 이같은 방식을 지칭한다면 그것은 '파동波動' 혹은 '파동적波動的'이라고 할 수 있다.

'파동', '파장'은 문명제재의 속성과 관련하여 현대에 특히 부각된 개념이지만, 이것들의 의미는 원래 '물결의 흐름'을 지칭하는 것으로부터 연원한 것이다. 즉 이것들은 만물의 생성과 지속을 의미하는 우주, 자연, 생명체의 리듬rhythm이나 율동이라는 좀더 큰 범주에 속하며 이것의 연속선 상에서도 이해될 수 있다. '파도'의 물결, '생명체'의 숨결, '낮밤'의 순환, 그리고 '별들'의 궤도 등에서 보듯이, '율동', '리듬'이란 우주만물이 살아움직이고 있는 표지이자 동시에 그렇게 존재하게끔 만드는 동력인 것이다. 우리는 이러한 자연스러운 흐름 내지 궤도에 일어나는 변화를 통하여, 지진이나 해일, 우주의 이변 등을 감지할 수 있으며, 인간을 비롯한 모든 생명체도 어떠한 환경적, 물리적, 심리적 변화와 충격에 직면하였을 때 심장 박동의 흐름으로써 그것을 외현화하여 드러낸다.

문명제재와 그것의 '파동', '파장'의 영향은, 오늘날 현대인이 언뜻 감지하기 어려우리만치 친숙하지만 그럼에도 인위적인 것이다. 라디오나 Mp3를 들을 때, 스마트폰과 티비를 볼 때, 버스를 타거나 지하철을 탈 때 혹은 신용카드가 기기를 스칠 때 등 매순간의 우리의 일상에서, 우리는 '라디오',

'전기', '전자', '기계', '전자기' 등을 경유하는 토대 속에서 살아가며 이같은 문명이기의 미세한 파동, 파장과 관련한 이기利器로서 살아가면서, 때로는 그것으로 인한 감각적, 심리적 피로, 멀미를 경험하기도 한다. 박인환의 시는, 자연, 인간, 우주의 생동원리로서의 율동이나 리듬의 궤도를 보여준다기보다는, 주로, 이것들이 충격이나 위기에 직면했을 때의 불규칙적이면서 급격한 움직임이나 그 흐름의 갑작스런 정지상태 등을 주요하게 형상화하고 있다.

'파동波動wave'은 물결의 흐름을 뜻하지만 이것은 어떠한 상황이나 결과로 인한 영향을 뜻하기도 한다. 그런데 '경제파동', '석유파동' 등의 용례에서 보듯이 '파동'의 보편적 의미는 어떠한 지표의 급격한 '오르내림'의 불안정성으로 인한 영향이라는 의미범주를 지닌다. 그리고 물리적인 의미의 '파동wave'은 규칙적, 불규칙적 오르내림을 이루는 하나의 극에서 다른 극으로의 급격한 변화를 보여주는 움직임을 뜻한다. 이러한 파동의 형태로는 '내음', '소리' 등의 물질이 퍼지는 '역학적 파동', '라디오파', '주파수', '전주'가 매질이 없이 파동하는 '전자기파' 등을 들 수 있다.[10] '파동'의 의미와 유사하면서 대비될 수 있는 것으로, '파장波長 wavelength)'을 들 수 있다. '파장'은 '파동'에서 같은 위상을 가진 서로 이웃한 두 점 사이의 거리를 뜻한

---

10) '파동wave'은 입자particule와 함께 물리학의 두 가지 중요개념으로서 물리학의 모든 분야에서 중요한 역할을 한다. 물질matter이 한 점에 집중되어concentrated 있는 개념인 입자와는 반대로 파동은 에너지가 넓게 퍼져서 distribute 공간space을 채우는 성질을 가진다. '파동'은 크게 역학적 파동mechanical wave, 전자기파electromagnetic wave, 물질파matter wave 등으로 나눌 수 있다. 물이 흔들리는 파도, 바이올린 현의 진동, 소리(음파), 지진파 등 물질이 진동하여 나타나는 파동을 역학적 파동이라 한다. 이들은 물, 줄, 공기 등 물질을 매질material medium로 하여 전달되므로 Newton의 운동법칙으로 풀 수 있다. 전자기파electromagnetic wave는 빛, X-선, 라디오파 등을 일컬으며 매질이 필요없이 진공에서 움직인다. 양자물리학 quantum physics에서는 전자나 양성자 같은 물질도 파동성wavelike property을 가지고 있는 것으로 볼 수 있으며 이 성질을 물질파matter wave라고 한다. 김창호, 『물리화학 핵심용어사전』, 시공사, 2006, pp.100~101.

다. 그러나 '파동'의 의미확장과 유사한 방식으로 '파장'또한 '충격적인 일이 미치는 영향, 또는 그 영향이 미치는 정도나 동안을 비유한 말'[11]까지 포괄하고 있다.[12] 이와 같이 '파동'과 '파장'은 물리적 의미로 볼 때 서로 밀접한 관계를 지니는 것이기도 하지만 보편적 의미로 볼 때도 이것들은 유사한 의미범주를 지니고 있다. 즉 '파동'과 '파장'은 '물결', '소리', '진동', '전파' 등이 오르내리며 퍼지는 속성을 지칭하는 것으로부터 충격적인 일이나 원인이 사회, 경제, 문화, 인간심리 등에 미치는 영향까지를 비유하여 나타내고 있다.

'파동'의 한 간격을 지칭하는 '파장'의 개념이 특히 유의성을 지니게 된 것은 전화와 전기, 라디오, 텔레비젼 등이 발명되고 이것들이 우리에게 전달되는 경로인 '전파' '주파수' 등이 대중의 인지에 부각되는 현대문명사회에 이르면서부터이다. 특히, 전화와 축음기, 탈 것 등의 개발과 발달은 도시의 주조음(keynote sound)을 아주 바꾸어 놓았다. 현대문명을 사는 우리는 귀뚜라미같은 풀벌레 소리보다는 거리의 라디오음악, 스마트폰의 벨소리, 차량엔진음에 더 익숙해져 있다. R. Murray Schafer는 '소리sound'와 관련하여 사람들이 구상하는 장면에 관하여 '소리풍경soundscape'이라는 말로 처음 명명하였다.[13] 즉 '소리풍경soundscape'이란 "청각적 측면에서

---

11) 『엣센스 국어사전』(제6판), 민중서림, 2011, p.2463.

12) 물리적인 의미에서 '파장'은 두 개의 연속적인 '파동'에서 대응되는 두 점 사이의 거리를 지칭하는 것이다. 여기서 대응되는 점이라는 말은 동일한 위상(즉 주기적인 운동을 동일한 양만큼 완료한 것을 말함)을 갖는 두 지점이나 입자를 의미한다. 대개 횡파(파의 진행방향에 대해 수직으로 진동하는 파)에서 파장은 마루에서 마루까지 또는 골에서 골까지로 측정한다. 종파(진행방향과 같은 방향으로 진동하는 파)에서는 소(疏)에서 소까지 또는 밀(密)에서 밀까지로 측정된다. 파장은 공간에 퍼져있는 파동(波動wave)의 한 번의 주기가 가지는 길이이다. Encyclopaedia Britannica, Inc, 2007.

13) 그는 '소리풍경soundsape' 뿐만 아니라 소리가 인간에게 미치는 내면의 풍경과 관련한 다양한 용어들을 고안하였다. 구체적으로, 그는 '표지landmark'로부터 '소리표지soundmark', '형상figure'으로부터 '소리신호sound signal', '토대ground'로부터 '주조음keynote sound'이

의 풍경(landscape)의 등가물the sonic equivalent of landscape, 특히 청취자들에 의해 지각되고 이해되는 방식에 있어서, 일종의 소리 환경an environment of sound"[14]이다. 이 연장선 상에서, 소리, 진동, 주파수 등을 지닌 문명제재의 '파장'과 관련하여 사람들이 구성해내는 개별화된 내면의 형상을, Schafer 가 조어한 방식으로 개념화해본다면, '파장풍경wavescape'이 될 것이다.

박인환의 시에서 유의성을 지니는 '파장(波長)'의 속성은, 청각적, 촉각적 인 측면에서는 전쟁의 폭음, 내귀의 폭풍, 전율 등의 형상으로 나타나기 도 하지만, 그의 시에서 주요한 부분을 차지하는 것은 주로, 시각적인 측 면에서의 다양한 '파동적(波動的) 형상'이다. 즉 박인환의 시에서 '파장(풍경)' 은 당시에 그가 접했던 새로운 문명과 비극적 전쟁을 접하는 자신의 내면 에 관하여 '파동적 이미지'로써 형상화되고 있다. 예를 들면, 그의 시 「밤의 노래」에서, 시적 화자는 고요한 암흑 가운데서 "끝없이 들려오는 파장"을 느끼며, 그것은 "고막을 깨뜨릴 듯이 달려오는 전파"로 구체화되면서 "선 을 그린"다("또한 끝없이 들려오는 불안한 파장/내가 아는 단어와/나의 평범한 의식은/밝아 올 날의 영역으로/위태롭게 인접되어 간다……욱어진 이신異神의 날개들이/깊은 밤/저 기아飢 餓의 별을 향하여 작별한다.//고막을 깨뜨릴 듯이/달려오는 전파/그것이 가끔 교회의 종소리에 합쳐/선을 그리며/내 가슴의 운석에 가라앉아버린다", 「밤의 노래」 부분). 즉 이 시는 '고막 을 깨뜨릴 듯이 달려오는' '불안한 파장', 즉 '선을 그리며' '내 가슴의 운석' 으로 결정화되는 '파동적 형상'을 통하여, 문명미래사회 혹은 전운이 감도 는 현실에서 시인이 겪는 불안감을 구체화하고 있다.

박인환의 시에서는 '내음', '소리' 등, 물질이 퍼지는 것을 형상화한 것('역

라는 신조어들을 만들어내었다, R. Murray Schafer, *Glossary of soundscape terms*, The Soundscape: Our Sonic Environment and the Turning of the World, Destiny Books, Rochester, Vermont, 1993 참고.

14) James Phelan and Peter J. Rabinowitz, Narrative Theory, Blackwell, 2005, p.550.

학적 파동')을 비롯하여, '라디오파', '주파수', '전주'가 매질이 없이 파동하는 것을 형상화한 것('전자기파'), 그리고 '신호탄', '귀에서의 폭풍' 등과 같이, 파동성을 지닌 문명제재가 주요하게 나타나며 이것들이 지닌 파장, 파동의 속성과 그 자신의 내면을 일체화하여 그린 시편들이 다양하게 나타난다. 그의 시편들에서 '문명적인 것'은 '전란' 체험의 내면을 형상화하는 주요한 제재이다. 그의 시는, '피묻은 전주'나 '안구가 없는 네온사인', 즉 문명적인 것과 전쟁 징후적인 것이 결합된 비유적 형상들을 통하여, 전란의 죽음과 공포 그리고 인류의 미래에 대한 비관적 전망을 형상화하고 있다. 이러한 시상전개를 보여주는 작품으로는, 「검은 강」, 「신호탄」, 「무도회」, 「잠을 이루지 못하는 밤」, 「불행한 신」, 「식민항의 밤」 등, 상당수 그의 작품을 들 수 있다. 그의 시의 시상전개는 주로 문명적 제재를 통하여 형상화되며, '열차', '전주', '파장', '신호탄' 등과 같은 제재의 특성으로부터, 시인 자신이 처한 전란 전후의 상황적 국면과 불안의식을 형상화하는 과정이 그의 시의 주요한 부분을 이룬다. 그는, 6.25전란으로 인해, 친우들이 죽고 폐허로 된 고향을 지켜보면서, '광장의 전주'와 '내 귀에 울려오는 폭풍'과 같은 형상을 통하여, 전쟁의 공포와 불안과 절망, 그리고 미래에 대한 비관적 전망을 나타내고 있다.

즉 박인환 시에서는 6.25전란 前後 지식인의 내면의 역정과 비극적 정서가 주요한 부분을 이룬다. 이것은 주로 '파동적 이미지'의 형상화로 나타나며 구체적으로 파장, 포물선, 궤도, 외접선 등으로서 표현된다. 이와 같은 '파동적 이미지'는 주로 당시의 문명제재, 전주, 열차, (비행기)폭음. 신호탄 등, 문명이기와 관련하여 형상화되고 있다. 이 중에서 박인환 시에서 유의성을 지니는 것은 이러한 문명의 이기들의 속성 특히 이것들이 인간에게 미치는 정서적, 의식적 영향과 관련한 것으로서 시인은 그것을 '불안한 파장'이라고 명명하고 있다. 즉 그의 시는 열차, 전신주, 신호탄, 전투기폭음 등을 포괄한 문명의 이기들이 인간에게 미치는 물리적 파장 곧 청각적, 촉각적, 시각적 이미지 등을 모티브로 하면서도, 그것들로부터 그가 당면한 격변하는 전란기 현실 및 미래에 대한 그의 직관과 의식을 전개하고 있다.

박인환의 시편들에서, '불안한 파장', 즉 문명제재의 '파장'과 관련한 시각화된 내면풍경의 '파동적 이미지'에 주목하는 일은, 그가 당대의 격변기의 현실 속에서 겪었던, 들끓는 모순된 정서들로써 직조한, 6.25전란기 지식인의 내면의 역정을 읽어내는 일이다. 그리고 이것은, 전란의 극한상황에서도 자신의 몸을 일으켜 삶의 마지막 순간까지 '시'를 써나갔던 전후의 한 시인이 간직한 '시'와 '인간'에 대한 믿음을 읽어내는 일이다. 그는 '시'를 씀으로써, 자신이 처한 당대 현실의 과거와 현재를 직시하고, 그 스스로가 끝없이 분열되는 그 속에서도 어떠한 미래를 비추어내려는 의지를 보여주는, 절박한 내적 투쟁을 드러내었다("여하튼 나는 우리가 걸어온 기로가 갈 길 그리고 우리들 자신의 분열한 정신을 우리가 사는 현실사회에서 어떻게 나타내 보이며 순수한 본능과 체험을 통해 불안과 희망의 두 세계에서 어떠한 것을 써야 하는가", 『선시집』 후기)에).

3. '문명에의 기대와 불안'으로서의 '파동적 이미지'

박인환의 시편에서는 비스듬히 미끄러지거나 낙하하는 모티브를 비롯하여 포물선, 외접선의 궤도를 그리며 낙하하거나, 떨어졌다가 솟아오르는 형상을 보여주는 이미지가 많이 나타난다. 그의 초기시편에서 이러한 이미지들은 주로 낙하라기보다는 솟아오름에 강조점이 두어지는 궤적이 특징적이다. 떠올랐다가 낙하하는 반복적 움직임을 단적으로 보여주는 것이 그의 시에서의 '열차 이미지'이다. 그의 시편에서는 '열차'를 주요 대상으로 하거나 시상전개에서 주요한 의미를 갖는, '열차'의 '포물선적 궤도'를 환기시키는 이미지가 주요하게 나타난다.

나의 시간에 스콜과 같은 슬픔이 있다
붉은 지붕 밑으로 鄕愁가 광선을 따라가고
한없이 아름다운 계절이
운하의 물결에 씻겨 갔다

아무 말도 하지 말고
지나간 날의 동화를 운율에 맞춰
거리에 花液을 뿌리자
따뜻한 풀잎은 젊은 너의 탄력같이
밤을 지구 밖으로 끌고 간다
지금 그곳에는 코코아의 시장이 있고
果實처럼 기억만을 아는 너의 음향이 들린다
소년들은 뒷골목을 지나 교회에 몸을 감춘다
아세틸렌 냄새는 내가 가는 곳마다
음영같이 따른다.

거리는 매일 맥박을 닮아갔다
베링 해안 같은 나의 마을이
떨어지는 꽃을 그리워한다
황혼처럼 장식한 여인들은 언덕을 지나

바다로 가는 거리를 순백한 式場으로 만든다

戰庭의 수목 같은 나의 가슴은

베고니아를 끼어안고 기류 속을 나온다

망원경으로 보던 수만의 미소를 회색 외투에 싸아

얼은 크리스마스의 밤길로 걸어 보내자

「거리」

새벽처럼 지금 행복하다.

주위의 혈액은 살아 있는 인간의 진실로 흐르고

감정의 운하로 표류하던

나의 그림자는 지나간다.

내 사랑아

너는 찬 기후에서 긴 행로를 시작했다. 그러므로

폭풍우도 서슴지 않고 참혹마저 무섭지않다.

젊은 하루 허나

너와 나의 사랑의 포물선은

권력 없는 地球 끝으로

오늘의 위치의 연장선이

노래의 형식처럼 내일로

자유로운 내일로……

「사랑의 Parabola」 부분

폭풍이 머문 정거장 거기가 출발점

정력과 새로운 의욕 아래

열차는 움직인다

격동의 시간

꽃의 질서를 버리고

空閨한 나의 운명처럼

열차는 떠난다

검은 기억은 전원에 흘러가고

속력은 서슴없이 죽음의 경사를 지난다

청춘의 복받침을

나의 시야에 던진 채

미래에의 外接線을 눈부시게 그으며

배경은 핑크빛 향기로운 대화

깨진 유리창 밖 황폐한 도시의 잡음을 차고

율동하는 풍경으로

활주하는 열차

가난한 사람들의 슬픈 관습과

봉건의 터널 특권의 장막을 뚫고

핏비린 언덕 너머 곧

광선의 진로를 따른다

다음 헐벗은 수목의 집단 바람의 호흡을 안고

눈이 타오르는 처음의 녹지대

거기엔 우리들의 황홀한 영원의 거리가 있고

밤이면 열차가 지나온
커다란 고난과 노동의 불이 빛난다
혜성보다도
아름다운 새날보다도 밝게

「열차」

미끄럼판에서
나는 고독한 아킬레스처럼
불안의 깃발 날리는
땅 위에 떨어졌다
머리 위의 별을 헤아리면서

그 후 20년
나는 운명의 공원 뒷담 밑으로
영속된 죄의 그림자를 따랐다.

아 영원히 반복되는
미끄럼판의 승강昇降
멀리선 회색 斜面과
불안한 밤의 전쟁
인류의 상흔과 고뇌만이 늘고
아무도 인식치 못할
망각의 이 지상에서
더욱 더욱 가라앉아 간다.

처음 미끄럼판에서

내려 달린 쾌감도

미지의 숲속을

나의 청춘과 도주하던 시간도

나의 낙하하는

비극의 그늘에 있다,

「낙하」

　첫번째 시편을 보면 '붉은 지붕 밑으로' '향수'가 '광선'을 따라가고 곧이어 이국적 거리풍경의 모습의 형상화로 전개되는, 즉 '향수'가 '광선'을 따라 확산되어 떨어지는 방향을 따라서, 그것이 원경으로부터 근경으로 사뿐이 내려앉는 구도를 보여준다. 그런데 '향수'가 광선을 따라 공중에서 거리로 퍼져 내려오는 것에 이어 '花液', '아세틸렌 냄새', 그리고 '베고니아' 등, 향기를 따라 나타나는 제재들은, '코코아', '베링해안', '순백한 식장', '망원경', '크리스마스' 등에서 보듯이 이국적 문명사회와 그 거리풍경을 보여준다.

　이 시편에서 '향수' 혹은 '화액'이 공중으로 퍼지는 향긋한 내음은 이국 풍경을 환기시키는 거리와 그곳 사람들의 행복감을 형상화하고 있다. 그리하여 '따뜻한 풀잎'은 '밤을 지구 밖으로 끌고 간다'와 같이 '화액'의 퍼지는 모양을 따라 퍼지며 상승하는 이미지의 형상으로 나타난다. 이와 같은 서구문명의 거리와 시인이 실제로 처한 현실 사이의 거리감은, 마지막 구절에서 '망원경으로 보던 수만의 미소'라는 표현에서 간접적으로 나타난다. '향기'가 퍼지는 결을 따라 나타나는 율동적, 파동적 흐름은 다가올 새로운 세계에 대한 시인의 기대감과 흥분을 드러내는 것이며, 그것은 높은 곳에서 확산되어 퍼져 가라앉는 움직임으로 나타나고 있다.

박인환의 초기시에서 그가 어떠한 대상이나 세계에 관하여 갖는 기대와 흥분의 내면은 주로 율동적인 흐름을 보여주는 것이 특징적이다. 두번째 시편을 보면, 사랑하는 연인이 '나'를 찾아오는 것을 모티브로 한 사랑의 행복감을 그리고 있다. 특이한 것은 '내 사랑'이 '나'를 찾아오고 그러한 기쁨을 표현하고 있는 이 시의 마지막 연에서 그러한 자신의 내면을 '긴 행로' 혹은 '너와 나의 사랑의 포물선', '오늘의 위치의 연장선', '노래의 형식' 등과 같은 방식으로 표현하고 있는 점이다. 구체적으로, '행로', '포물선', '외접선', '위도', '궤도', '악보' 등으로서, 화자는 사랑하는 이인 '너'를 맞이하는 설레는 마음을 나타내고 있다. '젊은 너의 탄력', '너의 음향' 등의 표현에서 보듯이 박인환이 꿈꾸었던 새로운 세계를 이루는 주요한 한 가지가 여인과의 사랑과 관련되어 있음을 알 수 있다. 즉 박인환의 초기시에서 율동적인 흐름의 주요한 동력은 청년의 꿈과 열정과 사랑이며 다른 하나의 것은 다가올 새로운 사회에 대한 기대와 열망임을 알 수 있다.

박인환의 시에서 파동적 이미지를 구체적으로 나타내는 것은 '열차'라고 할 수 있는데, '열차'는 그의 초기시에서 다가올 문명화된 미래에 대한 꿈과 기대를 견인하는 상징적 제재이다. 세번째 시에서 '열차'는 '죽음의 경사'를 지니고 '활주'하는 '속력'으로 '광선의 진로'를 따르고 있다. 이 시에 의하면, '열차'의 동력원은 '정력과 새로운 의욕'과 '청춘의 복받침'이다. 이러한 동력원으로써 움직이는 '열차'는 '검은 기억'을 흘러보내며 '황폐한 도시의 잡음을 차'며 '슬픈 관습과 봉건의 터널 특권의 장막을 뚫'고 '핏비린 언덕'도 넘어간다. 그리고 '열차'는 '죽음의 경사'를 지니는 '속력'으로써, 극복해야 할 주변의 것들을 통과하며 마침내 화자는 열차가 '미래에의 외접선'을 그리며 '황홀한 영원의 거리'와 '아름다운 새날'과 '신시대의 행복'으로 이르게 될 것이라는 상상을 전개시키고 있다. 즉 '열차'의 파동적 궤적에는 화자의 내면적 파동의 궤적이 상응하고 있다. '열차'가 그리는 '죽음의 경사' 내지 '속력'은 화자가 처한 피폐한 현실풍경을 조감하도록 만들며 그와 동시에 앞으로 올 문명화된 세계에 대한 불안감을 비추어내고 있다.[15]

'율동하는 풍경으로 달리는' '열차'의 궤도는, 마지막 시편에서는 '아킬레스'가 '미끄럼판'을 오르내리는 장면으로 나타나고 있다. 박인환의 시에서는 주로 시적 화자가 '나'로 나타나며 시적화자를 어떤 인물로서 표현하는 경우가 드물다. 그럼에도 이 시에서 '나'는 '아킬레스'로 비유되어 있는데, '아킬레스'는 '아킬레스건' 즉 발목부위를 지칭하는 것으로 널리 알려져 있듯이, 그는 그리스 신화의 인물로서 모계는 신의 혈통을 부계는 인간의 혈통을 지닌 존재로서 전투 중에 발목부위를 활에 쏘여 쓰러지게 되는 인물이다. 이 시는 발목의 부상을 당한 것을 의미하는 '아킬레스'와 같은 '나'가 '미끄럼판'으로 올라가서 내려오기를 '영원히 반복'하는 장면을 그리고 있다.

발목을 다쳤음에도 영원히 미끄럼판을 승강하는 것은 무엇을 의미하는가. '내려 달린 쾌감'을 만끽하면서도 '비극의 그늘' 속으로 '더욱 가라앉아 감'을 인식하면서도, 이러한 행위를 반복적으로 하게 되는 것은, 꿈꾸기 어려운 여건 속에서도 끊임없이 희망을 품고 나아왔던 인류의 모습이기도 하다. 구체적으로, '미끄럼판'의 '승강'은 앞 시에서 '열차'를 타고 '죽음의 속력'으로 내닫던 시적 화자의 모습을 좀더 압축적인 것으로 나타낸 것이다. 그는 '미끄럼판'의 '회색의 사면'을 오르내리며 '불안한 밤의 전쟁'과 '인류

---

15) 문명이 시인에게 다가오는 기대감과 불안감은 파동적인 궤도로서 형상화되곤 하는데, 이것은 단적으로, 「투명한 버라이어티」(1955.11, 『현대문학』)에서, '타이프라이터의 신경질'과 '페리 코모의 「파파 러브스 맘보」', '찢어진 트럼펫' 등의 문명제재의 소리sound를 중심으로 한 시구들에 이어서 "문명은 은근한 곡선을 긋는다"라는 시구에서도 볼 수 있다.

의 상흔과 고뇌'를 체험한다.

'열차의 속력'과 '미끄럼판의 승강'은 시인에게서 현대문명이 지닌 '속력'과 '변화'를 '파동적 이미지'로서 나타내는 것이면서 그 이면에 새로운 문명적인 것에 대한 '기대'와 '불안'을 동전의 양면처럼 보여주는 것이다. 즉 그는 다가올 시대의 놀랄만한 '속력'과 맞이할 세계의 급진적 변화에 대한 기대감을, 피폐한 현실로부터 비약적 도약을 꿈꾸는 '포물선적 이미지'로서 드러내고 있다. 즉 그는 '열차'와 '미끄럼'의 '파동적 이미지'로서, '속력'의 쾌감과 기대와 불안이라는 공존하면서도 상반되는 정서를 나타내고 있다.

정막한 가운데
인광처럼 비치는 무수한 눈
암흑의 지평은
자유에의 경계境界를 만든다.

사랑은 주검은 사면斜面으로 달리고
취약하게 조직된
나의 내면은
지금은 고독한 술병.

밤은 이 어두운 밤은
안테나로 형성되었다
구름과 감정의 경위도經緯度에서
나는 영원히 약속될
미래에의 절망에 관하여 이야기도 하였다.

또한 끝없이 들려오는 불안한 파장

내가 아는 단어와

나의 평범한 의식은

밝아올 날의 영역으로

위태롭게 인접되어 간다.

가느다란 노래도 없이

길목에선 갈대가 죽고

욱어진 이신異神의 날개들이

깊은 밤

저 기아飢餓의 별을 향하여 작별한다.

고막을 깨뜨릴 듯이

달려오는 전파

그것이 가끔 교회의 종소리에 합쳐

선을 그리며

내 가슴의 운석에 가라앉아버린다.

「밤의 노래」

　시인은 '암흑의 지평' 속에서 감지되는 유형, 무형의 것들 속에서 인간이 겪게 될 앞으로의 운명과 그 미래에 대한 불안과 두려움을 형상화하고 있다. 즉 그는 '취약하게 조직된 나의 내면' 속에서 '주검은 사면으로 달리고' '나의 내면'은 '고독한 술병'과 같다고 표현한다. 특징적인 것은 어두운 밤속에서 '안테나'와 '전주' 등은 화자의 내면을 일깨우며 그것이 지닌 복합적인 지점을 표현하고 있다는 점이다. 그리고 이 시편에서도 '사면', '경위도', '경계', '파장' 등과 같이 어떠한 궤도를 그리는 제재 및 이미지를 통하여 시인의 내면을 조직화하는 특성을 보여준다.

즉 시인은 자신이 바라보는 '어두운 밤', '암흑의 지평'으로부터 이것과 '고독한 술병'과도 같은 '취약하게 조직된 나의 내면'을 유추적으로 대응시키고 있다. 그는 이 어두운 밤이 '안테나로 형성되었'음을 말하면서 동시에 자신의 내면또한 '구름과 감정의 경위도'를 그리며 '미래에의 절망에 관하여 이야기'하고 있음을 말하고 있다. 그는 밤을 수놓는 '안테나들'로부터 '끝없이 들려오는 불안한 파장'을 체험하는데, 이것은 기실 '구름과 감정의 경위도'로 형상화한 그의 내면에서 들려오는 심리적 '파장'인 것이다. 그는 안테나들의, 혹은 자신내면의 '파장'으로부터 '밝아올 날의 영역' 곧 미래세계를 향하여 '평범한 나의 의식'을 '위태롭게 인접'해 보고자 한다. 그리고 그는 자신이 당면한 전란의 현실이 '이신의 날개들'과 '교회의 종소리'와도 무관하지 않은 것임을, 즉 이러한 현실이 인류사의 전개과정에서 어쩌면 필연적인 것이면서 동시에 그것은 인간의 야욕에 대한 신의 뜻과도 무관하지 않은 것임을 형상화하고 있다.

그는 이러한 복합적이고 극적인 심회를 '고막을 깨뜨릴 듯이 달려오는 전파'라는 물리적 '파장'으로써 나타내는데 이것은 또한 그의 불안한 내면으로부터 들려오는 '파장'을 외현화한 것이다. 그리고 물리적인 청각적 '파장'으로써 형상화한 그의 내면의 '불안한 파장'은 '교회의 종소리'에 합쳐 '선을 그리며' '내가슴의 운석에 가라앉아버리'는 시각적인 '파동적 이미지'로서 구체화되고 있다. 특징적인 것은, 시인이 암흑 속의 '안테나', '전주', '전파' 등의 '파장'을 통하여 '밝아올 날의 영역'을 '위태롭게 인접'해본다는 것이며 이것들이 인간과 인간이 속한 세계에 미칠 것들에 대한 불안과 두려움을 '고막이 터질듯이 달려오는 전파'로서 형상화하고 있다는 점이다.

4. '전쟁에의 공포와 광란된 의식[16)]'으로서의 '파동적 이미지'

박인환의 초기시편들에서 문명의 이기로서의 표상이었던 '열차'와 '전주'의 이미지가 단적으로 보여주듯이, 이것들이 그리는 포물선의 궤적은 그것의 부풀어오름 즉 신시대에 대한 흥분과 기대감에 좀더 초점이 놓인 측면도 있었다. 그런데 6.25전란과 그로 인한 시인의 피난 및 종군체험 등은 그의 시편에서 특징적이었던 '파동 이미지'를, 치솟으면서도 동시에 낙하하는 지점 혹은 낙하에 방점이 놓인 것, 즉 절망과 피폐함의 의미 쪽으로 바꾸어 놓았다. 특히, 6.25전란 이후 시인이 체험한 일련의 사건들을 형상화한 시편들에서는 생과 사의 갈림길을 순식간에 오가야만 했던 시인의 불안과 공포와 절망이 그려지고 있다.

> 생과 사의 눈부신 외접선을 그으며
> 하늘에 구멍을 뚫은 신호탄
> 그가 침묵한 후
> 구멍으로 끊임없이 비가 내렸다.
> 단순에서 더욱 주검으로
> 그는 나와 자유의 그늘에서 산다.
>
> 「신호탄」 부분

---

16) '광란된 의식'은 박인환의 「무도회」에서 "광란된 의식과 불모의 육체"라는 구절에서 나온 것이다.

연기煙氣와 여자들 틈에 끼여
나는 무도회에 나갔다.

밤이 새도록 나는 광란의 춤을 추었다.
어떤 시체를 안고.

황제는 불안한 상들리에와 함께 있었고
모든 물체는 회전하였다.

눈을 뜨니 운하는 흘렀다.
술보다 더욱 진한 피가 흘렀다.

이 시간 전쟁은 나와 관련이 없다.
광란된 의식과 불모의 육체…… 그리고
일방적인 대화로 충만된 나의 무도회.

나는 더욱 밤 속에 가라앉아간다.
석고의 여자를 힘 있게 껴안고

새벽에 돌아가는 길 나는 내 친구가
전사한 통지를 받았다.

「무도회」

갈대만이 한없이 무성한 토지가

지금은 내 고향.

산과 강물은 어느 날의 회화繪畫
피 묻은 전신주 위에
태극기 또는 작업모가 걸렸다.

학교도 군청도 내 집도
무수한 포탄의 작렬과 함께
세상엔 없다.

인간이 사라진 고독한 신의 토지
거기 나는 동상처럼 서 있었다.
내 귓전엔 싸늘한 바람이 설레이고
그림자는 망령과도 같이 무섭다.

「고향에 가서」 부분

　위 시편들은 전쟁에서 병사가 맞이한 최후의 순간, 친우의 죽음과 전쟁
의 공포 속에서 맞이하는 무도회에서의 처절한 심경이 소용돌이의 선을 그
리면서 형상화되고 있다. 첫번째 시편은 전쟁에 참전한 병사가 적군들에
에워싸이면서 죽음을 맞이하기 바로 직전에 자신이 처한 상황과 적군들의
위치를 알리는 '신호탄'을 쏘아올리며 최후를 맞이하는 장면을 형상화하
고 있다. '생과 사의 눈부신 외접선을 그으며' '하늘에 구멍을 뚫은 신호탄'
의 수직상승과 추락의 궤적은 병사가 죽음을 맞이하던 그 순간의 공포와
절망을 하나의 '파장풍경wavescape'으로써 형상화한 것이다.

두번째 시는 '연기'로 상징화된 전쟁 상황 속에서 참전 병사들과 종군작가들을 독려하기 위해 마련된 한 '무도회'를 배경으로 하고 있다. 전란 속에서 주변 사람들의 죽음을 맞이하며 자신이 또한 언제든 죽을 수 있다는 공포감 혹은 이것을 떨쳐버리기 위한 몸부림은 (음악이 흐르는) 무도회의 '불안한 상들리에' 아래서, '광란의 춤'을 추는 화자의 움직임으로 나타나고 있다. 화자는 "광란된 의식과 불모의 육체"로써 '광란의 춤'을 추면서 '회전'하면서 마침내 쓰러진다. 그가 잠시나마 망각하고자 했던 현실은 의식을 잃은 이후, '돌아가는' '새벽'에 내 친구가 전사한 통지를 받으며 다시 일깨워진다. 무도회에서 광란의 춤을 추다 쓰러지는 화자의 모습은 앞의 시에서 병사가 적군들에게 에워싸여 죽기 직전에 쏘아올렸던 '신호탄'의 수직 상승/추락의 다른 변주체이다. 즉 이 모습역시 전쟁통의 삶과 죽음의 갈림길에서, 화자가 겪고 있는 극심한 공포와 불안감을 그 자신의 몸이 하나의 '회전체'로 된 형상으로서 드러내고 있다.

'무도회'에서 시인이 춤을 추는 대상은 '석고의 여자'로서 나타나는데 이것은 화자가 안고 있는 긴장과 불안과 공포의 결정체의 비유이다. 이같은 의식의 상태는 세번째 시편에서 구체적으로 나타난다. 시인은 한 지면에서, "얼마 전 나는 강원도를 찾았다. 내가 살던 집, 학교, 군청, 어디서 그 자취를 찾으랴. 그저 산과 물은 전과 다름이 없으나 그외 모든 것은 모진 화열에 휩쓸리고 선량한 아직 때에 젖지 않은 사람들은 한없이 맑은 푸른 하늘만을 바라보고 있다(『신태양』(1954.4) 부분)", 즉 6.25전란으로 피난을 갔다가 다시 돌아온 고향이 폐허화되었음을 진술한 다음에 위의 세번째 시편을 소개하고 있다. 이 시에서 시인은 6.25전란으로 인하여 바뀐 고향의 모습에 극심한 충격을 받는 상황을 그리고 있다. 고향의 황폐함은 '산과 강물은 어느 날의 회화' 즉 과거의 추억일 뿐이라는 것과 '피 묻은 전신주'라

는 것으로서 상징화된다. 시인은 '무수한 포탄의 작렬과 함께' 사라져버린
그 자리에서 '동상'처럼 굳어져버리며 '무섭다'라는 (그로서는 드문) 표현을 쓰
고 있다. 여기서 굳어져 버린 '동상'이 된 자신이란, 앞 시에서 자신이 춤을
추는 대상을 '석고의 여자'라고 한 것과 유사한 이미저리를 형성하며, 이것
은 화자의 절망과 허망함의 결정체이자 의식중단 혹은 의식, 무의식의 공
황상태를 나타내고 있다.

「잠을 이루지 못하는 밤」에서, 그는 전쟁터에서 죽으러가는 병사를 위
한 축제가 열리고 또 다음날 전사소식을 듣곤하는 하루하루를 '망각의 피
안'의 '비참한 축제'라고 명명하였다("하루하루가 나에게 있어서는/ 비참한 축제였
다.// 그러나 부단한 자유의 이름으로서/ 우리의 뜰 앞에서 벌어진 싸움을 통찰할 때/ 나는 내
출발이 늦은 것을 고한다.// 나의 재산……이것은 부스러지/ 나의 생명……이것도 부스러지/ 아
파멸한다는 것이 얼마나 위대한 일이냐.// 마음은 옛과는 다르다. 그러나/ 내게 달린 가족을 위
해 나는 참으로 비겁하다", 「잠을 이루지 못하는 밤」 부분). 그러한 상황 속에서 그는
'나의 재산'과 '나의 생명'이 한갓 '부스러지'임을 실감한다. '파멸한다는 것
이 얼마나 위대한 일이냐'고 되뇌이지만 바로 그 다음 자리에서 '그러나 내
게 달린 가족을 위해 나는 참으로 비겁하다'고 말하며, 허무와 절망과 인
간적 욕망 그 사이에서의 극심한 내면적 갈등을 드러내고 있다.

6.25전란과 관련한 박인환의 시편들에서는 죽음의 현장을 체험하는 자
의 극심한 불안과 공포와 내적 혼란 등이, 치솟거나 회전하며 혹은 쓰러지
거나 무너지는, 급격한 상승과 추락의 소용돌이의 형상으로서 나타난다.
시인은 전쟁의 상황을 인류의 종말과 관련하여 사유하기도 하는데, 「종
말」에서 화자는 '금단의 계곡' 저 아래로 내려가서는, 손가락을 피로 물들
이어 암흑을 덮어주는 월광을 가리키는데, 그는 '월광'으로부터 '지옥에서
밀려나간 운명의 패배자 너는 또다시 돌아올 수 없다'라는 환청을 듣기도

한다("금단의 계곡으로 내려가서/ 동란을 겪은 인간처럼 온 손가락을 피로 물들이어/ 암흑을 덮어주는 월광을 가리키었다./ 나를 쫓는 꿈의 그림자/ 다음과 같이 그는 말하는 것이다./ ······ 지옥에서 밀려나간 운명의 패배자/ 너는 또 다시 돌아올 수 없다······"「종말」부분).

신이란 이름으로서
우리는 최종의 노정을 찾아보았다.

어느 날 역전에서 들려오는
군대의 합창을 귀에 받으며
우리는 죽으러 가는 자와는
반대 방향의 열차에 앉아
정욕처럼 피폐한 소설에 눈을 흘겼다.

지금 바람처럼 교차하는 지대
거기엔 일체의 불순한 욕망이 반사되고
농부의 아들은 표정도 없이
폭음과 초연이 가득 찬
생과 사의 경지에 떠난다.

달은 정막보다도 더욱 처량하다.
멀리 우리의 시선을 집중한
인간의 피로 이루운
자유의 성채
그것은 우리와 같이 퇴각하는 자와는 관련이 없었다.

신이란 이름으로서

우리는 저 달 속에

암담한 검은 강이 흐르는 것을 보았다.

　　　　　　　　　　　　　　　　　　　　　　　「검은 강」

　박인환의 시에서는 전후의 불안과 비극적 상황을 드러내면서도 한편으로는 당대 현실의 냉혹한 국면을 드러내는 것을 볼 수 있다. 위 시에서는 '죽으러 가는 자'인 '농부의 아들'과 이들의 '반대방향의 열차'에 앉아 '정욕처럼 피폐한 소설에 눈을 흘기'는 당대 지식인의 모습이 '열차' 속에서 서로 반대방향에 앉아있는 것으로 나타나 있다(이것은 시인이「식민항의 밤」에서 은행인이 동반한 소녀를 보며 '꽃값'이 '소녀'보다 비싸다라는 냉소적 표현("은행 지배인이 동반한 꽃 파는 소녀//그는 일찍이 자기의 몸값보다/꽃값이 비쌌다는 것을 안다")을 쓴 것과 견주어볼 수 있다). 위 시에서 화자는 생과 사의 갈림길처럼, 전쟁터로 향하는 '농부의 아들'과 반대의 방향에 앉아있는 자신의 모습을 응시하는 가운데, 전란 속에서 문학하는 지식인으로서의 자괴감을 보여주고 있다. 시인이 생과 사의 귀로, '죽으러 가는 자'와 '퇴각하는 자'를 동시에 응시하는 곳은 바로 달리는 '열차' 안에서이다. 화자는 달리는 '열차' 속에서의 이러한 극적 상황을, '바람처럼 교차하는 지대'로서 나타내고 있다. 또한 인간의 극심한 이기심이 초래한 전란상황에 놓인 화자는, '정욕처럼 피폐한 소설'을 들여다보고 있는, 문인으로서의 자괴감을 그리고 있다. 화자는 '폭음과 초연의 생과 사의 경지'에서 우리와 같이 퇴각하는 자와는 관련이 없는 '달'의 형상을 통하여 전쟁 속에서 부재한(듯한) '신'을 불러보기도 한다. 그러나 그 신은 '저 달 속에 암담한 검은 강이 흐르는 것'으로서 다가올 뿐이다.

　이 시는, 그가 『선시집』 후기에서 밝혔듯이, 자신이 쓰고자 했던 시의 주제, 즉 인류가 온 길과 당면한 현재 그리고 곧 오게 될 세계의 모습을 그려 보는 것으로서, 6.25전란기 지식인의 혼란, 분열된 의식과 무의식의 자리를 드러내고 있다. 무엇보다도, 이 시는 '현대문명'의 상징인 달리는 '열차' 속에서 죽으러 가거나 죽음을 지켜보아야 하는 화자가, 간절히 부르는 '신'은 '달 속'에 흐르는 '암담한 검은 강'으로만 여겨지는 전후 지식인의 비극적 운명이 형상화되고 있다.

5. '전후戰後의 페시미즘'으로서의 '파동적 이미지'

박인환의 시편들은, 전쟁으로 폐허가 된 현실과 그의 죽음이 임박해지는 시기에 이르면, 그의 시에서의 '파동적 이미지'는 주로, '환각', '환청', '숙취' 모티브와 관련하여 부단히 동요하며 끊임없이 분열되는 자아의 내면풍경을 보여준다.

오늘 나는 모든 욕망과
사물에 작별하였습니다.
그래서 더욱 친한 죽음과 가까워집니다.
과거는 무수한 내일에
잠이 들었습니다.
불행한 신
어데서나 나와 함께 사는
불행한 신
당신은 나와 단 둘이서

얼굴을 비벼대고 비밀을 터놓고

오해나

인간의 체험이나

고절孤絕된 의식에

후회치 않을 것입니다.

또 다시 우리는 결속되었습니다.

황제의 신하처럼 우리는 죽음을 약속합니다.

지금 저 광장의 전주電柱처럼 우리는 존재됩니다.

쉴 새 없이 내 귀에 울려오는 것은

불행한 신 당신이 부르시는

폭풍입니다.

그러나 허망한 천지 사이를

내가 있고 엄연히 주검이 가로놓이고

불행한 당신이 있으므로

나는 최후의 안정을 즐깁니다.

「불행한 신」

깨끗한 시트 위에서

나는 몸부림을 쳐도 소용이 없다.

공간에 들려오는 공포의 소리

좁은 방에서 나비들이 날은다.

그것을 들어야 하고

그것을 보아야 하는

의식意識

오늘은 어제와 분별이 없건만

내가 애태우는 사람은 날로 멀건만

죽음을 기다리는 수인과 같이

권태로운 하품을 하여야 한다.

창밖에 나리는 미립자

거짓말이 많은 사전

할 수 없이 나는 그것을 본다.

변화가 없는 바다와 하늘 아래서

욕할 수 있는 사람도 없고

알래스카에서 달려온 갈매기처럼

나의 환상의 세계를 휘돌아야 한다.

위스키 한 병 담배 열갑

아니 내 정신이 소모되어 간다. 시간은

15일 간을 태평양에서는 의미가 없다.

하지만

고립과 콤플렉스의 향기는

내 얼굴과 금 간 육체에 젖어버렸다.

바다는 노하고 나는 잠들려고 한다.

누만년의 자연 속에서 나는 자아를 꿈꾼다.

그것은 기묘한 욕망과

회상의 파편을 다듬는

음참陰慘한 망집妄執이기도 하다.

「15일간」 부분

…… 이외에도 많은 감명적인 인물과 장면이 있으나, 여기에 그것을 다 적을 수도 없고 단지 몇 가지의 예만 들었으나, 앞으로 내가 보고 싶은 것은 「공포의 보수」이다. 그 시나리오를 읽은 후 나는 오랫동안 정신이 없었다. 모두 등장하는 인물은 다른 세상에서 버림받고, 인간의 마지막 토지를 찾아온 사람들이며, 그들은 그곳에서 또다시 떠나기 위하여 갖은 최선을 노력했으나, 끝끝내 그 절박된 것을 뛰어넘지 못하고 죽고 마는 것이다. 이런 인물의 등장은 내가 지금까지 기다리고 바라던 영화의 세계인 것이다.

「절박한 인간의 매력」 부분

첫 번째 시에서는 비극적 처지에 놓인 시인 자신의 운명을 '불행한 신'과 함께 하는 것과 관련지어 형상화하였다. 그는 불행한 신이 언제나 자신과 함께 있으며 내 귀에서 '폭풍'을 부른다고 표현하는데, '불행한 신'은 '문제되는 것'(「문제되는 것-허무의 작가 김광주에게」)으로서 명명되기도 한다. 그는 '불행한 신'과 함께 하는 그 자신이, '저 광장의 전주'처럼 존재하여 '불행한 신'인 '당신이 부르시는 폭풍'의 흐름을 느끼며 부단히 동요하는 존재로 표현한다. 그리고 그는 역설적으로, '불행한 당신'이 있으므로 나는 '최후의 안정을 즐'긴다고 표현하기도 한다. 시인은 불행한 운명과 늘 함께 있어 분열될 수밖에 없는 자신의 의식을 토로하며, 그것은 '저 광장의 전주電柱처럼' '쉴새없이 내 귀에 울려오는' '당신이 부르시는 폭풍'이라는 파장(풍경)으로서 형상화하고 있다.

두 번째 시는 그가 미국여행 이후 돌아오는 배 위에서의 '15일간' 그의 심경을 보여준다. 그는 여행을 마치고 돌아오는 선상에서의 의식을 "좁은 방에서 나비들이 날으"는 소용돌이, "죽음을 기다리는 수인", 이런저런 "기묘한 욕망과 회상의 파편을 다듬는" 것 등으로서 표현하고 있다. 박인환이 그의 미국여행에 관하여 진술한 '산문'이 아닌 '시편들'을 중심으로 볼 경우, 그는 우리보다 훨씬 앞선 서구문명사회 속에서 그 자신이 겪는 혼란과 불안과 허무의식을, 자아분열적 목소리로 나타내고 있다. 그의 미국시편에서는 그가 그곳에서 보낸 호숫가에서의 달콤한 한때를 그린 것도 있으나, 「다리 위의 사람」, 「다리 위에서」, 「태평양에서」 등과 같이, 새로운 문명세계 속에서 자신의 내면을 응시하는 자리의 시편들에 있어서는, 당시 전쟁으로 폐허화된 우리 현실과는 너무나 상이한 선진문명의 시공간 속에서 체험하는 '현기증' 혹은 '비례감 상실' 등을 나타내고 있다("다리 위의 사람은/ 애증과 부채를 자기 나라에 남기고/ 암벽에 부딪히는 파도 소리에 놀라/ 바늘과 같은 손가락은/ 난간을 쥐었다./ 차디찬 철의 고체古體/ 쓰디쓴 눈물을 마시며/ 혼란된 의식에 가라앉아버리는/ 다리 위의 사람은/ 긴 항로 끝에 이르른 정막한 토지에서/ 신의 이름을 부른다", 「다리 위의 사람」 부분).

위 시에서도 화자는 '공포의 소리'를 들으면서 '죽음을 기다리는 수인'으로 형상화된다. 그리고 선실에서 '공간에 들려오는 공포의 소리'와 '좁은 방에서 나비들이 날으'는 장면에 이어, '그것을 들어야 하고' '그것을 보아야 하는 의식'을 형상화하고 있다. 즉 그는 미국으로부터 돌아오는 태평양 위의 '노한 파도' 위에서, 시인이 겪고 있는 '환각'에 관하여 '공포의 소리'와 '나비들의 소용돌이'로서 나타내고 있다. 이러한 내면의 풍경은, 시구절에서도 나타나듯이, 그가 '자아를 꿈꾸는 일'이란 "기묘한 욕망과 회상의 파편을 다듬는 음참한 망집"일 뿐이라는 의식에 기저하고 있다. 여기서 그가 꿈꾸는 '자아'의 의미 속에는 '꿈을 꾸며 시를 쓸 수 있는 문학인, 시인으로서의 삶의 향유'가 담겨 있다. 단적으로, 그는 어떠한 절망적이고 절박한 순간, 즉 전쟁의 포화가 쏟아지는 '잠못이루는 밤'에도 '시를 쓰고 있으며', 친우의 죽음과 가족과 자신의 안위가 위협받는 그 순간에도 '피폐한 소설'을 손에 붙들고 있다. 즉 그가 '자아를 꿈꾸는 일'이란 '시인'으로서 자유롭게 '시'를 쓸 수 있는 기본적 토대와 관련되며, 6.25전란의 전후(前後), 짧은 생애를 살다간 시인이 속했던 '기묘한 불안한 연대'에서, 이것은 그 자신에게 '음참한 망집'으로만 여겨졌던 것이다. 그리하여 그는 '꿈을 꿀 수 없는 자신의 자아'에 관하여, 태평양의 '노한 파도' 위에서의 "내 얼굴과 금간 육체"라는 것으로서 표현하고 있다.

그는 「새벽 한 시의 시」에서는 미국여행 체험을 통하여 미래 문명사회의 모습을 흘끗 들여다 본 다음의 심회를 그리고 있다. 그는 당시 우리나라보다는 몇 십년은 앞선 문명 사회의 거리풍경에 관하여 "유리로 만든 인간의 묘지와/ 벽돌과 콘크리트 속에 있던/ 도시의 계곡"이라고 표현하며 "쇼윈도에서 울고 있는 마네킹" 그리고 "천사처럼/ 나를 매혹시키는 허영의 네온"에서 "안구(眼球)가 없고 정서가 없"음을 그리고 있다. 그리고 그는 "여기선 인간이 생명을 노래하지 않고/ 침울한 상념만이" 있다고 표현할 뿐만 아니라, "그래도 좋았던/ 부식된 과거로/ 돌아가는 것"을 이야기하고 있다. '열차', '전주', '영화' 등과 같이, 현대문명의 궤도와 파장을 보여주는 제재들은, 시인으로 하여금, 다가올 문명화된 미래문명사회에 대한 기대와 흥분감을 갖게 만드는 것이었다. 그런데 그가 전쟁의 비극적 실상을 몸소 겪고 그리고 자신이 꿈에 그리던 선진 문명사회를 다녀온 다음에, 그는, 실지로, 시편들에서는, '안구'가 없는 '네온사인'으로 상징된 고도 문명사회가 지닌 비인간적 국면이나 그것이 초래하게 될 것들에 대한 불안감이나 두려움을 형상화하고 있다.

박인환의 후기시에서 그 자신이 체험하는 현실에 대한 감각과 지향하는 가치에 관한 것을 좀더 구체적이고 보여주는 것은 그의 영화평에서라고 할 수 있다. 그는 1950년대 당시, 서구영화와 우리영화에 관한 관심과 조예가 깊었으며 이들 영화를 소개하고 비평하는 일을 선구적으로 담당하고 있었다. 특기할 것은, 그는 비극적인 상황에 놓인 영화 속 주인공들이 맞이하는 극적으로 '절박한' 삶과 그 삶을 살아가는 열정과 의지에 주로 관심을 보여준다. 이것은, 그가 당시 잡지에서 그가 답한 앙케이트들에서, '제 3의 사나이', '물랑루즈', '자전거 도둑', '공포의 보수' 등이 가장 감명깊었던 영화라고 진술한 것에서도 알 수 있다.

그는 자신이 감명 깊었던 영화 속의 주인공을 '절박한 인간'으로서 명명하고 있는데, 그가 뜻한 '절박한 인간'이란 자신이 처한 극한의 절박한 상황 속에서도 희망의 끈을 놓지 않고 인간적 열정과 의지를 지니는 인간이며 그럼에도 어떠한 결과나 결실을 전혀 기대할 수 없는 상황에 놓여 있는 인간을 뜻하고 있다. 그가 애호한다고 말하는 '공포의 보수'는 그의 관심의 과녁에 놓인 인물의 전형적 특성을 보여준다. 즉 등장인물들은 "다른 세상에서 버림받고 인간의 마지막 토지를 찾아왔으나 그곳에서 또다시 떠나기 위하여 최선을 노력했으나 끝끝내 그 절박한 것을 뛰어넘지 못하고 죽고 마는" 파국을 보여주는 것이다.

세월은 가고 오는 것
한때는 孤立을 피하여 시들어가고
이제 우리는 作別하여야 한다
술병이 바람에 쓰러지는 소리를 들으며
늙은 여류작가의 눈을 바라다보아야 한다

燈臺에

불이 보이지 않아도

거저 간직한 페시미즘의 未來를 위하여

우리는 처량한 木馬소리를 記憶하여야 한다

모든 것이 떠나든 죽든

거저 가슴에 남은 희미한 의식을 붙잡고

우리는 버지니아 울프의 서러운 이야기를 들어야 한다

두 개의 바위 틈을 지나 靑春을 찾은 뱀과 같이

눈을 뜨고 한 잔의 술을 마셔야 한다

인생은 외롭지도 않고

거저 낡은 雜誌의 表紙처럼 通俗하거늘

한탄할 그 무엇이 무서워서 우리는 떠나는 것일까

木馬는 하늘에 있고

방울 소리는 귓전에 철렁거리는데

가을 바람소리는

내 쓰러진 술병 속에서 목메어 우는데.

「목마와 숙녀」

나는 10여 년 동안 시를 써왔다. 이 세대는 세계시가 그러한 것과 같이 참으로 기묘한 불안한 연대였다. 그것은 내가 이 세상에 태어나고 성장해온 그 어떠한 시대보다 혼란하였으며 정신적으로 고통을 준 것이었다.

시를 쓴다는 것은 내가 사회를 살아가는 데 있어서 가장 의지할 수 있는 마지막 것이었다. 나는 지도자도 아니며 정치가도 아닌 것을 잘 알면서 사회와 싸웠다.

신조치고 동요되지 아니한 것이 없고 공인되어 온 교리치고 마침내 결함을 노정하지 아니한 것이 없고 또 용인된 전통 치고 위태에 임하지 아니한 것이 없는 것처럼 나의 시의 모든 작용도 이 10년 동안에 여러 가지로 변하였으나 본질적인 시에 대한 정조와 신념만을 무척 지켜온 것으로 생각한다. 『선시집』 후기

이 시에서는 박인환 시의 본령적인 부분, 즉 전후 문학인의 우울한 내면이 형상화된다. 이 시가 6.25전란의 피난지에서 씌여진 것을 감안하면 어떤 낭만적 풍경을 그리는 일은 겨우 술의 힘을 빌려서야 가능했던 것이었다. 그리고 이 시기에 박인환의 시에서 '숙취' 모티브 혹은 술에 취한 분열적 의식을 드러낸 시편들이 상당수 존재한다. 이 시에서는 그가 이야기하던 '절박함', '파멸', '불행한 신' 등에 관한 상징적 표현들이, '떠나고' '떨어지고' '부쉬지고' '죽고' '보이지 않고' '목메어 우는' 등의 사라짐과 추락과 죽음을 상기시키는 '술어들'을 중심으로 전개되고 있다. 이러한 술어들은 단지 시인의 비관적 의식이라기보다는 당대 전후현실에 대한 시인의 인식과 앞으로 올 문명사회의 모습에 대한 시인으로서의 예지가 실린 것이기도 하다.

그럼에도 시인은 자신이 살아온 과거와 현재의 '절박한' 삶 속에서 지켜야 할 가치의 문제를 형상화하고 있다. 구체적으로, 그는 "늙은 여류작가의 눈을 바라다 보아야 한다", "처량한 목마소리를 기억하여야 한다", "버지니아 울프의 서러운 이야기를 들어야 한다," "눈을 뜨고 한 잔의 술을 마셔야 한다"고 말하고 있다. 그는 시편들 속에서, 그 자신이 생사를 오가는 절박한 상황 속에 놓여 있음에도 불구하고 그 와중에서도 '시를 쓰고 있다'는 표지를 드러내고 있으며 그러한 심경을 '시'로써 기록하고 있음을 알 수 있다. 즉 어떠한 피폐하고 절망적인 상황 속에서도 그는 시인으로서의

삶을 실천하고 있었으며, 시인으로서의 감성과 열정을 지닐 것을 다짐하고 있다. 이것은, 위의 인용문에서 "나의 시의 모든 작용도 이 10년 동안에 여러 가지로 변하였으나 본질적인 시에 대한 정조와 신념만을 무척 지켜온 것"이라는 그의 진술에서 확인된다. 그리고 위의 시에서, 그는 인생이 "거저 낡은 잡지의 표지처럼 통속할" 뿐이라는, 전후현실과 다가올 미래에 대한 냉정하고도 객관적인 예견을 드러내고 있음에도, 그는 시의 마지막 연에서, 떠나간 "목마의 방울소리"를 환청의 형식으로 '듣고 있으며' 그리고 그것을 간절히 그리는 시인이자 인간으로서의 소명을 표현하고 있다.

그가 영화평에서 논의했던, '절박한 인간,' 곧 '파멸'의 바로 그 입구에서도 인간적인 가치와 실낱의 희망을 지니는 것의 문제는, 실상 박인환 그자신과 그를 에워싼 당대 현실을 향한 것이다("시달림과 증오의 육지/패배의 폭풍을 뚫고/나의 영원한 작별의 노래가/ 안개 속에 울리고/ 지난 날의 무거운 회상을 더듬으며/ 벽에 귀를 기대면/ 머나먼/ 운명의 도시 한복판/ 희미한 달을 바라/ 울며 울며 일곱 개의 층계를 오르는/ 그 아이의 방향은 어디인가", 「일곱 개의 층계」 끝부분). 즉 그에게 '시를 쓴다는 것'은, 그가 "등대에 불이 보이지 않아도 거저 간직한 페시미즘의 미래"를 위해 견지하였던 인간적인 가치들의 표지였다. 그는 "쓰러진 술병 속에서 목메어 우는" "가을 바람소리" 속에서도, "목마는 하늘에 있고" "방울소리"는 "귓전에 출렁거리"는 '파장' 혹은 '소리풍경'으로서 미래에 대한 일말의 희망과 인간적 가치에 대한 신뢰에 관하여 형상화하고 있다.

특기할 것은, 그는 자신이 속한 시대와 자신이 주의깊게 바라보는 대상에 관한 주요한 수식어로서, '불행한', '불안한', '불안의' 등을 붙이고 있다는 점이다(「불행한 신」의 '불행한 신', 「일곱개의 층계」의 '불행한 연대', 「밤의 노래」의 '불안한 파장', 「낙하」의 '불안한 밤의 전쟁', '불안의 깃발', 「무도회」의 '불안한 상들리에', 『선시집』 후기의 '불안한 연대' 등). '불안한 연대'는 박인환이 그의 『선시집』 후기에서 그 자신이 산 격동기의 시대를 지칭한 말이며 그의 시 「일곱개의 층계」에서는 '불행한 연대'라고 쓰기도 한다. 그는 그 자신이 살아온 시대를 지칭하며, '불안한 연대' 혹은 '불행한 연대'라고 쓰고 있는데, 이 말은 「현대시의 불행한 단면」[17]에서 자신의 시론을 논의하는 자리에서 비중있게 논의한 오든의 『불안의 연대』와 관련을 지닌다. 6.25전란과 서구문명, 문화의 급격한 유입의 시대를 살았던 박인환은, 제 2차대전과 문명사회로의 급격한 변화의 시기를 겪었던 동시대 시인들, 오든을 비롯한 엘리엇 등과 유사한 토대를 지니고 있었다.[18]

그는 그 자신이 살아온 시대를 "불안한 연대" 혹은 "검은 준열의 시대"라고 명명하면서 자신의 시쓰기가 "우리가 걸어온 기로가 갈 길 그리고 우리들 자신의 분열한 정신을 우리가 사는 현실사회에서 어떻게 나타내 보이며 순수한 본능과 체험을 통해 불안과 희망의 두 세계에서 어떠한 것을 써야 하는가"를 보인다고 말하고 있다. 이와 같은 의식은 그의 시편들에서 과거와 현재를 통하여 '미래'라는 거울을 끊임없이 비추어보는 것으로서 나타난다. 그는 다가올 문명사회의 모습을 '페시미즘의 미래'라고 명명하지만 그럼에도 인간이 지녀야 할 가치와 열정을 견지하는 일이 그 세계를

---

17) "황폐와 광신과 절망과 불신의 현실이 가로놓인 오늘의 세계에 있어서는 『황무지』적인 것이나 『불안의 연대』나 그 사상과 의식에는 정확한 하나의 통일된 불안의 계통이 세워져 있다고 해도 과언은 아닐 것이다. 우리가 현대의 사회(정치 문화)를 어떤 불모의 황무지적 관념으로 瞥見할 적에 거기에 필연적으로 具象되는 것은 현대에 와서 인간의 가능이 모든 도피성을 동반하고 있는 것이며 이것이야말로 우리의 힘(특히 어떤 천성적인 비극을 걸머지고 살아나가는 시인의 힘)으로서는 필사적인 전력을 경주하여도 빠질 수는 없다. 오든은 그의 사회적인 책임은 시를 쓰는 데 있고 인간에 성실하려면 이 세계 풍조를 그대로 묘사하여야만 한다고 생각하고 있는 것이다. 이는 오든뿐만이 아니라 현대시의 발전을 위하여 한국의 일각에서 손가락을 피로 적시며 시의 소재와 그 경험의 세계를 발굴하고 있는 '후반기' 멤버의 최소의 의무일지도 모른다", 「현대시의 불행한 단면」(1952.7.15).

18) 박인환은 그 자신의 시론을 밝히는 자리에서 C.D.루이스의 글을 인용서문으로 인용하는 것을 비롯하여, 엘리엇과 오든의 시와 시론을 소개하면서 그 연속선 상에서 자신의 입장을 개진하였다.

헤쳐나가는 내재적인 힘이 될 것임을 믿고 있다. 이것에 관해 그는 "특히 어떤 천성적인 비극을 걸머지고 살아나가는 시인의 힘", 혹은 "현대시의 발전을 위하여 한국의 일각에서 손가락을 피로 적시며 시의 소재와 그 경험의 세계를 발굴하고 있[19]다고 표명하기도 하였다.

그의 시편들은 당대 전후戰後 현실 속에서 한 지식인이 희망과 공포와 혼란을 체험하고 생사의 귀로에서 미래와 꿈에 관해 고뇌하며 '페시미즘'으로 절박하게 치닫게 되는 과정을 보여준다. 우리가 미래에 대한 '페시미즘'을 갖는 것은 여러 경우가 있겠지만, 자신이 딛고 선 토대를 모두 잃어버리고 주변 사람들의 죽음을 면전에서 목도하게 되는 '전쟁'은, 인간과 인간사회의 토대 그 자체에 대한 비관적 인식을 갖도록 만드는 극단적 상황에 해당된다.[20] 박인환은 1차 2차 세계 대전의 시기인 1920년대에 태어난 세대이자 일제치하와 이후의 정국혼란기를 겪었으며, 그리고 무엇보다도 6.25전쟁을 겪고서 바로 그 전란의 전후 시기를 누구보다도 치열하게 살다 간 문인이었다. 32살에 요절할 때까지 10여 년에 걸쳐 썼던 그의 시편들은, 새로운 서구문명의 이입기와 6.25전란기의 전후(前後)에서, 당대 문인들이 겪었던 내, 외적 불안과 공포, 그리고 미래에의 꿈을 근간으로 한 내면의 소용돌이를, 그 시대의 어떤 문인보다도 치열하게 형상화하고 있다.[21]

---

19) 박인환, 「현대시의 불행한 단면」 부분

20) 페시미즘에 관하여 이론적으로 정초한 쇼펜하우어의 경우도 세계 1차 대전과 2차 대전을 겪고 전쟁에 참전하면서 인간이 서로를 살육하는 현장을 목도하였다. 이러한 체험은 그가 이후에 인간이 지닌 '의지'의 맹목적 성격과 그 의지들의 충돌로 인한 비극적 결과를 예견하는 이론적 논의를 전개하게끔 하였다. 쇼펜하우어의 의지는 모든 생명체와 무생명체, 인간, 동물, 식물 등에게 작용하여 그들의 존재를 다양성 속에서 드러나게 한다. 이렇게 다양한 사물에게 현상하는 의지 그 자체의 존재론적 특성은 '근거없음'이며, 이것은 결코 어떤 대상에 의해서도 채워질 수 없는 끊임없는 욕구와 충동을 지닌다. 이점이 문제를 야기하는데, 세계의 모든 존재가 이러한 충동적인 의지에 의해서 지배되는 한에서 삶은 고통스러울 수밖에 없다, 이서규, 「쇼펜하우어의 염세주의와 의지의 형이상학에 대한 고찰」, 『동서철학연구』 제48호, 2008.6.

21) 이러한 지점은 쇼펜하우어가 인간사회의 종국적 비극성을 인식하고 이것을 극복하기 위해서

6. 결론

박인환의 시편들에서 '문명적인 것'은 '전란' 체험의 내면을 형상화하는 주요한 제재이다. 그의 시는, '피묻은 전주'나 '안구가 없는 네온사인', 즉 문명적인 것과 전쟁 징후적인 것이 결합된 비유적 형상들을 통하여, 전란의 죽음과 공포 그리고 인류의 미래에 대한 비관적 전망을 형상화하고 있다. 이러한 시상전개를 보여주는 작품으로는, 「검은 강」, 「신호탄」, 「무도회」, 「잠을 이루지 못하는 밤」, 「불행한 신」, 「식민항의 밤」 등, 상당수 그의 작품을 들 수 있다. 그의 시의 시상전개는 주로 문명적 제재를 통하여 형상화되며, '열차', '전주', '파장', '신호탄' 등과 같은 제재의 특성으로부터, 시인 자신이 처한 전란 전후의 상황적 국면과 불안의식을 내면화하는 과정이 그의 시의 주요한 부분을 이룬다. 즉 그는, 6.25전란으로 인해, 친우들이 죽고 폐허로 된 고향을 지켜보면서, '광장의 전주'와 '내 귀에 울려오는 폭풍'과 같은 형상을 통하여, 전쟁의 공포와 불안과 절망, 그리고 미래에 대한 비관적 전망을 나타내고 있다. 그는 그 자신의 시편들에서 주로, 그가 당면하는 현실적 상황 및 내면의 상황을 문명제재의 '파장' 혹은 그것의 시각적 속성인 '파동적 이미지'로서 그려내었다. 다양한 '파동적 형상'을 통하여, 새로운 서구문명이 유입되고 전운(戰運)이 감도는 현실에서 그가 맞닥드린 기대와 불안, 불안과 초조, 초조와 공포, 공포와 욕망, 욕망과 절망 등이 외현화되고 있다. 이러한 형상들은 '포물선', '외접선', '궤도', '폭풍' '치솟음과 추락', '기울어짐', '쓰러짐' 등으로써 그려지고 있다.

자연과 예술에 대한 관조와 직관을 강조한 것과 유사한 맥락을 보여준다. 박인환의 경우는 인간의 미래사회를 내적으로 견인하는 것으로서 인간의 감성, 시, 문학 등에 대한 신뢰를 지니고 있다는 점에서 쇼펜하우어가 인간의 의지세계를 비관적인 것으로 보고 그것을 극복해내는 한 가지 방식으로 예술과 예술을 통한 미적 관조를 강조한 지점과는 다르다.

6.25전란 이전 그의 시편들의 경우, '열차'로 표상된 문명의 역동성을 중심으로, 미래에 대한 기대와 전운(戰運)에의 불안이 교차하는 내면을, '파동적' 이미지로써 보여준다. 그리고 6.25전란을 겪게 되면서 그의 시는, 전쟁의 폭력성을 나타내는 '폭음', '내귀의 폭풍' 등의 청각적 파장과 함께 인간 세계의 비극상과 관련하여 '피묻은 전주'와 '신호탄'으로 표지화된 소용돌이적 형상을 보여준다. 그리고 전쟁으로 폐허가 된 현실과 그의 죽음이 임박해지는 시기에 이르면, 그의 시에서의 '파동적 이미지'는 주로, '환각', '환청', '숙취' 모티브를 주조로 한 '페시미즘'의 세계를 보여준다. 그럼에도 그는, 어떠한 상황에 있어서도, 그가 '미래'를 견인하는 내재적 힘이라고 믿는 인간적 가치의 표지로서의 '시'를 그 자신의 최후까지 써나갔다. 박인환의 시편들은 전란통에서 인간심리의 극과 극을 오가는 형국을 치열하게 드러내면서도, 인간이 소중히 지녀야 할 것, 그 자신이 최후까지도 지켰던 것, 혹은 인간애, 시에 대한 인간적 열정을 지니고 있다. 그의 시편들에서 문명적 제재를 통하여 구체화되는, 모순되고 혼란되고 상반된 극적 정서들과 그것의 "불안한 파장"의 '파동적 형상들'은 6.25전쟁을 전후로 하여 치열한 삶을 살았던 한 지식인의 내면풍경을 그 누구보다도 가장 뚜렷하게 보여주고 있다.

제13장

박인환과 W.H. 오든의 '역사 의식' 연구

- '투키디데스의 책'과 '불타오르는 서적'을 중심으로

1. 서론

박인환 연구사는 경박한 모더니스트 혹은 감상주의적 시인 등, 폄하적 평가로부터 그의 시세계가 지닌 다면성과 깊이를 인정하는 방향으로 변화하였다. 그에 관한 심층연구는 최근 다방면에서 논의되었다.[1] 산문을 아우

1) 박인환에 관한 모더니즘과 현실주의 경향에 관한 연구로는, 박현수, 「전후 비극적 전망의 시적 성취-박인환론」, 『국제어문』 37, 국제어문학회, 2006, 맹문재, 「폐허의 시대를 품은 지식인 시인」, 『박인환 깊이 읽기』, 서정시학, 2006, 정영진, 「박인환 시의 탈식민주의 연구」, 『상허학보』 15, 2005, 조영복, 「근대문학의 '도서관 환상'과 '책'의 숭배 -박인환의 「서적과 풍경」을 중심으로」, 『한국시학연구』 23, 한국시학회, 2008, 곽명숙, 「1950년대 모더니즘의 묵시록적 우울-박인환의 시를 중심으로」, 『정신문화연구』 32, 2009, 김은영, 『박인환 시와 현실인식』, 글벗, 2010, 김종윤, 「전쟁체험과 실존적 불안의식-박인환론」, 『현대문학의 연구』 7, 1996, 최라영, 「박인환 시에 나타난 '청각적 이미지' 연구-'소리풍경soundscape를 중심으로」, 『비교문학』 64, 한국비교문학회, 2014.

박인환의 미국여행과 관련한 후기시 연구로는, 한명희, 「박인환 시「아메리카 시초」에 대하여」, 『어문학』 85, 2004, 방민호, 「박인환 산문에 나타난 미국」, 『한국현대문학연구』 19, 2006, 박연희, 「박인환의 미국 서부 기행과 아메리카니즘」, 『한국어문학연구』 59, 2012, 정영진, 「박인환 시의 탈식민주의 연구」, 『상허학보』 15, 2005, 이기성, 「'제국의 시선'을 횡단하는 시 쓰기: 박인환 시의 탈식민주의」, 『현대문학의 연구』 34, 2008, 이은주, 「1950년대 문학비평의 세계주의와 미국적 가치지향의 상관성」, 『상허학보』 18, 2006, 장석원, 「아메리카 여행 후의 회념」, 『박인환 깊이 읽기』, 서정시학, 2006, 오문석, 「박인환의 산문정신」, 『박인환 깊이 읽기』 서정시학, 2006, 최라영, 「박인환 시에서 '미국여행'과 '기묘한 의식' 연구-'자의식'의 문제를 중심으로」, 『현대문학연구』 45, 2015.4.

박인환의 '불안'과 관련한 심리학적 연구로는, 김승희, 「전후 시의 언술 특성: 애도의 언어와 우울증의 언어-박인환·고은의 초기시를 중심으로」, 『한국시학연구』 23, 2012.7, pp.125~149, 강계숙, 「'불안'의 정동, 진리, 시대성: 박인환 시의 새로운 이해」, 『현대문학의 연구』 51, 2013.10, 라기주, 「박인환 시에 나타난 불안의식 연구」, 『한국문예비평연구』 46, 2015, 최라영, 「박인환 시에

른 문학전집의 발간또한 그의 연구사에서 괄목한 만한 업적이다.[2]

그의 시는 모더니즘과 현실주의를 넘나드는 광범위한 역에 놓인다. 활동영역또한 시창작을 비롯한, 산문, 번역, 영화평 등의 영역에 걸쳐있다. 초기시와 후기시를 비교하면 대조국면까지 드러내는 그의 세계는, 사실상, 일제강점, 해방정국, 6.25전쟁, 친미정국 등, '불행의 연대'를 아주 치열하게 살았던 지식인 시인의 역정을 말해준다.

시세계의 복합성은 그에 관한 두 가지를 말해준다. 그가 현실과 대상에 관하여 치열하고 다각적 관점을 취하였다는 것과, 초기시의 전위적 치열성이 후기시에서 회의적 경향으로 바뀌었다는 것이다. 그럼에도 시세계를 관류하는 일관된 정신이 있는데, 그것은 그가 '현실'과 '역사'를 적시하였으며 '문학'과 '인간' 중심주의를 추구한 점이다. 첫 시집 후기에서, "10년 동안에 여러 가지로 변하였으나 본질적인 시에 대한 정조와 신념만은 무척 지켜"[3]왔다는 고백은 30세로 요절하기까지 그의 문학적 삶을 관류하는 정신이다.

그는 '정치가나 운동가도 아닌' '시인'이 당대를 다각도로 비추어내며 민족이 나아갈 향방을 안내해야 하는 '선지자적(先知者的)' 존재로 확신하였다. 그가 '시론' 서두에서 인용한 C. D. 루이스의 구절은 그의 시적 지향을 암시한다("십자로에 있는 거울(鏡)처럼 시인은 서서 교통을, 위험을, 제군들이 온 길과 제군

서 '십자로의 거울'과 '새로운 불안'의 관련성 연구 -라캉의 '정동affect' 이론을 중심으로」, 『현대문학연구』 51, 2017.4.

2) 박인환 시와 산문 전집으로는, 문승묵 편, 『박인환 전집』, 예옥, 2006, 맹문재 편, 『박인환 전집』, 실천문학, 2008, 엄동섭, 염철 편, 『박인환 문학전집』, 소명출판, 2015.

3) "신조치고 동요되지 아니한 것이 없고 공인되어 온 교리치고 마침내 결함을 노정하지 아니한 것이 없고 또 용인된 전통 치고 위태에 임하지 아니한 것이 없는 것처럼 나의 시의 모든 작용도 이 10년 동안에 여러 가지로 변하였으나 본질적인 시에 대한 정조와 신념만은 무척 지켜온 것으로 생각한다", 박인환, 「현대시의 불행한 단면」, 문승묵 편, 위의 책.

들이 갈 길—즉 제군들 자신의 분열된 정신—을 나타내는 것이다"). '시인으로서의 역할'은 '십자로의 거울'에 비견되며, 그것은 '시인'이 과거와 현재와 미래 그리고 세계의 이쪽과 저쪽과 그 너머를 적시하고 세계와 인간의 구석구석을 외면하지 않아야 한다는 것이다.

'십자로의 거울'의 비유는 시인이 당대 현실과 역사에 관하여 통시적, 공시적 통찰을 갖추어야 함을 의미한다. 실지로, 그의 작품에는 통시성과 현상 배후를 염두에 둔 상상력이 특징적이다. 그는 「인천항」, 「書籍과 風景」, 「식민항의 밤」, 「정신의 행방을 찾아」 등에서, 인류의 역사와 우리민족의 역사를 조망하면서 복합적이고 모순된 현실상황을 구체화하였다. 즉 시인으로서의 역할에 관한 그의 신념을 밝히는 일은, 당대현실에 관하여 그가 취하는 '역사적 관점'을 살펴보는 일과 상통한다. 그런데 '전쟁'과 '현실'에 관한 그의 역사적 관점을 파악하는 일은, 'W.H. 오든', 'S. 스펜더' 등, 그의 창작과 시론에 영향을 미친 '오든그룹'과의 비교적 관점에서 이루어져야 한다. 박인환의 초기시의 정신이 드러나는 『새로운 도시와 시민들의 합창』 사화집에는, 그 제목을 포함하여 게재된 그의 다수 작품들이 당시 오든그룹의 창작경향과 유사한 방식으로, 자본주의의 병폐를 고발하고 탈식민주의를 지향하는 관점을 보여준다.

박인환의 초기시 활동은 당대 오든그룹의 활동과 조응관계에 놓여 있다. 그는 「현대시의 불행한 단면」에서 오든을 비롯한 오든그룹 일원의 세계를 정리하는 것으로 자신의 시론을 대신하였다.[4] 그가 오든 시집을 끼고 다니고 오든그룹인 스펜더의 시를 암송하고 다닌 일은 두루 알려져 있

---

4) "-'현대시의 불행한 단면'도 엘리엇의 영향을 입은 두 사람의 현대시의 개척자 오든과 스펜더의 단편을 소개하는 데 조그마한 가치가 있는 것이다",「현대시의 불행한 단면」부분.

다.[5] 단적으로, 박인환은 첫 시집 제목을 애초에 착안한 '검은 준열의 시대'로 짓지 않고 '선시집(選詩集)'으로 지었다. 그런데 이것은 오든이 첫 시집을 'poems'로서 명명하였던 일과 상응관계에 있다.[6]

박인환의 초기시활동은 우리문학사에서 중대한 의미를 지니며, 전후(戰後) 세계문학사적 관점에서도 그의 고유성과 세계성을 조명하는 일은 중요하다.[7] 그럼에도 박인환과 오든그룹의 비교문학적 관점의 본격연구는 최근에 이루어졌다.[8] 이 글은 비교문학적 관점에서 두 사람이 세계대전 전후(前後), 당대의 '전쟁'과 '역사'에 관한 관점을 조명하고자 한다. 이것은 두 시인이 '역사' 혹은 '책'에 관한 상념을 중심으로 전개되는 고유한 의식 그리고 이것과 조응관계를 이루는 두 시인의 특징적인 '시적 자아'를 살펴보는 일을 경유할 것이다.[9] 구체적으로, 세계대전과 전쟁상황에 관한 관점과

---

5) 김규동, 『박인환』, 문학세계, 1993, 132면.

6) 오든은 1928년 "Poems"란 제목으로 첫 시집을 출간하였다. 그는 첫 시집의 시편들과 다른 것들로 구성된 1930년도의 또 다른 시집도 "Poems"란 제목을 취하였다. 이후, 오든은 *The Orators*(1932), *Look, Stranger!*(1936), *Spain*(1937) 등, 제목을 붙인 시집들을 출간하였다. 그럼에도 그는 '선시집'을 출간할 때는 따로 제목을 만들지 않고, *Selected Poetry*(1938), *The Collected Poetry of W.H. Auden*(1945), *Collected Shorter Poems*(1950), *Selected Poetry*(1956), *Collected Shorter Poems*(1966), *Collected Longer Poems*(1968), *Collected Poems*(1976) 등으로 출간하였다. 그가 시집에 제목을 붙인 것은 자신의 출간물을 구별짓기 위한 불가피한 사항이었으며 그는 자신의 시집이 '시집' 혹은 '선시집'으로 불려지기를 바랐다.

7) 우리나라에 오든을 본격적으로 소개하고 그의 시를 번역, 연구한 주요논자로는 범대순, 허현숙, 김승윤, 봉준수 등을 들 수 있다. 범대순, 『W.H. 오든』, 전남대출판부, 2005, 허현숙, 『오든』, 건국대출판부, 1995, 김승윤, 『오든 시의 이해』, 브레인하우스, 2000. 봉준수 편역, 『아킬레스의 방패』, 나남, 2009,

8) 박인환과 오든그룹의 비교문학적 논의는 다음과 같다. 문혜원, 「오든 그룹의 시 해석-특히 스티븐 스펜더를 중심으로」, 『모더니즘 연구』, 1993, 공현진, 이경수, 「해방기 박인환 시의 모더니즘 특성 연구」, 『우리문학연구』 52, 2016, 최라영, 「박인환과 S. 스펜더의 비교문학적 연구 -'열차'와 '항구'를 중심으로」, 『한국시학연구』 51, 2017.8, 최라영, 「박인환의 시와 W.H. 오든의 『불안의 연대 The Age of Anxiety』의 비교문학적 연구」, 『한국문학논총』 78, 2018.4.

9) 박인환의 '서적'이미지와 관련한 주요연구로 조영복의 논의를 들 수 있다. 이 글은 당대 지식인들의 지적, 정신적 바탕과 책 문화 수용의 맥락 하에서 박인환의 '서적'의 의미를 논의한 의의를 지닌다, 조영복, 「근대 문학의 '도서관 환상'과 '책'의 숭배」, 『한국시학연구』 23, 2008, pp.345~375.

관련하여, '불타오르는 서적', '전란의 한밤에 시를 읽는 이', '인천항의 풍경' 등(박인환)과 '투키디데스의 책', '로마서기의 일기장', '스페인항의 풍경' 등(오든)을 조명하면서 두 시인의 '역사'에 관한 관점을 대비하여 살펴볼 것이다.

두 사람은, 작품상의 영향관계는 물론이거니와, 거시적 역사 속에서 당대를 적시하고 전후(戰後) 현실이 나아가야 할 향방을 적극적으로 고민한 문인이라는 공통점을 지닌다. 특히 두 사람의 초기시의 경향은 문명의 전개와 사회의 정의에 대한 신념을 보여주며 세계의 정신적 지도자로서 시인의 역할을 믿고 있다는 공통점을 지닌다. 그런데 1, 2차 세계대전, 6.25전쟁, 그리고 강대국 미국의 부상 등의 시대적 격변상황은, 두 사람의 후기시 행보를 상당히 상이한 방향으로 나아가도록 하였다. 오든은 서구제국주의로 인한 세계적 전쟁상황을 역사적으로 '몰락하는 로마제국'의 시대에 상응하는 것으로 파악하였다. 즉 오든은 '로마의 서기'로서 '핑크빛 용지'에 글을 쓰는 삶을 버리고자 하였는데, 이것은 그가 신생 강대국 미국으로 귀화하고 신앙인으로서의 시인의 삶으로 나아가도록 하였다. 한편, 박인환은 '포화가 쏟아지는 밤'에도 '창백한 종이' 앞에서 시를 쓰고 전우들을 그리워하였다. 그는 오든처럼 미국을 향해 일관된 찬양적 태도를 취하기보다는 '시애틀 거리'에서 앞으로 우리가 맞이할 문명사회의 복합적 문제들을 예견하였다.

이 글은 오든의 '투키디데스의 책'과 박인환의 '불타오르는 서적'의 의미를 중심으로, 두 시인이 당대의 '전쟁'과 '역사'를 어떻게 바라보고 있는지, 그리고 그들의 관점이 향후 그들의 시적 행보에 어떻게 작용하고 있는지를 조명하고자 한다.

2. '투키디데스의 책'과 '불타오르는 서적'의 의미

어제, 과거의 날, 규모를 나타내는 언어는

무역로를 따라서 중국으로 퍼져나갔다. 주판과 고인돌이 퍼져나갔다.

어제, 내리쬐는 햇살 속에 계몽의 그늘이 드리워졌다.

어제, 카드식 보험사정과 해로 예측법이 생겨났다, 어제,

수레바퀴와 시계가 발명되었으며 말이 길들여졌다. 어제, 세상은 항해자들로
북적거렸다.

어제, 요정들과 거인들이 사라졌다.

집요한 독수리처럼 골짜기를 바라보는 요새가 생겼다.

숲에는 예배당이 지어졌다. 어제, 천사들과 공포스런 괴물석상들이 새겨졌다.

돌기둥들 사이에서는 이단자들의 재판이 열렸다.

어제, 선술집에는 신학에 관한 갈등이 있었다.

그리고 분수대에서는 기적적인 치유가 이루어졌다.

어제, 마녀들의 안식일이 있었다. 그러나 오늘, 투쟁이 있다.

어제, 발전기와 터빈이 설치되었다.

식민지의 사막에는 철도가 건설되었다.

어제, 인류의 기원에 관한 고전적 강연이 있었다.

그러나 오늘, 투쟁이 있다.

오든, 「스페인1937」 전반부[10]

---

10) Yesterday all the past. The language of size/ Spreading to China along the trade-
    routes; the diffusion of the counting frame and the cromlech;/ Yesterday the shadow-
    reckoning in the sunny climates./ Yesterday the assessment of insurance by cards/ The
    divination of water, yesterday the invention/ Of cart-wheels and clocks, the taming
    of/ Horses. Yesterday the bustling world of the navigators./ Yesterday the abolition of
    fairies and giants,/ The fortress like a motionless eagle eyeing the valley./ The chapel

寫眞雜誌에서본 香港夜景을 記憶하고 있다

그리고 中日戰爭때 上海埠頭를 슬퍼했다

서울에서 三十키로-를 떨어진 땅에 모든 海岸線과 共通된 仁川港이있다

가난한 朝鮮의印象을 如實이 말하든 仁川港口에는 商館도없고 領事館도없

다

따뜻한 黃海의 바람이

生活의 도움이되고저

나푸킨같은 灣內로 뛰여들었다

海外에서 同胞들이 古國을 찾아들 때

그들이 처음上陸한 곳이

仁川港이다

그러나 날이 갈수록

銀酒와阿片과 호콩이 密船에 실려오고 太平洋을 건너 貿易風을탄 七面鳥가

仁川港으로 羅針을 돌린다

built in the forest; Yesterday the carving of angels and alarming gargoyles/ The trial of
heretics among the columns of stones;/ Yesterday the theological feuds in the taverns/
And the miraculous cure at the fountain;/ Yesterday the Sabbath of witches; but to-day
the struggle./ Yesterday the installation of dynmos and turbines,/ The construction of
railways in the colonial desert;/ Yesterday the classic lecture/ On the origin of Mankind.
But to-day the struggle.
* 이 글에서 인용된 오든의 영시번역은 모두 필자의 것.

서울에서 모여든 謀利輩는 中國서온 헐벗은 同胞의 보따리 같이

貨幣의 큰 뭉치를 등지고 埠頭를 彷徨했다

웬사람이 이같이 많이 걸어다니는 것이냐 船夫들인가 아니 담배를 살라고 軍

服과 담요와 또는 캔디를 살라고- 그렇지만 食料品만은 七面鳥와함께 配給을

한다

밤이 가까울수록 星條旗가 퍼덕이는 宿舍와 駐屯所의 네온·싸인은 붉고 짠

크의 불빛은 푸르며 마치 유니언·짝크가 날리는 植民地 香港의 夜景을 닮어간

다朝鮮의海港仁川의 埠頭가 中日戰爭때 日本이 支配했든 上海의밤을 소리 없

이 닮어간다.

박인환, 「인천항」

첫 번째는 오든이 1937년 '스페인 내전'에 참전하면서 쓴 시이다. 그는 스페인을 비롯한 문명의 역사를 거시적으로 조망하며 '무역로'와 '해로'로 유입된 '주판', '고인돌', '수레바퀴와 시계' 등을 형상화하였다. 두 번째는 박인환이 해방 후 '인천항'의 풍경을 형상화한 작품이다. 그는 '인천항'에서 '은주와 아편과 호콩', '군복과 담요와 또는 캔디', '식료품 배급' 등, 외래문물의 유입상을 형상화하였다.

'스페인'과 '인천항'의 형상화 방식을 볼 때, 두 사람 모두 공통적으로 거시적 관점에서 외래문명과 문물이 유입되고 역사적으로 변화하는 사회에 관심을 보인다. 그런데 오든은 새로운 문명과 문물의 통로로서 '항로' 및 '항구'의 건설적, 확장적 특성, 즉 '발전기와 터빈이 설치되'고 '식민지의 사막에는 철도가 건설되'는 장면에 주목한다. 한편, 박인환은 '인천항'에 유

입되는 구체적 실물을 통해 '항구'가 강대국이 침범하여 사회병폐를 만드는 통로가 되는 것에 주목한다. 그는 '인천항'부두에서 영국 식민항이던 '향항' 곧'홍콩항구'와 중일전쟁 때 일제가 드나든 '상해부두'를 환기한다("밤이 가까울수록 星條旗가 퍼덕이는 宿舍와 駐屯所의 네온·싸인은 붉고 짠크의 불빛은 푸르며 마치 유니언·짝크가 날리는 植民地 香港의 夜景을 닮어간다朝鮮의海港仁川의 埠頭가 中日戰爭때 日本이 支配했든 上海의밤을 소리 없이 닮어간다").

오든은 식민지국가의 철도건설와 항로유용을 제국주의국가의 침략과 관련짓기보다는, 인류역사, 문명진보의 궤적으로 읽어낸다. 이는 박인환이 '인천항'과 유사한 식민지항인 '홍콩항구'를 바라보는 시각과 대비된다. 즉 오든이 '홍콩'을 형상화한 한 장면을 보면, 서구인과 다른, 동양인들의 무역도시관행을 '우스꽝스러운 것'이거나 '희극적 역할'을 담당하는 것으로 표현한다("재치있고 위트있는 홍콩의 주역들,/ 그들은 공들인 고급정장을 잘 걸치고 있다./ 무역도시 그 이상의 것들을 빗댄/ 완벽한 이야기들을 그들은 얼마나 많이 갖고 있는지,// 다만, 인기척 없이 들어와 있는 하인들,/ 그들의 조용한 움직임은 극적인 뉴스거리를 만든다./ 여기, 동양의 우리 은행가들은:/ 희극의 뮤즈에게나 잘 어울리는 사원을 세웠다./ 고향과 추억의 그녀로부터 까마득히 먼/ 후기 빅토리아의 언덕 위에서,/ 나팔소리는 병사들의 불빛을 꺼버린다, 무대 밖은 전쟁중이다.// 먼데서 들리는 문이 쾅 닫히는 듯한 소리들./ 모든 이들은 삶에서 맡아야 할 희극적 역할이 있다./ 삶은 희극도 게임도 아니건만",[11] 「홍콩HongKong」 전문).

반면, 박인환은 '인천항'과 '홍콩항'이 공통적으로 제국주의 국가가 동

---

11) "Its leading characters are wise and witty,/ Their suits well-tailored, and they wear them well,/ Have many a polished parable to tell/ About the mores of a trading city.// Only the servants enter unexpected,/ Their silent movements make dramatic news;/ Here in the East our bankers have erected/ A worthy temple to the Comic Muse.// Ten thousand miles from home and What's-Her-Name/ A bugle on this Late Victorian hill/ Put out the soldier's light: off-stage, a war// Thuds like the slamming of a distant door:/ Each has his comic role in life to fill,/ Through Life be neither comic nor a game."

양국가를 식민지화하는 주경로가 된 곳으로 파악한다. 이것은 그가 '열차'를 비롯한 외래문물에 관한 형상화에도 나타나는데, 특히 서구에서 유입된 문물에 관한 기대감 이면에 내재된 불안과 공포로 구체화된다. 한편 오든은 독일 파시즘의 폭력과 부조리에 대한 '투쟁의지'와 '증오'는 반복적으로 드러내지만 서구제국주의국가의 식민지화과정을 문명, 역사의 전개의 일부로서 파악하는 측면이 있다.

오든이 세계대전을 일으킨 나치 파시즘에 대해서 강력하게 비판한다면, 박인환은 제국주의의 식민지 약탈의 부조리함에 대해서 강력하게 비판하고 있다. 박인환은 '인도네시아', '말레이시아', '중국' 등, 주변국의 민족들이 처했던 식민상황에 연민과 강한 연대의식을 보여준다. 단적으로, 우리나라와 같은 피식민민족을 향한 동병상련의 관점은, 「南風」에서 "가슴 부서질듯 남풍이분다", "눈을뜨면 南方의 향기가 가난한 가슴팩으로 슴여든다"로 표현된다.

한편, 오든은 역사의 정의가 실현된 세계이자 승자의 세계를 지향하는 관점에 서 있다. 이것은 스페인 내전에 관한 「Spain1937」의 마지막 구절, "우리는 우리들의 시대에 홀로 남겨져 있다. 그리고 시간은 짧고/ 역사는 패배한 자들에게/ 유감이라고 말한다. 그러나 도움을 줄 수도 용서를 구할 수도 없다We are left alone with our day, and the time is short and/ History to the defeated/ May say Alas but cannot help nor pardon"에서 상징적으로 표현된다.

스페인 내전은 서구제국열강들의 전쟁의 축소판으로 인식되었으며 내전에 참전한 오든역시 반나치 의식을 강렬하게 드러낸다. 그럼에도 그는 스페인의 항구를 통해서 서구 문명의 역사와 제국주의 문물의 유입을 긍정적으로 그리고 있다. 반면, 박인환은 인천항을 통해서 피식민지인의 관점에서 서구 제국주의 문물의 유입에 관한 부정적 국면에 주목하고 있다.

모두들, 자기의 삶에만 사로잡혀 있다,

형언할 수 없는 죽음의 향기는 9월의 밤을 헤치고 있다.

학문의 엄정성이 루터 때부터 지금까지 문화를 광기로 몰아온 모든 죄를 밝혀내리라.

그리고 학문의 엄정성은 린쯔에서 어떠한 일이 일어났는지, 어떠한 거대심상이 정신병자같은 신을 만들었는지 찾아내리라.

사람들은 알고 있다,

어린 학생들까지 모두가 알고 있다, 사악하게 당하면 사악하게 되갚는다는 것을.

추방된 투키디데스는 알고 있었던 것이다.

투키디데스의 이야기는 민주주의에 관한 모든 것을 말해주고 있다.

독재자들의 짓거리에 관한 것까지도.

늙숙한 독재자들은 냉담한 무덤들을 향해 말도 안 되는 헛소리를 지껄였다.

투키디데스의 책은 모든 것을 파헤치고 있다,

분별이 사라지고 고통은 습관처럼 굳어졌으며 실책과 비탄만이 있었다는 것을.

우리는 이 모든 고통을 다시 겪어야만 한다.

중립 공기층을 향해,

맹목적인 고층빌딩들은 한껏 솟아서는

인류의 결집된 힘을 주장한다.

모든 언어들은 경쟁적으로 그럴듯한 구실들을 헛되이 쏟아내고 있다.

그러나 도취된 꿈 속에서 누가 얼마나 살 수 있겠는가.

그들은 그 거울 밖에 나와 보게 된 것이다,

제국주의의 얼굴과 국제적인 범죄를.

(중략)

내가 가진 전부는 목소리 한 가지이다, 그것은 감춰진 거짓을 들추어내는 것.

거리에서 쾌락을 쫓는 남성들 뇌리의 낭만적 거짓과

하늘을 더듬는 고층빌딩을 짓는 당국의 거짓.

정부다운 어떠한 것도 없다.

또한 누구도 홀로 존재할 수 없다.

배고픔은 선택의 여지를 주지 않는다,

시민에게나 경찰에게나.

우리는 서로서로 사랑해야 한다. 그렇지 못하다면 죽어야 할 것이다.

우리의 세계는 밤이면 무방비 상태이며

혼미한 거짓들에 놓여있지 않은가?

여전히, 거짓들은 곳곳에 흩뿌려져 있다.

조롱의 불빛은 정의로운 자들이 소식을 나누는 곳곳을 비추어댄다.

애욕과 먼지투성이의 그들과 다를 바 없는,

꼭 같이, 부정과 절망에 휩싸인 내가

어떻게 긍정의 불길을 보여줄 수 있겠는가.

오든, 「1939년 9월 1일」¹²⁾

---

12) Obsessing our private lives:/ The unmentionable odour of death/ Offends the September
night.// Accurate scholarship can/ Unearth the whole offence/ From Luther until now/
That has driven a culture mad,/ Find what occurred at Linz,/ What huge imago made/
A psychophatic god:/ I and the public know/ What all schoolchildren learn,/ Those to

書籍은 荒廢한 人間의 風景에 光彩를 띠웠다

書籍은 幸福과 自由와 어떤 智慧를

人間에게 알려주는 것이다.

지금은 殺戮의 時代

侵害된 土地에서는 人間이 죽고

書籍만이

限없는 歷史를 이야기 해준다.

오래도록社會가 成長하는 동안

活字는 技術과 行列의 混亂을 이루웠다

바람에 펄덕이는 여러 페-지들

그사이에는

自由 佛蘭西 共和國의 樹立

英國의 産業 革命

---

whom evil is done/ Do evil in return.// Exiled Thucydides knew/ All that a speech can
say/ About Democracy,/ And what dictators do,/ The elderly rubbish they talk/ To an
apathetic grave:/ Analysed all in his book,/ The enlightenment driven away,/ The habit-
forming pain,/ Mismanagement and grief:/ We must suffer them all again.// Into this
neutral air/ Where blind skyscrapers use/ Their full height to proclaim/ The strength of
Collective Man,/ Each language pours its vain/ Competitive excuse:/ But who can live for
long/ In an euphoric dream;/ Out of the mirror they stare,/ Imperialism's face/ And the
international wrong.(중략) All I have is a voice/ To undo the folded lie,/ The romantic
lie in the brain/ Of the sensual man-in-the-street/ And the lie of Authority/ Whose
buildings grope the sky:/ There is no such thing as the State/ And no one exists alone:/
Hunger allows no choice/ To the citizen or the police:/ We must love one another or
die.// Defenseless under the night/ Our world in stupor lies:?/ Yet, dotted everywhere,/
Ironic points of light/ Flash out whereever the Just/ Exchange their messages:/ May I,
composed like them/ Of Eros and of dust,/ Beleaquered by the same/ Negation and
despair,/ Show an affirming flame.

에후, 루-즈벨트 씨의 微笑와 아울러

「뉴-기니아」와 「오끼나와」를 걸처

戰艦 미조리號에 이르는 人類의 過程이

모다 苛酷한 回想을 同伴하며 나타나는 것이다.

내가 옛날 偉大한 反抗을 企圖하였을 때

書籍은 白晝의 薔薇와 같은

蒼然하고도 아름다운 風景을

마음속에 그려주었다.

(중략)

나는 눈을 감는다.

平和롭던날 나의書齋에 限없이 群集했던

書籍의 이름을 외운다

한券 한券이

人間처럼 個性이 있었고

죽어간 兵史처럼 나에게 눈물과

不滅의情神을 알려준 無數한 書籍의 이름을……

이들이 모이면 人間이 살던

原野와 山과 바다와 구름과 같은

印象의 風景을 내마음에 投影해주는 것이다.

지금 싸움은 持續된다

書籍은 불타 오른다

그러나 書籍과 印象의 風景이여

너의 久遠한 이야기와 表情은

너만의 것이 아니다

「에후, 루-즈벨트」氏가 죽고

「다그라스, 맥아-더」가 陸地에 오를 때

正義의 불을 吐하던

여러 艦艇과 機銃과

太平洋의 波濤는 잠잠 하였다

이러한 時間과 歷史는

또다시 自由人間이 참으로 保障될 때

反覆될 것이다.

悲慘한 人類의

새로운「미조리」號에의 過程이여

나의 書籍과 風景은

내 生命을 거른 싸움속에 있다.

박인환, 「書籍과 風景」

  첫 번째 시에서 오든은 인류의 역사에서 학문과 지성의 역할과 그것에
대한 믿음을 형상화하고 있다. 즉 그는 '이토록 부정직한 시대', 구체적으
로 히틀러가 폴란드를 침공한 날 곧 1939년 9월 1일의 참담한 심경을 나
타내고 있다. 그럼에도 '루터 때부터 지금까지 문화를 광기로 몰아온 독재
자들의 죄를 밝혀내'는 '학문의 엄정성' 곧 '역사적 비판'의 엄정성을 말하고
자 한다. 그는 '투키디데스의 책'이라는 역사의 실증사례로서 역사의 엄정
한 처벌에 대한 확신을 나타낸다. 그럼으로써 오든은 모든 나라들에 침투

된 '제국주의의 얼굴'과 '국제적인 범죄'를 각성할 것을 촉구하고 있다.

두 번째 시는 박인환의 작품으로서 '서적'과 관련하여 인류의 역사와 지성의 역할을 향한 신뢰를 형상화하고 있다. 즉 그는 '지금은 살육의 시대/침해된 토지'로서 6.25전쟁을 겪는 상황을 암시적으로 나타내었다. 그리고 그는 '서적'으로부터, 프랑스의 공화국 수립과 영국의 산업혁명, '뉴-기니아'와 '오끼나와'에서의 미일해전, 그리고 전함 '미조리호'에 의한 일제의 항복 등, 근대사에서 의미를 지니며 우리민족과도 관련을 지닌 역사적 사건들을 환기하고 있다.

오든의 '투키디데스의 책'은 폭력자와 독재자를 단죄하는 역사 즉 '사악하게 당하면 사악하게 되갚는다'는 정의를 향한 역사의 징벌에 대한 믿음을 나타내고 있다. 한편, '행복과 자유와 어떤 지혜'라는 수식어구로 시작되는 박인환의 '서적'은 '백주의 장미와 같은 창연하고도 아름다운 풍경'으로 형상화된다. 즉 오든의 '투키디데스의 책'은 역사의 단죄 즉 '악'의 징벌에 대한 믿음을 바탕으로 '린쯔'로 상징되는 나치즘에 대한 비판이 내재되어 있다.[13] 한편, 박인환은 '서적만이' '살육의 시대'에 인류의 '한없는 역사를 이야기 해준다'고 표현한다. 이것은 그에게 '서적'의 의미가 인류의 문명과 역사의 기록 보고(寶庫)의 가치에 놓여있다는 것을 알려준다. 즉 오든이 '역사서'를 쓰는 역사가의 관점에서 정의의 실현에 초점을 두고 있다면,

---

13) 오든이 당대의 '악'이라고 간주하는 것은 세계대전을 일으킨 세력, 특히 독일과 일본의 제국주의를 의미한다. 위 시에서 오든이 독일의 폴란드 침공에 관하여 비판하였듯이 그는 "In Time of War"에서는 '악'의 장소를 중일전쟁이 일어난 '난징'과 '다하우'로 구체화하며 '악'에의 징벌의지 혹은 '이념'의 '진실성'을 주장하고 있다("그러나 사람들이 죽더라도, 이념은 진실일 수 있다./ 그리고 우리는 천 가지 표정을 지켜볼 수 있다./ 그것은 한 가지 거짓말에 의해 만들어진다.// 그리고 지도는 실지로, 악이 지배되는 삶의 장소들을 가리킬 수 있다. 지금 그곳은 난징과 다하우이다But ideas can be true although men die,/ And we can watch a thousand faces/ Made active by one lie:// And maps can really point to places/ Where life is evil now:/ Nanking; Dachau.", "In Time of War" 16연 부분).

박인환은 인류 역사의 기록으로서 인류의 정신적 산물로서의 서적의 의미에 초점을 두고 있다.

오든은 「1939년 9월 1일」 후반부에서, 평범한 '일상'을 살아가는 사람들에게, '전투를 외치는 실력자들의 장황한 헛소리'를 각성할 것을 말하고 있다. 그리고 그는 이 같은 상황에서 '내가 가진 전부', 즉 (시인으로서의) '목소리 한 가지'로서 감춰진 거짓을 밝혀낼 것이라고 다짐한다("All I have is a voice/ To undo the folded lie"). 그러나 동시에 그는 '혼미한 거짓들'과 '조롱의 불빛'에 놓인 '무방비 상태'의 심각한 '우리의 세계'를 두려워하고 있다. 즉 오든은 혼란된 정국과 세계대전으로 분노에 휩싸여 있는 '나'가 '긍정의 불길' 혹은 진정한 '선'을 실현할 수 있을 것인가 하는 회의로서 결말을 맺고 있다.

한편, 박인환은 「書籍과 風景」 후반부에서, 6.25전쟁에서 직접적으로 체험한 것들을 구체화하고 있다("一九五一年의 書籍/ 나는 疲勞한몸으로 白雪을 밟고 가면서/ 이 暗黑의 世代를 휩쓰는/ 또하나의 戰慄이 어데있는 가를 探知하였다"). 그런데 그는 6.25전쟁의 와중에서 '평화롭던 날 나의 서재에 한없이 군집했던 서적의 이름을 외우'던 과거를 회상한다. 또한 그는 '에후 루즈벨트', '다그다스 맥아더' 그리고 참전한 병사들의 이름을 되뇌며, 이것이 '비참한 인류의 새로운 미조리 호에의 과정'임을 생각한다. 즉 문명과 역사의 전개에는 비참한 과정이 반복되겠지만 그럼에도 '서적'으로 표상된 '자유인간'을 향한 인류의 지향은 실현되어왔다고 믿고 있다.

오든은 세계대전 발발을, '우리의 세계'내에서도 분열과 혼란에 휩싸인 '우리'의 실상을 적시하고 '나치'와 필사적으로 대항하여 싸워야 한다고 주장한다. 그는 엄정한 처벌의 역사서를 쓴 '투키디데스'의 입장에서, 세계대전의 주범인 독재자들을 엄벌해야 한다고 주장한다. 그럼에도 그는 그들과 꼭 같은 방식으로 고통을 되갚고자 하는 증오에 찬 자기 자신을 발견하고는 인간으로서의 자괴감을 겪는다. 한편, 박인환은 전쟁 통에 '불타오르는 서적'을 목도하면서도 '증오'와 '분노'를 드러내기보다는, 정의를 위해 싸운 병사들 혹은 친우들을 애도하며 "悲慘한 人類의/ 새로운 「미조리」號에의 過程"이라는 역사의 당위성에의 신념을 보여준다.

박인환의 시는 6.25전쟁 당시 그 자신이 처한 삶을 토로한 것으로서, 세계대전이 발발하였으나 그 직접적 피해와는 거리가 먼, 타지(뉴욕)의 일상을 다룬 오든의 입장과는 대비되는 측면이 있다. 즉 오든은 위 시에서 세계대전이 발발한 1939년 9월 1일의 풍경, 즉 전쟁의 불안과 절망을 감각하고 있으나 평상시와 마찬가지로 직장을 통근하고 선술집을 들르는 사람들의 삶에 관해 형상화하고 있다. 반면, 박인환은 위 시에서 '1951년' 곧 6.25전쟁의 발발이후를, '불타오르는 서적'이라는 특징적 장면으로 기억하며, 그 장면은 전쟁으로 죽어간 전사들의 삶이 '너만의 것'이 아닌 '우리의 것'임을 환기시킨다("지금 싸움은 持續된다/ 書籍은 불타 오른다/ 그러나 書籍과 印象의 風景이여/ 너의 久遠한 이야기와 表情은/ 너만의 것이 아니다").

즉 박인환이 역사의 흐름을 바라보는 시각은 복합적이며 거시적인 특성을 보여준다. 그는 전쟁의 현장, 즉 '내 생명을 거른 싸움속'에 있음을 확인하면서 동시에 오든이 지니기를 바랐던 그러한 '긍정의 불길' 혹은 '자유정신'을 추구하는 면모를 보여준다. 인류 역사에 관한 박인환의 조망은 「정신의 행방을 찾아」에서는 '근대정신' 혹은 '자유정신'의 자취를 찾는 것으로서 구체화된다("선량한 우리의 조상은/ 투르키스탄 廣漠한 평지에서/ 근대정신을 발생시켰다./ 그러므로 폭풍 속의 인류들이여⋯⋯ 화산처럼 열을 토하는 지구의 시민./ 냉혹한 자본의 권한에 시달려/ 또다시 자유정신의 행방을 찾아/ 추방, 기아/ 오 한없이 이동하는 운명의 순교자").

한편, 오든은 우리가 단일하게 뭉쳐야 한다는 의지를 "우리는 서로서로 사랑해야 한다. 그렇지 못하다면 죽어야 할 것이다"는 것으로 구체화한다. 그리고 이토록 증오에 휩싸인 '내가' 진정한 '긍정의 불길'을 낼 수 있을 것인가를 회의한다. 이것은, 오든이 독일이 폴란드를 침공한 세계대전 당시 정국을, '선'과 '악'의 이분법으로서 파악하였음을 말해준다.[14] 그가 강하게 드러내는 것은 그 스스로도 지나치게 휩싸여 있음을 의식하는 '증오'의 정서이다.

오든의 '투키디데스의 책'은 인류역사와 문명진보에 대한 확신을 지닌 것으로서 '악'을 징벌하고자 하는 의지를 보여주는 것이다. '투키디데스의 책'은 시인으로서의 역사 의식을 구체화하며, 실제현실에 밀착하기보다는 역사의 거시적 조망과 이상적, 관념적 의지를 보여준다. 한편, 박인환의 '불타오르는 서적'은 인류역사와 문명진보를 확인하는 구체적 계기로서 작용하며 그것은 '선악'을 넘어 실재하는 전후(戰後) 현실을 체험적 방식으로 보여준다. '불타오르는 서적'은 그의 역사 의식을 구체화하는데, 그것은 추상적 지향에 고착되지 않고 현실의 관찰과 역사 현장의 실경험과 인간적 지향에 근거한다.

---

14) 오든은 미국에 귀화하여 기독교적 작품을 쓰면서 "We must love one another or die"를 "We must love one another and die"로, 즉 "우리는 서로서로 사랑하고 죽음을 맞아야 할 것이다"로 바꾸었다. W. H. Auden, *Collected Poems*, Ed. Edward Mendelson, New York: Modern Liberary, 2007, pp.292~293.

3. '일을 하고 싶지 않다'는 '로마의 서기'와 '잠을 이루지 못하는 밤'에 '시를 읽는 이'

파도는 부두를 내려친다.
쓸쓸한 들판에, 비는 버려진 기차를 후려친다.
산 중턱 동굴은 범법자들로 메워진다.

야회복들은 환상적으로 화려해진다.
국고(國庫) 집행관들은
지방도시의 하수관을 통해 도주하는 세금체납자들을 뒤쫓고 있다.

은밀한 마법의식은 사원의 매춘부들을 불러들여 잠들게 한다.
문학하는 지식인들은 모두가 상상에만 존재하는 친구를 사귀고 있다.

비사교적이고 내성적인 카토는
고대의 규율을 찬미하지만,
그러나 근육질의 해군들은
식량과 급료를 위해 반란을 일으킨다.

카이사르의 더블베드는 따뜻하다.
하찮은 로마서기는 핑크빛 공문서에다 "일을 하고 싶지 않다"고 쓴다.

재산도 연민도 주어지지 못한
진홍색 다리를 지닌 작은 새들은

얼룩달룩한 알들 위에 앉아있다.

새들의 눈에는 모두, 인플루엔자에 감염된 도시가 있다.

오든, 「로마의 몰락The Fall of Rome (씨릴 코널리Cyril Connolly에게)」 부분[15]

넓고 개체 많은 토지에서

나는 더욱 고독하였다.

힘없이 집에 돌아오면 세 사람의 가족이

나를 쳐다보았다. 그러나

나는 차디찬 벽에 붙어 회상에 잠긴다.

전쟁 때문에 나의 재산과 친우가 떠났다.

인간의 이지理智를 위한 서적 그것은 잿더미가 되고

지난날의 영광도 날아가 버렸다.

그렇게 다정했던 친우도 서로 갈라지고

간혹 이름을 불러도 울림조차 없다.

오늘도 비행기의 폭음의 귀에 잠겨

잠이 오지 않는다.

---

15) The piers are pummelled by the waves;/ In a lonely field the rain/ Lashes an abandoned train;/ Outlaws fill the mountain caves.// Fantastic grow the evening gowns;/ Agents of the Fisc pursue/ Absconding tax-defaulters through/ The sewers of provincial towns.// Private rites of magic send/ The temple prostitutes to sleep;/ All the literati keep/ An imaginary friend.// Cerebrotonic Cato may/ Extol the Ancient Disciplines,/ But the muscle-bound Marines/ Mutiny for food and pay.// Caesar's double-bed is warm/ As an unimportant clerk/ Writes I DO NOT LIKE MY WORK/ On pink official form.// Unendowed with wealth or pity,/ Little birds with scarlet legs,/ Sitting on their speckled eggs,/ Eye each flu-infected city.

잠을 이루지 못하는 밤을 위해 시를 읽으면

공백한 종이 위에

그의 부드럽고 원만하던 얼굴이 환상처럼 어린다.

미래에의 기약도 없이 흩어진 친우는

공산주의자에게 납치되었다.

그는 사자死者만이 갖는 속도로

고뇌의 세계에서 탈주하였으리라.

정의의 전쟁은 나로 하여금 잠을 깨운다.

오래도록 나는 망각의 피안에서 술을 마셨다.

하루하루가 나에게 있어서는

비참한 축제였다.

그러나 부단한 자유의 이름으로서

우리의 뜰 앞에서 벌어진 싸움을 통찰할 때

나는 내 출발이 늦은 것을 고한다.

나의 재산……이것은 부스럭지

나의 생명……이것도 부스럭지

아 파멸한다는 것이 얼마나 위대한 일이냐.

박인환, 「잠을 이루지 못하는 밤」 부분

'투키디데스의 책'과 '불타오르는 서적'은, 각각, 급박한 상황에 놓인 '로마 서기'와 '시를 읽는 이'라는 화자와 상응관계를 이룬다. 즉 오든은 노예제를 근간으로 강력한 군사력과 독재력을 과시하던 '로마제국'몰락의 역사가, 스페인 내전을 지지하고 세계대전을 일으킨 나치정권의 미래 나아가 동양국가들을 식민지로서 착취해온 제국주의국가의 미래와 상응관계를 이룬다고 믿는다.[16] 세기말적 풍조와 페시미즘과 불안사상이 팽배한 세계대전의 전후 상황은, '카이사르'의 따뜻한 침대와 환상적인 '야회복들'과 사원의 '매춘부들' 즉 향락과 부패로 점철된 로마제국의 그것과 상응하는 것으로 본 것이다.[17]

오든이 형상화한 로마백성은 부와 연민이 주어지지 못한' '진홍빛 다리'로 '얼룩달룩한 알'을 낳아 품는 '새'로서, 혹은 모든 새들의 '눈'에 인플루엔자로 오염된 도시로 나타난다. 그는 당대의 정국이 '로마제국'의 몰락무렵과 같다고 보았다. 그의 머릿속 로마말기의 형상은, "지갑처럼 공포를 지니고 다니"거나[18] "실종되었거나 실종될 것이거나 혹은 아내를 잃어버리"[19]

---

16) 시는 서구문명국가의 미개발국가들을 착취해온 국가들의 몰락을 예언한 '씨릴 코널리'를 향한 편지글을 취한다("The civilized are those who get more out of life than the uncivilized, and for this we are not likely to be forgiven. One by one, the Golden Apples of the West are shaken from the tree", Cyril Connolly, "Part II Te Palinure Petens", *The Unquiet Grave*(1944), Persea Books, July 27, 2005).

17) 생각해보라, 로마인은 그들 시대에 자기들의 말을 가졌었다./ 자기들의 말로 전 도로를 관할하였다./ 그러나 그들의 말은 사멸되었다./ 그들의 문화는 사라져서는 아주 잊혀졌다Think- Romans had a language in their day/ And ordered roads with it, but it had to die:/ Your culture can but leave- forgot as sure, Venus Will Now Say A Few Words, 2연 부분.

18) 그들은 지갑처럼 공포를 지니고 다닌다./ 또한 총알처럼 지평선을 피해 다닌다./ 모든 강들과 철로들이 달리고 있다./ 저주로부터 도망치듯 이웃으로부터 멀리 떠나고 있다They carry terror with them like a purse,/ And Flinch from the horizon like a gun;/ And all the rivers and the railways run/ Away from Neighbourhood as from a curse, "In Time of War"20연 부분.

19) 이곳의 전쟁은 기념비처럼 단순하다./ 한 남자는 전화기에 대고 말한다./ 지도의 국기들은 군대가 파병된 지역을 알려준다./ 한 소년이 사발에 우유를 담아온다.// 죽음의 공포에 떠는 사람들을 살리려는 전략은 어떻든 존재할 것이다./ 그럼에도 열두 시에 목마른 그들은 또한 아홉 시에도 목마를 것이다./ 그들은 실종될 것이며 그들의 아내또한 잃게 될 것이다Here war is simple like a monument;/ A telephone is speaking to a man;/ Flags on a map assert that troops were sent;/ A boy brings milk in bowls. There is a plan// For living men in terror of their

는 2차 세계대전의 장면들로 변주된다. 주목할 것은 '카이사르'와 '로마제국'의 일상을 기록하는는 '로마서기'의 행동이다. '로마서기'는 '핑크빛 관용종이'에 '대문자'로 "내 일을 하고 싶지 않다 I DO NOT LIKE MY WORK"고 적는다. 오든이 자기 자신을 '로마서기'로서 견준 것에는 그가 믿는 '시인'의 역할과 관련이 있다. 그에게 '시인'이란 '그들(사람들)이 느끼는 감정들이 바람과 같이 고여 드는 존재이며 그들의 울음을 재현하는 존재인 것이다("그들이 느끼는 것들은 바람과 같이 그에게 고여 들었다./ 이윽고 그는 노래하였다, 그들이 울고 있다고 Their feeling gathered in him like a wind/ And sang: they cried--", In Time of War 7연 부분).

한편, 박인환은 일제 식민체제를 체험하였으며 세계대전 발발 이후 6.25 전쟁으로 인한 피난생활과 종군작가단 체험 등, 직접적으로 전쟁참상을 겪었다. 이것은 두 번째 시에서, 전시(戰時) 비행기 폭음으로 잠 못 이루는 밤에 '공백한 종이'를 두고 '시를 읽'는 것으로 구체화된다. 그는 전쟁으로 잃은 친우들을 떠올리며 파멸이 두렵지 않다는 결의를 보이다가도 가족을 생각하며 '언제 죽을지도 모르'는 불안과 공포에 휩싸여 '혼자서 울'고 있다. 이 장면은, 무자비한 부조리와 폭력의 세계에서 '일하고 싶지 않다'고 쓰는 '로마 서기'와 대비된다. 오든은 전쟁을 간접적인 방식으로 목도하며 전쟁이 일어나는 거시적 맥락과 역사의 흐름을 읽어낼 수 있는 상황에 놓여 있었다. 그의 시편에는 전쟁 참상을 겪는 실제적 불안과 공포보다도 그것을 지켜보는 지식인으로서 파시즘을 향한 강렬한 분노와 비판을 드러낸다.[20] 그

lives,/ Who thirst at nine who were to thirst at noon,/ And can be lost and are, and miss their wives, "In Time of War"16연 부분

20) "완벽함은 그가 추구한 것이었다./ 그의 시는 이해하기 쉬웠다./ 그는 인간의 어리석음을 속속들이 알고 있었던 것이다./ 그는 군대와 함대에 굉장한 관심을 지녔다./ 그가 웃을 때면 점잖은 상원의원들이 웃어댔다./ 그가 울 때면 거리의 작은 아이들이 죽어나갔다 Perfection, of a kind, was what he was after,/ And the poetry he invented was easy to understand;/ He knew

는 '로마 서기' 곧 역사가 관점을 취하며 '핑크빛 관용용지'에 자신이 속한 세계를 더 이상 쓰고 싶지 않다고 적는 것으로 구체화된다. 박인환은 전쟁을 직접 체험하며 실제 현장에서 공포와 불안에 떨면서도 인간적인 것을 추구하는 목소리를 보여준다("거기 나는 동상처럼 서 있었다./내 귓전엔 싸늘한 바람이 설레이고/ 그림자는 망령과도 같이 무섭다,「고향에 가서」부분). 즉 오든이 거시적 입장에서 역사흐름을 읽고 독재세력을 견제하는 사회정의와 이상주의를 보여준다면, 박인환은 역사의 현장에서 주변사람들과 자기 자신의 불안과 고통을 시인 본연의 역할로서 충실히 기록하는 현실주의를 보여준다.

㉮

재산도 연민도 주어지지 못한

작은 새들은 진홍색 다리로

얼룩달룩한 알들에 앉아있다.

모든 새들의 눈에는 인플루엔자에 감염된 도시가 있다.

전적으로 다른 어떤 곳에서는, 방대한 순록의 무리들이

끝없이 이어지는 황금빛 이끼를 가로질러 이동하고 있다,

조용하고 아주 빠르게.

오든, 「로마의 몰락The Fall of Rome (씨릴 코널리Cyril Connolly에게)」 부분[21]

---

human folly like the back of his hand,/ And was greatly interested in armies and fleets;/ When he laughed, respectable senators burst with laughter/ And when he cried the little children died in the streets, -Epitaph on a Tyrant.

21) Unendowed with wealth or pity,/ Little birds with scarlet legs,/ Sitting on their speckled eggs,/ Eye each flu-infected city.// Altogether elsewhere, vast/ Herds of reindeer move across/ Miles and miles of golden moss,/ Silently and very fast.

나의 재산……이것은 부스럭지

나의 생명……이것도 부스럭지

아 파멸한다는 것이 얼마나 위대한 일이냐.

마음은 옛과는 다르다. 그러나

내게 달린 가족을 위해 나는 참으로 비겁하다.

그에게 나는 왜 머리를 숙이며 왜 떠드는 것일까.

나는 나의 말로를 바라본다.

그리하여 나는 혼자서 운다.

이 넓고 개체 많은 토지에서

나만이 지각이다.

언제 죽을지도 모르는 나는

생에 한없는 애착을 갖는다.

박인환, 「잠을 이루지 못하는 밤」 부분

ⓒ

또 다른 아침이 오고 있다, 나는 보고 있다,

기내 저 아래로, 점차 줄어드는 지붕들과

늘어나는 사람들을.

또 다시 볼 수 없을 것이다,

그들의 운명에 신의 가호가 있기를. 그러나

나는 어느 게 어느 건지 기억할 수 없다.

미합중국에 신의 가호가 있기를, 아주 커다랗고

아주 다정하고 아주 부유한.

오든 「순회 중에On the Circuit」 부분[22]

㉣

나는 돌아가도 친구들에게 얘기할 것이 없고나

유리로 만든 인간의 묘지와

벽돌과 콘크리트 속에 있던

도시의 계곡에서

흐느껴 울었다는 것 외에는…….

천사처럼

나를 매혹시키는 허영의 네온.

너에게는 안구眼球가 없고 정서가 없다.

여기선 인간이 생명을 노래하지 않고

침울한 상념만이 나를 구한다.

바람에 날려온 먼지와 같이

이 이국의 땅에선 나는 하나의 미생물이다.

아니 나는 바람에 날려와

새벽 한 시 기묘한 의식意識으로

그래도 좋았던

부식된 과거로

---

22) Another morning comes: I see,/ Dwindling below me on the plane,/ The roofs of one
more audience/ I shall not see again.// God bless the lot of them, although/ I don't
remember which was which:/ God bless the U. S. A., so large,/ So friendly, and so rich.

돌아가는 것이다.

박인환, 「새벽 한 시의 시」 부분

앞선 오든 시의 말미 ㉮는, '재산도 연민도 주어지지 못한'비참한 현실세계를 구체화하다가, 돌연히 '전적으로 다른 어떤 곳'에서 '순록의 무리들이 끝없이 이어지는 황금빛 이끼'를 달리는 풍경으로서 귀결된다. 한편 앞선 박인환 시의 말미 ㉯는, '재산과 생명이 부스럭지'가 되는 현실세계를 구체화하면서 '언제 죽을 지도 모른'다는 극한감정을 나타내지만'생에 한없는 애착을 갖는'것으로 귀결된다.

'전적으로 다른 어떤 곳'을 향한 오든의 지향은, ㉰에서 과오로 얼룩진 과거와 결연하고 새롭게 탄생하는 그러한 나라가 '미국'이라는 신념으로서 구체화된다. 『불안의 시대』[23]는 오든이 그 자신이 속한 '불안'의 세계를 벗어나 낙원세계를 찾아가고자 하는 강렬한 의지가 형상화되고 있다. 그는 『불안의 시대』를 상재한 다음, 세계대전의 종결에 큰 영향력을 미쳤던 신생 강대국, 미국으로 귀화하였으며 동시에 기독교 신앙을 지닌 시인의 삶으로 전향하였다.

박인환역시 6.25전쟁 종식이후, 친미적 성향을 보여주지만 실질적으로 오든과는 판이하였다. ㉱에서 보듯이, 미국에 관한 박인환의 관점은 오든의 일관된 찬양적 태도와 달리 복합적인 특성을 보여준다. 즉 그는 산문에서는 선진문명사회의 긍정과 친미적 성향을 보이지만, 시에서는 자본주의 병폐가 심화되고 문명이기로 인해 인간성이 상실된 미래상을 예기하며, 우리민족이 맞이할 문명사회의 문제들을 염려하고 있다.

---

23) W. H. Auden, *The Age of ANXIETY*, Princeton Univ, 2011. 시집은 '신의 낙원'을 찾는 일에 끝내 실패하는 오든의 분신들이, 시공간의 여행에서 인간계의 타락상과 신의 처벌을 체험하는 장면을 보여준다.

오든이 『불안의 시대』 이후에 현세 인류의 고통으로부터 벗어나 새로운 낙원을 향한 모색을 형상화한다면, 박인환은 현세 인류의 삶, 그 속에서 인간적 가치와 현세적 가치를 향한 절박한 모색을 형상화한다. 둘다는, 인류의 역사가 '선'과 '정의'를 따르지만은 않는다는 것을 체험하였다. 즉 오든은 세계대전의 종식 이후에 그가 속했던 서구세계가 아닌 신생 강대국, 미국에서 신의 낙원을 꿈꾸었다. 그는 '시인의 역할'이 역사전개에서 '선'과 '정의'를 구현하는 것이라고 믿었으며 그것은 '격렬한 전쟁'으로 '신의 노여움'을 산, 자신이 속한 구세계에서는 구현될 수 없다고 판단하였던 것이다 ("휘몰아치는 겨울의 격렬한 전쟁은 우리가 멈출 수조차 없는 주크박스가 되어버린 것인가. 우리는 두려워하였다./ 고통때문이 아니라 어떤 악몽조차도 없는 침묵을 두려워하였던 것이다./ 적대적인 상대를 향한 악몽조차 없는 상태는 이 공허함만큼이나 끔찍한 것이었다./ 이것은 혐오스러운 사실이었다. 이것이 신의 노여움을 샀던 것이다"[24]).

즉 오든은 당대의 부조리와 독재자를 향한 비판과 분노를 표현하는 시인으로서의 역할에 한계를 느끼고 신의 세계에 귀의하였다. 그럼에도 역설적인 것은, '불안의 연대'와 '당분 간' 등, 기독교에의 전환국면의 작품들에서 그가 주로 형상화하는 것은 '인간의 낙원'을 부단히 모색하고 꿈꾸지만 결국 그것에 도달하지 못하는 인간들의 번뇌와 고통에 관한 것이라는 사실이다. 박인환역시 오든과 마찬가지로 '불안의 시대'에 빠진 사람들을 구제할 수 있는 '신의 세계'와 관련한 상념들을 그의 작품에서 드러내고 있다("不幸한 神/ 어데서나 나와 함께 사는/ 不幸한 神/ 당신은 나와 단 둘이서/ 얼굴을 비벼 대고 秘密을 터놓고/ 誤解나/ 人間의 體驗이나/ 孤絶된 意識에/ 後悔ㅎ지 않을 것입니다./ 또 다

---

24) --why even/ The vilolent howling of winter and war has become/ Like a juke-box tune that we dare not stop. We are afraid/ Of pain but more afraid of silence; for no nightmare/ Of hostile objects could be as terrible as this Void./ This is the Abomination. This is the wrath of God, *For the Time Being*의 이 구절은 인간의 전쟁을 향한 오든의 분노를 신의 분노로서 합치하여 표현하였다.

시 우리는 結束되었습니다", 「不幸한 神」 부분). 오든이 현재에 속한 세계가 아닌 미지의 새로운 다른 장소로서의 '낙원'을 향한 갈망을 보여준다면, 박인환은 그러한 '이상주의적 세계'를 지향하기보다는 속악할지라도 절박한 '현실'에서도 힘겹게 구현되는 '인간주의적 세계'에 가치를 부여한다.

그의 방식은 오든이 그가 속한 세계의 '악을 징벌하는 목소리'와 인간의 '낙원'을 향한 끊임없는 모색과는 대비되는 것이다. 박인환은 그 자신의 모습을 '회의와 불안만이 다정스러운 모멸의 오늘을 살아나가는'인간의 세계에 충실한 '철없는 시인'으로서 조명한다("아! 最後로 이聖者의 세계에 살아있는 것이 있다면/ 分明코 그것은 贖罪의 繪畫 속의 裸女와/ 回想도 苦惱도 이제는 亡靈에게 賣却한 철없는 詩人……", 「살아 있는 것이 있다면」 부분). 이것은 시평뿐만 아니라 영화평에도 특징적인 것인데, 그는 당대의 '절박한 인간'이 실낱의 희망을 품고 살아나가는 현세주의적이며 인간주의적인 가치를 중요한 것이라고 주장한다.[25]

오든은 '시인'의 관점이라기보다는 '로마제국의 서기' 즉 역사를 바라보는 '역사가의 관점'에 의해 향후행보를 결정하는 면모를 보여준다. 즉 '나치'를 '악'으로 규정짓고 강렬한 분노를 드러내었던 오든은, 이후 스페인 내전의 패전을 목격하고 2차 세계대전을 겪은 다음에는, 그러한 노력을 기울이기보다는, '로마제국'의 몰락상황과도 유사한 구서구로부터 전쟁을 종식시키고 부상한 신생 강대국 '미국'으로 가는 길을 선택하였던 것이다. 그리고 그는 인간세계의 속악성을 구제할 수 있는 '신의 세계'를 끊임없이 모색하는 작품들을 창작하였다. 한편, 박인환은 '역사가'라기보다는 '정신적 지도자'로서의 '시인'의 관점을 지키는 모습을 보여준다. 즉 그는 비행기

---

25) "-그들은 그곳에서 또다시 떠나기 위하여 갖은 최선을 노력했으나, 끝끝내 그 절박된 것을 뛰어넘지 못하고 죽고 마는 것이다. 이런 인물의 등장은 내가 지금까지 기다리고 바라던 영화의 세계인 것이다", 박인환, 「절박한 인간의 매력」.

폭격이 쏟아지는 '잠 못 이루는 밤'에도 '창백한 종이'를 앞에 두고 '친우' 와 '가족'을 생각하며 공포와 불안과 슬픔을 기록하는 시를 쓰고 있다. 혹 은 그는 전쟁으로 폐허가 된 공간에서 희생된 사람들이나 주변사람들에 대한 연민을 형상화하고 있다.

박인환은 오든의 경우처럼 '미국'을 거시적 역사의 흐름에서 이해하기보 다, 그가 체험한 실제 시애틀의 도시골목들 즉 자본주의 문명사회의 실상 을 통해 주체적으로 인식하는 면모를 보여준다. 그것은 일관된 목소리로 미국을 찬양하는 오든과 달리, 약소국 우리민족의 향방에 대한 고민의 목 소리로 나타난다. 이후 그는 인간세계의 속악성을 '통속 잡지의 표지'로 특 징화하면서도 그 세계를 살아가는 인간들의 삶의 고통과 비애를 그려 나 갔다.

4. 결론

이 글은 오든의 '투키디데스의 책'과 박인환의 '불타오르는 서적'의 의미 를 중심으로, 두 시인이 당대의 '전쟁'과 '역사'를 어떻게 바라보고 있는지 그 들의 관점이 향후 그들의 시적 행보에 어떻게 작용하였는지를 살펴보았다.

오든의 '투키디데스의 책'은 인류역사와 문명진보에 대한 확신을 지닌 것으로서 '악'을 징벌하고자 하는 의지를 보여주는 것이다. '투키디데스의 책'은 시인으로서의 역사 의식을 구체화하며, 실제현실에 밀착하기보다는 역사의 거시적 조망과 이상적, 관념적 의지를 보여준다. 한편, 박인환의 '불 타오르는 서적'은 인류역사와 문명진보를 확인하는 구체적 계기로서 작용 하며 그것은 '선악'을 넘어 실재하는 전후(戰後) 현실을 체험적 방식으로 보여준다. '불타오르는 서적'은 그의 역사 의식을 구체화하는데, 그것은 추상적 지향에 고착되지 않고 현실의 관찰과 역사 현장의 실경험과 인간적 지향에 근거한다.

오든은 '시인'의 관점이라기보다는 '로마제국의 서기' 즉 역사를 바라보는 '역사가의 관점'에 의해 향후행보를 결정하는 면모를 보여준다. 즉 '나치'를 '악'으로 규정짓고 강렬한 분노를 드러내었던 오든은, 이후 스페인 내전의 패전을 목격하고 2차 세계대전을 겪은 다음에는, 그러한 노력을 기울이기보다는, '로마제국'의 몰락상황과도 유사한 구서구로부터 전쟁을 종식시키고 부상한 신생 강대국 '미국'으로 가는 길을 선택하였던 것이다. 그리고 그는 인간세계의 속악성을 구제할 수 있는 '신의 세계'를 끊임없이 모색하는 작품들을 창작하였다. 한편, 박인환은 '역사가'라기보다는 '정신적 지도자'로서의 '시인'의 관점을 지키는 모습을 보여준다. 즉 그는 비행기 폭격이 쏟아지는 '잠 못 이루는 밤'에도 '창백한 종이'를 앞에 두고 '친우'와 '가족'을 생각하며 공포와 불안과 슬픔을 기록하는 시를 쓰고 있다. 혹은 그는 전쟁으로 폐허가 된 공간에서 희생된 사람들이나 주변사람들에 대한 연민을 형상화한다.

박인환은 오든의 경우처럼 '미국'을 거시적 역사의 흐름에서 이해하기보다, 그가 체험한 실제 시애틀의 도시골목들 즉 자본주의 문명사회의 실상을 통해 주체적으로 인식하는 면모를 보여준다. 그것은 일관된 목소리로 미국을 찬양하는 오든과 달리, 약소국 우리민족의 향방에 대한 고민의 목소리로 나타난다. 이후 그는 인간세계의 속악성을 '통속 잡지의 표지'로 특징화하면서도 그 세계를 살아가는 인간들의 삶의 고통과 비애를 그려 나갔다.

제14장

박인환과 S. 스펜더의 '문명 의식' 연구

-'열차'와 '항구'를 중심으로

I. 서론

　박인환에 관한 연구는 최근 들어 그의 시세계의 다양한 특성들에 관하여 심도있게 조명한 논의들로서 이어지고 있다. 그에 관한 연구사는 그의 초기시에 관한 현실주의적 관점의 연구[1]와 모더니즘적 관점의 연구[2]가 있다. 그리고 그의 중기, 후기시와 관련하여서는 '미국여행'의 의미를 중심으로 아메리카니즘에 관한 연구와 문명비판의식에 관한 연구[3]가 전개되어왔

1)　박현수, 「전후 비극적 전망의 시적 성취-박인환론」, 『국제어문』 37, 2006, 맹문재, 「폐허의 시대를 품은 지식인 시인」, 『박인환 깊이 읽기』, 서정시학, 2006 정영진, 「박인환 싱의 탈식민주의 연구」, 『상허학보』 15, 2005, 조영복, 「근대문학의 '도서관 환상'과 '책'의 숭배 -박인환의 「서적과 풍경」을 중심으로」, 『한국시학연구』 23, 한국시학회, 2008, 곽명숙, 「1950년대 모더니즘의 묵시록적 우울-박인환의 시를 중심으로」, 『정신문화연구』 32, 2009, 김은영, 『박인환 시와 현실인식』, 글벗, 2010, 김종윤, 「전쟁체험과 실존적 불안의식-박인환론」, 『현대문학의 연구』 7, 1996, 공현진, 이경수, 「해방기 박인환 시의 모더니즘 특성 연구」, 『우리문학연구』 52권, 2016.

2)　오세영, 「후반기 동인의 시사적 위치」, 『박인환』, 이동하 편, 『한국현대시인연구12』, 문학세계사, 1993, 김재홍, 「모더니즘의 공과」, 이동하 편, 앞의 책, 이승훈, 「1950년대 한국 모더니즘 시의 전개」, 『한국모더니즘 시사』, 문예출판, 2000, 박몽구, 「박인환의 도시시와 1950년대 모더니즘」, 『한중인문학연구』 22, 2007.

3)　한명희, 「박인환 시 『아메리카 시초』에 대하여」, 『어문학』 85, 2004, 방민호, 「박인환 산문에 나타난 미국」, 『한국현대문학연구』 19, 2006, 박연희, 「박인환의 미국 서부 기행과 아메리카니즘」, 『한국어문학연구』 59, 2012, 정영진, 「박인환 시의 탈식민주의 연구」, 『상허학보』 15, 2005, 이기성, 「제국의 시선을 횡단하는 시 쓰기: 박인환 시의 탈식민주의」, 『현대문학의 연구』 34, 2008, 이은주, 「1950년대 문학비평의 세계주의와 미국적 가치지향의 상관성」, 『상허학보』 18, 2006, 장석원, 「아메리카 여행 후의 회념」, 『박인환 깊이 읽기』, 서정시학, 2006, 오문석, 「박인환의 산문정신」, 『박인환 깊이 읽기』 서정시학, 2006, 강계숙, 「'불안'의 정동, 진리, 시대성: 박인환 시의 새로운 이

다. 박인환의 연구사는 그가 지닌 세계들의 다양성 각각에 주목하여 심도 있게 논의한 연구들이 특징적이다. 그리고 그의 연구사의 특이한 지점은 같은 시기라도 상반된 관점들이 공존하는 모순된 특성을 보여주고 있는 부분이다.

최근 들어, 정신분석학적 관점에서의 심도있는 연구들[4]은 그의 시세계가 안고 있는 모순된 지점들에 관하여 조명하면서 그의 시세계에서 복합적이고 모순, 양면적 특성을 규명한 의의를 지닌다. 그럼에도 박인환 연구사에서 미흡하게 연구된 부분이 있는데 그것은 그의 초기시와 시론에서 서구 전위시인들과의 관련성에 관한 비교문학적 연구영역이다. 이 부분에서 박인환의 시세계 및 시정신과 영향관계를 논의할 수 있는 대상은 '오든 그룹 Oden group'[5]이다. 박인환은 자신의 시론을 밝히는 자리에서 이 그룹 일원들의 시론과 작품을 일일이 소개하면서 자신의 시론을 간접적으로 밝히고 있다. 특히 그는 세계대전을 체험한 동시대 전후 지식인으로서 그들과의 연대의식을 드러내고 있다.

박인환의 시세계를 관류하는 사회, 시대의식과 불안의식은 '오든 그룹'의 시세계와 그들의 지향과 밀접한 관련성을 지닌다.[6] 특히 박인환의 시세계

해」, 『현대문학의 연구』 51, 2013.10, 라기주, 「박인환 시에 나타난 불안의식 연구」, 『한국문예비평연구』 46, 2015, 최라영, 「박인환 시에서 '미국여행'과 '기묘한 의식' 연구-'자의식'의 문제를 중심으로」, 『현대문학연구』 45, 2015.4.

4) 김승희, 「전후 시의 언술 특성: 애도의 언어와 우울증의 언어-박인환·고은의 초기시를 중심으로」, 『한국시학연구』 23, 2012.7, pp. 125-149, 강계숙, 「'불안'의 정동, 진리, 시대성: 박인환 시의 새로운 이해」, 『현대문학의 연구』 51, 2013.10, 라기주, 「박인환 시에 나타난 불안의식 연구」, 『한국문예비평연구』 46, 2015, 최라영, 「박인환 시에서 '십자로의 거울'과 '새로운 불안'의 관련성 연구 -라캉의 '정동affect' 이론을 중심으로」, 『현대문학연구』 51집, 2017.4.

5) 30년대 사회주의적 경향들을 하나로 묶어보아 사회주의적 활동을 가장 활발하게 한 스펜더의 대표성을 평가하여 '오든 그룹Auden group'이라는 호칭보다는 '스펜더 그룹Spender group'이란 호칭을 써야 한다는 견해도 있다, 김창욱, 「스펜더 그룹: 오든 그룹 호칭의 타당성과 그 대안」, 전남대, 영어학과석사논문, pp. 5-15.

6) 연구사에서 오든그룹의 논의는 주로 1930년대 모더니즘시와 김기림과의 관련선상에서 연구되어

의 '불안의식'에 관해서는 『불안의 시대The Age of Anxiety』를 기점으로 변화한 W. H. 오든의 불안의식과 관련성을 지닌다. 그런데 박인환의 초기 시편들의 제재의 형상 및 주제의식에 주목해본다면 오든그룹의 일원인 S. 스펜더와 근접한 관련성을 보여준다. 박인환과 스펜더의 비교문학적 연구는 김기림의 논의의 연장선 상에서 박인환을 논의한 홍성식의 글[7]이 있다. 이 글은 주로 김기림을 중심으로 우리 모더니즘시사의 스펜더 수용의 의미와 한계를 조명하였으며 박인환의 경우는 "스펜더의 수용을 하나의 '멋'으로 받아들였을 가능성이 짙다"[8]고 평가하였다. 그러나 현재의 연구사적 관점에서 볼 때, 박인환에 관한 연구는, 특정작품의 시적 성취를 넘어서서 그의 시세계와 시정신의 특성을 부각하는 관점에서 비교문학적 시각이 요청된다.

박인환이 동인으로서 활동한 『새로운 도시와 시민들의 합창』의 발간호에는 스펜더의 「실재하지 않지만Never being, but」(양병식 역)이 실려 있다. 스펜더의 이 시는 현실과 외부세계를 향한 호기심 혹은 관점을 형상화하는 방식 면에서, 「문제되는 것」, 「벽」 등의 박인환의 작품들과 유사한 특성을 보여주고 있다.[9] 박인환은 스펜더의 작품을 암송할 정도로 그의 시를

왔다. 이에 관한 논의로는, 김유중, 『한국모더니즘 문학의 세계관과 역사인식』, 1996, 문혜원, 「오든 그룹의 시 해석-특히 스티븐 스펜더를 중심으로」, 『모더니즘 연구』, 1993 참고.

7) 홍성식, 「한국 모더니즘 시의 스티븐 스펜더 수용」, 『동서비교문학저널』, 2005, pp. 265-287.

8) 홍성식, 앞의 논문, p. 282.

9) 박인환의 「문제되는 것」과 스펜더의 「실재하지 않지만Never being, but」의 전반부는 다음과 같다. "평범한 풍경 속으로/ 손을 뻗치면/ 거기서 길게 설레이는/ 문제되는 것을 발견하였다./ 죽는 즐거움보다도/ 나는 살아나가는 괴로움에/ 그 문제되는 것이/ 틀림없이 실재되어 있고 또한 그것은/ 나와 내 그림자 속에/ 넘쳐흐르고 있는 것을 알았다./ 이 암흑의 세상에 허다한 그것들이/ 산재되어 있고/ 나는 또한 어두움을 찾아 걸어갔다," 「문제되는 것」 전반부, "Never being, but always at the edge of Being/ My head, like Death-mask, is brought into the sun./ The shadow pointing finger across cheek,/ I move lips for tasting, I move hands for touching,/ But never am nearer than touching/ Though the spirit lean outward for seeing(실재하지 않지만 항상 존재의 모서리에 있다/ 죽음의 가면과 같은 내 머리는 태양을 향한다/ 그늘은 빰을 스치는 손가락을 가리킨다/ 나는 맛을 보러 입술을 움직인다/ 나는 감촉을 위해 손을 움직인

좋아하였던 것으로 알려져 있다.[10) 박인환은 그의 시론 「현대시의 불행한 단면」에서 오든그룹 일원들의 지향과 작품을 논의하고 있는데 그 자리에서 스펜더의 시세계의 전모가 비중있게 다루어져 있다. 특히, 박인환은 스펜더의 「존재의 가장자리에서THE EDGE OF BEING」를 인용, 소개하고 있다. 그는 스펜더의 시에서 문명의 이기들이 인간을 향한 복수에 관하여 공포와 두려움의 정서를 한층 부가하여 변용하고 있다.[11)

특히, 그는 「열차」의 서두에서 스펜더의 「THE EXPRESS」의 구절, "궤도 위에 철의 풍경을 질주하면서/ 그는 야생한 신시대의 행복을 전개한다"[12)를 인용하고 있다. 그리고 그는 작품 속에서 스펜더의 경우와 마찬가지로, 문명과 그 유입, 즉 '열차', '비행기', '항구' 등에 대한 관심을 보여주고 있

다./ 그러나 나는 감촉 그 이상으로 결코 다가설 수 없다/ 그럼에도 정신은 보기 위해 바깥쪽으로 의지하고 있다)" X 앞부분.

10)   김규동, 『박인환』, 문학세계, 1993, p.132.

11)   박인환은 자신의 시론을 논하는 자리에서 스펜더의 다음의 시를 소개하였다. 인용문은, 차례로, 스펜더의 원시, 박인환의 역시 그리고 필자의 직역이다.
      ㉮ "In darkness where we are/ With no saving star,/ We hear the world we made/ Pay back what we paid:// Money, steel, fire, stones,/ Stripping flesh from bones,/ With a wagging tongue of fear/ Tormenting the ear", Stephen Spender, THE EDGE OF BEING, Random House, 1949, pp. 32-33.
      ㉯ "구원의 별조차 없는 어두움 속에서 우리는 있다 그 속에서 우리들은 듣는다/ 우리들이 지불한 것을/ 우리가 만든 세계가 또 다시 찾아가는 것을/ 화폐, 철, 불, 묘석/ 이들은 몸에서 살을 뜯어가는 것이다/ 벌떡벌떡 움직이는 공포의 혓바닥으로 귀를 괴롭히는 것이다." 박인환, 「현대시의 불행한 단면」 부분
      ㉰ "어둠의 세계에 우리는 존재한다./ 어떤 구원의 별도 없이/ 우리는 듣는다. 우리가 만든 세계가/ 우리가 한 무엇을 되갚고 있는 것을./ 돈, 강철, 불, 돌은/ 뼈로부터 피부를 벗겨내고 있다./ 공포의 말을 지껄여대면서/ 귀를 괴롭히고 있다(필자의 직역)"
      스펜더의 원시를 직역한 세 번째 필자의 역과 두 번째 박인환의 역시를 비교해 보면, 박인환의 의역 혹은 변용한 표현 속에서 그의 문명에 대한 태도가 구체화된다. 즉 그것은 '돌'을 '묘석'으로 한 것, '공포의 말을 지껄여대면서 귀를 괴롭히고 있다' 정도의 역을 '벌떡벌떡 움직이는 공포의 혓바닥으로 귀를 괴롭히는 것이다'로 변용한 것을 들 수 있다.

12)   이 구절에 해당되는 원시 어구는 "Retreats the elate metre of wheels./ Streaming through metal landscapes on her lines,/ She plunges new eras of white happinesss"이다.

다. 또한 박인환과 스펜더의 관련성은 박인환의 시세계의 유의성있는 주제들, '새로운 문명에 대한 반응', '자본가와 노동자의 문제', 그리고 '미래사회에 대한 조망' 등에서 더욱 뚜렷해진다.

스펜더는 나찌의 후원을 받는 국민의당의 스페인 독재에 반대하여 스페인 내전에 직접 참전하였으며 「보우 항구PORT BOU」, 「카스텔론에서AT CASTELLON」 등의 작품을 창작하였다.[13] 박인환역시 우리나라와 같이 제국주의의 횡포에 놓여왔던 인도네시아, 말레이시아 등의 정황과 관련하여 「인도네시아 人民에게 주는 詩」, 「南風」, 「인천항」 등의 작품을 창작하였다. 파시즘과 제국주의에 저항한 박인환의 이 시편들은 스펜더의 시편들과의 관련성을 조명함으로써 그 의미와 의의가 부각될 수 있는 작품들에 해당된다.

즉 박인환과 스펜더의 작품들을 고찰하면서 박인환과 스펜더의 작품세계에서 드러나는 문명에 관한 태도, 대사회적 지향, 그리고 시인의 역할 등에 관한 비교문학적 관점의 연구가 요청된다. 이를 통해 박인환의 시세계가 스펜더를 비롯한 오든그룹과 연계된 부분을 살펴볼 수 있으며 박인환이 추구한 고유한 영역이 구체적으로 조명될 수 있을 것이다.

이같은 문제의식을 토대로, 이 글은 박인환과 스펜더의 시세계와 시정신에 관하여 비교문학적 관점에서 조명하기로 한다. 스펜더와 관련된 박인환의 작품들을 비교, 고찰하면서 그들이 지향한 시세계와 시정신의 고유한 맥락들을 살펴볼 것이다. 특히, 두 사람 모두에게서 유의성을 지닌 당대 신문명과 그 유입로 즉 '열차', '비행기', '항구' 등을 중심으로 하여, 박인

---

13) 당시 스페인 내전에서 나찌의 후원을 받는 정권의 집권을 막기 위해서 오든그룹을 비롯하여 로르카, 헤밍웨이, 오웰 등 많은 해외 작가들이 참여하여 파시즘에 저항하는 작품들을 썼다. 스펜더의 「스페인 1937」을 비롯한 피카소의 「게르니카」, 헤밍웨이의 「누구를 위하여 종을 울리나」 등이 스페인 내전을 배경으로 삼고 있다.

환과 스펜더가 작품들 속에서 드러내는 문명의식과 사회의식을 조명할 것이다. 이를 통해 '파시즘'과 '제국주의' 그리고 '전쟁' 등의 정국에서, 그들이 저항하고 있는 것 그리고 그들이 추구하고 있는 것이 개별적인 방식으로 드러나게 될 것이다.

II. '커브를 완만하게 도'는 '그녀'와 '죽엄의 경사를 지나'는 '그'[14]

강력하고 소박한 첫 선언 이후,

피스톤의 검은 성명이, 더이상 법석대지 않고

여왕처럼 미끄지듯이 그녀는 역을 떠난다.

인사도 없이 절제된 무심함으로

교외에 초라하게 밀집한 집들을 지나간다.

가스 공장을 지나서 그리고는 마침내 공동묘지의 비석에 새겨진 죽음의 가득한 페이지를 지나간다.

시내 저 너머에 환히 트인 시골이 있다.

그곳에서 속력을 더해가며 그녀는 신비에 싸인다.

대양의 선박과 같이 빛나는 침착함.

지금, 그녀는 노래하가 시작한다--- 처음에는 아주 나직히

그리고나서 시끄럽게 그리고 마침내는 재즈같은 광기를---

그녀의 휘파람 소리는 커브에서 비명을 지른다.

---

14) '그녀'와 '그'는 스펜더와 박인환의 작품에서 그들이 '열차'를 가리키는 각각의 특징적 지시어이다.

터널과 브레이크와 무수한 나사들의 귀청이 터질듯한 노래를.

그리고 언제나 경쾌하게 공중을 달리는 아래쪽에는

바퀴들이 운율에 맞춰 우쭐대며 뒷달음질하며 나아간다.

그녀는 금속성 선로로 이어지는 풍경을 지나며 소리지른다.

그녀는 행복한 순백의 새 시대를 향하여 돌진하고 있다.

그곳에서 그녀는 속력을 내어 낯선 궤도를 그리며 커브를 완만하게 돌고 있다.

그리고 대포의 탄도처럼 깔끔하게 평행선을 그린다.

마침내는 더 멀리, 에든버러 혹은 로마를 넘어

세계의 산마루를 훌쩍 넘어, 한밤에 그녀는 다달은다,

그곳에는 다만, 낮게 이어지며 증기의 빛이,

물결치는 언덕을 흐르는 인광이 빛나고 있다.

아, 불꽃 속의 혜성처럼, 그녀는 황홀하게 움직인다.

그녀의 음악은,

그 어디에도 비길 데 없던,

새의 노래도, 나무에서 꿀을 터뜨리는 새순의 소리도 에워싸며 흘러간다.[15]

After the first powerful, plain manifesto

The balck statement of pistons, without more fuss

But gliding like a queen, she leaves the station.

Without bowing and with restrained unconcern

She passes the houses which humbly crowd outside,

The gasworks, and at last the heavy page

---

15)　* 이 글에서 번역된 영시들은 모두 필자의 것임.

Of death, printed by gravestones in the cemetry.

Beyond the town, there lies the open country

Where, gathering speed, she acquires mystery.

The luminious self-possession of ships on ocean.

It is now she begins to sing ---at first quite low

Then loud and at last with a jazzy madness---

The song of her whistle screaming at curves,

Of deafening tunnels, brakes, innumerable bolts.

And always light, aerial, underneath,

Retreats the elate metre of wheels.

Streaming through metal landscapes on her lines,

She plunges new eras of white happinesss,

Where speed throws up strange shapes, broad curves

And parallels clean like trajectories from guns.

At last, further than Edinburgh or Rome,

Beyond the crest of the world, she reaches night

Where only a low stream-line brightness/ Of phosphorus on the

tossing hills is light.

Ah, like a comet through flame, she moves entranced,

Wrapt in her music no bird, no, nor bough

Breaking with honey buds, shall ever equal.

THE EXPRESS 전문

暴風이 머문 정거장 거기가 出發點

精力과 새로운 意慾아래

列車는 움지긴다

激動의時間―

꽃의秩序를 버리고

空闊한 나의運命처럼

列車는 떠난다

검은記憶은 田園에 흘러가고

速力은 서슴없이 죽엄의傾斜를 지난다

靑春의복바침을

나의 視野에 던진채

未來에의 外接線을 눈부시게 그으며

背景은 핑크빛 香기로운 對話

깨진 유리창밖 荒廢한都市의 雜音을차고

律動하는 風景으로

滑走하는 列車

가난한 사람들의 슬픈 慣習과

封建의턴넬 特權의帳幕을 뚫고

핏비린 언덕넘어 곧

光線의進路를 따른다

다음 흘버슨 樹木의集團 바람의呼吸을앉고

눈이 타오르는 처음의 綠地帶

거기엔 우리들의 恍惚한 永遠의거리가 있고

밤이면 列車가 지나온

커다란 苦難과 勞動의 불이 빛난다

彗星보다도

아름다운 새날보담도 밝게

-軌道우에 鐵의風景을 疾走하면서

그는 野生한新時代의 幸福을 展開한다.

　-스티-븐·스펜터-

「열차」

미끄름판에서

나는 고독한 아끼레쓰처럼

불안의 깃발 날리는

땅 위에 떨어졌다

머리 위의 별을 헤아리면서

그 후 이십 년

나는 운명의 공원 뒷담 밑으로

永續된 죄의 그림자를 따랐다.

아 영원히 반복되는

미끄름판의 昇降

親近에의 憎惡와 또한

不幸과 비참과 굴욕에의 반항도 잊고

연기 흐르는 쪽으로 달려 가면

汚辱의 지난날이 나를 더욱 괴롭힐 뿐.

멀리선 회색 斜面과

불안한 밤의 戰爭

人類의 傷痕과 苦惱만이 늘고

아무도 인식치 못할

망각의 이 地上에서

더욱더욱 가랁아 간다.

처음 미끄름판에서

내려 달린 쾌감도

未知의 森林을

나의 청춘과 逃走하던 시간도

나의 落下하는

비극의 그늘에 있다.

「낙하」

　　첫 번째 시편은 '열차'를 제재로 한 스펜더의 작품으로서 우리나라 전후 문인들에게 익숙한 작품이다. 박인환은 암송할 정도로 이 작품을 좋아한 것으로 알려져 있다. 그가 '열차'에 관해 쓴 것으로는 두 번째 작품을 들수 있다. 세 번째 작품은 미끄럼틀의 낙하체험을 제재로 한 것이지만 그 형상화에 있어서 '열차'의 속력과 궤도와 연관을 지니고 있다. 스펜더와 박인환 둘 다 '열차'의 속력 및 궤도와 관련하여 시적 상상을 전개하고 있다. 스펜더는 '열차'를 여왕에 비유하여 '그녀'라는 여성대명사로서 지칭하면서 '열차'가 지나가는 풍경과 '열차'의 모습을 구체적으로 형상화한다. 한편, 박인환은 '열차'를 '그'로서 명명하면서 남성적인 추동력을 지닌 것으로 형상화한다. 스펜더는 '열차'가 내는 소리를 여성이 환호성을 지르는 것에 견주며 '열차'가 지나가는 궤도를 부드러운 곡선을 연상하도록 표현하고 있다. 한편, 박인환의 '열차'는 '죽음의 경사'를 지나며 속력을 내는 낯선 궤도의 대상으로 형상화된다.

이같은 특성은 박인환이 작품 서두에서 인용한 스펜더의 시구에서 한층 구체적으로 드러난다. 그 시구는 "軌道우에 鐵의風景을 疾走하면서/ 그는 野生한新時代의 幸福을 展開한다"이다. 이것의 원시 구절은, "Retreats the elate metre of wheels./ Streaming through metal landscapes on her lines,/ She plunges new eras of white happinesss"이다. 이 구절을 직역하면, "그녀는 금속성 선로로 이어지는 풍경을 지나며 소리지른다./ 그녀는 행복한 순백의 새 시대를 향하여 돌진하고 있다" 정도가 된다. 즉 이것에 준하여 살펴보면, 스펜더는 '열차'를 '그녀'라는 여성대명사로 표현하였는데 박인환은 '열차'를 '그'라는 남성대명사로 바꾸고 있다. 그리고 원시에서의, '풍경을 지나며 (그녀가) 소리지르는'의 부분이 생략되었으며, '열차'의 질주와 활력을 강조하는 간명한 표현으로 바뀌어졌다. 이러한 변용은 스펜더의 '열차'와 박인환의 '열차'에 관한 시각의 차이를 말해준다.

스펜더의 '열차'는 아름다운 자연풍광과 부드럽게 조화를 이루며 아름답게 속력을 내는 '여왕의 행렬'이라 형상화되고 있다. 한편, 박인환의 '열차'는 '핏비린 언덕', '홀버슨 수목의 집단'과 같은 폐허의 풍경을 떨치면서 그것들을 헤쳐나오는 대상으로서 형상화되고 있다. 스펜더의 '열차'는, "공중을 달리는 아래쪽에는/ 바퀴들이 운율에 맞춰 우쭐대며 뒷달음질하며 나아간다"에서 보듯이, 열차의 바퀴들과 그것들의 연결고리들이 각각 향하는 방향과 움직임이 구체적으로 나타난다. 한편, 박인환의 '열차'는, "깨진 유리창밖 荒廢한都市의 雜音을차고/ 律動하는 風景"에서 보듯이, '열차' 그 자체에 관한 구체적인 형상이 결여되어 있으며 그것이 봉건의 흔적 및 폐허의 풍광들과 대조를 이루는 장면에 초점이 맞추어져 있다.

스펜더는 '열차'가 지나가는 궤도를 구체적으로 나타내며 낮에서 밤에 이르는 풍경에 관해서도 사실적인 관찰을 전제로 한 표현방식을 보여준다. 그리고 '열차'가 지나가는 모습은 '불꽃 속의 혜성'처럼 아름다운 자연풍광들과 조화를 이룰 뿐만 아니라 그것들을 아주 특별하게 만드는 대상으로서 형상화된다. 한편, 박인환은 '열차'에 관한 다소 막연하고 추상적인 표현을 중심으로 '열차'에 관해 '현재'의 '홀버슨' '핏비린 언덕'을 헤쳐나갈 수 있는 강력한 추동력을 지닌 대상으로서 형상화한다. 스펜더의 '열차'가 구체적인 아름다운 풍경 속에서 완만한 속력으로 달린다면 박인환의 '열차'는 상징적인 황폐한 장면 속에서 '죽음의 경사'의 속력으로 달린다.

두 시인의 '열차'에 관한 형상화는 '열차'로 상징되는 '문명'에 대한 두 시인의 태도를 암시한다. 스펜더는 문명이 인간의 삶과 현실을 아름답고 풍요롭게 해주는 대상으로서 기대하고 그것을 찬양하는 방식을 취하고 있다면, 박인환은 '열차'로 상징되는 문명이 봉건적 질서와 현실의 문제들로부터 벗어나는 새 사회 건설의 추동력으로서 표현하고 있다. '열차'에 관한 스펜더의 태도에는 희망과 찬탄과 기대감이 주를 이루고 있지만 박인환의 태도에는 희망과 기대감 못지않게 혹은 훨씬 더 크게 불안과 두려움이 자리잡고 있다. 세 번째 시에서 박인환의 이같은 상반된 정서가 구체화되는

데 그것은 '열차'의 속력을 느끼는 것과 흡사한 '미끄럼틀'을 타는 체험에 의해서이다. 그는 '미끄럼판'을 타는 쾌감과 불안으로부터 시작하여, '불안의 깃발' 즉 '멀리선 회색 사면과 불안한 밤의 전쟁' 그리고 '인류의 상흔과 고뇌' 등을 이야기하고 있다.

한편, 스펜더는 '기차'를 미적이며 여성적일 뿐만 아니라 관능적인 여성의 면모를 지닌 것으로도 형상화하기도 한다("근육의 숙련가여!/ 다시 한번 당신은 무대 중앙을 차지한다./ 평지의 미들랜드./ 신호판은 모두 내려가고 커튼은 올라간다./ 당신이 몰고가는 틀림이 없는 힘으로써/ 곧장 무릎./ 그 무게가 실린 뒤쪽으로 내 시선을 끌고가는/ 당신의 발 밑에 눌려있는./ 당신은 풍경을 구름떼처럼 몰고간다./ 수평선과 같은 당신의 탑을 움직여가면서/ 변함없는 속도로," 「미들랜드 급행열차」 부분("Muscular virtuoso!/ Once again you take the centre of the stage,/ The flat Midlands./ The signals are all down, the curtain is raised/ As with unerring power you drive/ Straight to your knees,/ Until they're pressed beneath your feet/ dragging my sight back with their weight./ You drive the landscape like a herd of clouds/ Moving against your horizontal tower/ Of steadfast speed", THE MIDLANDS EXPRESS)).

그리고 그는 기차에서 '물과 빛의 오류를 투과하여 대지의 의지 저 아래'의 '공포와 혼돈'을, 즉 '가면'의 현상으로부터 본질적인 것을 들여다보고자 한다("풍경의 얼굴은 하나의 가면,/ 뼈와 쇠의 선로를 가리는, 그것은 시간이/ 그 개성을 쟁기질하는 곳./ 나는 그 길에서 어떤 표지를 읽으려 보고 또 본다./ 물과 빛의 오류를 투과하여/ 대지의 의지 저 아래로/ 공포와 혼돈의 기억이 놓인/ 가면 너머의 사람은 아직 아이의 모습을 하고 있다"("The face of the landscape is a mask/ Of bone and iron lines where time/ Has ploughed its character./ I look and look to road a sign,/ Through errors of light and eyes of water/ Beneath the land's will, of a fear/ And the memory of chaos,/ As man behind his mask still wears a child", VIEW FROM A TRAIN)).

스펜더와 박인환 모두, 작품에서 '비행기'를 시적 제재로 활용하고 있다. 스펜더는 '비행기' 그 자체에 관해서는, '열차'에 관한 것과 마찬가지로, 그것에 찬탄하면서도 사실적인 관찰을 토대로 그것이 환경과 조화로운 특성을 부각시키고 있다("나방보다도 아름다운/ 예민한 솜털더듬이는 저 먼 곳까지의 길을 느낀다./ 엔진을 끈 비행기는 황혼을 헤친다./ 교외 위를 미끄러지듯 가서는 땅 가까이에서 양 소매를 계속 끌고 간다./ 바람에 맞추어 그녀는 완만히 부드럽게 상륙한다./ 항공도를 따라 그 기류를 흐트리지 않는다More beautiful and than any moth/ With burring furred antennae feeling its huge path/ Through dusk, the air-liner with shut-off engines/ Glides over suburbs and the sleeves set trailing tall/ To point the wind, Gently, broadly, she falls/ Scarcely disturbing charted currents of air", 「비행장부근 풍경THE LANDSCAPE NEAR AN AERODROME.」부분). 그런데 그는 '비행기'가 초점화되지 않는 부분에는, 그같은 찬탄적인 태도가 갑작스레 사라지며 착륙장에서 보이는 공장굴뚝과 암울한 도시형상을 비판적으로 형상화한다("그리고 착륙장에서 그들은 일터를 바라다본다./ 여윈 검은 손가락과 같은 공장의 굴뚝들을And the landing-ground, they observe the outposts/ Of work: chimneys like lank black fingers,").

그는 특히, 도시의 공장, 기계소음에 관해서 부정적이고 비판적인 시선을 보여준다. 그것들은 그에게 자본주의의 병폐와 관련되어 소외된 도시 뒷골목의 불행한 삶들과 관련되어 있다("그들은 도시의 광휘에 피로해졌다./ 그들은 애써 직장을 구해 그곳에서 결국 괴롭게 지낼 것이다./ 그들은 손쉬운 사슬들에 얽매여 배회할 것이다./ 죽음과 예루살렘이 보도의 청소부또한 영광스럽게 하는 날까지는/ 그리고는 부자들이 만든 그러한 거리들 그리고 그들의 손쉬운 사랑/ 낡은 옷과 같은 유행 그리고 삶 전반에 만연한 죽음/ 하얗게 웃음짓는 모든 얼굴들/ 흰 눈의 빛과 같이 맑고 평등한", XXIX 부분).[16]

---

16) "After they have tired of the brilliance of cities/ And of striving for office where at last they may languish/ Hung round with easy chains until/ Death and Jerusalem glorify also the crossingsweeper:/ Then those streets the rich built and their easy love/ fads like old

한편, 박인환에게 '비행기'는 폭격, 전쟁 등의 부정적 의미망과 관련되어 형상화된다. '비행기'는 주로, 6.25전쟁과 관련한 '폭격기'의 형상, 즉 '죽음'과 '공포'를 가져다주는 문명의 이기로 형상화된다("전쟁 때문에 나의 재산과 친우가 떠났다./ 인간의 이지理智를 위한 서적 그것은 잿더미가 되고…… 오늘도 비행기의 폭음의 귀에 잠겨/ 잠이 오지 않는다." 「잠을 이루지 못하는 밤」 부분). 그리고 때로는 자본주의의 병폐와 종말과 관련된 '파편'의 형상으로서 나타난다("나는 너희들의 매니페스트의 缺陷을 지적한다 (중략) 허무러진 人間의 廣場에는/ 비둘기떼의 屍体가 흩어져 있었다./ 신작로를 바람처럼 굴러간/ 機体의 重軸은/ 어두운 外界의 얇은 作業服이/ 하늘의 구름처럼 남아 있었다." 「資本家에게」 부분).

그리고 박인환이 미국 시애틀에 가서 보고 들은 체험을 기록한 시편들, 단적으로 「투명한 버라이어티」를 보면, 그가 서구문명의 이기들에 대한 기대와 동경, 그 이상으로 그것들에 대한 거부감과 두려움과 불안감을 안고 있음을 알 수 있다. 즉 그는 '철도', '열차', '비행기' 등, 당대 신문명에 대하여 복합적이며 양립적인 태도를 보여준다. 그리고 그것은 당대 문명사회에 관한 그의 관점을 넘어서 미래 자본주의 문명사회에 관한 그의 예지적 관점으로 확장되고 있다.

한편, 당대의 스펜더가 '열차'를 미적 대상으로서 몰입할 수 있는 상황적 여건을 지녔다면, 박인환은 그같은 심리적 여유를 지닐 만한 현실적 여건이 부재하였다. 심미적 관점에서 '열차'의 긍정적 특성에만 주목하는 스펜더와 달리, 박인환은 기대와 불안이 뒤섞인 복합적 시선을 보여준다. 그같은 그의 시선은 외래문명의 수용장소로서 '항구'에 관한 형상을 통해서 구체적 윤곽을 드러낸다.

---

cloths, and it is death stalks through life/ Grinning white through all faces/ Clean and equal like the shine from snow."

III. '카빈총의 흰 연기'의 '보우항'과 '향항의 풍경을 닮아가는' '식민항'

어린아이는 애완견을 두 팔로 안으려 하지만 손이 맞닿지 않는다.

안긴 강아지는 그 틈을 노려 야생의 자유를 누린다.

그렇게, 흙과 바위의 살은 이 항구를 안으려 하지만 바다를 가두지 못한다.

바다는 그 틈을 노려, 태양 아래서 배와 돌고래가 헤엄치는 대양을 향해 요동을 친다.

밝은 겨울 햇살 아래서 나는 돌난간 위에 앉는다.

다리에서 나는 두 손으로 신문을 맞잡고 있다.

마음은 텅비어 투명하게 빛나는 돌과 같이 된다.

나는 어떠한 이미지를 찾고 있다.

나는 시구로 만들어질 어떠한 이미지를 보려하고 있다.

이 항구의 유치한 곳들을 기념하기 위하여

화물차가 브레이크를 끼익 밟으며 내 옆에 멈춰선다.

나는 흔들리는 깃발과 같은 따스한 얼굴들을 올려다본다.

민병대원들은 내가 보는 프랑스 신문을 내려다본다.

'변경의 우리 전투에 대해 뭐라고 하는가요?'

나는 신문을 내밀었지만 그들은 손을 저었다.

그들은 정확한 어떤 것을 물어보지 않았다.

그저 친절하게 말을 건넸으며

그리고는 담배를 주었다.

미소짓는 그들의 표정에서. 전쟁은 평화를 찾는다, 굶주린 입을 한

녹슨 카빈 총들이 민병대원들의 바지가랑이에 기대어 있다.

갈대처럼 연약하게

그리고 쇼올을 걸친 할머니처럼- 천으로 감싼

끔찍한 기관총이 있다.

트럭이 앞으로 출발하면서 그들은 뒤돌아 외치며 인사한다.

트럭은 곧 저 너머의 거친 언덕을 향한다.

한 노인이 지나간다. 그는 바삐 가면서

입에서는 탄환같은 이빨 세 개로 '펌-펌-펌'소리를 뱉는다.

뒤이어 아이들이 뛰어간다. 그리고 조금은 천천히 여성들이

옷을 움켜쥐며 언덕 너머로 뒤따라간다.

사격 연습을 위해 마을은 텅빈다.

그리고 나는 다리 위 정확히 중앙에 홀로 남겨져 있다.

강물은 흩어지며 가느다랗게 침처럼 흐른다.

나는 정확히 중앙지점에서 표적물처럼 고독하게 있다.

가건물을 배경으로 한 그곳에서 움직이는 것이란 아무 것도 없다.

불안하게 짖어대는 개들을 제외하고는. 그리고 사격이 시작된다.

항구의 입구를 가로질러 곶에서 곶까지

사격으로 바다에서 하얀 포말이 일어난다.

그 메아리는 둘러싼 언덕들을 후려치는 쇠채찍처럼 퍼져나간다.

나는 두 손으로 신문을 맞잡고 있다.

내 마음은 먼지와 잉크가 떨어지는 종잇장과 같다.

나는 사격은 단지 연습일 뿐이라고 되뇌인다.

그러나 내 몸은 기관총이 쏘아대는 천조각과도 같다.

재봉틀의 실패로부터 단정히 감겨 나가는 흰 실처럼, 가느다랗고 간헐적인

한 가닥, 카빈총의 '흰 연기'는

긴 바늘로 내 배꼽을 꿰뚫어가는 흰 실과도 같다.

S. 스펜더, 「보우 항구」[17]

향연의 밤

영사부인領事婦人에게 아시아의 전설을 말했다.

자동차도 인력거도 정차되었으므로

---

17) As a child holds a pet,/ Arms clutching but with hands that do not join,/ And the coiled animal watches the gap/ To outer freedom in animal air,/ So the earth-and-rock flesh arms of this harbour/ Embrace but do not enclose the sea/ Which, through a gap, vibrates to the open sea/ Where ships and dolphins swim and above is the sun./ In the bright winter sunlight I sit on the stone parapet/ Of a bridge; my circling arms rest on a newspaper/ Empty in my mind as the glittering stone/ Because I search for an image/ And seeing an image I count out the coined words/ To remember the childish headlands of this harbour. A lorry halts beside me with creaking brakes/ And I look up at warm waving flag-like faces/ Of militiamen staring down at my French newspaper./ 'How do they speak of our struggle, over the frontier?'/ I hold out the paper, but they refuse,/ They did not ask for anything so precious./ But only for friendly words and to offer me cigarettes./ In their smiling faces the war finds peace, the famished mouths/ Of the rusty carbines brush against their trousers/ Almost as fragilely as reeds;/ And wrapped in a cloth--old mother in a shawl--/ The terrible machine-gun rests./ They shout, salute back as the truck jerks forward/ Over the vigorous hill, beyond the headland./ An old man passes, his running mouth,/ With three teeth like bullets, spits out 'pom-pom-pom'./ The children run after; and, more slowly, the women/ Clutching their clothes, follow over the hill;/ Till the village is empty, for the firing practice,/ And I am left alone on the bridge at the exact centre/ Where the cleaving river trickles like saliva./ At the exact centre, solitary as a target,/ Where the cleaving river trickles like saliva./ At the exact centre, solitary as a target,/ Where nothing moves against a background of cardboard houses/ Except the disgraceful skirring dogs; and the firing begins,/ Across the harbour mouth from headland to headland,/ White flecks of foam gashed by lead in the sea;/ And the echo trails over its iron lash/ Whipping the flanks of the surrounding hills./ My circling arms rest onthe newspaper,/ My mind seems paper where dust and ink fall,/ I tell myself the shooting is only for practice,/ And my body seems a cloth which the machine-gun stiches/ Like a sewing machine, neatly, with cotton from a reel; And the solitary, irregular, thin 'paffs' from the carbines/ Draw on long needles white threads through my navel, BOU PORT

신성한 땅 위를 나는 걸었다.

은행 지배인이 동반한 꽃 파는 소녀

그는 일찍이 자기의 몸값보다
꽃값이 비쌌다는 것을 안다.

육전대陸戰隊의 연주회를 듣고 오던 주민은
적개심으로 식민지의 애가를 불렀다.

삼각주의 달빛
백주白晝의 유혈을 밟으며 찬 해풍이 나의 얼굴을 적신다.

박인환, 「식민항의 밤」

희망없이 거리에 속박당한 채
사람들은 줄 지어선 고만고만한 무덤들 사이를 배회한다.
이따금 그러한 헤메임은 빛나는 토굴 쪽으로 매듭지어진다.
그곳은 손님을 맞으려는 얼굴들이 마술등잔같이 비스듬히 움직인다.
찌를 듯이 강렬한 불빛과 함께 미소가 피어오른다, 어떠한 말도 없다.
웃음은커녕 모든 것들은 심하게 메말라 있다.
이곳에는 창백한 백합같은 소년들이 밝은 입술을 자랑한다.
돈을 구하는 이쁜 컵들 그리고 늙은 창녀들이
바깥의 어둠 쪽으로 들쥐이빨을 하고 난잡하게 있다.

북쪽을 향해, 바다는 엄청난 세력을 미친다.

바다의 경비원들, 서있는 촛불들, 화덕의 불빛들,

깜박이는 등대들 그리고 울려오는 정원의 소리들

남쪽을 향해, 살찐 정원에는 상인들이 살고 있다.

눈부시게 밝힌 빛과 아주 말잘하는 사람들이 그곳에 있다.

구릿빛 얼굴의 아들들과 딸들 사이에서 행복하게.

S. 스펜더, 「항구」[18)

寫眞雜誌에서 본 香港夜景을 記憶하고 있다

그리고 中日戰爭때 上海埠頭를 슬퍼했다

서울에서 三十키로-를 떨어진 땅에 모든 海岸線과 共通된 仁川港이 있다

가난한 朝鮮의 印象을 如實이 말하든 仁川港口에는 商館도 없고 領事館도 없다

따뜻한 黃海의 바람이

生活의 도움이 되고저

나푸킨같은 灣內로 뛰여들었다

---

18) Hopelessly wound round with the cords of street/ Men wander down their lines of level graves./ Sometimes the maze knots into flaring caves/ Where magic-lantern faces skew for greeting./ Smile dawns with a harsh lighting, there's no speaking/ And, far from lapping laughter, all's parched hard./ Here the pale lily boys flaunt their bright lips,/ Such pretty cups for money, and oler whores/ Scuttle rat-toothed into the dark outdoors.// Northwards the sea exerts his huge mandate./ His guardians, candles stand, the furnace beam,/ Blinking pharos, and ringing from the yards./ In their fat gardens the merchants dwell, southwards./ Well[fed, well-lit, well-spoken men are these,/ With bronze-faced sons, and happy in their daughters, THE PORT XV.

海外에서 同胞들이 古國을 찾아들 때

그들이 처음 上陸한 곳이

仁川港이다

그러나 날이 갈수록

銀酒와 阿片과 호콩이 密船에 실려오고 太平洋을 건너 貿易風을탄 七面鳥가

仁川港으로 羅針을 돌린다

서울에서 모여든 謀利輩는 中國서온 헐벗은 同胞의 보따리 같이

貨幣의 큰 뭉치를 등지고 埠頭를 彷徨했다

웬사람이 이같이 많이 걸어다니는 것이냐 船夫들인가 아니 담배를 살라고 軍
服과 담요와 또는 캔디를 살라고– 그렇지만 食料品만은 七面鳥와함께 配給을
한다

밤이 가까울수록 星條旗가 퍼덕이는 宿舍와 駐屯所의 네온·싸인은 붉고 짠
크의 불빛은 푸르며 마치 유니언·짝크가 날리는 植民地 香港의 夜景을 닮어간
다朝鮮의海港仁川의 埠頭가 中日戰爭때 日本이 支配했든 上海의밤을 소리 없
이 닮어간다.

박인환, 「인천항」

첫번째 시는 스펜더가 스페인 내전에 참전한 경험을 토대로 쓴 작품이
다. 그는 스페인 항구의 황량하고 소박한 일상적 풍경을 형상화하고 있
다. 첫 부분은 '아이'가 '(큰) 강아지'를 안으려 하는 장면으로부터 '보우 항

구'와 '바다'의 형상을 드러낸다. 비중을 차지하는 이러한 표현은 스펜더가 참전 중인 상황임에도 미적인 기교들을 배려할 만한 정신적 여유를 지녔음을 말해준다. 그는 "나는 시구로 만들어질 어떠한 이미지를 보려하고 있다"는 직설적 표현을 쓰고 있다.

두번째, 박인환의 시편에서 '식민항'으로서 명명된 '항구'는 그가 6.25 때 피난한 '부산항'을 뜻한다. 이 시는 '향연회' 장면을 형상화한 것으로서 체감하는 시인의 정서적 비장감은 어떠한 비유적 장치의 구사를 압도한다. 그러한 비장감은 스펜더가 '보우항'을 '유치한 갑'으로 일컫는 것과 박인환이 피난지 '부산항'을 '식민항'이라 일컫는 것에서 대조적으로 나타난다. 당시 스페인은 나찌를 후원하는 당과 인민전선을 지지하는 당이 싸우는 정국이었다. 영국시인, 스펜더는 세계대전을 일으킨 나찌 파시즘에 저항하기 위하여 스페인 내전에 참전하였다. 일제식민치하를 겪고 이후 전쟁으로 피난가는 박인환과, 지식인으로서의 명분에 의해 다른 나라를 도우러 온 대영제국의 시인 스펜더는 그 절박함의 정도에서 큰 간극을 지니고 있다.

스펜더의 '보우 항구'에는 트럭에 탄 군인들을 비롯하여 '항구'의 사격연습을 위해 피난가는 사람들, 즉 몇 개 남은 이빨로 달리는 노인, 뒤따르는 아이들, 치마자락을 붙잡고 뛰는 여성 등이 나타난다. 한편, 박인환의 '식민항'에는 '영사부인', '은행지배인', '꽃파는 소녀', 육전대의 연주회를 듣고 오는 '주민' 등이 나타난다. 스펜더의 시에서는, 전쟁을 앞둔 와중임에도 군인들은 담배를 건네며 웃는 여유를 지니며 몇 개 남은 이빨로 달리는 노인은 보는 이에게 평온함마저 전달한다. 한편, 박인환의 인물들은 그들에 관한 많은 것이 생략되어 있음에도 함축적인 의미를 전달한다. 즉 시인이 아시아의 전설을 말해주는 '영사부인'은 그가 '식민항'이라 명명한 1950년대 당시 새로운 식민지 구도를 나타낸다. '꽃파는 소녀'를 동반한 '은행지배인'에게서는 자본주의의 병폐가 암시되며 그것은 '소녀'의 '꽃값'이 '몸값'보다 비싸다는 것에서 구체화된다. 그리고 '일본해병대'를 뜻하는 '육전대'는 일본제국주의의 잔재를 암시한다.

스펜더의 시 후반부에는 전쟁을 위한 사격연습이 스케치되는데 이것에는 미적인 비유장치가 우세하게 작용한다. 그는 바다의 '포말'을 일으키는 사격연습 장면에서 카빈총구의 흰 연기로서 자신이 꿰매어지는 듯한 느낌을 기록한다. 즉 향후 전쟁의 끔찍한 사태를, 기관총을 재봉틀에 빗대어 몸을 꿰매어지는 비유로서 나타내었다. 이 표현역시 첫 부분의 것과 같이, 시적인 비유를 위한 시인의 모색이 돋보인다. 한편, 박인환은 '백주의 유혈을 밟으며 찬 해풍이 나의 얼굴을 적신다'로서 맺는다. 이것역시 강렬한 표현이지만, '식민항'의 쓸쓸한 장면, 즉 '주민'이 적개심으로 '식민지의 애가'를 부르며 '향연회'에서는 '영사부인'과 '은행지배인'이 주인공이 되는 상황에 비해서는 과한 비유적 표현이 아니다.

세 번째 시에서 스펜더는 '항구'의 이면을 들추어낸다. 첫 연은 '항구'의 거리에 속박당한 채 무덤들 사이를 헤매는 사람들과 창백한 소년들, 돈을 구하기 위한 창녀들이 나타난다. 그리고 대조적으로, '촛불'과 '불빛'과 '등대'가 비추는, 밝은 얼굴과 기름진 배를 지닌, 말이 유수같은 사람들 그리고 행복하고 건강한 얼굴을 지닌 그들의 아들과 딸들이 나타난다. 스펜더는 '항구'에서 더욱 극명화되는 자본가와 도시빈민 사이의 격차를 초점화하고 있다.

네 번째는 1950년대 '인천항'을 형상화한 박인환의 것이다. 앞서 '항구'에 대한 스펜더의 형상은 그 메시지는 명백하지만 현실을 사실적으로 드러내기보다는 그것에 관한 시인의 정서나 시선을 확연히 드러낸다. 한편, 박인환의 '항구'는 현상에서 은폐된 본질을 헤집어서 그 진원을 말하는 방식을 취한다. 즉 그는 6.25전쟁 후의 '인천항'에서 '향항(홍콩 항구)'과 중일전쟁 때의 '상해부두'를 떠올린다. 즉 그는 이들 '항구'로부터 영국제국주의와 일본제국주의에 관한 상념들을 끌어낸다.

박인환은 '인천항'에서 '은주와 아편과 호콩이 밀선에 실려오고' '서울에서 모여든 모리배' 그리고 '중국서 온 헐벗은 동포의 보따리', '식료품 배급을 받는 사람들' 등을 그린다. 스펜더의 사람들에 관한 묘사는 주로 그들의 상황을 바라보는 시인의 인상에 기저하고 있다면 박인환의 그것은 주로 그들이 하는 것과 온 곳, 그리고 그들이 향하는 것 등을 간결하지만 사실적으로 드러낸다. 그리고 박인환은 "밤이 가까울수록 星條旗가 퍼덕이는 宿舍와 駐屯所의 네온·싸인은 붉고 짠크의 불빛은 푸르며 마치 유니언·짝크가 날리는 植民地 香港의 夜景을 닮어간다朝鮮의海港仁川의 埠頭가 中日戰爭때 日本이 支配했든 上海의밤을 소리 없이 닮어간다"로서 맺는다. 즉 그는 일본제국주의가 종결되자 상해의 '유니언 잭' 즉 인천의 '星條旗'가 '항구'를 장식하는 새로운 식민현실을 읽어낸다.

박인환은 이들 '항구'를, 강대국이 약소국을 식민지화하기 위한 침투경로로서 파악한다. 앞서 '열차'에 관한 기대감 너머, 그의 불안과 공포의 정체는 이 같은 제국주의 국가들의 식민화 과정에 대한 그의 태도와 결합된 형태라고 할 수 있다. 한편, 스펜더는 서구 선진국들의 식민지화 논리에 관해서는 전혀 관심을 보여주지 않는다. 그는 주로, 산업혁명 이후 심화된 도시 노동자의 빈곤문제와 부의 분배문제 그리고 도시공장의 기계소음 등에 대한 비판의식을 주로 형상화한다. 또한 스페인 내전에 참전하여 쓴 그의 시편들은 파시즘, 전쟁에 대한 저항의식은 두드러지지만 전쟁현실의 실제적 절박함보다도 시의 미학적 장치에 대한 그의 고심이 두드러지는 특성이 있다. 그럼에도 두 사람은 전쟁, 파시즘, 자본주의의 병폐 등에 비판과 저항을 보여준다는 공통점을 지닌다. 그런데 그러한 현상을 투시하여 근원적 지형을 읽어내는 측면에서 박인환이 한층 거시적이며 사실적인 관점을 보여준다.[19]

스펜더는 대영제국의 지식인 시인의 입장에서 세계대전의 주범, 독일 나찌즘에 대한 저항의 목적을 지니고 스페인의 내전에 참여하였다. 그런데 스페인의 '항구'에 관한 그의 형상화에는 그러한 전쟁의 장면을 미적인 작품으로서 포착하고자 하는 의식이 구체화된다. 전쟁과 폭력에 대한 저항의식이 주제화되지만 전쟁에 관한 사실적 투사보다는 그 상황에 관한 다소 낭만적인 시선이 두드러지는 측면이 있다. 한편, 박인환의 '항구'는 일제의 식민지 이후에도 6.25전쟁을 겪고 다시 미소 강대국의 세력하에 놓인 우리 민족의 비참한 현실을 사실적으로 포착하고 있다.

스펜더는 문명의 이기에 관해서는 긍정적이고 찬탄적이지만 도시 문제, 나아가 자본주의 빈부격차 그리고 나찌 파시즘에 관해서는 강한 비판의식을 보여준다. 한편, 박인환은 '열차'를 통하여 앞으로 헤쳐나가야 할 부조리한 봉건적 질서와 황폐한 현실을 추상적이고 거칠게 형상화하였다. 그런데 '항구'에 관한 형상화를 보면, 그가 부정하였던 것들의 문제가 구체적으로 드러나고 있다. 즉 '열차'로 표상된 새로운 기계문명의 유입과 그 같은 것들의 유입로서 '항구'는 새로운 시대와 사회의 건설 추동력이지만 반면에 제국주의 및 서구강대국의 침입에 관한 지형도를 단적으로 보여주는 것이다.

또 다른 오든그룹의 일원, W. H. 오든역시 S. 스펜더와 마찬가지로 스페

---

19) '바다'의 의미를 중심으로, 『신시론』의 사회성과 역사성을 지닌 모더니즘을 논의하고 이후 박인환의 문명자본과 제국주의 지배에 대한 비판의식을 조명한 괄목할 만한 최근의 논의로는 이경수와 공현진의 연구를 들 수 있다. 공현진, 이경수, 「해방기 박인환 시의 모더니즘 특성 연구」, 『우리문학연구』 52권, 2016, pp. 307-343.

인 내전에 참전하였으며 그역시 「스페인 1937」과 같은 장시를 썼다. 그런데 이 작품역시 스페인 전쟁의 절박한 상황 을 구체적으로 형상화하는 측면에서는 미흡하다는 평가를 받는다.[20] 오든은 「스페인 1937」의 전반부에서 인류의 문명태동과 역사전개를 형상화하는데, '항로'를 중심으로 확산되는 과학문명의 발달과 제국주의 국가의 확장에 대한 찬양적 입장이 주를 이룬다. 즉 스펜더의 경우와 마찬가지로, 오든은, 이 장시에서, '항로', '철도' 등에 의한 문명의 확장을, 서구제국주의의 침략상과 관련해서는 전혀 언급하지 않는다.[21]

이것은 박인환이 '인천항'을 통해 '홍콩'과 '상해' 등의 피폐한 식민지 항구를 연관짓고 그 정황을 비판적으로 바라보는 방식과 결정적인 차이를 보여준다. 즉 전쟁의 폭력성, 파시즘에 대한 저항이라는 측면에서는 오든 그룹과 박인환은 유사성을 갖지만 제국주의와 문명의 역사에 대한 근원적 안목에 있어서는 대영제국의 지식인 오든그룹과 일제식민지를 체험한 시인 박인환은 너무나 큰 간극을 드러낸다. 산업혁명과 과학문명발달의 상징물, 즉 항로, 열차, 비행기 등은 서구 제국주의의 성장과 일본제국주의

---

20) "스페인 내전에 참전해서 총상까지 입은 오웰이 이 작품을 바라보는 시각은 더 매섭다. 그는 작품에 등장하는 "필수적인 살해"라는 어구는 "살해가 단지 하나의 단어에 불과한 사람이나 쓸 수 있다"고 비판하고, 이는 곧 현실로부터 거리를 둔 영국의 좌파 지식인들의 모습이라고 꼬집는다(Orwell)", 황준호, 「W. H 오든의 시학과 정치성」, 『영어영문학』 55권 2호, 2009, p. 323.

21) 오든의 「스페인 1937」의 전반부에서 문명의 전개, 확산에 관한 형상화는 다음과 같다. "어제, 과거의 날, 규모를 나타내는 언어는/ 무역로를 따라서 중국으로 퍼져나갔다- 주판과 고인돌이 퍼져나갔다./ 어제, 햇빛이 잘 드는 기후에 그늘을 드리우는 계산법이 있었다./ 어제, 카드식 보험사정과 해로 예측법이, 어제 발명되었다./ 수레바퀴와 시계가 발명되었으며 말이 길들여지게 되었다. 어제, 항해자들로 북적거리던 세상이 있었다Yesterday all the past. The language of size/ Spreading to China along the trade-routes; the diffusion of the counting frame and the cromlech;/ Yesterday the shadow-reckoning in the sunny climates./ Yesterday the assessment of insurance by cards/ The divination of water, yesterday the invention/ Of cart-wheels and clocks, the taming of/ Horses. Yesterday the bustling world of the navigators"(* 이 글의 영시 번역은 모두 필자)

의 주변국 침략을 가능하게 하였던 수단이자 원동력이었다. 문명이기에 대한 박인환의 복합적 태도는 그것을 앞세워 확장한 서구제국주의 및 일본 제국주의에 대한 저항의식에 기인하고 있다.

그럼에도 스펜더와 박인환 둘다는, 시인으로서 자신이 처한 세계와 상황을 형상화하는 글쓰기로부터 삶의 위안을 얻고 있다. 스펜더는 "이러한 것들을 쓰는 것, 이것이 헤어나오는 유일한 나의 날개짓이다This writing is my only wings away"라고 하였다("대낮의 구석편에는/ 도로의 드릴들이 새로운 고통의 영역을 열어보인다./ 여름도 빛도 그 어떤 것도 여기에까지 머무르지 못한다./ 도시는 나의 뇌리에 공포를 심어준다,/ 이러한 것들을 쓰는 것, 이것이 헤어나오는 유일한 나의 날개짓이다 at corners of day/ Road drills explore new areas of pain,/ Nor summer nor light may reach down here to play./ The city builds its horror in my brain,/ This writing is my only wings away,"XXV 부분). 즉 스펜더의 시쓰기는 당대 자본주의의 병폐로 인한 빈부차와 노동착취의 사회상으로부터의 정신적 탈출구 역할을 하였다.[22] 박인환의 시쓰기는 전쟁의 위협적 현실 속에서 함께 한 사람들과의 추억과 회한과 불안을 드러낸다. 한편, 그는 "공백한 종이 위에/ 그의 부드럽고 원만하던 얼굴이 환상처럼 어린다"고 하였다("잠을 이루지 못하는 밤을 위해 시를 읽으면/ 공백한 종이 위에/ 그의 부드럽고 원만하던 얼굴이 환상처럼 어린다,"「잠을 이루지 못하는 밤」 부분).

이 같은 시쓰기의 궁극적 지향에 있어서도 문명과 시대를 바라보는 그들의 개별적 관점이 반영되고 있다. 즉 스펜더는 '인간은 인간이어야 한다 Man shall be man"는 가치를 표명하고 있다("바람이 새긴 우리 목적의 깃발./ 어떤 정

---

22) "Also the swallows by autumnal instinct/ Comfort us with their effortless exhaustion/ In great unguided flight to their complete South./ There on my fancied pyramids they lodge/ But for delight, their whole compulsion./ Not teaching me to love, but soothing my eyes;/ Not saving me from death, but saving me for speech," XIX).

신도 여기서는 휴식을 취하지 못한다. 그러나 이러하다, 어떤 인간도/ 굶주려서는 안 된다. 인간은 평등해져야 한다./ 우리가 추구해야만 하는 목표는 이러하다, '인간은 인간이어야 한다'/ -- 고대의 사탄이 계획한 것은/ 들쑥날쑥한 페이지에는 가득찬 총기들과/ 높은 파도에서 부상하는 전투선/ 무엇을 위해? 파괴적 목적의 충동/ 오랜 착취자들만 남기고는 모두 파괴하는 것./ 우리의 계획은 이러하다, 거꾸로/ 살인자에게 죽음을, 삶에는 빛을 주는 것", XL 부분[23]). 스펜더가 뜻하는 '인간적인 것'이란 빈부격차가 극심한 자본주의적 병폐를 극복하고 근로여건이 개선된 인간적인 생활의 영위와 밀접하게 관련된다.

한편, 박인환은 우리민족과 관련된 고난의 역사를 짚어가면서 인류의 기록물로서 서적 속에 담겨진 인간주의와 자유의 궤적을 읽어낸다("이러한 時間과 歷史는/ 또다시 自由人間이 참으로 保障될때/ 反覆될것이다.// 悲慘한 人類의/ 새로운 「미조리」號에의 過程이어/ 나의 書籍과 風景은/ 내 生命을 거른 싸움속에 있다,"「書籍과 風景」부분). 그가 뜻하는 "참으로 보장되"는 "自由人間"이란 못 가진 자의 문제보다도 광범위한 영역을 지닌다. 말하자면, 그것은 제국주의 혹은 강대국의 지배하에 놓인 지식인과 당대인들을 옹호하는 인도주의적 정신이라고 할 수 있다.

스펜더가 미적 장치로서의 시의 기교에 의식적이었다면 박인환은 그러한 의장을 생각하기도 힘든 절박한 상황과 고민의 흔적이 우세하다. 스펜더는 파시즘에 대한 저항으로서 스페인 내전에 참전하여 작품을 창작하였다는 점에서 폭력에 저항하는 당대 지식인의 행동주의의 전형을 보여준다. 한편, 박인환은 우리나라와 같은 식민지국가들, 인도네시아, 말레이시아,

---

23) "Flag of our purpose which the wind engraves./ No spirit seek here rest. But this: No man/ Shall hunger : Man shall spend equally./ Our goal which we compel: Man shall be man// --That programme of the antique Satan/ Bristling with guns on the indented page/ With battleship towering from hilly waves:/ For what? Drive of a ruining purpose/ Destroying all but its age-long exploiters./ Our programme like this, yet opposite,/ Death to the killers, bringing light to life."

홍콩 등과 관련한 작품들 속에서 제국주의의 침탈상과 그들의 고통에 공감한 투쟁의지를 표현하고 있다. 전쟁의 폭력성에 대한 저항이라는 관점에서는 스펜더와 박인환은 유사성을 갖는다. 그러나 일제식민지와 강대국의 침략상을 몸소 체험한 시인 박인환은, 제국주의와 문명의 역사에 대한 구체적인 인식을 토대로 한 비판의식을 보여주고 있다는 점에서 대영제국의 지식인 오든그룹의 지향과는 결정적인 차별성을 두는 것이다.

IV. 결론

이 글은 박인환과 스펜더의 시세계와 시정신에 관하여 비교문학적 관점에서 조명하였다. 즉 오든그룹의 일원으로서 스펜더의 시세계와 관련성을 보여주는 박인환의 작품들을 중심으로, 당대의 신문명과 그 유입로로서 '열차', '비행기' '항구' 등과 관련하여 박인환과 스펜더가 형상화하는 시세계와 시정신에 관하여 고찰하였다.

스펜더는 '열차', '철도', '비행기' 등과 같은 문명의 이기에 관해 긍정적, 찬탄적으로 형상화한다. 그러나 스펜더는 도시공장, 기계소음에 관해서는 부정적, 비판적으로 형상화하였는데, 그것들은 자본주의의 병폐 및 도시 뒷골목의 불행한 삶과 관련되어 있기 때문이다. 한편, 박인환은 '열차', '철도', '항구', '비행기' 등, 문명의 이기와 그 유입에 관하여 기대감과 함께 강한 불안과 공포를 형상화한다. 박인환에게 그것들은 제국주의 국가들의 식민지 침략을 가능하게 한 수단이자 동력으로서 간주되었다. 특히 '비행기'와 '항구'의 형상화에서 그러한 복합적 태도의 원인이 구체화된다. 박인환은 '인천항'의 풍경에서 영국의 식민항이었던 '향항' 즉 '홍콩항' 혹은 중일전쟁 때의 '상해부두'를 연관짓는다. 즉 박인환은 이들 '항구'를, 강대국이 약소국을 식민지화하기 위한 침투경로로서 파악한다. 한편, 스펜더는 '항구'를 통해서 자본가와 노동자의 대조적 삶을 상징적으로 보여준다.

스펜더는 주로, 세계대전을 일으킨 파시즘과 도시노동자 문제에 의식적이지만 제국주의의 침탈상에 관해서는 전혀 의식적이지 않다. 한편, 박인환은 전쟁, 자본주의의 병폐 그리고 제국주의의 침탈상 등에 의식적이며 그것들에 관한 사실적인 형상화를 보여준다. 스펜더가 참전상황에서도 시의 미적 장치에 관한 의식적 노력을 드러낸다면 박인환은 그러한 장치를 생각할 여유조차 없는 절박한 심경과 현실의식을 보여준다. 스펜더는 스페인 내전에 참전하여 작품을 창작하였다는 점에서 행동주의와 파시즘에 대한 저항의식이 돋보인다. 한편, 박인환은 인도네시아, 말레이시아, 홍콩 등, 제국주의의 침탈 및 식민지국가들의 고통에 동참하는 인도주의를 보여준다. 두 사람은 전쟁의 폭력성과 파시즘에 대한 저항에 관해서는 유사성을 갖는다. 그러나 문명발달과 제국주의에 대한 관점에 있어서, 대영제국의 지식인 스펜더와 일제식민치하를 겪은 지식인 박인환은 너무나 큰 간극을 드러낸다.

제15장

'암시된 저자The Implied Author'와 '(비)신뢰성(Un)reliability 문제' 고찰

1. 서론

　최근 문예이론의 쟁점이 되어온 주제로서 서술자Narrator의 신뢰성, 비신
뢰성에 관한 논의를 들 수 있다. 문제적 서술자와 관련한 세부적 규명이
중요시되는 것은 현대사회의 문예작품들에서의 복잡, 다양한 인물들의 특
성과 관련을 지닌다. 문예이론상으로 이 주제에 관한 본격적 관심이 촉진
된 것은 채트먼Chatman의 다이어그램의 구성주체로서 '암시된 저자'가 상
정되면서부터이다. 그리고 이 개념이 전면적인 쟁점에 놓이게 된 것은 뉘닝
Nünning이 신뢰할 수 없는 서술자와 관련하여 '암시된 저자'를 맹렬히 부정
하면서부터이다.

　'암시된 저자'와 '서술자'의 '(비)신뢰성' 문제에 관해서는 주네뜨Genette,
리몬케넌Rimmon-Kenan, 채트먼 등의 많은 이론가들이 회의적, 비판적 입장
을 표명해오고 있었다.[1] 뉘닝은 이같은 근거들에 의거하여 이 개념에 대한
전면비판을 전개하였다. 즉 그는 '암시된 저자'는 독해과정의 체계적 논의
를 위해서 오히려 불필요한 존재이며 서술자의 (비)신뢰성 문제는 '서술자'
의 가치관 혹은 세계관과 '독자'나 '비평가'의 그것들의 차이에 의해 결정

---

1) Genette, Gérard, (1988). translated by Jane E. Lewin, Narrative Discourse Revisited, Cornell
　　Univ, 131-133, Rimmon-Kenan, Shlomith. (1983). Narrative Fiction: Contemporary Poetics,
　　Methuen Co, 86-89.

되는 것이라고 주장하였다.[2] 이후에도 이 문제는 지속적으로 논쟁의 불씨가 되었으며 이것과 관련한 상반된 관점들이 출현하면서 다양한 입장들을 촉진시켰다.

논쟁의 초기에는 '암시된 저자'에 관한 부스Booth의 '개념적conceptual' 논의의 미흡함과 '인격화personification' 문제가 부각되었다. 그런데 최근에는 서술자의 (비)신뢰성을 파악하는 독해에 있어 그 복합적 과정에 관한 조명이 집중되면서 암시된 저자의 유효성을 논의하는 논문들이 발표되었다. 지금에 와서는 '암시된 준거(저자)'를 경유하여 서술자와 저자의 (비)신뢰성 문제를 다각적으로 고찰하는 방식이 텍스트의 심층적 독해와 부합된다는 견해로 수렴되고 있다.[3] 이러한 변화의 양상을 문제적으로 보여주는 이론가는 뉘닝이다. 그는 (비)신뢰성 문제와 관련하여 암시된 저자를 전면부정하였으나 최근에는 '암시된 저자'의 개념상의 모순들을 비판하면서 실제 작품의 분석에서는 펠란Phelan이 '암시된 저자'를 재명명한 '저자적 행위주체authorial agency'를 경유한 분석을 보여주고 있다.[4]

펠란은 뉘닝을 비판하기보다는 뉘닝이 비판하고 있는 '암시된 저자'의 문제점에 주목하고 있다. 펠란은 그것이 주로 암시된 저자를 재명명한 채트먼의 '추론된 저자inferred author' 곧 텍스트의 '의향intent'과 관련한 것임을

---

2) Nünning, Ansgar F. (1999). "Giessen, Unreliable, compared what? Towards a Cognitive Theory of Unreliable Narration." *Transcending Boundaries Narratology in Context*. Verlag Tübingen: Gunter Narr.

3) Phelan, J. (ed.) (2005). *Living To Tell About It: A Rhetoric and Ethics of Character Narration*. Ithaca, NY and London: Cornell University Press, 38-49, Tamar Yacobi, 「저자의 수사학, 서술자의 신뢰성과 비신뢰성, 서로 다른 독해들: 톨스토이의 『크로이체르 소나타Kreutzer Sonata』」, 『서술이론 I』(2015), 최라영 역, 소명출판, 203-234.

4) 안스가 뉘닝Ansgar F. Nünning, 「신뢰할 수 없는 서술의 재개념화: 인지적 접근과 수사학적 접근의 종합」, 『서술이론 I』, 165-202.

주장하면서 저자의 인격화된 분신의 의미를 강조하였다.[5] 한편 문제적인 부분은 부스의 개념규정의 변화에서도 나타나고 있다. 즉 부스는 애초에는 암시된 저자를 실제저자의 '공적 자아official self' 혹은 '이차적 자아second self', 즉 사실주의 소설에서 객관적objectional 입장을 취한 작중저자를 뜻하였다.[6] 그런데 이 개념이 비평가들 사이에서 포괄적인 비평의 방식으로 사용되고 그리고 이것에 관한 논쟁들이 초점화되면서 부스는 암시된 저자에 관한 개념 논의에서 실제저자와의 연속적인 측면을 강화하였다. 즉 그는 후기로 갈수록 자신의 개념에 관한 찬성론자들의 근거들에 의지하여 암시된 저자의 '인격화personification', 독자에게 미치는 '윤리적ethical' 역할논의를 보강하였다.[7] 거의 60여 년에 걸쳐서 '암시된 저자'는 그 개념상의 논란과 굴곡을 겪어왔으며 이것은 최근의 신뢰할 수 없는 서술과 서술자에 관한 독해방식에서 요청되는 유의성있는 근거라는 측면에서 조명되고 있다.

즉 부스가 애초에 미흡하게 규정한 암시된 저자 개념은 복합적 독해방식을 수용하면서 자체수정적 개념논리로서 보강, 확장되는 특성을 보여주게 되었다. '암시된 저자'의 논쟁들은 텍스트 중심의 수사학적 논의로부터 독자 중심의 기능론적 논의 그리고 독자반응과 관련한 복합적 논의 등을 따라서 전개되어온 문예비평사의 흐름을 반영하고 있다. 즉 독자지향 비평이 심층적으로 논의되면서 이 비평들이 극복하고자 했던 수사학적 독해가 요청되는 역설적 상황이 나타나게 된 것이다. 이것은 독자의 다양한 '참조틀referential frames'에 근거한 논의를 지향한 뉘닝이 최근에 와서 인지적

---

5) Phelan, J, ibid., 40-41.

6) Booth, Wayne C. (1983). "General Rules, II: All Authors Should Be Objective." *The Rhetoric of Fiction*. Chicago: The University of Chicago Press, 1983, 71.

7) Booth, Wayne C. (2005), "Resurrection of the Implied Author: Why Bother?." *NARRATIVE*. Blackwell, 75-87.

cognitive 접근법과 수사학적rhetorical 접근법의 종합을 지향하는 것에서 단적으로 나타난다.

역사가, 헤이든 화이트White, H.는 역사의 첫 장에 등장하는 인물과 사건을 어떻게 구성할 것인가 그것을 하나의 시작으로 볼 것인가 또는 하나의 끝으로서 다룰 것인가 하는 문제에 있어서 소설과 유사하게 허구적 요소가 게재되어 있음을 설명한 바 있다.[8] 더욱이, 현대 문예작품 속에서 사건을 일으키는 인물에 관한 평가, 그 인물이 신뢰할 수 있는가 그렇지 않은가 하는 문제는 더욱 복합적인 지점들을 거느리고 있음은 말할 것도 없다. 즉 텍스트에서 인물의 목소리는 이것을 의미하지만 텍스트 배후의 목소리는 다른 의미의 가닥을 의미하기도 하는 것이다. 무엇보다도 실제 현실에서의 어떠한 문제에서처럼 다각도로 파헤쳐서 사실은 이러이러했다는 정황을 사실에 가깝게 내리는 것도 가능하지 않은 것이다. 즉 현대의 문예물, 다양한 매체들 속의 인물들, 사건들은 제각각의 상황과 개성적 가치에 의해 형상화되고 있다. 이같은 서술들에 관해서 배후의 목소리 곧 암시된 저자, 그리고 암시된 저자와 실제저자와의 관련성 등에 의한 다각적, 심층적 독해의 필요성은 점점 커지고 있는 것이다.

이러한 시점에서 문예이론사의 지속적인 쟁점이 되어온, 암시된 저자 그리고 문제적 서술자와 저자의 (비)신뢰성에 관한 논의들과 그 추이에 관해 살펴보는 것은 그 의미가 크다. 암시된 저자와 서술자, 저자의 (비)신뢰성 논의는 논자들마다 관점이 다르고 또한 논자들의 초기와 후기의 견해도 차이가 있다. 그리고 '암시된 저자'를 논의하면서 논자들이 그것을 재규정한 방식도 조금씩 상이하다. 또한 부스가 처음 '암시된 저자' 개념을 설명

8) White, H. (1973). *Metahistory: The Historical Imagination in Nineteenth-Century Europe.* Baltimore, MD: Johns Hopkins University Press, 45-80.

한 것과 찬반론을 겪은 이후에 그것을 설명한 방식도 차이가 있다. 그리고 암시된 저자를 소통Communication의 관점에서 기능론적으로functionally 파악하는 범주와 존재론적으로ontologically 그것을 파악하는 범주에 관해서도 논자들에 따라 시각의 차이를 보여주고 있다.

일반적으로, 암시된 저자 및 (비)신뢰성에 관한 논의는 독자 중심적 관점을 강조한 견해들과 저자 중심적 관점을 강조한 견해들로 대별될 수 있다.[9] 이 글은 이같은 두 흐름에 따라서 암시된 저자, 특히 암시된 저자와 서술자의 (비)신뢰성 문제에 관한 주요 이론가들의 논의들을 고찰할 것이다. 무엇보다도 어떤 것들이 쟁점이 되어왔으며 그리고 현재에 유의성을 지니는 관점들은 어떠한 것인지를 구체화해 보도록 할 것이다. 이 작업은 부스를 비롯한 각각의 이론가들이 초기에 취한 입장과 오랜 세월의 찬반 논쟁들을 겪은 이후의 입장 사이의 간극들을 살펴보는 일이 될 것이다.

2. 독자 중심적 관점 : 채트먼, 뉘닝, 야코비

채트먼은 1978년도 그의 책에서 서술전달 다이어그램 즉 '실제저자 → 암시된 저자 → (서술자) → (서술자적 청중) → 암시된 독자'[10]를 제시하였다. 그의 전달모델은 부스가 창안한 '암시된 저자'와 '암시된 독자' 그리고 프린스가 고안한 '내레이티Narratee(서술자적 청중)' 개념을 수용한 결과였다. 그는 다이어그램을 설명하는 절의 제목을 'Nonnarrated Stories'로

---

9) 이 글은, 구체적으로 전자의 견해로서 채트먼, 뉘닝, 야코비의 논의를, 후자의 견해로서 부스, 펠란, 쇼의 논의를 중심으로 고찰할 것이다.

10) "Real Author ⋯▸ Implied Author → (Narrator) → (Naratee) → Implied Reader ⋯▸ Real Reader", Chatman, Seymour, Story and Discourse, Cornell Univ, 1980, p.151.

서 명명하였다. 이것은 말 그대로 서술자가 존재하지 않는다라는 것보다는 작품에서 서술자의 존재가 청중의 감각에 의해 희미하게 감지될 수 있는 서술을 뜻하였다.[11] 그런데 도식화된 채트먼의 전달 다이어그램에 의해 그 구성주체들이 명시적으로 나타나고 그리고 다이어그램의 대칭적 구도가 부각되면서 다이어그램의 구성요소들은 이론가들의 주목을 끌게 되었으며 비판과 논쟁의 과녁에 올랐다.

구체적으로, 주네뜨Genette는 주로, 자신이 창안한 '외부발화extradiegetic' 내레이티'와 '내부발화introdiegetic 내레이티'가 다이어그램의 '암시된 저자'와 '암시된 독자'와 대별할 때 상호 대칭적 구도를 이루지 못하는 측면을 중심으로 비판하였다.[12] 또한 그는 암시된 저자가 서술의 준거 혹은 텍스트의 이데올로기로서 작용하면서 저자가 비난받는 것을 모면하는 장치로서 역할한다고 지적하면서 '암시된 저자'는 다만 '실제 저자'의 심층적 자아일 뿐이라고 주장하였다.[13] 이 연장선상에서 리몬-케넌Rimmon-Kenan의 주장을 들 수 있다. 그는 주네뜨가 '신뢰할 수 없는 서술'에서의 '암시된 저자'의 역할에 주목하지 않은 것과는 다르게, 그와 같은 서술에서 암시된 저자와 암시된 독자의 역할의 유효성을 인정하였다. 리몬케넌은 부스의 암시된 저자가 독자의 '추론된 구조물'이라는 입장을 취하고 있으며 그것에 의해 암시된 저자가 서술전달의 다른 주체들과 대등한 방식으로 인격화될 수는 없다고 논의하였다. 또한 채트먼의 다이어그램의 구성주체, '서술자'와 '서술자적 청중'는 괄호로 싸이는 '선택적' 요소가 아니라 '구성적' 요소라고 주

11) Chatman, Seymour. (1980). Story and Discourse, Cornell Univ, 253-260.

12) Genette, Gérard, translated by Jane E. Lewin, Narrative Discourse Revisited, Cornell Univ, 1988, pp.131-133.

13) Genette, Gérard. (1988). translated by Jane E. Lewin, Narrative Discourse Revisited, Cornell Univ, 131-133.

장하였다.[14] 즉 주네뜨와 리몬케논은 공통적으로 채트먼의 서술다이어그램에서 암시된 저자와 암시된 독자라는 항목을 제외하고서 실제적인 구성주체를 중심으로 전달다이어그램을 구성해야 한다고 주장하고 있다.

이후 1990년에 채트먼은 자신의 서술다이어그램에 관해서 다시 설명한 논의를 내놓았다. 그것을 78년도 판본과 비교해 보면 서술전달 다이어그램의 구성주체들 그 자체는 달라진 부분이 없다. 오히려 괄호에 싸여 선택적 사항일 수 있음을 가리켰던 '서술자'와 '서술자적 청중'의 괄호들이 사라졌다. 이것은 리몬케넌의 충고를 받아들인 것이라고 할 수 있는데, 괄호를 없앤 것은 이것들을 작품의 구성적 요소로서 명시한 것이다. 그리고 다이어그램을 설명하는 절의 제목이 '신뢰할 수 없는Unreliable 서술'로서 붙여진 점이 달라진 부분이다. 그것은 '신뢰할 수 없는 서술'에서 '암시된 저자'와 '암시된 독자'가 요청된다는 것을 의미한다.[15] 한편, 채트먼은 '오류가 있는Fallible 서술'에서는 이 구성주체들을 제외하고서 '서술자'와 '서술자적 청중'을 중심으로 한 전달모델을 제시하였다. 즉 채트먼은 자신의 서술다이어그램의 구성주체들을 서술들의 다양한 맥락에 의해 활용할 것을 고려하는 것으로 보인다.

채트먼의 후기 논의에서 주목할 만한 부분은 그가 다이어그램에서 '암시된 저자'가 내포하는 '인격화personification', '분신second self' 개념을 약화하려고 한 것이다.[16] 그에 따라 채트먼은 부스의 '암시된 저자'를 자신이 재

---

14) Rimmon-Kenan, Shlomith, ibid., 86-89.

15) Chatman, Seymour. (1990). "In Defense of the Implied Author." *Coming to terms*, Cornell Paper.

16) "W. K. Wimsatt와 Beardsley를 따라서, 나는 "의도intention"보다는 "의향intent"을 사용하는데, 이것은 함축connotation, 연관 implication, 말해지지 않은 메시지를 포함하여 작품의 "전체적whole" 의미 혹은 작품의 "종합적overall" 의미를 언급하서이다", Chatman, Seymour. ibid., 74.

명명한 '추론된 저자' 혹은 텍스트의 '의향intent'이나 '구조물construct'로서 대체하고 있다. 그럼에도 역설적인 것은 그가 암시된 저자의 모음collection 곧 '이력저자carrer-author'의 유용성을 강조하는 점이다. 이와 같이 해서 채트먼은 특수한 서술의 독해에서 요청되는 개념으로서 '암시된 저자'의 의미를 기능론적으로 축소하고 있다. 그리고 이러한 변화에는 주네뜨와 리몬-케넌의 비판이 상당부분 작용한 것으로 보인다.

그런데 논자들의 비판에 유연할 수 있도록 암시된 저자의 인격화, 분신의 의미를 차단하고자 한 것은 지금에 와서 보면, 다이어그램을, 다양한 현대문예물 텍스트에 순응력있게 설명할 수 있도록 하는 가능성을 줄여버린 것이 되었다. 그리고 이 지점은 이후에 펠란이 채트먼의 '추론된 저자'를 비판하는 주요한 계기가 되었다. 그럼에도 채트먼은 '암시된 저자'와 '암시된 독자', '서술자'와 '서술자적 청중(내레이티)' 등의 구성주체들을 텍스트의 '소통Communication' 모델로서 구성하는 공헌을 이루어내었다. 현재, 그의 모델은 독자지향적 입장과 저자지향적 입장이 서로 연결고리를 갖고 '소통'의 맥락에서 고려하도록 하는 기능적 장치로 작용하고 있다. 즉 수사학적 입장과 독자지향적 입장이 공유지점을 지니고 논쟁하게 하는 계기가 된 것이다. 또한 채트먼의 모델은, 최근, 부스가 그의 '암시된 저자'를 '소통'와 관련하여 부각시키게 된 주요한 계기로 작용하고 있다.

암시된 저자와 '신뢰할 수 없는 서술'의 관계를 본격적인 논쟁의 장으로 끄집어낸 이론가는 뉘닝이다. 뉘닝은 '신뢰할 수 없는 서술의 인지적 이론화를 위하여'라는 부제를 붙인 글에서 암시된 저자에 대한 적극적 비판과 함께 프레임 이론이라는 경험적 참조틀로써 문학적 모델을 고찰할 것을 주장하였다. 특히 뉘닝은 신뢰할 수 없는 서술자를 암시된 저자와의 거리와 종류에 의해 판단한다는 부스의 규정의 불명확성을 적극 비판하였다.[17] 뉘닝이 논의의 전제로 삼고 있는 '암시된 저자'의 개념은 프린스의 서술론 사전에서 인용한 암시된 저자에 관한 부스의 초기개념이었으며[18] 이와 함께 채트먼이 재개념화한 다이어그램의 구성주체로서의 '추론된 저자 Inferred Author'였다. 뉘닝이 비판의 글을 쓰던 당시에는, 채트먼의 소통 다이어그램에서 '암시된 저자'는 다른 구성주체(실제저자, 서술자, 실제독자)에 비해 실체적이지 않고 인격화하는 것이 부적합하다는 주네뜨의 비판이 이론가들 사이에서 설득력을 얻던 상황이었다. 뉘닝은 이에 힘입어 암시된 저자는 서술자와의 위조된 관계이며 논리적인 논의의 장애물로 작용할 뿐이라고 비판하였다.[19]

그의 주장은 '암시된 저자'가 텍스트의 현상을 설명한다는 위장 아래에 저자의 의도를 어휘론적으로 수용하도록 하며 그리고 텍스트를 읽는 윤리적 비평의 척도로서 활용되어 하나의 옳은 해석만을 강요한다는 것이었다. 또한 채트먼의 소통 다이어그램에 관한 선행논자들의 비판에 근거하여 하나의 존재가 서술전달의 과정에서 뚜렷한 '행위주체'이면서 동시에 '텍스트 그 자체'가 될 수는 없다고 지적하고 있다. (이것은 이후에 펠란이 암시된 저자에 관한 채트먼의 수정을 비판하는 계기로 작용한 것으로 보인다.)

뉘닝은 암시된 저자의 무용론에 이어서 암시된 저자를 경유하지 않고서 '신뢰할 수 없는 서술Unrelianl Narration'을 재개념화하는 방법을 모색하였다. 구체적으로, '신뢰할 수 없는 서술'에 관한 뉘닝의 작업은 텍스트 그 자

---

17) Nünning, Ansgar F. (1999) "Giessen, Unreliable, compared what? Towards a Cognitive Theory of Unreliable Narration." *Transcending Boundaries Narratology in Context*. Verlog Tübingen: Gunter Narr.

18) Prince, Gerald. (1987). *A Dictionary of Narratology*. Lincoln: University of Nebraska Press, 101.

19) Nünning, Ansgar F. ibid., 64-69, Nünning, Ansgar F., "Reconceptualizing Unreliable Narration." *NARRATIVE* (2005), Blackwell, 70, 92, 89-106.

체에 관한 것에서보다는 독자, 비평가의 개념적 세계지식 혹은 텍스트를 둘러싼 당대의 참조틀에 관한 연구에 비중을 두고 있었다. 그는 월Wall의 신뢰할 수 있는 서술자, 즉 '투명한 매체를 지닌 자기참여적 주체'라는 정의를 인용하면서 신뢰할 수 없는 서술은 암시된 저자라는 준거가 아니라 비평가, 독자들이 가져오는 준거에 근거해서 결정된다고 주장하였다.[20]

그런데 뉘닝의 비판에서, 그의 맹목적 지점이 드러나는데 그것은 신뢰할 수 없는 서술, 신뢰할 수 없는 서술자를 확인하기 위해 암시된 저자를 요청하는 텍스트의 특수한 맥락, 즉 서술자를 둘러싼 심층적 목소리에 관한 부분을 간과한 점이다. 즉 뉘닝은 신뢰할 수 없는 서술, 즉 서술자에 관한 작중저자의 애매모호한 입장, 서술자의 존재가 흐릿하여 텍스트의 의도를 파악하기 어려운 경우 등의 세부적 맥락을 고려하지 못하고 있다. 다시 말해 뉘닝은 특수한 텍스트의 세부맥락보다는 단순히 신뢰할 수 없는 서술자, 인물유형이라는 부분에 초점을 맞추고 있다. 그 결과 뉘닝은 인물유형론적인 관점 혹은 당대 독자, 비평가의 시대적, 세계적 참조틀이라는 거시적 맥락을 강조하고 있다. 구체적으로, 그는 서술자에 관한 판단에서 주요한 것이 일반도덕규범이나 기본상식이며 텍스트의 단서, 언어학적 문체라는 것, 그리고 독자의 일상의 참조틀, 텍스트 출판 당시의 문학적 참조틀, 인간, 심리학에 관한 지식 등이라고 주장하고 있다.

이후에 뉘닝은 암시된 저자에 관한 글을 다시 발표하였는데 그것은 '신뢰할 수 없는 서술의 재개념화 –인지적 접근과 수사학적 접근의 종합'이라

---

20) 뿐만 아니라 그는 비신뢰성의 문법적 표지로서 플루더닉Fludernik이 제시한 화용론, 구문론, 형태론, 어휘론 등의 텍스트 외적 참조틀을 활용할 것을 주장하였으며 하커Harker가 제시한 문학장르와 기존텍스트와의 상호참조틀, 개별작품의 구조와 관련한 참조틀을 강조하였다. 또한 그는 일반세계지식, 역사적 세계모델, 인간성, 심리적 일관성, 사회, 도덕, 언어학적 준거 등을 강조하였다.

는 제목을 달고 있다. 뉘닝은 이 글에서도 계속해서 암시된 저자 개념의 불명확성, 포괄성, 이데올로기성을 비판하고 있다. 그럼에도 '인지적 접근과 수사학적 접근'이라는 글의 부제로 볼 때도 뉘닝의 관점이 초기의 주장으로부터 상당부분 변화하였음을 알 수 있다. 그는 글의 초점을 '비신뢰성 Unreliability'이라는 화제에 두고 있으며 관련 접근법으로서 '저자적 행위주체authorial agency'와 '텍스트의 현상'과 '독자의 반응'을 모두 고려하고 있다.[21] 역설적인 지점은, 그의 이러한 종합적 논의에서 텍스트의 '행위주체'라는 개념을 경유하고 있다는 부분이다.[22] 그가 쓴 개념은 펠란이 명명한 '암시된 저자'의 다른 이름이었던 것이다.[23] 그런데도 뉘닝은 서술자의 신뢰성 문제가 '암시된 저자'의 준거가 아니며 '규정가능한 광범위한 표지들'이며 그것은 '텍스트의 표지'와 '세계에 관한 독자의 선행적 개념지식'이라고 주장한다.[24] 그럼에도 그가 말한 텍스트의 표지의 실제 적용방식은 암시된 저자의 준거의 적용과 상이하지 않다.[25]

---

21) 그리고 그는 자신의 초기의 논의에서 프레임 이론에 근거한 다양한 준거틀을 강조하는 것에 치중했던 것과는 달리, 이후의 논의에서는, 수사학자들, 랜서, 올슨이 주장한 신뢰할 수 없는 서술자의 유형들 그리고 신뢰할 수 없는 서술과 관련한 펠란과 마틴의 귀납적 유형론 등을 제시하고 있다.

22) 안스가 뉘닝Ansgar F. Nünning, 「신뢰할 수 없는 서술의 재개념화: 인지적 접근과 수사학적 접근의 종합」, 최라영 역 앞의 책.

23) Olson, Greta. (2003). "Reconsidering Unreliability." *Narrative Vol 11*. Ohio State University.

24) Nünning, A. (1997a). "'But Why *Will* You Say That I Am Mad?': On the Theory, History, and Signals of Unreliable Narration in British Fiction." *Arbeiten aus Anglistik und Amerikanistik* 22, p.101.

25) Dan Shen은 Ansgar Nünning과 같은 논리로써 글을 발표한 Vera Nünning의 요지에 대해서 그는 "상이한 역사적 맥락이 독자들에게 개념적 스키마에 얼마나 영향을 끼치며 그에 따라 본래의 의미를 얼마나 왜곡시키는지에 관한 해석의 다양한 덫을 증명하려고 한다. 그것은 본질적으로, 실제의 독자들이 다양한 역사적 맥락들 속에서 암시된 저자와 같은 마음을 지닌 "저자적 청중"의 가능성을 성공적으로 해명하는데에 실패하고 있음을 보여준다"고 지적한다, Dan Shen, (2013). "Implied Author, Authorial Audiene, and Context: Form and History in Neo-Aristotelian Rhetorical Theory." *Narrative* 21(2), 155.

뉘닝은 프레임 이론으로서 독자를 에워싼 다양한 참조틀을 강조하면서 수사학적, 인지적 접근법의 종합을 취한다고 주장하였다. 그럼에도 뉘닝은 실제 작품분석에서는 '저자적 행위주체'와 '텍스트의 신호들'을 기저로 한 수사학적 접근법을 주요하게 취하고 있다. 그리고 논의의 초점을 '암시된 저자'에서 '신뢰할 수 없는 서술'로 전환하면서 이 분야가 장르, 미디어, 타 분야의 풍부한 연구영역의 대상이 된다는 점을 강조하고 있다. 뉘닝의 주장은 문제적인 측면을 지니지만 뉘닝의 비판과 주장은 '암시된 저자'에 관한 다양한 관점에서의 견해들을 제기하도록 하였으며 무엇보다도 최근 조명되고 있는 '신뢰할 수 없는 서술'에 관한 미시적, 거시적 방향과 접근법들을 제시하고 있다는 의의를 지닌다.

부스의 암시된 저자에 관한 정치한 이해를 토대로 하여 암시된 저자와 신뢰할 수 없는 서술의 관계를 천착한 논자로는 야코비를 들 수 있다. 그는 암시된 저자에 대한 부스의 규정이 미흡한 부분을 지적하면서 '신뢰할 수 없는 서술'의 독해에서 '암시된 저자'를 경유하는 독해의 중요성에 주목하였다. 야코비는 서술자를 논의하는 주요 독해가설로서 발생론genetic mechanism, 일반론generic mechanism, 존재론existential mechanism, 기능론 functional mechanism, 원근법론perspectival mechanism을 들어 설명한다. 야코비의 논의에 근거하여 소개하면, 서술자의 허구적 존재를 인정하는 '존재론적 관점', 서술자를 작품의 결말과 관련한 관점에서 기능적으로 해석하는 '기능론적 관점', 자기고백과 같은 일반문학장르의 특성에 비추어 서술자를 파악하는 '일반론적 관점', 암시된 준거와 관련하여 서술자의 모순된 지점을 설명하는 '원근법적 관점', 그리고 저자의 의도 혹은 구성에 관하여 저자를 비판할 수 있는 '발생론적 관점'으로서 설명된다.[26]

---

26) Yacobi, T. (1981). "Fictional Reliablity as a Communicative Problem," *Poetics Today* 2,

야코비의 방식은 텍스트를 대하는 독자의 독해방식을 '신뢰성reliability'
과 '비신뢰성unreliability'이라는 관점에서 대별한 것이 특징적이다.[27] 즉 그
는 1981년도 글에서는 '비신뢰성의 기제'로서 '원근법적 기제'만을 논의하
였으나 이후 2005년도 글에서는 비신뢰성의 기제로서 저자를 중심으로 하
여 '발생론적 기제'와 '원근법적 기제' 두 가지를 비신뢰성의 독해가설로서
다루고 있으며 다른 세 가지 독해가설들을 '신뢰성'의 기제들로서 논의하
였다.[28] 그는 암시된 저자와 실제저자를 경유하여 서술자를 다각적으로 파
악하는 원근법적 관점에서 서술자 혹은 인물의 특성에서 오는 긴장과 모
순들을 어떠한 원천으로서 귀속시킬 수 있다고 주장한다.

주목할 것은 야코비는 신뢰성의 문제가 독자의 조직능력 내부에 있는
것이 아니라 서술자의 준인간 모델, 저자의 모델 내부에 있다고 주장하
는 부분이다. 즉 야코비는 독자의 독해가설들로서 출발하고 있으면서도
궁극적으로는 저자 중심의 독해법으로 귀결하고 있다. 단적으로, 이것은,
1981년도 그의 논문에서는 발생론적 기제를 주로 '역사적, 환경적 요인'과
관련한 독해가설로서 파악하는 것에 비해 2005년도 그의 글에서는 발생

113-26. 좀더 자세한 개념정의에 관해서는 제임스 펠란, 피터 라비노비츠 편, 최라영 역, 『서술이
론 II』 소명출판, 2016, 「어휘록」 참고.

27) 믿는 독해와 믿지 않는 독해라는 구분법에 의한 독해가설 방식은 성서 텍스트를 대하는 독자
들의 관점의 논의에서 유용한 것으로 보인다. 다윗 리히터에 의하면 사울과 사무엘의 이야기에
서 사울의 왕좌를 시기하는 예언자 사무엘에 관해서는 그의 말을 액면 그대로 믿는 독해와 그
것을 의심하는 독해로 나뉘어질 수 있다. 그럼에도 의심하는 독해에 의해서 성서에 관한 일부 이
중적 맥락의 서사들이 궁극적으로 철저하고 포괄적인 방식의 성서 접근법과 상통하고 있다. 데
이빗 리히터, 「장르와 반복과 시간적 질서 : 성서의 서술론의 몇 가지 측면들」, 『서술이론 II』, 최
라영 역, 소명출판사, 2016.7.

28) Yacobi, T. (1981). "Fictional Reliablity as a Communicative Problem." *Poetics Today* 2,
113-26, Yacobi, T. (2005), Authorial rhetoric, Narratorial (Un)reliability, Divergent Reading:
Tolstoy's Kreutzer Sonata, NARRATIVE, ibid., 108-123; Yacobi, T. 「저자의 수사학, 서술자의
신뢰성과 비신뢰성, 서로 다른 독해들: 톨스토이의 『크로이체르 소나타*Kreutzer Sonata*』」, 『서
술이론 I』(2015), 최라영 역, 소명출판, 203-234.

론적 기제를 주로 실제저자의 환경적, 정신적 요인과 관련한 '실제저자'를 중심으로 다루고 있는 것에서 나타난다. 그는 암시된 저자를 경유하는 원근법적 기제가 특정관점에서 발생론적 기제와 관련되어 있으며, 이 원리들의 차이는 책임소재를 밝히는 것에 있다고 주장한다. 그것은 (비)신뢰성의 원인을 저자에게 둘 것인가, 혹은 대화자, 의식의 중심, 서술자 곧 허구적 창조물에게 둘 것인가 하는 것이다. 즉 발생론적 기제는 텍스트의 가능성, 일관성의 결핍이 전기, 역사적 참조작업에서 설명하지만 원근법적 기제는 서술자를 믿을 만한 반영자로서 거부하는 일이 서술자의 범주를 넘어 텍스트의 일관성에 책임이 있는 행위주체 곧 암시된 저자에 근거한다고 보는 것이다.

야코비는 암시된 저자와 그 거울 이미지인 암시된 독자에 참여할 때 채트먼의 서술전달의 여섯 가지 행위주체들이 모습을 드러낸다고 주장한다. 즉 그에 의하면 서술전달은 전달자와는 무관하게 규정될 수 없으며 전달자의 소망과 의식적 의향과 무관한 '정보'와는 달리 의식적, 목표지향적인 것이다. 또한 이야기 전달의 행위는 두 주체 사이의 상호작용을 형성시키는 것이며 암시된 저자와 독자의 관계는 전달행위의 구조 내에서 '기능적'으로 위치하고 있는 것으로서 간주하였다. 즉 야코비는 서술자의 비신뢰성에 관한 독해가설은 창조물을 조종하는 암시된 저자를 가정하는 일이 필수적이라고 보았다. 이와 같이 야코비는 『소설의 수사학』에서 해석요인으로서 독자, 서술자, 암시된 저자 간의 다양한 거리에 의한 부스의 논의를 '신뢰할 수 없는 화자'에 관한 가장 유력한 독해가설로서 인정하는 것이다.

그는 독자들의 다양한 '독해가설들'을 인정하는 맥락에서 각각의 주장과 그 근거를 살펴보고 있다. 그럼에도 '신뢰할 수 없는 서술'의 독해에서 그가 궁극적으로 가치부여하는 가설은 암시된 준거와 관련한 '원근법적 독해' 혹은 '원근법적 독해'와 '발생론적 독해'의 '종합론synthesis'이다. 즉 그는 '존재론'과 '기능론'과 '일반론'을 저자의 신뢰성에 봉사하는 독자의 독해가설로서 보며 이 기제들은 저자의 윤리적 의도를 부각시키며 서술자의 모순된 지점들에 주목하기보다는 (신뢰할 수 없는) 서술자를 광인 혹은 신뢰할 수 없는 서술자로 단정해버린다고 주장한다.

한편, '원근법적 접근법'은 작품의 표면적 의미와 잠재된 의미가 충돌하는 지점에 주목하면서 텍스트에 의해 제안된 논의와 실제 텍스트에서 수행된 논의가 서로 충돌하며 긴장을 일으키는 지점들에 주목한다고 주장한다. 이에 비해 야코비가 원근법적 독해와 함께 비신뢰성의 접근법이라고 간주하는 '발생론적 접근법'은 작품에서의 다양한 모순들, 특히 서술자의 특성을 '저자의 수사학'과 관련한 원인으로서 두는 것이다. 야코비는 원근법적 독해와 발생론적 독해의 종합적 접근법을 강조하면서 독자가 저자의 의도를 전적으로 신뢰하는가 혹은 그것과 관련하여 회의적 관점을 취하는가 하는 방향성에 따라 두 가지 유형의 독해가 가능하다고 본다.[29] 그는 텍스트와 서술자에 관한 '심층적 독해'를 가능하게 하는 가설은 '암시된 저자'를 고려하면서 실제저자를 경유하는 '비신뢰성 기제'라고 주장한다.[30]

---

29) 이러한 견해는 안나카레리나의 저자가 포즈드니이예프와 같은 인물을 왜 표현했는지와 관련하여 위대한 작품의 인위적 구성에 관한 회의와 거부감을 표명하며 실제현실에 가능한 모순적 인물을 구현한 것일 수 있다는 쿠체의 견해의 관련하에 놓여있다, Coetzee. J. M. (1985). "Confession and Double Thoughts: Tolstoy, Rousseau, Dostoevsky," *Camparative Literature* 37, 193-232.

30) 그럼에도 야코비가 주장하고 있는 것처럼 독자들이 그렇게 단순하게 믿는 독해와 믿지 않는 독해로 대별될 수 있으며 그것에 일관된 근거들을 꼭 찾는다고 보기는 어렵다. 오히려 그 두 가지를 넘나들면서 자유롭게 사유하는 것이 실제적인 독해방식이라고 볼 수 있다. 그리고 다른 측면에서 볼 때, 실제 독해에서 톨스토이의 포즈드니이예프 인물에 관한 독해는 시대, 사회, 가치관에 따라 다양하고 판이한 참조틀을 활용할 것을 주장한 뉘닝의 관점에 유효한 사례가 될 수 있다. 즉 관점을 달리하여 보면 야코비가 든 사례는 암시된 저자의 준거틀의 유효성을 입증

3. 저자 중심적 관점: 부스, 펠란, 쇼

부스가 처음에 『소설의 수사학』과 『아이러니의 수사학』에서 암시된 저자를 고안, 설명하였을 때 그는 이 개념이 거느리는 광범위한 의미역과 그것의 중요성에 관해서 의식적이지 못하였다. 그것은 단적으로 이 개념에 관해 '서술자와의 거리'가 '멀거나 가깝다'와 같은 모호하고도 간략한 설명 방식에서 나타난다.[31] 그런데 이 개념에 관한 부스의 이와 같은 설명은 단기적으로는 부스를 상당히 괴롭게 한 비판적 논쟁들에 휩싸이는 근거들로서 작용하였으나 장기적으로 지금에 와서 보면 그것이 부스가 다양한 찬반론의 견해들을 충분히 숙지하고 그것들에 근거하여 이 개념에 관한 현대적이며 온전한 견해를 최근까지 전개, 정리하도록 하는 계기가 되었다.

구체적으로 그는 임종 직전인 2005년도의 글을 통해서, 많은 이론가들의 비판들에 맞서는 찬성론자들의 다양한 논의들을 토대로 하여 자신이 처음 고안할 때는 예상치 못했을 법한, 곧 '암시된 저자'가 최근의 '소통Communication' 관계의 새로운 핵심요소로 떠오르게 되었음을 의식하고 이를 강조하는 진술을 하였다. 즉 부스가 후기에 논의한 '소통'과 관련한 '암시된 저자'의 범주는 그의 개념에 관한 찬반론자들의 논쟁들과 근거들, 그 사이에서 현대적 맥락에 부합된 의미를 고려하고서 포괄적으로 새롭게 만들어진 것이라고 볼 수 있다.

즉 암시된 저자에 관한 부스의 개념은 그의 초기의 것과 후기의 것이 상

하는 것 못지않게 뉘닝이 강조한 독자를 에워싼 다양한 참조틀, 문학적, 사회적, 시대적 준거나 가치를 드러내는 것으로서 유용해보인다.

31) "For practical criticism probably the most important of these kinds of distance is that between the fallible or unreliable narrator and the implied author who carries the reader with him in judging the narrator", Booth, Wayne C. "General Rules, II: All Authors Should Be Objective," 158.

이한 측면을 지닌다. 즉『소설의 수사학』에서는 그가 이 개념을 고안한 계기에 관하여 학생들이 저자와 서술자를 혼돈하는 경향을 지양하기 위한 하나의 방책으로서 저자의 이차적 자아second self 혹은 저자의 공적 자아 official self가 필요하였다고 설명하고 있다. 이때의 저자의 공적 자아는 실제저자의 인간적 면모와는 거리를 두는, 객관적이고 엄정한 사실주의 소설에서의 그것에 해당된다. 그리고 그는 '신뢰할 수 없는 서술자'를 판단하는 것에 있어서 '암시된 저자와의 거리와 종류'에 근거를 둔다고 설명하고 있다. 이러한 설명은 많은 이론가들이 문학용어로서의 '암시된 저자'의 객관적 논리를 문제삼는 빌미로 작용하였다.

부스의 이 용어는 당대와 후대의 수많은 이론가들과 연구자들의 논문과 비평에서 유용한 준거와 해석틀로서 작용하였다. 단적으로 서술론 사전에도 신뢰할 수 없는 서술자 혹은 암시된 저자에 관한 설명은 부스의 설명을 그의 말 그대로 인용하고 있다.[32] 또한 암시된 저자와 암시된 독자는 채트먼에 의해 그의 서술다이어그램 전달모델의 구성주체로서 구성되어 등장하게 되었다. 그런데 이러한 선명한 도식화는 암시된 저자에 관한 본격적 논의와 비판을 촉발하는 계기가 되었다.[33]

특히 다이어그램 상에서 이 개념의 논리적 명징성이나 실증성이 문제시되었으며 논의의 당시에는 애매모호한 이 용어가 사라져야 객관적, 체계적 논의가 가능하다는 주장들이 힘을 얻었다. 이 용어의 의미와 관련하여 또하나의 도화선이 된 것은 '신뢰할 수 없는 서술'의 '서술자'에 관한 독자의 판단과 관련한 부분이었다. 이 문제는, 암시된 저자를 경유해야 한다는 찬

---

32) Prince, Gerald. *A Dictionary of Narratology*. Lincoln: University of Nebraska Press, 1987, p. 101.

33) Chatman, Seymour. (1978), *Story and Discourse: Narrative Structure in Fiction and Film*. NY: Cornell University Press.

성론자들과 이 개념을 경유하지 않고서 실증적 주체들만으로서 텍스트의 전달과정을 설명해야 한다는 반대론자들 사이의 팽팽한 대립을 불러일으켰다.

부스는 타계하기 전 2005년에 마지막으로 쓴 글, 암시된 저자에 관한 논문에서 '왜 성가실까Why Bother'라는 제목을 달고 자신의 주장에 관해 소설, 시의 사례를 들어 종합적으로 정리하였다.[34] 이 글에서 그는 암시된 저자에 관한 체계적 설명은 그것을 옹호한 이론가들의 주장과 근거들에 의지한다는 진술을 한 다음 자리에서 암시된 저자를 문학작품의 실제적 독해과정을 통해서 예증하고 있다. 이 논의에 주목한다면, 그가 초기에 논의한 실제저자의 공적 자아 즉 실제저자와의 비연속적 측면이 아니라 실제저자의 분신으로서 암시된 저자의 연속적 측면을 강화하고 있다.

즉 실제저자의 다양하고 연속적인 분신들의 작용과 관련하여 암시된 저자의 사례를 들고 있으며 부스가 초기에 논의한 엄정한 객관적 자아를 취하는데 유효한 객관적 사실주의 소설의 영역을 훌쩍 넘어서, 소설과 시, 모든 문예물들을 그 대상으로 하여 암시된 저자의 범주를 적용, 확장시켰다. 뿐만 아니라 저자가 '암시된 저자들'을 통해 '정화된 자아'를 구성해내는 측면을 설명하면서 이와 거울처럼 관련하여 독자의 '암시된 독자들'의 정서에 미치는 '윤리적' 효과를 강조하였다. 즉 '암시된 독자'에 관해서도 독자들이 일상에서 취하는 다양한 퍼소나의 의미역과 관련지어서 그들의 다양한 역할극을 통해 바람직한 퍼소나를 구성해간다고 주장하였다.[35]

---

34) Booth, Wayne C. "Resurrection of the Implied Author: Why Bother?." 75-87.

35) 이 연장선상에서, Isabell Klaiber은 최근의 글에서 단일한 텍스트가 단일하거나 다양한 암시된 저자들을 만들어내는 잠재성을 지니며 그것은 다양한 해석적 공동체의 개념적 지식과 관련이 있다고 설명한다. 게다가 실제저자에 관한 텍스트 외적 지식은 추론될 수 있는 암시된 저자의 수를 결정지을 것이라고 주장한다, Isabell Klaiber. (2011), "Multiple Implied Authors: How Many Can a Single Text Have?." *Style*, 45(1), 138-147.

부스는 타계하기 전에 자신을 소개하는 말미에서 '소통'을 위해 자신의 전 생애를 바쳤다는 말을 부기하고 있다. 그런데 이것은 사실상 그가 거의 60여 년에 걸친 암시된 저자를 둘러싼 다양한 논쟁들 속에서 그것의 의미를 다각적으로 고찰하는 가운데서 가장 적합하고 포괄적인 의미역을 만들어나간 결과물이라고 할 수 있다. 사실상, 소통, 전달의 측면에서 암시된 저자가 본격적으로 부각된 것은 채트먼이 그의 서술전달 다이어그램의 구성주체로서 암시된 저자와 암시된 독자를 포함하면서부터이다.

부스의 후기 논의에서 핵심적인 지점은 논자들로부터 그토록 비난받아온 암시된 저자의 '인격화personification' 특성을 강하게 긍정한 부분이다. 이러한 부스의 주장에 힘을 실어준 이론가는 펠란이었다. 펠란은 암시된 저자가 요청된 시대적 여건 즉 텍스트 중심의 신비평주의가 팽배한 시대에 텍스트 분석에서 저자와의 연관을 금기시하던 지적 풍토에 주목하였다. 그리고 그는 암시된 저자에 관한 찬반론을 고찰하면서 저자 중심적 관점에서 저자의 분신으로서 암시된 저자의 특성을 규명하였다.

그리고 펠란은 저자의 개입을 최소화하여 기능적인 관점에서 암시된 저자를 규정하는 채트먼의 '추론된 저자'의 개념을 비판하였다. 나아가 펠란은 암시된 저자를 '저자적 행위주체authorial agency'로서 재명명하였으며 이것은 암시된 저자의 능동적 역할을 강조한 의미를 지닌다.[36] 즉 펠란은 암시된 저자를 실제저자의 연속선 상에 있는 인격적 행위주체로서 재규정하였으며 텍스트 구성에 있어서의 그것의 능동적 역할을 강조하였다. 이 개념

---

36) 펠란은 암시된 저자에 관해 "실제저자의 연속적 버전a streamlines version 즉 특정 텍스트의 구성에서 능동적으로 역할하는an active role 실제저자의 능력, 특성, 태도, 믿음, 가치 그리고 기타 자질들의 실제적 하위집합"으로서 재규정한다. 그리고 그는 암시된 저자가 텍스트의 산물product이 아니라 텍스트를 존재하도록 하는 행위주체agent로서 논의한다, Phelan, J. (ed.) (2005). *Living To Tell About It: A Rhetoric and Ethics of Character Narration*. Ithaca, NY and London: Cornell University Press, p.45.

은 암시된 저자를 전면비판한 뉘닝의 글에서도 수용적인 방식으로 나타나고 있다. 즉 뉘닝은 이후에 자신의 작품분석에서 암시된 저자는 쓰지 않았지만 '저자적 행위주체'는 중요한 경유지점으로서 활용하고 있다.

펠란이 기존의 논쟁들에서 얽혀있는 매듭을 적실하게 지적한 부분은, 부스가 암시된 저자를 작품의 형식과 등가로 보게 되면서 암시된 저자가 지닌 텍스트의 구성적 행위주체로서의 특성이 약화되었으며 암시된 저자의 텍스트에서의 기능적 방식이 과도하게 부각되었다고 한 것이다. 펠란은 채트먼이 서술 다이어그램의 구성요소로서 '암시된 저자'를 재개념화하면서 독자가 구성해낸 '추론된 저자inferred author' 혹은 텍스트의 '의향intent'을 강조한 부분을 지적하고 있다. 펠란에 의하면, 채트먼의 규정방식은 당대 텍스트 중심적 경향에 부합하여 암시된 저자를, 추론된 구조물로서 간주한 것이며 그것은 저자에 회귀하지 않는 텍스트의 독해방식이며 그리하여 암시된 저자가 지닌 저자 분신으로서의 인격적 특성을 없앤 것이라고 비판하였다.

즉 펠란에 의하면 채트먼이 저자적 회귀주의를 피하는 방식으로서 암시된 저자를 재개념화하였고 그것으로 인하여 암시된 저자가 텍스트의 약호나 관습, 텍스트의 의향과 등가라는 '기능적' 의미로 귀결되었다고 보는 것이다.[37] 펠란의 논의는 뉘닝의 암시된 저자 비판의 주요 핵심에 관한 답변과 같은 역할을 하고 있다. 즉 뉘닝은 암시된 저자의 개념에 관한 비판에 있어서 채트먼이 논의한 개념과 부스가 논의한 개념을 혼용하여 암시된 저자의 개념에 대하여 신랄하게 비판하였던 것이다. 즉 펠란은 채트먼의 규정 방식과 부스의 규정 방식을 구분지으며 그에 따라 암시된 저자를 '기능론적으로'가 아니라 '존재론적으로' 규정하는 것을 주장하였다.

그리고 펠란은 실제저자의 무의식까지 아우르는 부스의 후기개념을 논

---

37) Phelan, J., ibid., 38-49.

리적으로 설명하였으며 독자가 해석을 구조화하는 것처럼 저자또한 구조적 전체를 구조화한다는 것을 강조하였다. 펠란의 주장은 부스가 여러 논자들의 비판을 받고 있던 암시된 저자 개념에 관해서 체계적인 접근에 의한 명쾌한 전개를 보여주며 그의 입장은 저자 중심의 입장에서 독자와의 상호관계를 고려하는 편이라고 할 수 있다. 즉 펠란은 암시된 저자와 텍스트의 융합적 버전을 부정하면서 저자적 행위주체에 의한 실제저자와의 연속성을 강화하고 있으며 저자의 의도가 독자에게 미치는 윤리적 효과를 강조하고 있다. 펠란의 견해는 부스가 후기에 자신의 사례로서 설명한 암시된 저자 개념을 진술적인 방식으로 설명한 것이 된다.

그는 뉘닝을 비롯한 비판론자들이 근거한 자리, 즉 서술전달의 기능적 측면에서, 저자적 회귀주의에 반대하는 입장을 지적함으로써 암시된 저자의 개념에서 저자와의 연속적 분신 개념이 사라지게 된 것을 적실하게 지적하였다. 그런데 펠란이 암시된 저자의 실제저자와의 연관성을 강화하고 독자에게 미치는 윤리성을 강조한 나머지 채트먼이 재명명한 추론된 저자, 혹은 텍스트의 추론된 구조물 개념을 부정한 것은 문제적 지점을 지닌다. 그가 암시된 저자가 지닌 기능론적 개념의 포괄적 확장을 부정한 것은 서술전달과정에서 암시된 저자가 지닌 순응력 있는 의미역을 차단한 것이 될 수 있는 것이다.

채트먼이 재명명한 '추론된 저자'는 저자가 의식하는 영역뿐만 아니라 의식하지 못하는 무의식의 영역까지 독자가 이해하는 지점을 뜻하고 있으며 이것은 독자의 이해와 저자의 의도가 마주하는 '소통'의 공유지점과 관련한 복합적 특성을 지적한 것이기 때문이다. 또한 채트먼은 급진적 비판론자들에 의해, 암시된 저자의 인격화 특성을 부정하면서도 한편으로는 글의 말미에서 암시된 저자의 모음 즉 이력저자Carrer-author의 중요성을 역설하고 있었던 것으로 보아서 그가 '암시된 저자'를 기능론적으로만 이해하고 있다고 단언하기는 어렵다. 무엇보다도 부스가 초기에 논의한 '암시된 저자'의 부분적이고 평면적인 의미역을 독자와의 소통, 전달모델의 필수 구성주체로서 구성한 논자는 바로 채트먼이었다. .

이와 같이 펠란은 암시된 저자를 존재론적인 방식으로 규정짓고 있으며 암시된 저자의 기능적 역할에 관해서는 제한을 두고 있다. 이같은 방식은 또한 뉘닝의 암시된 저자의 비판에 대한 펠란의 답변방식과 관련이 깊다. 뉘닝은 신뢰할 수 없는 서술에 관하여 암시된 저자를 경유하는 방식이 아니라 텍스트 상의 지표들에 관한 체계적인 접근이 필요하다고 주장하였다. 펠란은 이것과 관련하여 텍스트의 (비)신뢰성 문제에 관한 체계적 접근법을 소개하였다. 구체적으로, 펠란과 마틴의 유형론은 서술자들이 세 가지 주요기능을 수행하는 경향에 기초를 둔 것이다.[38]

그에 따르면, 독자들은 인물, 사실, 사건을 '보도하며' '평가하거나 간주하며' 또한 '해석하거나 독해한다.' 이것들은 다양한 종류의 비신뢰성을 결과하도록 하는 커뮤니케이션의 한 가지 축을 따라 존재하는 것으로 간주된다. 그것은, 불충분한 보고underreporting, 잘못된 보고misreporting, 불충분한 간주underregarding, 잘못된 간주misregarding, 불충분한 독해underreading, 잘못된 독해misreading이다.[39] 즉 펠란이 서술자의 신뢰성 문제에 관하여 취

---

38) 한편 펠란은 최근에 쓴 글에서 논픽션의 결함이 있는 서술deficient narrative의 경우 실제 저자와 암시된 저자를 구별지음으로써 텍스트의 심층적 이해에 접근하고 있다. Phelan, J. (2011), "The Implied Author, Deficient Narration, and Nonfiction Narrative." *Style*, 45(1), 119-134.

39) 이에 따르면, 첫째, 사실/사건의 축에 따라 발생하는 신뢰할 수 없는 '보고', 둘째, 윤리/평가의 축을 따른 신뢰할 수 없는 '평가', 셋째, 앎/인지의 축에 따른 신뢰할 수 없는 '독해' 혹은 '해석'이 있다. 펠란과 마틴은 이같은 비신뢰성의 세 가지 축에 의해 서술자가 모자라거나 왜곡하거나 하는 어떤 축을 따라서 두 가지 다른 방식으로 신뢰할 수 없게 된다는 것을 지적한다. Phelan, J. and Martin, M.P. (1999). "'The Lessons of Weymouth': Homodiegesis, Unreliability, Ethics and *The Remains of the Day*." In D. Herman (ed.), *Narratologies: New Perspectives*

한 입장은 뉘닝처럼 텍스트의 의미를 중심으로 하여 독자들의 반응을 고려하는 절충적인 관점을 보여주는 것이다. 다시 말해 펠란은 서술자의 (비)신뢰성의 '기능적 근거'로서 '암시된 저자'를 취하기보다는 뉘닝이 주장해온 텍스트상의 준거들에 관한 체계적인 접근방식을 모색하였던 것이다.[40]

'암시된 저자'의 '인격화personification' 문제와 관련한 논의로서 채트먼의 서술다이어그램의 구성주체를 중심으로 새롭게 고찰한 최근의 이론가로는 쇼Shaw를 들 수 있다. 쇼는 암시된 저자를 주요 행위주체로 두고 있는 채트먼의 서술다이어그램에 대하여 기존의 비판론자들이 자신들의 관점에 의해서만 한 가지 방식으로만 보고 있다는 사실을 지적하고 있다. 구체적으로, 주네뜨가 암시된 저자가 실제저자의 '머릿 속에서 가능할 수 있는' 개념이라는 점에서 이것의 실체를 부정하였지만, 그럼에도 그가 '암시된 독자'에 관해서는 실제저자의 '머릿속에서 가능할 수 있는' 개념으로서 규정하며 이것을 인정하고 있다는 사실을 지적한다. 즉 그는 주네뜨가 인정한 '암시된 독자'와 그 개념규정으로부터 '머릿 속에서 가능할 수 있는' 저자 즉 '암시된 저자'를 주장할 수 있는 근거를 끌어오고 있다.

즉 쇼는 '암시된 저자'라는 명명을 사용하기보다는, 암시된 저자를 부정

---

on Narrative Analysis (pp. 88-109). Columbus: Ohio State University Press.

40) 그럼에도 이미 부스가 단편적으로 언급하였으며 랜서와 올슨이 유형화한 '오류를 범하기 쉬운 서술자'와 '신뢰할 만하지 않은 서술자'라는 두 가지 구별법이 실제적인 독해에서는 유용하다는 사실은 중요한 의미를 지닌다. 실지로, 독자들은 텍스트상의 표지들에 일일이 의거해서 파악한다기보다는 어느 한 지점에서 서술자의 신뢰성을 판단해버리기도 하며 또한 세세한 정보들을 뛰어넘어 직관적으로 파악하기도 하는 것이다. 한편, 펠란식의 논리, 체계적인 접근과는 별도로, 대중적인 방식으로 인물의 (비)신뢰성 유형을 논의한 논자로는 리건을 들 수 있다. 그는 문학작품에 나타난 인물들의 유형에 근거하여 신뢰할 수 없는 서술자들을 광인, 순진한 서술자, 위선자, 성도착자, 도덕적으로 품위가 없는 서술자, 악한, 거짓말쟁이 혹은 사기꾼 혹은 익살꾼 등으로 분류하고 있다. 그의 유형들은 많은 문학작품들의 사회적 관습 및 문학적 관습에 근거를 둔 고전적인 귀납적 방식이라고 할 수 있다. Riggan, W. (1981). *Picaros, Madmen, Naifs, and Clowns: The Unreliable First-Person Narrator*. Norman: University of Oklahoma Press 참고.

하는 논자인 주네뜨가 인정하는 용어 즉 '서술자의 정신narrator's mind'이라는 말로써 '암시된 저자'를 대신하여 설명하고 있다.[41] 쇼에 의하면, '서술자의 정신'은 독자가 독해과정에서 작중 인물들의 상황에 '참여하고 있다는 것' 즉 독자가 서술자의 의도와 정신에 관하여 생각하는 과정을 거친다는 것을 전제로 하는 것이다. 그리고 쇼는 실제로, 독자는 텍스트의 외부, 정보적 관점에서의 단순한 내레이티naratee와 수신자가 아니며 텍스트의 내부에서 함께 참여하면서engaging 서술자의 '의향intent'을 고려하는 존재이다.[42]

쇼는, 새커리의 『허영시장』에 나타나는 서술어조의 복합성을 해명하기 위해서는 '서술자의 정신' 속에 있는 무엇을 고려해야 한다고 본다. 이것은 '암시된 저자'를 경유한 독해방식을 주네뜨가 허용한 구성주체를 중심으로 표현한 것이다. 즉 쇼는 '서술자의 의도나 정신'에 실체성을 부여하게 될 때, 텍스트에 나타나는 서술어조의 복합성을, 모든 측면에서 철저한 수준으로 의심해서 규명할 수 있는 이점이 주어진다고 보았다. 서술어조의 복합성을 보여주는 '암시된 저자'는 다양한 아이러니의 원천이면서 곤혹스런 현실을 보여주는 '서술자의 의도'이며 나아가 그 작품을 쓴 실제저자인 '새커리의 대변자'가 되는 것이다.

중요한 것은, 쇼가 채트먼의 서술전달 다이어그램에서 쟁점이 되었던 암시된 저자의 '인격화' 문제에 관한 자신의 입장을 논증적으로 설명하고 있다는 점이다. 그것은 암시된 저자를 주네뜨가 납득할 만한 용어, '서술자의 정신'으로 명명하면서까지 독자의 독해과정 속에서 '인격화된' 저자의 분신

---

41) 부스의 '암시된 저자'에 관하여, 야코비는 '암시된 저자Imlied Author' 명칭을 그대로 사용하지만 다른 이론가들은 각자 '암시된 저자'의 특성 중에서 각자가 초점을 두는 방식에 따라 재명명하여 사용하고 있다. 즉 채트먼은 '추론된 저자Inferred Author', 펠란과 뉘닝은 '저자적 행위주체Authorial Agency', 쇼는 '서술자의 정신Narrator's Mind'로 재명명하여 논의하고 있다.

42) Shaw, Herry E., Why Won't Our Terms Stay Put?: The Narrative Communication Diagram Scrutinized and Historicized, NARRATIVE(2005), Blackwell, 299-311.

을 고려하는 것이 텍스트를 심층적으로 이해하는 것에 중요한 기능적 역할을 하고 있다고 주장한 것이다. 그는 암시된 저자에 관한 논자들의 상반된 관점들은 중세 스콜라 철학자들의 실재론과 유명론의 논쟁과 유사하다고 지적하며 그 자신은 특수한 것의 궁극적 실재를 믿는 유명론자의 입장을 취하고 있다. 쇼의 주장은 그 근본원리로 볼 때 펠란의 주장과 상충되는 측면을 지니는데 그것은 쇼는 텍스트의 이해를 위해서는 '기능론적으로' 암시된 저자를 요청하고 오히려 채트먼이 초기에 주장한 바와 같이 텍스트의 의향, 추론된 저자의 관점을 심화하여 논의하고 있기 때문이다.

나아가, 쇼는 내레이티 및 암시된 독자의 범주에 관해서도, 그것들 자체를 단정적으로 규정짓는 주네뜨의 논의와는 다른 방식으로 독해할 것을 요청하고 있다. 그의 제안은 서술다이어그램에서의 명료한 왼편 주체들의 관점에서 오른편 주체들의 범주를 상정해보는 방식이다. 쇼에 의하면. 정보중심적 관점에서 보면, 『톰아저씨의 오두막집』은 '미국의 어머니들'이 집단적 '내레이티'일 것이며 비미국인 어머니들은 '암시된 독자'에 상응하는 것으로 설명한다. 그런데 쇼는, 관점을 '텍스트의 의도'와 관련하여 '서술자의 정신'에서 보면, 미국의 어머니들 혹은 비미국인의 어머니들, 그리고 이들과 전혀 다른 견해를 지닌 독자들을 설득하고자 하는 견지에서도 '암시된 독자'의 범주를 상정할 수 있다고 주장한다.

이것은, 주네뜨가 '실제저자'와 '암시된 독자'와 '내레이티'를 실증적인 방식으로 구별짓고서 각각 구성요소들의 경계 규명에 초점을 맞추고 있는 방식과는 매우 상이한 것이다. 이와 같이 쇼는, '실제저자'와 '암시된 저자(서술자의 정신)'와 '서술자'와 같이 서술 다이어그램에서의 왼쪽의 '행위주체들'과 그들의 '정신'에 초점을 맞춤으로써 이들 각각의 상대짝이 되는 오른편 행위주체들의 의미범주를 상정하고 있다. 이것은 내재적 원리로 볼 때 혁신적인 관점을 보여주는 주장으로서 그것은 기존 논자들이 보여준 실증적, 논리적, 기능적 설명방식들을 다른 패러다임의 관점에서 뛰어넘어 논증한 것이기 때문이다.

또한 텍스트의 구성주체들의 경계란 원래가 불명확하고 포괄적인 것이 사실에 더 가까운 것임을 주장하는 것이기도 하다.[43] 즉 그는 '내레이티'와 '암시된 독자'와 '실제독자'가 명확히 구별되지 못하는 것은 논리성의 결여가 아니라고 주장하고 있으며, 이것은 주네뜨가 '내레이티'를 그가 창안한 '외부발화 내레이티'와 '내부발화 내레이티'의 관점에서 분류하는 실증적 방식과 대비를 이루고 있다. 이와 같이 쇼의 견해는 펠란의 견해와 대비를 보여주며 채트먼의 초기의 주장을 심화, 확장시킨 것이다. 나아가 그는 부스의 암시된 저자의 개념을 존재론적인 방식으로뿐만 아니라 기능론적인 측면에서 포괄적으로 확장하고자 한 것이다.

논자들의 다양한 논의에 관하여, '암시된 저자'의 실제저자로서의 분신이라는 작중저자라는 포괄적 의미를 인정하고서 그 의미범주에서 사유해본다면 무엇이 관건이 되고 있는지 명확히 드러날 수 있다. 논쟁 초기에 저자 중심의 논자들과 독자 중심의 논자들은 그들이 텍스트에 관한 일반론적인 실증적 입장을 취해왔으며 중심적 쟁점은 암시된 저자의 '인격화'에 관한 찬반론으로 요약될 수 있다. 그런데 최근에 올수록 야코비, 펠란, 쇼 등의 논의가 유의성을 지니며 이들은 독자 중심 혹은 저자 중심이라는 어느 한 편이 아니라 그 둘을 모두 고려하는 소통적 관점에서 텍스트와 그 서술자에 관한 독자의 실제적 이해방식들을 취하고 있다. 단적으로, '실제

---

43) '내레이티'에 관한 포괄적 개념화는, Prince, Gerald, Notes towards a Categorization of Fictional 'Narratees', Genre 4(1), 1971, 100-106, '내레이티'에 관한 실증적 개념화는, Genette, Gérard. (1988). translated by Jane E. Lewin, Narrative Discourse Revisited, Cornell Univ, 131-133 참고.

신뢰할 수 없는 서술자' 혹은 '서술자의 존재가 희미한 서술'에 관한 분석에 초점을 두고 있는 '야코비', '쇼' 등의 경우는 '암시된 저자'의 '인격화'를 경유한 독자의 실제적 독해방식을 긍정하고 있다. 이와 같은 방식은 신뢰할 수 없거나 실체가 불명확한 서술자의 서술에 관하여 독자들이 사유하는 구체적 과정들의 일부이다.

이에 비해, 논쟁 초기의 이론가들은 '암시된 저자'를 '실제저자', '서술자', '실제독자' 등과 견주어서 실체성이 결여된 존재라는 입장에서 실제저자의 분신으로서의 이 개념을 굳이 경유하기보다는 단순히 '텍스트의 표지들' 혹은 '그 표지들의 총체'라는 객관화된 지표들로서 텍스트의 서술자 혹은 서술의 특성을 파악할 것을 강조하였다. 특이하게, 논의의 초기에, 펠란은 '암시된 저자'의 '인격적 특성'을 긍정하면서도 '텍스트의 표지들'과 '암시된 저자'의 연관성을 고려한 독해법을 취하지 않았다.

이와 같이 암시된 저자를 긍정하거나 부정하는 논쟁 맥락의 쟁점은 주로, 암시된 저자의 '인격화' 혹은 '인격화된 정신'을 부정하거나 혹은 그것을 긍정하는 문제로 귀결되는 것으로 파악된다. 그리고 독자 중심적 입장이든 저자 중심적 입장이든 간에 최근으로 올수록 쌍방향적 관점에서 독자의 구체적 이해과정을 중시하고 있음을 알 수 있다. 일반적으로, 서술자 혹은 서술의 신뢰성에 관한 문제는 텍스트의 표지들을 인격화시키지 않고서 객관적인 지표들에 의한 판단이 가능할 것으로 추정된다. 그럼에도 실제로 독자들이 텍스트에서 서술자의 다양한 목소리들을 듣게 될 때 그들이 텍스트 너머에 있는 저자의 작중 분신을 사유하는 과정을 거치며 그럼으로써 더욱 깊이있는 이해가 가능해진다는 것은 부인할 수 없는 과정에 속하는 것이다. 그리고 과거에 암시된 저자에 관한 부정적 입장을 취한 논자들도 최근에 들어서 그것을 인정하고서 오히려 암시된 저자가 유효한 텍스트 혹은 의미맥락을 고찰하는 글에 관심을 보여주고 있다.

암시된 저자와 (비)신뢰성에 관한 논쟁들과 그 전환들을 볼 때, 암시된 저자는 부스가 고안한 개념이지만 그것은 매우 다양한 논자들의 그 개념에 관한 적용, 비판, 옹호, 갱신 등에서 풍부한 의미항들을 채워온 복합적 특성을 지녔음을 알 수 있다. 그리고 시대적 맥락에서 보면, '암시된 저자'의 논쟁들은 텍스트 중심의 수사학적 논의로부터 독자 중심의 기능론적 논의, 그리고 독자의 심층적 이해과정과 관련한 논의 등을 따라서 그 초점이 변화해온 대략 60여 년 간의 문예비평사의 흐름을 반영하고 있다. 또한 암시된 저자가 그것의 폐지론으로부터 기나긴 상반된 논쟁들을 거쳐서 다시 조명된 주요한 계기는, '암시된 저자'가 채트먼의 서술다이어그램에서 독자와의 소통과정에서의 '행위주체'로서의 특성이 부각된 일과 관련을 지닌다. 특히, 최근, 현대의 복잡, 다양한 서술들, 서술자들의 (비)신뢰성 문제에 관한 이해에 있어서 독자들은 '인격화'된 작중저자를 경유하는 복합적 이해과정을 거친다는 사실이 많은 이론가들에게 실제적 설득력을 얻게 된 것이다.

4. 결론

암시된 저자 및 (비)신뢰성에 관한 논쟁들은 독자중심적 입장과 저자중심적 입장으로 대별될 수 있다. 이 글은 전자로서 채트먼, 뉘닝, 야코비, 후자로서 부스, 팰란, 쇼의 견해를 중심으로 살펴보았다. 논자들의 다양한 관점들에 관하여, '암시된 저자'의 실제저자로서의 분신이라는 작중저자라는 포괄적 의미를 인정하고서 그 의미범주에서 사유해본다면 무엇이 관건이 되고 있는지 명확히 드러날 수 있다. 논쟁 초기에 저자 중심의 논자들과 독자 중심의 논자들은 그들이 텍스트에 관한 일반론적인 실증적 입장을 취해왔으며 중심적 쟁점은 암시된 저자의 '인격화'에 관한 찬반론으로 요약될 수 있다. 그런데 최근에 올수록 야코비, 펠란, 쇼 등의 논의가 유의성을 지니며 이들은 독자 중심 혹은 저자 중심이라는 어느 한 편이 아니라 그 둘을 모두 고려하는 소통적 관점에서 텍스트와 그 서술자에 관한 독자의 실제적 이해 방식들을 취하고 있다. 단적으로, '실제 신뢰할 수 없는 서술자' 혹은 '서술자의 존재가 희미한 서술'에 관한 분석에 초점을 두고 있는 '야코비', '쇼' 등의 경우는 '암시된 저자'의 '인격화'를 경유한 독자의 실제적 독해방식을 긍정하고 있다. 이와 같은 방식은 신뢰할 수 없거나 실체가 불명확한 서술자의 서술에 관하여 독자들이 사유하는 구체적 과정들의 일부이다.

암시된 저자와 (비)신뢰성에 관한 논쟁들과 그 전환들을 볼 때, 암시된 저자는 부스가 고안한 개념이지만 그것은 매우 다양한 논자들의 그 개념에 관한 적용, 비판, 옹호, 갱신 등에서 풍부한 의미항들을 채워온 복합적 특성을 지녔음을 알 수 있다. 그리고 시대적 맥락에서 보면, '암시된 저자'의 논쟁들은 텍스트 중심의 수사학적 논의로부터 독자 중심의 기능론적 논의, 그리고 독자의 심층적 이해과정과 관련한 논의 등을 따라서 그 초점이 변화해온 대략 60여 년 간의 문예비평사의 흐름을 반영하고 있다. 또한 암시된 저자가 그것의 폐지론으로부터 기나긴 상반된 논쟁들을 거쳐서 다시 조명된 주요한 계기는, '암시된 저자'가 채트먼의 서술다이어그램에서 독자와의 소통과정에서의 '행위주체'로서의 특성이 부각된 일과 관련을 지닌다. 특히, 최근, 현대의 복잡, 다양한 서술들, 서술자들의 (비)신뢰성 문제에 관한 이해에 있어서 독자들은 '인격화'된 작중저자를 경유하는 복합적 이해과정을 거친다는 사실이 많은 이론가들에게 실제적 설득력을 얻게 된 것이다.

참고문헌

기본자료

김재용 편, 『오장환전집』, 실천문학사, 2002.

김학동 편, 『오장환전집』, 국학자료원, 2003.

오장환, 『병든 서울』, 정음사, 1946.

문승묵 편, 『박인환 전집』, 예옥, 2006.

맹문재 편, 『박인환 전집』, 실천문학, 2008.

박수연 · 노지영 · 손택수, 『오장환전집』 1 · 2, 솔, 2018.

스티이븐 스펜더, 범대순 역, 『스티이븐 스펜더』, 탐구당, 1989.

세르게이 예세닌, 오장환 역, 『에세-닌 시집』, 동향사, 1946.

엄동섭, 염철 편, 『박인환 문학전집』, 소명출판, 2015.

이승훈, 『이승훈 시전집』, 황금알, 2012.

최두석, 『오장환전집』 1 · 2, 창작과 비평사, 1989.

최호영, 『오장환 시선』, 지식을만드는지식, 2013.

허만하, 『해조』, 삼애사, 1969.

_____, 『비는 수직으로 서서 죽는다』, 솔, 1999.

_____, 『낙타는 십리 밖 물냄새를 맡는다』, 솔, 2000.

_____, 『물은 목마름 쪽으로 흐른다』, 솔, 2002.

_____, 『길과 풍경의 시』, 솔, 2002.

W. H 오든, 범대순 역, 『사랑과 고뇌의 노래』, 혜원출판, 1991.

_____, 김기태 역, 『바다의 경치』, 태학당, 1994.

_____, 봉준수 역, 『아킬레스의 방패』, 나남, 2009.

Auden, W. H., *Collected Poems*, Mendelson, E.(ed.), New York: Modern Liberary, 2007.

_____, *Prose (vol. VI 1969-1973)*, Mendelson, E.(ed.), Princeton Univ Press, 2015.

_____, *The Age of ANXIETY*, Princeton University, 2011.

_____, "The Corruption of Innocent Neutrons", *The New York Times Magazine*,1 August 1965.

Spender, S., *VIENNA*, NewYork: Random House, 1935.

_____, *THE EDGE OF BEING*, Random House, 1949.

_____, *World Within World, The Autobiography od Stephrn Spender*, Berkerley and Los Angeles: University of California Press, 1966.

Spender, S., Gowrie, G., *Stephen Spender selected poems*, London: Faber and Faber, 2009.

참고자료

강계숙, 「'불안'의 정동, 진리, 시대성: 박인환 시의 새로운 이해」, 『현대문학의 연구』 51.

강응섭, 「9장. 세미나 10 읽기」, 『자크 라캉의 『세미나』읽기』, 세창미디어, 2015.

강혁, 『스페인 역사 다이제스트 100』, 가람기획, 2012.

공현진, 이경수, 「해방기 박인환 시의 모더니즘 특성 연구」, 『우리문학연구』 52, 2016.

곽명숙, 「1950년대 모더니즘의 묵시록적 우울—박인환의 시를 중심으로」, 『정신문화연구』 32, 한국학중앙연구원, 2009.

_____, 「오장환의 장시 「황무지」 연구」, 『한국현대문학연구』 53, 한국현대문학회, 2017.

김구슬, 「엘리엇이 한국 현대시에 끼친 영향—오장환의 「황무지」」, 『동서비교문학저널』 22, 한국동서비교문학학회, 2010.

김규동, 『박인환』, 문학세계, 1993.

김승윤, 『오든 시의 이해』, 브레인하우스, 2000.

김승희, 「전후 시의 언술 특성: 애도의 언어와 우울증의 언어—박인환·고은의 초기시를 중심으로」, 『한국시학연구』 23, 2012.

김용직, 『현대시원론』, 학연사, 1990.

김용희, 「전후 센티멘털리즘의 전위와 미적 모더니티 —박인환의 경우」, 『우리어문연구』 35, 우리어문학회, 2009.

김승윤, 「오든의 지적 세련 해체하기」, 『논문집』 35, 강남대학교, 2000.

_____, 『오든 시의 이해』, 브레인하우스, 2000.

_____, 『포스트모던 오든』, 브레인하우스, 2002.

김은영, 「1950년대 모더니즘 시 연구」, 창원대 박사논문, 2000.

김유중, 『한국모더니즘 문학의 세계관과 역사인식』, 1996.

_____, 『한국 모더니즘 문학과 그 주변』, 푸른사상, 2006.

김종윤, 「전쟁체험과 실존적 불안의식—박인환론」, 『현대문학의 연구』 7, 1996.

김주성, 「오든 초기시의 인간중심적 고찰」, 『영미문화』 6권 1호, 2006. 4.

김준환, 「김기림은 스티븐 스펜더의 시를 어떻게 읽었는가?」, 『비평과 이론』 12, 2007.

김재홍, 「모더니즘의 공과」, 이동하 편, 『박인환』, 문학세계사, 1993.

김창욱, 「스펜더 그룹: 오든 그룹 호칭의 타당성과 그 대안」, 전남대학교 석사, 2014.

김창호, 『물리화학 핵심용어사전』, 시공사, 2006.

김혜영, 「환상 극장에 출현하는 분열된 주체들 −김민정의 시를 중심으로」, 『비평과 이론』 21 권 3호, 2016. 가을.

대니 노부스 편, 문심정연 역, 『라캉 정신분석의 핵심개념들』, 문학과지성사, 2013.

라기주, 「박인환 시에 나타난 불안의식 연구」, 『한국문예비평연구』 46, 2015.

로저 포드, 김홍래 역, 『2차대전 독일의 비밀무기』, 도서출판 플래닛미디어, 2015.

마르틴 하이데거, 『존재와 시간』, 까치, 1998.

맹문재, 「박인환의 전기 시작품에 나타난 동아시아 인식 고찰」, 『한국문학이론과 비평』 38, 한국문학이론과 비평학회, 2008.

문혜원, 「전후 모더니즘 문학의 성격 규명을 위한 시론」, 『관악어문연구』 16, 서울대학교 국 어국문학과, 1991.

_____, 「오든 그룹의 시 해석−특히 스티븐 스펜더를 중심으로」, 『모더니즘 연구』, 1993.

민미숙, 「오장환의 시세계에 나타난 니체 사상의 영향」, 『반교어문연구』 24, 반교어문학회, 2008.

메이지대학교 평화교육 노보리토연구소자료관, 「관보」 제1호, 2016. 3.

바루흐 고틀립, 양지윤 편저, 『사운드 아트』, 미술문화, 2008.

박몽구, 「박인환의 도시시와 1950년대 모더니즘」, 『한중인문학연구』 22, 2007.

박연희, 「박인환의 미국 서부 기행과 아메리카니즘」, 『한국어문학연구』 59, 한국어문학연구 학회, 2012.8.

박은미, 「Stephen Spender」, 한국외국어대학교 석사, 1991.

박현수, 「전후 비극적 전망의 시적 성취−박인환론」, 『국제어문』 37, 국제어문학회, 2006.

_____, 『시론』, 예옥, 2011.

_____, 「문장론 관련 수사학 3분법의 수용과 그 한계」, 『한국현대문학연구』 34집, 2011.

방민호, 「박인환 산문에 나타난 미국」, 『한국현대문학연구』 19, 한국현대문학회, 2006.

_____, 「박인환과 아메리카 영화」, 『한국현대문학연구』 68, 한국현대문학회, 2022.

범대순, 「Stephen Spender의 시에 있어서의 자아 再論」, 『용봉인문논총』 9권, 1979.

_____, 「Spender의 Vienna에 나타난 주제의 혼란」, 『영어영문학』 30권−3, 1984.

범대순, 박연성, 『W. H. 오든』, 전남대출판부, 2005.

변광배, 『장폴 사르트르 시선과 타자』, 살림, 2004.

사르트르, 정소성 역, 『존재와 무』, 동서문화사, 2009.

샤를 르 블랑, 이창실 역, 『키에르케고르』, 동문선, 2004.

송인갑, 「오든의 『불안의 연대』에 나타난 불안의 개념」, 『인문연구』 31집, 인하대학교 인문과학연구소, 2000.

세실 데이 루이스, 조병화 역, 『현대시론』, 정음사, 1956.

쇠렌 키르케고르, 임규정 역, 『불안의 개념』, 한길사, 1999.

――――――――, 『죽음에 이르는 병』, 한길사, 2007.

안영수, 「1930년대 영국 문인들의 이념적 갈등」, 『경희대 논문집―인문사회과학 편』 19, 1990.

알랭 드 보통, 『불안』, 은행나무, 2012.

엄동섭, 「해방기 박인환의 문학적 변모 양상」, 『어문논집』 36, 중앙어문학회, 2007.

오세영, 「후반기 동인의 시사적 위치」, 『박인환』, 이동하 편, 『한국현대시인연구12』, 문학세계사, 1993.

오문석, 「박인환의 시정신과 산문정신」, 『문학사상』 35.3, 문학사상사, 2006.3.

오양기, 한명호 역, 머레이 쉐이퍼 저, 『사운드 스케이프』, 그물코, 2008.

유성호, 「시인 박인환의 산문 「서울 재탈환」」, 『문학의오늘』, 2013. 겨울.

이강혁, 『스페인 역사 다이제스트 100』, 가람기획, 2012.

이기성, 「제국의 시선을 횡단하는 시 쓰기: 박인환 시의 탈식민주의」, 『현대문학의 연구』 34, 2008.

이봉구, 『그리운 이름 따라 ―명동 20년』, 지식을 만드는 지식, 2014.

이서규, 「쇼펜하우어의 염세주의와 의지의 형이상학에 대한 고찰」, 『동서철학연구』 48, 한국동서철학회, 2008.

이승훈, 「1950년대 한국 모더니즘 시의 전개」, 『한국모더니즘 시사』, 문예출판, 2000.

이은주, 「1950년대 문학비평의 세계주의와 미국적 가치지향의 상관성」, 『상허학보』 18, 2006.

임석진 外, 『철학사전』, 도서출판 청사, 1988.

에비하라 유타카, 「오장환이 예세닌론―당대 일본의 예세닌론과 비교를 통하여」, 『비교문학』 49, 한국비교문학회, 2009.

『엣센스 국어사전』, 민중서림, 제6판, 2011.

장석원, 「아메리카 여행 후의 회념」, 『박인환 깊이 읽기』, 서정시학, 2006.

――――, 「교지 『徽文』의 오장환」, 『Journal of Korean Culture』 23, 한국어문학국제학술포럼, 2013.

조영복, 「근대문학의 '도서관 환상'과 '책'의 숭배 ―박인환의 「서적과 풍경」을 중심으로」, 『한국시학연구』 23, 한국시학회, 2008.

정영진, 「박인환 시의 탈식민주의 연구」, 『상허학보』 15, 상허학회, 2005.8.

정진석, 『조선총독부의 언론검열과 탄압』, 커뮤니케이션북스, 2007.

제임스 펠란, 피터 라비노비츠 편, 최라영 역, 『서술이론 I』, 소명출판, 2015.

_____, 「신뢰할 수 없는 서술의 재개념화: 인지적 접근과 수사학적 접근의 종합」, 『서술이론』 I, 소명출판, 2015.

_____, 「저자의 수사학, 서술자의 신뢰성과 비신뢰성, 서로 다른 독해들: 톨스토이의 『크로이체르 소나타Kreutzer Sonata』」, 『서술이론』 I, 소명출판, 2015.

_____, 『서술이론』 II, 소명출판, 2016.

천형균 역, 헤이든 화이트 저, 『19세기 유럽의 역사적 상상력-메타 역사』, 문학과 지성사, 1991.

최라영, 「박인환 시에서 '경사(傾斜)'의 의미」, 『한국현대문학연구』 21, 한국현대문학회, 2007.

_____, 「'암시된 저자The implied author' 연구」, 『비교문학』 58, 한국비교문학회, 2012.

_____, 「커뮤니케이션 다이어그램 연구」, 『비교문학』 60집, 한국비교문학회, 2013.

_____, 「박인환 시에 나타난 '청각적 이미지' 연구-'소리풍경soundscape를 중심으로」, 『비교문학』 64, 한국비교문학회, 2014.

_____, 「박인환 시에 나타난 '불안한 파장(波長)' 연구 – '파동적(波動的) 이미지'를 중심으로」, 『우리말 글』 62, 우리말글학회, 2014.

_____, 「박인환 시에서 '미국여행'과 '기묘한 의식' 연구-'자의식'의 문제를 중심으로」, 『한국현대문학연구』 45, 한국현대문학회, 2015.

_____, 「'서사론'의 개념과 역사 고찰」, 『비교문학』 66, 한국비교문학회, 2015.

_____, 「'암시된 저자'를 경유하는 시 텍스트의 독해 고찰 – '화자가 희미한Nonnarrated 텍스트'와 '결함이 있거나Fallible 신뢰할 수 없는Unreliable 화자의 텍스트'를 중심으로」, 『한국시학연구』 47, 한국시학회, 2016.

_____, 「'암시된 저자The Implied Author'와 '(비)신뢰성(Un)reliability 문제' 고찰」, 『어문학』 133, 한국어문학회, 2016.

_____, 「박인환 시에서 '십자로의 거울'과 '새로운 불안'의 관련성 연구 -라캉의 '정동affect'을 중심으로」, 『한국현대문학연구』 51, 한국현대문학회, 2017.

_____, 「박인환과 S. 스펜더의 '문명 의식' 연구 – '열차'와 '항구'를 중심으로」, 『한국시학연구』 51, 한국시학회, 2017.

_____, 「박인환 시에 나타난 '시적 무의미'의 범주들과 그 특성」, 『한국시학연구』 54, 한국시학회, 2017.

_____, 「박인환의 '불안'과 '시론'의 관련성 -키에르케고르의 '불안'을 중심으로」, 『한국문학논총』 75, 한국문학회, 2017.

_____, 「박인환의 시와 W.H. 오든의 『불안의 연대 The Age of Anxiety』의 비교문학적 연구— '로제타'의 변용과 '불행한 신'의 의미를 중심으로」, 『한국문학논총』 78, 한국문학회,

2018.

_____, 「박인환과 W.H. 오든의 '역사 의식' 연구 – '투키디데스의 책'과 '불타오르는 서적'을 중심으로」, 『한국현대문학연구』 57, 한국현대문학회, 2019.

_____, 「박인환과 W.H. 오든의 시론(詩論)에 관한 비교문학적 연구」, 『한국시학연구』 57, 한국시학회, 2019.

_____, 「박인환과 S. 스펜더의 '시론'에 관한 비교문학적 연구」, 『한국현대문학연구』 60, 한국현대문학회, 2020.

_____, 「박인환과 오장환과 S. 스펜더에 관한 비교문학적 연구 – 『새로운 도시와 시민들의 합창』과 『전쟁』과 『Vienna』를 중심으로」, 『한국현대문학연구』 64, 한국현대문학회, 2021.

프로이트, 박찬부 역, 『쾌락원칙을 넘어서』, 열린책들, 1997.

_____, 윤희기 역, 『무의식에 관하여』, 열린책들, 1997.

_____, 임인주 역, 『농담과 무의식의 관계』, 열린책들, 2002.

_____, 김석희 역, 『문명 속의 불만』, 열린책들, 2004.

_____, 황보석 역, 『정신병리학의 문제들』, 열린책들, 2010.

_____, 이상률 역, 「XI 자아 속의 한 단계」, 『집단심리학과 자아분석』, 이책, 2013.

한명희, 「박인환 시 『아메리카 시초』에 대하여」, 『어문학』 85, 한국어문학회, 2004.

한세정, 「해방기 오장환 시에 나타난 예세닌 시의 수용 양상 연구」, 『한국시학연구』 44, 한국시학회, 2015.

홍성식, 「한국 모더니즘 시의 스티븐 스펜더 수용」, 『동서비교문학저널』 13, 2005.

허현숙, 『오든』, 건국대출판부, 1995.

황준호, 「W. H 오든의 시학과 정치성」, 『영어영문학』 55-2, 2009.

Bernd, S., "The Social Psychology of Identity: Sociological and Psychological Contributions," *Identity in Modern Society*, Oxford: Blackwell, 2004.

Booth, W. C., "General Rules, II: All Authors Should Be Objective", *The Rhetoric of Fiction*, The University of Chicago Press, 1983.

_____, "Resurrection of the Implied Author: Why Bother?", *Narrative Theory*, Phelan, J. and Rabinowitz, P. J.(eds.), Blackwell, 2005.

Chambers, R., "Story and Situation: Narrative Seduction and the Power of Fiction", *Theory and History of Literature 12*, Minneapolis: University of Minnesota Press, 1984.

Chatman, S., Story and Discourse: *Narrative Structure in Fiction and Film*, Ithaca, NY: Cornell University Press, 1978.

_____, *Coming to terms*, Cornell University Press, 1990.

Cobley, P., *Narrative: The New Critical Idiom*, London: Routledge, 2001.

Coetzee, J. M., "Confession and Double Thoughts: Tolstoy, Rousseau, Dostoevsky,"

Camparative Literature 37, 1985.

Cohn, D., "The Encirclement of Narrative: On Franz Stanzel's Theorie des Erzählens." *Poetics Today 2(2)*, 1981.

_____, *The Distinction of Fiction*, Baltimore: Johns Hopkins University Press, 1999.

Cuddy-Keane, M., "Virginia Woolf, Sound Technologies, and the New Aurality." In P. Caughie(ed.), *Virginia Woolf in the Age of Mechanical Reproduction: Music, Cinema, Photography, and Popular Culture*, New York: Garland, 2000.

_____, "Modernist Soundscapes and the Intelligent Ear: An Approach to Narrative Through Auditory Perception", *Narrative Theory*, Phelan, J. and Rabinowitz, P. J.(eds.), Blackwell, 2005.

Connolly, C., "Part II Te Palinure Petens", *The Unquiet Grave*, Persea Books, July 27, {1944}2005.

Edwards, P., *The Encyclopedia of Philosophy*, the Macmillan company, 1967.

Genette, G., translated by Jane E. Lewin, *Narrative Discourse Revisited*, Cornell Univ, 1988.

Hofmann, S. G., DiBartolo, P. M., "Introduction: Toward an Understanding of Social Anxiety Disorder", *Social Anxiety*, 2010.

Lanser, S., "The "I" of the Beholder: Equivocal Attachments and the Lmits of Structuralist Narratology," *Narrative Theory*, Phelan, J. and Rabinowitz, P. J.(eds.), Blackwell, 2005.

Longman Advanced American Dictionary, New Edition, Pearson Education Limited, 2007.

Kerr, M., "Childhood and adolescent shyness in long-term perspective: does it matter?", *Shyness: Development, Consolidation, and Change*, edited by W. Ray Crozier, Routledge, 2000.

Klaiber, I., "Multiple Implied Authors: How Many Can a Single Text Have?." *Style, 45(1)*, 2011.

Lanser, S., "The "I" of the Beholder: Equivocal Attachments and the Limits of Structuralist Narratology", *Narrative Theory*, Phelan, J. and Rabinowitz, P. J.(eds.), Blackwell, 2005.

Longman Dictionary of Language Teaching & Applied linguistics, Fourth Edition, Britain: Pearson Education, 2010.

Manstead, A., Hewstone, M.(ed.), *The Blackwell Encyclopedia of Social Psychology*, Oxford: Blackwell, 1995.

Miller, J.A.(ed), *JACQUES LACAN- Anxiety : The Seminar of Jacques Lacan*, Book X, 2016.

Muellet, J. H., Johnson, W. C., Dandoy, A., Keller, T., "Trait Distinctiveness and Age

Specificity in the Self-concept," *Self-perspectives Across the Life Span*, Lipka, R. P.,
Brinthaupt, T. M.(eds.), State Univ of New York, 1992.

New Oxford American Dictionary, Third edition, Oxford University Press, 2010, p.71.

Nünning, A., "'But Why Will You Say That I Am Mad?': On the Theory, History,
and Signals of Unreliable Narration in British Fiction", *Arbeiten aus Anglistik und
Amerikanistik 22-1*, 1997.

_____, "Giessen, Unreliable, compared what? Towards a Cognitive Theory of
Unreliable Narration", *Transcending Boundaries Narratology in Context*, Verlog
Tübingen: Gunter Narr, 1999.

_____, "Reconceptualizing Unreliable Narration", *Narrative Theory*, Phelan, J. and
Rabinowitz, P. J.(eds.), Blackwell, 2005.

Olson, G., "Reconsidering Unreliability", *Narrative 11*, Ohio State University, 2003.

Oxford Advanced Learner's Dictionary, Oxford University Press, 2010

Oxford English Dictionary, Oxford University Press, 2008.

Phelan, J.(ed.), *Living To Tell About It: A Rhetoric and Ethics of Character Narration*,
Ithaca, NY and London: Cornell University Press, 2005.

_____, "The Implied Author, Deficient Narration, and Nonfiction Narrative." *Style*,
45(1), 2011.

Phelan, J., and Martin, M.P., "'The Lessons of Weymouth': Homodiegesis, Unreliability,
Ethics and The Remains of the Day", Herman, D.(ed.), *Narratologies: New
Perspectives on Narrative Analysis*, Columbus: Ohio State University Press, 1999.

Phelan, J. and Rabinowitz, P. J.(eds.), "Introduction: Tradition and Innovation in
Contemporary Narrative Theory", *Narrative Theory*, Phelan, J. and Rabinowitz, P.
J.(eds.), Blackwell, 2005.

Prince, G., "Notes towards a Categorization of Fictional 'Narratees'", *Genre 4 (1)*, 1971.

_____, *Dictionary of Narratology*, Lincoln: University of Nebraska Press, 1987.

Rabinowitz, P. J., "Truth in Fiction: A Reexamination of Audience", *Critical Inquiry 4*, 1977.

Richards, J. C., Schmidt, R., *Longman Dictionary of Language Teaching & Applied
linguistics*, Fourth edition, Britain: Pearson Education, 2010.

Riggan, W., *Picaros, Madmen, Naifs, and Clowns: The Unreliable First-Person Narrator*,
Norman: University of Oklahoma Press, 1981.

Rimmon-Kenan, S., *Narrative Fiction: Contemporary Poetics*, London: Routledge, {1983}
2002.

Schafer, R. M., "Glossary of Soundscape Terms", *The Soundscape: Our Sonic*

Environment and the Turning of the World, Rochester, Vermont: Destiny Books, 1993.

_____, *Retelling a Life: Narration and Dialogue in Psychoanalysis*, New York: Basic Books, 1992.

Shaw, H. E., "Why Won't Our Terms Stay Put?: The Narrative Communication Diagram Scrutinized and Historicized", *Narrative Theory*, Phelan, J. and Rabinowitz, P. J.(eds.), Blackwell, 2005.

Sheets, R., "We are the storm : Audience Collaboration in W. H. Auden's The Dance of Death", *Texas studies in literature and language* Vol 57-4, University of Texas Press, 2015.

Shen, D., "Implied Author, Authorial Audiene, and Context: Form and History in Neo-Aristotelian Rhetorical Theory." *Narrative 21(2)*, 2013.

Simpson, J. A., *The Oxford English Dictionary*, Clarendon Press, 1991.

Stanzel, F. K., *A Theory of Narrative*, trans. C. Goedsche, Cambridge, UK: Cambridge University Press, {1979} 1984.

Teigen, K. H., "Yerkes-Dodson: A Law for all Seasons", *Theory Psychology*, vol.4(4), 1994.

The Random house Dictionary of the English Language, New York: Random house, 1987.

The Encyclopedia of Poetry and Poetics, Princeton Univ Press, 1965.

Yacobi, T., "Fictional Reliablity as a Communicative Problem", *Poetics Today 2*, 1981.

_____, "Authorial rhetoric, Narratorial (Un)reliability, Divergent Reading: Tolstoy's Kreutzer Sonata", *Narrative Theory*, Phelan, J. and Rabinowitz, P. J.(eds.), Blackwell, 2005.

Wahol, R. R., "Neonarrative; or, How to Render the Unnarratable in Realist Fiction and Contemporary Film", *Narrative Theory*, Phelan, J. and Rabinowitz, P. J.(eds.), Blackwell, 2005.

White, H., *Metahistory: The Historical Imagination in Nineteenth-Century Europe*, Baltimore, MD: Johns Hopkins University Press, 1973.

W. H. Oden and John Garrett, *The Poet's Tongue: An Anthology of Verse*, G Bell & Sons Ltd, London, 1935. 1.

색인

용어 색인

작품 · 문헌명 관련 색인

인명색인

초출 일람

제1장 | 「박인환의 시와 W.H. 오든의 『불안의 연대The Age of Anxiety』의 비교문학적 연구-'로제타'의 변용과 '불행한 신'의 의미를 중심으로」
『한국문학논총』 78, 한국문학회, 2018.

제2장 | 「박인환 시에서 '십자로의 거울'과 '새로운 불안'의 관련성 연구 -라캉의 '정동affect' 이론을 중심으로」
『한국현대문학연구』 51, 한국현대문학회, 2017.

제3장 | 「박인환 시에 나타난 '청각적 이미지' 연구-'소리풍경soundscape'을 중심으로」
『비교문학』 64, 한국비교문학회, 2014.

제4장 | 「박인환과 오장환과 S. 스펜더에 관한 비교문학적 연구 -『새로운 도시와 시민들의 합창』과 『전쟁』과 『Vienna』를 중심으로」
『한국현대문학연구』 64, 한국현대문학회, 2021.

제5장 | 「박인환과 S. 스펜더의 시론에 관한 비교문학적 연구」
『한국현대문학연구』 60, 한국현대문학회, 2020.

제6장 | 「박인환 시에 나타난 '시적 무의미'의 범주들과 그 특성」
『한국시학연구』 54, 한국시학회, 2018.

제7장 | 「박인환과 W.H. 오든의 시론에 관한 비교문학적 연구」
『한국시학연구』 57, 한국시학회, 2019.

제8장 | 「박인환 시에서 '미국여행'과 '기묘한 의식' 연구-'자의식selfconsciousness'의 문제를 중심으로」
『한국현대문학연구』 45, 한국현대문학회, 2015.

제9장 | 「박인환 시에서 '경사(傾斜)'의 의미」
『한국현대문학연구』 21, 한국현대문학회, 2007.

제10장 | 「'암시된 저자'를 경유하는 시 텍스트의 독해 고찰-'화자가 희미한(Nonnarrated) 텍스트'와 '결함이 있거나(Fallible) 신뢰할 수 없는(Unreliable) 화자의 텍스트'를 중심으로」
『한국시학연구』 47, 한국시학회, 2016.

제11장 | 「박인환의 '불안'과 '시론'의 관련성 -키에르케고르의 '불안'을 중심으로」
『한국문학논총』 75, 한국문학회, 2017.

제12장 | 「박인환 시에 나타난 '불안한 파장波長' 연구 -'파동적波動的 이미지'를 중심으로」
『우리말글』 62, 우리말글학회, 2014.

제13장 | 「박인환과 W.H. 오든의 '역사 의식' 연구 - '투키디데스의 책'과 '불타오르는 서적'을 중심으로」
『한국현대문학연구』 57, 한국현대문학회, 2019.

제14장 | 「박인환과 S. 스펜더의 '문명 의식' 연구 - '열차'와 '항구'를 중심으로」
『한국시학연구』 51, 한국시학회, 2017.

제15장 | 「암시된 저자The Implied Author'와 '(비)신뢰성(Un)reliability 문제' 고찰」
『어문학』 133, 한국어문학회, 2016.